COLEÇÃO CORES DO TEMPO PASSADO

GRANDES ROMANCES HISTÓRICOS — 3ª Série

1. BEN-HUR - (Uma História dos Tempos de Cristo) - Lew Wallace
2. APENAS UMA PRIMAVERA- (Um Maravilhoso Romance de Amor sobre os 100 Dias) - 1º vol. - Claude Manceron
3. APENAS UMA PRIMAVERA - (Um Maravilhoso Romance de Amor Sobre os 100 Dias) - 2º vol. - Claude Manceron
4. O SEGREDO DO REINO - Mika Waltari
5. O ESPINHEIRO DE ARIMATEIA - Frank G. Slaughter
6. O EGÍPCIO - MikaWaltari
7. O RENEGADO - Mika Waltari
8. O ROMANO - Mika Waltari
9. O AVENTUREIRO - Mika Waltari
10. O ANJO NEGRO - Mika Waltari
11. O ETRUSCO - Mika Waltari

GRANDES HOMENS DA HISTÓRIA 2ª Série

1. TAL DIA É O BATIZADO - (O Romance de Tiradentes) - Gilberto de Alencar
2. MOISÉS, PRÍNCIPE DO EGITO - Howard Fast
3. O DEUS DA CHUVA CHORA SOBRE O MÉXICO - (A Vida de Fernando Cortez) - Lészló Passuth
4. ALÉM DO DESEJO - Pierre La Mure
5. MOULIN ROUGE - (A Vida Trepidante de Toulouse Lautrec) - Pierre La Mure
6. GOYA - Léon Feuchtwanger

GRANDES MULHERES DA HISTÓRIA – 1ª Série

1. A ADORÁVEL MARQUESA - (O Romance de Madame Pompadour) - André Lambert
2. UM TÃO GRANDE AMOR - (Luís XIV e Maria Mancini) - Gerty Colin
3. MARIA STUART - (Rainha e Mulher) - Jean Plaidy
4. A ÚLTIMA FAVORITA - (A Maravilhosa Aventura de Madame Du Barry) -André Lambert
5. MARIA ANTONIETA - (A Rainha Infeliz) - F. W. Kenyon
6. A FASCINANTE ESPANHOLA (A Intensa Vida de Madame Tallien) - Jean Burnat
7. EMA LADY HAMILTON - (A Divina Dama) - F. W. Kenyon
8. A DIVINA CLEÓPATRA - (A Rainha dos Reis) - Michél Peyramaure
9. NUNCA UMA SANTA (A Incrível Carlota Joaquina) - F.W. Kenyon
10. A SOLIDÃO DO AMOR - (A Impressionista Berthe Morisot) - Claude Damiens
11. A ÚLTIMA CZARINA (Vida Trágica de Alexandra da Rússia) - Jean Burnat
12. O ÚLTIMO AMOR DE WAGNER (O Destino de Cósima) - Gerty Colin
13. DESIRÉE (O Grande Amor de Napoleão) - Annemarie Selinko

O ROMANO

COLEÇÃO CORES DO TEMPO PASSADO

GRANDES ROMANCES HISTÓRICOS — 3ª Série

VOL. 8

As memórias de Minuto Lauso Maniliano, que conquistou as Insígnias de um Triunfo, ocupa o posto de Cônsul, preside o Colégio dos Sacerdotes do divino Vespasiano e é membro do Senado Romano

Diretor editorial
Henrique Teles

Produção editorial
Eliana Nogueira

Revisão
Jane Rajão

Tradução de
José Laurêncio de Melo

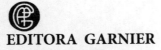
EDITORA GARNIER
BELO HORIZONTE
Rua São Geraldo, 67 — Floresta — Cep. 30150-070
Tel.: (31) 3212-4600
e-mail: vilaricaeditora@uol.com.br

MIKA WALTARI

O ROMANO

5ª Edição

GARNIER
desde 1844

Copyright © O Romano
Publicado em língua portuguesa por acordo com a Bonnier Rights, Helsinque,
Finlândia e Vikings do Brasil. Agência Literária e de Tradução Ltda.
Copyright© 2020 Editora Ganier.

Dados Internacionais de Catalogação na Publicação (CIP) de acordo com ISBD

W231r   Waltari, Mika

O Romano / Mika Waltari - Belo Horizonte - MG : Garnier, 2020.
456 p. ; 14cm x 21 cm.

Inclui índice.
ISBN 978-85-7175-137-8

1. Literatura brasileira. 2. Romance. I. Título.

CDD 848-97
CDU 821.511.111

2020-980

Elaborado por Vagner Rodolfo da Silva - CRB-8/9410

Índice para catálogo sistemático:

1. Literatura finlandesa 848.97
2. Literatura finlandesa 821.511.11

Copyright © 2020 Editora Garnier.

Todos os direitos reservados pela Editora Garnier.
Nenhuma parte desta publicação poderá ser reproduzida
sem a autorização prévia da Editora.

Sumário

PRIMEIRA PARTE — MINUTO

Antioquia	10
Roma	31
Bretanha	91
Cláudia	117
Corinto	144
Sabina	179
Agripina	209

SEGUNDA PARTE — JÚLIO, MEU FILHO

Popeia	249
Tigelino	284
As Testemunhas	321
Antônia	348
O Delator	374
Nero	399
Vespasiano	431
Epílogo	455

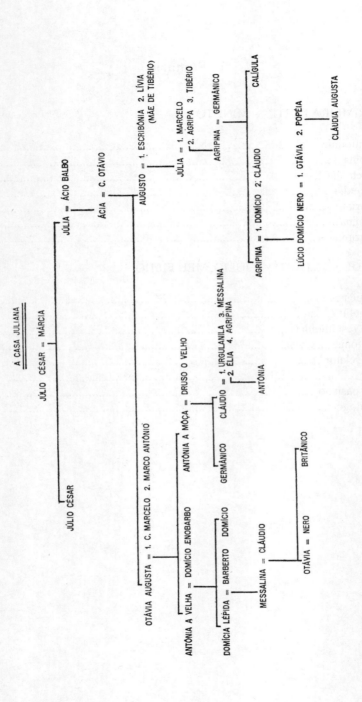

PRIMEIRA PARTE

MINUTO

Suetônio, Os Doze CÉSARES

Como os judeus provocassem desordens por incitamento de Cristo, [Cláudio] os expulsou de Roma.

Aurélio Victor, DE CAESORIBUS

Embora exercesse o poder pelo mesmo número de anos que seu padrasto, e durante boa parte desse tempo fosse muito jovem, foi, sem embargo, no curso dos cinco primeiros anos tão admirável, sobretudo no impulso dado à cidade, que Trajano asseverava amiúde, e com justiça, que nenhum das imperadores nem de longe chegou a rivalizar com aqueles cinco anos de Nero.

Antioquia

Tinha eu sete anos quando o veterano Barbo me salvou a vida. Lembro-me bem da astúcia com que induzi a minha velha aia Sofrônia a deixar-me ir até as margens do rio Orontes. A celeridade e o torvelinho da correnteza me atraíam, e fui debruçar-me no molhe para contemplar a água borbulhante. Então Barbo se aproximou e me perguntou solícito:

— Quer aprender a nadar, meu rapaz?

Respondi que sim. Ele olhou em redor e, agarrando-me pela nuca e por entre as pernas, atirou-me bem longe ao rio. Em seguida, deixou escapar um grito pavoroso, invocando Hércules e Júpiter Romano, o Conquistador, e, jogando ao molhe o manto esfarrapado, mergulhou no meu encalço.

Acudiu gente ao seu brado. Todos viram e foram unânimes em testemunhar que Barbo, arriscando a própria vida, me livrou do afogamento, me levou para terra firme e me fez rolar pelo chão, para que eu vomitasse a água que havia engolido. Quando Sofrônia chegou, desgrenhada e fora de si, Barbo tomou-me nos braços robustos e me transportou para casa, embora eu forcejasse por desvencilhar-me das suas roupas imundas e do seu hálito avinhado.

Meu pai não sentia especial afeição por mim, mas cumulou Barbo de vinho e aceitou a explicação de que eu havia escorregado e caído na água. Não desmenti Barbo, pois me habituara a não falar em presença de meu pai. Pelo contrário, foi deslumbrado que escutei Barbo contar modestamente como, em seu tempo de legionário, cruzara a nado, e com todas as suas armas, o Danúbio, o Reno e até mesmo o Eufrates. Meu pai bebeu vinho, também, para refazer-se do susto, e dispôs-se a relatar como, quando era estudante da escola de filosofia de Rodes, apostara que era capaz de nadar de Rodes ao continente. Ele e Barbo puseram-se de completo acordo em que era tempo de eu aprender a nadar. Meu pai deu a Barbo alguns trajes novos. Enquanto os vestia, Barbo exibiu inúmeras cicatrizes.

Daí por diante Barbo passou a morar em nossa casa e a chamar meu pai de amo. Escoltava-me à escola e, quando não estava muito embriagado, ia buscar-me lá ao fim do dia. Antes de mais nada, tratava-me como um romano. Ele realmente nascera e crescera em Roma, tendo servido trinta anos na 15.ª Legião. Meu pai tivera o cuidado de confirmar esse fato, pois, embora fosse distraído e reservado, nunca empregaria em casa um desertor.

Graças a Barbo, aprendi não só a nadar mas também a montar. A seu pedido, meu pai comprou um cavalo para mim, a fim de que eu me tornasse membro dos jovens Cavaleiros de Antioquia tão logo completasse quatorze anos. É verdade que o Imperador Caio Calígula havia riscado o nome de meu pai dos registros da Nobre Ordem Romana dos Cavaleiros, mas em Antioquia isso era tido na conta mais de honra que de infortúnio, pois toda a gente recordava muito bem quão imprestável fora Calígula, mesmo nos tempos de rapaz. Mais tarde foi assassinado no grande circo de Roma, quando estava prestes a promover seu cavalo favorito à dignidade de Senador. Na ocasião, meu pai, mesmo sem o querer, alcançara tal posição em Antioquia que deliberaram acompanhasse ele a delegação que a cidade ia enviar a Roma para felicitar o Imperador Cláudio, elevado então ao trono. Era certo que lhe restituiriam o título de cavaleiro, mas meu pai recusou-se terminantemente a ir a Roma. Viu-se mais tarde que tivera boas razões para isso. Limitou-se a declarar que preferia viver em paz, com humildade, e que não tinha desejo de ser cavaleiro.

Assim como Barbo viera para nossa casa graças a circunstâncias fortuitas, assim também dera de crescer a fortuna de meu pai. Dizia ele, com seu jeito amargo, que não tinha sorte na vida pois, quando nasci, perdeu a única mulher que havia realmente amado. Mas ainda em Damasco adquirira o hábito de ir ao mercado, no aniversário da morte de minha mãe, e comprar um ou dois infelizes escravos. Ao fim de algum tempo, quando o escravo estava bem alimentado, levava-o às autoridades, pagava a taxa de resgate e libertava-o. Permitia que esses libertos usassem o nome de Márcio, não de Maniliano, e dava-lhes dinheiro para que começassem a exercer o ofício que haviam aprendido. Um dos seus libertos tornou-se Márcio, o mercador de seda, outro Márcio, o pescador, enquanto que Márcio, o barbeiro, acumulou uma fortuna modernizando perucas femininas. Mas o que amontoou maior fortuna foi Márcio, o mineiro, que depois fez meu pai comprar uma mina de cobre na Sicília. Meu pai lamentava também com frequência não poder realizar o mais insignificante ato de liberalidade sem receber benefícios ou louvores em troca.

Desde que se fixara em Antioquia, após sete anos em Damasco, servira, moderado e bom conhecedor de línguas como era, de conselheiro do Procônsul, em particular nas matérias relacionadas com as questões judaicas, nas quais se tornara amplamente versado, durante as primeiras viagens à Judeia e à Galileia. Manso e de boa índole, recomendava sempre a conciliação, de preferência às medidas drásticas. Dessa forma granjeou a estima dos cidadãos de Antioquia. Após ter perdido o título de cavaleiro, foi eleito para o conselho municipal, não por sua força de vontade, mas porque os partidos acreditavam que ele lhes seria útil.

Quando Calígula exigiu que se entronizasse uma estátua sua no templo de Jerusalém e em todas as sinagogas da província, meu pai compreendeu que tal ato redundaria em insurreição armada e aconselhou aos judeus que, em lugar de protestos desnecessários, tratassem de ganhar tempo. Daí resultou que os judeus de Antioquia dessem ao Senado Romano a impressão de que estavam dispostos a custear estátuas suficientemente condignas do Imperador Caio em suas sinagogas. Mas as estátuas sofreram diversos contratempos durante a fabricação, ou então os augúrios premonitórios foram desfavoráveis e impediram-lhes a entronização. Quando o Imperador Caio foi assassinado, meu pai recebeu muitos aplausos por sua presciência. Contudo, não creio que tivesse sabido de antemão do assassínio, mas simplesmente desejara, como de costume, ganhar tempo e evitar complicação para os judeus, o que perturbaria os negócios da cidade.

Mas meu pai também sabia ser cabeçudo. Como membro do conselho municipal, negou-se categoricamente a dar dinheiro para espetáculos circenses de animais selvagens e gladiadores, e chegou até mesmo a opor-se às representações teatrais. A conselho dos seus libertos, porém, mandou levantar na cidade uma galeria com seu nome. Das casas comerciais ali instaladas recebia quantias consideráveis em aluguéis, de sorte que o empreendimento, além da fama, lhe proporcionava vantagens.

Os libertos de meu pai não entendiam por que ele me tratava com tanto rigor, desejando que me contentasse com sua maneira simples de viver. Rivalizavam entre si, oferecendo-me todo o dinheiro de que eu necessitasse, presenteando-me belos trajes, mandando adornar os meus petrechos de montaria, e faziam o possível para proteger-me dele, ocultando os meus estouvamentos. Moço e inexperiente, torturava-me o desejo de ser em tudo tão destacado, ou preferivelmente ainda mais destacado do que os rapazes nobres da cidade, e, imprevidentes, os libertos achavam que isso seria benéfico a eles próprios e a meu pai.

Graças a Barbo, meu pai percebeu que me era indispensável aprender latim. O próprio latim legionário de Barbo não ia muito longe. Assim, meu pai tomou providências para que eu lesse os livros históricos de Virgílio e Lívio. Durante noites a fio, Barbo me falou das colinas, panoramas e tradições de Roma, seus deuses e guerreiros, incutindo-me afinal o desejo ardente da conhecê-la. Eu não era sírio, mas nascera romano, da linhagem de Maniliano e Mecenas, e minha mãe era grega. Naturalmente, não desprezei meus estudos de grego e aos quinze anos já conhecia muitos poetas. Durante dois anos tive Timaio de Rodes como preceptor. Meu pai comprara-o após as perturbações havidas em Rodes e o teria libertado, se Timaio não exprimisse amarga recusa todas as vezes, explicando que não havia diferença real entre escravos e libertos, e que a liberdade residia apenas no coração do homem.

Assim, fui iniciado na filosofia estóica por um angustiado Timaio, que fazia pouco caso dos meus estudos de latim — na sua opinião, os romanos eram bárbaros — e guardava rancor de Roma, que privara Rodes da liberdade.

Entre os rapazes da cidade que tomavam parte nos jogos equestres havia uns dez que competiam entre si nas proezas mais arrojadas. Havíamos jurado fidelidade e tínhamos uma árvore à qual oferecíamos sacrifícios. A caminho de casa, após os exercícios de equitação, deliberamos temerariamente, certa vez, atravessar a cidade a galope, e, ao fazê-lo, arrebatar as grinaldas penduradas às portas das casas comerciais. Por equívoco apossei-me de uma das coroas de folhas de carvalho negro que pendiam em sinal de luto, se bem que não tivéssemos tido outra intenção que amolar os merceeiros. Eu vi nisso um mau presságio, e intimamente me assustei, mas apesar de tudo prendi a coroa em nossa árvore.

Todos os que conhecem Antioquia compreenderão o rebuliço que a façanha provocou, mas é evidente que a polícia não achou jeito de provar a nossa culpa. Nós mesmos fomos forçados a admiti-la, pois de outra forma todos os participantes dos jogos equestres teriam sido castigados. Fomos apenas multados, pois os magistrados não queriam magoar os nossos pais. Depois disso contentamo-nos com proezas fora dos muros da cidade.

A beira do rio avistamos um dia um grupo de moças entretidas em algo que nos atraiu a curiosidade. Julgamos que fossem camponesas, e ocorreu-me a ideia de fingir raptá-las, tal como os antigos romanos haviam tomado as mulheres sabinas. Contei aos meus amigos a história das sabinas e diverti-os a valer. Assim, cavalgamos até ao rio e cada um de nós agarrou a moça que encontrou no caminho e sentou-a na sela diante de si. Em verdade, isso foi mais fácil de dizer do que de fazer, e foi igualmente difícil conservar no lugar aquelas raparigas esganiçadas e esperneantes. Confesso que não sabia o que fazer da minha pequena, mas fiz-lhe cócegas para vê-la rir e quando imaginei que já lhe mostrara suficientemente que a dominara por completo, voltei e deixei que se apeasse. Meus amigos fizeram a mesma coisa. Quando nos afastamos, as moças atiraram-nos pedras e tivemos maus pressentimentos, pois enquanto tivera a moça nos braços eu notara de fato que não era camponesa.

Na realidade eram todas elas moças de famílias nobres que tinham ido ao rio purificar-se e cumprir certos sacrifícios que lhes impunha o novo grau de feminilidade. Deveríamos tê-lo adivinhado pelas fitas coloridas que pendiam dos arbustos como advertência aos intrusos. Mas quem de nós era versado nos misteriosos ritos das adolescentes?

As moças talvez tivessem guardado segredo para o seu próprio bem, mas estava com elas uma sacerdotisa, cujo senso do dever levou-a a pensar que nós havíamos de caso pensado cometido um sacrilégio. Houve, assim, um escândalo terrível. Sugeriu-se até que desposássemos as moças cuja virtude tínhamos ultrajado num delicado momento de sacrifício. Felizmente nenhum de nós recebera ainda a toga viril.

Meu preceptor, Timaio, ficou tão encolerizado que me bateu com uma vara, embora fosse escravo. Barbo arrancou-lhe a vara da mão e aconselhou-me a fugir da cidade. Supersticioso como era, temia os deuses sírios. Timaio não temia os deuses, pois para ele todos os deuses nada mais eram do que simples estátuas mas achava que o meu comportamento lhe trouxera desonra como preceptor. O pior era a impossibilidade de manter a questão fora do conhecimento de meu pai.

Eu era inexperiente e sensível, e quando vi o temor estampado nos demais, imaginei que a nossa brincadeira fora mais grave do que era na realidade. Timaio, que era ancião e estoico, devia ter revelado maior equilíbrio, animando-me em face de tais provações e não procurando abater-me ainda mais. Revelou sua verdadeira natureza e todo o seu amargor quando disse:

— Quem você pensa que é, seu fanfarrão preguiçoso e repulsivo? Não foi sem razão que seu pai lhe deu o nome de Minuto, o insignificante. Sua mãe não era mais do que uma libertina grega, uma dançarina e, pior do que isso, talvez uma escrava. Essa é a sua origem. Foi de acordo com as leis, e não por capricho do Imperador Caio, que o seu pai foi riscado dos registros dos cavaleiros, pois foi expulso da Judeia, no tempo do Governador Pôncio Pilatos, por andar envolvido nas superstições judaicas. Ele não é Maniliano autêntico, mas adotivo, e em Roma fez fortuna à custa de um testamento vergonhoso. Depois meteu-se num escândalo com mulher casada e para lá não pode mais voltar. Por isso você não é nada e vai tornar-se ainda mais insignificante, filho disso, luto de um pai avarento.

13

Teria sem dúvida dito mais, se eu não lhe tivesse desferido um murro na boca. Imediatamente senti horror pelo que fizera, pois não é correto que o pupilo bata no preceptor, mesmo escravo. Timaio limpou o sangue dos lábios e sorriu, malévolo.

— Muito agradecido, Minuto, meu filho, por este sinal — disse ele. O que é torto não tem correção e o que é vil nunca será nobre. Saiba também que seu pai bebe sangue às escondidas com os judeus e, no recesso do seu quarto, adora o cálice da Deusa da Fortuna. De outra forma como poderia alguém ter tanto êxito e ficar tão rico sem méritos próprios? Mas estou farto dele, de você e de todo esse mundo infeliz em que a injustiça reina sobre a justiça, e a sabedoria tem de sentar-se à porta enquanto a insolência promove festins.

Não dei muita atenção às suas palavras, perturbado como estava, mas senti o desejo cego de demonstrar que não era insignificante e ao mesmo tempo contrabalançar o mal que havia feito. Meus colegas conspiradores e eu recordávamos ter ouvido falar de um leão que andara atacando o gado numa localidade situada a meio dia de cavalgada da cidade. Era raro ousarem os leões aproximar-se tanto de um grande centro e o assunto deu margem a muita discussão. Julguei que se eu e os meus amigos o capturássemos e entregássemos ao anfiteatro da cidade, nos redimiríamos de nossa má ação e adquiriríamos fama.

Esse pensamento era tão desvairado que só podia brotar no coração ferido de um menino de quinze anos, mas o mais insano de tudo foi ter Barbo, que naquela tarde estava tão bêbado como de costume, considerado o plano excelente. Nem lhe era fácil opor-se, depois das muitas histórias que me havia narrado de seus próprios feitos heroicos. Ele mesmo colhera leões em rede inúmeras vezes, para obter alguma receita adicional com que complementava seu magro soldo.

Era necessário que abandonássemos a cidade o quanto antes. A polícia poderia estar a caminho para prender-me, e de qualquer modo eu tinha certeza de que nos privariam dos cavalos para sempre, ao amanhecer do dia seguinte, o mais tardar. Encontrei apenas seis dos meus amigos, porque três tinham tido a sensatez de contar imediatamente aos pais o que acontecera, e os pais trataram logo de os mandar para fora da cidade.

Meus amigos, que estavam seriamente abalados, ficaram tão empolgados com meu plano que instantes depois nos pusemos a falar aos berros. Sem que nos vissem, retiramos os cavalos dos estábulos e saímos da cidade. Barbo conseguiu com Márcio, o mercador de seda, uma bolsa de moedas de prata, levou-a para o anfiteatro convenceu um domador de feras a acompanhar-nos. Encheram uma carroça de redes, armas e protetores de couro e vieram juntar-se a nós, fora da cidade, junto à nossa árvore. Barbo trouxe também carne, pão e dois alentados. cântaros de vinho. O vinho restaurou-me o apetite, pois até então eu me quedara tão amargurado e abatido que não pudera comer nada.

A lua brilhava quando partimos. Barbo e o domador distraíam-nos com histórias de capturas de leões em diversos países.

Falavam disso como de coisa tão simples que eu e os meus amigos, estimulados pelo vinho, tratamos de impedir que desempenhassem papel muito ativo, em nossa aventura, a fim de que nos coubesse toda a glória. Prometeram fazê-lo de bom grado, assegurando-nos que procuravam apenas auxiliar-nos com recomendações e com a sua experiência, e que iriam abster-se de intervir. Quanto a mim, testemunhara com meus próprios olhos no anfiteatro a maneira engenhosa pela qual um grupo experiente podia aprisionar um leão com uma rede e a facilidade com que um homem munido de duas lanças mata um desses animais.

Ao amanhecer, chegamos à aldeia de que ouvíramos falar. Os aldeãos estavam acendendo os fogões. A notícia era falsa, pois a aldeia não dava sinais de pavor. Na realidade, estava até orgulhosa do seu leão. Nenhum outro fora visto no distrito num período alcançado pela memória dos vivos.

O leão morava na caverna de um monte das cercanias e deixara uma trilha que ia dar no ribeiro. Na noite anterior, matara e comera um bode que os aldeãos amarraram a uma árvore, à margem do caminho, para que lhes fossem poupadas as preciosas reses. O leão nunca atacara um ser humano. Ao contrário, tinha o hábito de se fazer anunciar com dois rugidos profundos ao sair da caverna. Nem era muito exigente. Contentava-se, à falta de coisa melhor, de comer carcaças, na medida em que os chacais lhe davam permissão para tanto. De mais a mais, os aldeãos já haviam construído uma resistente jaula de madeira em que pretendiam transportar a fera para Antioquia e vendê-la. Um leão capturado com redes tem de ser atado com firmeza, pois seus membros podem ferir-se se não o metemos logo numa jaula e desamarrarmos as cordas.

Quando souberam dos nossos planos, os aldeãos não ficaram nada satisfeitos. Felizmente ainda não tinham vendido o leão, mas logo que se deram conta de nossa situação, fizeram tais exigências que Barbo teve de pagar-lhes dois mil sestércios pelo animal e pela jaula. Ajustada a compra e contado o dinheiro, Barbo pôs-se de repente a tremer e sugeriu que fôssemos dormir um pouco e adiássemos a captura do leão para o dia seguinte. A essa altura, a população de Antioquia já se teria acalmado depois do escândalo que havíamos armado. Mas o domador ponderou sensatamente que este era o momento adequado para enxotar o leão da caverna: de manhã, depois de ter comido e bebido à saciedade, estava moroso em seus movimentos e embotado pelo sono.

Assim, Barbo e ele vestiram os protetores de couro e, levando vários homens da aldeia, cavalgamos rumo à montanha. Os aldeãos mostraram-nos a trilha e o bebedouro do leão, as marcas de patas grossas e um monte recente de excremento. À medida que lentamente nos aproximávamos da toca, o cheiro ia se tornando mais intenso, os cavalos agitavam-se, reviravam os olhos e empacavam. Fomos obrigados a apeara-nos e mandar os cavalos de volta. Prosseguimos a pé, em direção à caverna, até que ouvimos os roncos do leão. O som abalava o chão sob nossos pés. E tivemos medo, já que nos acercávamos da toca de um leão pela primeira vez na vida.

Os aldeãos não experimentavam o menor temor. Garantiram-nos que ele dormiria até à noite. Conheciam-lhe os hábitos bastante bem e juraram que haviam alimentado tanto esse animal indolente e pesadão que nossa maior dificuldade consistiria em despertá-lo e fazê-lo deixar o covil.

O leão abrira uma larga trilha entre as moitas, fora da caverna, e os declives íngremes e rochosos que a circundavam eram tão altos que Barbo e o domador

15

puderam galgá-los em segurança e auxiliar-nos com seus bons conselhos. Indicaram até onde devíamos estender a pesada rede de corda diante da caverna e como três de nós deviam segurá-la em cada extremidade. Alguém deveria gritar e pular atrás da rede a fim de que o leão, aturdido, enceguecido pelo sol, se precipitasse sobre ele e mergulhasse diretamente na rede. Depois, passássemos a rede em volta do leão o maior número possível de vezes, tendo o cuidado de não ficarmos ao alcance dos seus dentes e patas. Quando examinamos a questão, percebemos que não era assim tão simples como nos tinham feito crer.

Sentamo-nos no chão para deliberar a respeito de quem iria despertar o leão. Barbo sugeriu que seria melhor cutucar o animal com a haste da lança, o suficiente para irritá-lo sem feri-lo. O domador asseverou que gostaria de nos prestar esse pequeno obséquio, mas seus joelhos estavam entrevados de reumatismo e, afinal, não queria privar-nos da honra.

Meus amigos fitaram-me e afiançaram que, no tocante a eles, de bom grado abdicariam da honra em meu favor. Fora eu quem elaborara o plano, assim como os havia incitado ao rapto das sabinas, início desta aventura. Com o cheiro acre do leão em minhas narinas, recordei com certa veemência aos meus amigos que meu pai só tinha a mim de filho. Ao prosseguirmos na consideração dessa matéria, verificamos que cinco de nós eram filhos únicos.

Talvez esse fato explique o nosso comportamento. Um só tinha irmãs e o mais moço, Carísio, deu-se pressa em afirmar que seu único irmão, além de gago, padecia de outros defeitos.

Quando Barbo viu que meus amigos me atenazavam e que eu seria forçado a ir, quisesse ou não, bebeu um bom trago de vinho do cântaro, com a voz trêmula invocou Hércules e jurou que me amava mais do que a seu próprio filho, muito embora na verdade não tivesse filho. A tarefa não lhe era apropriada, afirmou, mas sendo um velho e veterano legionário, estava disposto a penetrar na fenda das rochas e despertar o leão. Se viesse a perder a vida, por causa da vista arruinada e das pernas enfraquecidas, desejava somente que eu lhe dispensasse um belo funeral e lhe fizesse o elogio para que seus feitos célebres e numerosos fossem conhecidos de todos. Com a morte iria provar que pelo menos uma parcela de tudo quanto me contara acerca de suas façanhas nesses anos todos era verídica.

Quando se pôs de gatinhas e ia começar a descer o declive com uma lança na mão, até eu fraquejei. Abraçamo-nos afetuosamente e choramos juntos. Não podia permitir que um velho sacrificasse a vida por mim e pelos meus erros. Ordenei-lhe que dissesse a meu pai que, pelo menos, eu enfrentara a morte como homem, e isso talvez reparasse tudo, já que só lhe dera desgostos desde o instante em que minha mãe morreu ao dar-me à luz até agora quando, malgrado a ausência de intenção malévola, eu lhe enxovalhara o bom nome em toda a Antioquia.

Barbo insistiu em que eu tomasse uns tragos de vinho, desde que, assegurou-me, nada realmente nos aflige quando temos bastante vinho na barriga. Bebi e fiz meus amigos jurarem que segurariam a rede firmemente e não a largariam por nada neste mundo. Em seguida empunhei a lança com ambas as mãos, cerrei os dentes e fui rastejando pela trilha do leão, através da fenda aberta nas rochas.

16

Ouvindo os roncos trovejantes do leão, avistei-lhe o vulto deitado na caverna. Brandi a lança, ouvi o leão soltar um rugido, eu mesmo dei um urro e corri, mais veloz do que em qualquer competição atlética em que já tomara parte, indo precipitar-me na rede que os meus amigos tinham erguido apressadamente sem esperar pelo meu salto.

Enquanto me debatia nas malhas da rede, o leão saiu gemendo e hesitante da caverna e estacou, surpreso de me ver. Era um bicho tão descomunal e medonho que meus amigos, incapazes de encará-lo, deixaram cair a rede e debandaram. O domador gritou, recomendando que atirássemos sem perda de tempo a rede sobre o leão, antes que este se acostumasse à luz solar. Do contrário, poderia tornar-se perigoso.

Barbo gritou também que eu revelasse presença de espírito e lembrou que eu era romano e Maniliano. Se me visse em aperto, desceria imediatamente e mataria o leão com a espada, mas primeiro eu devia tentar aprisioná-lo vivo. Não sei que parte desse conselho me pareceu mais judiciosa, mas uma vez que meus amigos haviam deixado cair a rede, era mais fácil libertar-me dela. A despeito de tudo, a covardia deles me dera tanta raiva que apanhei energicamente a rede e fitei o leão nos olhos. Ele sustentou meu olhar, com um porte majestoso e uma expressão profundamente ofendida e magoada, gemendo suavemente ao erguer uma pata traseira ensanguentada. Levantei a rede com as duas mãos, suspendi-a com toda a força, pois era pesada para um homem só, e atirei-a. Simultaneamente o leão pulou para a frente, entrançou-se na rede e caiu de lado. Rugindo terrivelmente, começou a espojar-se no chão, enrolando-se na rede, de sorte que só uma vez conseguiu atingir-me com a pata. Senti-lhe a força, pois fui arremessado de pernas para o ar a uma boa distância, o que, sem dúvida, me salvou a vida.

Barbo e o domador entraram logo em ação, o último pegando o forcado de madeira e prendendo o leão ao solo, e Barbo dando um nó nas patas traseiras. Nesse momento os camponeses sírios trataram de vir em nosso socorro, mas bradei, praguejei, proibi-os, pois queria que os meus amigos poltrões participassem da captura do leão. De outro modo, todo o nosso plano de nada teria servido. Por fim, fizeram o que lhes cumpria, se bem que tenham recebido diversas esfoladuras das patas do leão. O domador prendeu as nossas cordas e laçadas, até que o leão ficou de tal modo amarrado que mal podia mover-se. Enquanto isto ocorria, sentei-me no chão, tremendo de raiva e tão transtornado que vomitei entre os joelhos.

Os camponeses sírios enfiaram uma vara por entre as patas do leão e puseram-se a transportá-lo para a aldeia. Pendurado na vara, parecia menos avantajado e majestoso do que quando saíra da caverna e surgira em plena luz. De fato, era um leão velho, fraco e picado por pulgas, com muitas falhas na juba e dentes estragados. O que mais me inquietava era que pudesse ser estrangulado pelas cordas durante a viagem para a aldeia.

Minha voz me traiu em mais de uma ocasião, mas dei a entender aos meus amigos o que pensava deles e do seu comportamento. Se havia alguma lição no episódio, era que não se podia confiar em ninguém quando se tratava da própria vida. Meus amigos estavam envergonhados do seu comportamento, mas também me fizeram lembrar nosso juramento e que havíamos capturado o leão juntos.

17

Concediam-me de boa vontade o maior quinhão de honra, mas não deixavam de exibir suas feridas. Por minha vez, mostrei o braço — sangrava tão profusamente que os meus joelhos fraquejavam. Por fim concordamos que a aventura nos marcara com cicatrizes para a vida inteira.

Na aldeia comemoramos com uma festa e respeitosamente sacrificamos ao leão depois de o termos trancado dentro da jaula. Barbo e o domador embebedaram-se, enquanto as moças da aldeia dançavam em nossa honra e nos engrinaldavam. No dia seguinte alugamos um carro de boi para transportar a jaula e cavalgamos atrás, em procissão, com a fronte coroada de flores, tendo ao mesmo tempo o cuidado de tornar bem visíveis as manchas de sangue em nossas ataduras.

Às portas de Antioquia a polícia tinha ordem de prender-nos e tomar-nos os cavalos, mas o oficial comandante foi mais atilado e resolveu acompanhar-nos, quando lhe dissemos que nos dirigíamos voluntariamente para a Prefeitura, a fim de nos entregarmos. Dois soldados se puseram à nossa frente, abrindo caminho com seus bastões, pois, como é costume em Antioquia, todos os vagabundos começaram a aglomerar-se, tão logo se espalhou a notícia de que alguma coisa extraordinária ocorrera.

A princípio, a multidão bradava insultos e nos atirava esterco e frutas podres, já que circulava o boato de que tínhamos violado todas as moças e profanado os deuses da cidade.

Irritado com o barulho e os gritos da multidão, o leão entrou a rugir tediosamente, e continuou rugindo, estimulado pelo som da própria voz, até que os nossos cavalos mais uma vez passaram a empinar-se e a recuar, assustados.

É possível que o domador tenha provocado esses rugidos. Seja como for, a multidão foi cedendo diante de nós, e, ao verem nossas ataduras manchadas de sangue, várias mulheres soltaram gritos de comiseração e choraram.

Quem já viu a larga rua principal de Antioquia, com uma milha de comprimento e suas intermináveis colunas, perceberá que pouco a pouco o nosso cortejo se foi assemelhando mais a uma procissão de triunfo do que de opróbrio. A multidão, facilmente influenciável, não tardou a atirar flores ao nosso préstito. Nossa confiança aumentou, e ao chegarmos à Prefeitura já nos imaginávamos heróis e não criminosos.

Os conselheiros permitiram-nos primeiro presentear o leão à cidade e dedicá-lo ao protetor Júpiter, que em Antioquia é comumente chamado Baal. Depois disto, fomos levados à presença dos magistrados criminais. Mas àquela altura já se encontrava no meio deles um advogado célebre, com quem meu pai havia falado, e nosso comparecimento voluntário causou profunda impressão nos juízes. Privaram-nos de nossos cavalos, naturalmente, o que era inevitável, e tivemos de escutar palavras sombrias sobre a depravação da juventude e acerca do que se podia esperar do futuro, quando os filhos das melhores famílias da cidade davam exemplo tão aterrador ao povo, e como fora tudo tão diferente nos dias em que nossos pais e antepassados eram moços.

Mas quando voltei para casa, com Barbo, uma coroa mortuária pendia em nossa porta, e a princípio ninguém nos dirigiu a palavra, nem mesmo Sofrônia.

Afinal, desfeita em lágrimas, ela contou que meu preceptor, Timaio, pedira na noite anterior uma panela de água morna e depois abrira as veias em seu quarto. De manhã, encontraram-lhe o corpo sem vida. Meu pai, trancado em seus aposentos, não recebera sequer os libertos, que vieram consolá-lo.

A verdade é que ninguém apreciava realmente o taciturno e descontente Timaio, mas a morte é sempre a morte e não pude escapar a certo sentimento de culpa. Batera em meu preceptor e com meu comportamento o enchera de vergonha. Agora sentia-me aterrorizado. Esqueci que havia enfrentado um leão de verdade, e meu primeiro impulso foi de fugir para sempre, tornar-me gladiador ou alistar-me numa das mais longínquas legiões romanas nos países de gelo e neve ou nas fronteiras da Pártia. Mas não podia fugir da cidade sem ir parar na prisão. Por isso pensei desafiadoramente em seguir o exemplo de Timaio e assim livrar meu pai de minha incômoda presença.

Meu pai recebeu-me de modo bem diverso do que eu esperava, embora não me tivesse custado muito imaginar algo parecido, visto que ele raramente procedia como as outras pessoas. Exausto da vigília e chorando, caiu sobre mim, tomou-me nos braços, apertou-me ao peito, beijou-me as faces e os cabelos, e embalou-me ternamente de um lado para outro. Nunca antes ele me havia segurado em seus braços dessa maneira e com tanto carinho, pois quando eu era pequeno e ansiava por suas carícias ele nunca me tocava e evitava até olhar para mim.

— Meu filho Minuto — sussurrou —. Pensei que te tinha perdido para sempre e que tivesses fugido para os confins do mundo com aquele velho bêbado, pois levavas dinheiro contigo. Não te amofines por causa de Timaio. Ele desejava apenas vingar-se do destino de escravo e utilizar sua vaga filosofia contra nós. Mas nada do que acontece neste mundo é tão terrível que escape à reconciliação e ao perdão. Oh, Minuto — prosseguiu meu pai — não sou capaz de criar ninguém, pois não pude nem mesmo conduzir a minha vida. Mas tens a fronte de tua mãe, os olhos de tua mãe, o nariz afilado e curto de tua mãe e a boca adorável de tua mãe. Perdoarás a dureza do meu coração e o desamparo em que te deixei?

A incompreensível ternura de meu pai derreteu-me o coração e não contive o pranto. Prostrei-me diante dele, abracei-lhe os joelhos, pedi perdão pela vergonha que lhe causara e prometi corrigir-me, se ele mais uma vez se mostrasse indulgente. Meu pai também se tinha ajoelhado e abraçava-me e beijava-me, de modo que ali nos quedamos de joelhos, pedindo perdão um ao outro. O alívio que senti foi tão grande e tão doce por ter meu pai assumido a responsabilidade pela morte de Timaio e pela minha própria culpa, que meu pranto se tornou ainda mais forte.

Ao ouvir meus gemidos, Barbo não se conteve. Irrompeu atabalhoadamente no quarto, com escudo e espada desembainhada, crendo que meu pai estivesse me batendo. Seguindo-lhe os passos, entrou Sofrônia, chorando alto. Afastou-me de meu pai e acolheu-me em seu seio farto. Ela e Barbo concitaram meu desalmado pai a bater em ambos, desde que a eles, e não a mim, devia caber a culpa. Eu era ainda uma criança e com certeza não tivera más intenções em minhas inocentes travessuras.

Meu pai ergueu-se, embaraçado, e defendeu-se com veemência da acusação de crueldade, garantindo-lhes que não me tinha surrado. Quando percebeu o estado de espírito de meu pai, Barbo invocou em altos brados todos os deuses de Roma e jurou que ia matar-se com sua própria espada para expiar sua culpa, como fizera Timaio. Ficou tão exaltado que teria provavelmente causado dano a si mesmo se não tivéssemos nós três, meu pai, Sofrônia e eu, conseguido arrancar-lhe das mãos a espada e o escudo. O que ele na realidade pensara fazer com o escudo, ninguém sabia. Posteriormente explicou ter receado que meu pai o golpeasse na cabeça, e sua velha cabeça já não podia suportar as bordoadas que suportara outrora na Armênia.

Meu pai recomendou a Sofrônia que mandasse buscar as melhores iguarias e providenciasse um banquete. Devíamos estar famintos após a nossa aventura e ele mesmo não tocara em nada, depois de descobrir que eu deixara a casa e verificar que fora tão inepto na criação do próprio filho. Também enviou convites a seus libertos que moravam na cidade, pois todos se tinham inquietado comigo.

Meu pai lavou minhas feridas, besuntou-as com unguento medicinal e envolveu-as em linho, embora eu mesmo tivesse preferido conservar um pouco mais as ataduras manchadas de sangue. Barbo teve, então, oportunidade de narrar a história do leão. Meu pai tornou-se ainda mais soturno e voltou a incriminar-se por ter o filho preferido enfrentar a morte nas garras de um leão a procurar junto a seu próprio pai o perdão para uma diabrura juvenil.

Afinal, depois de tagarelar à vontade, Barbo sentiu sede e deixou-nos a sós. Meu pai disse ter chegado à conclusão de que devia falar-me acerca do futuro, pois dentro em breve eu iria receber a toga viril, mas tinha dificuldade em encontrar as palavras. Nunca me falara antes de pai para filho. Fitava-me com um ar de perplexidade e em vão buscava as palavras que pudessem ajudá-lo a tocar no meu íntimo.

Encarei-o também e vi que seus cabelos estavam rareando e o rosto se cobria de rugas. Meu pai já andava mais perto dos cinquenta do que dos quarenta e aos meus olhos era um homem envelhecido e solitário que não podia gozar a vida nem a fortuna dos seus libertos. Avistei os rolos de pergaminho e pela primeira vez me dei conta de que não havia estátua de nenhum deus em seu quarto, nem mesmo a imagem de algum espírito tutelar. Lembrei-me das malévolas acusações de Timaio.

— Marco, meu pai — disse eu. — Antes de morrer, meu preceptor, Timaio, me contou várias coisas desagradáveis a respeito de minha mãe e de ti. Por isso é que eu o feri na boca. Não quero de modo algum justificar o que fiz, mas, ainda assim, diz-me se há qualquer coisa desagradável. De outro modo, quando me tornar adulto como irei julgar as minhas ações?

Meu pai perturbou-se, esfregou as mãos uma na outra e evitou o meu olhar. Depois falou com lentidão:

— Tua mãe morreu quando te deu à luz, e foi isso que não pude perdoar a ti ou a mim mesmo, até hoje. Depois, compreendi que só tinha a ti na minha vida, meu filho Minuto.

— Foi mamãe uma dançarina, uma mulher dissoluta e uma escrava, como afirmou Timaio? — perguntei sem rodeios.

Meu pai ficou visivelmente transtornado.

— Não devias pronunciar tais palavras, Minuto — bradou ele. — Tua mãe era a mulher mais nobre que já conheci, e é claro que não era escrava embora tivesse,

20

em razão de uma promessa, consagrado parte de sua vida a servir Apolo. Uma vez percorri com ela a Galileia e Jerusalém, à procura do rei dos judeus e do seu reino. Suas palavras me deram coragem. A voz me saiu trêmula:

— Contou-me Timaio que te envolveste de tal modo nas conspirações secretas dos judeus que o magistrado não teve outro remédio senão expulsar-te da Judeia, e que por isso, e não por causa de algum capricho do Imperador Caio, não pudeste reaver o título de cavaleiro.

Ao responder, meu pai também tinha a voz trêmula:

— Deixei para te falar de tudo isso quando fosses capaz de raciocinar por tua própria conta. Não queria que fosses obrigado a pensar em coisas que nem mesmo eu entendia. Mas agora chegaste à encruzilhada e escolherás o caminho a palmilhar. Só me resta esperar que escolhas o certo. Não te posso forçar, porque só tenho para te oferecer coisas invisíveis que eu mesmo não compreendo,

— Pai — murmurei aterrado — não te converteste em segredo à fé judaica, depois de tantas relações com esse povo?

— Mas, Minuto! — exclamou, surpreso, meu pai. — Tens ido comigo aos banhos e aos jogos atléticos. Deves ter notado que não trago o sinal de fidelidade no meu corpo. Se o trouxesse, me correriam dos banhos com zombarias. Não nego que li muito as escrituras sagradas dos judeus, para compreendê-los melhor. Mas na realidade nutro certa animosidade contra os judeus, porque foram eles que crucificaram o seu rei. Guardo certa má vontade contra eles por causa da morte dolorosa de tua mãe. Levo essa má vontade até contra o seu rei, que no terceiro dia ressurgiu dos mortos e fundou um reino invisível. Seus discípulos judeus ainda acreditam que ele há de voltar e fundar um reino visível, mas tudo isso é muito complicado e absurdo, e não te posso ensinar coisa alguma a esse respeito. Tua mãe teria sabido fazê-lo, pois sendo mulher entendia melhor do que eu esses assuntos e ainda não compreendo por que ela teve de morrer por amor a mim.

Começava a duvidar da sanidade mental de meu pai e refleti que em todas as coisas ele se comportava de modo diferente da maioria das pessoas.

— Quer dizer então que bebeste sangue com os judeus em seus ritos supersticiosos — disse eu, com rudeza.

Meu pai pareceu perturbado.

— Isso é algo que não podes entender, pois não sabes nada dessas coisas.

Mas apanhou uma chave e abriu uma arca. Tirou dela um cálice usado de madeira, segurou-o delicadamente e mostrou-o a mim:

— Este é o cálice de tua mãe Mirina — explicou — e neste cálice bebemos juntos o vinho da imortalidade, em certa noite sem lua, numa montanha da Galileia. E o cálice não se esvaziou, apesar de termos ambos bebido intensamente. E o rei apareceu e falou com cada um de nós, embora fôssemos mais de quinhentos. A tua mãe, ele disse que nunca mais em sua vida ela teria sede. Prometi que jamais contaria a ninguém essas coisas, pois eles julgavam que o reino pertencia aos judeus, e eu, sendo romano, não podia concordar com esse ponto de vista.

Convenci-me de que se tratava do cálice mágico que Timaio dissera ser da Deusa da Fortuna. Tomei-o nas mãos: era apenas um cálice usado, de madeira, mas senti certa ternura ao imaginar que minha mãe o manuseara e tivera em alta estima.

21

Olhei compassivo para meu pai e disse:

— Não vou incriminar-te por tua superstição, pois as artes mágicas dos judeus desconcertaram o juízo de homens mais sábios do que tu. Sem dúvida, o cálice te deu sorte e riqueza, mas nada quero dizer da imortalidade, pois não pretendo magoar-te. E quanto ao novo deus, há velhos deuses que morreram e retornaram, como Osíris, Tamuz, Átis, Adônis e Dionísio, para não mencionar muitos outros. Mas todos esses não passam de parábolas e fábulas, reverenciadas pelos iniciados nos mistérios. Pessoas instruídas já não bebem sangue e estou farto de mistérios, graças a mocinhas estúpidas que penduram fitas coloridas nos arbustos.

Meu pai abanou a cabeça e apertou as mãos:

— Ah, se eu pudesse ao menos fazer-te compreender.

— Compreendo perfeitamente, mesmo que ainda não seja um adulto — afiancei. — De resto, aprendi alguma coisa aqui em Antioquia. Falas de Cristo, mas a nova superstição é ainda mais perniciosa e degradante do que os outros ensinamentos dos judeus. É verdade que ele foi crucificado, mas não era nenhum rei nem ressurgiu dos mortos. Seus discípulos roubaram-lhe o corpo do túmulo para não se envergonharem diante do povo. Não vale a pena falar dele. Os judeus se encarregaram de alimentar a tagarelice e as disputas.

Meu pai passou a discutir a questão:

— Ele era rei, na verdade. Isso foi até inscrito em três línguas na sua cruz. Jesus de Nazaré, Rei dos Judeus. Li com estes olhos. Se não acreditas nos judeus, acredita então no governador romano. E seus discípulos não roubaram o cadáver, mesmo que os judeus tenham subornado os guardas para que espalhassem esse boato. Sei disso porque eu mesmo estive lá e vi tudo com meus próprios olhos. E certa vez eu o encontrei na margem oriental do lago da Galileia, depois que ele retornara do meio dos mortos. Pelo menos, ainda creio que fosse ele. Foi ele mesmo quem me conduziu ao encontro de tua mãe. Naquele tempo ela estava em dificuldade na cidade de Tiberíade. Segundo a opinião geral, dezesseis anos se passaram desde esses acontecimentos, mas ainda posso vê-los claramente diante dos meus olhos quando tu me afliges com tua incapacidade de compreender.

Não podia dar-me o luxo de provocar a ira de meu pai:

— Não desejo discutir contigo acerca das coisas divinas — apressei-me a declarar. — Há só uma coisa que eu quero saber. Podes voltar a Roma sempre que tiveres vontade? Timaio afirmou que não podes voltar nunca a Roma, por causa do teu passado.

Meu pai empertigou-se, franziu o cenho e olhou-me severo:

— Sou Marco Mezêncio Maniliano — disse ele. — E posso sem dúvida voltar a Roma sempre que desejar. Não sou exilado e Antioquia não é nenhum lugar de degredo. Tu mesmo deves saber disso. Mas tenho razões particulares para não ir a Roma. Agora, se necessário, posso ir, agora que estou velho e já não sou tão influenciável como quando era mais moço. Outras razões pelas quais não precisas perguntar. Não as entenderias.

Essas afirmações me satisfizeram e bradei:

— Falaste de uma separação de caminhos e do futuro que eu mesmo devo escolher. Em que estavas pensando?

Meu pai, hesitante, passou a mão pela testa, pesou as palavras e finalmente respondeu:

— Os homens de Antioquia que melhor conhecem o caminho começam atualmente a perceber que o reino não pertence só aos judeus. Suspeito, ou para ser inteiramente franco, sei que até mesmo gregos e sírios incircuncisos foram batizados e tiveram permissão de participar de suas refeições. Isso deu motivo a muitas disputas, mas há aqui no momento um judeu, vindo de Chipre, que encontrei certa vez em Jerusalém. Tem como auxiliar um judeu chamado Saulo, natural de Tarso, que também vi em Damasco, numa ocasião em que ele foi levado à cidade. Havia perdido a visão durante uma revelação divina, mas depois recuperou-a. É um homem que vale a pena conhecer. Meu mais ardente desejo é que procures esses homens e lhes escutes os ensinamentos. Se te convencerem, eles te batizarão como súdito do reino de Cristo e receberás permissão de participar de suas refeições secretas. Isto é, sem circuncisão, pois não precisas temer que venhas a ficar sujeito à jurisdição da lei judaica.

Não pude crer nos meus ouvidos:

— Queres de fato que eu me inicie nos ritos judaicos? — gritei. — Que eu adore um rei crucificado e um reino que não existe? Que outro nome se pode dar ao que não se pode ver?

— A culpa é minha — retrucou impaciente meu pai — e estou certo de que estou empregando as palavras erradas, já que não posso convencer-te. Seja como for, nada tens a perder, escutando o que esses homens têm a dizer.

Mas só de pensar eu me apavorava:

— Não consentirei jamais que os judeus me borrifem com sua água consagrada — berrei. — E nem concordarei em beber sangue com eles. Aí então perderia os últimos vestígios que restam de minha boa reputação.

Mais uma vez meu pai tentou pacientemente explicar que de qualquer modo era Saulo um homem instruído e um judeu que frequentara a escola de retórica de Tarso, e que não somente escravos e artesãos, mas também muitas senhoras nobres de Antioquia iam ouvi-lo em segredo. Mas tapei os ouvidos com as mãos, bati o pé e gritei estridente e fora de mim:

— Não, não, não!

Meu pai caiu em si e falou num tom mais tranquilo:

— A escolha é tua. O douto Imperador Cláudio calculou sem dúvida que na próxima primavera a cidade completará oitocentos anos de sua fundação. Está claro que o divino Augusto celebrou este centenário, e ainda vivem muitas pessoas que participaram das comemorações. Mas outra festa centenária nos dará excelente motivo para irmos a Roma.

Antes que tivesse tempo de concluir, atirei os braços em volta do seu pescoço, beijei-o, dei gritos de alegria e pus-me a correr à roda do quarto, pois eu não passava de um rapazelho. Então seus libertos começaram a chegar para o banquete e meu pai teve de dirigir-se ao átrio, a fim de os saudar e receber-lhes os presentes. Coloquei-me ao lado de meu pai, para indicar que ele pretendia estar comigo em todas as ocasiões. Os recém-chegados mostraram-se vivamente contentes com isto, afagaram-me o cabelo, consolaram-me da perda do cavalo e admiraram minhas ataduras.

Quando estavam reclinados à mesa e eu me tinha sentado num dos bancos, aos pés de meu pai, uma vez que ainda era menor, meu pai explicou que a finalidade dessa reunião era uma consulta de família acerca do meu futuro.

— Comecemos por fortificar-nos com vinho. O vinho desata a língua, e necessitamos de todos os bons conselhos que pudermos obter.

Não esparziu vinho no piso, mas Barbo não se assustou com esse ateísmo. Ao contrário, fez uma oferenda aos deuses e pronunciou a saudação em voz alta. Segui-lhe o exemplo e os libertos também derramaram pelo menos uma gota de vinho no assoalho, com as pontas dos dedos, embora nada dissessem em tom audível. Meu coração encheu-se de amor quando eu os vi a todos, pois todos eles haviam feito o possível para mimar-me e desejavam que eu me tornasse um homem com cuja reputação a reputação deles também aumentasse. Nada mais esperavam de meu pai, pois já se tinham habituado a ele.

Quando comprei os seus bastões de libertos — prosseguiu meu pai — permiti-lhes beber do vinho da eternidade no cálice de madeira de minha falecida esposa. Mas vocês não trataram de congregar as suas riquezas senão para as coisas terrenas que podem acabar a qualquer momento. Todavia, isto é apenas como deve ser, pois eu seria atormentado por minha saciedade e minha riqueza e as inúmeras obras inúteis a que não atribuo valor algum. Não desejo outra coisa senão viver quieta e humildemente.

Os libertos apressaram-se a asseverar que também procuravam viver tão quieta e humildemente quanto era possível a vitoriosos homens de negócios. Jactar-se das próprias riquezas somente conduzia a aumentos de impostos e doações obrigatórias à cidade. E nenhum desejava gabar-se do passado quando todos tinham sido escravos.

— A bem de vocês e por causa da teimosia de meu filho. Minuto — disse meu pai — não posso seguir o novo caminho, que foi agora franqueado aos incircuncisos, tanto gregos quanto romanos. Se me fizesse cristão, como é chamado esse caminho, para diferençá-lo da fé judaica, então vocês e toda a minha casa seriam forçados a fazer o mesmo, e não creio que disso adviesse bem algum. Não acredito, por exemplo, que Barbo participasse com qualquer espírito, pouco importando quem pusesse as mãos sobre sua cabeça e soprasse. Isto para não falar de Minuto, que perdeu o controle de si mesmo até o ponto de esbravejar ante a simples ideia disso. Portanto, é chegado o momento de falar a respeito de minha família. O que eu faço, faço integralmente. Minuto e eu viajaremos para Roma, e lá recuperarei minha dignidade de cavaleiro, em associação com as comemorações do centenário. Minuto receberá a toga viril em Roma, na presença de sua família. E receberá um cavalo, em substituição ao que perdeu aqui.

Para mim esta era uma surpresa com que eu não tinha sequer ousado sonhar. No máximo imaginara que, no futuro, graças à minha intrepidez e ao meu talento, eu lograria restituir a meu pai a distinção que ele perdera por capricho do Imperador. Mas isso não era novidade para os libertos. Pelo comportamento deles concluí que vinham desde muito instado com meu pai nesse sentido, pois eles mesmos tinham honra e benefícios a ganhar com meu pai na ordem dos cavaleiros. Confirmaram com um movimento de cabeça e explicaram que já tinham entrado em contato com os libertos do Imperador Cláudio, que estavam encarregados de questões importantes na administração do Estado. Meu pai também possuía propriedade no Aventino e terra em Cere, de sorte que preenchia até demais as condições de renda exigidas do grau de cavaleiro.

Meu pai pediu-lhes que se calassem e explicou:

— Tudo isso é secundário. O essencial é que consegui enfim os documentos necessários sobre os antepassados de Minuto. Isso exigiu boa soma de investigações judiciais. A princípio pensei que deveria simplesmente adotá-lo, no dia em que atingisse a maioridade, mas meu advogado me convenceu de que tal medida não seria aconselhável. Em tal caso a ascendência romana de meu filho seria, do ponto de vista jurídico, sempre posta em dúvida.

Após desdobrar uma massa de documentos, meu pai leu alguns em voz alta e explicou-os minuciosamente:

— O mais importante é o contrato do meu casamento com Mirina, autenticado pela autoridade romana em Damasco. É inquestionavelmente uma certidão válida e pois logo que minha mulher engravidou, em Damasco, fiquei muito feliz e resolvi consolidar a posição de meu herdeiro futuro.

Olhou um instante o teto e continuou:

— Mais difícil foi investigar os antepassados da mãe de Minuto, uma vez que na ocasião isso não me pareceu essencial e assim nunca tocamos na questão. Depois de pesquisas demoradas. comprovou-se definitivamente que sua família provinha originalmente da cidade de Mirina, na província da Ásia, perto da cidade de Cime. Foi meu advogado que me aconselhou a começar a investigação por aquela cidade, em virtude da semelhança de nome. Mais tarde descobriu-se que sua família, tendo perdido a riqueza, mudou-se de lá para as ilhas, mas suas origens são extremamente aristocráticas, e para confirmar isto mandei colocar uma estátua de minha mulher defronte do palácio da justiça em Mirina e também fiz várias doações em sua memória. Efetivamente, meu representante providenciou a reconstrução do edifício do tribunal; não era imponente e os próceres da cidade ofereceram-se para reconstituir a linhagem de Mirina, remontando aos tempos primitivos, sim, a um dos deuses do rio, mas achei que isso era desnecessário. Na ilha de Cós, meu representante encontrou um venerável sacerdote do templo de Esculápio, que se lembrava muito bem dos pais de Mirina e podia confirmar por juramento que era irmão do pai de Mirina. Após a morte de seus honestos mas empobrecidos pais, os filhos se consagraram a Apolo e depois deixaram a ilha.

— Ah, como eu gostaria de conhecer esse tio de minha mãe! — exclamei com veemência. — É o único parente vivo pelo meu lado materno.

— Não será necessário meu pai apressou-se a dizer. — É um ancião quase desmemoriado, a quem tratei de proporcionar um teto, comida e alguém que o guie até o dia de sua morte. Tudo quanto você precisa recordar é que pelo lado materno é de nobre ascendência grega. Quando chegar à idade adulta, poderá contemplar de vez em quando a pobre cidade de Mirina com alguma dádiva apropriada, para que o assunto não seja totalmente esquecido.

— Eu também — prosseguiu rápido — pertenço à família Maniliana por adoção, e meu nome é portanto Maniliano. Meu pai adotivo, que é seu avô legal, era o célebre astrônomo Manílio, autor de uma obra sobre esta ciência que é ainda lida nas bibliotecas do mundo inteiro. Mas sem dúvida você estranha seu outro nome: Mezêncio. Isso me leva à sua ascendência verdadeira. O célebre Mecenas, amigo do divino Augusto, era meu parente distante e estendia sua proteção aos pais do meu pai, se bem que os tenha esquecido no testamento. Ele, por sua vez, descendia dos governantes de Cere, que foram reis muito antes que Eneias fugisse de Troia. Desse modo, sangue romano também corre nos antigos etruscos. Mas juridicamente falando, devemos incluir-nos na família Maniliana. Em Roma é preferível silenciar sobre os etruscos, pois os romanos não gostam de lembrar que outrora os etruscos os governaram.

Meu pai falava com tanta dignidade que todos o ouvíamos em silêncio, e somente Barbo lembrava-se de se fortalecer com vinho de vez em quando.

— Meu pai adotivo, Manílio, era um homem pobre — continuou. — Malbaratou sua fortuna em livros e na investigação das estrelas, em lugar de ganhar dinheiro com a arte da adivinhação. Foi devido mais à distração do divino Tibério, do que a si mesmo, que teve permissão de reter sua dignidade de cavaleiro. Precisaria de muito tempo para relatar como passei minha juventude faminta de amanuense aqui em Antioquia. A principal razão disso foi não ter meios para comprar um cavalo, em virtude da pobreza da família Maniliano. Mas, ao retornar a Roma, tive a sorte de conquistar a estima de uma mulher altamente situada, cujo nome não revelarei. Esta mulher de visão apresentou-me a uma viúva, velha e enfermiça, mas generosa. Em seu testamento, esta senhora legou-me toda a sua fortuna, de sorte que me foi possível comprovar o direito de usar o anel de ouro, mas então eu já tinha quase trinta anos e não estava mais interessado no serviço público. Além disso, a família da viúva impugnou o testamento, chegando mesmo a lançar a acusação terrível de que a velha senhora fora envenenada, após a redação de tal documento. A justiça deu-me ganho de causa, mas em razão desse malsinado processo e também de outras questões, saí de Roma e fui para Alexandria, estudar. Se bem tenha havido muita bisbilhotice em Roma, na ocasião, não creio que ninguém tenha lembrança dessa disputa iniciada por pessoas de má-fé. Conto-lhes isto para mostrar a Minuto que não há nesse fato nada de vergonhoso e que nada me impede de regressar a Roma. E acho que é melhor, tendo em vista o que aconteceu, embarcarmos o mais cedo possível, aproveitando a boa quadra da travessia marítima. Depois, terei todo o inverno para pôr em ordem os meus negócios, antes das comemorações do centenário.

Tínhamos comido e bebido. Do lado de fora da nossa casa os archotes fumegavam e apagavam-se, e o azeite baixava nas candeias. Eu mesmo me mantinha em silêncio, procurando não coçar os braços, nos pontos em que as feridas começavam a irritar-me. Diante da casa haviam-se postado alguns dos mendigos de Antioquia e, de acordo com o bom costume sírio, meu pai mandara distribuir entre eles o que sobrara da comida.

26

Exatamente quando os libertos preparavam-se para ir embora, entraram dois judeus. De início foram tomados por mendigos e os fâmulos mostraram-lhes a porta da rua. Mas meu pai correu-lhes ao encontro e saudou-os respeitosamente. — Não, não — disse ele — Conheço estes homens. São emissários do Deus mais alto. Voltem para dentro, todos vocês, e escutem o que eles têm a dizer. O mais digno dos dois era um homem muito empertigado, de barba grisalha. Soubemos que era um mercador judeu, oriundo de Chipre, chamado Barnabé. Ele, ou sua família, possuía casa em Jerusalém, e meu pai o conhecera lá, muito antes do meu nascimento. O outro era bem mais moço. Trajava um manto grosso de couro preto de cabra, estava ficando calvo, as orelhas eram salientes e os olhos tinham uma expressão de tal modo penetrante que os libertos os evitavam e mexiam os dedos como que para desviar-lhe o olhar. Era Saulo, de quem me falara meu pai, mas já não era conhecido por seu verdadeiro nome, pois disse havê-lo trocado pelo de Paulo. Fizera-o por humildade, mas também porque seu primitivo nome tinha má reputação entre os seguidores de Cristo. Paulo quer dizer o *insignificante*, como o meu próprio nome, Minuto. Não era simpático, mas havia tal ardor no rosto e nos olhos que ninguém sentia desejo de altercar com ele. Compreendi que nada do que se dissesse a este homem poderia influenciá-lo. Ao contrário, ele próprio desejava influir nos outros. Comparado com ele, o velho Barnabé parecia um indivíduo perfeitamente razoável.

Os libertos ficaram perturbados com a chegada dos homens, mas não podiam retirar-se sem ofender meu pai. A princípio, Barnabé e Paulo comportaram-se polidamente, falando cada um por sua vez e contando que os mais velhos de sua assembleia haviam tido uma visão, segundo a qual deviam partir pelo mundo a pregar a boa nova, primeiro aos judeus, depois aos gentios. Tinham ido também a Jerusalém, levando dinheiro para os veneráveis de lá, e seus partidários lhes tinham selado a autoridade com um pacto. Desde então vinham pregando a palavra de Deus com tal poder que até mesmo os enfermos se restabeleciam.

Numa das cidades do interior do país, Barnabé fora tomado por Júpiter em figura de gente e Paulo por Mercúrio, a ponto de ter o sacerdote da cidade tentado sacrificar-lhes bois ornados de grinaldas. A muito custo haviam conseguido impedir tão ímpia manifestação. Depois disso, os judeus tiraram Paulo da cidade e o apedrejaram. Em seguida, com medo das autoridades, retiraram-se do local, certos de que Paulo tinha morrido, Mas ele tornou a viver.

— De que estão vocês possuídos, então — perguntaram os libertos espantados — que não se contentam em viver como mortais comuns, mas se expõem ao perigo, para dar testemunho do filho de Deus e do perdão dos pecados?

Barbo deu uma gargalhada, ao imaginar que alguém tinha confundido esses dois judeus com deuses. Meu pai censurou-o e, colocando ambas as mãos na cabeça, disse a Barnabé e Paulo:

— Familiarizei-me com os seus ensinamentos e tentei reconciliar judeu com judeu, por causa de minha posição entre os próceres da cidade. Gostaria de acreditar que vocês falam a verdade, mas o espírito não parece harmonizá-los entre si. Pelo contrário, altercam e um diz uma coisa e o outro, outra. Os santos de

27

Jerusalém venderam tudo quanto possuíam e aguardaram a volta do rei. Há mais de dezesseis anos que estão esperando, o dinheiro se foi e vivem de esmolas. Que dizem a isto?

Paulo afiançou-lhe que de sua parte nunca recomendara a ninguém suspender o trabalho honesto e dividir suas posses entre os pobres. Barnabé também afirmou que cada um devia agir na conformidade do que lhe ditasse o espírito. Depois que os santos homens de Jerusalém passaram a ser perseguidos e mortos, muita gente fugira para o estrangeiro, para Antioquia também, comerciando e exercendo ofícios, alguns obtendo maior êxito do que outros.

Barnabé e Paulo continuaram a falar até que por fim os libertos se mostraram aborrecidos:

— Já falaram demais do seu deus — disseram eles. — Não lhes desejamos nenhum mal, mas o que é que querem de nosso amo, invadindo-lhe a casa tarde da noite e perturbando-o? Não lhe faltam preocupações.

Contaram que suas atividades haviam suscitado problemas entre os judeus de Antioquia, de sorte que até mesmo os fariseus e saduceus se haviam unido contra eles e os cristãos. Os judeus conduziam uma vigorosa campanha de conversão ao templo de Jerusalém e arrecadavam ricos donativos dos piedosos. Mas a seita judaica cristã estava tentando atrair os recém-convertidos para seu lado, prometendo-lhes o perdão dos pecados e afirmando que já não deviam obedecer às leis judaicas. Por esse motivo intentavam agora os judeus uma ação contra os cristãos, no tribunal da cidade. Barnabé e Paulo tinham a intenção de sair de Antioquia antes disso, mas temiam que o conselho os perseguisse e os apresentasse ao tribunal.

Meu pai alegrou-se em dissipar-lhes os receios.

— Por muitas maneiras consegui que o conselho municipal não interfira nas questões internas dos judeus em matéria de crença. Aos próprios judeus cabe solucionar as dissensões entre as suas seitas. Juridicamente, consideramos a seita cristã como uma das muitas seitas judaicas, apesar do fato de que ela não exige circuncisão nem total obediência à lei de Moisés. Assim, a polícia da cidade tem o dever de proteger os cristãos, caso os outros judeus promovam violência contra eles. Do mesmo modo, é nosso dever proteger os outros judeus, caso os cristãos venham a perturbá-los.

Barnabé estava profundamente abalado.

— Ambos somos judeus — afirmou — mas a circuncisão é a marca do verdadeiro judaísmo. Assim, os judeus de Antioquia dizem que embora os cristãos incircuncisos não sejam legalmente judeus, podem ser processados por violação e abuso da fé judaica.

Mas meu pai era obstinado quando metia uma coisa na cabeça, e disse:

— Pelo que sei, a única diferença entre cristão e judeu é que os cristãos, circuncisos e incircuncisos, acreditam que o Messias dos judeus, ou Cristo, já assumiu forma humana em Jesus de Nazaré, que ele ressurgiu dos mortos e que cedo ou tarde voltará para fundar o reino do milênio. Os judeus não creem nisso, mas ainda esperam o seu Messias. Mas do ponto de vista jurídico, não há diferença, quer acreditem que o Messias já veio, quer creiam que virá. O ponto essencial é que acreditam num Messias. A cidade de Antioquia não deseja nem é sequer

28

competente para decidir se o Messias veio ou não. Assim, os judeus e os cristãos hão de liquidar suas querelas em paz e entre si, sem perseguirem uns aos outros.

— Assim tem sido e assim ainda deveria ser — disse Paulo, arrebatado — se os cristãos circuncisos não fossem tão covardes, como Cefas, por exemplo, que antes comia com os incircuncisos, mas depois afastou-se deles porque tem mais medo dos santos homens de Jerusalém do que de Deus. Já lhe disse sem rodeios o que pensava de sua covardia, mas a cisão está feita e agora os circuncisos comem com frequência sozinhos e os incircuncisos fazem o mesmo. Por isso os últimos já não podem ser chamados de judeus, nem mesmo juridicamente. Não, entre nós não há judeus nem gregos, nem libertos nem escravos, mas somos todos cristãos.

Meu pai observou que seria insensato defender esse argumento perante o tribunal, de vez que com ele os cristãos perderiam um benefício e uma proteção insubstituíveis. Seria mais racional admitirem que eram judeus e gozarem de todas as vantagens políticas do judaísmo, mesmo que mostrassem pouco respeito pela circuncisão e pelas leis judaicas.

Mas não lhe foi possível convencer os amigos. Eles tinham a crença inabalável de que um judeu era um judeu e todos os outros eram gentios, mas um gentio podia tornar-se cristão e, da mesma forma, um judeu podia também tornar-se cristão. Não haveria então diferença entre eles, mas seriam um só, em Cristo. Não obstante, um judeu cristão continuava a ser judeu, mas um pagão batizado só podia tornar-se judeu pela circuncisão, e esta já não era necessária nem desejável, pois o mundo inteiro devia saber que um cristão não precisava ser judeu.

Meu pai disse com amargura ser esta uma filosofia que estava além de sua compreensão. No passado, ele próprio desejara humildemente tornar-se súdito do reino de Jesus de Nazaré, mas não fora aceito porque não era judeu. Os chefes da seita de Nazaré lhe tinham até mesmo proibido falar em seu rei. Até onde podia perceber, daria mostras de bom senso se continuasse aguardando que os negócios do reino se esclarecessem de modo que ficassem também inteligíveis para espíritos mais simples. Sem dúvida, era a providência que o enviava agora a Roma, pois eram tais os contratempos esperados em Antioquia, tanto da parte dos judeus como dos cristãos, que nem mesmo os melhores mediadores seriam capazes de encontrar uma solução.

Prometeu sugerir ao conselho municipal que os cristãos não fossem processados por violação da fé judaica, uma vez que, ao receberem o batismo, idealizado pelos judeus, e ao admitirem um Messias judeu como seu rei, eram de fato, ainda que não também a rigor de jure, de uma forma ou de outra, judeus. Se o conselho acatasse esse ponto de vista, então a questão podia ser pelo menos adiada e a ação dos judeus posta de lado por algum tempo.

Com isso, Barnabé e Paulo ficaram satisfeitos, e na realidade não poderiam ter outra reação. Meu pai garantiu-lhes que, de qualquer modo, suas simpatias iam mais para os cristãos do que para os judeus. Por seu turno, os libertos imploraram a meu pai que resignasse ao cargo no conselho municipal sem demora, pois não lhe faltava o que fazer na gestão dos seus negócios. Mas meu pai redarguiu, justificadamente, que lhe era impossível tomar tal atitude no momento, já que uma

29

solicitação pública de renúncia faria com que toda gente acreditasse que ele de fato me julgava culpado de sacrilégio.

Os libertos temiam seriamente que as manifestas simpatias de meu pai pelos cristãos incutissem no povo a suspeita de que ele talvez tivesse estimulado a mim, seu filho, a violar os inocentes ritos das moças. Pois cristãos e judeus sentiam aversão igualmente implacável por ídolos, sacrifícios sagrados e cerimônias hereditárias.

— Os cristãos que foram batizados e depois beberam sangue com seus companheiros de crença — disseram os libertos — arremessam ao chão seus ídolos familiares e destroem seus dispendiosos livros de adivinhação, em lugar de os venderem a preço módico às pessoas que ainda os possam usar. Essa impetuosa intolerância torna-os perigosos. Vós, nosso bom e paciente senhor, não deveríeis ter mais nada que ver com eles; do contrário, as coisas poderiam piorar para vosso filho.

Fazendo justiça a meu pai, cumpre-me dizer que após a visita dos dois judeus ele não voltou a insistir comigo para que fosse ouvir-lhes os ensinamentos. Depois de se desavirem com outros judeus, também entraram a altercar entre si e deixaram Antioquia, seguindo cada um o seu caminho. Os judeus fiéis serenaram após a partida deles, uma vez que os moderados evitavam qualquer conflito ostensivo e público e se mantinham recolhidos em sua própria sociedade isolada.

Por sugestão de meu pai, os conselheiros recusaram-se a aceitar a queixa dos judeus contra Paulo e Barnabé, e proclamaram que cabia aos próprios judeus dirimir as suas discórdias. Com um pouco de decisão também foi mais fácil entregar a solução da disputa que dizia respeito a mim e aos meus amigos ao oráculo de Dafne. Nossos pais pagaram vultosas multas e nós mesmos nos submetemos a cerimônias de purificação, nos bosques de Dafne. durante três dias e três noites. Os pais das moças que havíamos ofendido já não se atreviam a apoquentar-nos com propostas de casamento. Mas juntamente com as cerimônias de purificação, fomos forçados a fazer certa promessa à Deusa Lua, mas isso eu não contei a meu pai, nem ele me fez qualquer pergunta a respeito.

Contrariando seus hábitos, meu pai foi comigo ao anfiteatro, onde eu e mais seis jovens tivemos permissão de ocupar o lugar de honra, atrás das autoridades municipais, no espetáculo seguinte. Nosso leão tinha passado por um regime de emagrecimento e foi habilmente incitado a comportar-se na arena muito melhor do que ousáramos esperar. Com pouca dificuldade dilacerou um criminoso que fora condenado a ser lançado às feras; depois mordeu o primeiro gladiador no joelho e caiu lutando intrepidamente até o fim. A multidão urrava em delírio e rendia homenagem ao leão e a nós, erguendo-se e aplaudindo. Acho que meu pai orgulhou-se de mim, embora nada tenha dito.

Dias depois, despedimo-nos da criadagem lacrimosa e rumamos para o porto de Selêucia. Ali, meu pai e eu, seguidos por Barbo, tomamos um navio com destino a Nápoles e, de lá, a Roma.

Roma

Não é fácil descrever o que sentimos ao chegar a Roma, aos quinze anos, quando sabemos desde a infância que todos os nossos laços de sangue estão unidos àqueles montes e vales sagrados. Para mim, era como se o chão mesmo tremesse sob os meus pés ao saudar o próprio filho, como se cada pedra desgastada das ruas repetisse aos meus ouvidos oitocentos anos de história. Até mesmo o lamacento Tibre me era tão sagrado que me sentia desfalecer ao vê-lo.

Talvez estivesse exausto, por causa da exaltação e da falta de sono durante a nossa longa viagem, mas tudo me fazia crer que estivesse deliciosamente embriagado, mas bem mais docemente do que com vinho. Esta era a cidade dos meus antepassados e a minha cidade também, que dominava todo o mundo civilizado, até mesmo regiões afastadas como a Pártia e a Germânia.

Barbo aspirava voluptuosamente o ar, enquanto procurávamos a casa da tia de meu pai, Manília Lélia.

— Há mais de quarenta anos sinto falta do cheiro de Roma — dizia ele. — É um cheiro que a gente nunca esquece e nota melhor no distrito de Subura, exatamente a esta hora da noite, quando o cheiro de comida no fogo e de salsichas quentes se mistura com os odores naturais das ruas estreitas. É uma combinação de alho, azeite de cozinha, temperos, suor e incenso dos templos, mas principalmente uma espécie de cheiro básico a que só se pode dar o nome de cheiro de Roma, pois nunca o encontrei em nenhuma outra parte. Mas em quarenta anos a mistura parece ter mudado, ou talvez meu nariz tenha envelhecido. Só com esforço posso reencontrar o cheiro inesquecível da minha infância e juventude.

Entramos na cidade a pé, porque é proibido o uso de veículos em Roma durante o dia. De outro modo, haveria atravancamento. Por minha causa, e talvez porque ele próprio também o desejasse, meu pai escolheu um itinerário sinuoso, através do fórum, de sorte que tínhamos o monte Palatino à esquerda e o Capitólio à frente. Em seguida enveredamos pela velha estrada etrusca, para galgar o Palatino, ladeando o grande circo. Minha cabeça ia de um lado para outro, enquanto meu pai enumerava pacientemente os templos e edifícios, e Barbo embasbacava-se ao ver os novos e vastos apartamentos do fórum, que não eram de sua época. Meu pai suava e respirava forte enquanto caminhava. Percebi, cheio de compaxão, que era um velho, embora ainda não tivesse completado cinquenta anos.

Mas meu pai não parou para tomar alento enquanto não chegamos ao rotundo templo de Vesta. Pela abertura do teto subia a tênue espiral de fumo do fogo sagrado de Roma, e meu pai prometeu que no dia seguinte, se eu quisesse, poderia ir com Barbo ver a caverna onde a loba amamentara Rômulo e Remo, e que o divino Augusto preservara, como espetáculo para o mundo inteiro. A árvore sagrada dos irmãos lobos ainda florescia diante da caverna.

— Para mim — comentou meu pai — o cheiro de Roma é um aroma inesquecível de rosas e unguentos, de linho limpo e pisos de pedra lavados e esfregados, um cheiro que não se encontra em parte alguma do mundo. Mas só de pensar nele sinto-me tão melancólico que mal posso suportar novamente a caminhada por estas ruas memoráveis. Não paremos, então, para que eu não fique comovido demais e perca o autodomínio que venho exercitando há mais de quinze anos.

Mas Barbo objetou, lastimoso:

— A experiência de uma vida inteira me ensinou que alguns tragos de vinho são suficientes para que a minha mente e todo o meu ser absorvam mais claramente odores e ruídos. Nunca nada me sabe tão bem ao paladar como as pequenas salsichas temperadas que a gente come, ainda quentinhas, em Roma. Paremos pelo menos o tempo suficiente para provarmos algumas.

Meu pai não pôde deixar de rir. Paramos no mercado e entramos numa pequena estalagem, que era tão antiga que o piso ficava muito abaixo do nível da rua. Barbo e eu aspiramos, ávidos, o ar.

— Abençoado seja Hércules! — bradou Barbo deliciado. — Afinal ainda se vê em Roma um pouco dos dias de outrora. Lembro-me deste lugar, se bem que em minha memória ele fosse bem maior e mais espaçoso do que é agora. Respire fundo, Minuto, você que é mais moço do que eu. Talvez você possa sentir o cheiro de peixe e lama, de caniços e esterco, de corpos suarentos e das lojas de incenso do circo.

Bochechou, cuspiu uma oferenda no chão e depois encheu a boca de salsicha, mastigando e estalando os beiços, a cabeça para um lado. Afinal falou:

— Algo antigo e esquecido está voltando ao meu cérebro. Mas talvez minha boca também tenha envelhecido demais, porque já não posso sentir a mesma felicidade sensual de antes, com a salsicha na boca e um cálice de vinho na mão.

As lágrimas assomaram-lhe aos olhos e ele suspirou.

— Na verdade sou como um fantasma do passado — lamentou-se — agora que o centenário vai ser celebrado. Não conheço ninguém aqui, nem parente nem protetor. Uma nova geração substituiu a minha e nada sabe do passado, de modo que a salsicha temperada perdeu o sabor e o vinho se diluiu. Esperava dar de cara com um velho companheiro de armas entre os Pretores do Imperador, ou pelo menos no Corpo de Bombeiros de Roma, mas agora me pergunto se chegaríamos a nos reconhecer. Aos vencidos, a desgraça. Estou como Príamo nas ruínas de Troia.

O estalajadeiro veio correndo, a cara brilhante de gordura, e perguntou o que havia. Assegurou-nos que em sua casa podíamos encontrar tratadores de cavalos do circo, funcionários dos arquivos do Estado, atores e arquitetos, que estavam pondo em ordem os pontos de atração da cidade, para as festividades do centenário. Podíamos até mesmo travar conhecimento com lindas lobinhas debaixo do seu teto. Mas Barbo estava inconsolável e respondeu sombrio que não podia apreciar uma loba, pois até mesmo ela certamente não lhe produziria a mesma impressão de antes.

Depois subimos a colina do Aventino e meu pai disse, com um suspiro, que não deveríamos ter entrado na estalagem, porque a salsicha com alho lhe dera

32

uma dor de estômago que nem mesmo o vinho conseguira mitigar. Sentia o peito opresso e estava cheio de maus pressentimentos, que se agravaram ante a visão de um corvo que passou voando à nossa esquerda.

Entre os novos e velhos blocos de apartamentos, encontramos diversos templos antigos que pareciam soterrados ao lado dos grandes edifícios. Do outro lado da colina, meu pai descobriu afinal a propriedade da família Maniliano.

Comparado com nossa casa em Antioquia, era um prédio pequeno e mal conservado, que tivera outrora um pavimento adicional para proporcionar mais espaço. Mas era cercado por um muro e um jardim agreste. Quando meu pai notou minha expressão de desdém, declarou num tom de severidade que o terreno e o jardim, por si sós, davam testemunho da idade e nobreza da casa.

Os portadores tinham chegado há bastante tempo do portão de Cápua, com a nossa bagagem, e tia Lélia nos esperava. Deixou que meu pai pagasse aos portadores e depois desceu os degraus, vindo ao nosso encontro pelo caminho aberto do jardim, entre os loureiros. Era alta e magra, e havia cuidadosamente colorido as faces de vermelho e os olhos de preto. Também usava um anel no dedo e uma corrente de cobre em volta do pescoço. As mãos tremiam quando ela se acercou de nós, com gritos de alegria cautelosamente medidos.

Cometeu um engano, a princípio, pois meu pai com seus modos humildes se colocara atrás de nós, para pagar pessoalmente aos portadores, e ela parou diante de Barbo, inclinando-se um pouco e cobrindo a cabeça como se estivesse orando.

— Ah, Marco, que ocasião feliz! — exclamou. — Você mudou muito desde a juventude. Mas o seu porte melhorou e a sua figura é mais imponente.

Meu pai desatou a rir.

— Oh, tia Lélia — gritou. — Você continua com a vista curta de sempre. Marco sou eu. Esse bom e honesto veterano é nosso companheiro Barbo, um dos meus clientes.

Tia Lélia irritou-se com o equívoco. Aproximou-se de meu pai, esquadrinhou o com olhos brilhantes e desajeitadamente apalpou-lhe os ombros e o estômago, com mãos trêmulas.

— Não é assim tão espantoso — comentou ela — que eu já não o reconheça. Você está de cara inchada e barriga descaída e mal posso acreditar no que vejo, pois até que você era bem apessoado.

Meu pai não se ofendeu com essas palavras. Pelo contrário.

— Muito obrigado pelo que disse, tia Lélia. Tirou-me um peso do espírito, já que não tive senão aborrecimento com minha aparência anterior. Se você não me reconheceu, então ninguém mais me reconhecerá. Mas você não mudou nada. Está tão esbelta como antes e suas feições conservam a mesma nobreza. Os anos não a modificaram em nada. Abrace meu filho Minuto também, e seja boa e atenciosa com ele como foi comigo, nos dias despreocupados de minha juventude.

Tia Lélia abraçou-me, encantada, beijou-me a fronte e os olhos com sua boca miúda e acariciou-me as bochechas.

— Mas Minuto — gritou ela — você já tem os primeiros fios de barba e não é mais uma criança para esses mimos.

33

Segurou minha cabeça nas mãos e mirou atentamente o meu rosto.

— Parece mais um grego do que um romano — sentenciou. — Mas esses olhos verdes e esses cabelos louros são inteiramente incomuns. Se fosse uma moça, eu diria que era bela, mas com tal aparência fará por certo um bom casamento. Sua mãe era grega, naturalmente, se a memória não me falha.

Só depois de tartamudear, engrolando as palavras, durante algum tempo, como se ela mesma não soubesse realmente o que estava dizendo, percebi que se encontrava num estado de completo terror.

À entrada, fomos saudados por um escravo careca e desdentado, tendo a seu lado uma mulher aleijada e caolha. Ambos ajoelharam-se diante de meu pai e fizeram um cumprimento que tia Lélia lhes tinha evidentemente ensinado. Meu pai, visivelmente constrangido, bateu de leve no ombro de tia Lélia e pediu-lhe que fosse na frente, já que era a dona da casa. A saleta estava cheia de fumaça que nos fez tossir, pois tia Lélia mandara acender o fogo no altar da família, em nossa homenagem. Pouco a pouco fui identificando nossos deuses domésticos em argila cozida, cujas máscaras de cera amarelada pareciam mover-se na fumaça rodopiante.

Saltitando, tossindo e gesticulando nervosamente, tia Lélia pôs-se a explicar, com os maiores circunlóquios, que, de acordo com as tradições da família Maniliano, devíamos realmente sacrificar um porco. Mas como não tinha certeza do dia de nossa chegada, não providenciara um porco e agora só nos podia oferecer azeitonas, queijos e sopa de legumes. Havia muito tempo que ela mesma deixara de comer carne.

Examinamos todos os cômodos da casa e notei teias de aranha nos cantos, os míseros leitos e outros móveis humildes, e de repente compreendi que nossa nobre e respeitabilíssima tia Lélia vivia nos abismos da miséria. Tudo quanto restava da biblioteca do astrônomo Manílio eram uns rolos de pergaminho roídos pelos ratos, e tia Lélia foi obrigada a confessar que tivera até mesmo de vender o busto de nosso antepassado à biblioteca pública situada no sopé do Palatino. Por fim, não podendo mais conter-se, chorou amargamente.

— A culpa é toda minha, Marco — disse ela. — Sou má dona de casa porque já vi dias melhores em minha juventude. Não teria podido manter esta casa se você não me tivesse mandado dinheiro de Antioquia. Não sei para onde foi o dinheiro, mas pelo menos não o consumi em artigos de luxo, vinho e unguentos perfumados. Continuo a esperar que meu destino mude qualquer dia desses. Isso me foi predito. Assim, não se zangue comigo nem me peça minuciosa prestação de contas do dinheiro que me enviou.

Mas meu pai garantiu-lhe que não viera a Roma para isso. Pelo contrário, lamentava profundamente não ter remetido mais dinheiro para a manutenção e reforma da casa. Mas agora tudo iria mudar, exatamente como fora predito a tia Lélia.

Meu pai determinou que Barbo desfizesse as malas e espalhou os ricos tecidos orientais no assoalho. Deu a tia Lélia um manto e um tecido de seda, envolveu-lhe o pescoço com um colar de pedras preciosas e pediu-lhe que experimentasse um par de sapatos de couro vermelho e macio. Também lhe presenteou uma bela peruca, o que tez com que minha tia chorasse ainda mais alto.

— Oh, Marco, estará você tão rico assim? Não foi por meios desonestos que adquiriu todas essas coisas custosas, foi? Pensei que talvez você se tivesse deixado vencer pelos vícios do Oriente, como facilmente acontece com os romanos que passam muito tempo por lá. Por isso fiquei intranquila ao ver seu rosto inchado, mas foram provavelmente as lágrimas que me turvaram a vista. Vendo-o com maior serenidade, me acostumarei a seu rosto, que talvez não pareça tão desagradável como a princípio julguei.

Na realidade, tia Lélia temia e acreditava que pai tivesse vindo com o fito exclusivo de apropriar-se da casa e condená-la a uma vida miserável no campo. Essa crença estava tão arraigada que minha tia não parava de repetir que uma mulher como ela possivelmente não se daria bem em nenhuma outra parte fora de Roma. Pouco a pouco foi adquirindo coragem e acabou por nos fazer recordar que era, de resto, viúva de senador e ainda era festejada nas casas das velhas famílias romanas, embora seu marido, Cneio Lélio, tivesse morrido na época do Imperador Tibério.

Pediu-lhe que me falasse do Senador Cneio Lélio, mas tia Lélia escutou minha solicitação com a cabeça inclinada para um lado.

— Marco — disse ela — como é possível que seu filho fale latim com esse horroroso sotaque sírio? Temos de corrigi-lo. Do contrário, será ridicularizado em Roma.

Meu pai respondeu, com seus modos pachorrentos, que ele próprio falara tanto grego e aramaico que sua pronúncia era quase certamente estranha.

— É possível — concordou tia Lélia, sarcástica — pois você está velho e toda a gente sabe que pegou sotaques estrangeiros nas funções militares e outros serviços prestados no exterior. Mas há de contratar um bom professor de retórica ou um ator para melhorar a pronúncia de Minuto. Ele precisa ir ao teatro e ouvir leituras públicas, pelos autores. O Imperador Cláudio é exigente quanto à pureza da língua, se bem que dê permissão para que seus libertos falem grego nas questões do Estado e sua mulher faça outras coisas que a modéstia me proíbe mencionar.

Depois voltou-se para mim.

— Meu pobre marido, o Senador Cneio — explicou — não era nem mais estúpido nem mais simplório do que Cláudio. Sim, em sua juventude, Cláudio chegou mesmo a contratar o casamento do filho, que era menor, com a filha do prefeito Sejano, e a casar-se com sua irmã adotiva, Élia. O menino era tão desmiolado quanto o pai e morreu algum tempo depois, asfixiado por uma pera. Quero dizer que meu finado marido Lélio esforçou-se também por obter os favores de Sejano, pensando que estivesse servindo o Estado dessa forma. Não esteve você mesmo, Marco, embaralhado nas intrigas de Sejano, já que desapareceu tão inopinadamente de Roma, antes que se descobrisse a conspiração? Ninguém teve notícias suas durante anos. Na verdade, você foi riscado do rol dos cavaleiros, pelo querido Imperador Caio, simplesmente porque ninguém sabia o que lhe tinha acontecido. Nada sei tampouco, disse de brincadeira o Imperador, e traçou uma linha por cima do seu nome. Pelo menos, foi o que ouvi dizer, embora talvez quem me contou tenha querido poupar meus sentimentos e não tenha revelado tudo o que sabia.

Meu pai retrucou ríspido que iria no dia seguinte aos arquivos do Senado a fim de mandar investigar o motivo de ter sido o seu nome riscado dos registros. Tia

35

Lélia não pareceu muito contente ao ouvir isso. Ao contrário, perguntou se não seria mais seguro desistir de desenterrar o que estava agora velho e podre. Quando se embebedava, o Imperador Cláudio se tornava irritadiço e caprichoso, embora houvesse corrigido muitos dos equívocos do Imperador Caio.

— Mas compreendo que, para o bem de Minuto, devemos fazer o que pudermos para restaurar a honra da família — admitiu minha tia. O meio mais rápido seria conceder a Minuto a toga viril e levá-lo à presença de Élia Messalina. A jovem Imperatriz aprecia os mancebos que acabam de vestir a toga e convida-os a seus aposentos, para os interrogar a sós, acerca de seus ascendentes e de suas esperanças no futuro. Se eu não fosse tão orgulhosa, iria pedir uma audiência à cadela, por amor a Minuto. Mas receio que não me receba. Ela sabe perfeitamente que fui a melhor amiga de juventude da mãe do Imperador Caio. De fato, fui uma das poucas mulheres romanas que ajudaram Agripina e a jovem Júlia a dar aos restos mortais de seu infeliz irmão um sepultamento sofrivelmente respeitável, depois que as moças regressaram do exílio. O pobre Caio foi brutalmente assassinado, e depois os judeus financiaram Cláudio para que ele pudesse ser Imperador. Agripina encontrou um marido rico, mas Júlia foi banida de Roma outra vez, porque Messalina achou que ela andava rondando demais o tio Cláudio. Muitos homens foram degredados por causa dessas duas moças joviais. Lembro-me de um tal Tigelino, que podia ser inculto mas tinha a mais bela estampa dentre todos os mancebos de Roma. Não se amofinou com o exílio, fundou uma empresa de pesca e dizem que agora se dedica à criação de cavalos de corrida. Depois houve um filósofo espanhol, Sêneca, que publicou muitos livros e mantinha relações amistosas com Júlia, embora fosse tuberculoso. Há vários anos curte exílio na Córsega. Messalina achava inconveniente que uma sobrinha de Cláudio fosse lasciva, ainda que em segredo. De qualquer modo, só Agripina vive hoje.

Quando ela parou para respirar, meu pai aproveitou a oportunidade para dizer diplomaticamente que seria melhor que, por enquanto, tia Lélia não fizesse nada para me ajudar. Meu pai queria cuidar do assunto sozinho, sem intervenção das mulheres. Já chegava de interferência feminina, declarou com amargura na voz. Sofrera-a em demasia desde os dias de rapaz.

Tia Lélia ia responder, mas atirou-me, um olhar e calou-se.

Afinal, começamos a comer as azeitonas, o queijo e a sopa de legumes. Meu pai fez com que não devorássemos tudo, mas deixássemos alguma sobra, até mesmo do minúsculo pedaço de queijo, porque de outro modo era evidente que nenhum dos idosos escravos da casa teria o que comer. Não me dei conta disso, pois em nossa casa de Antioquia eu sempre recebia os melhores bocados e havia sempre sobra mais do que suficiente para o pessoal de casa e para os pobres que viviam em volta de meu pai.

No dia seguinte meu pai contratou um arquiteto para restaurar o prédio da família e dois jardineiros para pôr em ordem o jardim abandonado. Havia nele um sicômoro centenário, plantado por um Manílio que tinha sido depois assassinado em plena rua pelos homens de Mário. Duas árvores antigas também vicejavam perto da casa e meu pai teve o cuidado de tomar providências para que não sofressem dano algum. A casinha afundada meu pai também deixou exteriormente inalterada até onde foi possível.

— Verás muito mármore e outros esplendores em Roma — explicou-me ele mas quando cresceres compreenderás que o que estou fazendo agora é a coisa mais suntuosa de todas. Nem mesmo o mais rico arrivista pode ter tais árvores antigas em redor de sua casa, e a aparência antiquada do edifício é mais valiosa do que todas as colunas e decorações.

Voltou ao passado em seus pensamentos e seu rosto se anuviou.

— Certa vez, em Damasco, pensei em construir uma Casa simples e rodeá-la de árvores para levar ali uma vida tranquila ao lado de tua mãe, Mirina. Mas depois que ela morreu, afundei num desespero tão completo que durante muitos anos nada teve qualquer significação para mim. Talvez eu me tivesse matado se meu dever para ti não me forçasse a continuar vivendo. E uma vez um pescador das praias da Galileia me prometeu algo que ainda me deixa curioso, se bem que a recordação disso me pareça um sonho.

Meu pai não disse mais nada acerca dessa promessa, mas repetia sempre que teria de contentar-se com essas árvores antigas, já que não lhe fora dada a alegria de plantar uma e vê-la crescer.

Enquanto os operários da construção e o arquiteto andavam de um lado para outro da casa e meu pai se demorava na cidade da manhã até a noite, tratando dos seus negócios, Barbo e eu caminhávamos pelas ruas de Roma, observando as pessoas e os lugares.

O Imperador Cláudio mandara restaurar todos os velhos templos e monumentos, para as comemorações do centenário, e os sacerdotes e sábios coligiam todos os mitos e narrativas e adaptavam-nos às exigências do presente. Os edifícios imperiais no Palatino, o templo no Capitólio, as termas e os teatros de Roma não me fascinavam por si mesmos, pois eu crescera em Antioquia, onde havia edifícios públicos tão suntuosos e até mesmo maiores do que esses. Na verdade, Roma, com suas vielas sinuosas e colinas alcantiladas, era uma cidade apertada para quem estava habituado às ruas retas da espaçosa Antioquia.

Havia um edifício, porém, que me arrebatava. Era o imenso mausoléu do divino Augusto. Tinha forma circular, de vez que os templos mais sagrados de Roma eram circulares, em memória do tempo em que os primeiros habitantes da cidade moravam em cabanas redondas. A grandeza simples do mausoléu parecia-me digna de um deus e do maior governante de todos os tempos. Nunca me cansava de ler a inscrição comemorativa que enumerava os maiores feitos de Augusto.

Barbo não se mostrava tão entusiasmado quanto eu. Dizia que em seus dias de legionário se tornara cético a respeito de todas as inscrições comemorativas, pois o que não constava delas era geralmente mais importante do que o que nelas figurava. Desse modo uma derrota pode converter-se em vitória e erros políticos em sábias demonstrações da arte de bem governar. Asseverou-me que nas entrelinhas da inscrição do túmulo de Augusto podia ler a destruição de legiões inteiras, o afundamento de centenas do vasos de guerra e as incontáveis perdas da guerra civil.

37

Nascera, é claro, no momento em que Augusto já consolidara a paz e a ordem no Estado e fortalecera o poder de Roma, mas seu pai lhe falara menos de Augusto, que tinha reputação de mesquinho e avarento, e mais de Marco Antônio, que às vezes subia à tribuna do fórum tão bêbado que, inflamado pelas próprias palavras, era levado intermitentemente a vomitar num balde a seu lado.

Isso foi no tempo em que ainda costumavam apelar para o povo. Augusto granjeara o respeito do Senado e do povo de Roma durante seu largo reinado, mas a vida na cidade se tornara, pelo menos de acordo com o pai de Barbo, bem mais monótona do que antes. Ninguém realmente amara o precavido Augusto, mas o arrojado Antônio era estimado por suas faltas e sua bem-dotada jovialidade.

Mas eu já me habituara às histórias de Barbo, que meu pai teria talvez considerado impróprias para os meus ouvidos se delas tivesse sabido. O mausoléu de Augusto encantava-me com sua opulência maravilhosamente simples, e repetidas vezes cruzávamos Roma para contemplá-lo. Mas naturalmente atraía-me também o campo de Marte dedicado à jovem nobreza romana, onde os filhos de senadores e cavaleiros já se estavam exercitando para os jogos equestres das comemorações do centenário.

Com inveja, eu os via agruparem-se, separarem-se em obediência aos sinais dados por uma trompa e depois se reagruparem. Conhecia tudo isto e sabia também que era capaz de governar um cavalo tão bem quanto eles, se não melhor.

Entre os espectadores dos jogos equestres havia sempre muitas mães ansiosas, porque os rapazes nobres eram de todas as idades, entre sete e quinze anos. Os meninos, como era natural, fingiam não reconhecer as mães, mas rosnavam furiosos quando um dos menores caía do cavalo e a mãe, assustada e com o manto adejando no ar, precipitava-se para salvá-lo dos cascos dos animais. Evidentemente, os menores tinham cavalos sossegados e bem treinados, que logo paravam para proteger quem tivesse despencado da sela. Não eram certamente fogosos cavalos de batalha os que esses romanos montavam. Os nossos em Antioquia eram muito mais ariscos.

Avistei, certa vez, no meio dos espectadores, Valéria Messalina, com seu séquito deslumbrante, e fitei-a cheio de curiosidade. É claro que não me acerquei dela, mas daquela distância ela não me pareceu tão bela como me tinham dito. Seu filho de sete anos, a quem o Imperador dera o nome de Britânico, em honra das suas vitórias na Bretanha, era um menino magro e pálido, visivelmente amedrontado com o cavalo que montava. Deveria cavalgar à frente dos outros nesses jogos em razão de sua ascendência, mas isso era impossível porque o rosto se intumescia e os olhos dançavam logo que ele se punha na sela. Após cada exercício, o rosto se tornava escarlate com exantema, e ele mal podia enxergar, tão inchados lhe ficavam os olhos.

Alegando que Britânico era muito pequeno, Cláudio nomeou Lúcio Domício, filho de sua sobrinha Domícia Agripina, para a chefia. Lúcio ainda não completara dez anos, mas era bem diferente do tímido Britânico, de compleição robusta para a sua idade e um cavaleiro intrépido.

Terminado o exercício, muitas vezes ficava para trás, sozinho, e realizava proezas temerárias, para conquistar o aplauso da multidão. Herdara o cabelo avermelhado da família Domício, e por isso gostava de tirar o elmo, durante o exercício, para exibir ao povo esse sinal de sua linhagem antiga e intimorata. Mas o povo enaltecia-o mais por ser o sobrinho do Imperador Cláudio do que por ser um Domício, pois tinha nas veias o sangue de Júlia, a irmã de Júlio César, e de Marco Antônio. Até mesmo Barbo era levado a bradar-lhe, com sua voz rouca, motejos a um só tempo afáveis e indecentes, fazendo o povo explodir em gargalhadas.

Era voz corrente que sua mãe, Agripina, não se atrevia a vir assistir aos exercícios de equitação, como faziam as outras mães, por temer a inveja de Valéria Messalina. Chateada com a sorte de sua irmã, evitava tanto quanto possível aparecer em público. Mas Lúcio Domício não carecia da proteção materna. Atraía a admiração da turba sozinho, com seu comportamento infantil. Controlava bem o corpo, deslocava-se graciosamente e tinha o olhar audaz. Os rapazes mais crescidos não pareciam invejá-lo. Submetiam-se de boa-vontade ao seu comando durante os exercícios.

Eu me apoiava no gradil polido e lustroso, e olhava anelante a cavalgada. Mas minha vida livre logo chegou ao fim. Meu pai encontrou um funesto professor de retórica, que corrigia sarcasticamente cada palavra que eu dizia e parece que de propósito me fazia ler em voz alta somente monótonos livros que falavam de autodomínio, humildade e ações varonis. Meu pai tinha o dom infalível de contratar professores que me deixavam exasperado.

Enquanto a casa estava em reparos, Barbo e eu ocupávamos um quarto no pavimento superior, que estava impregnado do cheiro de incenso e tinha símbolos mágicos pendurados nas paredes. Não lhes dava muita atenção, pois supunha que estavam ali desde o de Manílio, o astrônomo. Mas passei a dormir mal por causa deles e a ter sonhos, de modo que acordava ao som dos meus próprios gritos, ou então Barbo me despertava, quando eu choramingava no meio de um pesadelo. Meu preceptor logo se cansou do ruído e das pancadas dos martelos e começou a levar-me para as salas de conferência, nas termas.

Achei repugnantes seus membros frágeis e seu abdome redondo e amarelo, ainda mais quando, no meio dos seus sarcasmos, entrou a afagar-me os braços e a falar de como em Antioquia eu devia ter-me familiarizado com o amor cego. Queria que eu fosse morar com ele, no quarto que ocupava no último andar de uma casa miserável de Subura enquanto a nossa estivesse em reforma. Tinha-se de subir uma escada para chegar lá, e ele então poderia instruir-me, sem ser perturbado, e iniciar-me numa vida de sabedoria.

Barbo notou-lhe as intenções e fez-lhe uma advertência séria. Como insistisse, Barbo deu-lhe uma surra. Ele se assustou tanto, que não se atreveu sequer a ir pedir seu salário a meu pai. De nossa parte, não ousamos contar o verdadeiro motivo pelo qual o homem desaparecera de nossa vista. Meu pai presumiu que eu, por ser cabeçudo, havia desgostado um eminente erudito. Discutimos e eu disse:

— Dê-me um cavalo, então, para que eu possa conhecer outros rapazes em Roma e privar da companhia de outros como eu e aprender os seus costumes.

— Um cavalo foi a sua ruína em Antioquia — ponderou meu pai. — O Imperador Cláudio baixou novo e sensato édito segundo o qual, nos desfiles, um

39

velho ou, sob outros aspectos, um alquebrado senador ou cavaleiro pode conduzir seu cavalo pelo freio, sem montar. Tem-se de desempenhar, só no nome, a função militar que o cargo exige.

— Mas pelo menos me dê dinheiro — dei-me pressa em dizer — para que eu possa fazer amizade dom atores, músicos e gente de circo. Se me misturo com eles, em pouco tempo estarei conhecendo os rapazes romanos efeminados que evitam o serviço militar.

Mas meu pai não queria isso, tampouco:

— Tia Lélia já me preveniu e diz que um rapaz como você não deve ficar muito tempo sem companheiros de sua idade. Enquanto tratava dos meus negócios, conheci um certo armador e comerciante de cereais. Agora, depois da fome, o Imperador Cláudio determinou a construção de um novo porto e vai pagar indenização pelos navios de cereais que forem a pique. A conselho de Márcio, o pescador, adquiri ações desses navios, já que ninguém corre mais tal risco, e alguns indivíduos enriqueceram reaparelhando velhos barcos. Mas os hábitos desses novos-ricos são tão extravagantes que não sinto desejo de vê-lo no meio deles.

Tive a impressão de que meu pai não sabia o que queria.

— Você veio a Roma para enriquecer? — perguntei.

Meu pai irritou-se:

— Você sabe muito bem respondeu exaltado que não desejo nada mais do que levar uma vida simples, em paz e sossego. Mas meus libertos me ensinaram que é um crime contra o Estado e o bem comum guardar moedas de ouro, em sacos. numa arca. Além disso, quero comprar mais terra em Cere, onde vive minha verdadeira família. Não esqueça que pertencemos à família Maniliano apenas por adoção.

Fitou-me embaraçado:

— Você tem uma dobra na pálpebra como eu. É um sinal de nossas verdadeiras origens. Mas quando dei uma busca nos arquivos do Estado, vi com meus próprios olhos os assentamentos da ordem dos cavaleiros desde a época do Imperador Caio, e não há marca nenhuma contra o meu nome, apenas uma linha sinuosa e vacilante por cima dele. As mãos de Caio tremiam muito por causa de sua enfermidade. Não houve sentença de tribunal nem processo contra mim. Se isso foi devido à minha ausência ou não, não sei. O próprio Procurador Pôncio Pilatos caiu em desgraça há dez anos, perdeu o cargo e foi removido para a Galileia. Mas o Imperador Cláudio está de posse desses documentos secretos, os quais podiam naturalmente conter alguma coisa que me fosse desfavorável. Estive com seu liberto Félix, que está interessado nos assuntos da Judeia. Promete-me ele consultar Narciso, o secretário particular do Imperador, num momento oportuno. Eu preferiria avistar-me pessoalmente com esse indivíduo influente, mas dizem que ele é tão importante que para vê-lo é preciso pagar dez mil sestércios. A bem da minha honra, e não por avareza, acho melhor não suborná-lo diretamente.

Prosseguindo, contou meu pai que escutara atentamente e gravara na memória tudo quanto diziam do Imperador Cláudio, de bem e de mal. O retorno do nosso nome aos assentamentos dependia, em última instância, do Imperador. À medida que ia ficando mais velho, o Imperador Cláudio se tornava tão inconstante que a um simples capricho ou presságio alterava as mais firmes decisões. Também adormecia no meio de uma sessão do Senado, ou num julgamento, e esquecia o que estava em discussão. Enquanto esperava; meu pai lera todas as obras que o Imperador Cláudio publicara, inclusive o manual sobre o jogo de dados.

— O Imperador Cláudio é um dos poucos romanos que ainda falam a língua dos etruscos e leem seus escritos — explicou meu: pai. — Se você quer me agradar, vá à biblioteca pública do Palatino e peça para ler o que ele escreveu sobre a história dos etruscos. Consta de vários rolos e não é muito cacete. Também explica as palavras de muitos dos ritos sacrificatórios dos sacerdotes, que até agora têm de ser decoradas por eles. Depois iremos a Cere, ver a nossa propriedade que eu mesmo ainda não vi. Lá você poderá andar a cavalo.

O conselho de meu pai me deixou desalentado e senti mais vontade de morder os lábios e chorar do que de qualquer outra coisa. Quando ele foi embora, Barbo me olhou de soslaio:

— É curioso como tantos homens maduros esquecem o que é ser jovem — disse ele, — Recordo que quando era da sua idade chorava sem motivo e tinha pesadelos. Sei muito bem como você pode recuperar sua paz de espírito e dormir tranquilo, mas por causa de seu pai não me atrevo a arranjar tal coisa para você.

Tia Lélia também me encarou aflita e depois me conduziu até seu quarto, olhando cautelosamente em volta antes de falar:

— Se você jura que não vai dizer a seu pai, eu lhe contarei um segredo.

Por polidez, prometi que não diria, embora risse interiormente, julgando que seria improvável que tia Lélia tivesse qualquer segredo sensacional. Mas nisso eu estava enganado.

— No quarto em que você dorme — disse ela — morou um mago judeu, chamado Simão, que era meu hóspede. Ele se diz samaritano, mas esses também são judeus, não é mesmo? Seu incenso e seus símbolos mágicos provavelmente lhe estão perturbando o sono, Minuto. Ele chegou a Roma há alguns anos e não tardou a alcançar reputação de médico, adivinho e taumaturgo. O Senador Marcelo convidou-o a morar em sua casa e erigiu-lhe uma estátua, acreditando que Simão tivesse poderes divinos. Esses poderes foram postos à prova. Ele imergiu um jovem escravo no sono dos mortos e depois ressuscitou-o, embora o rapaz já estivesse frio e não revelasse o menor sinal de vida. Vi-o com estes olhos.

— Não duvido — comentei. — Mas de judeus bastam os que vi em Antioquia.

— De acordo — acudiu tia Lélia, impaciente. — Deixe-me continuar. Os outros judeus, os que vivem do outro lado do rio e os que vivem no Aventino, tornaram-se amargamente invejosos de Simão, o mago. Ele sabia ficar invisível e voar. Assim, os judeus mandaram buscar outro mago, que também se chamava Simão. Ambos tiveram de demonstrar seus poderes e Simão, quero dizer, o meu Simão, pediu aos espectadores que olhassem atentamente para uma nuvem e, de repente, sumiu. Quando reapareceu, vinha voando ao lado de uma nuvem acima do fórum, mas aí o outro judeu invocou seu ídolo, Cristo, e o fato é que Simão caiu ao solo, em pleno voo, e quebrou a perna. Ficou encolerizado com isto e foi levado para fora da cidade a fim de esconder-se no campo, enquanto a perna sarava, até

41

que o outro Simão saiu de Roma. Depois, Simão, o mago, voltou com a filha e permiti que morasse aqui, já que ele não tinha melhor patrono. Permaneceu comigo enquanto tive dinheiro, mas depois mudou-se para uma casa, perto do templo da Lua, e lá recebe clientes. Não voa mais e nem ressuscita os mortos, mas a filha ganha a vida como sacerdotisa da Lua. Muitas pessoas nobres deixam que ela lhes leia a sorte, e Simão faz com que tornem a aparecer os objetos perdidos.

— Por que está me contando tudo isso? — perguntei, desconfiado.

Tia Lélia pôs-se a apertar as mãos:

— Anda tudo tão triste desde que Simão, o mago, foi embora. Ele não me quer receber não tenho dinheiro e não ouso ir à casa dele, por causa de seu pai. Contudo, estou certa de que ele curaria os seus pesadelos e dissiparia os seus temores. De qualquer modo, com o auxílio da filha, ele poderia predizer o seu futuro e aconselhá-lo sobre o que deve comer e o que não lhe faz bem, e dizer quais são os seus dias propícios e os aziagos. Ele me proibiu de comer ervilhas, por exemplo, e desde então me sinto mal só em ver ervilhas, mesmo secas.

Meu pai me dera algumas moedas de ouro para me consolar e incentivar-me a ler a história dos etruscos. Achei que tia Lélia era uma velha tonta, que perdia tempo com superstição e magia porque não tinha muita alegria na vida. Mas não iria eu privá-la de seu passatempo, e o mago samaritano e a filha afiguravam-se muito mais interessantes do que a biblioteca empoeirada onde os velhos possam horas a fio lidando com manuscritos ressequidos. Também já soara para mim a hora de conhecer o templo da Lua, em virtude da promessa que fizera ao oráculo de Dafne.

Quando prometi acompanhar Lélia à casa do mago, ela não coube em si de contente. Pôs as vestes de seda, pintou e alisou o rosto enrugado, colocou a peruca vermelha que meu pai lhe dera e também adornou o pescoço magro com o colar de pedras preciosas. Barbo rogou-lhe que, em nome dos deuses, pelo menos cobrisse a cabeça, pois de outro modo poderiam tomá-la pela dona de um bordel. Tia Lélia não se zangou. Limitou-se a agitar o dedo indicador na direção de Barbo e a proibi-lo de vir conosco. Mas Barbo havia prometido solenemente nunca perder-me de vista em Roma. Afinal concordamos que ele nos acompanharia até ao templo da Lua, mas esperaria do lado de fora.

O templo da Lua, no Aventino, é tão antigo que não há historinhas acerca dele como há acerca do mais recente templo de Diana. O Rei Sérvio Túlio, em sua época, ordenara a construção, em madeira de primeira qualidade e de forma circular. Posteriormente erigiu-se um templo de pedra em volta do edifício de madeira. A parte mais central do templo é tão sagrada que não tem piso de pedra, mas é apenas terra amassada. A exceção das oferendas votivas, não se veem outros objetos sagrados, salvo um imenso ovo de pedra, cuja superfície, enegrecida pelo uso, é polida com azeite e unguento. Quando se penetra na penumbra do templo sente-se o estremecimento de santidade que só se experimenta nos templos muito velhos. Esse tremor, eu o sentira antes no templo de Saturno, que é o mais antigo, o mais terrificante e o mais sagrado de todos os templos de Roma. É o templo do Tempo, e o sumo sacerdote, que é geralmente o próprio Imperador, num dia determinado de cada ano, ainda finca um prego de cobre no pilar de carvalho erguido no centro.

42

No templo da Lua não existe pilar sagrado, mas só o ovo de pedra. Ao lado dele, numa trípode, sentava-se uma mulher mortalmente pálida e tão imóvel que a princípio, na escuridão, julguei fosse uma estátua. Mas tia Lélia dirigiu-lhe a palavra num tom de voz humilde, chamou-a de Helena e comprou óleo santo para esfregar o ovo. Ao entornar o óleo em gotas, murmurou uma fórmula mágica que só as mulheres tinham permissão de aprender. Para os homens é inútil fazer oferendas a esse ovo. Enquanto ela fazia as oferendas, voltei-me para as prendas votivas e reparei com satisfação que havia diversas caixinhas redondas de prata no meio delas. Senti vergonha só de pensar no que prometera oferecer à Deusa Lua, pois achei que era melhor levá-la ao templo numa caixa fechada, quando chegasse a ocasião.

Nesse momento, a mulher pálida virou-se para mim, fitou-me com seus olhos negros e assustadores, sorriu e disse:

— Não te envergonhes dos teus pensamentos, belo jovem. A Deusa Lua é mais poderosa do que imaginas. Se lhe alcançares as graças, terás um poder incomparavelmente maior do que a força bruta de Marte ou a sabedoria estéril de Minerva.

Falava latim com sotaque, de sorte que dava a impressão de falar alguma esquecida língua antiga. Seu rosto cresceu aos meus olhos, como iluminado por um luar oculto, e, quando sorriu, vi que era bela, apesar da lividez. Tia Lélia adotou um tom ainda mais humilde, a ponto de me fazer pensar, de súbito, que ela se assemelhava a uma gatinha magra, afagando o ovo de pedra e enroscando-se em volta dele.

— Não, não, não uma gata — disse a sacerdotisa. — Uma leoa. Não vês? O que queres com leões, meu rapaz?

Suas palavras me apavoraram e por um brevíssimo instante tive realmente a impressão de ver uma leoa magra e aflita, no lugar em que tia Lélia estivera. A fera olhou-me tão recriminadoramente como o velho leão da aldeia perto de Antioquia me olhara quando eu lhe espetei a pata com a lança. Mas a visão se esvaiu quando passei a mão pela testa.

— Vosso pai está em casa? — perguntou tia Lélia. — Acreditais que ele nos receberia?

— Meu pai Simão jejuou e viajou por muitos países, a fim de aparecer inesperadamente diante de pessoas que respeitam o seu divino poder — respondeu a sacerdotisa Helena. — Mas sei que no momento está acordado e vos espera a ambos.

Ela nos guiou pela porta dos fundos do templo e por alguns degraus ao lado de fora, até um prédio alto, que tinha uma loja de objetos sagrados no andar térreo, abarrotada de luas e estrelas de cobre e pequeninos ovos de pedra polida, artigos que eram vendidos como lembranças, por preços altos e baixos. A sacerdotisa Helena logo pareceu uma pessoa comum, amarelo o rosto fino, e o manto branco enodoado e recendendo enjoativamente a incenso rançoso. Já não era moça.

Levou-nos por dentro da loja a um sórdido quarto de fundo, onde um homem de barba negra e nariz grosso estava sentado numa esteira. Levantou os olhos para nós, como se ainda estivesse em outro mundo, mas em seguida ergueu-se rígido para cumprimentar tia Lélia.

— Estava conversando com um mago etíope — disse ele, num tom surpreendentemente grave. — Mas pressenti que vinhas para cá. Por que me perturbas,

Lélia Manília? Por tuas sedas e joias vejo que já recebeste todas as boas coisas que eu predisse. Que mais queres?

Tia Lélia explicou mansamente que eu dormia no quarto em que Simão, o mago, morara tanto tempo. Eu tinha maus sonhos à noite, rangia os dentes e gritava enquanto dormia. Tia Lélia desejava saber qual era a causa disso e, se possível, obter um remédio.

— Também tinha uma dívida convosco, caríssimo Simão, quando abandonastes minha casa na vossa amargura — afirmou tia Lélia, e pediu-me que desse ao mago três moedas de ouro.

Simão, o mago, não se dignou ele mesmo receber o dinheiro. mas limitou-se a inclinar a cabeça para a filha — se é que a sacerdotisa Helena era realmente sua filha — e ela pegou as moedas com indiferença. Afinal três áureos romanos são trezentos sestércios ou setenta e cinco moedas de prata. Por isso fiquei irritado com a altivez da mulher.

O mago tornou a sentar-se na esteira e pediu que me sentasse defronte dele. A sacerdotisa Helena lançou umas pitadas de incenso no turíbulo.

— Ouvi dizer que quebraste a perna num voo — disse eu cortesmente, já que o mago não falava e apenas me encarava.

— Sofri uma queda no outro lado do mar, na Samaria — principiou ele, numa voz monótona.

Mas tia Lélia impacientou-se e começou a ficar irrequieta:

— Oh, Simão, não nos comandais mais, como antes? — implorou.

O mago ergueu o dedo indicador no ar. Tia Lélia empertigou-se e pôs-se a fitá-lo. Sem sequer olhar para Ela, Simão, o mago, disse:

— Já não podes mexer a cabeça, Lélia Manília. E não nos perturbes, mas vai banhar-te na fonte. Quando entrares na água, estarás contente e ficarás mais jovem.

Tia Lélia não foi a parte alguma, mas permaneceu imóvel onde estava, olhando estupidamente para a frente, enquanto fazia gestos como se estivesse tirando a roupa. Simão, o mago, continuou a fitar-me e retomou sua história.

— Eu tinha uma torre de pedra — disse ele. — A lua e todos os cinco planetas estavam a meu serviço. Meu poder era divino. A Deusa Lua tomou forma humana em Helena e tornou-se minha filha. Com sua ajuda pude investigar o passado e o futuro. Mas então vieram magos da Galileia, cujos poderes eram maiores do que os meus. Bastava-lhes apenas colocar as mãos na cabeça de um homem para que ele começasse a falar e o espírito o habitasse. Eu era moço ainda e queria estudar todos os tipos de poderes. Assim, pedi-lhes que pusessem as mãos sobre mim também, e prometi-lhes uma grande quantia se transferissem seus poderes para mim, a fim de que eu pudesse realizar os mesmos milagres que eles realizavam. Mas eram avarentos em seus poderes e me amaldiçoaram e proibiram de usar o nome de seu deus em minhas atividades. Encara-me nos olhos, jovem. Como é que te chamas?

— Minuto — respondi com relutância, pois sua voz monótona, mais do que sua história, me pusera a cabeça a rodopiar. — Não devíeis saber sem me perguntar, já que sois um mago tão extraordinário? — acrescentei sarcasticamente.

— Minuto, Minuto — repetiu. — O poder que habita em mim me diz que receberás outro nome antes que a lua fique cheia pela terceira vez. Mas não creio nos magos galileus. Pelo contrário, curei os doentes, em nome do Deus deles, até que começassem a perseguir-me e me processassem em Jerusalém, por causa de um pequeno Eros de ouro, que me fora dado espontaneamente por uma senhora rica. Olha-me nos olhos, Minuto. Mas eles enfeitiçaram-na com seus poderes, de modo que ela mesma esqueceu que me tinha dado o presente. Em vez disso, ela contou que eu me tornara invisível e o roubara. Sabes que posso ficar invisível, não sabes? Vou contar até três, Minuto. Um, dois, três. Agora já não podes ver-me.

Na verdade, ele sumiu da minha vista. Tive a impressão de estar mirando uma bola bruxuleante que talvez fosse a lua. Mas sacudi violentamente a cabeça, fechei os olhos e abri-os de novo, e então estava ele sentado diante de mim como antes.

— Posso ver-vos como antes, Simão, o mago disse eu, suspeitoso. — Não quero fitar-vos os olhos.

Ele riu de maneira amistosa, fez um gesto de dispensa com as mãos e falou:

— És um menino teimoso e não quero forçar-te, pois isso não traria nada de bom. Mas olha para Manília Lélio.

Olhei. Tia Lélia erguera as mãos e inclinava-se para trás, com uma expressão de êxtase no rosto. As rugas em volta da boca e dos olhos tinham-se atenuado e sua imagem se tornara flutuante e cheia de viço.

— Onde estás neste momento, Manília Lélio? — perguntou Simão, o mago, num tom forte.

Com jeito de menina, Tia Lélia respondeu incontinenti:

— Estou me banhando em vossa fonte. A água maravilhosa me cobre completamente e assim estou toda trêmula.

— Continua no teu divino banho, Lélia — disse o mago e, virando-se para mim, aduziu: — Esse tipo de feitiçaria nada significa e não prejudica a ninguém. Eu podia enfeitiçar-te e fazer com que passasses o tempo todo tropeçando e ferindo os pés e as mãos. Mas por que iria desperdiçar meus poderes contigo? Predigamos a tua sorte, então, já que estás aqui. Helena, estás dormindo?

— Estou dormindo, Simão — respondeu a sacerdotisa imediatamente submissa, embora os olhos estivessem abertos.

— Que vês em torno do jovem chamado Minuto? — indagou o mago.

— Seu animal é o leão — disse a sacerdotisa. — Mas o leão aproxima-se de mim e não posso passar. Atrás do leão está um homem que ataca o mancebo com setas mortíferas, mas não posso ver como é ele. Está muito distante no futuro. Mas avisto nitidamente Minuto, numa ampla sala em que as estantes estão cheias de rolos de pergaminho. Uma mulher está lhe entregando um rolo aberto. Ela tem as mãos enegrecidas. Seu pai não é seu pai. Acautela-te dela, Minuto. E agora vejo Minuto montado num garanhão preto. Está usando um reluzente peito de armas. Ouço os gritos de uma multidão. Mas o leão está avançando para mim. Tenho de fugir. Simão, Simão, socorro!

Deu um grito e cobriu o rosto com as mãos. Simão ordenou-lhe apressadamente que despertasse, volveu para mim um olhar penetrante e depois perguntou:

45

— Não estás exercendo a feitiçaria tu mesmo, estás? Com teu leão te protegendo tão ciosamente? Não te preocupes. Não terás mais sonhos desagradáveis se te lembrares de invocar o teu leão no sonho. O que ouviste foi o que desejavas ouvir?

— O principal eu ouvi — confessei. — E foi um prazer para mim, quer seja verdade, quer não. Mas ficai certo de que me lembrarei de vós e de vossa filha, se algum dia me vir montado num garanhão preto no meio de uma multidão aos berros.

Simão, o mago, voltou-se para tia Lélia e pronunciou-lhe o nome.

— É tempo já de saíres da fonte — ordenou. — Deixa que o teu amigo te belisque o braço como sinal. Não fere, apenas arde um pouco. Acorda, agora.

Tia Lélia despertou vagarosamente do seu estado hipnótico e apalpou o braço esquerdo com a mesma expressão enlevada de antes. Olhei-a, curioso e em seu braço fino havia realmente uma grande equimose. Tia Lélia esfregava-a e tremia toda de prazer, de modo que tive de desviar o olhar. A sacerdotisa Helena sorriu para mim com os lábios suplicantemente entreabertos. Mas eu não queria olhar para ela tampouco. Estava embaraçado e sentia-me cheio de espinhos. Despedi-me, mas tive de segurar o braço de tia Lélia e conduzi-la para fora do quarto do mago, tal era o atordoamento dela.

Na loja, a sacerdotisa apanhou um pequenino ovo negro de pedra e o entregou a mim:

— Toma-o como presente meu. Que ele proteja os teus sonhos, na lua cheia.

Fui dominado pela maior relutância em aceitar qualquer coisa dela.

— Quero comprá-lo. Quanto custa?

— Um fio só do teu cabelo — respondeu a sacerdotisa Helena, estendendo a mão para arrancar-me um cabelo da cabeça.

Mas tia Lélia interveio, sussurrando que seria preferível que eu desse dinheiro à mulher.

Como não tinha comigo moedas menores, dei-lhe uma moeda de ouro. Talvez a mulher a merecesse pela sua predição. Ela aceitou a moeda com indiferença.

— Atribuis alto preço aos teus fios de cabelo — disse ela, desdenhosa. — Mas talvez tenhas razão. A deusa é quem sabe.

Encontrei Barbo diante do templo, fazendo o possível para esconder o fato de que aproveitara essa oportunidade para tomar uns tragos de vinho, de sorte que cambaleava sem firmeza atrás de nós. Tia Lélia, bem-humorada, passava a mão de leve sobre a equimose do braço.

— Simão, o mago, há muito que não se mostrava tão gentil comigo — explicou. — Sinto-me animada e refeita em todos os sentidos e nada me dói no corpo. Mas foi bom que você não tivesse dado um fio de cabelo àquela mulher desavergonhada. Com a ajuda desse fio ela poderia visitar a tua cama em sonhos.

Levou a mão à boca, arrependida, e olhou-me de relance.

— Você já está um rapagão — disse. — Seu pai deve ter-lhe explicado essas coisas. Estou certa de que Simão, o mago, às vezes enfeitiça um homem para que durma com a sua filha. Depois, o homem fica inteiramente submisso ao poder dos dois, se bem que em troca alcance êxito de outra espécie. Eu devia avisado com antecedência, mas não pensei nisso já que você é ainda um adolescente. Não percebi a coisa senão quando ela lhe pediu um fio de cabelo.

46

Após o encontro com Simão, o mago, meus sonhos não voltaram. Quando um pesadelo tentava apossar-se de mim, eu me lembrava do conselho de Simão, o mago, e invocava o meu leão. Logo ele vinha, deitava-se protetoramente a meu lado e era sob todos os aspectos tão vivo e real que eu podia alisar-lhe a juba com a mão, ainda que, ao despertar de meu leve sono, reparasse que estivera alisando uma dobra das cobertas.

Sentia-me tão feliz com o leão que às vezes o invocava no instante mesmo em que ia adormecendo. Até mesmo na cidade, imaginava o leão andando atrás de mim e me protegendo.

Passados alguns dias da visita a Simão, o mago, lembrei-me do pedido de meu pai e fui à biblioteca debaixo do Palatino. Perguntei ao velho e grosseiro bibliotecário pela história dos etruscos, escrita pelo Imperador Cláudio. O homem mostrou-se desdenhoso a princípio, em virtude da minha vestimenta juvenil, mas como eu já estivesse cansado dos ares superiores dos romanos, disse-lhe que estava pensando em queixar-me por carta ao próprio Imperador de não obter permissão para ler suas obras na biblioteca. Aí o bibliotecário chamou depressa um escravo de roupa azul, que me conduziu a uma sala onde havia uma grande estátua de Cláudio e me indicou a seção competente.

Pus-me, cheio de espanto, a contemplar a estátua do Imperador. Cláudio se fizera representar como Apolo, e o escultor não lhe tinha de modo algum embelezado os membros frágeis e a cara de ébrio, de modo que a estátua parecia mais absurda que imponente. Pelo menos o Imperador não era vaidoso, visto haver permitido a exibição daquela estátua numa biblioteca pública.

Pensei a princípio que estivesse sozinho na sala e presumi que os romanos não reputavam Cláudio um autor de primeira plana desde que lhe relegavam os códigos à poeira dos escaninhos. Mas depois notei que havia uma jovem sentada de costas para mim, ao pé de uma estreita janela de leitura. Passei algum tempo procurando a história etrusca. Achei a história de Cartago, também da autoria de Cláudio, mas os escaninhos em que era evidentemente guardada a história dos etruscos estavam vazios. Olhei novamente para a mulher e reparei que a seu lado havia toda uma pilha de pergaminhos enrolados.

Reservara o dia inteiro para essa tarefa cansativa, porque não é permitido ler à luz de candeias na biblioteca, em virtude do perigo de incêncio, e não queria ir embora sem ter realizado meu trabalho. Assim, tomei coragem, já que a timidez não me deixava dirigir a palavra a mulheres desconhecidas, caminhei para ela e indaguei se estava lendo a história dos etruscos e se precisava de todos os códigos ao mesmo tempo. Meu tom de voz era de sarcasmo, embora soubesse muito bem que certas mulheres bem educadas são ratos de biblioteca. Mas em geral não liam livros de história, e sim, o que era mais provável, as fantásticas narrativas e aventuras amorosas de Ovídio.

A mulher teve um sobressalto violento, como se só então desse pela minha chegada, e levantou para mim os olhos brilhantes. Era nova e, a julgar pelo penteado, solteira. O rosto não era belo, mas um tanto irregular e grosseiro. A pele lisa era queimada de sol como a de uma escrava, a boca grande e os lábios cheios.

— Estou aprendendo as palavras dos ritos sagrados e comparando-as nos diversos livros — disse com aspereza. — Não é divertido.

A despeito do mau humor, tive a impressão de que ela estava tão desconfiada de mim quanto eu dela. Notei que as mãos estavam enegrecidas de tinta e que ela tomava apontamentos num papiro com uma pena rombuda. Via-se pela caligrafia que estava habituada a escrever, mas o material inferior que usava borrava-lhe o escrito.

— Garanto-lhe que não estou zombando — apressei-me a dizer, com um sorriso. — Ao contrário, estou cheio de respeito por sua douta ocupação. Não quero perturbá-la de modo algum, mas prometi a meu pai ler esse livro. Naturalmente você o entenderá melhor do que eu, mas promessa é promessa.

Esperava que me perguntasse quem era meu pai, para que eu pudesse indagar o nome dela. Mas não era assim tão curiosa. Olhou-me como se olha para um mosca importuna, depois remexeu na pilha de códigos aos seus pés e entregou-me a primeira parte do livro.

— Aí está. Tome e não volte aqui com seus galanteios.

Corei tão violentamente que senti o rosto ardendo. Sem dúvida, a moça se enganara, se pensava que eu arranjara um pretexto para conhecê-la. Agarrei o rolo, fui para a janela do outro lado da sala e comecei a ler de costas para ela.

Li o mais rápido possível, sem procurar decorar a comprida lista de nomes. Evidentemente, Cláudio achava necessário enumerar de quem e como obtivera cada informação, o que outros haviam escrito a respeito e o que ele mesmo julgava pertinente. Creio que nunca lera antes um livro tão meticuloso e enfadonho. Mas no momento em que Timaio me mandara ler os livros que ele apreciava, eu tinha aprendido a ler depressa e a decorar as passagens que me interessavam. Apegava-me obstinadamente a elas quando, mais tarde, Timaio me interrogava sobre o conteúdo do livro. Achei que ia ler este livro desse jeito.

Mas a moça não me deixava ler em paz. Ria nervosamente para si mesma e às vezes praguejava alto, enquanto fazia farfalhar os rolos. No fim, cansada de constantemente o bico de sua pena imprestável, quebrou-a em duas e bateu o pé, furiosa.

— Será que você é cego e surdo, rapazinho infame? — gritou. — Consiga-me uma pena que preste, imediatamente. Você deve ser mesmo muito mal-educado para não ver que preciso de uma.

Meu rosto ardeu outra vez e irritei-me, pois o próprio comportamento da moça não indicava exatamente uma boa educação. Mas não queria altercar com ela acerca dos rolos, justamente quando eu concluíra o primeiro. Por isso me dominei e fui perguntar ao bibliotecário se tinha um cálamo disponível. Ele resmungou que, de acordo com o regulamento da biblioteca, penas e papel para anotações eram gratuitos, mas que cidadão nenhum era tão pobre que tivesse o desplante de levar uma pena sem pagar. Enraivecido, dei-lhe uma moeda de prata e ele, contente, estendeu-me um molho de penas e um rolo do pior papel. Voltei à sala de Cláudio, onde a moça me arrancou as penas e o papel da mão, sem sequer agradecer.

Quando acabei o primeiro livro, fui ter novamente com ela e perguntei pelo segundo.

— Lê realmente assim tão depressa? — perguntou, surpresa. — E capaz de lembrar qualquer coisa do que leu?

— Pelo menos me lembro de que os etruscos tinham o hábito deplorável de utilizar serpentes venenosas como armas de arremeço. Não me espanta ver que você estuda os costumes e hábitos deles.

Tive a impressão de que ela se arrependia do seu comportamento, pois apesar de meu comentário ferino me entregou uma pena e, como uma menina, disse:

— Quer fazer a ponta nessa pena, para mim? Acho que não sei fazer. Começam a vazar quase instantaneamente.

— É o papel que é inferior — expliquei.

Tomei a pena e a faca, fiz a ponta e cuidadosamente abri-a ao meio.

— Não faça muita pressão sobre o papel — recomendei. — Do contrário, borrará imediatamente. Se não for muito estouvada, verá que é bem fácil escrever até mesmo em papel ruim.

Deu-me um sorriso, inesperado como relâmpago em nuvens escuras e tempestuosas. As feições fortes, a boca larga e os olhos enviesados pareceram de repente encantadores, como eu nunca poderia ter acreditado antes.

Vendo-me ali de pé, a fitá-la, fez uma careta, estirou a língua e disse com brusquidão:

— Pegue o livro e vá ler, já que acha tão divertido.

Mas continuou a molestar-me, vindo até onde eu estava e pedindo-me que lhe fizesse mais uma vez a ponta na pena, de tal modo que em pouco tempo meus dedos estavam tão negros quanto os seus. De qualquer maneira, a tinta era tão encaroçada que a levou a amaldiçoar diversas vezes o tinteiro.

Ao meio-dia sacou uma trouxa, abriu-a e entrou a comer vorazmente, rasgando o pão e abocanhando enormes pedaços de queijo.

Ao dar com meu olhar reprovador, começou a desculpar-se:

— Sei muito bem que é proibido comer na biblioteca, mas que posso fazer? Se sair, fico andando por aí, com os desconhecidos a me seguirem e a dizerem coisas feias porque estou só.

Fez uma pausa e depois, com os olhos baixos, aduziu:

— Meu escravo virá me buscar à noite, quando a biblioteca fechar.

Mas logo percebi que não tinha sequer um escravo. Sua comida era simples, e presumivelmente não tinha dinheiro para penas e papel, razão por que me havia mandado com tanta arrogância ir buscar-lhe uma pena. Estava desconcertado, pois não desejava ofendê-la de modo algum. Mas também senti fome quando a vi comer.

Devo ter engolido em seco, porque sua voz se abrandou de súbito:

— Coitadinho. Você deve estar com fome também.

Generosamente, partiu o pão ao meio e também me passou o queijo redondo para que o fôssemos mordendo, cada qual por sua vez. A refeição terminou antes que tivéssemos realmente tido tempo de começá-la. Quando se é moço, tudo sabe bem. Assim, elogiei-lhe o pão.

— Esse era verdadeiro pão da roça e o queijo, fresco, da roça também. Não é todos os dias que a gente encontra isso em Roma.

Ficou feliz com o elogio:

— Moro fora dos muros. Sabe onde é o circo de Caio, o cemitério e o oráculo? Pois bem, é nessa direção, por trás do Vaticano.

Mas não me disse seu nome. Continuamos a leitura. Ela escrevia e num sussurro ia repetindo, de cor, vários textos de que Cláudio falara em seu livro sobre os escritos sagrados dos etruscos. Li uma parte após outra, e decorei tudo acerca das guerras e cultos da cidade de Cere. A noitinha, o salão escureceu quando a sombra do Palatino incidiu sobre a janela. O céu também se cobrira de nuvens.

— Não estraguemos a vista. Amanhã, poderemos continuar, mas já estou farto dessa bolorenta história antiga. Você, que é uma mulher culta, poderia ajudar-me e anotar o que consta das partes que não li, ou pelo menos as coisas mais importantes que há nelas. Meu pai tem propriedade perto de Cere, por isso é provável que me pergunte a respeito de tudo o que o Imperador Cláudio escreveu sobre a história de Cere. Por favor, não se ofenda com a sugestão, mas estou com vontade de comer uma salsicha quente. Conheço um local e gostaria de convidá-la, caso quisesse ajudar-me.

Ela franziu o cenho, ergueu-se e fitou-me bem de perto, tão perto que senti sua respiração cálida em meu rosto:

— Não sabe realmente quem eu sou? Não, você não me conhece e não está mal-intencionado. É um menino.

— Estou prestes a receber a toga viril redargui, ofendido. A questão foi adiada por causa de uma série de problemas de família. Você não é muito mais velha do. que eu. Sou mais alto do que você.

— Meu querido menininho — caçoou ela. — Já fiz vinte anos e, comparada com você, sou uma velha. Seguramente sou mais forte do que você. Não tem medo de sair com uma desconhecida?

Mas rapidamente tornou a enfiar de qualquer jeito os códices nos escaninhos, reuniu suas coisas, alisou as vestes e sofregamente preparou-se para sair, como se temesse que eu fosse me arrepender do convite. Para minha surpresa, parou diante da estátua do Imperador Cláudio e cuspiu nela antes que eu pudesse impedir. Quando notou o meu horror, riu alto e cuspiu de novo. Era realmente muito malcriada.

Sem hesitar, enfiou o braço no meu e me arrastou consigo, para que eu sentisse como ela era forte. Não bazofiara inutilmente. Despediu-se com altivez do bibliotecário, que veio ver se não escondêramos alguns códigos debaixo das nossas roupas. O homem, porém, fez uma inspeção superficial, como fazem algumas vezes os bibliotecários desconfiados.

A moça não tornou a falar do escravo. Havia muita gente nas imediações do fórum e ela quis passear um pouco acima e abaixo. entre o templo e a Cúria, todo o tempo agarrada ao meu braço, como se desejasse exibir aos outros seu prêmio e posse. Uma ou duas pessoas disseram-lhe qualquer coisa como se a conhecessem, e a jovem riu e respondeu sem timidez. Um senador e dois cavaleiros e seu séquito passaram por nós e desviaram o olhar, quando a viram. Ela não deu atenção.

— Como você está vendo, não sou considerada uma moça virtuosa. — Deu uma gargalhada: — Mas não sou totalmente depravada. Não se assuste.

Por fim concordou em ir comigo a uma estalagem perto da feira de gado, onde ousadamente pedi salsicha quente, carne de porco numa tigela de barro e vinho.

A moça comeu com a avidez de um lobo e limpou a graxa dos dedos numa ponta do manto. Não misturou o vinho com água, nem eu tampouco. Mas minha cabeça pôs-se a girar, de vez que eu não estava acostumado a tomar vinho não diluído. A moça resmungava enquanto comia, dava-me tapinhas nas bochechas, insultava o estalajadeiro na linguagem rude dos mercados, e repentinamente, com um murro, pôs minha mão completamente entorpecida porque eu sem querer lhe roçara o joelho. Não pude deixar de supor que ela devia ter uma aduela de menos. De súbito a estalagem ficou apinhada. Músicos, atores e bufões foram chegando também e passaram a entreter os fregueses, arrecadando moedas de cobre num vaso que era sacudido ruidosamente. Um dos cantores maltrapilhos parou diante de nós, dedilhou a cítara e cantou, para a moça:

Vem, ó filha do lobo
Vem, oh filha do lobo
Da queixada mole,
Ela que veio à luz
No degrau de pedra fria;
O pai bebia,
A mãe putava
E um primo tirou
Sua virgindade.

Mas não prosseguiu. A moça ergueu-se e esbofeteou-lhe a cara:

— Melhor ter sangue de lobo — gritou ela — do que mijo nas veias como você!

O estalajadeiro correu a afastar o cantor e com suas mãos despejou vinho em nossos copos.

— Caríssima — implorou ele — sua presença é uma honra, mas o rapaz é menor. Peço-lhe que termine de beber e vá embora. Do contrário, teremos aqui os magistrados.

Já era tarde e eu não sabia o que pensar do comportamento imoderado da moça. Talvez ela fosse de fato uma lobinha depravada, a quem por pilhéria o estalajadeiro dispensou um tratamento respeitável. Senti alívio, quando ela concordou em sair sem mais escândalo mas, ao chegarmos do lado de fora, tomou outra vez o meu braço com firmeza:

— Acompanhe-me até a ponte sobre o Tibre.

Quando nos aproximamos da margem do rio, vimos nuvens agitadas que surgiam baixas no céu, avermelhadas pelos clarões da cidade. As águas turbulentas do outono suspiravam invisíveis a nossos pés e sentíamos o cheiro da lama e dos juncos em decomposição. A moça conduziu-me à ponte que dava passagem para a ilha do Tibre. No templo de Esculápio, na ilha, senhores desalmados deixavam os escravos mortalmente enfermos e os moribundos que já não podiam prestar serviços, e do outro lado da ilha uma ponte avançava para o14º distrito da cidade, o Transtibério dos judeus. A ponte não era lugar dos mais agradáveis à noite. Nas lacunas entre as nuvens luziam algumas estrelas outonais, o rio emitia um brilho mortiço e o gemido dos doentes e agonizantes nos era trazido da ilha, pelo vento, como se fosse uma nênia das regiões infernais.

51

A moça debruçou-se na ponte e cuspiu no Tibre para mostrar desprezo:

— Cuspa também! Ou está com medo do Deus Rio?

Eu não tinha desejo de ultrajar o Tibre, mas depois que ela me importunou por algum tempo, cuspi também, infantil como era. No mesmo instante, uma estrela cadente cruzou o céu por cima do Tibre, num arco incandescente. Acho que recordarei até o dia da minha morte o torvelinho das águas, as nuvens vermelhas, brilhantes e desassossegadas, as emanações do vinho na minha cabeça e a estrela de cristal atravessando em curva o Tibre negro e acetinado.

A moça encostou-se em mim de tal modo que pude sentir como seu corpo era flexível, embora ela fosse uma cabeça mais baixa do que eu.

— A sua estrela cadente foi do leste para o oeste — muro murou. — Sou supersticiosa. Você tem linhas de felicidade nas mãos, já reparei. Talvez você me traga felicidade também.

— Pelo menos me diga agora o seu nome — falei, irritado. — Já lhe disse o meu e lhe falei de meu pai. Com certeza vou ter aborrecimento em casa por estar na rua até esta hora.

— Sim, sim, você é uma criança — suspirou a moça, tirando os sapatos. Vou embora, e descalça. Meus sapatos já me esfolaram tanto os pés que tive de me apoiar em você para andar. Agora não preciso mais do seu apoio. Vá para casa. Não quero que tenha aborrecimento por minha causa.

Mas insisti obstinadamente em que me dissesse o seu nome. Afinal deu um suspiro profundo.

— Promete me beijar na boca com seus inocentes lábios de menino, e não se assustar quando lhe disser o meu nome?

Respondi que não estava apto nem me era permitido tocar em nenhuma moça, enquanto não tivesse cumprido a promessa feita ao oráculo em Dafne, de modo que ela ficou curiosa.

— Podíamos pelo menos tentar — insinuou. — Meu nome é Cláudia Pláucia Urgulanila.

— Cláudia — repeti. — É você uma Cláudia, então?

Ela se surpreendeu de lhe ter eu reconhecido o nome.

— É verdade mesmo que não sabe nada a meu respeito? Creio então que você nasceu na Síria. Meu pai separou-se de minha mãe e eu nasci cinco meses após o divórcio. Meu pai não me tomou nos braços, mas me mandou nua para a porta da casa de minha mãe. Teria sido preferível que ele me tivesse jogado nos esgotos. Tenho direito legal a usar o nome de Cláudia, mas nenhum homem honesto pode ou casar comigo porque meu pai, com sua atitude, declarou ilicitamente que nasci fora do matrimônio. Compreende agora por que leio seus livros para descobrir até onde vai a loucura dele e por que cuspo na sua imagem?

— Por todos os deuses, conhecidos e desconhecidos — bradei perplexo — estará você tentando me dizer que é a filha do Imperador Cláudio, sua menina boba?

— Toda a gente em Roma sabe disso retrucou. — Por isso é que os senadores e cavaleiros não ousam cumprimentar-me nas ruas. Por isso é que vivo escondida no campo atrás do Vaticano. Mas cumpra sua promessa agora, já que lhe disse meu nome, embora naturalmente não devesse ter dito.

Deixou cair os sapatos e me envolveu com os braços, apesar da minha resistência. Mas então ela e toda a sua história começaram a aborrecer-me. Apertei-a com força e beijei seus lábios ardentes, na escuridão. E nada me aconteceu, a despeito de haver quebrado a promessa. Ou talvez a deusa não se tenha ofendido, já que não me pus a tremer quando beijei a moça. Ou talvez fosse por causa da promessa que eu não tremi ao beijá-la. Não sei. Cláudia deixou as mãos pousadas nos meus ombros e sua respiração quente bafejou-me o rosto.

— Me prometa, Minuto, que virá ver-me quando receber a toga viril.

Murmurei que mesmo então teria de obedecer a meu pai. Mas Cláudia teimou.

— Agora que me beijou, você está ligado a mim de alguma forma.

Curvou-se e procurou os sapatos na escuridão. Depois bateu de leve em meu rosto frio e afastou-se correndo. Gritei-lhe que não me sentia de modo nenhum ligado a ela, já que me forçara a beijá-la, mas Cláudia se esvaecera na noite. O vento carregava da ilha os gemidos dos enfermos, a água rodopiava agourenta e eu parti para casa o mais depressa possível. Barbo fora procurar-me na biblioteca e no fórum e estava furioso comigo, mas não se atreveu a contar a tia Lélia que eu desaparecera. Felizmente meu pai chegou tarde, como de costume.

No outro dia, valendo-me de circunlóquios, interroguei tia Lélia a respeito de Cláudia. Contei-lhe que conhecera Cláudia Pláucia na biblioteca e lhe dera uma pena. Tia Lélia ficou apavorada.

— Não se meta com aquela sem-vergonha. É melhor fugir se a encontrar outra vez. O Imperador Cláudio em várias ocasiões lamentou não tê-la afogado, mas naquele tempo ele ainda não ousava fazer essas coisas. A mãe dela era uma verdadeira fera. Cláudio teve medo das consequências caso se livrasse da moça. Para apoquentar Cláudio, o Imperador Caio sempre chamava Cláudia de prima e creio que a arrastou também para sua vida imoral. O infeliz Caio chegou até mesmo a dormir com suas irmãs porque se julgava deus. Cláudia não é recebida em nenhuma das casas respeitáveis. Seja como for, sua mãe foi assassinada por um célebre gladiador que não foi nem processado, porque provou ter apenas defendido sua própria virtude. Urgulanila foi se tornando cada vez mais violenta em seus casos de amor, com o correr do tempo.

Logo esqueci Cláudia, pois meu pai levou-me consigo para Cere e ali ficamos um mês, no inverno, enquanto ele cuidava de sua propriedade. Os imensos túmulos dos antigos reis e nobres etruscos, em número incalculável de cada lado da Via Sacra, impressionaram-me profundamente.

Quando capturaram Cere, centenas de anos antes, os romanos saquearam as velhas catacumbas, mas havia, intactos à margem da estrada, alguns túmulos enormes e mais recentes. Comecei a sentir respeito por meus próprios antepassados. Apesar do que me dissera meu pai, eu não imaginara que os etruscos tivessem sido um povo tão extraordinário. Pelo livro do Imperador Cláudio não se podia adivinhar a dignidade melancólica dessas tumbas régias. É preciso vê-las com os próprios olhos.

Os habitantes dessa cidade hoje paupérrima evitavam ir ao cemitério de noite e sustentavam que era mal-assombrado. Mas durante o dia os viajantes aqui vinham contemplar os túmulos antigos e as gravuras em relevo das sepulturas saqueadas. Meu pai valeu-se da oportunidade para fazer uma coleção de velhas miniaturas em bronze e negros vasos sagrados de barro encontrados pela população local quando arava e cavava poços. É óbvio que os colecionadores já haviam levado os melhores bronzes no tempo de Augusto, quando esteve em moda possuir objetos etruscos. Em sua maioria, as estatuetas haviam sido arrancadas das tampas das urnas.

Faltava-me interesse pela agricultura. Entediado, acompanhava meu pai enquanto ele inspecionava os campos, os olivais e os vinhedos. Em geral os poetas exaltam a vida simples do campo, mas eu mesmo não sentia mais desejo de me estabelecer ali do que eles. Nas cercanias de Cere só se caçavam raposas, lebres e pássaros, e eu não sentia muito entusiasmo por esse gênero de caça que nada mais exigia que armadilhas, laços, ramos de tília e nenhuma coragem.

Da atitude de meu pai para com os escravos e libertos que lhe cuidavam da propriedade, depreendi que a agricultura é um prazer dispendioso para um homem da cidade e que consome mais do que produz. Somente os latifúndios cultivados com o trabalho escravo poderão talvez compensar, mas meu pai era avesso a essa maneira de lavrar a terra:

— Prefiro que os meus subordinados vivam felizes e tenham filhos sadios. Alegra-me que possam desfrutar uma vida melhor a minhas expensas. É bom saber que se tem um lugar para onde ir quando as coisas não correm bem.

Notei que os lavradores nunca estavam satisfeitos e sempre se queixavam. Ora chovia demais, ora secava demais, ora os insetos destruíam as vinhas, ora a safra das oliveiras era tão boa que o preço do azeite baixava. E os subalternos de meu pai não pareciam respeitá-lo, mas comportavam-se inescrupulosamente ao verem como ele era bondoso. Não cessavam de lamuriar-se: as Casas pobres, as ferramentas escassas, as doenças do gado. . .

De vez em quando, meu pai se enraivecia e falava com aspereza, contrastando com sua atitude habitual, mas aí preparavam-lhe às pressas uma refeição e ofereciam-lhe vinho branco ligeiramente frio. As crianças atavam-lhe uma grinalda à cabeça e brincavam de roda à sua volta, até que ele se acalmava e fazia novas concessões a seus rendeiros e libertos. De fato, em Cere, meu pai tomou tanto vinho que quase não passou lá um só dia sóbrio.

Na cidade de Cere conhecemos diversos sacerdotes e mercadores pançudos que tinham dobras nas pálpebras e cujas árvores genealógicas remontavam a milhares de anos. Ajudaram meu pai a reconstituir a própria genealogia, até o ano em que Licurgo destruiu a frota e o porto de Cere. Meu pai também comprou um terreno para construir um túmulo na estrada sagrada de Cere.

Finalmente, de Roma veio a mensagem de que tudo estava arranjado. O Censor deferira a solicitação de meu pai, no sentido de lhe ser devolvida a dignidade de cavaleiro. A matéria seria submetida ao Imperador Cláudio daí a dias. Assim, tivemos de regressar a Roma. Lá, aguardamos em casa, já que podíamos ser chamados ao Palatino a qualquer momento. O secretário de Cláudio, Narciso, prometera aproveitar um instante favorável para resolver satisfatoriamente o caso.

O inverno foi rigoroso; os pisos de pedra de Roma estavam frios como gelo e todos os dias morria gente nos apartamentos, vítima das emanações dos braseiros deixados à toa. De dia o sol resplandecia e prenunciava a primavera, mas até mesmo os senadores não tinham pejo de mandar colocar braseiros debaixo dos seus tamboretes de marfim durante as sessões da Cúria. E tia Lélia deplorava a morte das antigas virtudes romanas. No tempo de Augusto, mais de um velho senador preferiu a pneumonia ou uma vida inteira de reumatismo a mimar o corpo de maneira tão pouco varonil.

Tia Lélia, como era natural, queria assistir às Lupercais e à procissão, também. Assegurou-nos que o próprio Imperador era o sumo sacerdote e dificilmente seríamos chamados ao Palatino naquele dia. Logo ao amanhecer dos Idos de Fevereiro, acompanhei-a, até onde era possível chegar, às proximidades da antiga figueira.

No interior da caverna as Lupercais imolaram um bode, em honra do Fauno Luperco. O sacerdote desenhou, com sua faca ensanguentada, um sinal na fronte de cada uma das Lupercais e todas elas o removeram de imediato, com um pano de linho santo previamente embebido em leite. Em seguida explodiram todas na gargalhada do rito comunal. A gargalhada sagrada que emergiu da caverna foi tão estrondosa e terrificante que a multidão se imobilizou, tomada de piedade, e várias mulheres, enlouquecidas, precipitaram-se pelo caminho que os guardas mantinham aberto para a procissão com seus molhos de bastões consagrados.

Na caverna, os sacerdotes cortaram com as facas sacrificatórias o couro do bode em longas tiras e depois saíram dançando pelo caminho.

Estavam todos inteiramente nus, riam o riso sagrado e, com as tiras do couro do bode, açoitavam as mulheres que tinham avançado pelo caminho para que recebessem manchas de sangue nas roupas. Dançando desse modo, rodearam todo o Monte Palatino.

Tia Lélia, contente, declarou que há muito não ouvia a gargalhada sagrada soar tão solene. A mulher que é tocada pelas ensanguentadas tiras de couro das Lupercais engravida ao cabo de um ano, explicou ela. Era um remédio infalível para a esterilidade. Era uma pena que as mulheres da nobreza não quisessem ter filhos. Em sua maioria, foram as mulheres dos cidadãos comuns que se deixaram flagelar pelas Lupercais. Ela não vira uma só esposa de senador em toda a rota da procissão. Disseram algumas pessoas que se encontravam no meio da compacta multidão de espectadores ter visto o Imperador Cláudio, pulando e berrando, enquanto incitava as Lupercais ao açoite, mas nós não o vimos.

Quando o cortejo completou a volta em torno da colina e regressou à caverna, para imolar uma cadela prenha, fomos para casa e comemos, de acordo com a tradição, carne de bode cozida e pão de trigo assado na forma de órgãos sexuais humanos.

Tia Lélia tomou vinho e exprimiu a satisfação de ver que a maravilhosa primavera romana afinal se aproximava depois de tão malfadado inverno.

No instante mesmo em que meu pai instava com ela, para que fosse tirar sua sesta do meio-dia, antes que se pusesse a falar de coisas impróprias aos meus ouvidos, embarafustou pela casa adentro, sem fôlego, um mensageiro, escravo de Narciso, o secretário do Imperador, com o recado de que fôssemos sem demora ao Palatino.

Partimos a pé, tendo apenas Barbo a acompanhar-nos, o que muito surpreendeu o escravo. Felizmente, em virtude da festa, ambos estávamos adequadamente vestidos para a ocasião.

O escravo, que trajava branco e ouro, contou-nos que todos os presságios eram favoráveis e que os ritos festivos se tinham efetuado sem uma falha, de modo que o Imperador Cláudio se mostrava em excelente estado de espírito. Ainda estava entretendo as Lupercais em seus aposentos, adornado com as roupagens do sumo sacerdote.

À entrada do palácio, revistaram-nos dos pés à cabeça e Barbo teve de ficar fora, porque trazia sua espada. Meu pai espantou-se ao ver que me revistavam também, embora eu fosse um menor.

Narciso, o liberto, secretário particular do Imperador, era um grego a quem as preocupações e a prodigiosa responsabilidade do trabalho haviam dado um ar macilento. Recebeu-nos com imprevista afabilidade, se bem que meu pai não lhe tivesse enviado um donativo. Declarou francamente que numa época prenunciadora de muitas mudanças, era vantajoso para o Estado conferir honrarias a homens que sabiam recordar. a quem deviam demonstrar gratidão pelas posições ocupadas. Para confirmar essa opinião, remexeu nos papéis concernentes a meu pai e deles tirou uma nota amarrotada:

— É melhor que você mesmo fique com isso. É uma nota confidencial, da época de Tibério, acerca dos seus hábitos e do seu caráter. Assuntos esquecidos que agora não têm nenhuma importância.

Meu pai leu o papel, corou e apressadamente enfiou-o na roupa. Nasciso prosseguiu, como se nada tivesse acontecido:

— O Imperador se ufana do próprio conhecimento e sabedoria — prosseguiu — mas é propenso a agarrar-se a minúcias e às vezes insiste numa questão antiga, um dia inteiro, só para provar que tem boa memória, conquanto esqueça o ponto principal.

— Quem na juventude não montou guarda uma vez ou outra nos bosquetes de Baías? — disse meu pai um tanto confuso. — Quanto a mim, tudo isso é coisa do passado. De qualquer modo, não sei como agradecer-lhe. Soube que o Imperador Cláudio, e especialmente Valéria Messalina, são exigentíssimos em tudo o que diz respeito à moral dos cavaleiros.

— Talvez um dia eu lhe diga como pode agradecer-me — disse Narciso com um sorriso glacial. — Dizem que sou ganancioso, mas você não deve cometer o equívoco de me oferecer dinheiro, Marco Maniliano. Sou o liberto do Imperador. Assim, meus bens são os bens do Imperador e tudo quanto sou capaz de fazer é em benefício do Imperador e do Estado. Mas apressemo-nos. O momento mais favorável é logo depois de uma refeição sacrificatória, quando o Imperador está se preparando para a sesta.

Conduziu-nos ao salão de recepções da ala sul, cujas paredes estavam decoradas com painéis da guerra de Troia. Com as mãos, baixou o toldo, para que o sol não entrasse com demasiada força no quarto.

O Imperador Cláudio chegou, arrimado de cada lado em seus escravos pessoais que, a um gesto de Narciso, o assentaram no trono imperial. Ele trauteava, com a boca fechada, o hino do Fauno para si mesmo e fitou-nos com os olhos míopes. Sentado, parecia mais digno do que de pé, muito embora meneasse a cabeça em várias direções. Era fácil reconhecê-lo pelas estátuas e réplicas de sua cabeça nas moedas, posto que agora, depois da comida, estivesse salpicado de molho e vinho. Era evidente que o vinho o animava, dando-lhe disposição e ânsia de atacar os problemas do Estado antes de pegar no sono.

Narciso nos apresentou e disse prontamente:

— A questão é perfeitamente clara. Eis aqui a árvore genealógica, o certificado de renda e a recomendação do Censor. Marco Mezêncio Maniliano foi membro destacado do conselho municipal de Antioquia e merece reparação cabal pela injustiça de que foi vítima. Ele mesmo não tem ambições, mas seu filho está crescendo e poderá servir o Estado.

Enquanto resmungava qualquer coisa, acerca das lembranças juvenis que guardava do astrônomo Manílio, Cláudio desenrolava os papéis e lia neles algumas passagens salteadas. Atraído pelos antepassados de minha mãe, refletiu por algum tempo.

— Mirina — disse ele. — Essa foi a Rainha das Amazonas que combateu as Górgonas, mas foi um trácio, Mopso, exilado por Licurgo, que a matou no fim. Na realidade, Mirina era seu nome divino. Seu nome terreno era Batieia. Teria sido preferível que sua mulher tivesse usado esse nome terreno. Narciso, toma nota disso e põe nos papéis.

Meu pai agradeceu, reverente, essa correção do Imperador e prometeu tomar providências imediatas para que a estátua que a cidade de Mirina erigiu em memória de minha mãe tomasse o nome de Batieia. O Imperador ficou com a impressão de que minha mãe fora uma dama famosa de Mirina, já que a cidade lhe levantara uma estátua.

— Teus antepassados gregos são nobilíssimos, meu rapaz — disse ele, fitando-me benignamente com seus olhos injetados. — Nossa cultura é da Grécia, mas a arte de construir cidades é de Roma. És puro e belo como uma de minhas moedas de ouro, nas quais fiz imprimir texto latino, de um lado, e grego, do outro. Como pode um rapagão tão formoso e aprumado chamar-se Minuto? Isso é exagerada modéstia.

Meu pai correu a explicar que havia adiado o dia de minha maioridade até que meu nome se inscrevesse nos registros de cavaleiros do templo de Castor e Pólux, também. Seria a maior das honras que o próprio Imperador Cláudio me desse um segundo nome.

— Tenho bens imóveis em Cere — disse ele. — Minha família remonta aos dias em que Siracusa destruiu o poderio marítimo de Cere. Mas essas são coisas que sabeis melhor do que eu, Claríssimo.

— Bem vi que teu rosto me era de algum modo familiar — bradou Cláudio, deliciado. — Teu rosto e teus olhos, reconheço-os pelos murais dos velhos túmulos etruscos que estudei em minha juventude, embora já naquela época estivessem se deteriorando em virtude da umidade e da negligência. Se te chamas Mezêncio, então teu filho deverá chamar-se Lauso. Sabes quem foi Lauso, jovem?

Respondi que Lauso foi o filho do Rei Mezêncio, que lutou ao lado de Turno, contra Eneias.

— Isso é o que consta em vossa história dos etruscos — disse eu, candidamente. — De outro modo, não o saberia.

— Leste realmente o meu livrinho, apesar da tua juventude? — inquiriu Cláudio, e em seguida começou a soluçar de emoção.

Narciso bateu-lhe de leve nas costas e ordenou que os escravos lhe trouxessem mais vinho. Cláudio convidou-me também a beber, mas preveniu-me de modo paternal que não tomasse vinho não diluído enquanto não chegasse à idade dele.

Narciso aproveitou o ensejo para pedir a Cláudio que referendasse com sua assinatura a concessão da dignidade de cavaleiro a meu pai. Assinou de bom grado, muito embora me parecesse que esquecera de que se tratava.

— É de fato vossa vontade que meu filho leve o nome de Lauso? — perguntou meu pai. — Se é, a maior honra em que posso pensar é que o próprio Imperador Cláudio deseja servir-lhe de padrinho.

Cláudio tomou o vinho, a cabeça oscilando:

— Narciso — disse ele com firmeza — anote isso também. Tu, Mezêncio, envia-me uma mensagem quando chegar o momento de cortar o cabelo do menino e irei, como teu convidado, se assuntos importantes do Estado não me impedirem na ocasião.

Levantou-se resoluto, e quase cambaleava, antes que os escravos avançassem para segurá-lo. Com um arroto audível, observou:

— Meus inúmeros e doutos trabalhos de pesquisa me tornaram esquecediço. Com mais facilidade relembro coisas antigas do que novas. Assim, o melhor seria anotar imediatamente tudo o que prometo e interdito. Agora, acho melhor ir tirar a minha sesta e vomitar convenientemente. Senão, terei dor de estômago, por causa daquela violenta carne de bode.

Quando o Imperador deixou o salão, apoiado nos dois escravos, Narciso virou-se para meu pai:

— Faça com que seu filho receba a toga viril no primeiro momento azado — aconselhou — e então me comunique. É possível que o Imperador se lembre da promessa de servir de padrinho. Pelo menos eu falarei a ele do nome e da promessa. Então, ele fingirá que se lembrava, mesmo que não tenha lembrado.

Tia Lélia teve muita dificuldade em descobrir alguns nobres que pudessem ser considerados parentes da família Maniliano. Um dos convidados foi um velho ex-cônsul que bondosamente me segurou a mão enquanto eu imolava o porco. Mas a maioria era formada por mulheres, contemporâneas de tia Lélia, que foram tentadas a comparecer sobretudo pela expectativa de um almoço gratuito. Grasnavam como um bando de gansos, enquanto o barbeiro me cortava o cabelo à escovinha e me rapava a penugem do queixo.

Esforcei-me por manter a calma, enquanto me punham a toga, afagavam os membros e me davam palmadinhas nas bochechas. Mal contiveram a curiosidade quando, em virtude da promessa que eu havia feito, subi com o barbeiro para o meu quarto e fi-lo também arrancar todos os pelos do corpo que mostravam a minha maioridade. Estes, eu os coloquei, juntamente com a penugem do queixo, numa caixinha de prata, em cuja tampa estavam gravados uma lua e um leão. O barbeiro tagarelava e pilheriava, enquanto fazia seu serviço, mas também me contou que não era incomum oferecerem os jovens nobres, quando recebiam a toga viril, os pelos de suas partes secretas a Vênus a fim de lhe alcançarem as graças.

O Imperador Cláudio não veio à nossa festa familiar, mas determinou que Narciso me enviasse o anel de ouro da ordem equestre e a permissão de mandar escrever nos assentamentos que ele pessoalmente me dera o nome de Lauso.

Nossos convidados foram com meu pai e comigo ao templo de Castor e Pólux. Meu pai pagou os emolumentos necessários no arquivo, e então tive de colocar o anel de ouro no polegar.

Minha toga protocolar, com sua estreita ourela vermelha, estava pronta. A cerimônia não teve formalidades especiais. Do arquivo fomos para a sala de reuniões da Nobre Ordem dos Cavaleiros, onde pagamos a licença para escolhermos nossos cavalos nos estábulos do campo de Marte.

Quando voltamos a casa, meu pai me presenteou com o enxoval completo de um cavaleiro romano, uma escudo de prata trabalhado, um elmo prateado com plumas vermelhas, uma espada comprida e uma lança. As velhas instaram comigo para que pusesse tudo isso, e é claro que não pude resistir à tentação. Barbo ajudou-me a prender a túnica de couro curtido e em breve estava eu marchando no piso, metido em minhas botas vermelhas de cano curto, pavoneando-me feito um peru, com o elmo na cabeça e a espada desembainhada na mão.

Já era noite. Nossa casa flamejava e do lado de fora havia gente observando as idas e vindas de convidados. Os espectadores receberam com aclamação a chegada de uma cadeirinha elegantemente ornamentada que foi trazida até nosso portão por dois escravos negros como carvão.

Tia Lélia, tropeçando em suas vestes, correu ao encontro desse convidado tardio, e da cadeirinha apeou-se uma mulher baixinha e rechonchuda, cujo vestido de seda revelava com clareza quase excessiva sua figura voluptuosa. O rosto ocultava-se atrás de um véu púrpura, mas a mulher puxou-o para um lado e permitiu que tia Lélia a beijasse em ambas as bochechas. Tinha feições finas e um rosto belamente pintado.

Tia Lélia, a voz estridente de emoção, gritou:

— Minuto, querido, esta é a nobre Túlia Valéria, que veio desejar-lhe boa sorte. É viúva, mas seu finado marido era um verdadeiro Valério.

A mulher, ainda espantosamente bela, apesar de ter atingido a maturidade, estendeu os braços e puxou-me, com armadura, espada e tudo, para seu seio.

— Oh, Minuto Lauso — exclamou. — Contaram-me que o próprio Imperador te conferiu o segundo nome e não é de surpreender, agora que vejo o teu rosto. Se os meus fados e os caprichos de teu pai houvessem permitido, poderias ser meu filho. Teu pai e eu fomos bons amigos em nossa mocidade, mas ele ainda deve ter vergonha da maneira como se comportou comigo, já que não foi me visitar logo que chegou a Roma.

Ela me segurava ainda ternamente nos braços, de modo que eu podia sentir seu seio macio e impregnar-me do aroma estupefaciente de seus unguentos perfumados, enquanto ela passeava o olhar pela sala.

Quando meu pai a viu, enrijeceu-se, tornou-se mortalmente pálido e fez um gesto como se quisesse dar meia-volta e fugir. A encantadora Túlia tomou-me a mão e com um sorriso sedutor aproximou-se de meu pai:

— Não tenhas medo, Marco — disse ela. — Num dia como este eu te perdoo tudo. O que passou passou, e não choremos por isso. Mas enchi muitos frascos com minhas lágrimas por tua causa, ó homem sem coração.

Largou-me, passou os braços em volta do pescoço de meu pai e beijou-o suavemente nos lábios. Meu pai desvencilhou-se, tremendo dos pés à cabeça, e falou num tom reprovador:

— Túlia, Túlia, devias saber que isto não se faz. Queria antes ver a cabeça de uma Górgona, do que o teu rosto, aqui em minha casa, esta noite.

Mas Túlia cobriu-lhe a boca com a mão e voltou-se para tia Lélia:

— Marco não mudou nada. Alguém devia tomar conta dele. Quando o vejo assim tão confuso e o ouço falar de modo tão desarrazoado, lamento ter sobrepujado meu orgulho e ter vindo vê-lo, quando ele teve vergonha de procurar-me.

Esta bela mulher de trajes de seda fascinava-me, por mais velha que fosse, e experimentei um prazer maligno em ver meu pai perder tão completamente seu autodomínio na presença dela.

Túlia agora voltava a atenção para os outros convidados e saudava alguns de maneira amistosa e outros, desdenhosamente. As velhas senhoras tinham muito que cochichar com as cabeças juntas, mas ela não tomava em consideração seus olhares venenosos.

Ia provar apenas dos doces e beber um pouco de vinho, mas pediu que me sentasse a seu lado no sofá.

— Não é indecoroso — observou — embora sejas um homem agora. Eu podia ser tua mãe.

Com sua mão macia acariciou-me a nuca, suspirou, e depois me olhou nos olhos de tal modo que senti um formigueiro em todo o corpo. Meu pai notou e aproximo-se de nós com as mãos fechadas.

— Deixa meu filho em paz — falou brutalmente. — Já me causaste bastante aborrecimento.

Túlia balançou a cabeça com tristeza e suspirou:

— Se houve alguém que te ajudou, Marco, fui eu, em teus dias de maioridade. Uma vez cheguei até a viajar para Alexandria atrás de ti, mas não penses que eu o faria de novo. É apenas para o bem de teu filho que venho prevenir-te. Valéria Messalina está melindrada, por ter Cláudio dado o nome a teu filho e mandado o anel de cavaleiro, sem consultá-la. Por esse motivo há certas outras pessoas que têm interesse em ti e teu filho e desejam favorecer todos aqueles com quem essa mulher desavergonhada procura altercar. É árdua a opção que te espera, Marco.

— Não quero envolver-me e nem mesmo saber dessas coisas — bradou meu pai, desesperado. — Não posso crer que, depois de todos esses anos, pretendas desde já enredar-me numa de tuas intrigas, nas quais posso perder minha boa reputação, justamente quando acabo de recuperá-la. Que vergonha, Túlia!

Túlia deu uma gargalhada irritante e pousou a mão na de meu pai:

— Agora compreendo por que fui tão louca por ti outrora, Marco. Nenhum outro homem jamais foi capaz de pronunciar meu nome tão deliciosamente.

E, para falar a verdade, quando meu pai pronunciou o nome dela havia um quê de melancolia em sua voz. Evidentemente, eu não podia entender o que uma mulher tão elegante e tão nobre via em meu pai. Tia Lélia acercou-se de nós, procurando abafar alegremente o riso, e aplicou uma palmadinha gentil no rosto de meu pai:

— Vocês não estão aqui para trocar arrufos, como se fossem dois namoradinhos. Já é tempo de você sossegar, minha cara Túlia. Você já teve quatro maridos e o último ainda não teve nem tempo de esfriar no túmulo.

— Exato, querida Lélia — conveio Túlia. — É tempo de eu sossegar. Por isso é que estou tão indizivelmente feliz de ter reencontrado Marco. A presença dele me deixa maravilhosamente calma.

Virou-se para mim:

— Mas tu, jovem Aquiles, a tua nova espada me põe a mente inquieta. Se pelo menos fosse dez anos mais moça, te pediria que viesses comigo olhar a lua. Mas velha como estou, não posso. Vai então divertir-te. Teu pai e eu temos muito que conversar a sós.

Quando ela mencionou a lua, fiquei perturbado e subi ao andar superior para tirar a armadura. Passei a mão pelo cabelo cortado e pelas bochechas lisas e senti-me subitamente decepcionado e triste, pois esperara tanto por este dia, sonhara tanto com ele e agora nada corria como eu esperara. Mas precisava cumprir a promessa feita ao oráculo de Dafne.

Enveredei para a porta dos fundos e, na cozinha, agradeci os votos de felicidades dos escravos suarentos. Disse-lhes que comessem e bebessem tanto quanto pudessem, pois já não esperávamos mais convidados àquela hora.

No portão, arrumei zelosamente os archotes quase apagados e pensei com tristeza que esse era talvez o dia mais importante e mais solene da minha vida. A vida é como um archote, que a princípio ilumina tudo e depois se extingue em vapores e fumaça. Uma moça envolta num manto pardo veio ao meu encontro, saindo das escuras sombras do muro:

— Minuto, Minuto — chamou baixinho. — Vim te desejar felicidade e trazer esses bolinhos que eu mesmo assei para ti. Ia deixá-los com os escravos, mas o destino foi bom para mim e me permitiu que te encontrasse.

Com horror, reconheci Cláudia, contra quem tia Lélia me tinha prevenido. Mas ao mesmo tempo senti-me lisonjeado de que essa jovem estranha tivesse descoberto o dia da minha maioridade a fim de vir desejar-me felicidade. Inesperadamente, invadiu-me um grande jorro de alegria ao ver-lhe as espessas sobrancelhas negras, a boca larga e a pele tostada de sol. Ela era diferente de todos os idosos e rabugentos convidados que se haviam reunido em nossa casa. Cláudia era viva, real e autêntica, Era minha amiga. Ela roçou timidamente a mão pelo meu rosto e não era tão arrogante e confiada como quando nos conhecemos.

61

— Minuto — murmurou. — É provável que você tenha ouvido muitas histórias feias a meu respeito, mas não sou tão ruim quanto os outros dizem. Na verdade só desejo ter bons pensamentos agora que estou com você. Está vendo? Você me trouxe felicidade.

Começamos a andar lado a lado em direção ao templo da Lua. Cláudia ajeitou minha toga no pescoço e juntos comemos um dos seus bolos, mordendo-o por turnos, exatamente como havíamos feito com seu queijo na biblioteca. O bolo era condimentado com mel e cariz. Cláudia disse que ela mesma havia colhido o mel e o cariz e moído a farinha de trigo, com suas próprias mãos, num velho moinho manual.

Enquanto caminhávamos, ela não me tomou o braço, mas timidamente evitava tocar-me. Enfunado por minha maioridade, pedi-lhe o braço e a fui conduzindo por entre os buracos da rua. Ela suspirava, feliz. Debaixo do maior sigilo, falei da minha promessa e contei que estava agora a caminho do templo da Lua com minha oferenda votiva numa caixa de prata.

— Uf, esse templo tem má fama! — exclamou Cláudia. — Mistérios imorais lá se realizam à noite, por trás das portas cerradas. Foi bom que eu estivesse perto da sua casa. Se fosse lá sozinho, poderia perder mais do. que a sua oferenda. Nem me dou mais ao trabalho de assistir aos sacrifícios do Estado... Os deuses são apenas pedra e madeira. Aquele velho mentiroso, lá no Palatino, está revivificando as antigas cerimônias somente para prender o povo mais firmemente nos antigos grilhões. Tenho minha árvore sagrada e um límpido poço sacrificatório. Quando estou triste, vou ao oráculo no Vaticano e contemplo os pássaros voando.

— Você fala como meu pai. Ele nem sequer permite que um vidente perscrute o meu futuro no fígado de um animal. Mas poderes sobrenaturais e feitiçaria existem. Até mesmo as pessoas ajuizadas o reconhecem. Por isso prefiro cumprir a promessa que fiz.

Havíamos chegado ao templo, que parecia soterrado. Felizmente a porta estava escancarada e no interior ardiam algumas candeias pequenas, mas não havia ninguém à vista quando coloquei minha caixa de prata no meio das outras oferendas do templo. Eu devia realmente ter tocado a sineta para chamar a sacerdotisa, mas para ser franco estava com medo dela e não queria naquele momento particular ver o seu lívido rosto branco. Mergulhei apressadamente as pontas dos dedos no óleo santo e esfreguei-as no ovo de pedra. Cláudia sorriu divertida e botou um bolo no banco vazio da sacerdotisa, como se fosse uma dádiva. Depois saímos correndo do templo como duas crianças travessas.

Fora, diante do templo, beijamo-nos. Cláudia segurou-me a cabeça entre suas mãos.

— Teu pai já te prometeu em casamento? — perguntou enciumada. — Ou foste apenas apresentado a algumas moças romanas para que faças a tua escolha? Isso em geral faz parte das cerimônias de maioridade.

Eu não pensara uma só vez no motivo pelo qual as velhas amigas de tia Lélia haviam trazido algumas meninas. Elas tinham olhado para mim enquanto chupavam os dedos. Pensei que tinham vindo para provar dos doces e bolos.

— Não, não — respondi apavorado. — Meu pai ainda não pensou em casar-me com ninguém.

— Ah, quem me dera que eu pudesse dominar-me e contar-lhe com clareza os meus pensamentos — disse Cláudia, tristemente. — Não se comprometa com ninguém cedo demais, está bem? Isso traz muita infelicidade. Já há em Roma muitos demolidores de casamentos. Você provavelmente ainda crê que a nossa diferença de idade é muito grande, uma vez que sou cinco anos mais velha do que você. Mas com o correr do tempo e quando você fizer seu serviço militar, a diferença parecerá menor. Você comeu um bolo que eu assei e beijou meus lábios espontaneamente. Isso não o obriga de modo algum, mas para mim é um sinal de que não lhe sou totalmente repugnante. Por isso, posso apenas pedir-lhe que se lembre de mim algumas vezes e não se comprometa com ninguém, sem primeiro me dizer.

Não tinha eu a mais leve intenção de casar, de sorte que achei esse pedido razoável. Beijei-a mais uma vez e aqueci-me ao tomá-la nos braços.

— Isso eu prometo — respondi — desde que você não queira estar sempre comigo onde eu estiver. Na realidade nunca apreciei essas mocinhas da minha idade, que vivem rindo à toa, e gosto de você porque é mais amadurecida e porque lê livros. Não me recordo de terem os poetas descrito cerimônias de casamento em seus poemas de amor. Pelo contrário, falam do amor como de algo livre e sem entraves, o que não tem nada a ver com lareira e casa, mas com o perfume das rosas e o luar.

Cláudia ficou desconcertada e recuou um pouco:

— Você não sabe o que está dizendo. Por que não iria eu pensar no véu escarlate, no manto amarelo açafrão e na cinta com dois laços? Este é o pensamento mais secreto na mente de toda mulher, quando afaga o rosto de um homem e lhe beija os lábios.

Seu protesto fez-me trazê-la violentamente para meus braços e beijar seus lábios relutantes. Cláudia livrou-se do meu abraço, deu-me uma palmada na orelha e desfez-se em lágrimas, que depois enxugou com o dorso da mão.

— Pensei que você tinha outros pensamentos a meu respeito — soluçou. — Este é todo o agradecimento que recebo por me dominar e só pensar no seu bem. Mas você só quer me atirar de costas contra o muro e apartar os meus joelhos para satisfazer a sua concupiscência. Não sou dessas.

As lágrimas me enfraqueceram e abrandaram.

— Você é bastante forte para se defender — disse eu, emburrado — e nem mesmo sei se posso fazer o que você diz. Nunca me agarrei com as escravas nem fui seduzido por minha aia. Não precisa chorar, pois certamente você é muito mais experiente do que eu nessas coisas.

Cláudia ficou espantada com minhas palavras e esqueceu-se de chorar enquanto me fitava pasmada.

— Está me dizendo a verdade? Sempre imaginei que os rapazes se comportavam como macacos. Quanto mais nobres são, mais simiescos são seus hábitos. Mas se está me dizendo a verdade, então tenho maior razão para dominar meu corpo trêmulo. Você me desprezaria se eu me rendesse aos nossos desejos. Nosso prazer teria vida curta e logo seria esquecido.

Minhas bochechas ardiam e a decepção do meu corpo me fez retrucar:

— Você é quem sabe, é claro.

Sem olhá-la, pus-me a andar em direção a casa. Ela hesitou um instante e depois, devagarinho, veio me seguindo. Nada dissemos um ao outro durante algum tempo. Mas afinal desatei a rir. Era agradável que ela me acompanhasse assim, humilde.

— Prometa-me só mais uma coisa, Minuto querido. Não vá direto a um bordel nem faça uma promessa a Vênus, como fazem todos os rapazes logo que recebem suas togas. Se sentir um desejo irresistível de qualquer coisa desse tipo, pois sei que os homens são incontroláveis, então prometa me dizer primeiro, ainda que isso me fira.

Prometi-lhe tudo isso já que me pediu de modo tão persuasivo. Tudo em que eu pensava era no tipo de cavalo que ia conseguir. Naquela época nem mesmo Cleópatra rivalizaria com um bom cavalo em minha imaginação. Ri quando dei minha palavra e lhe disse que ela era uma moça linda, mas esquisita. Separamo-nos sorrindo e com as pazes feitas. Estava bem-humorado depois disso. Quando entrei em casa, meu pai ia tomando a cadeirinha de Túlia para acompanhá-la, já que ela morava no Viminal, na outra banda da cidade, na divisa entre Altasemita e Esquilina. Os olhos de meu pai estavam parados e vítreos, e ele não me perguntou onde eu estivera, mas limitou-se a dizer-me que fosse para a cama cedo. Desconfiei que tivesse bebido boa quantidade de vinho, mas isso não era visível pelo seu andar.

Dormi bem e. muito, mas foi grande minha decepção de manhã, quando vi que meu pai não estava em casa. Esperava que fôssemos imediatamente aos estábulos escolher um cavalo para mim. A casa estava em arrumação, depois da festa, e tia Lélia queixava-se de dor de cabeça. Perguntei para onde fora meu pai tão cedo.

— Seu pai tem idade bastante para saber o que faz — respondeu raivosa. — Tinha muito que discutir com sua amiga de outros tempos. Talvez tenha passado a noite na casa de Túlia. Ela tem cômodos para mais de um homem.

Barbo e eu matamos o tempo jogando dados no jardim, enquanto os faxineiros limpavam a casa com suas vassouras e baldes. A primavera estava no ar. Por fim meu pai regressou ao meio-dia, barbado, os olhos desvairados e injetados. Cobria o rosto com uma dobra da toga e trazia consigo um advogado que carregava rolos de papel e material de escrita. Barbo me deu uma cutucada como sinal de que seria mais sensato ficar calado.

Meu pai, contrastando com seu comportamento habitual, distribuiu pontapés nos baldes dos faxineiros e ordenou aos escravos que desaparecessem de sua vista a toda pressa. Após consultar rapidamente o advogado, chamou-me para dentro de casa. Tia Lélia chorava copiosamente e eu mal ousei balbuciar uma pergunta a meu pai, sobre se ele tinha tempo agora de ir comigo escolher um cavalo.

— Você e seu cavalo vão me levar à loucura — exclamou. — Seu rosto estava desfigurado pela cólera, e, ao vê-lo, era fácil perceber que na juventude meu pai vivera anos em estado de confusão mental. Mas logo arrependeu-se de sua ira. — Não, não, a culpa é minha. Minha fraqueza é que me pôs neste estado. Um acaso infeliz alterou todos os meus planos. Agora só me resta voltar a Antioquia sem demora. Destinei a você a renda de algumas de minhas posses, em Cere, e dos meus imóveis aqui na cidade. Isso lhe dará mais do que a renda anual de mil sestércios, exigida de um cavaleiro. Tia Lélia tomará conta da casa. Será o seu lar, Minuto. Também reservei uma anuidade para tia Lélia. E não é irrisória. Meu advogado será seu tutor. É de família patrícia. Pode ir escolher logo seu cavalo, se quiser, mas eu tenho de regressar a Antioquia, sem perda de tempo.

Meu pai estava tão transtornado que teria partido imediatamente, se tia Lélia e o advogado não o tivessem contido. Prepararam-lhe a bagagem, a roupa e a comida, não obstante ter ele dito, com impaciência, que poderia alugar uma carroça nos portões da cidade, ir para Puteoli e comprar tudo quanto precisasse no caminho. De súbito o caos imperou em nossa casa, depois dos alegres festejos do dia anterior. Não poderíamos permitir que partisse como um degredado, a ponta do manto ocultando-lhe o rosto. Assim, fomos todos com ele, tia Lélia, o advogado, Barbo e eu. Por último vinham os escravos, carregando-lhe os pertences apressadamente emalados.

Quando alcançou o portão de Cápua, abaixo de Célio, meu pai deu um profundo suspiro de alívio e iniciou as despedidas, dizendo que já podia ver a dourada liberdade assomar à sua frente, no outro lado do portão, e que nunca devia ter saído de Antioquia. Mas, no portão, aproximou-se de nós um dos magistrados da cidade, empunhando seu bastão oficial e seguido por dois robustos policiais.

— É você o cavaleiro romano Marco Mezêncio Maniliano? — perguntou a meu pai. — Se é, comunico-lhe que há uma senhora de alta posição social que tem assuntos importantes a tratar com você.

O rosto de meu pai tornou-se primeiro escarlate e depois cinzento. Mirou o chão, disse que nada tinha a tratar com nenhuma senhora e em seguida tentou atravessar os portões da cidade.

— Se tentar ir para o outro lado dos muros — preveniu o magistrado — terei de cumprir a ordem de apresentá-lo ao Prefeito da Cidade. É meu dever prendê-lo para evitar que fuja.

O advogado apressou-se a defender meu pai, pedindo ao magistrado que dispersasse o ajuntamento já formado em torno de nós, e perguntando de que meu pai era acusado.

— É uma história simples e desabonadora — explicou o magistrado. — Eu preferia que as partes solucionassem a questão entre si. A nobre viúva de senador, Valéria Túlia, queixa-se de que ontem à noite, Maniliano, em presença de testemunhas, prometeu de jure desposá-la e depois de fato dormiu com ela. Tendo, por alguma razão qualquer, duvidado das respeitáveis intenções de Maniliano, ela fez com que um escravo seguisse o dito Maniliano, depois que este deixou a casa, sem apresentar suas despedidas. Quando se convenceu de que ele tinha intenção de fugir, a viúva recorreu ao Prefeito. Se Maniliano transpuser os muros da cidade, terá de responder por quebra de promessa, estupro e ainda pelo roubo de um valioso colar pertencente à viúva Túlia, o que é presumivelmente mais ignominioso para um cavaleiro do que o descumprimento de uma promessa.

Meu pai levou atabalhoadamente os dedos hirtos à garganta, puxou um colar de ouro com pedras de cores variadas e em seguida falou num tom de desalento:

65

— A viúva Túlia pôs esse maldito colar em meu pescoço com suas próprias mãos. Na pressa esqueci de devolver. Assuntos de grande importância obrigam-me a regressar a Antioquia. É claro que restituirei o colar e darei qualquer garantia que desejar, mas tenho de partir imediatamente.

O magistrado estava envergonhado por meu pai:

— Na verdade, vocês não trocaram colares entre si — perguntou — para ratificar o noivado e a promessa de casamento?

— Eu estava bêbado e não sabia o que fazia — protestou meu pai.

Mas o magistrado não acreditou:

— Pelo contrário, você recorreu eloquentemente a numerosos exemplos, segundo os quais os filósofos puderam contrair um matrimônio verdadeiro e legal simplesmente fazendo uma promessa na presença de testemunhas. Isto foi o que me contaram. Devo admitir que, em estado de embriaguez, fez pouco, de uma senhora honrada e a induziu a partilhar o leito com você? Em tal caso, o que você fez é ainda mais grave. Vou lhe dar uma oportunidade de acordo amigável, mas se transpuser aquele portão, mandarei prendê-lo e seu processo será julgado pelo tribunal.

Por fim, o advogado logrou persuadir meu pai a refrear a língua e prometeu também acompanhá-lo até à casa de Valéria Túlia, a fim de apreciar devidamente a questão. Exausto e confuso, meu pai entregou os pontos e começou a chorar:

— Deixem-me com os meus padecimentos. Prefiro ser preso, perder o título de cavaleiro e pagar as multas, a ter de ver outra vez aquela mulher. Ela me deve ter envenenado, misturando alguma coisa indecente ao meu vinho, para que eu tivesse ficado tão fora de mim. Não me lembro de quase nada do que aconteceu.

Tudo seria resolvido a contento, assegurou-lhe o advogado. e prometeu defendê-lo no tribunal. Então tia Lélia interveio, batendo o pé e desmanchando-se em lágrimas, manchas rubras e ar. dentes marcando-lhe as bochechas.

— Não torne a enlamear o bom nome de Maniliano com outro caso vergonhoso, Marco! gritou ela. Seja homem uma vez e sustente o que fez.

Chorando, reforcei a recomendação de tia Lélia e bradei que esse caso iria cobrir-me de ridículo em toda Roma e arruinar o meu futuro. Supliquei que fôssemos todos à casa de Túlia imediatamente. Prometi que me prostraria de joelhos, ao lado de meu pai, diante dessa nobre e bela senhora, e lhe rogaria o perdão.

Meu pai não estava em condições de opor-se a nós. Seguidos pelo magistrado e pelos policiais, rumamos para o monte Viminal, com os escravos na retaguarda, transportando a bagagem de meu pai, uma vez que ninguém se lembrara de lhes dizer que dessem meia volta e fossem para casa. A vivenda e o jardim de Valéria Túlia eram imensamente amplos e suntuosos. No pátio, circundado de colunas, fomos recebidos por um porteiro agigantado, de traje verde e prata, que saudou meu pai respeitosamente.

— Oh, meu senhor — exclamou. — Bem-vindo sejais no regresso a vossa casa. Minha ama vos espera impaciente.

Com um derradeiro olhar de desespero, meu pai pediu-nos debilmente que o aguardássemos no pátio e entrou sozinho na casa.

Todo um rebanho de escravos veio correndo ao nosso encontro para nos oferecer fruta e vinho em vasos de prata. Tia Lélia olhou em redor prazenteiramente.

— Há homens que não sabem o que lhes convém — comentou. — Não vejo de que é que Marco pode se queixar numa casa como esta.

Não tardou que Túlia viesse cumprimentar-nos, vestindo apenas uma camisa de seda transparente, o cabelo cuidadosamente penteado e o rosto pintado.

— Estou tão contente — gritou em júbilo — de que Marco tenha voltado para a minha companhia tão depressa e trazido também sua bagagem! Agora ele não precisa nunca mais sair daqui. Vamos viver juntos e felizes o resto dos nossos dias.

Ordenou fosse entregue uma bolsa de couro vermelho e macio ao magistrado, em paga de seu trabalho, e depois falou pesarosa:

— Naturalmente, no fundo do coração não duvidei de Marco, um só momento, mas uma viúva solitária tem de ser cuidadosa, e quando era mais moço Marco era muito volúvel. Que bom que ele trouxe o advogado consigo! Assim, podemos redigir o contrato nupcial sem demora. Não podia imaginar, querido Marco, que o teu miolo estivesse sereno até esse ponto, tão desordenado estava ontem em meu leito.

Meu pai pigarreou e engoliu em seco, mas não disse uma só palavra. Túlia conduziu-nos a seus cômodos espaçosos e deixou que admirássemos o piso de mosaico, os murais e os painéis maravilhosamente proporcionados. Permitiu que lhe examinássemos o quarto de dormir, mas fingiu acanhamento, cobrindo o rosto:

— Não, não. Entrar, não. Está tudo em desalinho desde ontem à noite.

Meu pai conseguiu afinal encontrar sua voz.

— Venceste, Túlia, e eu me submeto ao meu fado. Mas pelo menos manda embora o magistrado para que ele não presencie a minha degradação.

Escravos primorosamente vestidos rodeavam-nos e faziam o possível para nos servir e agradar. Dois pirralhos corriam nus pela casa, brincando de cupidos. Receei que apanhassem um resfriado, até que me dei conta de que o piso de pedra desta esplêndida mansão era aquecido por canos de água quente.

O magistrado e o advogado de meu pai trocaram ideias durante algum tempo e deliberaram que uma promessa de casamento, feita na presença de testemunhas, era legalmente válida, sem uma cerimônia pública.

O magistrado e seus policiais foram embora, quando o primeiro se convenceu de que meu pai estava disposto a assinar sem protesto um contrato nupcial.

O advogado fez o magistrado prometer que guardaria segredo sobre o fato, mas até mesmo eu, com minha pouca experiência, compreendi que uma pessoa em tal posição dificilmente iria abster-se de divulgar tão delicioso escândalo.

Mas seria de fato um escândalo? Não era lisonjeiro para meu pai que uma mulher tão nobre e tão notoriamente rica não se detivesse diante de nada, para casar com ele? A despeito dos seus hábitos modestos e da sua humildade exterior, meu pai devia possuir qualidades ocultas de que eu não tinha conhecimento, e que sem dúvida despertariam a curiosidade de toda Roma não só por ele, mas também por mim. Na realidade, esse casamento poderia beneficiar-me sob todos os aspectos. Pelo menos forçaria meu pai a permanecer em Roma, de sorte que eu não precisava andar ao léu nesta cidade em que ainda me sentia inseguro.

Mas o que via em meu pai a bela e mimada Túlia? Por um instante invadiu-me a suspeita de que ela levava uma vida frívola e estava endividada até os cabelos,

67

e assim queria o dinheiro de meu pai. Mas na verdade meu pai não era rico, pelos padrões de Roma, embora seus libertos em Antioquia e no Oriente fossem abastados. Minhas suspeitas se desvaneceram quando meu pai e Túlia, em perfeita harmonia, decidiram celebrar o contrato de casamento de modo que mesmo no futuro cada um tomasse conta da própria fortuna.

— Mas sempre que tiveres tempo ou vontade, querido Marco — sugeriu brandamente Túlia — espero que fales com o meu tesoureiro, examines as minhas contas e me aconselhes sobre os meus negócios. Que entende uma pobre viúva de tais assuntos? Ouvi dizer que te transformaste num hábil homem de negócios, embora ninguém pudesse esperar isso de ti, quando eras rapaz.

Meu pai comentou aborrecido que agora, quando a lei e a ordem imperavam no país, graças ao Imperador Cláudio e seus libertos, uma fortuna sensatamente estabelecida aumentava por si só.

— Minha cabeça está oca e não me resta um só pensamento — disse ele, coçando o queixo. — Preciso ir ao barbeiro e às termas, para descansar e recobrar o que me sobra de juízo.

Túlia levou-nos além das estátuas e poços de mármore do vasto pátio interno da casa até a outra extremidade do edifício, onde nos mostrou seu balneário, provido de piscinas dei água quente e fria e de salas de vapor e refrigeração. Um barbeiro, um massagista e um escravo lá estavam à nossa disposição:

— Nunca mais precisarás pagar um só denário aos roupeiros das termas públicas, nem ficar exposto ao apinhamento e ao odor das multidões — Túlia explicou. Se te der vontade de ler, ou ouvir poesia ou música, depois do banho, há aqui uma sala especial para esse fim. Ide agora, Marco e Minuto, banhar-vos, enquanto converso com minha cara amiga Lélia, sobre a maneira de arranjarmos as nossas vidas daqui por diante. Nós, mulheres, entendemos melhor essas coisas do que vós, homens pouco práticos.

Meu pai dormiu até o entardecer. Quando acabamos de vestir os novos trajes que o roupeiro nos preparara, a casa encheu-se subitamente de convidados. A maioria era de jovens, felizes e alegres, mas havia entre eles também dois velhos gordos, de aparência depravada, que não me inspiravam respeito, embora um fosse senador. Pelo menos, pude falar sobre cavalos, com um veterano centurião da Guarda Pretoriana. Para minha surpresa, ele revelou muito maior interesse pelas mulheres. Após terem tomado vinho à vontade, elas afrouxavam os vestidos, a fim de respirar mais livremente.

Quando notei o caráter que ia assumindo a festa fui procurar Barbo, que os fâmulos vinham regalando generosamente. Encontrei-o com a cabeça apoiada nas mãos:

— Achei maior hospitalidade aqui do que em qualquer outra parte — disse ele — e teria até mesmo me casado, num abrir e fechar de olhos, se não soubesse, como um veterano experimentado, quando devia fazer alto. Esta casa não é lugar para você, Minuto, nem para um velho soldado como eu.

Músicos tocavam e bailarinas e acrobatas nus contorciam-se no chão, quando passei à procura de meu pai. Ele estava reclinado num leito, ao lado de Túlia, imerso num silêncio soturno.

— Talvez seja o costume de Roma — disse eu — que as mulheres patrícias vomitem por toda parte e os homens me acenem com gestos indecentes, mas simplesmente não posso tolerar que todo o mundo dê a impressão de pensar que tem o direito de me apalpar o corpo. Não sou escravo nem eunuco. Quero ir para casa.

— Estou com a vontade embotada demais e muito conformado — confessou meu pai — para abandonar essa depravação, mas você deve procurar ser mais forte do que eu. Alegra-me saber dessa decisão e que você mesmo a tenha tomado. Sou obrigado a permanecer aqui, já que ninguém pode escapar a seu destino, mas é melhor que você vá morar com tia Lélia. Afinal, agora você tem meios próprios. Não teria nada a ganhar morando na casa de sua madrasta.

Túlia não me olhava tão bondosamente como na noite anterior. Perguntei se podia vir na manhã seguinte buscar meu pai, para irmos escolher um cavalo para mim, mas ela me interrompeu energicamente com estas palavras:

— Teu pai está muito velho para montar. Terminaria caindo do cavalo e quebrando sua preciosa cabeça. No desfile do centenário poderá conduzir o cavalo pela mão.

Compreendi que perdera meu pai, e um sentimento de desolação tomou conta de mim, pois experimentara sua proteção por muito pouco tempo. Mas também compreendi que era melhor para mim criar uma vida pessoal. Saí em busca de tia Lélia, afastando de mim, com violência, uma mulher seminua, de olhos brilhantes, que tentava agarrar-me pelo pescoço. Mas a palmada no traseiro só fez esporeá-la, de modo que Barbo foi forçado a empurrá-la.

Túlia ficou tão satisfeita de se ver livre de nós que pôs sua cadeirinha à nossa disposição. Dentro da cadeirinha, tia Lélia ajeitou o vestido e começou a tagarelar:

— Soube de muito mexerico a respeito do que se passa nas novas casas de Roma, mas não pude acreditar nos meus ouvidos. Valéria Túlia é tida como uma mulher decente. Talvez o casamento a tenha conduzido à imoderação, após a vida abstêmia da viuvez, se bem que muitos homens simpáticos parecessem estar à vontade em sua casa. Seu pai vai ter muito trabalho para mantê-la na linha.

De manhã cedo, quando comíamos nosso pão com mel, falei com Barbo.

— Vou escolher um cavalo, e devo fazê-lo sozinho, pois agora que sou um adulto não preciso de acompanhante, como quando era menino. Agora, você tem oportunidade de realizar seu sonho de tornar-se estalajadeiro.

— Vi boas estalagens em diversos pontos de Roma — respondeu Barbo, gravemente — e também estou em condições de comprar uma, graças à generosidade de seu pai. Mas quando tudo está pronto, a ideia já não me seduz como no tempo em que eu dormia no chão nu e bebia o vinho azedo da legião. E também uma estalagem precisa de uma patroa, além do patrão, mas a experiência me diz que as boas patroas são mulheres empedernidas. Na realidade, prefiro ficar a seu serviço por enquanto. Naturalmente, você já não precisa de mim como protetor, mas observei que todo cavaleiro que tem um mínimo de apreço por sua dignidade tem um acompanhante ou mais, alguns até mesmo dez ou uma centena, quando vão para fora da cidade. Por isso seria mais prudente, ainda que só para o seu próprio bem, que você tivesse um experimentado veterano a seu serviço. A cavalaria é outra coisa mas receio que você tenha pela frente semanas difíceis. Aos olhos dos outros, não é mais do que um recruta. Já lhe contei como são preparados os recrutas na legião, mas você provavelmente não acreditou em tudo e pensou que eu estivesse exa-

69

gerando um pouco, talvez para diverti-lo. Antes de mais nada, lembre-se de que é preciso dominar-se, cerrar os dentes e não se enraivecer com um superior. Iremos juntos para lá. Talvez eu possa lhe dar alguns conselhos.

Enquanto atravessávamos a cidade em direção ao campo de Marte, Barbo comentava com tristeza:

— Eu devia realmente ter direito à insígnia de um subcenturião, a coroa mural, se não fosse tão dado a brigar depois de beber. Até a corrente que recebi como lembrança do Tribuno Lúcio, daquela vez em que atravessei a nado o Danúbio, com ele sangrando nas minhas costas e por entre campos de gelo, acabou empenhada numa miserável estalagem bárbara da Mésia, e não a recuperei antes de sairmos de lá. Mas poderíamos comprar uma corrente de segunda mão a um desses armeiros. É possível que lhe dispensem melhor tratamento se o seu acompanhante estiver usando uma, em volta do pescoço.

Respondi que ele já tinha suficiente insígnia de honra na língua, mas Barbo insistiu em entrar numa loja e comprar um distintivo triunfal de cobre, no qual a inscrição estava tão gasta que não se podia distinguir quem a havia dado outrora a algum de seus veteranos. Mas ao prendê-la ao ombro, Barbo disse que se sentia mais seguro entre todos os cavalarianos.

No vasto campo havia cerca de uma centena de jovens cavaleiros exercitando-se para os jogos equestres do centenário. O estribeiro era um tipo grandalhão e rústico que rompeu na gargalhada, ao ler o certificado que me dera o questor na Nobre Ordem dos Cavaleiros.

— Logo acharemos um cavalo que lhe sirva, jovem — bradou ele. — Deseja um grande ou pequeno, bravo ou manso, branco ou preto?

Conduziu-nos ao estábulo dos animais disponíveis. Apontei para um e vi outro que me agradou, mas o homem examinou seus papéis e disse friamente que já estavam reservados.

— É mais seguro ficar com um cavalo manso, acostumado com os exercícios, a barulheira do circo e os toques da corneta, caso esteja pensando em tomar parte na parada do centenário — disse ele. — Já montou alguma vez?

Confessei modestamente que havia praticado um pouco em Antioquia, pois Barbo me aconselhara a não bazofiar, e acrescentei que, a meu ver, todos os animais da cavalaria estavam habituados aos toques de corneta.

— Mas gostaria de pegar um cavalo indomado e domá-lo eu mesmo atrevi-me a insinuar. Contudo, vejo que não há tempo para isso antes dos festejos.

— Ótimo, ótimo! — berrou o estribeiro, quase sufocando de tanto rir. — Há muitos rapazes que sabem domar um cavalo. Por Hércules! Eu estouro. Aqui são os profissionais que cuidam disso.

Um dos profissionais aproximou-se e me mediu com os olhos da cabeça aos pés.

— Temos Armínia sugeriu. — Ela está habituada à algazarra do circo e mantém bem quietinha mesmo que a gente derrube um saco de pedras na sela.

Mostrou-me uma grande égua negra que se virou na baia e me lançou um olhar de desconfiança.

— Não, não, Armínia, não disse o estribeiro, horrorizado. — É quieta demais para o nosso jovem. É muito bonita, mas é mansa como uma ovelhinha. Precisamos reservá-la para algum senador velho que queira montar no desfile.

— Evidentemente não pensei em receber um cavalo de graça — disse eu — só com um certificado. Se me permite, gostaria de experimentar esse animal.

— Ele quer montar e pagar pelo cavalo também — disse o domador, delicado.

Após alguns protestos, o estribeiro afinal concordou.

— É um animal manso demais para um rapaz como você, mas ponha as botas e o traje de montaria. Enquanto isso, vou mandar selar a égua.

Disse-lhe eu que não trouxera nada para vestir e o estribeiro me olhou como se me julgasse um débil mental.

— Não vai montar em traje de parada, vai? O Estado custeia seus trajes de exercício.

Levou-me para a sala do equipamento e escravos prestimosos ataram tão apertado o peitoral que tive dificuldade em respirar. Deram-me um elmo amassado e um velho par de botas de cano curto. Não me deram escudo, espada ou lança, mas me disseram que me contentasse de pôr à prova, pela primeira vez, minha capacidade de montar.

A égua saiu trotando animosa do estábulo e relinchou majestosamente, mas a uma ordem do estribeiro ficou inteiramente quieta. Montei com as rédeas na mão e pedi que ajustassem as correias do estribo ao comprimento justo.

— Estou vendo que já montou — comentou o estribeiro, com ar aprovador.

Depois bradou com voz trovejante:

— O cavaleiro Minuto Lauso Maniliano escolheu Armínia e pensa que vai montá-la.

Os ginetes do campo de exercícios espalharam-se pelas margens, uma corneta deu o sinal de ataque e no mesmo instante teve início um jogo do qual mais por sorte do que habilidade logrei escapar incólume. Mal tive tempo de ouvir o aviso do estribeiro para poupar a boca sensível da égua e não puxar as rédeas com muita força. Mas Armínia parecia ter uma boca de ferro. Rédeas e freio eram-lhe completamente desconhecidos. Para começar, ela pinoteou para trás a fim de me atirar por cima de sua cabeça. Como isso não sucedesse, pôs-se a corcovear e empinar e, em seguida, partiu num galope selvagem, empregando todas as artimanhas que um experimentado cavalo de circo pode descobrir para desmontar um cavaleiro bisonho. Compreendi então por que os outros se tinham espalhado e fugido para as margens do campo, quando Armínia se soltou.

Não pude fazer outra coisa que agarrar-me com todas as forças e manter a cabeça da égua pelo menos ligeiramente para a esquerda, pois ela correu em linha reta para a cerca que rodeava o campo e depois estancou de repente, procurando esmagar-me a cabeça de encontro aos mourões. Vendo que a despeito de seus esforços eu lhe continuava no lombo, enlouqueceu e passou a dar grandes saltos por cima dos obstáculos do campo. Era, na verdade, um animal assombrosamente possante e esperto, de sorte que quando me refiz do primeiro susto, comecei a gostar da montaria. Soltei um ou dois gritos bravios e catuquei-lhe os flancos com os calcanhares, para deixar que ela descarregasse toda a raiva e se cansasse.

Atônita, Armínia tentou olhar para mim e obedeceu às rédeas o suficiente para que eu a guiasse na direção do estribeiro e do domador. Os dois pararam de rir e fugiram precipitadamente para trás da porta do estábulo. O estribeiro gritou uma ordem, o rosto vermelho de raiva. Uma corneta soou, a tropa se alinhou e veio trotando para onde eu estava.

Mas Armínia não se desviou, por mais que eu puxasse as rédeas. Deitando espuma e agitando a cabeça carregou-me a todo galope rumo às cerradas fileiras de ginetes. Eu estava certo de que seria derrubado, mas ou os cavaleiros da frente perderam a coragem ou então devem ter, no último instante, aberto alas, de propósito, para a minha passagem. Mas cada um que me pôde alcançar tentou atirar-me para fora da sela, com a lança de madeira, ou atingir-me as costas, enquanto a furiosa Armínia me levava, mordendo, pulando e escoiceando, pelo meio dos ginetes, sem que eu recebesse mais do que leves machucaduras.

Essa tentativa maliciosa e premeditada de me assustar tornou-me tão furioso que reuni todas as minhas forças e fiz Armínia voltar, a fim de procurar desmontar alguns dos cavaleiros. No derradeiro momento, lembrei-me do conselho de Barbo, dominei-me e passei por eles gritando, rindo e acenando uma saudação.

Quando descarregou sua raiva, Armínia afinal acalmou-se e tornou-se irrepreensivelmente dócil. Quando apeei diante do estábulo, ela tentou morder-me o pescoço, mas creio que foi de brincadeira, e contentei-me em troca com dar-lhe uma cotovelada por baixo do açaimo.

O estribeiro e o domador encararam-me como se eu fosse um monstro, mas o estribeiro simulou estar contrariado.

— Você puxou tanto e castigou de tal modo a boca ade um animal valioso que agora ele está sangrando — disse em tom reprovador. — Não devia ter feito isso.

— É meu cavalo e só eu sei como devo montá-lo — respondi.

— Está muito enganado — tornou ele, com raiva. — Não poderá cavalgá-la nos exercícios, porque ela não fica no alinhamento e não obedece a ordens. Está acostumada a ir na frente dos outros.

Diversos cavaleiros haviam desmontado e formado um círculo em torno de nós. Encorajavam-me e gritavam que eu era um bom ginete, concordando todos que o estribeiro me cedera o animal e proclamara isto para que todos ouvissem.

— Não vê que foi uma brincadeira? — confessou, afinal, o estribeiro. — Todo recruta, desde que não seja muito fraco, tem de experimentar Armínia. É um legítimo cavalo de batalha e não um mísero rocim de parada. Armínia já enfrentou animais selvagens na arena. Quem você pensa que é, seu rapazinho insolente?

— Brincadeira ou não — protestei — fiquei na sela e você caiu na própria armadilha. É uma vergonha manter um animal como esse trancado dias a fio apenas para amedrontar os recrutas. Proponho um meio-termo. Quero montá-la diariamente, mas nos exercícios usarei outro cavalo, já que ela não se mantém no alinhamento.

O estribeiro invocou todos os deuses para testemunharem que eu tinha exigido dois cavalos em vez de um, mas os outros ficaram do meu lado e disseram que essa brincadeira com Armínia já fora longe demais. Cada um deles tinha um inchaço, ou uma cicatriz, ou um osso quebrado que os fazia recordar a tentativa de montar Armínia, no tempo em que eram recrutas, embora todos andassem a cavalo desde a infância. Se eu fora bastante louco para querer quebrar o pescoço, então tinha direito de ficar com Armínia. De qualquer modo ela era propriedade da Ordem dos Cavaleiros.

Mas eu não estava disposto a altercar com o estribeiro. Prometi-lhe, então, mil sestércios de gratificação e declarei que gostaria de oferecer vinho a todos a fim de regar minhas botas de montaria. Desse modo ingressei na cavalaria romana e fiz amizade com os rapazes da minha idade e também com alguns mais velhos do que eu. Pouco depois fui escolhido para integrar os cavaleiros de elite, ocupando o lugar de um mancebo que quebrara a perna, e começamos a exercitar-nos seriamente para as competições das festividades do centenário. Eram sumamente arriscadas. Por isso, só participavam delas os que estavam habilitados, não se admitindo favoritismo decorrente de origem nobre ou riqueza. Portanto, tive orgulho de ser escolhido.

É necessário continuar a vangloriar-me do êxito que alcancei nos jogos equestres. Dividiram-nos em duas que travaram um combate normal de cavalaria no grande circo, por ocasião da festa do centenário. Foi uma luta renhida, não obstante ter sido combinado que não haveria vencedores nem vencidos. Consegui manter-me no lombo de Armínia até o fim, mas depois disso tive de ser carregado para casa e pouco vi dos espetáculos realizados no anfiteatro ou no circo que é voz corrente terem sido os mais brilhantes e mais bem organizados já vistos em Roma.

No decorrer das festas muitos de meus amigos acharam tempo para vir visitar-me, em meu leito de enfermo, e asseguraram que sem mim teriam conquistado muito menos honra e glória. Contentei-me de ter montado minha égua negra e ter ouvido umas duzentas mil pessoas gritar de entusiasmo e aplaudir-me antes que eu quebrasse várias costelas e a coxa esquerda. Mas fiquei na sela sobre Armínia até o último instante.

A mais significante consequência política das comemorações do centenário foi ter o povo rendido grande homenagem ao sobrinho do Imperador Caio, aquele Lúcio Domício de dez anos de idade, que elegante e intrepidamente chefiava as exibições mais inocentes dos ginetes infantis. O próprio filho de Cláudio, Britânico, ficou irremediavelmente em segundo plano. O Imperador convidou-o a subir a seu camarote e fez o possível para mostrá-lo ao povo, mas a multidão gritava somente por Lúcio Domício, e este recebeu a aclamação com tanta modéstia e tão boas maneiras que todos se sentiram ainda mais encantados.

Quanto a mim, teria ficado manco o resto da vida, se o médico da cavalaria do templo de Castor e Pólux não fosse tão competente. Ele me tratou sem piedade e padeci dores terríveis. Passei dois meses inteiros na tala. Depois disso, fui obrigado a andar de muleta e não podia passar muito tempo fora de casa.

A dor, o temor de me tornar aleijado e a descoberta de que todo o sucesso é passageiro foram certamente proveitosos para mim. Pelo menos, não me envolvi nas inúmeras lutas que os mais turbulentos dos meus amigos travaram à noite, nas ruas de Roma, durante a exaltação geral provocada pelas comemorações. A princípio julguei que minha forçada reclusão e a dor insuportável faziam parte dos esforços do destino para modelar meu caráter. Estava só, mais uma vez abandonado por meu pai em razão do seu casamento. Tinha de decidir sozinho o que queria da vida. Enquanto guardava o leito em todo aquele tórrido verão, fui. possuído por tal melancolia que tudo que até então me acontecera parecia destituído de significação. A comida boa e nutritiva de tia Lélia tinha gosto de nada. À noite não podia dormir. Pensava em Timaio, que se suicidara por minha causa. Pela primeira vez, percebi que ao cabo de tudo um bom cavalo talvez não fosse a melhor coisa da vida. Precisava descobrir por mim mesmo o que mais me convinha: dever e virtude ou comodidade e prazer. Os escritos dos filósofos, que antes me tinham enfastiado, repentinamente se tornaram cheios de sentido, E não precisei meditar muito para compreender que a disciplina e o autodomínio me davam mais satisfação do que o desenfreamento infantil.

O mais fiel dos meus amigos veio a ser Lúcio Pólio, filho de senador. Era um rapaz delgado, frágil, apenas alguns anos mais velho do que eu, e mal conseguira passar pelos exercícios de equitação. Fora atraído por mim por causa de minha disposição que era exatamente o oposto da sua, rude, autoconfiante e irresponsável. Todavia, eu nunca proferira uma palavra áspera contra ele. Isso provavelmente eu aprendera com meu pai: era mais amistoso com os que eram mais fracos do que eu que com os que se pareciam comigo. Relutava, por exemplo, em bater num escravo, mesmo insolente.

Na família de Pólio sempre houve interesse pelos livros e pela ciência. O próprio Lúcio tinha muito mais de rato de biblioteca do que de ginete. Os exercícios de equitação nada mais eram para ele do que um dever enfadonho que tinha de suportar por amor à sua carreira e não tinha prazer em enriquecer o corpo. Trazia-me livros da biblioteca do pai, acreditando que a sua leitura me faria bem. Invejava o meu grego perfeito. Seu sonho secreto era ser escritor, malgrado o pai, Senador Múmio Pólio, desse por assente que seria administrador.

— De que me serve perder tantos anos montando a cavalo e ouvindo processos? — disse Lúcio, com rebeldia. — Um dia me darão o comando de um manípulo, com um centurião traquejado às minhas ordens, e depois disso comandarei uma divisão de cavalaria em uma região qualquer das províncias. Afinal me farão tribuno junto ao estado-maior de alguma legião que constrói estradas no outro extremo do mundo. Só aos trinta poderei candidatar-me ao cargo de questor, quando se pode obter dispensa com base na idade em razão de méritos próprios ou da família. Sei muito bem que serei mau oficial e funcionário relapso porque não tenho verdadeiro interesse por tais atividades.

— Deitado aqui todo esse tempo, estive pensando que talvez não seja muito inteligente quebrar os ossos por um momento de glória — reconheci. — Mas você, o que é que realmente gostaria de fazer?

— Roma já domina o mundo inteiro — disse Lúcio — e não está procurando novas conquistas. O divino Augusto reduziu sensatamente a vinte e cinco o número de legiões. Atualmente a coisa mais importante a fazer é converter os hábitos rudes de Roma aos da civilização grega. Livros, poesias, drama, música e dança são mais relevantes do que os espetáculos sanguinolentos do anfiteatro.

— Não suprima as corridas — disse eu. — Pelo menos nelas podem-se ver belos cavalos.

— Tavolagem, promiscuidade e orgias vergonhosas — sentenciou Lúcio, sombrio. — Se tento organizar um debate em grego, como faziam os antigos filósofos, a reunião acaba sempre em histórias escabrosas e festins licenciosos. Em Roma é impossível encontrar uma sociedade interessada em boa música e canto ou que aprecie mais o drama clássico do que as histórias de aventuras e as anedotas imundas. Gostaria de ir estudar em Atenas ou Rodes, mas meu pai não consentiria. Segundo ele, a cultura grega tem somente o efeito de efeminar as virtudes varonis dos jovens romanos. Como se sobrasse das primitivas virtudes romanas alguma coisa mais do que aparência oca, pompa e cerimônia.

Sonhei muito com Lúcio, pois ele de boa vontade me falou da administração e dos postos essenciais de Roma. De acordo com sua ingênua concepção, o Senado podia revogar um édito do Imperador, embora o Imperador, como tribuno vitalício do povo, pudesse, com seu direito de veto, anular uma ordem emanada do Senado. A maioria das províncias romanas era governada pelo Senado, por intermédio dos Procônsules, mas algumas eram, de certa forma, propriedade privada do Imperador, que era responsável por sua administração.

A mais importante província do Imperador era o Egito; também se ligavam a Roma países inteiros e diversos reinos, cujos regentes haviam sido educados desde a infância na escola do Palatino e tinham aprendido os costumes romanos. Na verdade não me dera conta, antes, de como era basicamente lógica e sensata essa forma aparentemente complicada de governo.

Expliquei a Lúcio que eu mesmo queria ser oficial de cavalaria, mais do que qualquer outra coisa. Juntos examinamos as possibilidades que se me ofereciam. Não tinha oportunidade de ingressar na Guarda Pretoriana de Roma, uma vez que os filhos de senadores haviam preenchido todas as vagas de tribunos ali existentes. No território limítrofe da Mauritânia podiam-se caçar leões. Na Bretanha eram infindáveis os conflitos de fronteiras. Os germanos disputavam com Roma os campos de pastagem.

— Você dificilmente conquistará honras militares, mesmo que tome parte em combates aqui e ali — disse Lúcio. — As escaramuças de fronteira não são nem mencionadas, pois a tarefa mais importante da legião é manter a ordem ao longo das fronteiras. O comandante de legião que for empreendedor e ávido de batalhas perderá o posto antes de realizar suas aspirações. Um homem ambicioso encontra melhor oportunidade de promoção na marinha. Um oficial naval nem precisa ser cavaleiro de nascença. Não há nem mesmo um templo de Posídon em Roma. Você teria uma boa renda e uma vida folgada. Poderia contar de saída como o comando de um navio. Um bom timoneiro cuidaria da parte de navegação. Em geral, ninguém de origem nobre se alista na marinha.

Respondi que era bastante romano para não achar muito encanto em vogar de um lado para outro, especialmente agora, que não se ouvia sequer falar em piratas. Podia ser da máxima utilidade no Oriente, já que sabia falar aramaico como todo indivíduo que tinha crescido em Antioquia. Mas não encontrava atrativo em construir estradas e morar em cidades fortificadas onde os legionários tinham permissão de casar e residir e os centuriões se transformavam em comerciantes prósperos. Não queria ir para o Oriente.

— Por que então enterrar-se no outro extremo do mundo? — perguntou Lúcio. Seria incomparavelmente melhor ficar aqui em Roma onde, cedo ou tarde, se é notado. Com sua habilidade para montar, sua elegância e seus belos olhos, você iria mais longe em um ano, aqui, do que em vinte anos como comandante de uma coorte no meio dos bárbaros.

Irritado com minha longa permanência no leito e movido por mera birra, contestei:

— Roma, no calor do verão, é uma cidade que fede a suor e se enche de moscas nojentas. Até mesmo em Antioquia o ar era respirável.

Lúcio olhou-me perscrutadoramente, na crença de que havia algo oculto por trás de minhas palavras.

— Não há dúvida que Roma está cheia de moscas — conveio ele. — E de abutres também. Seria melhor calar-me, pois sei que seu pai recuperou o título de cavaleiro graças unicamente ao presunçoso liberto do Imperador. Suponho que você sabe que os delegados das cidades e os reis bajulam Narciso e que ele acumulou uma fortuna de uns duzentos milhões de sestércios, vendendo privilégios e cargos oficiais. Valéria Messalina é ainda mais avarenta. Mandou matar um dos homens mais velhos de Roma para se apropriar dos Jardins de Lúculo no monte Píncio. Transformou seus aposentos no Palatino em bordel e, não contente com isso, passa muitas noites, disfarçada e com nome falso, nos lupanares de Subura, onde dorme com qualquer um por algumas moedas de cobre, só porque acha divertido.

Coloquei as mãos nos ouvidos e disse que Narciso era um grego de maneiras finas e que não podia acreditar nas histórias que se contavam da bela mulher do Imperador, cujo riso era tão puro e contagiante.

— Messalina é apenas sete anos mais velha do que nós — afirmei. — Também tem dois filhos encantadores e nos espetáculos festivos senta-se junto das Virgens Vestais.

— O opróbrio e a ignomínia do Imperador Cláudio, no leito matrimonial, são bem conhecidos até nos países inimigos, na Pártia e na Germânia — disse Lúcio.

— Bisbilhotice é bisbilhotice, mas eu conheço pessoalmente jovens cavaleiros que se gabam de ter dormido com ela, por ordem do Imperador. Cláudio manda que todos obedeçam a Messalina em tudo quanto ela exigir.

— Lúcio — ponderei — o que os rapazes alardeiam você conhece pelos simpósios que organiza. Quanto mais tímido é o indivíduo na companhia das mulheres, mais bazófias conta e mais conquistas inventa, quando bebe um pouco de vinho. Que tal mexerico seja conhecido no exterior também, parece demonstrar que é propositadamente propalado por alguém. Quanto maior é a mentira, maior probabilidade tem ela de ser acreditada. Os seres humanos têm uma tendência natural a acreditar no que se lhes conta. E é precisamente nesse tipo de mentira, que delicia o paladar depravado, que o povo mais facilmente acredita.

Lúcio ruborizou-se.

— Tenho outra explicação — murmurou com voz quase trêmula. — Talvez Valéria Messalina fosse uma virgem quando casou, aos quinze anos, com o cinquentão ébrio e depravado que é Cláudio, a quem a própria família votava o maior desprezo. Foi Cláudio quem perverteu Messalina, dando-lhe a beber mirra, para que se tornasse numa ninfomaníaca. Agora Cláudio está acabado e não é improvável que intencionalmente feche os olhos. Seja como for, ele seguramente exige que Messalina lhe envie constantemente escravas ao leito, quanto mais jovens melhor. O que ele pratica com elas é outra história. Tudo isso a própria Messalina confessou, debulhada em lágrimas, a uma pessoa cujo nome prefiro calar mas em quem deposito confiança absoluta.

— Somos amigos, Lúcio — disse eu — mas você é de origem nobre e filho de senador. Portanto, não tem competência para falar desse assunto. Sei que o Senado proclamou a república quando o Imperador Caio foi assassinado. Depois os pretorianos encontraram-lhe por acaso o tio, Cláudio, escondido atrás de um reposteiro, quando vasculhavam o Palatino, e o aclamaram Imperador porque era o único a ter tal direito em razão do seu nascimento. É um episódio tão antigo que já não faz rir a ninguém. Mas não me surpreende que Cláudio confie mais nos seus libertos e na mãe dos seus filhos, do que no Senado.

— Escolheria você um tirano mentalmente desarranjado em vez da liberdade? — indagou Lúcio com amargura.

— Uma república governada pelo Senado e pelos Cônsules não significa liberdade democrática, mas sim domínio da aristocracia — redargui. — Saque das províncias e novas guerras civis, eis o que depreendo da história que li. Contente-se em reformar Roma por dentro, com a cultura grega, e não diga disparates.

Lúcio foi forçado a rir.

— É estranho que alguém absorva os ideais republicanos com o leite materno — disse ele. — Isso me deixa exaltado. Mas talvez a república não passe de uma relíquia do passado. Vou voltar a meus livros. Assim não farei mal a ninguém, nem mesmo a mim. — E Roma que fique com seus abutres — admiti. — Nem você nem eu podemos livrar-nos deles.

A honra mais surpreendente que me foi tributada enquanto jazia atormentado por minha inatividade e meus pensamentos sombrios foi a visita do chefe dos infantes nobres, o menino Lúcio Domício. Veio com a mãe, Agripina, despretensiosamente e sem anúncio prévio. Deixaram a cadeirinha e o séquito à frente da casa e entraram por alguns instantes apenas para exprimir condolência pelo meu acidente. Barbo, que durante minha enfermidade assumiu o papel de porteiro da casa, estava, como de hábito, embriagado e dormindo. Domício deu-lhe por brincadeira um murro na testa e gritou-lhe uma ordem, ao que Barbo, estremunhando, tomou posição de sentido, ergueu a mão em continência e clamou:

— Ave, César Imperador!

Agripina perguntou-lhe por que dera ao menino o tratamento de Imperador. Barbo disse ter sonhado que um centurião lhe batera na testa com o bastão. Ao abrir os olhos, vira diante de si, ao sol do meio-dia, uma enorme Juno imperial e um Imperador, com resplendente armadura, inspecionando suas tropas. Só depois de lhe terem dirigido a palavra foi que a vista se lhe desanuviara e reconhecera Domício, conjeturando que Agripina era sua mãe pela beleza e estatura iguais às das deusas.

— E não me enganei — disse lisonjeiramente. — Sois irmã do Imperador Caio e o Imperador Cláudio é vosso tio. Pelo lado de Júlio César, descendeis de Vênus e, pelo lado de Marco Antônio, de Hércules. Assim, não é de todo estranho que saúde vosso filho com o mais alto símbolo de honra.

Tia Lélia ficou totalmente atarantada diante de visitantes tão ilustres e com a peruca enviesada correu a esticar meus lençóis, dizendo, em tom de recriminação, que Agripina devia ter nos informado de antemão, para que se preparasse a casa.

— Sabes muito bem, querida Lélia — disse tristemente Agripina — que é mais para mim evitar visitas oficiais, desde a morte de minha irmã. Mas meu filho tinha de visitar seu herói Minuto Lauso. Por isso viemos inesperadamente, só para fazer votos por seu pronto restabelecimento.

Esse garoto ativo, simpático e, apesar do cabelo vermelho, bonito, acercou-se tímido, e depois recuou admirado enquanto me fitava o rosto:

— Oh, Minuto! Na verdade você mereceu o nome de Magno mais do que qualquer outro. Se você soubesse como admirei sua espantosa coragem! Nenhum espectador adivinhou que você havia quebrado a perna, quando continuou na sela até o fim.

Domício tirou um rolo de pergaminho das mãos da mãe e entregou-mo. Agripina voltou-se para tia Lélia, com um ar de quem pede desculpas.

— É um livro sobre a firmeza de ânimo — explicou — que meu amigo Sêneca escreveu, na Córsega. É útil a um jovem que está sofrendo as consequências de sua própria temeridade. Se, ao mesmo tempo, ele quiser saber por que um homem tão magnânimo há de passar o resto dos seus dias sepultado vivo no exílio, então direi que é por causa da situação atual de Roma e não por minha causa.

Tia Lélia não tinha paciência de escutar. Estava muito empenhada em oferecer refrescos. Seria uma vergonha que tão distintos visitantes saíssem sem provar de coisa alguma.

Agripina protestou, mas finalmente disse:

— Em tua casa nos contentaríamos em provar um pouco daquela refrescante limonada que teu bravo inválido tem no jarro ao pé da cama. Meu filho pode comer um desses pãezinhos doces.

Tia Lélia encarou-a de olhos esbugalhados:

— Caríssima Agripina gritou aterrorizada as coisas já chegaram a esse ponto?

Agripina tinha então trinta e quatro anos. Era uma mulher escultural, de feições aristocráticas, ainda que inexpressivas, e olhos grandes e brilhantes. Foi com horror que vi aqueles claros olhos se encherem de lágrimas. Baixou a cabeça e chorou em silêncio.

— Conjeturaste corretamente, Lélia — disse por fim. — E mais seguro para mim ir buscar água do cano, com minhas próprias mãos, para meu filho, e escolher no mercado o que eu mesma ouso comer e dar a comer a ele. O povo o aplaudiu com demasiada sinceridade nas cerimônias do centenário. Há três dias atentaram contra sua vida, enquanto ele tirava a sesta do meio-dia. Já não confio nem nos criados. Era estranho que nenhum deles estivesse nas proximidades e que um desconhecido mal-intencionado penetrasse na casa sem ser visto por nenhum deles. Assim, ocorreu-me... Talvez seja melhor não dizer nada...

Como era natural, tia Lélia ficou curiosa, o que talvez tivesse sido a intenção daquela reticência, e entrou a interrogar Agripina acerca do que tinha ocorrido.

— Achei que Lúcio precisava da companhia constante — disse ela, após um instante de hesitação — de alguns jovens nobres em cuja lealdade eu pudesse confiar e que ao mesmo tempo lhe servissem de exemplo. Mas não, não, isso só lhes traria infortúnios. Poderiam pôr em risco o próprio futuro.

Tia Lélia não ficou muito feliz com essa sugestão e eu não estava realmente bastante seguro de mim para me atrever a pensar que Agripina me tivesse em mente. Mas Lúcio pôs timidamente sua mão na minha e gritou:

— Se você, Minuto, estivesse ao meu lado, eu nunca teria medo de nada nem de ninguém.

Tia Lélia tartamudeou que poderia haver algum mal-entendido se Lúcio Domício começasse a reunir um séquito de nobres em torno de si.

— Já posso andar um pouco de muletas — apressei-me a dizer. — Dentro em breve minha coxa estará sarada. Talvez fique manco para o resto da vida, mas se isso não me der um ar ridículo, terei a alegria de ser companheiro de Lúcio e protegê-lo, até que ele tenha idade suficiente para cuidar de si mesmo. Isso não tardará a acontecer. Você já é bem grande para a sua idade e sabe montar e usar armas.

Para ser inteiramente franco, ele tinha mais aparência de menina que de menino, com seus movimentos graciosos e seu penteado esmerado. Essa impressão era reforçada mais ainda pela tez branca leitosa, que os ruivos geralmente ostentam. Mas lembrei-me de que ele tinha apenas dez anos e, no entanto, sabia dominar um cavalo e guiar um carro nos espetáculos. Um menino com essas qualidades não podia ser completamente infantil.

Conversamos mais um pouco a respeito de cavalos, poetas e cantores gregos que ele parecia admirar, mas não chegamos a nenhuma conclusão especial. Percebi que seria bem recebido na casa de Agripina a qualquer hora. A saída, Agripina recomendou a seu tesoureiro que desse uma moeda de ouro a Barbo.

— Ela está muito só — explicou depois tia Lélia. — Sua origem nobre a mantém afastada das outras pessoas e seus iguais não ousam ser vistos ao lado dela, com medo de incorrer no desagrado do Imperador. É triste ver uma dama tão ilustre pedindo a amizade de um moço nobre mas aleijado.

Não senti ressentimento por essas palavras, pois já pensara nisso.

— Ela está realmente com medo de ser envenenada? — Inquiri cautelosamente.

Tia Lélia riu com desdém:

— Ela aumenta muito as coisas. Ninguém é assassinado em pleno dia numa casa habitada no centro de Roma. A história me pareceu inventada. É melhor que você não se meta nisso. É verdade que o Imperador Caio, o menino querido, tinha um armário cheio de venenos com os quais fazia experiências. Mas o Imperador Cláudio mandou destruí-lo e os envenenadores são sempre punidos com o maior rigor. Você sabe, suponho, que o marido de Agripina, Domício, pai de Lúcio, era irmão de Domícia Lépida mãe de Messalina. Aos três anos, Lúcio herdou tudo dele, mas Caio ficou com a herança toda. Agripina foi degredada e, para sobreviver, teve de aprender a pescar esponjas numa ilha distante. Lúcio ficou sob os cuidados de sua tia, Domícia. O cabeleireiro Aniceto era seu preceptor, como ainda se pode notar pelo penteado do menino. Mas agora Domícia Lépida brigou com a filha Messalina e é uma das poucas pessoas que ousam aparecer abertamente ao lado de Agripina e festejar Lúcio. Messalina usa o nome do avô, Valério Messala, para mostrar que descende diretamente do deus Augusto. A mãe lhe tomou raiva porque ela demonstra publicamente afeição por Caio Sílio, vai com ele para toda parte, está tão à vontade na casa dele e com seus libertos e escravos como em sua própria casa, e chegou mesmo a levar para lá o valioso mobiliário herdado que se encontrava no Palatino. Por outro lado, tudo isso é muito natural, pois Sílio é o homem mais atraente de Roma. É possível até que faça isso com inocência, já que é tão notório. Uma mocinha não pode ficar para sempre na companhia de um velho beberrão irascível. Cláudio, como é inevitável, esquece-se dela em virtude de seus deveres oficiais e, nos momentos de folga, prefere jogar dados a ir ao teatro. Prefere ir ao anfiteatro também, para ver os animais selvagens dilacerarem os criminosos, e isso não é espetáculo apropriado para uma jovem refinada.

— Chega de Messalina agora — bradei batendo com as mãos nos ouvidos. — Minha cabeça está rodopiando de tanto parentesco entre essas famílias.

Mas os nossos distintos visitantes haviam atiçado tia Lélia.

— A coisa toda é muito simples — continuou. — O divino Augusto era neto da irmã do divino Júlio César. Pelo primeiro casamento de sua irmã Otávia, Messalina é filha do neto de Otávia, enquanto o Imperador Cláudio, pelo segundo matrimônio de Otávia com Marco Antônio, é neto de Otávia. Agripina é sobrinha dele, mas ao mesmo tempo viúva do segundo neto de Otávia, Cneio Domício. Assim, Lúcio Domício é portanto — preste atenção agora — ao mesmo tempo neto da primeira filha e neto da segunda filha de Otávia e, de fato, irmão de Messalina.

— Então o Imperador Cláudio casou, pela terceira vez, com a neta da meia-irmã de sua mãe, se não estou enganado — disse eu. — Quer dizer, assim, que Messalina é de fato de origem tão nobre quanto Agripina?

— Mais ou menos — admitiu tia Lélia. — Mas ela não tem nas veias nem uma gota do sangue depravado de Marco Antônio, de que os outros tanto padecem. Seu filho Britânico tem naturalmente um pouco dele através de Cláudio até onde. . .

— Até onde... — repeti inquisitivamente.

— Bem, Cláudio teve um filho ilegítimo antes — declarou tia Lélia a contragosto. — Não é absolutamente certo que Britânico seja de fato seu filho, quando se sabe tudo quanto se diz de Messalina por aí. Espalhou-se na época que aquele casamento foi arrumado pelo Imperador Caio para salvar a reputação da moça.

— Tia Lélia — disse eu, solene — por lealdade ao Imperador, cumpre-nos denunciá-la por insultos como esse.

— Como se Cláudio desse crédito ao que dizem de mal de sua mulherzinha — respondeu desdenhosamente tia Lélia.

Mas, apesar de tudo, olhou cautelosamente em redor de si.

Depois perguntei a Barbo se efetivamente tivera tal sonho profético ao despertar de seu sono de ébrio, e ele sustentou teimosamente que de fato vira o que descrevera, embora pudesse ter sido produto do vinho e da surpresa.

— O vinho faz com que a gente tenha sonhos tão estranhos no calor do verão, que às vezes apavoram.

Quando eu já havia andado de muletas por algum tempo, o médico da cavalaria recomendou-me um bom massagista que me tratou as pernas e exercitou meus músculos flácidos tão bem que não demorei a caminhar sem ajuda. Desde então venho usando um sapato de sola grossa no pé atingido, de modo que mal se nota minha claudicação.

Voltei a montar, mas logo reparei que apenas uns poucos rapazes nobres se decidiam a participar dos exercícios de equitação. A maioria não pensava na carreira militar. Para eles bastava saber que eram capazes de permanecer na sela durante a parada do ano seguinte.

Uma inquietação e um desejo de atividade se apoderaram de mim no auge do verão. Fui procurar Lúcio Domício uma ou duas vezes, mas apesar de tudo ele era um companheiro muito infantil para mim. Escrevia poemas e lia-me versos de sua tabuinha de cera, pedindo-me que os corrigisse. Esculpia surpreendentemente bem e modelava no barro animais e pessoas. Gostava de ser elogiado mas ressentia-se facilmente de qualquer comentário crítico, se bem tratasse de ocultá-lo. Sugeriu sério que eu tomasse lições com seu professor de dança a fim de aprender a movimentar-me graciosamente com gestos agradáveis.

— A arte da dança não tem muita utilidade para quem vai aprender a manejar a espada, a lança e o escudo — disse eu.

Lúcio revelou que odiava as lutas de espada no anfiteatro, em que rudes gladiadores se feriam e se matavam uns aos outros.

— Não vou ser gladiador — repliquei ofendido. — Um cavaleiro romano tem de instruir-se nas artes da guerra.

— A guerra é uma atividade sangrenta e desnecessária — disse ele. — Roma levou paz ao mundo. Mas ouvi contar que um parente de meu finado pai, Cneio Domício Córbulo, está pelejando na Germânia, do outro lado do Reno, a fim de conquistar o direito a um triunfo. Se tem mesmo desejo de guerrear, posso escrever para ele recomendando-o para o cargo de tribuno. Mas ele é um chefe exigente e há de fazê-lo trabalhar muito, se não foi ainda removido de lá. Acho que o tio Cláudio não quer que nenhum parente de meu pai se torne muito célebre.

Prometi pensar no assunto, mas Barbo sabia mais a respeito de Córbulo e garantiu que ele se distinguira mais como construtor de estrada na Gália do que como guerreiro nas florestas da Germânia.

É claro que li o livrinho que tinha recebido. O filósofo Sêneca escrevia num estilo elegante e moderno e asseverava que o sábio podia manter a firmeza de ânimo através das provações do destino. Mas achei-o prolixo, de vez que não fornecia exemplo mas se limitava a filosofar, de sorte que poucas de suas ideias se gravaram em minha memória.

Meu amigo Lúcio Pólio também me emprestou uma carta de pêsames que Sêneca escrevera a Políbio, liberto do Imperador. Nela Sêneca consolava Políbio da morte de seu irmão, dizendo-lhe que não precisava afligir-se enquanto tivesse a ventura de servir o Imperador.

O que divertira os leitores em Roma foi que Políbio havia sido executado por vender privilégios. Segundo Pólio, ele altercara com Messalina a respeito da divisão do dinheiro. Messalina o denunciara, o que não agradou de modo algum aos outros libertos do Imperador. Assim, mais uma vez o filósofo Sêneca fora infeliz.

Estranhei que Cláudia não me tivesse procurado durante minha enfermidade. Meu amor-próprio ficou ferido, mas o bom senso me dizia que ela me traria mais contrariedade do que alegria. Não podia esquecer suas sobrancelhas negras, seus olhos audazes, seus lábios grossos. Quando melhorei, passei a dar longos passeios a pé, para fortalecer a perna quebrada e abafar a inquietude. O morno outono romano chegara. Fazia muito calor, para usar a toga, e deixei de envergar a túnica de ourela vermelha, para não chamar muito a atenção nos arredores da cidade.

Andei até o outro lado do rio para evitar o fedor do centro da cidade, passei pelo anfiteatro do Imperador Caio, para onde ele fizera transportar um obelisco do Egito, mediante gastos extraordinários, e subi o morro do Vaticano. Havia ali um antigo templo oracular etrusco de paredes de madeira que o Imperador Cláudio mandara proteger com um telheiro. O velho adivinho levantou o bastão para atrair minha atenção, mas não se deu ao trabalho de me chamar. Desci a outra encosta da colina, fora da cidade, que dava vista para os jardins do mercado. Dali divisavam-se diversas granjas de aparência próspera. e de outras mais distantes partia todas as noites uma interminável torrente de carroças que, aos solavancos e matracolejando, iam vender legumes aos comerciantes do mercado, antes do alvorecer, quando tinham todas de estar de volta.

Não tive vontade de perguntar por Cláudia aos escravos queimados de sol que labutavam nos campos, mas segui meu caminho.

Deixei que os pés me levassem aonde quisessem ir, mas Cláudia dissera alguma coisa a respeito de uma fonte e velhas árvores.

Assim, olhei em redor e meus pensamentos me conduziram pelo caminho certo, fazendo-me enveredar pelo leito seco de um riacho.

Debaixo de árvores antigas erguia-se uma cabana, perto de uma grande fazenda. Na horta ao lado estava Cláudia encurvada, as mãos e os pés pretos de terra, vestindo apenas uma camisa grosseira e um largo e pontudo chapéu de palha que a abrigava do sol. A princípio quase não a reconheci. Embora se tivesse passado vários meses desde que nos víramos pela última vez, eu a identifiquei pelo movimento das mãos e o modo de curvar-se.

— Salve, Cláudia! — gritei. Eu estava possuído por uma alegria exultante, ao agachar-me no chão, para olhar o seu rosto por baixo da aba do chapéu de palha.

Cláudia estremeceu e fitou-me espantada, arregalando os olhos, o rosto escarlate. De repente atirou-me na cara um molho de enlameados talos de ervilha, ergueu-se e correu para trás da choupana. Fiquei estupefato com a recepção e praguejei baixinho, enquanto ia tirando a areia dos olhos.

Seguia-a vacilante e vi que ela estava lavando o rosto. Soltou um grito irado e me mandou esperar do mesmo lado da choupana. Só depois de ter penteado o cabelo e vestido roupas limpas foi que tornou a aparecer.

82

— Um homem bem educado avisa quando vai chegar — vociferou com raiva.

— Mas como exigir boas maneiras do filho de um agiota sírio? Que quer? Ela me insultara. Ruborizado, fiz meia volta e fui andando sem uma palavra.

Depois que eu havia dado alguns passos, ela se aproximou e me pegou pelo braço:

— É você assim tão suscetível, Minuto? Não vá embora. Perdoe os meus rompantes. Fiquei com raiva porque você me pegou de surpresa, feia e suja de terra.

Levou-me para o interior de sua humilde cabaninha que cheirava a fumaça, ervas aromáticas e roupa limpa.

— Está vendo? Também sei fiar e tecer, como as romanas de outrora. Não se esqueça de que nos tempos idos até mesmo o mais altivo Cláudio guiava bois que puxavam o arado.

Tentava desse modo justificar sua pobreza.

— Prefiro você assim, Cláudia — respondi polido — com seu rosto ainda úmido da água da fonte, a todas as mulheres pintadas e vestidas de seda da cidade.

— É claro — admitiu Cláudia honestamente — que eu preferia ter a pele branca como leite e o rosto maravilhosamente pintado, o cabelo caindo em cachos encantadores pela testa, roupas que mais mostram do que escondem e todo o corpo recendendo aos perfumes do Oriente. Mas a mulher de meu tio, tia Paulina Pláucia, que me permite viver aqui, desde que minha mãe morreu, não aprova essas coisas. Ela está sempre de luto, prefere calar a falar, e se mantém sempre afastada de seus iguais. Tem muito dinheiro mas gasta sua renda em caridade e até mesmo com fins mais duvidosos, em vez de permitir que eu compre rouge e sombra para os olhos.

Não pude deixar de rir, pois o rosto de Cláudia era tão fresco, limpo e saudável, que ela realmente não precisava de cosméticos. Quis pegar-lhe a mão, mas ela encolheu-a e disse que suas mãos se tinham tornado tão ásperas quanto as de uma escrava durante o verão. Perguntei se não ouvira falar do meu acidente, ela respondeu de modo evasivo.

— Tia Lélia não me deixaria entrar para vê-lo — disse. — De mais a mais, tornei-me humilde e estou convencida de que por me conhecer não lhe advirão senão males. E eu só lhe desejo o bem, Minuto.

Retruquei rudemente que só a mim cabia tomar decisões sobre minha vida e escolher meus amigos.

— E de qualquer modo, em breve você estará livre de mim — comentei. — Prometeram-me uma carta de recomendação para ir guerrear contra os germanos, nas hostes do famoso Córbulo. Minha perna está melhor e só um nadinha mais curta do que a outra,

Cláudia deu-se pressa em dizer que nem sequer notara que eu claudicava. Em seguida ficou um instante pensativa:

— Na verdade, você estará mais seguro no campo de batalha, do que em Roma, onde alguma desconhecida poderá roubá-lo de mim a qualquer momento. Eu sofreria menos se você, por alguma ambição tola, perdesse a vida na guerra, do que se se apaixonasse por outra. Mas por que é preciso que vá combater os germanos? Eles são horrivelmente grandes e guerreiros poderosos. Se eu pedi: com bons modos a tia Paulina, ela certamente lhe dará uma carta de recomendação

83

para meu tio, Aulo Pláucio, na Bretanha. Ele lá comanda quatro legiões e tem tido muito sucesso. É evidente que os bretões são adversários muito mais fracos do que os germanos, uma vez que tio Aulo não é nenhum gênio militar. Até mesmo Cláudio conseguiu triunfar na Bretanha. Por aí se vê que os bretões não são opositores muito temíveis.

Não sabia disso e pedi mais esclarecimentos. Cláudia explicou que sua mãe era uma Pláucia. Quando a mulher de Aulo Pláucio, Paulina, tomou sob sua proteção a sobrinha órfã do marido, Aulo de bom grado acolheu Cláudia como membro de sua família, principalmente porque os dois não tinham filhos.

— Tio Aulo não gostava de minha mãe, Urgulanila — contou Cláudia — mas de qualquer modo mamãe também era uma Pláucia e meu tio ficou muito ofendido quando Cláudio, por motivos indefensáveis, se divorciou de minha mãe e mandou que me pusessem nua à porta da casa dela. Tio Aulo estava pronto a adotar-me, mas sou muito orgulhosa para isso. Legalmente, sou e continuarei sendo filha do Imperador Cláudio, por mais repulsivos que sejam seus hábitos.

Para mim, sua ascendência era um assunto desinteressante, mas a ideia da guerra na Bretanha me empolgava.

— Seu legítimo pai, Cláudio, não domou de modo algum os bretões, embora comemorasse isso como um triunfo — disse eu. — Pelo contrário, a guerra continua. Conta-se que seu tio Aulo já pode alardear a eliminação de mais de cinco mil inimigos nesses vários anos de luta e que assim também fez jus a um triunfo. São indivíduos obstinados e traiçoeiros. Mal se celebra a paz numa parte do país, recomeçam as hostilidades em outra. Vamos ver sua tia Paulina sem demora.

— Você está com muita pressa de obter honras militares — disse Cláudia provocadora. — Mas tia Paulina me proibiu de ir sozinha à cidade e cuspir nas estátuas imperiais. Por isso, é um prazer ir com você. Faz várias semanas que não a vejo.

Voltamos juntos para a cidade e apressei-me a ir para casa, a fim de botar uma roupa mais apresentável. Cláudia não quis entrar, com receio de tia Lélia, mas esperou ao portão, conversando com Barbo. Quando rumamos para a casa de Pláucia, no monte Célio, os olhos de Cláudia faiscavam de cólera.

— Então — explodiu — você fez amizade com Agripina e seu maldito filho, não é mesmo? Aquela velha bruxa sem-vergonha é perigosa. Ainda bem que ela tem idade de ser sua mãe.

Surpreso, declarei que embora fosse indubitavelmente bonita, Agripina tinha modos reservados, e seu filho era novo e infantil demais para mim.

— Conheço demais todos esses depravados Cláudios — retrucou Cláudia. — Agripina vai para a cama com qualquer um, contanto que ache que pode tirar algum proveito. O tesoureiro do Imperador, Palas, foi seu amante muito tempo. Ela anda procurando um novo marido, mas debalde. Os homens que são bastante nobres evitam envolver-se nas intrigas dela, mas um rapaz inexperiente como você seria facilmente seduzido por qualquer matrona viúva e imoral de Roma.

84

Discutindo, atravessamos a cidade, mas realmente Cláudia ficou satisfeita quando eu lhe disse que ninguém me seduzira até aquele momento e que não esquecera a promessa que lhe tinha feito, a caminho de casa, quando voltávamos do templo da Lua, no dia em que recebera a toga viril.

No pátio da casa de Pláucia havia uma comprida fileira de bustos de antepassados, máscaras funerárias e lembranças de batalhas. Paulina Pláucia era uma mulher idosa, de olhos grandes que pareciam varar-me enquanto me fitavam. Parecia que estivera chorando. Ao ouvir meu nome e tomar conhecimento do meu propósito, mostrou-se surpresa e roçou-me o rosto com a mão fina.

— É estranho — disse ela. — Como um sinal inacreditável do único Deus. Talvez você não saiba, Minuto Maniliano, que seu pai e eu nos tornamos amigos e trocamos um santo beijo quando partimos o pão e bebemos o vinho, juntos, no ágape. Mas aconteceu algo terrível. Túlia mantém espiões que seguem seu pai. Quando recolheu provas suficientes, denunciou-me como participante de vergonhosos mistérios orientais.

Percebi logo de onde Cláudia obtivera seus conhecimentos das heresias dos judeus.

— Por todos os deuses de Roma — exclamei horrorizado — meu pai tornou a se envolver nas conspirações dos cristãos? Pensei que tivesse perdido essas manias em Antioquia.

A velha encarou-me com olhos singularmente brilhantes.

— Minuto, não é uma mania, mas o único caminho para a verdade e a vida eterna. Não temo acreditar que o Jesus, judeu e nazareno, foi e é o filho de Deus. Ele apareceu a seu pai na Galileia e seu pai sabe mais a respeito dele que qualquer dos nossos cidadãos. Acha ele que seu casamento com a dominadora Túlia é o castigo com que Deus lhe pune os pecados. Por isso renunciou a seu orgulho antigo e recebeu o santo batismo cristão, como eu recebi. Nenhum de nós tem vergonha disso, ainda que não haja muita gente nobre ou rica entre os cristãos.

Essa notícia espantosa me deixou sem fala. Cláudia notou minha expressão e disse:

— Não me batizei nessa religião, mas do outro lado do Tibre, na parte judaica da cidade, ouvi os seus ensinamentos. Seus mistérios e refeições sagradas os absolvem de todos os pecados.

— Arruaceiros — disse eu colérico — eternos desordeiros, agitadores e demagogos. Eu os vi em Antioquia. Os verdadeiros judeus têm mais ódio a eles do que à peste.

— Não é preciso ser judeu para acreditar que Jesus de Nazaré é o filho de Deus — disse Paulina.

Eu não estava disposto a discutir teologia. Com efeito, encolerizava-me só em imaginar que meu pai se rebaixara ao ponto de tornar-se sequaz dos execráveis cristãos.

— Meu pai devia estar bêbado de novo e cheio de piedade — declarei ríspido. — Só assim ele encontra um pretexto para escapar ao reino de terror de Túlia. Mas podia, pelo menos, ter falado de seus problemas ao seu próprio filho.

A mulher dos olhos grandes balançou a cabeça ao ouvir-me falar desrespeitosamente de meu pai:

— Pouco antes da chegada de vocês, soube que o Imperador, para salvar a reputação de meu marido, não aprovará um julgamento público resultante da denún-

85

cia. Aulo Pláucio e eu nos casamos segundo o rito mais antigo. Assim, o Imperador vai permitir que eu seja julgada, por meu marido, perante o tribunal familiar, logo que Aulo retorne da Bretanha. Quando você chegou, eu estava imaginando como iria enviar uma mensagem a meu marido, antes que ele viesse a saber de qualquer acusação exagerada e tivesse um abalo por minha causa. Minha consciência está limpa, pois não fiz nada de vergonhoso ou iníquo. Iria você imediatamente para a Bretanha, Minuto, e levaria uma carta para meu marido?

Não tinha o menor desejo de levar essa notícia melancólica a um soldado famoso. Tudo o que me vinha à cabeça era que este não era o meio de conquistar a sua simpatia. Mas os olhos mansos da velha me enfeitiçaram. Pensei que talvez lhe devesse alguma coisa, já que ela se metera em dificuldades por causa de meu pai. De outro modo, Aulo Pláucio poderia simplesmente mandar matá-la, de acordo com o rito matrimonial e as normas familiares mais antigas.

— Este parece ser o meu destino — respondi. — Estou disposto a partir amanhã, se prometer que em sua carta não me envolverá nas suas superstições.

Ela prometeu e logo começou a escrever a carta. Então me lembrei que, se levasse minha própria égua, Armínia, a viagem seria das mais demoradas, pois ela precisaria repousar de vez em quando. Assim, Paulina prometeu arranjar-me um distintivo de mensageiro de primeira classe que me dava direito a usar os próprios cavalos de posta e carros do Imperador, à maneira de um senador em trânsito. Paulina era, de resto, a esposa do Comandante Supremo na Bretanha. Mas em troca pediu-me um favor a mais.

— Na encosta do Aventino — disse ela — mora um fabricante de tendas chamado Áquila. Vá procurá-lo quando escurecer e diga a ele, ou à sua mulher Prisca, que fui denunciada. Eles então saberão proteger-se. Mas se algum estranho lhe fizer perguntas, diz que eu mandei encomendar tendas para meu marido na Bretanha. Não me atrevo a mandar os criados, uma vez que minha casa está sendo observada em virtude da denúncia.

Praguejei intimamente por me deixar arrastar deste modo para as odiosas maquinações dos cristãos, mas Paulina me abençoou em nome de Jesus de Nazaré, tocando-me suavemente, com as pontas dos dedos, a testa e o peito, de modo que nada pude dizer. Prometi agir como ela me pedia e voltar no dia seguinte, pronto para a viagem.

Quando saímos da casa de Paulina, Cláudia suspirou, mas eu estava empolgado com essa decisão repentina e com a ideia da longa viagem que solucionaria todos os meus problemas. Apesar da hesitação de Cláudia, quis que ela entrasse em nossa casa, para que eu pudesse apresentá-la a tia Lélia, como minha amiga.

— Agora que meu pai se converteu num cristão abominável — disse eu — você não tem de que se envergonhar em nossa casa. Você é *de jure* a filha do Imperador e de origem nobre.

Tia Lélia comportou-se à altura da situação. Depois de se refazer da surpresa, tomou Cláudia nos braços e olhou-a demoradamente:

— Você está uma moça vigorosa e saudável. Via-a muitas vezes quando menina e lembro-me muito bem que o querido Imperador Caio sempre a chamava de prima. Seu pai comportou-se vergonhosamente com você, mas como vai Paulina Pláucia? Você realmente tosquia ovelhas, com as suas próprias mãos, na granja de sua tia, fora dos muros, como me contaram?

— Fiquem aí conversando — sugeri. — Sei que as mulheres sempre têm de que falar. Preciso ir ver meu advogado e meu pai, porque amanhã cedo parto para a Bretanha.

Tia Lélia rompeu em pranto e disse, entre gemidos, que a Bretanha era uma ilha úmida e enevoada, onde o clima terrível arruinava permanentemente a saúde daqueles que sobreviviam à luta contra os bretões pintados de azul. Ao tempo do triunfo do Imperador Caio, ela fora ao anfiteatro e vira os bretões lutando cruelmente entre si, na arena. No campo de Marte eles haviam construído, pilhado e destruído toda uma cidadezinha bretã, mas na Bretanha mesma era de presumir que houvesse pouca possibilidade de saque, se a cidadezinha armada nas comemorações da vitória se assemelhara às cidades natais dos próprios bretões.

Deixei Cláudia a consolá-la   fui ao meu advogado, em busca de dinheiro, e depois à casa de Túlia, à procura de meu pai. Túlia me recebeu constrangida.

— Teu pai — disse ela — está encerrado no quarto, em seu habitual estado de melancolia e não quer ver ninguém. Não fala comigo há vários dias. Dá ordens aos criados por meio de acenos de cabeça e gestos. Vê se o fazes falar, antes que emudeça de uma vez.

Consolei Túlia, dizendo-lhe que meu pai tivera desses acessos em Antioquia. Quando soube que eu ia para a Bretanha combater no exército, aprovou com a cabeça:

— Boa ideia. Espero que lá honres o teu pai. Em vão tentei interessá-lo nos negócios da cidade. Quando moço estudou leis, embora, como é natural, já tenha esquecido tudo agora. Teu pai é demasiadamente indolente e sem iniciativa para conquistar uma posição digna dele.

Fui ver meu pai. Encontrei-o sentado com a cabeça nas mãos. Bebia vinho em seu amado copo de madeira e fitou-me com os olhos injetados. Fechei cuidadosamente a porta atrás de mim.

— Trago saudações de sua amiga Paulina Pláucia — disse eu. — Por causa de seu santo beijo, ela está em dificuldade e foi denunciada pela prática de superstição. Estou de partida para a Bretanha, com uma mensagem sobre o assunto, para seu marido. Vim vê-lo para que me deseje êxito nesta viagem. Na Bretanha é provável que me aliste no exército, para concluir lá meu serviço militar.

— Nunca desejei que você fosse soldado — gaguejou meu pai — mas talvez até mesmo isso seja preferível a viver aqui nesta Babilônia de prostitutas. Sei que minha mulher Túlia trouxe infelicidade a Paulina, com seu ciúme, mas eu é que deveria ter sido denunciado. Fui batizado no banho lustral deles, puseram as mãos sobre a minha cabeça, mas o espírito não me penetrou. Não tornarei a falar com Túlia.

— Pai, o que é precisamente que Túlia deseja de você?

— Que me torne senador. Isso é o que aquela mulher monstruosa meteu na cabeça. Possuo terra bastante na Itália e sou de origem suficientemente nobre para ser membro do Senado. E Túlia, por concessão especial, obteve os direitos de uma mãe de três filhos, apesar de nunca ter-se dado ao trabalho de ter um só. Eu a amei quando moço. Ela me seguiu até Alexandria e nunca me perdoou por ter eu escolhido tua mãe, Mirina. Agora fala comigo como se fala a um boi, insulta-me por não ser ambicioso e em breve me transformará num bêbado contumaz se eu não fizer o que ela quer e não me tomar um senador. Mas Minuto, meu filho, nas minhas veias não corre sangue de lobo, muito embora, verdade seja dita, muitos homens piores do que eu tenham ocupado com suas botas vermelhas os bancos de marfim. Perdoe-me, meu filho. Você vê agora por quê, em tais circunstâncias, eu não podia fazer outra coisa senão declarar-me cristão.

Ao contemplar o rosto inchado e os olhos inquietos de meu pai, fui tomado de grande compaixão. Percebi que ele precisava encontrar alguma coisa digna de sua vida para poder continuar ao lado de Túlia. Todavia, até o Senado seria melhor, para sua saúde espiritual, do que a participação nas reuniões secretas dos cristãos.

Como se tivesse adivinhado meus pensamentos, meu pai me fitou, apontando para o cálice de madeira, e disse:

— Devo suspender a minha participação nos ágapes, já que a minha presença prejudica os cristãos, como já prejudicou a Paulina. Túlia, em sua humilhação, jurou fazer com que sejam banidos de Roma se eu não me desligar deles. Tudo isso por causa de alguns beijos inocentes que são usuais após os ágapes.

— Vá para a Bretanha — continuou, entregando-me seu adorado cálice de madeira. — É chegado o instante de você receber a única herança que lhe vem de sua mãe, antes que Túlia com raiva o queime. Jesus de Nazaré, o rei dos judeus, uma vez bebeu neste cálice, há quase dezoito anos, após ter saído do túmulo e ido à Galileia, com as cicatrizes dos pregos nas mãos e nos pés, e as feridas dos açoites nas costas. Não o perca. Talvez sua mãe esteja um pouco mais perto de você, quando você o levar à boca. Não tenho sido o pai que desejei ser.

Peguei o copo de madeira que os libertos de meu pai, em Antioquia, diziam ser abençoado pela Deusa da Fortuna. Achei que ele não havia protegido meu pai contra Túlia, caso não se considerasse esta bela casa, todas as comodidades da vida e talvez a honra de ser senador como o maior êxito possível na face da terra. Mas senti um secreto respeito quando tomei o cálice de madeira nas mãos.

— Faça-me mais um favor disse meu pai delicadamente.

— Na encosta do Aventino mora um fabricante de tendas. . .

— ... chamado Áquila — disse eu, irônico. De acordo. Vou levando um recado de Paulina para ele. Posso dizer, na mesma ocasião, que você também está se desligando deles.

Minha amargura se dissolveu e desapareceu quando meu pai me deu como recordação seu idolatrado copo. Abracei-o e encostei o rosto em sua túnica para esconder as lágrimas. Ele me apertou com força e nos separamos, sem tornar a olhar um para o outro.

Túlia me esperava na cadeira de espaldar alto da dona da casa.

— Toma cuidado na Bretanha, Minuto — recomendou ela. — Será importante para teu pai ter um filho a serviço do Estado e do bem comum. Pouco sei da vida militar, mas entendo que um jovem oficial é promovido mais prontamente por ser generoso com seu vinho e jogar dados com os subalternos, do que por empreender expedições desnecessárias e perigosas. Não sejas avaro do teu dinheiro, mas contrai dívidas, se isso for necessário. Teu pai pode arcar com elas. Então serás considerado normal sob todos os aspectos.

A caminho de casa, entrei no templo de Castor e Pólux, para informar ao Curador da cavalaria da minha viagem à Bretanha.

Em casa, tia Lélia e Cláudia se tinham tornado amigas de verdade e haviam escolhido para mim o melhor tipo de roupas de lã, como proteção contra o clima frio da Bretanha. Haviam reunido outras coisas também, tantas que eu precisaria pelo menos de uma carroça para levá-las. Mas eu não ia sequer levar minha armadura, exceto a espada, já que achei mais prudente aparelhar-me no local, de acordo com o que o país e as circunstâncias exigissem. Barbo 'me contara como tinham o hábito de zombar dos mimados rapazes romanos que se apresentavam para o serviço ativo com objetos desnecessários.

Naquela noite quente e úmida de outono, debaixo do inquieto céu vermelho, fui ver Áquila, o fabricante de tendas. Era evidentemente um homem muito rico, pois era dono de uma grande tecelagem. Recebeu-me à porta, desconfiado, e olhou em volta, receoso de espiões. Aparentava uns quarenta anos e não parecia judeu. Não usava barba nem borlas no manto, de modo que o tomei por um dos libertos de Áquila. Cláudia, que me acompanhava, cumprimentou-o como se fossem velhos amigos. Ao ouvir meu nome e as saudações de meu pai, dissipou-se-lhe o temor, embora a inquietação nos olhos fosse a mesma que eu vira nos de meu pai. Tinha linhas verticais na testa, como um adivinho.

Convidou-nos a entrar, e sua esposa Prisca, atarantada, começou imediatamente a oferecer-nos frutas e vinho diluído. Prisca era judia, pelo menos de origem, a julgar por seu nariz, uma mulher decidida e loquaz, que fora provavelmente muito bonita na juventude. Ambos se perturbaram, ao saber que Paulina fora de anunciada e que meu pai achava melhor retirar-se da sociedade secreta deles para não prejudicá-los.

— Temos inimigos e pessoas que nos invejam — disseram. — Os judeus perseguem-nos, enxotam-nos das sinagogas e nos atacam nas ruas. Um mágico influente, Simão da Samaria, odeia-nos rancorosamente. Mas contamos com a proteção do espírito que põe palavras em nossa boca e por isso não precisamos temer nenhum poder terreno.

— Mas você não é judeu — disse eu a Áquila.

Ele riu.

— Sou judeu e circunciso, nascido em Trapezo, no Ponto, na margem sudeste do Mar Negro, mas minha mãe era grega e meu pai foi batizado quando comemorava a festa de Pentecostes em Jerusalém. Havia muita disputa, no Ponto, quando algumas pessoas queriam oferecer sacrifícios ao Imperador, do lado de fora da sinagoga. Mudei-me para Roma e moro aqui nesta banda pobre do Aventino, como muitos judeus que já não creem que seguir a lei de Moisés os absolva dos pecados.

— Os judeus do outro lado do rio são os que mais nos odeiam — explicou Prisca — porque os gentios que os ouvem preferem escolher o nosso caminho e o consideram mais acessível. Não sei se o nosso caminho é mais acessível. Mas temos piedade e o conhecimento do mistério.

Não eram desagradáveis nem tinham a habitual altivez dos judeus. Cláudia admitiu que ela e sua tia Paulina lhes escutavam os ensinamentos. Para ela, não tinham nada a ocultar. Qualquer um podia ir ouvi-los e alguns se quedavam em êxtase. Só os ágapes eram proibidos aos estranhos, mas isso também ocorria com os mistérios sírios e egípcios que se realizavam em Roma.

Não cessavam de repetir que todos, escravos ou livres, ricos ou pobres, sábios ou ignorantes, eram iguais aos olhos de seu Deus, e todos eram irmãos e irmãs. Não acreditei totalmente nisso, já que eles se tinham mostrado tão desanimados quando souberam que meu pai e Paulina Pláucia os tinham abandonado. Cláudia naturalmente garantiu-lhes que Paulina não o fizera no íntimo, mas só exteriormente, para proteger o bom nome do marido.

Na manhã seguinte, recebi um cavalo para a viagem e um distintivo de mensageiro para usar no peito. Paulina entregou-me a carta para Aulo Pláucio e Cláudia chorou. Cavalguei ao longo das estradas militares, através da Itália e da Gália.

Bretanha

Cheguei à Bretanha quando o inverno entrava com suas tempestades, cerrações e chuva gelada. Como sabem todos os que visitam a Bretanha, a região é opressiva para qualquer pessoa. Não há nem mesmo cidades como as que vemos na Gália. Quem não morre de pneumonia, na Bretanha, contrai reumatismo para a vida inteira, quando não é capturado pelos bretões e decapitado nos freixais, ou levado a seus sacerdotes, os druidas, que predizem o futuro da tribo pelo exame dos intestinos dos romanos. Os legionários, que têm trinta anos de experiência, contaram-me tudo isso.

Encontrei Aulo Pláucio no posto comercial de Londres, localizado nas proximidades de um rio veloz, e onde ele mantinha seu quartel-general, uma vez que ali havia pelo menos algumas casas romanas. Não se encolerizou, como eu receara, ao ler a carta da mulher, mas desatou a rir, dando palmadas nos joelhos. Uma ou duas semanas antes, recebera correspondência confidencial do Imperador, ratificando-lhe o triunfo. Estava pondo em ordem seus negócios na Bretanha, a fim de deixar o comando e regressar a Roma na primavera.

— Quer dizer então que devo convocar um conselho de família para julgar minha querida mulherzinha, não é isso? Terei muita sorte se Paulina não me arrancar da cabeça os poucos cabelos que me restam, quando me interrogar sobre o tipo de vida que levo na Bretanha, Já tive questões religiosas em demasia aqui, tanto por derrubar as matas sagradas dos druidas, como por financiar todo um navio carregado de ídolos, para ver se os nativos põem termo a seus revoltantes sacrifícios humanos. No entanto não tardou quebrassem as estátuas de barro e reiniciassem a rebelião. A superstição em nossa pátria é bem mais inocente que aqui. Essa acusação é apenas uma intriga dos meus colegas do Senado, que temem que eu tenha enriquecido demais, após passar quatro anos no comando de quatro legiões. Como se fosse possível enriquecer neste país. Na verdade, o dinheiro de Roma desaparece como se caísse num poço sem fundo, e Cláudio foi obrigado a me permitir comemorar um triunfo, para que Roma pense que aqui está tudo pacificado. Ninguém jamais pacificará este país, porque ele vive em tumulto permanente. Se se derrota um de seus reis, numa batalha honrada, logo aparece outro, que não respeita reféns nem tratados. Ou então surge uma tribo vizinha e se apodera da terra que conquistamos e chacina os soldados da nossa guarnição. Não podemos desarmá-los completamente, pois precisam de suas armas para se defenderem uns dos outros. Eu me daria por feliz de voltar sem nenhum triunfo, só para me ver longe dessa terra amaldiçoada.

Assumiu um ar grave e me fitou severo:

— Já se espalhara em Roma o boato de um triunfo quando saiu de lá? — perguntou. — Como se explica que um cavaleiro jovem como você se tenha ofere-

91

cido voluntariamente para vir para cá? Suponho que espera participar do triunfo com o mínimo de esforço.

Indignado, expliquei que não ouvira falar de triunfo nenhum. Pelo contrário, dizia-se em Roma que Cláudio, só por inveja, não permitiria tal comemoração por serviços prestados na Bretanha, uma vez que ele próprio celebrara um triunfo por haver subjugado os bretões.

— Venho estudar a arte da guerra sob os auspícios de um famoso comandante — disse eu. — Andava farto dos exercícios de equitação em Roma.

— Aqui não há cavalos lustrosos nem escudos de prata — disse ele com sequidão. — Nem banhos quentes nem massagistas habilidosos. Aqui não há mais do que gritos de guerra de bárbaros pintados de azul, nas matas, medo diário de emboscadas, frio eternamente presente, tosse incurável e nostalgia permanente.

E não exagerava, como vim a descobrir nos dois anos que passei na Bretanha. Manteve-me em seu estado-maior, durante alguns dias, para certificar-se de minha ascendência, ouvir os últimos mexericos de Roma e, com o auxílio de um mapa em relevo, ensinar-me a forma da Bretanha e as posições dos acampamentos legionários. Também me deu roupas de couro, um cavalo, armas e alguns conselhos amigáveis.

— Não perca seu cavalo de vista ou os bretões o roubarão — recomendou. — Combatem em carros, de modo que seus cavalos são pequenos e não prestam para montar. Como a guerra e a política romanas aqui se baseiam em nossos tratados com as tribos britânicas, também temos vários corpos auxiliares que empregam esses carros. Mas nunca confie num bretão, nem dê as costas a nenhum. Os bretões gostariam de possuir os nossos possantes cavalos de batalha para organizar sua cavalaria. A vitória de Cláudio aqui foi devida a seus elefantes, que os bretões nunca tinham visto antes. Os elefantes quebraram-lhes as barricadas de madeira e amedrontaram-lhes os cavalos. Mas os bretões logo aprenderam a visar com suas lanças os olhos dos elefantes e a chamuscá-los com archotes acesos. E os elefantes também não podiam suportar o clima. O último morreu de pneumonia, há coisa de um ano. Quanto a você, vou enviá-lo para a legião de Flávio Vespasiano, que é o meu soldado mais experiente e meu mais fiel comandante. É obtuso, mas nunca perde a cabeça. Sua família é humilde e seus hábitos, rudes, mas é um homem honesto que por isso provavelmente nunca atingirá maiores alturas do que a de comandante de legião. Mas com ele você aprenderá a arte da guerra, se é isto que está pretendendo.

Encontrei Flávio Vespasiano na várzea do caudaloso rio Anton, onde havia distribuído sua legião, numa vasta área, e mandara construir fortificações de madeira, distanciadas umas das outras. Era um homem de cerca de quarenta anos, robusto, fronte larga e rugas afáveis em volta da boca severa. E não era tão insignificante como levaria a crer a descrição desdenhosa de Aulo Pláucio. Gostava de rir sem reservas e pilheriar a respeito dos próprios reveses, os quais teriam feito desesperar um homem mais fraco. Sua simples presença me transmitiu uma sensação de segurança. Olhou-me maliciosamente:

— Estará a fortuna vindo ao nosso encontro, agora que um jovem cavaleiro de Roma vem espontaneamente internar-se nas florestas úmidas e escuras

92

da Bretanha? Não, não, não é possível. Trate de confessar logo o que fez e de que travessuras infantis fugiu, para colocar-se sob a proteção da Águia de minha legião. Confesse e nos entenderemos melhor depois.

Ao findar o minucioso interrogatório acerca de minha família e meus amigos de Roma, concluiu que eu não era motivo de orgulho nem de desdouro. Bondoso como era, resolveu que eu devia ir me habituando pouco a pouco à sordidez, à crueza e às provações da vida militar. Começou por levar-me consigo numa de suas viagens de inspeção, com o fito de me familiarizar com o país. Ditava-me seus relatórios a Aulo Pláucio, já que ele mesmo era preguiçoso para escrever. Quando se certificou de que eu realmente sabia montar e não tropeçava na espada, confiou-me ao engenheiro da legião, para que eu aprendesse a construir fortificações.

Nossa guarnição isolada não chegava sequer a formar um completo manípulo. Alguns de nós iam à caça, outros derrubavam árvores nas matas e um terceiro contingente construía fortificações. Antes de partir, Vespasiano exortou-me a exigir que os homens conservassem limpas as armas e os guardas se mantivessem a postos e não ociosos, pois a negligência com as armas era a mãe de todos os vícios e enfraquecia a disciplina.

Ao cabo de alguns dias fartei-me de perambular pelo acampamento, escutando as chacotas descaradas dos velhos legionários. Apanhei um machado e fui derrubar árvores na floresta. Na hora de bater estacas, eu também, com areia nos olhos, segurava a corda e cantava com os outros. À noite, oferecia vinho ao centurião e ao engenheiro, vinho comprado a preço extorsivo ao mercador do acampamento, mas com frequência juntava-me aos velhos sub-oficiais, em volta da fogueira, e partilhava do mingau e da carne salgada. Tornei-me mais forte, mais vulgar, mais rude e aprendi a dizer palavrões, já não me preocupando quando me perguntavam quanto tempo fazia que deixara de mamar.

Havia cerca de uma vintena de cavalarianos gauleses adidos à nossa guarnição. Quando o oficial que os comandava percebeu que eu não lhe disputava o posto, resolveu que soara para mim a hora de matar meu primeiro bretão e me incluiu numa incursão em busca de provisões.

Após cruzarmos o rio, cavalgamos bom pedaço até alcançarmos uma aldeia cujos habitantes se queixaram de que uma tribo vizinha os estava ameaçando. Haviam escondido as armas, mas os veteranos, que nos seguiam a pé, estavam acostumados a descobrir armas sob os pisos de terra das cabanas redondas e nos montes de estrume fora das habitações.

Encontradas as armas, despojaram a aldeia de todo o trigo e de boa parte do gado e mataram impiedosamente os homens que tentaram defender seus bens; a justificação era que os bretões não prestavam sequer para escravos. Como se fosse coisa banal, violentaram entre gargalhadas despreocupadas as mulheres que não tinham tido tempo de fugir para as matas.

Essa destruição despropositada me deixou aterrorizado, mas o comandante riu e recomendou que me acalmasse. O pedido de proteção era simplesmente uma armadilha costumeira, como provaram as armas que havíamos encontrado. Ele não mentiu, pois ao entardecer uma multidão uivante de bretões pintados de azul atacou a aldeia, vindo de todas as direções, na esperança de nos pegar de surpresa.

Mas estávamos vigilantes e facilmente repelimos os bárbaros que portavam armas ligeiras e não tinham escudos legionários com que se defendessem. Os veteranos, que durante o dia destruíram a aldeia e aos quais pensei que jamais perdoaria os atos sanguinolentos que havia presenciado, encerraram-me no meio deles e protegeram-me na luta de corpo a corpo. Quando fugiram, os bretões deixaram para trás um de seus guerreiros, ferido no joelho. O homem urrava desenfreadamente, escorando-se no escudo de couro e brandindo a espada. Os veteranos abriram alas, empurraram-me para a frente e gritaram rindo:

— Lá está um para você. Mate o seu bretão agora, amigo.

Foi fácil proteger-me e matar o ferido, apesar de sua força e de sua espada. Mas quando finalmente lhe cortei o pescoço com minha espada comprida e o vi estendido no chão, com o sangue jorrando da cabeça, fui forçado a dar meia volta e vomitar. A vergonha da minha fraqueza fez-me trepar de novo à sela e juntar-me apressadamente aos gauleses que perseguiam os fugitivos bretões macega a fora, até que a corneta nos chamou de volta. Saímos da aldeia, preparados para outro ataque, pois o nosso centurião estava convencido de que a luta ainda não terminara. Tínhamos pela frente uma jornada difícil, de vez que precisávamos guiar o gado e transportar o trigo, em cestas, para a guarnição, e ao mesmo tempo acautelar-nos contra as investidas dos bretões. Senti-me melhor quando tive de me defender e também ir em socorro dos outros, mas não me pareceu que fosse este um meio especialmente honroso de guerrear.

Quando, afinal, tornamos a cruzar o rio e nos pusemos outra vez com os nossos despojos sob a proteção do forte, verificamos que havíamos perdido dois homens e um cavalo e tínhamos vários feridos. Exausto, fui repousar em minha cabana de madeira com chão de terra batida, mas não consegui adormecer e tive a impressão de ainda estar ouvindo os estridentes gritos de guerra dos bretões, do lado de fora.

No dia seguinte, não experimentei o menor desejo de participar da divisão dos despojos, mas o comandante da cavalaria, por pilhéria, exaltou diante de todos a maneira como eu me havia distinguido, zurzindo a espada e bramindo de medo quase tão espalhafatosamente como os bretões. Assim, tinha tanto direito aos despojos quanto os outros. Presumivelmente por zombaria, os veteranos aquinhoaram-me com uma adolescente bretã, de mãos atadas.

— Eis aí a sua parte dos despojos — gritaram. — Só assim você não achará a vida monótona e não nos abandonará, bravo cavaleirinho Minuto.

Bradei furioso que não queria sustentar uma escrava, mas os veteranos eram a pura inocência.

— Se ficar com um de nós — disseram — ela o degolará com uma faca, logo que tiver as mãos livres. Mas você é um nobre de maneiras finas e sabe falar grego. Talvez ela goste mais de você do que de nós,

Com muito gosto prometiam aconselhar-me quanto ao modo de educar tal escrava. Para começar, devia surrá-la de manhã e à noite, por uma questão de princípio, só para abrandar-lhe os hábitos selvagens. Também me deram conselhos mais sábios, que não posso registrar aqui. Como eu recusasse obstinadamente, balançaram a cabeça e fingiram tristeza.

94

— Então não há outra coisa a fazer senão vendê-la, quase de graça, ao mercador do acampamento. Você pode imaginar o que acontecerá a ela.

Compreendi que nunca me perdoaria se desse motivo a que essa menina assustada fosse transformada, à custa de chibatadas, em prostituta do acampamento. A contragosto, aceitei-a como meu quinhão dos despojos. Pus os veteranos para fora da cabana e sentei-me com as mãos sobre os joelhos, encarando a moça. Ela tinha manchas de fuligem e equimoses no rosto infantil, e seus cabelos vermelhos espalhavam-se desordenadamente pela testa. Fitando-me por baixo da franja, lembrava um desses potrinhos bretões.

Comecei a rir, cortei a corda que lhe atava os punhos e mandei que fosse lavar o rosto e entrançar o cabelo. Ela esfregou os punhos inchados e me olhou desconfiada. Finalmente fui buscar o engenheiro, que sabia um pouco da língua icena. Ele riu do meu dilema, mas comentou que a moça era pelo menos sadia e tinha os membros em ordem. Ao ouvir a própria língua, ela pareceu tomar coragem. Conversaram animadamente durante algum tempo.

— Não quer ir se lavar nem pentear o cabelo — explicou o engenheiro — porque suspeita de suas intenções. Se você tocar nela, ela o matará. Jura que o fará, pelo nome da deusa lebre.

Afiancei que não tinha a mais leve intenção de tocar na moça. O engenheiro afirmou que o mais sensato era fazer com que ela bebesse vinho porque os selvagens bretões não estavam acostumados a tomar vinho e ela, em breve, estaria bêbada. Depois, eu poderia fazer com ela o que me aprouvesse, contanto que tratasse de não ficar demasiadamente embriagado também. Do contrário, a mocinha me degolaria quando voltasse ao normal. Isso foi o que aconteceu com um dos curtidores da legião que tinha cometido o erro de embriagar-se com uma bretã não domesticada.

Repeti impaciente que não queria tocar na moça. Mas o engenheiro insistiu em que seria mais prudente conservá-la amarrada. De outro modo, ela fugiria na primeira oportunidade.

— Isso seria ótimo — disse eu. — Diga-lhe que hoje de noite eu a levarei para fora do acampamento e a soltarei.

O engenheiro balançou a cabeça e disse que me julgara louco antes, quando me juntara voluntariamente aos batedores de estacas, mas não imaginara que a minha loucura chegasse a tanto. Falou com a moça e depois virou-se para mim.

— Ela não confia em você. Acha que a levará para a floresta e lá fará o que bem entender. Mesmo que escape de você, os bretões de outras tribos poderão capturá-la e transformá-la em refém, já que ela não é desta região. Seu nome é Lugunda.

Então os olhos do engenheiro puseram-se a cintilar e ele lambeu os beiços enquanto fitava a moça.

— Olhe. Dou-lhe duas moedas de prata pela menina e você então se livra dela.

Notando o olhar, a jovem correu para mim, agarrando-me o braço como se eu fosse única segurança que ela tivesse no mundo. Mas ao mesmo tempo proferiu uma torrente de palavras em sua língua sibilante. O engenheiro soltou uma gargalhada.

— Ela diz que se você tocar nela sem permissão será reencarnado numa rã. Mas antes disso, os homens da tribo dela virão abrir-lhe a barriga, arrancar-lhe as entranhas e enfiar uma lança em brasa no seu traseiro. Acho que seria melhor vendê-la, a preço razoável, a um homem mais experiente.

Por um momento tive vontade de dar a moça de graça ao engenheiro, mas depois tornei pacientemente a garantir que não queria tocar nela. Na realidade pensei em tratá-la como a um potro. A gente penteava a crina deles e protegia-lhes as costas com um cobertor nas noites de frio. Os antigos veteranos tinham o hábito de criar bichos de estimação para espantar o tédio. A menina seria melhor do que um cachorro porque poderia ensinar-me a língua dos bretões.

Não sei como o engenheiro interpretou minhas palavras, ou se de fato conhecia bastante a língua para transmitir o que eu dissera à moça. Desconfio que ele disse a ela que eu tinha tão pouca vontade de tocar nela como de acasalar-me com um cachorro ou um cavalo. Seja como for, ela se afastou apressada e começou a lavar o rosto com água da minha tina de madeira, para mostrar que não era nem cavalo nem cachorro.

Mandei o engenheiro embora e ofereci sabão à moça. Ela nunca vira tal coisa antes, e, para dizer a verdade, tampouco eu vira, até aquela noite que passei na cidade gaulesa de Lutécia, a caminho da Bretanha, e visitei a péssima casa de banhos de lá.

Foi no dia do aniversário da morte de minha mãe e, portanto, também do meu nascimento. Completei dezessete anos e ninguém me deu parabéns.

O escravo magro da terma me surpreendeu com o sabão suave e purificador que estava usando. Era uma sensação bem diferente daquela de ser esfregado com pedra-pomes. Lembrei-me do dinheiro que Túlia me havia dado e comprei ao mesmo tempo a liberdade para o escravo e o seu sabão por três moedas de ouro. Na manhã em que saí de Lutécia, dei permissão a ele de se chamar Minúcio. Os poucos pedaços de sabão que recebi em troca, eu os conservei bem escondidos, quando percebi que essa nova invenção despertava o desdém dos legionários.

Quando mostrei à moça como se usava o sabão, ela esqueceu seus temores, banhou-se e começou a pentear os cabelos. Friccionei-lhe os pulsos inchados com bom unguento e quando vi como suas vestes tinham sido dilaceradas pelos espinhos, fui ao mercador e comprei para ela roupa branca e uma capa de lã. Depois disso ela passou a seguir-me por toda a parte como um cão fiel.

Logo verifiquei que era mais fácil para mim ensinar latim a ela do que aprender eu mesmo a língua dos bárbaros. Durante as compridas noites escuras, ao pé do fogo, também tentei ensiná-la a ler. Mas fazia isso para meu próprio divertimento, escrevendo as letras na areia e deixando-que ela as copiasse. Os únicos livros existentes na guarnição eram o almanaque do centurião e o livro egípcio-caldaico dos sonhos, pertencente ao mercador, de modo que lamentei muito não ter trazido nada para ler. Ensinar Lugunda era uma compensação.

Suportei rindo a torrente de obscenidades dos veteranos, com relação à jovem na minha cabana. Eles não tinham más intenções. É mais provável que intimamente se perguntassem que tipo de feitiçaria eu empregara para domar a rapariga tão rapidamente. É claro que pensavam que eu dormia com ela, mas na verdade eu não tocava na moça, embora ela tivesse mais de treze anos.

À medida que a chuva gelada se amiudava e as estradas, normalmente ruins, se transformavam em lamaçais intransponíveis, e as poças de água amanheciam cobertas com uma enrugada camada de gelo, a vida no acampamento ia-se tornando cada vez mais estática e monótona. Dois jovens gauleses, que se haviam alistado na legião com o fito de obter a cidadania romana, ao fim de trinta anos de serviço, adquiriram o hábito de entrar em minha cabana de madeira, quando eu estava dando aulas a Lugunda, observar de boca aberta e repetir em voz alta as palavras latinas. Antes que me desse conta do que estava acontecendo, achei-me ensinando latim e escrita a ambos. Algum conhecimento de leitura e escrita é necessário para promoção na legião, pois nenhuma guerra pode ser travada sem as tabuinhas de cera.

Foi numa dessas aulas que Vespasiano me colheu de surpresa, em minha cabana de teto de relva, quando veio inspecionar a guarnição. Como era seu hábito, chegou inesperadamente e não permitiu que os guardas de serviço dessem o alarma, pois queria observar o acampamento como este era todos os dias. Achava que dessa maneira obtinha um comandante um quadro mais perfeito do moral da tropa, do que mediante uma visita previamente anunciada.

Eu estava lendo em voz alta o que dizia o esfarrapado livro egípcio-caldaico dos sonhos, quando alguém sonhava com um hipopótamo, e ia apontando cada palavra com o dedo, enquanto Lugunda e os jovens gauleses juntavam as cabeças e fitavam o livro, repetindo as palavras latinas depois de mim.

Vespasiano soltou tal gargalhada que se dobrou em dois, e bateu nos joelhos, enquanto as lágrimas lhe escorriam pela cara. Quase desfalecemos todos de susto, quando ele apareceu tão repentinamente atrás de nós. Tomamos posição de sentido e Lugunda ocultou-se às minhas costas. Mas pelo seu riso, compreendi que não estava com raiva,

Quando ele afinal se recompôs, olhou severamente para nós com o cenho franzido. A postura correta e as caras limpas dos jovens revelaram-lhe que eles eram soldados irrepreensíveis. Disse estar satisfeito de ver que queriam aprender latim e ler, em vez de se embebedarem nos momentos de folga.

Vespasiano chegou até ao ponto de contar-nos que vira com os próprios olhos um hipopótamo no anfiteatro de Roma, na época do Imperador Caio, e a descrever o tamanho do animal. Os gauleses naturalmente pensaram que ele estivesse inventando a história e riram com timidez, mas ele não se ofendeu e apenas ordenou-lhes que fossem buscar prontamente o equipamento para inspeção.

Convidei-o respeitosamente a entrar na cabana e pedi permissão para oferecer-lhe um pouco de vinho. Ele me assegurou que gostaria muito de repousar um instante, pois concluíra a inspeção e distribuíra serviço a todos. Encontrei o cálice de madeira de meu pai, que eu considerava meu melhor vaso para beber, e Vespasiano rodou-o na mão, curioso.

— Você tem direito de usar o anel de ouro, sabia? observou.

Expliquei que realmente possuía um cálice de prata, mas que prezava acima de tudo o cálice de madeira, pois o herdara de minha mãe. Vespasiano aprovou com a cabeça.

— Faz bem em honrar a memória de sua mãe — disse ele. — Eu mesmo herdei um velho e amassado cálice de prata de minha avó e bebo nele em todos os dias festivos, sem me incomodar com o que os outros pensam.

Tomou o vinho avidamente e eu de bom grado dei-lhe mais, muito embora já estivesse tão afeito à vida mesquinha da caserna, que não pude deixar de calcular quanto ele ganhava ao beber o meu vinho. Isto não era avareza. Eu aprendera que um legionário, com dez moedas de cobre ou dois e meio sestércios por dia, tinha de comprar comida, manter o uniforme em ordem e contribuir para a caixa da legião, que o socorreria, quando adoecesse ou fosse ferido.

Vespasiano balançou vagarosamente a cabeça enorme.

— Dentro em pouco a primavera estará aqui e dissolverá os nevoeiros da Bretanha. Então é bem possível que tenhamos muito trabalho. Aulo Pláucio está em preparativos para ir a Roma, celebrar o seu triunfo, e levará os soldados mais experimentados e com maior folha de serviços prestados. Veteranos prudentes prefeririam aceitar gratificações a palmilhar o longo caminho até Roma, em troca de uns poucos dias de festas e bebedeira. Entre os comandantes de legião, sou aquele cuja folha de serviços habilita a acompanhá-lo em primeiro lugar, em virtude da minha conquista da ilha de Vete. Mas alguém precisa ficar na Bretanha até que o Imperador nomeie novo comandante supremo, em substituição a Aulo Pláucio. Aulo me prometeu as insígnias de um triunfo, de qualquer modo, se eu concordar em ficar aqui.

Passava continuamente a mão pela testa:

— Enquanto eu ocupar o comando supremo não haverá pilhagens e adotaremos uma política de paz. Mas isso significa que teremos de cobrar impostos ainda mais altos de nossos aliados e súditos, para manter as legiões, o que fará com que se rebelem novamente. Tudo faz crer que isso não sucederá de imediato, pois Aulo Pláucio levará para Roma os reis, comandantes e outros reféns importantes. Lá, eles se acostumarão às comodidades de uma vida civilizada e seus filhos serão educados na escola do Palatino, mas em consequência disso serão abandonados por suas próprias tribos. De nossa parte, contaremos com uma pausa para tomar fôlego enquanto as tribos que lutam pelo poder põem fim a suas divergências. Mas se agirem com rapidez, os bretões terão tempo de desencadear uma rebelião a 24 de junho. Esta é a data de sua principal festa religiosa. Em geral, imolam os prisioneiros no altar comunal de pedra. E estranho, pois eles também adoram os deuses das regiões infernais e a Deusa das Trevas, sob a aparência de uma coruja. A coruja é o pássaro de Minerva.

Meditou nisso alguns instantes:

— A verdade é que bem pouco sabemos da Bretanha e de suas tribos, línguas, costumes e deuses. Temos alguns conhecimentos das estradas, dos rios, dos vaus, das montanhas, florestas, pastagens e dos locais onde se pode tomar um trago, pois a primeira obrigação de um bom soldado é descobrir esse tipo de coisas, de uma forma ou de outra. Há mercadores prósperos que viajam livremente entre povos hostis, enquanto outros são assaltados logo que põem os pés fora do território da legião. Há bretões civilizados que estiveram na Gália e até em Roma e que falam latim mascavado, mas nós não soubemos dar-lhes a acolhida que a sua condição exige. Num momento como este, se alguém recolhesse as informações imprescindíveis sobre os bretões, seus costumes e deuses, e escrevesse um livro digno de confiança sobre a Bretanha, tal trabalho seria mais útil a Roma do que a sujeição de todo um povo. O divino Júlio César pouco sabia dos bretões, mas acreditou em todas as informações vagas, assim como exagerou a importância de suas vitórias e esqueceu os erros cometidos, quando escreveu seu livro propagandístico sobre a guerra da Gália. Tornou a beber em meu cálice de madeira e ficou ainda mais animado.

— É claro que os bretões terminarão por adotar os costumes romanos e a cultura romana, mas começo a indagar a mim mesmo se não os civilizaríamos mais depressa conhecendo-lhes os hábitos e preconceitos, em vez de matá-los. Isto viria a calhar neste momento, quando desejamos a paz porque nossos melhores soldados vão deixar a Bretanha e estamos aguardando outro experimentado comandante supremo. Mas como você mesmo matou um bretão, suponho que quer tomar parte no triunfo de Aulo Pláucio, como a sua linhagem e sua ourela vermelha lhe dão o direito de fazer. É evidente que eu o recomendarei, caso queira ir. Assim, saberia que tenho pelo menos um amigo em Roma.

O vinho tornava-o melancólico:

— Tenho meu filho Tito, naturalmente, que está crescendo e brincando, ao lado de Britânico, no Palatino, e recebendo a mesma educação que o filho do Imperador. Assegurei para ele um futuro melhor do que aquele que eu mesmo posso esperar. Talvez ele possa afinal trazer paz à Bretanha.

Contei-lhe que provavelmente vira seu filho com Britânico, nos exercícios de. equitação, antes da festa do centenário. Vespasiano declarou que há quatro anos não via o filho e nem poderia ir vê-lo desta vez. Quanto ao outro filho, Domiciano, nem tivera oportunidade de o colocar nos joelhos, pois o menino era consequência do triunfo do Imperador Cláudio, e Vespasiano fora obrigado a regressar à Bretanha logo depois das comemorações.

— Muito barulho e nada mais — disse com amargura — todo aquele triunfo. Nada senão um louco desperdício de dinheiro para agradar à plebe em Roma. Não nego que eu também gostaria de galgar os degraus do Capitólio com uma coroa de louro na cabeça. Não há um comandante de legião que não tenha sonhado com isso. Mas é possível embriagar-se na Bretanha também, e é muito mais barato.

Afirmei que se ele achava que eu lhe poderia ser útil, teria o maior prazer em permanecer na Bretanha, sob seu comando. Não sentia grande desejo de participar de um triunfo que não alcançara. Vespasiano recebeu esta afirmação como um belo sinal de confiança e ficou visivelmente comovido.

— Quanto mais bebo neste seu cálice de madeira, mais gosto de você — disse ele, com os olhos marejados. — Espero que meu filho cresça como você. Vou lhe contar um segredo.

Confessou que aprisionara um sacerdote bretão e o ocultava de Aulo Pláucio, exatamente agora, quando Aulo estava reunindo prisioneiros para o cortejo triunfal e as batalhas no anfiteatro. Para oferecer ao povo um regalo especial, Aulo procurava com particular empenho um autêntico sacerdote bretão que imolasse prisioneiros num espetáculo público.

— Mas um verdadeiro druida jamais concordaria em fazer tal coisa só para agradar aos romanos — disse Vespasiano. — Para Aulo seria muito mais fácil vestir de sacerdote um bretão que pudesse passar por tal. O povo de Roma jamais notaria a diferença. Quando Pláucio for embora, penso em libertar o sacerdote e mandá-lo de volta à sua tribo, como prova de minhas boas intenções. Se você fosse bastante corajoso, Minuto, poderia acompanhá-lo e familiarizar-se com os costumes dos bretões. Com a ajuda dele, você poderia estabelecer laços de amizade com seus jovens nobres, pois tenho a secreta suspeita de que nossos prósperos mercadores adquiriram o hábito de comprar salvo-condutos aos druidas a preços elevados, se bem que não ousem confessá-lo.

Eu não sentia o menor desejo de imiscuir-me numa religião estrangeira e assustadora. Perguntava a mim mesmo que espécie de maldição era aquela que parecia seguir-me aonde quer que eu fosse, já que em Roma me vira obrigado a travar conhecimento com a superstição cristã. Mas uma confidência vale outra, pensei, e contei a Vespasiano o motivo real pelo qual viera dar com os costados na Bretanha. Ele achou muito divertido que a esposa de um comandante que alcançara um triunfo fosse julgada pelo marido por causa de uma superstição vergonhosa.

Mas, para mostrar que estava a par da bisbilhotice de Roma, disse:

— Conheço Pláucia Paulina pessoalmente. Que eu saiba, ela passou a não regular bem da cabeça, após permitir que um jovem filósofo, Sêneca, creio que é este o seu nome, e Júlia, irmã do Imperador César, se reunissem secretamente em sua casa. Eles foram degredados por isso e Júlia acabou perdendo a vida. Pláucia Paulina não pôde suportar a acusação de alcovitice, ficou temporariamente louca e, ao tomar luto, retirou-se para a solidão. Naturalmente uma mulher dessas tem ideias extravagantes.

Lugunda estivera todo esse tempo agachada num canto da cabana, fitando-nos atentamente, sorrindo quando eu sorria e assumindo um ar apreensivo quando eu estava sério. Vespasiano olhava distraído para ela de vez em quando e, de súbito, disse:

— Em geral, as mulheres têm ideias engraçadas. Um homem nunca pode estar certo do que elas têm na cabeça. O divino César colheu impressão errada sobre as mulheres bretãs, mas a verdade é que não tinha especial respeito pelas mulheres. Acho que há mulheres boas e mulheres más, sejam bárbaras ou civilizadas. Para o homem, não há maior felicidade do que a amizade de uma boa mulher. Essa selvagem que você tem aqui parece uma criança, mas pode ser-lhe mais útil do que você supõe. Provavelmente, você não sabe que a tribo icena me procurou com ofertas para comprar a menina de volta. Habitualmente os bretões não fazem tais coisas. Normalmente admitem que os membros de sua tribo que caem nas mãos dos romanos estão perdidos para sempre.

Com certa dificuldade conversou com a moça na língua icena e pouco entendi do que dissera. Mas Lugunda pareceu confusa e arrastou-se para mais perto de mim, como se buscasse proteção. Respondeu a Vespasiano timidamente, a princípio, e depois com maior animação até que ele balançou a cabeça e voltou-se outra vez para mim.

— Esta é outra coisa desesperadora a respeito dos bretões — disse ele. — Os indivíduos que habitam a costa meridional falam uma língua diferente da das

100

tribos do interior, e as tribos do norte não entendem nada do dialeto dos sulistas. Mas a sua Lugunda foi escolhida, desde a infância pelos sacerdotes para ser uma sacerdotisa da lebre. Pelo que me é dado saber, os druidas acreditam que podem reconhecer numa criança, mesmo na mais tenra infância, se ela convém aos propósitos deles e se pode ser educada para o sacerdócio. Isso é necessário, pois há druidas de muitos graus e postos diferentes, de modo que têm de estudar-lhes as vidas. Entre nós, o cargo de sacerdote é quase uma honra política, mas entre eles os sacerdotes são médicos, juízes e até mesmo poetas, na medida em que se pode dizer que os bárbaros cultivam a poesia.

Pareceu-me que Vespasiano não era, de modo algum, tão rude e ignorante quanto de fazer crer. Dava a impressão de representar esse papel a fim de pôr a nu a presunção de outras pessoas.

Para mim era uma novidade que Lugunda tivesse sido assinalada como uma druidesa. Sabia que ela não podia comer carne de lebre sem vomitar e não tolerava que eu apanhasse lebres em armadilhas, mas presumi que isso não passasse de algum capricho bárbaro, de vez que as diferentes famílias e tribos bretãs têm diversos animais sagrados, do mesmo modo que o sacerdote de Diana, em Nemi, não pode tocar ou sequer olhar para um cavalo.

Depois de falar outra vez com Lugunda, Vespasiano soltou uma gargalhada e deu uma palmada nos joelhos:

— A menina não quer voltar a tribo, mas quer ficar com você. Diz que você está ensinando a ela mágicas que nem mesmo os seus sacerdotes conhecem. Por Hércules, ela pensa que você é algum santo, já que não tentou tocar nela.

Respondi aborrecido que não era nenhum santo. Apenas estava comprometido por certa promessa e, de mais a mais, Lugunda era uma criança. Vespasiano olhou-me de soslaio, passou a mão pela cara larga e comentou que nenhuma mulher é totalmente infantil.

— Não posso forçá-la a voltar para a sua tribo — disse ele, após refletir por um instante. — Acho que vamos deixá-la consultar a sua lebre a esse respeito.

No dia seguinte Vespasiano procedeu à inspeção normal do acampamento, falou aos soldados em sua linguagem crua e explicou que a partir daquele momento teriam de contentar-se com estourar o próprio crânio e abster-se de caçar bretões.

— Estais me entendendo, bobalhões? Cada bretão é vosso pai e irmão, cada megera bretã é vossa mãe e até mesmo a donzela mais tentadora é vossa irmã. Ide ao encontro deles. Acenai com vossos ramos verdes quando os avistardes, dai-lhes presentes, dai-lhes comida e bebida. Sabeis muito bem que as normas da guerra punem a pilhagem individual com a morte na fogueira. Pois bem, tomai cuidado para que eu não tenha de arrancar-vos o couro a fogo.

— Mas — continuou sombrio, olhando-os com ar ameaçador — eu vos arrancarei o couro ainda mais se permitirdes que um bretão vos roube um só cavalo ou mesmo uma espada. Lembrai-vos de que eles são bárbaros. Compete a vós civilizá-los com brandura e ensinar-lhes os vossos próprios costumes. Ensinai-os a jogar dados e a jurar pelos deuses romanos. Esse é o primeiro passo para a cultura superior. Se um bretão vos esbofetear a face, oferecei-lhe a outra. Já ouvi

101

mesmo falar de uma nova superstição que manda proceder desse modo. Acreditai se quiserdes. Contudo, não volteis a outra face com demasiada frequência, mas liquidai as vossas divergências com os bretões por meio da luta romana, da corrida de obstáculos ou dos jogos de bola, à maneira bretã.

Raramente ouvi os legionários rir tanto como durante o discurso de Vespasiano. As fileiras oscilavam de regozijo e um soldado deixou cair o escudo na lama. Para castigá-lo, o próprio Vespasiano fustigou-o com um bastão emprestado pelo centurião, o que arrancou novas gargalhadas. Finalmente Vespasiano fez oferendas rituais no altar da guarnição, com tamanha dignidade e piedade, que não houve mais riso. Imolou tantos novilhos, carneiros e porcos que todos compreenderam que pelo menos uma vez iriam fartar-se de carne assada gratuita, e todos nós nos maravilhamos com os presságios favoráveis.

Após a inspeção, ele me mandou comprar lebres vivas a um veterano que as criava, como faziam os bretões, em gaiolas, por divertimento. Vespasiano enfiou a lebre debaixo do braço, e nós três ele, Lugunda e eu — deixamos o acampamento e nos internamos na mata. Ele não trouxe guarda, pois era um homem destemido e ambos estávamos armados, já que acabávamos. de sair da inspeção. Na mata, ele segurou a lebre pelas orelhas e entregou-a a Lugunda que, com mão experiente, colocou-a sob a capa e começou a procurar um local apropriado. Sem nenhuma razão aparente, a moça nos levou tão longe na mata, que desconfiei de uma emboscada. Um corvo levantou voo à nossa frente, mas felizmente virou para a direita.

Lugunda estacou enfim perto de um enorme carvalho, olhou em redor mais uma vez, assinalou no ar, com a mão, os pontos do horizonte, arremessou para o alto um punhado de bolotas apodrecidas, observou onde caíram e depois entoou um sortilégio tão prolongado que comecei a sentir sono. Inesperadamente, arrancou a lebre de dentro das vestes, atirou-a para o ar e inclinou-se para a frente, os olhos negros de emoção, enquanto seguia os movimentos do animal, A lebre saiu correndo aos pinotes na direção noroeste e desapareceu na floresta. Lugunda desmanchou-se em lágrimas, lançou os braços em volta do meu pescoço e me apertou com força, soluçando.

— Você mesmo escolheu a lebre, Minuto — disse Vespasiano, como a desculpar-se. — Não tenho nenhuma responsabilidade nisso. Se não estou enganado, a lebre indica que Lugunda deve regressar à tribo sem demora. Se o animal não corresse e se escondesse numa moita, isso significaria um mau augúrio e impediria a moça de ir embora. Acho que entendo um pouco da arte dos bretões de predizer por meio de lebres icenas.

Lugunda acalmou-se, sorriu e agarrou-me a mão, beijando-a várias vezes.

— Apenas prometi a ela que você a levaria para o território iceno — explicou Vespasiano, impassível. Consultemos agora outros augúrios, para saber se você não precisa ir imediatamente, antes de conhecer meu prisioneiro druida. Tenho a impressão de que você é um rapaz bastante arrojado para sair por aí como um sofista ambulante, colhendo para seu próprio proveito a sabedoria de diferentes países. Sugiro que se vista com pele de cabra. A moça testemunhará que você é um santo e o druida lhe dará proteção. Eles cumprem suas promessas, desde que

102

as façam de determinado modo, em nome dos seus próprios deuses das regiões infernais. Se não as cumprirem, teremos de pensar em outro meio de garantir a cooperação pacífica.

Dessa maneira, Lugunda e eu fomos com Vespasiano para o acampamento da legião principal, quando ele retornou de sua viagem de inspeção. Quando partimos, verifiquei com surpresa que muitos dos homens da guarnição se tinham ligado a mim durante o inverno. Deram-me presentes de recomendaram-me que nunca cuspisse no prato em que havia comido e asseguraram que corria em minhas veias legítimo sangue de lobo, embora eu falasse grego. Foi com tristeza que me separei deles.

Quando chegamos ao acampamento principal, esqueci de fazer continência de maneira adequada para a Águia da legião.

Vespasiano bramiu de cólera, ordenou que me tirassem as armas com ignomínia e me atirassem numa cela escura. Fiquei totalmente aturdido com essa severidade, até que me dei conta de que na cela teria oportunidade de conhecer o druida prisioneiro. Ele ainda não tinha trinta anos, mas era um homem notável sob todos os aspectos. Falava latim muito bem e trajava como um romano. Não fez segredo do fato de ter sido capturado a caminho de casa, vindo da Gália ocidental, quando o navio foi impelido por uma tempestade para a costa guardada pelos romanos.

— O comandante Vespasiano é um homem inteligente — disse, sorrindo — Praticamente ninguém mais entre vocês teria descoberto que eu era um druida, ou mesmo um bretão, porque não pinto o rosto de azul. Ele prometeu salvar-me de uma morte dolorosa no anfiteatro de Roma; isso porém não basta para obrigar-me a fazer o que ele pede. Faço apenas aquilo que me ditam meus verdadeiros sonhos e presságios. Inconscientemente, ele está realizando um desejo maior do que o seu ao salvar-me a vida. Não tenho medo de uma morte dolorosa, tampouco, pois sou um iniciado.

Eu tinha uma estilha no polegar e minha mão inchou bastante na cela. O druida retirou a estilha sem magoar-me, limitando-se a apertar-me o pulso com a outra mão. Depois de arrancar a estilha com um alfinete, conservou minha mão quente e dolorida, durante longo tempo, entre as suas. Na manhã seguinte, todo o pus tinha saído e a mão não revelava marca nenhuma da estilha.

— Seu comandante — disse ele — provavelmente compreende melhor do que a maioria dos romanos que a guerra agora é entre os deuses de Roma e os deuses da Bretanha. Por isso, trata de negociar uma trégua entre os deuses e desse modo age de maneira muito mais sensata, do que se tentasse politicamente unir todas as nossas diferentes tribos num tratado com os romanos. Nossos deuses podem permitir-se uma trégua, porquanto nunca morrem. Augúrios dignos de confiança dizem-nos, porém, que os deuses de Roma, em breve, estarão mortos. Assim, a Bretanha nunca estará totalmente sob o domínio de Roma, por mais hábil que Vespasiano se imagine. Mas todos devem, sem dúvida, acreditar nos próprios deuses.

Procurou também defender os horríveis sacrifícios humanos que faziam parte de sua crença.

— O preço de uma vida é outra vida — explicou. — Se um homem importante adoece, para curar-se sacrifica um criminoso ou um escravo. A morte não significa

103

a mesma coisa para nós e para vocês, romanos, pois nós sabemos que renasceremos sobre a terra, cedo ou tarde. Assim, a morte é apenas uma mudança de tempo e espaço e nada mais do que isso. Não diria que todos renascem, mas um iniciado sabe que renascerá numa posição que é digna dele. Portanto, para ele, a morte nada mais é do que um sono profundo do qual tem certeza que despertará.

Mais tarde, Vespasiano libertou oficialmente o druida, que havia tomado para escravo, pagou o competente imposto à caixa da legião e lhe deu permissão de usar seu outro nome de família, Petro, indicando-lhe gravemente os deveres para com o ex-senhor, de acordo com o Direito romano. Em seguida, deu-nos três mulas e mandou-nos cruzar o rio, rumo ao território iceno. Na cela eu deixara crescer o cabelo e a barba loura, e quando deixamos o acampamento eu ia metido em peles de cabra, embora Petro zombasse de todas essas medidas acauteladoras.

Logo que alcançamos a proteção da floresta, ele jogou seu bastão de liberto nas moitas e soltou um horripilante grito de guerra bretão. Num momento vimo-nos rodeados de uma multidão de icenos pintados de azul e armados. Mas eles não fizeram mal nem a Lugunda nem a mim.

Juntamente com Petro e Lugunda viajei em lombo de mula, desde o começo da primavera até o coração do inverno, por entre as diversas tribos da Bretanha, alcançando regiões tão longínquas como o país dos brigantes. Petro não poupou esforços para instruir-me em todos os costumes e crenças dos bretões, exceto nos segredos dos iniciados. É desnecessário descrever aqui toda a minha viagem, pois contei tudo no livro sobre a Bretanha,

Devo confessar que não foi senão vários anos depois que me dei conta de ter andado numa espécie de deslumbramento durante todo esse tempo. Se isso decorreu de algum secreto influxo de Petro ou Lugunda, ou simplesmente da minha juventude, não sei dizer. Mas creio que tudo me pareceu mais maravilhoso do que era na realidade e fiquei fascinado pelo povo e seus costumes, que mais tarde não apreciei tanto como da primeira vez. Não obstante, desenvolvi-me e aprendi tanto que seis meses depois era bem mais velho do que a minha idade.

Lugunda permaneceu com sua tribo no território iceno, a fim de se dedicar à criação de lebres, ao passo que eu fui passar os meses mais sombrios em Londres, na parte romana do país, onde iria escrever o relato da minha viagem. Lugunda naturalmente queria acompanhar-me, mas Petro esperava que eu retornasse ao território iceno e logrou convencê-la de que isso teria mais probabilidade de ocorrer se ela ficasse com a família — que, pelos padrões da Bretanha, era nobre.

Vespasiano não me reconheceu quando apareci diante dele com listas azuis no rosto, envolto em peles caras e com anéis de ouro nas orelhas. Dirigi-me a ele em tom protocolar, na língua icena, e fiz com a mão o mais simples dos sinais druídicos que Petro me permitira usar, para que não corresse perigo em minha viagem de regresso.

— Sou Ituna — disse eu — do país dos brigantes, irmão de sangue do romano Minuto Lauso Maniliano. Trago-lhe uma mensagem dele, que se deixou conduzir ao reino dos mortos, a fim de obter para você um augúrio propício. Agora não pode voltar à terra em sua forma original, mas prometi custear-lhe uma placa funerária com inscrição romana. Pode recomendar-me um bom pedreiro?

— Por todos os deuses dos infernos e Hécate também — bradou Vespasiano, estupefato. — Minuto Maniliano está morto? E agora, que vou dizer ao pai dele? — Quando meu sábio e talentoso irmão de sangue morreu por você, viu um hipopótamo no rio — continuei. — Isso significa um reino perene que nenhum poder terreno é capaz de impedir. Flávio Vespasiano, os deuses da Bretanha testemunham que você, antes de morrer, curará os doentes com o toque de suas mãos e será exaltado como deus no país dos egípcios.

Só então Vespasiano me reconheceu e soltou uma gargalhada, ao lembrar-se do livro egípcio-caldaico dos sonhos.

— Quase tive uma síncope — bradou. — Mas que disparate é esse que você está dizendo?

Contei-lhe que tivera de fato um sonho desse tipo a respeito dele, depois de permitir que um sumo sacerdote dos druidas me pusesse num estado hipnótico lá no país dos brigantes.

— Mas se tem algum significado, não sei — admiti judiciosamente. — Talvez eu tenha ficado tão assustado, naquela vez em que você me surpreendeu, quando eu estava lendo a história do hipopótamo, no livro dos sonhos, ao lado de Lugunda, que o hipopótamo reapareceu no meu sono, enquanto eu sonhava com o Egito. O sonho era tão nítido que eu poderia descrevê-lo, assim como o templo diante do qual se desenrolou. Você estava sentado, gordo e calvo, num trono de juiz. Havia muita gente em torno. Um cego e um aleijado pediam-lhe que os curasse. A princípio você se recusava, mas afinal consentiu em cuspir nos olhos do cego e bater com o calcanhar na perna do coxo. O cego logo recuperou a vista e a perna do aleijado ficou boa. Vendo isto, a multidão trouxe pães sacrificatórios e nomeou-o deus.

O riso de Vespasiano foi cordial, mas um tanto forçado.

— Faça o que fizer, não conte a ninguém esse sonho, mesmo por troça — advertiu-me. — Prometo lembrar-me dos remédios que mencionou, se algum dia me vir em tal aperto. Mas é mais provável que quando for um velho desdentado, eu seja, no interesse de Roma, um simples comandante de legião na Bretanha.

Não estava totalmente sério ao dizer isso, pois vi que usava um ornamento triunfal na túnica. Felicitei-o, mas Vespasiano assumiu um ar lúgubre e contou-me que a última notícia de Roma era que o Imperador Cláudio havia mandado matar sua jovem esposa Messalina e, chorando amargamente, jurara, diante da Guarda Pretoriana, que nunca mais casaria outra vez.

— Soube de fonte segura que Messalina se tinha separado de Cláudio, para desposar o Cônsul Sílio, com quem já passava grande parte do tempo — contou Vespasiano. — Casara-se quando Cláudio estava fora da cidade. O objetivo era ou fazer ressurgir a República ou aclamar Sílio Imperador, com a aprovação do Senado. É difícil saber o que aconteceu, mas os libertos de Cláudio, Narciso, Palas e os outros parasitas, abandonaram Messalina e levaram Cláudio a acreditar que sua vida corria perigo. Durante a boda, porém, os conspiradores cometeram a tolice de se embriagar para comemorar a vitória. Cláudio regressou à cidade e conseguiu atrair a si a Guarda Pretoriana. Então numerosos senadores e cavaleiros foram executados e só alguns tiveram permissão de suicidar-se. Por aí se vê que a conspiração ganhara terreno e fora cuidadosamente preparada.

105

— Que história horrorosa! — exclamei. — Antes de sair de Roma, ouvi dizer que os libertos do Imperador ficaram apavorados quando seu colega Políbio foi executado, por ordem de Messalina. Mas nunca pude acreditar em todas as monstruosidades atribuídas a Messalina. Tinha até mesmo a impressão de que se espalhavam propositadamente essas histórias com o fito de denegrir a reputação dela.

Vespasiano coçou a cabeçorra e me olhou de viés:

— Na verdade não sou competente para falar. Não sou mais do que um Comandante de legião e vivo aqui como se estivesse dentro de um saco de couro, sem saber o que está realmente acontecendo. Dizem que cinquenta senadores e uns duzentos cavaleiros foram executados em virtude da conspiração. Preocupa-me sobretudo meu filho Tito, que foi entregue aos cuidados de Messalina, para ser educado ao lado de Britânico. Se Cláudio acreditou em todas as maldades assacadas contra a mãe de seu filho, então é possível que esse velho caprichoso se tenha voltado também contra as crianças.

Em seguida, não falamos de outra coisa senão das tribos e reis bretões que eu tinha conhecido, graças a Petro. Vespasiano mandou-me escrever um minucioso relato de minhas viagens, mas de modo algum pagou papel, tinta e penas egípcias, para não falar de minha estada em Londres. Na verdade, não recebi soldo algum e já não figurava nas listas de chamada da minha própria legião, de modo que me senti muito só e abandonado naquele inverno gelado e brumoso.

Aluguei um quarto, na casa de um mercador gaulês de trigo, e pus-me a escrever, mas descobri que não era tão fácil quanto imaginara. Não se tratava de comentar ou rever trabalhos mais antigos, mas de descrever minhas próprias experiências. Desperdicei muito papel caro e andei angustiado, acima e abaixo, nas margens do caudaloso rio Tâmisa, protegendo-me com peles e roupas de lã, contra o vento gélido. Ao retornar de uma viagem de inspeção, Vespasiano determinou que me apresentasse e leu o que eu havia escrito. Quando acabou, olhou-me perplexo:

— Não tenho capacidade para julgar literatura, e como tenho grande respeito pelos homens de letras, nem tento. Mas isto me dá a impressão de que você quer abarcar o mundo com as pernas. Você escreve maravilhosamente, mas acho que precisa resolver se está escrevendo um poema ou um relato objetivo da geografia, das religiões e das tribos bretãs. Naturalmente é agradável ler sobre o verde dos campos que você viu na Bretanha, os freixos em flor e o canto das aves no começo do verão, mas, para soldados ou comerciantes, esse tipo de informação não tem muita utilidade. Além disso, você confia demais nas narrativas dos druidas e bretões nobres, concernentes à linhagem de suas tribos e às origens divinas dos reis. Descreve tão bem os seus méritos e nobres virtudes que a gente pensaria até que você esqueceu que era um romano. Eu, se fosse você, não censuraria o divino Júlio César, nem diria que ele nunca logrou conquistar a Bretanha, mas foi forçado a fugir das costas bretãs sem concluir sua missão. Sem dúvida, o que você diz, aliás com certo fundamento, exalta a glória do Imperador Cláudio, quando ele, graças às guerras tribais dos bretões, conseguiu pacificar boa parte do país. Mas não é boa coisa insultar publicamente o divino Júlio César. Você devia saber disso.

Enquanto ele falava dessa maneira paternal, meu coração começou a palpitar, e percebi que, ao escrever, eu me transportara do sombrio inverno e da minha própria solidão para um verão irreal em que esqueci as provações sofridas e recordei apenas as coisas belas. Senti falta de Lugunda, enquanto estive escrevendo e, em virtude da convivência fraternal com os brigantes, senti-me mais bretão do que romano. Como todos os autores, não gostei de ouvir essa crítica e fiquei profundamente ofendido.

— Lamento ter ficado aquém de sua expectativa — disse eu. — Seria melhor juntar as minhas coisas e voltar para Roma, enquanto é possível cruzar o canal para a Gália, nas tempestades do inverno.

Vespasiano colocou o punho largo em meu ombro e disse com brandura: Você é moço ainda. Por isso eu lhe perdoo a suscetibilidade. Talvez seja melhor para você acompanhar-me numa viagem de inspeção a Colchester, a cidade dos veteranos. Depois lhe darei uma coorte por alguns meses, de modo que, como prefeito, você receberá toda a instrução militar de que carece. Seus irmãos bretões hão de respeitá-lo mais ainda quando você os visitar na primavera. Então, no outono, poderá reescrever seu livro.

Desse modo, recebi meu posto de tribuno no mesmo ano, se bem que tivesse apenas dezoito anos. Isso me afagou a vaidade e fiz o possível para mostrar-me à altura do cargo, embora o serviço ativo, no inverno, se limitasse a inspeções da guarnição, trabalhos de construção e exercícios de marcha. Algum tempo depois recebi de meu pai uma boa soma de dinheiro e esta carta:

Marco Mezêncio Maniliano saúda seu filho Minuto Lauso. Neste momento já terás sabido das mudanças ocorridas em Roma. Com o fito de recompensar mais cabalmente minha mulher Túlia, pelos serviços que prestou, ao denunciar a conspiração, mais do que para premiar os meus próprios serviços, o Imperador Cláudio outorgou-me o privilégio de usar a larga faixa púrpura. Agora tenho assento na Cúria. Comporto-me com o decoro exigido pelo cargo. Estou te enviando uma ordem de pagamento a sacar em Londres. Conta-se aqui que os bretões fizeram de Cláudio deus e lhe erigiram um templo com uma coberta de turfa. Seria conveniente que levasses uma adequada oferenda votiva ao templo. Tia Lélia, pelo que sei, está bem. Teu liberto, Minúcio, está morando com ela no momento e fabricando, para vender, sabão gaulês. Túlia manda lembranças. Bebe à minha saúde no cálice de tua mãe.

Eis então meu pai feito senador, coisa que nunca me teria passado pela cabeça. Já não me surpreendia que Vespasiano tivesse tanta pressa em promover-me a tribuno. O que acontecera em Roma chegara mais depressa ao seu conhecimento do que ao meu. Fiquei amargurado, e meu respeito pelo Senado diminuiu consideravelmente.

Seguindo o conselho de meu pai, fui ao templo de madeira que os bretões haviam construído em Colchester, em honra de Cláudio, e depositei uma gravura de madeira, pintada com cores vivas, como oferenda votiva. Não ousei dar uma coisa mais valiosa já que as próprias dádivas dos bretões eram objetos sem importância: escudos, armas, panos e vasos de barro. Vespasiano não dera mais do que uma espada partida, a fim de não ofender os reis bretões com sua oferenda de muito valor.

Quando o inverno começou, desfiz-me alegremente das insígnias e da armadura romana, fiz umas listas azuis na cara e atirei aos ombros o colorido manto de honra dos brigantes. Vespasiano fingiu que não podia permitir que o filho de um senador romano se expusesse a ser assassinado pelos selvagens bretões nas florestas, mas sabia muito bem que, sob a proteção dos druidas, eu viajaria com maior segurança em todos os territórios bretões do que se estivesse andando nas ruas de Roma.

Com indiferença, prometi que seria responsável por mim mesmo e por minha manutenção. A vaidade fez-me pensar em levar meu cavalo, a fim de exibir-me diante dos rapazes nobres da Bretanha, mas Vespasiano opôs-se terminantemente e elogiou, como de costume, a resistência das mulas no solo bretão.

Mandara crucificar um negociante de cavalos que tentara desembarcar um navio cheio deles, trazidos clandestinamente da Gália, para vender a preços extorsivos aos bretões. Meu garanhão, disse ele, seria uma tentação muito forte para os habitantes do país. Em vão vinham eles procurando melhorar a raça de seus cavalinhos, depois de terem experimentado a superioridade da cavalaria romana sobre seus carros de batalha.

Assim, tive de contentar-me em comprar presentes apropriados para meus anfitriões. Antes de mais nada, abarrotei minhas mulas de vasos de vinho, pois os nobres bretões eram talvez mais dados ao vinho do que os legionários. Naquele verão, passei o dia mais longo do ano reverenciando ao Deus Sol, no templo redondo de pedras gigantescas.

Descobri ornamentos de ouro e âmbar, num túmulo antigo, e empreendi uma excursão às minas de estanho, em cujo ancoradouro aportavam os cartagineses centenas de anos antes para comprar esse metal.

Minha maior surpresa foi Lugunda, que durante o inverno se transformara de menina em moça. Encontrei-a em sua granja, envolta no manto brando de sacerdotisa da lebre, com um diadema de prata nos cabelos. Os olhos brilhavam como os de uma deusa. Nosso cumprimento foi um abraço, mas logo nos separamos, atônitos, e não ousamos mais tocar um no outro. Sua tribo não lhe permitiu acompanhar-me nas viagens daquele verão. Na realidade, foi para fugir dela que deixei o território iceno. Era nela que eu pensava à noite, ao adormecer, e de manhã, ao acordar, independentemente da minha vontade.

Regressei de minhas viagens mais depressa do que pretendia, só para vê-la, mas isso não me trouxe nenhuma alegria, Pelo contrário, após o prazer inicial do reencontro, pusemo-nos a altercar, com motivo ou sem ele, e nos magoávamos tão amargamente que eu ia dormir odiando-a de todo o coração, convencido de que não queria vê-la nunca mais. Mas quando ela tornava a sorrir, e vinha com sua lebre favorita e passava-a para as minhas mãos, eu me rendia inteiramente.

108

Era difícil recordar que eu era um cavaleiro romano, que meu pai era senador e que eu tinha o direito de usar o manto vermelho de tribuno.

Roma parecia distante e irreal, quando eu me sentava na relva, em pleno estio bretão, com sua lebre arisca nos braços.

De repente, ela encostava o rosto no meu, arrebatava a lebre dos meus braços e, com os olhos brilhantes, acusava-me de atormentá-la intencionalmente. Segurando a lebre, as bochechas em fogo, ela me fitava de modo tão provocador que eu lamentava não ter-lhe dado boa surra, no tempo em que a tivera em meu poder, no acampamento.

Nos seus dias de amabilidade, levava-me a ver as vastas pastagens de seus pais e mostrava-me o gado, os campos lavrados e as aldeias. Também me levava ao almoxarifado e me exibia os tecidos, ornamentos e objetos sagrados, que passavam de mãe a filha, em sua família.

— Não gosta da terra icena? — perguntava para me provocar. — Não é bom respirar este ar? Não lhe agradam o nosso pão de trigo e a nossa cerveja espessa? Meu pai lhe daria muitas parelhas de cavalos e carros ornados de prata. Bastaria pedir e receberia a terra que pudesse percorrer num dia.

No dia seguinte dizia:

— Fale-me de Roma. Gostaria de andar em ruas calçadas, ver grandes templos com salões cheios de colunas e troféus guerreiros de todos os países, conhecer as mulheres que são diferentes de mim, adquirir novos hábitos, pois a seus olhos sou evidentemente apenas uma moça inculta.

Nos momentos de franqueza, dizia:

— Lembra-se como me tomou nos braços, numa noite fria de inverno, em sua cabana de madeira, e me aqueceu com seu corpo, quando eu estava com saudade de casa? Agora estou em casa e os druidas me fizeram sacerdotisa. Você não faz ideia da grande honra que isso representa, mas no momento eu preferia estar naquela cabana de madeira, segurando a sua mão e ouvindo-o ensinar-me a ler e escrever.

Eu era ainda tão inexperiente que não entendia meus próprios sentimentos nem o que acontecera entre nós. Deles fui informado, pelo druida Petro, a quem Vespasiano havia concedido a liberdade e que no outono regressara de uma ilha secreta, onde fora iniciado num grau ainda mais alto do sacerdócio. Ele observara os nossos jogos, sem que eu soubesse, e depois sentara-se no chão, cobrindo os olhos com as mãos e curvando-se para a frente, em êxtase religioso. Não ousamos despertá-lo, pois ambos sabíamos que, em sonhos, ele vagueava pelas regiões do outro mundo. Mas esquecemos as nossas brigas e sentamo-nos num cômoro diante dele, esperando que acordasse.

Quando voltou a si, encarou-nos com um olhar que parecia vir de outro mundo.

— Você, Minuto — disse ele — tem a seu lado um animal enorme, semelhante a um cachorro, e um homem. Lugunda só conta com a proteção de sua lebre.

— Não é um cachorro — falei, indignado. — É um verdadeiro leão. Mas é claro que você mesmo nunca viu um animal tão nobre como esse. Por isso perdoo o seu engano.

— Seu cachorro — continuou Petro, impassível — perseguirá a lebre até à morte. Então o coração de Lugunda se partirá e ela morrerá, se você não for embora em tempo.

109

— Não desejo mal algum a Lugunda — disse eu, surpreso. — Estamos apenas nos divertindo como irmão e irmã.

— Como se um romano pudesse partir meu coração — riu Lugunda, com desdém. — O cachorro dele vai correr até perder o fôlego. Não gosto de sonhos desagradáveis, Petro. E Ituna não é meu irmão.

— É melhor que eu converse com ambos sobre essa questão — disse Petro. — Primeiro com você, Minuto, e depois com Lugunda. Lugunda pode ir cuidar de suas lebres nesse intervalo.

Lugunda fitou-nos, os olhos amarelos de raiva, mas não se atreveu a contestar a ordem do druida. Petro continuou sentado de pernas cruzadas, apanhou um graveto e começou distraidamente a riscar com ele o chão.

— Um dia os romanos serão atirados de volta ao mar disse ele. — A Bretanha é a terra dos deuses das regiões infernais, e os deuses celestiais nunca poderão dominá-los enquanto a terra existir. Mesmo que os romanos derrubem nossos bosques sagrados, destruam nossas sagradas lajes de pedra, construam estradas e ensinem seus métodos agrícolas às tribos que tiverem subjugado. para transformá-las em escravas, mesmo assim, os romanos serão devolvidos ao mar um dia, quando o momento for oportuno. Bastará apenas um homem, um homem que convença as tribos independentes a se unirem e combaterem juntas e que conheça a arte bélica romana.

— Por isso é que temos quatro legiões aqui — disse eu. — Ao fim de uma ou duas gerações, a Bretanha será um país civilizado com a paz romana.

Uma vez expostos desse modo os nossos respectivos pontos de vista, não havia mais nada a dizer sobre a questão.

— O que quer de Lugunda, Ituna Minuto? perguntou Petro.

Olhou-me severo. Baixei a vista e senti vergonha.

— Pensou alguma vez em contrair um matrimônio bretão com ela e dar-lhe um filho? — indagou Petro. — Não se assuste. Esse casamento não seria válido no Direito romano e não o impediria de deixar a Bretanha quando bem entendesse. Lugunda ficaria com o filho e teria uma lembrança permanente de você. Mas se continuar a divertir-se com ela, como faz atualmente, ela sofrerá terrivelmente quando você for embora.

Assustei-me só de pensar num filho, ainda que no íntimo já tivesse admitido o que era que queria de Lugunda.

— "Onde estiveres, aí estarei também", dizem os romanos— falei. — Não sou um marujo aventureiro, nem um mercador ambulante, que casa aqui e ali, de acordo com os próprios desejos. Não quero fazer isso com Lugunda.

— Lugunda não se cobriria de opróbrio aos olhos dos pais ou da tribo — disse Petro. — Seu único defeito, Minuto, é ser romano. Aí é que está a diferença. Entre nós, as mulheres têm toda a liberdade e todo o direito de escolher os maridos que quiserem e até mesmo de os mandar embora, se não estiverem satisfeitas. Uma sacerdotisa da lebre não é uma Virgem Vestal que, ao que dizem em Roma, deve comprometer-se a permanecer solteira.

— Dentro em pouco irei embora para minha pátria — afirmei categórico. — De outro modo, a Bretanha me parecerá muito apertada.

110

Mas Petro conversou com Lugunda também. Naquela noite ela veio ver-me, envolveu-me o pescoço com os braços, cravou os olhos cor de âmbar nos meus e tremeu nos meus braços.

— Minuto Ituna — disse ela, baixinho — você sabe que sou sua só. Petro diz que você vai embora para nunca mais voltar. É de cortar o coração. Seria realmente vergonhoso para você casar comigo, à nossa maneira, antes de ir? Gelei.

— Vergonhoso não seria — disse eu, com a voz trêmula. — Apenas seria desleal para com você.

— Leal ou desleal — disse Lugunda — que importância tem isso, quando sinto seu coração palpitar no peito com a mesma violência do meu?

Pus minhas mãos em seus ombros e afastei-a de mim:

— Fui educado na crença de que é mais virtuoso dominar-me do que entregar-me e tornar-me escravo dos meus desejos — disse eu.

— Sou uma legítima presa de guerra e sua escrava — disse Lugunda, com obstinação. — Você tem o direito de fazer o que quiser de mim. Você nem mesmo concordou em receber o dinheiro do resgate que meus pais lhe ofereceram no verão passado.

Balancei a cabeça, incapaz de falar.

— Leve-me com você quando partir — implorou, então, Lugunda. — Vou para onde você quiser ir. Deixarei minha tribo e até mesmo minhas lebres. Sou sua serva, sua escrava, queira ou não queira.

Ajoelhou-se diante de mim:

— Se pelo menos você soubesse o que essas palavras significam para o seu orgulho, ficaria aterrorizado, romano Minuto — disse ela.

Mas eu estava possuído pelo sentimento varonil de que, sendo o mais forte, devia protegê-la contra a fraqueza. Tratei de explicá-lo o melhor que pude, mas minhas palavras foram impotentes contra sua cabeça obstinadamente abaixada. Por fim, ela se levantou e me encarou como se eu fosse um perfeito desconhecido.

— Você me ofendeu profundamente — disse, com frieza — e nunca saberá até que ponto. Daqui por diante eu o odiarei e a todo instante desejarei vê-lo morto.

Fiquei tão magoado que senti dor no estômago e não pude comer. Pensei em partir imediatamente, mas a colheita estava no fim e realizava-se na casa a festa tradicional. Além disso, desejava registrar os costumes observados na festa da colheita e descobrir como os icenos ocultavam o trigo.

A noite seguinte foi de lua cheia. Eu já estava tonto de cerveja icena, quando os jovens nobres do distrito se dirigiram ao restolhal e acenderam uma grande fogueira. Sem pedir permissão a ninguém, pegaram um novilho da manada da fazenda e o sacrificaram em meio à maior algazarra. Juntei-me a eles, já que conhecia alguns, mas não foram tão amistosos como antes. Chegaram a insultar-me.

— Vá lavar as listas azuis da cara, romano amaldiçoado — disseram eles. — Preferíamos ver o seu escudo imundo e a sua espada manchada de sangue bretão.

— É verdade — perguntou um — que os romanos tomam banho quente e perdem assim a masculinidade?

— É verdade — respondeu outro. — É por isso que as mulheres de Roma dormem com seus escravos. O Imperador deles mandou matar a própria mulher, que se prostituía desse modo.

Havia bastante verdade nos insultos para que eu me encolerizasse.

— Aceito as pilhérias dos meus amigos — disse eu — quando eles estão cheios de cerveja e carne roubada, mas não posso tolerar que falem desrespeitosamente do Imperador de Roma.

Eles se entreolharam maliciosamente.

— Lutemos com ele — sugeriram. — Só assim a gente saberá se perdeu os ovos na água quente, como os outros romanos.

Vi que tinham a intenção de brigar, mas eu não podia retirar-me depois de terem insultado o Imperador Cláudio. Após instigarem-se mutuamente por algum tempo, o mais arrojado precipitou-se sobre mim como se quisesse travar uma luta romana, mas na verdade atingiu-me com toda a força dos punhos. A luta romana faz parte dos exercícios da legião. Assim, não tive dificuldade em dominá-lo, especialmente porque ele estava muito mais bêbado do que eu. Deitei-o de costas e pus o pé em seu pescoço, mas ele lutava, em vez de se dar por vencido. Aí então todos os outros caíram sobre mim e me derrubaram, agarrando-me firmemente os braços e as pernas.

— Que faremos com o romano? perguntaram uns aos outros. — Talvez fosse bom abrir-lhe a barriga e ver o que os seus intestinos anunciam.

— Vamos castrá-lo, para que ele pare de correr atrás das nossas garotas feito um lebrão velho — sugeriu um.

— É melhor atirá-lo ao fogo — disse outro — e ver então a quantidade de calor que um romano pode aguentar.

Eu não sabia se falavam sério ou se apenas desejavam assustar-me, como fazem muitas vezes os bêbados. De qualquer modo sovaram-me de um modo que não tinha nada de brincadeira, mas o orgulho me impediu de gritar por socorro. Incitando-se mutuamente, atingiram um ponto tal de cólera que comecei a temer deveras pela minha vida.

De repente, calaram-se e recuaram. Vi Lugunda caminhando na minha direção. Ela parou e pôs a cabeça para um lado.

— Gosto de ver um romano humilhado e inerme no chão — disse ela, escarninha. — Faria cócegas na sua pele, com a ponta de uma faca, se não estivesse proibida de me sujar com sangue humano.

Estirou a língua para mim e depois virou-se para os rapazes, que eram seus conhecidos.

— Não o matem — recomendou. — Isso só traz vingança. Vão cortar uma vara de vidoeiro, ponham-no de bruços e segurem-no. Eu lhes mostrarei como lidar com romanos.

Os rapazes ficaram satisfeitos por não terem de decidir sobre o que fariam de mim. Foram correndo buscar as varas e rasgaram-me as roupas. Lugunda aproximou-se e deu-me uma chicotada nas costas, a princípio cautelosamente, como se estivesse apenas experimentando a vara, e depois passou a bater impiedosamente, com toda a sua força. Cerrei os dentes e não emiti um único som. Isto levou-a a surrar-me furiosamente, de sorte que meu corpo se sacudia e tremia no chão e as lágrimas me vinham aos olhos.

Afinal seu braço cansou e ela jogou fora a vara.

— Aí está, romano Minuto — gritou. — Agora estamos quites.

Os rapazes que me seguravam soltaram-me e foram recuando devagar, os punhos erguidos, com medo de que os atacasse. Minha cabeça latejava, o nariz sangrava e as costas ardiam em fogo, mas continuei silenciosamente a lamber o sangue dos beiços. Algo em mim deve tê-los assustado, pois pararam de escarnecer e me deixaram passar. Apanhei as roupas rasgadas e fui andando, mas não para a casa. Saí à toa pela floresta enluarada e pensei comigo mesmo que era uma sorte para todos nós que ninguém tivesse presenciado minha ignomínia. Não pude ir longe. Logo comecei a cambalear e acabei caindo ao solo, num estreito montículo coberto de musgo. Pouco depois os rapazes apagaram o fogo e ouvi-os assoviar, chamando os carros, e afastar-se, fazendo o chão trepidar sob as rodas.

O luar era assustadoramente claro e as sombras na mata horrivelmente negras. Com um punhado de musgo limpei o sangue do rosto e invoquei meu leão.

— Leão, você está aí? — gritei. — Se estiver, dê um rugido e vá atrás deles. Se não, nunca mais acreditarei em você.

Mas não vi nem a sombra do meu leão. Eu estava totalmente só. Afinal, Lugunda veio se arrastando cautelosamente, afastando os ramos, enquanto me procurava. Seu rosto estava branco, banhado pelo luar. Quando me viu, aproximou-se de mim com as mãos às costas.

— Como se sente? — perguntou. — Doeu muito? Você mereceu.

Tive gana de agarrar-lhe o pescoço fino, atirá-la ao chão e lacerá-la como eu fora lacerado. Mas dominei-me, sabendo que nada teria a ganhar com isso. Contudo, não pude deixar de perguntar se ela preparara tudo aquilo.

— Claro que sim — confessou, — Acha então que, de outro modo, eles ousariam tocar num romano?

Ajoelhou-se ao meu lado e, sem timidez, apalpou-me todo, antes que eu pudesse impedir.

— Não estouraram seus testículos como disseram, não é mesmo? — perguntou apreensiva. — Seria terrível que você não pudesse fazer filhos numa jovem patrícia romana.

Então não pude mais dominar-me. Agarrei-lhe o rosto com ambas as mãos, meti-a debaixo do meu corpo e prendi-a ao chão com meu peso, embora ela me batesse nos ombros com os dois punhos, me desse pontapés e me mordesse o peito. Mas não gritou por socorro. Antes que eu soubesse onde estava, ela serenou e deixou-se penetrar. A força da minha vida jorrou dentro dela e experimentei tal sensação de prazer sensual que soltei um urro enorme. Depois, tudo quanto senti foi a força com que ela me agarrava o rosto e me beijava seguidamente. Estarrecido, recuei e me sentei. Então ela também se sentou e desatou a rir.

— Sabe o que nos aconteceu? — perguntou, zombeteira.

113

Estava tão aterrorizado que não pude responder.

— Você está sangrando! — exclamei.

— Ainda bem que você notou, idiota — disse ela, com timidez.

Como eu continuasse mudo, ela riu outra vez.

— Petro foi quem me aconselhou — explicou ela — mesma nunca teria pensado nisso. Não gostei de ter batido em você tão cruelmente. Mas Petro disse que não havia outro recurso para rapazes romanos tímidos e obstinados.

Ergueu-se e tomou-me pela mão.

— Acho melhor irmos ver Petro — disse ela. — Ele deverá ter um pouco de vinho e um vaso de farinha à nossa espera.

— Que quer dizer com isso? — perguntei, desconfiado.

— Você me pegou à força, embora eu tenha lutado tanto quanto exigia meu amor-próprio respondeu surpresa. — Não vai querer que meu pai tire a espada da parede e se ponha a lavar a honra nas suas entranhas, não é? Ele tem direito a agir assim. Até mesmo os romanos respeitam esse direito. Seria bem mais sensato deixar que Petro esfregasse óleo e farinha em nossos cabelos. Ele pode colocar uma aliança no meu dedo, à maneira romana, se você insistir.

— Mas Lugunda, você não poderá ir comigo para Roma, ou mesmo para Londres.

— Não vou sair correndo atrás de você — disse Lugunda, enérgica. — Não se preocupe. Você poderá vir ver-me alguma vez se quiser, mas eu também posso me cansar de esperar, quebrar meu vaso matrimonial e reduzir seu nome a cinzas. Então, serei outra vez uma mulher livre. Não lhe diz o bom senso que é melhor seguir os nossos costumes, do que armar um escândalo que será ouvido até em Roma? Violar uma sacerdotisa da lebre não é coisa sem importância não. Ou quer negar isso? Você pulou para cima de mim feito uma fera no cio e esmagou minha resistência com a força bruta.

— Devia ter pedido socorro — disse eu com amargura. — E não devia ter-me afagado tão vergonhosamente, quando eu já estava tão atordoado.

— Estava apenas preocupada com sua capacidade reprodutiva — mentiu ela, com tranquilidade. — É claro que eu não podia imaginar que o leve toque exigido pelas normas da arte de curar fosse cegá-lo de fúria.

Nada podia alterar meu sincero arrependimento. Fomos até um ribeiro e nos lavamos cuidadosamente. Em seguida, de mãos dadas, entramos no salão da casa de madeira, onde os pais de Lugunda nos esperavam ansiosos. Petro misturou óleo e farinha, esfregou a mistura em nossos cabelos e depois fez com que bebêssemos um pouco de vinho no mesmo vaso de barro, que o pai de Lugunda guardou em seguida, com todo o cuidado, numa arca. Depois disso, conduziu-nos ao leito nupcial já preparado, derrubou-me por cima de Lugunda e cobriu-nos com seu grande escudo de couro.

Quando todos abandonaram a cabana nupcial, Lugunda atirou o escudo ao chão e me pediu humildemente que fizesse com ela, com toda a ternura e afeição, o que fizera com fúria na mata. O dano já fora feito e nenhum obstáculo surgia no caminho.

114

Assim, abraçamo-nos ternamente, depois que eu a beijei à maneira romana. Só então Lugunda ergueu-se e foi buscar os unguentos medicinais que passou suavemente em minhas costas. Doeu quando me lembrei de pensar nisso.

Precisamente quando ia caindo no sono mais profundo de minha vida, recordei que havia quebrado a promessa feita a Cláudia, mas culpei a lua cheia e a magia dos druidas. Evidentemente, ninguém podia evitar seu destino predeterminado, pensei, tanto quanto me era possível ter algum pensamento.

No dia seguinte, tratei de fazer preparativos imediatos para ir embora, mas o pai de Lugunda quis que eu o acompanhasse para ver os campos, o gado, as pastagens e matas que ia reservar para Lugunda e seus descendentes. Essa excursão tomou-nos três dias e, quando voltamos, para não ser sobrepujado, dei a Lugunda minha corrente de ouro de tribuno.

O pai de Lugunda pareceu considerar isto um presente de núpcias insignificante pois, quando a filha suspendeu o cabelo, ele sacou de um colar de ouro da grossura do pulso de uma criança e colocou-o em volta do pescoço de Lugunda. Esses colares são usados somente pelas rainhas e damas da mais alta nobreza na Bretanha. De tudo isso até mesmo eu, cabeça-de-pau como era, depreendi que Lugunda era de linhagem mais nobre do que eu jamais imaginara, tão nobre que o pai nem se dava ao trabalho de alardear, Petro explicou que, se eu não fosse um cavaleiro romano e filho de um senador, teria sido traspassado por uma espada e seguramente não me teriam coberto as costas feridas com o escudo de batalha da família.

Devo a meu sogro iceno e à posição de Petro, como sacerdote dos sacrifícios, médico e juiz, ter escapado também à acusação de feitiçaria. O jovem fidalgo bretão que, movido pelo ciúme, me atacara com seus punhos, quebrou o pescoço naquela mesma noite enluarada, quando o cavalo em que galopava se assustou com um animal desconhecido e o arremessou violentamente, de cabeça, contra uma pedra.

Naturalmente atormentava-me de vez em quando a lembrança da promessa que fizera a Cláudia e tão a contragosto quebrara. Também era invadido pela sensação desagradável de que Lugunda não era realmente minha esposa legal desde que, no íntimo, não podia considerar meu casamento bretão como juridicamente válido. Mas era moço. Meu corpo, disciplinado durante tanto tempo, ficou completamente enfeitiçado pelas carícias e pela ternura de Lugunda, e dia após dia adiei minha inevitável partida para Colchester.

Mas a gente se cansa mais rapidamente de um excesso de satisfação física do que de autodomínio. Não tardou que começamos a irritar-nos um ao outro, Lugunda e eu, a trocar palavras ásperas e a concordar apenas no leito. Quando afinal iniciei minha viagem de volta, senti-me como se me tivesse libertado de grilhões ou de um feitiço. Sim, fugi como um pássaro que escapa da gaiola e em momento algum tive remorsos por ter abandonado Lugunda. Ela apenas satisfizera os próprios desejos. Isso lhe bastava, pensei. Vespasiano liberou-me dos exercícios militares e dos deveres de tribuno, e reescrevi meu livro sobre a Bretanha, do princípio ao fim. Eu me livrara do deslumbramento daquele primeiro verão e agora descrevia tudo com toda a lucidez e objetividade de que era capaz. Já não via os bretões sob a mesma luz rósea e cheguei até a fazer troça de alguns dos seus costumes. Dei o devido destaque à contribuição de Júlio César para a tarefa de civilizar a Bretanha, mas registrei, por exemplo, que o tratado do divino Augusto com os brigantes constituía exclusivamente, aos olhos dos próprios brigantes, uma troca amistosa de presentes. Julgavam que haviam recebido mais do que precisavam dar, desde que continuassem pacíficos.

Por outro lado, rendi ao Imperador Cláudio a homenagem que lhe era devida por manter a Bretanha meridional no Império Romano, e a Aulo Pláucio por fomentar a paz. O próprio Vespasiano pediu que não me estendesse muito sobre seus próprios méritos. Ainda esperava em vão por um novo delegado ou comandante supremo e não desejava provocar má-vontade em Roma, com elogios à sua pessoa.

— Não sou nem bastante hábil nem bastante ardiloso para adaptar-me às novas circunstâncias ali criadas. Por isso prefiro continuar na Bretanha, sem desnecessários encômios aos meus méritos, a voltar à minha antiga pobreza em Roma.

Eu já sabia que o Imperador Cláudio não cumprira o juramento feito, perante a Guarda Pretoriana, à deusa Fides, a mão direita coberta com um pano branco. Poucos meses depois da morte de Messalina, ele explicara que não podia viver sem uma esposa e escolhera para sua consorte a mulher mais nobre de Roma, sua sobrinha Agripina, a mesma pessoa cujo filho, Lúcio Domício, procurara outrora a minha amizade.

Tornaram-se necessárias novas leis permitindo o incesto, para que tal casamento se efetuasse, mas o Senado aquiesceu. Os senadores mais perspicazes tinham pedido a Cláudio que retirasse sua promessa sagrada e beneficiasse o Estado com novo casamento. Em Roma ficara tudo de pernas para o ar, em pouco tempo. Vespasiano tinha o cuidado de não se intrometer nessa embrulhada.

— Agripina é uma mulher bonita e prudente — disse ele. — Certamente terá aprendido muito com a amarga experiência de sua juventude e de seus dois primeiros casamentos. Espero apenas que seja boa madrasta para Britânico. Assim, não abandonará meu filho Tito, embora eu tenha cometido o erro de deixá-lo com Messalina quando parti para a guerra.

Vespasiano compreendeu que, com a conclusão do meu livro, eu me fartara da Bretanha e estava ansioso por voltar a Roma. Era preciso copiar o livro. Eu mesmo andava inquieto e indeciso. Cada vez mais, quando florescia a primavera na Bretanha, eu me lembrava de Lugunda.

Após a festa da Flora, recebi em Londres uma carta escrita, em latim defeituoso, numa casca de árvore. Nela manifestava-se a esperança de que eu em breve regressasse ao país iceno para tomar nos braços meu filho recém-nascido. Essa notícia assombrosa pôs fim imediatamente às minhas saudades de Lugunda e despertou em mim o ardente desejo de rever Roma. Ainda era bastante moço para pensar que podia livrar-me do sentimento de culpa mudando de domicílio.

Vespasiano teve a gentileza de me dar um distintivo de mensageiro e incumbiu-me de entregar várias cartas em Roma. Indiferente aos ciclones, tomei o navio e na travessia vomitei toda a Bretanha no espumejante mar salgado. Mais morto do que vivo, desembarquei na Gália, e não há nada mais a dizer da Bretanha. Mas resolvi que não voltaria lá, antes que fosse possível fazê-lo a pé. Esta foi uma das decisões da minha vida que fui capaz de manter até o fim.

Cláudia

É maravilhoso ter dezoito anos quando se chega ao posto de tribuno, se sente que é amado pelo mundo inteiro e se pode ler impecavelmente a primeira produção literária para um auditório culto. Era como se Roma, da mesma forma que eu, estivesse vivendo sua primeira e esplendorosa primavera; como se o ar envenenado se tivesse purificado, quando a nobre e elegante Agripina substituíra a jovem Messalina, como esposa de Cláudio.

A vida alegre caíra da moda. A moral se tornara mais pura, pois era voz corrente que Agripina, sempre que Cláudio estava disponível, mandava buscar os assentamentos de cavaleiros e senadores e impiedosamente riscava os nomes de todos aqueles que eram conhecidos por sua maneira imoral de viver ou culpados sob outros aspectos. Cláudio, como costume, exercia seu cargo de Censor, suspirando desalentado, sob o fardo dos deveres, mas acolhendo agradecido as sugestões de uma boa mulher com bastante experiência política.

Graças a ela, Cláudio também procurava reanimar-se. Seus libertos, mormente o secretário Narciso e o tesoureiro, Procurador Palas, gozavam novamente das suas simpatias. Palas, extenuado pelas obrigações do posto, era obrigado a conferenciar com a infatigável Agripina noites seguidas.

Quando tornei a encontrar Agripina, achei que ela adquirira novo donaire, nova beleza. Deu-se ao trabalho de ir comigo à escola do Palatino, onde mandou chamar Tito, o filho de Vespasiano, e acariciou suavemente a cabeça de seu enteado, Britânico. Este parecia sorumbático e retraído para seus nove anos, mas isso nada tinha de surpreendente, já que sentia tremendamente a falta de sua linda mãe, que nem mesmo as atenções mais extremosas da madrasta poderiam compensar. Quando saímos, Agripina contou-me que Britânico, para tristeza de seu pai, sofria de epilepsia e portanto não podia fazer exercícios físicos. O menino era particularmente afetado no período da lua cheia e precisava de cuidadosa observação.

Ainda mais entusiasmada, Agripina levou-me a uma parte ensolarada do Palatino, para mostrar-me sua própria família, o simpático e impetuoso Lúcio Domício, e apresentou-me ao preceptor do filho.

Uma das primeiras providências de Agripina, após chegar ao poder, fora trazer do exílio Aneu Sêneca e confiar-lhe a educação de Lúcio Domício.

A estada de Sêneca na Córsega evidentemente lhe fizera bem e lhe curara a tuberculose, apesar de tudo o que ele poderá ter dito do degredo nas cartas.

Era um homem de uns quarenta e cinco anos, gorducho. Cumprimentou-me com afabilidade. Pelas botas vermelhas e macias, vi que também fora feito senador.

Fiquei surpreso com Lúcio Domício, que correu ao meu encontro e beijou-me como se estivesse revendo um amigo que há muito não via. Apoderou-se de minha mão e sentou-se a meu lado, fazendo perguntas acerca de minhas experiências na Bretanha e revelando espanto por ter a Nobre Ordem dos Cavaleiros, no templo de Castor e Pólux, ratificado tão prontamente minha nomeação para tribuno.

Confuso com todas essas amabilidades, tomei a liberdade de mencionar meu livrinho e humildemente solicitar a Sêneca que o lesse, principalmente para melhorar o estilo, antes que eu o apresentasse em público. Sêneca bondosamente concordou, e em consequência disso fiz várias visitas ao Palácio.

Segundo sua opinião honesta, faltava fluência à minha exposição, mas admitiu que havia lugar para um estilo seco e concreto, uma vez que eu estava descrevendo principalmente a geografia e a história dos bretões, seus costumes tribais, crenças religiosas e modos de guerrear.

Lúcio leu meu livro em voz alta, a fim de mostrar-me como se devia ler. Tinha uma voz singularmente bonita e tal capacidade de se deixar absorver por um assunto que eu também me absorvi, como se meu livro fosse excepcionalmente notável.

— Se você fosse lê-lo — disse eu — então meu futuro estaria garantido.

Na atmosfera requintada do Palácio, senti que já experimentara bastante a vida árida dos acampamentos e os hábitos rudes da legião. Encantava-me ser aluno de Lúcio, quando ele se dispunha a ensinar-me os gestos agradáveis apropriados a um autor que lia seu trabalho em público.

Aconselhado por ele, fui ao teatro e muitas vezes o acompanhei nos passeios pelos jardins de Lúculo, no monte Píncio, que sua mãe herdara de Messalina,

Lúcio corria, tagarelava, mas sempre atento aos seus movimentos. Parava de repente, como que imerso em profundas cogitações, e fazia comentários tão profundos que era difícil acreditar fosse tão que a voz ainda não mudara. Não se podia deixar de gostar dele, se ele desejasse agradar. E tinha-se a impressão de que precisava, após uma infância triste, agradar a todos os que encontrava, até mesmo aos escravos. Sêneca ensinava-lhe que os escravos também eram seres humanos, exatamente como meu pai me havia ensinado em Antioquia.

Era como se esta mesma atmosfera se tivesse espalhado do Palatino sobre toda a cidade. Até mesmo Túlia me recebeu de maneira amistosa e não tentou impedir-me de ver meu pai, quando manifestei tal desejo. Vestia-se cuidadosamente agora, como era próprio da esposa de um senador romano, com direitos legais de uma mãe de três filhos, e usava um número bem menor de joias do que antes.

Meu pai me surpreendeu. Estava bem mais magro e menos ofegante e macambúzio do que antes da minha viagem à Bretanha. Túlia comprara para ele um médico grego, educado em Alexandria, a quem meu pai, naturalmente, não tardara a conceder a liberdade. O médico prescrevera-lhe banhos e massagens, persuadira-o a beber menos e exercitar-se um pouco no jogo da bola, todos os dias, de modo que agora ele usava sua faixa púrpura com bastante dignidade. Sua reputação de homem rico e bem-humorado se espalhara em Roma, e assim grupos de clientes e pessoas que procuravam ajuda apinhavam-se em seu vestíbulo todas as manhãs. Auxiliava gente, mas recusava-se a recomendar quem quer que fosse à cidadania, embora como senador tivesse o direito de fazê-lo.

Mas é de Cláudia que devo falar, ainda que a tenha ido ver com relutância e consciência pesada. Exteriormente ela não mudara nem um pouco. Todavia, a princípio tive a impressão de estar olhando para uma estranha. Para começar, deu-me um sorriso encantador, e depois sua boca se apertou e seus olhos se enegreceram.

— Tive maus sonhos a seu respeito — disse ela. — Vejo que eram verídicos. Você não é o mesmo de antes, Minuto.

— Como podia ser o mesmo — gritei — depois de passar dois anos na Bretanha, escrever um livro, matar bárbaros e obter minhas plumas vermelhas? Você mora no campo, como que dentro de um tanque de criar patos. Não tem o direito de esperar a mesma coisa de mim. Cláudia me fitou nos olhos e ergueu o mão para tocar meu rosto,

— Você sabe muito bem o que quero dizer, Minuto. Fui tola em esperar que você fosse fiel a uma promessa que nenhum homem pode cumprir.

Eu teria revelado maior prudência se me tivesse zangado com suas palavras, se tivesse rompido com ela ali mesmo e depois ido embora. E muito mais fácil a gente se encolerizar quando não tem razão. Mas, quando vi sua profunda decepção, tomei-a nos braços, beijei-a, acariciei-a, e fui dominado pela necessidade de falar, pelo menos a uma só pessoa, de Lugunda e das minhas experiências.

Sentamo-nos junto da fonte, num banco de pedra, sob uma velha árvore, e contei-lhe como Lugunda entrara em minha vida, como eu a ensinara a ler e como ela fora útil nas minhas viagens entre os bretões. Depois, comecei a gaguejar um pouco e olhei para o chão. Cláudia segurou-me o braço com ambas as mãos e me sacudiu, mandando-me continuar. Assim narrei a ela o que o meu amor-próprio me permitiu, mas no fim não tive coragem de dizer que Lugunda tivera um filho meu. Com a vaidade da minha juventude, porém, ufanei-me da minha masculinidade e da virgindade de Lugunda.

Para minha surpresa, o que mais magoou Cláudia foi o fato de Lugunda ser uma sacerdotisa da lebre.

— Estou cansada dos pássaros que voam do Vaticano — disse ela. — Não creio mais em angúrios. Para mim os deuses de Roma não passam hoje de estátuas sem nenhum poder e não me surpreende que num país estrangeiro você tenha sido enfeitiçado, com a sua falta de experiência. Caso se arrependa sinceramente dos seus pecados, eu lhe mostrarei um novo caminho. As pessoas precisam de coisas maiores do que magia, augúrios e estátuas de pedra. Enquanto você esteve fora, passei por coisas que nunca imaginei antes que fossem possíveis.

Candidamente, pedi que me falasse de sua experiência, mas me senti desalentado, quando percebi que a mulher de seu tio, Paulina, começara a usá-la como intermediária entre ela e seus amigos, envolvendo assim Cláudia nas infames maquinações dos cristãos.

— Eles têm o poder de curar os doentes e perdoar os nossos pecados — disse Cláudia, com fervor. — Um escravo ou o mais pobre artífice é igual ao indivíduo mais rico e mais importante em seus ágapes. Nós nos cumprimentamos com um beijo, em sinal de nosso mútuo amor. Quando o espírito aparece à congregação, os presentes são tomados de êxtase sagrado, de modo que gente simples começa a falar línguas estrangeiras e as faces dos santos brilham na escuridão.

119

Encarei-a com o mesmo horror com que se olha uma pessoa muito doente, mas Cláudia segurou minhas mãos:

— Não os condene antes de conhecê-los. Ontem foi o dia de Saturno e o sabá judaico. Hoje é o dia santo dos cristãos, porque foi um dia depois do sabá que seu rei ressurgiu dos mortos. Mas os céus podem abrir-se qualquer dia e ele voltará à terra e fundará o reino do milênio, em que os últimos serão os primeiros e os primeiros serão os últimos.

Cláudia estava assustadoramente bela, como uma profetisa, enquanto falava. Só posso crer que houvesse realmente alguma força irresistível falando por sua boca, paralisando minha vontade e embotando meu espírito, pois quando disse — *Vem comigo, vamos vê-los imediatamente* — levantei-me submisso e segui-a. Pensando que eu estivesse com medo, ela me assegurou que não me obrigariam a fazer nada contra a minha vontade e que eu me limitaria a ver e ouvir. Justifiquei minhas ações a mim mesmo, dizendo que tinha razão de aprender alguma coisa acerca dessas novas crenças de Roma, assim como tratara de estudar os druidas na Bretanha.

Quando chegamos à parte judaica da cidade, Transtibéria, o local encontrava-se em estado de alarma e intranquilidade. Deparamos com mulheres correndo aos gritos, e nas esquinas havia gente lutando com os punhos e com paus e pedras. Até mesmo judeus respeitáveis e encanecidos, envergando seus mantos de borlas, participavam do salseiro, e a polícia do Prefeito da Cidade não parecia dominar a situação. Mal os guardas conseguiam com seus bastões pôr termo a uma refrega, rebentava outra no beco seguinte.

— Pode me dizer, em nome de todos os deuses de Roma, o que se passa aqui? — perguntei a um guarda esbaforido que limpava o sangue da testa.

— Um sujeito chamado Cristo sublevou os judeus uns contra os outros — explicou ele. — Como está vendo, a ralé da cidade inteira veio para cá. É melhor ir com sua pequena para outro lugar. Já mandaram chamar os pretorianos. Daqui a pouco haverá aqui outros narizes sangrando além do meu.

Cláudia olhou excitada em redor e soltou um grito de prazer.

— Ontem os judeus expulsaram com violência das sinagogas todos os que reconhecem Jesus — disse ela. — Agora os cristãos estão revidando. E contam com a ajuda dos que não são judeus.

Nas vielas estreitas havia, de fato, grupos de escravos, ferreiros e carregadores mal-encarados, procedentes das margens do Tibre, que forçavam as portas fechadas das lojas e as invadiam. Do interior vinham gritos lastimosos, mas os judeus são combatentes intrépidos, quando lutam por seu deus invisível. Agrupavam-se diante das sinagogas e rechaçavam todos os ataques. Não vi nenhuma arma. — Naquela época, nem os judeus, nem nenhum dos outros indivíduos que acorreram de todos os pontos de Roma, tinham permissão de usar armas.

Aqui e ali víamos alguns homens maduros, de braços erguidos, gritando:

— Paz, paz, em nome de Jesus Cristo.

Conseguiram acalmar alguns exaltados, mas só até o ponto de fazer com que eles abaixassem os porretes, deixassem cair as pedras e fossem de mansinho tomar

120

parte em outro motim. Os judeus mais respeitáveis ficaram tão enfurecidos que se aglomeraram defronte da sinagoga de Júlio César e se puseram a arrancar a barba e rasgar as vestes, clamando contra o sacrilégio.

Fiz o que pude para proteger Cláudia e impedir que se envolvesse na luta, mas ela caminhou obstinadamente para a casa onde seus amigos iam realizar seus mistérios naquela noite. Quando chegamos lá, um grupo arrebatado de fervorosos crentes judeus estava arrastando para fora e derrubando aqueles que se tinham escondido no interior. Rasgavam os pacotes dos outros, esvaziavam-lhes as cestas de comida e calcavam tudo aos pés, batendo como se bate nos porcos do vizinho. Quem tentava fugir era derrubado e pisoteado no rosto.

Não sei como aconteceu. Talvez eu estivesse possuído pelo natural desejo de lei e ordem de um romano, ou talvez tentasse defender os mais fracos contra a violência dos atacantes, ou talvez Cláudia me tivesse instigado, mas a verdade é que me vi de repente puxando a barba de um judeu enorme e com um golpe de luta romana arrancando-lhe um pau das mãos no momento em que ele, em seu fervor religioso, estava prestes a desferir um pontapé numa moça que havia derrubado ao solo. Em seguida, achei-me combatendo com toda a seriedade, e indubitavelmente do lado dos cristãos. Cláudia exortava-me, em nome de Jesus de Nazaré, a agarrar todos os judeus que o não reconheciam como salvador.

Caí em mim quando Cláudia me puxou para dentro da casa e apressadamente joguei fora um cacete manchado de sangue, que apanhara não sei onde, percebendo com horror quais seriam as consequências, se eu fosse preso por me ter envolvido nas lutas religiosas dos judeus. Não tinha a perder só o posto de tribuno, mas também a estreita faixa vermelha de minha túnica.

Cláudia conduziu-me a um porão amplo, onde os judeus cristãos vociferavam todos a um só tempo sobre quem dera início aos motins, e mulheres chorosas punham ataduras nos ferimentos e unguento nas contusões. Dos aposentos superiores desciam vários anciãos, trêmulos de medo, juntamente com alguns homens que, pelas vestes, não pareciam ser judeus. Tão confusos como eu, presumivelmente perguntavam a si mesmos como iriam sair daquela situação embaraçosa.

Com eles vinha um homem que só reconheci tratar-se de Áquila, o fabricante de tendas, depois que limpou o sangue e a terra do rosto. Fora severamente maltratado, pois os judeus o tinham feito rolar num esgoto e lhe tinham quebrado o nariz. Apesar disso, ele não cessava de exigir ordem.

— Traidores, todos vós! — bradou. — Não ouso mais chamar-vos de meus irmãos. Então a liberdade em Cristo é algo de que vos aproveitais para dar vazão à ira? Fostes castigados pelos vossos pecados. Onde está a vossa paciência? Devemos submeter-nos e responder com boas ações aos que nos insultam.

Houve muitos protestos.

— Já não se trata de ensinar os pagãos, no meio dos quais vivemos, a louvar a Deus, com o exemplo de nossas boas ações — gritaram. — Agora são os judeus que nos combatem e ofendem a nosso Senhor Jesus. É por ele e por sua glória que resistimos aos maus, não para defender nossas vidas miseráveis.

Dirigi-me até onde estava Áquila, sacudi-lhe o braço e tentei cochichar que precisava ir embora. Mas, quando me reconheceu, iluminou-se-lhe o rosto e ele me abençoou:

121

— Minuto, filho de Marco Maniliano! — exclamou. — Tu também escolheste o único caminho?

Abraçou-me, beijou-me os lábios e começou fervorosamente a orar.

— Cristo padeceu por ti também. Por que não te modelas por ele e não lhe segues as pegadas? Ele não maltrata os que o maltrataram. Não ameaça ninguém. Não revida ao mal com o mal. Se sofres por Cristo, então louva a Deus por isto. Não posso repetir tudo quanto jorrou de sua boca, já que ele não dava atenção a meus protestos. Mas é indubitável que seu fervor exercia poderoso efeito sobre os demais. Quase todos se puseram a rezar pelo perdão dos seus pecados, muito embora alguns murmurassem, por entre os dentes cerrados, que o reino jamais produziria frutos, se os judeus tivessem liberdade de caluniar, oprimir e maltratar os súditos de Cristo.

Enquanto isso, lá fora, a polícia prendia gente, sem procurar saber se se tratava de judeus ortodoxos ou judeus cristãos, ou de quem fosse. Enquanto os pretorianos guardavam as pontes, muitas pessoas fugiam nos botes e aproveitavam a oportunidade para desamarrar outros botes atracados nos cais, que passavam a flutuar ao sabor da corrente. A cidade estava desprotegida. Toda a polícia fora mobilizada para o distrito judaico. Formavam-se aglomerações nas ruas, todos gritavam o nome de Cristo, como senha aprendida na outra banda do rio.

Pilharam lojas e incendiaram diversas casas. Quando o distrito judaico voltou à calma, o Prefeito teve de mandar seus homens de volta à cidade. Isso me salvou, pois os guardas estavam começando a busca em todas as casas do bairro dos judeus.

A noite descera. Sentado melancolicamente no chão, com a cabeça nas mãos, senti fome. Os cristãos juntaram a comida que restava e puseram-se a dividi-la entre todos os presentes. Tinham pão e azeite, cebola, mingau de ervilha e vinho. Áquila abençoou o pão e o vinho, à maneira cristã, como se fossem a carne e o sangue de Jesus de Nazaré. Aceitei o que me foi oferecido e dividi o pão com Cláudia. Recebi um pouquinho de queijo e uma fatia de carne-seca. Bebi do vinho no mesmo cálice dos outros quando chegou a minha vez. Quando terminaram de comer, beijaram-se delicadamente.

— Oh, Minuto — disse Cláudia, depois de me ter beijado.

— Estou tão feliz que tenhas comido da Sua carne e bebido do Seu sangue, para que te sejam perdoados os pecados e ganhes a vida eterna. Não sentes o espírito arder em teu coração, como se tivesses jogado fora os trajes esfarrapados de tua vida anterior e vestido novos?

Respondi amargurado que o único ardor que sentia era do vinho azedo e barato. Só então me dei conta do que ela quisera dizer, e vi que acabara de tomar parte no ágape secreto dos cristãos. Fiquei tão aterrado que tive vontade de vomitar, embora soubesse que não bebera sangue no cálice.

— Bobagem! — disse eu, furioso. — Pão é pão, e vinho é vinho, quando se está com fome. Se nada pior do que isso acontece no meio de vocês, não vejo por que se contam tantas histórias absurdas acerca de suas superstições. Compreendo ainda menos como tais atividades inocentes podem gerar tanta volência.

Estava muito cansado para altercar, mas afinal ela me persuadiu a observar mais de perto os ensinamentos cristãos. Não vi nada errado em suas tentativas de se defenderem dos judeus. Mas estava convencido de que seriam punidos, caso as desordens continuassem, quer eles ou os judeus ortodoxos fossem responsáveis. Áquila admitiu ter havido agitação antes, mas não até esse ponto. Assegurou-me que os cristãos, geralmente, se reuniam sem atrair a atenção e também respondiam com boas palavras aos insultos. Mas os judeus cristãos também tinham direito legal a entrar nas sinagogas, ouvir a leitura das escrituras e falar. Muitos haviam participado da construção das novas sinagogas.

Naquela noite quente de verão levei Cláudia para casa, além do Vaticano e fora da cidade. Vimos o clarão das fogueiras e ouvimos o murmúrio das multidões, do outro lado do rio. Carroças e carretas abarrotadas de alimentos, a caminho do mercado, estavam paradas na estrada. Os camponeses indagavam a si mesmos, apreensivos, o que estava acontecendo na cidade. Cochichavam, um para o outro, que um tal de Cristo incitava os judeus a cometerem crimes e atearem fogo às casas. Ninguém parecia ter uma palavra de simpatia pelos judeus.

Andando, comecei a manquejar e a ter dor de cabeça. Espantei-me de não ter até então sentido nenhum dos efeitos desagradáveis dos golpes que recebera na refrega. Quando finalmente chegamos à choupana de Cláudia, sentia-me tão combalido, que ela não me permitiu ir embora, mas implorou que eu passasse ali a noite. Apesar dos meus protestos, ela me pôs a dormir em sua cama, iluminada por uma candeia de azeite, mas depois passou a dar tais suspiros, enquanto se movimentava pelo quarto, que tive de perguntar-lhe se havia algo errado.

— Não sou pura nem sem pecados — disse ela. — Mas cada palavra sua, a respeito daquela desavergonhada mocinha bretã, caiu como uma gota de fogo em meu coração, embora nem sequer me lembre do nome dela.

— Procure perdoar-me por não ter cumprido minha promessa — disse eu.

— Que me importa a sua promessa? — gemeu Cláudia. — Maldigo a minha sorte. Sou carne da carne de minha mãe e o libertino Cláudio é meu pai. Não posso deixar de ficar profundamente perturbada ao ver você deitado na minha cama.

As mãos de Cláudia estavam geladas quando seguraram as minhas. Seus lábios também estavam frios, quando ela se curvou e me beijou.

— Oh, Minuto — sussurrou. — Não tive a coragem de confessar antes que meu primo Caio me violentou, quando eu era apenas uma menina. Para se divertir, ele dormia às vezes com suas irmãs. Uma de cada vez. É por isso que odeio todos os homens. Você é o único que não odeio, porque me aceitou como amiga, sem saber quem eu era.

Que mais precisava eu dizer? Para consolá-la, arrastei-a para a cama. Ela tremia de frio e vergonha. Nem posso justificar meu ato dizendo que ela era mais velha do que eu, pois devo confessar que fui me tornando cada vez mais ardente, até que ela se chegou a mim, rindo e chorando, e compreendi que a amava.

Quando acordamos de manhã, ambos nos sentíamos tão felizes que não queríamos pensar senão em nós mesmos. Irradiando felicidade, Cláudia era bela a

123

meus olhos, a despeito de suas feições grosseiras e de suas sobrancelhas espessas. Lugunda tornou-se uma sombra longínqua. Cláudia era uma mulher adulta, em comparação com aquela mocinha imatura e caprichosa.

Não trocamos juras e nem mesmo sentíamos desejo de pensar no futuro. Se me oprimia um vago sentimento de culpa, confortava-me o pensamento de que Cláudia sabia muito bem o que estava fazendo. Pelo menos ela tinha mais em que pensar, além dos supersticiosos mistérios dos cristãos. Isso me agradava.

Quando voltei para casa, tia Lélia comentou, com azedume, a ansiedade em que ficara por eu ter passado a noite fora sem avisar de antemão. Esquadrinhou-me atentamente com seus olhos orlados de vermelho e disse num tom de repreensão:

— Sua cara está tão radiante, que até parece que você anda escondendo algum segredo vergonhoso. Contanto que não se tenha extraviado bordel sírio...

Farejou minhas roupas com ar suspeitoso.

— Não, não está com cheiro de bordel. Mas há de ter passado a noite em alguma parte. Não vá agora meter-se em alguma sórdida aventura amorosa. Isso não leva a nada e só traz aborrecimentos para você e para outros.

Meu amigo Lúcio Pólio, cujo pai se tornara Cônsul naquele ano, veio ver-me à tarde. Estava preocupadíssimo com os motins:

— Os judeus estão ficando cada vez mais insolentes, sob a proteção de seus privilégios. O Prefeito da Cidade passou a manhã inteira interrogando os presos e tem provas irrefutáveis de que é um judeu chamado Cristo que está sublevando os escravos e a plebe. Não é um ex-gladiador, como Espártaco, mas um traidor que foi condenado em Jerusalém e, de um modo ou de outro, tornou a viver, depois de ter sido crucificado. O Prefeito expediu ordem para que o prendessem e estipulou um prêmio para quem o capturasse. Mas acredito que o homem já fugiu da cidade, agora que sua rebelião fracassou.

Estive a ponto de explicar ao douto Lúcio que, por Cristo, os judeus entendiam o Messias em que acreditavam, mas não podia mostrar que estava tão bem informado acerca dessa doutrina sediciosa.

Mais uma vez percorremos o manuscrito de meu livro, com o fito de tornar a redação tão clara quanto possível.

Lúcio Pólio prometeu encontrar um editor, se o livro vencesse a prova decisiva que é a leitura em público.

No seu modo de ver, o trabalho resistiria galhardamente. Cláudio gostaria de ver lembrada sua vitoriosa campanha entre os bretões. Para lisonjeá-lo bastava demonstrar interesse pelas questões da Bretanha e, sob esse aspecto, meu livro podia ser considerado excelente; tal era a opinião de Pólio.

As divergências em torno da propriedade das sinagogas, causa inicial dos dissídios entre os judeus, dirimiu-as o Prefeito da Cidade, que proclamou que todos os que haviam concorrido para a ereção delas tinham o direito de usá-las.

Os judeus ortodoxos e os judeus mais liberais tinham sinagogas próprias. Mas quando os judeus que reconhecem Cristo se apoderavam de uma sinagoga, os outros judeus retiravam dela os valiosos códices e preferiam incendiá-la a entregá-la aos odiados cristãos. Daí resultavam novas perturbações da ordem. Afinal, os judeus ortodoxos cometeram o grande erro político de recorrer ao Imperador.

Cláudio já estava enfurecido com os distúrbios que empanavam a felicidade de seu novo casamento. Ficou ainda mais encolerizado quando os judeus ousaram lembrar-lhe que não seria Imperador, agora, se não tivesse contado, antes, com o apoio deles.

Era verdade inconteste que o companheiro de copo de Cláudia, Herodes Agripa, pedira emprestado aos judeus ricos de Roma o dinheiro necessário para subornar os pretorianos, após o assassínio de Caio Calígula. Mas Cláudio tivera de pagar juros exorbitantes e, por outros motivos, não queria que lhe fizessem lembrar este incidente que lhe ferira a vaidade.

Sua cabeça de ébrio pôs-se a tremer de ira. Gaguejando mais do que nunca, despediu os judeus e ameaçou expulsá-los de Roma, se tornasse a ouvir falar em motins.

Os judeus cristãos e a plebe que a eles se juntara tinham seus próprios chefes também. Foi com espanto que encontrei na casa de Túlia e de meu pai o questionador Áquila, sua mulher Prisca, e alguns outros cidadãos respeitáveis, cujo único defeito consistia em se mostrarem propensos aos mistérios cristãos. Eu tinha ido ver meu pai, para falar a respeito de Cláudia. Naquela época, eu a visitava duas vezes por semana e passava a noite com ela. Achava que era preciso tomar alguma decisão a esse respeito, muito embora Cláudia não fizesse exigências diretas.

Tendo surpreendido meu pai e perturbado a reunião, ele me disse que esperasse um momento e continuou a conversa.

— Sei bastante a respeito do rei dos judeus ia dizendo meu pai — pois após sua crucificação eu estava na Galileia e me convenci de que ele se levantou do túmulo. Seus discípulos me repeliram, mas posso afirmar que em nenhum instante ele sublevou o povo da maneira como está ocorrendo aqui em Roma.

Já ouvira tudo isso antes e não entendi por que, na velhice, meu pai continuava repetindo a mesma história. Mas Áquila tratou de explicar.

— Quaisquer que sejam os nossos atos — disse ele — seremos sempre o empecilho em que todos esbarram. Somos mais odiados do que os idólatras. Não podemos sequer sustentar o amor mútuo e a humildade entre nós mesmos, pois todo mundo pensa que sabe mais. Os que mais se dedicam a propagar a palavra são os que acabam de encontrar o caminho e reconhecer Cristo.

— Seja como for, estão dizendo que ele mesmo ateou fogo à terra, separou o marido da mulher e incitou os filhos contra os pais — disse Prisca. — E isso é precisamente o que está ocorrendo aqui em Roma, apesar de nossas boas intenções. Como o amor e a humildade podem frutificar em meio à discórdia, à desunião, ao ódio, ao rancor e à inveja, não posso compreender.

Escutando-os, enchi-me de virtuosa cólera.

— Que querem vocês de meu pai? — bradei. — Por que o atormentam até o ponto de fazê-lo altercar com vocês? Meu pai é um homem bondoso e lhano. Não vou permitir que o envolvam em suas ridículas disputas.

Meu pai empertigou-se:

— Silêncio, Minuto! Só através do debate é que se esclarecem as questões, mas este assunto, quanto mais é discutido, mais se complica. Todavia, já que solicitaram meu parecer, sugiro isto: peçam uma trégua. No tempo do Imperador Caio, os judeus de Antioquia tiravam grande proveito desse alvitre.

125

Fitaram meu pai, sem entender o que ele queria dizer.

— Separem-se dos judeus — disse ele, com um sorriso distraído — deixem a sinagoga, suspendam o pagamento dos impostos do templo. Construam seus próprios centros de reunião, se quiserem. Há ricos entre os seus prosélitos. Talvez possam arrecadar grandes doações, de homens e mulheres que acreditam poder comprar a paz de espírito mediante o apoio dado a deuses diferentes. Não molestem os judeus. Guardem silêncio quando forem insultados. Mantenham-se a distância, como eu faço, e tratem de evitar as dissensões entre vocês mesmos.

— Essas são palavras terríveis — disseram todos a uma voz.

— Devemos dar testemunho do nosso rei e proclamar o seu reino. De outro modo, não seremos dignos dele.

Meu pai estendeu as mãos e deu um suspiro de desalento.

— Seu reino está demorando muito a chegar — falou — mas, sem dúvida, vocês é que partilham do espírito dele e não eu. Façam como quiserem. Se o assunto for apresentado ao Senado, tentarei interceder por vocês. Mas, se me permitirem, não mencionarei o reino. Isso apenas os tornaria politicamente suspeitos.

Deram-se por satisfeitos com isto e foram embora no momento justo, pois Túlia os encontrou na arcada, ao voltar de suas visitas, e não gostou,

— Oh, Marco — disse ela. — Quantas vezes tenho de te dizer que não recebas esses duvidosos judeus? Não tenho nada contra a tua ida às palestras dos filósofos. Se isso te dá prazer, podes ajudar os pobres, enviar o teu médico aos doentes e ofertar dotes às moças órfãs. Mas, por todos os deuses, afasta-te dos judeus, para o teu próprio bem.

Em seguida, voltou a atenção para mim, deplorou os meus sapatos deselegantes, as dobras mal cuidadas do meu manto e meu cabelo mal cortado.

— Já não estás entre rudes soldados — disse, com aspereza. — Precisas ter mais cuidado com a tua aparência, por amor a teu pai. Suponho que terei de te enviar um barbeiro e um criado pessoal. Tia Lélia é muito antiquada e míope para enxergar um pouco mais longe.

Redargui, mal-humorado, que já tinha um barbeiro, pois não queria ter nenhum dos seus escravos a me seguir os passos. É verdade que, no dia do meu aniversário, eu comprara e alforriara um escravo de quem me compadecera e o ajudara a estabelecer-se, por conta própria, em Subura. Ele ia muito bem de vida, vendendo perucas de senhoras e exercendo, como era de esperar, o proxenetismo. Expliquei também que tia Lélia iria sentir-se profundamente ofendida se um escravo desconhecido passasse a cuidar dos meus trajes.

— De qualquer forma, os escravos dão mais trabalho do que alegria — disse eu.

Túlia comentou que era simplesmente uma questão de disciplina.

— Que pretendes realmente da vida, Minuto? Contaram-me que passas as noites nos lupanares e negligencias os estudos com teu professor de retórica. Se queres realmente ler o teu livro em público, este inverno, terás de dominar o teu corpo indisciplinado e trabalhar com afinco. É tempo de arranjares um casamento apropriado.

Expliquei que desejava, dentro de certos limites, aproveitar ao máximo a minha juventude e que pelo menos não me metera em dificuldade com as autoridades por causa de bebedeiras e outras coisas pelas quais se notabilizavam os jovens cavaleiros.

— Estou estudando a situação — disse eu. — Tomo parte nos exercícios de equitação. Assisto às audiências do Pretório, quando há alguma coisa interessante. Leio livros. O filósofo Sêneca tem sido muito bondoso comigo. Evidentemente, estou pensando em candidatar-me, no futuro, a um cargo de questor, mas sou ainda muito moço e inexperiente para isso, mesmo que obtivesse permissão especial.

Túlia olhou-me compassiva.

— Deves compreender que o que é mais importante para o teu futuro é travar conhecimento com as pessoas certas — explicou. — Consegui que fosses convidado pelas famílias boas, mas me disseram que te pões sorumbático e mudo, e não respondes à amizade com amizade.

— Minha querida madrasta, respeito o teu julgamento sob todos os aspectos. Mas tudo quanto vejo e ouço em Roma me diz que evite ligar-me a pessoas que no momento são consideradas as pessoas certas. Duzentos cavaleiros, aproximadamente, sem falar em numerosos senadores, foram executados ou se suicidaram há coisa de um ou dois anos, simplesmente porque na época eram as pessoas certas ou conheciam muito intimamente as pessoas certas.

— Graças a Agripina, tudo isso mudou agora — retrucou Túlia — talvez com excessiva impaciência. Mas as minhas palavras lhe deram o que pensar. — A coisa mais sensata que podias fazer — sugeriu instantes depois — era dedicar o teu tempo às corridas. Esta é uma atividade inteiramente apolítica, mas ainda assim dá margem a relações úteis. Gostas de cavalos, não gostas?

— Cavalos também se tornam cansativos — disse eu.

— Mas são menos perigosos do que as mulheres — replicou Túlia, com malícia.

Meu pai encarou-a, pensativo. e disse que pelo menos nisso ela tinha razão.

— Apenas atrairias desnecessária atenção — observou vingativamente — se formasses teus parelheiros imediatamente, admitindo que teu pai pudesse fazer face às despesas. Sei que dentro de mais algum tempo os campos serão pastagens outra vez. O plantio de trigo na Itália não compensará, logo que o porto de Óstia estiver concluído. Mas dificilmente serias um bom criador de cavalos. Contenta-te com apostar nas corridas.

Mas meus dias estavam bastante cheios sem o circo. Tinha minha velha casa no Aventino, e precisava cuidar de Barbo, tranquilizar tia Lélia e também defender meu liberto gaulês, que fora acusado, pelo vizinho, de espalhar um cheiro repugnante, com sua fabricação de sabão.

Era relativamente fácil defendê-lo no tribunal, uma vez que os curtumes e tinturarias exalavam odores muito mais repugnantes. Mas era mais difícil contestar a afirmação de que o uso de sabão, em vez de pedra-pomes, tinha consequências debilitadoras e era contra a vontade de nossos antepassados. O advogado do vizinho pretendia banir de Roma a manufatura de sabão, remontando aos antepassados dos nossos antepassados, até Rômulo, pois todos tinham julgado suficiente esfregar o corpo com a saudável e enrijecedora pedra-pomes.

Em minha contestação, fiz o elogio de Roma como Império e potência mundial.

— Rômulo não queimava incenso diante de seus ídolos — bradei orgulhoso.

127

Nossos austeros avoengos não mandavam buscar caviar do outro lado do Mar Negro, nem aves estrangeiras das Estepes, nem línguas de flamingos ou peixe de Índia. Roma é o cadinho de muitos povos e costumes. Roma escolhe o melhor de tudo e dignifica os hábitos alheios para que se tornem seus.

Assim, o uso de sabão não foi banido de Roma e meu liberto melhorou o produto, adicionando-lhe perfume e dando-lhe belos nomes. Ganhamos uma pequena fortuna com o Genuíno Sabão Cleópatra, não obstante ser fabricado numa ruela de Subura. Devo confessar também que seus melhores fregueses, afora as mulheres romanas, eram gregos e pessoas do Oriente que moravam em Roma. O uso de sabão, nas termas, ainda era considerado imoral.

Não me faltava o que fazer mas, apesar de tudo, à noite, quando ia pegando no sono, muitas vezes me punha a refletir sobre o significado da vida. Em certas ocasiões, deleitava-me com os pequenos êxitos obtidos e, em outras, sentia-me deprimido porque tudo me parecia desprovido de sentido. O acaso e a fortuna governavam a nossa existência, e a morte era cedo ou tarde o destino irremediável de todos. Era, naturalmente, feliz e bem-sucedido, mas todas as vezes que alcançava alguma coisa, minha satisfação se anuviava e eu me tornava novamente desgostoso comigo mesmo.

Afinal chegou o dia para o qual eu me preparara tão avidamente. Ia ler o meu livro, na sala de palestras da Biblioteca Imperial no Palatino. Através de meu amigo Lúcio Domício, o Imperador Cláudio mandou avisar que estaria presente na parte da tarde. Por causa disso, todos os que buscavam o favor do Imperador lutaram por obter um lugar na sala.

Na assistência, encontravam-se alguns oficiais que haviam servido na Bretanha, membros da comissão do Senado sobre assuntos bretãos, e até Aulo Pláucio. Mas muitas pessoas tiveram de ficar do lado de fora e queixaram-se a Cláudio de não haver lugar para elas, apesar de seu enorme interesse pelo assunto.

Comecei a ler de manhã cedo e, independentemente de minha compreensível excitação, li sem vacilações, entusiasmado com a minha própria leitura, como todo autor que se deu ao trabalho de burilar a própria obra. Nada me perturbava, tampouco, exceto os murmúrios e gestos de Lúcio Domício, que tentava mostrar-me como devia ler. Trouxeram uma refeição um tanto suntuosa demais, providenciada por Túlia e custeada por meu pai. Ao retomar, depois, a leitura, na parte referente aos costumes religiosos dos bretões, muita gente cabeceava de sono, embora este me parecesse um dos trechos mais interessantes do livro.

Fui forçado a interromper, quando Cláudio chegou, coma prometera. Veio com Agripina e ambos tomaram assento no banco de honra, convidando Lúcio Domício a sentar-se entre eles. O salão ficou, de repente, apinhado, mas, aos que se queixavam, Cláudio disse com firmeza:

— Se o livro merece ser ouvido, poderá ser lido outra vez. Tratai de comparecer então. Mas ide agora. Do contrário, ninguém aqui vai poder respirar.

Na realidade, o Imperador estava ligeiramente embriagado e arrotava amiúde ruidosamente. Eu não lera mais do que umas poucas linhas quando ele me interrompeu:

— Tenho a memória fraca. Permite-me então, como primeiro cidadão, em razão do meu cargo e da minha idade, apontar os teus acertos e também os teus erros.

Passou então fornecer sua prolixa interpretação dos sacrifícios humanos dos druidas, e declarou que, na Bretanha, procurara em vão os cestões de vime entrançado em que eram colocados os prisioneiros, antes de serem queimados vivos, — É claro que acredito no que me contam fidedignas testemunhas oculares — continuou. — Mas confio mais nos meus próprios olhos e, por isso, não posso engolir a tua exposição na íntegra. Peço-te, porém, jovem Lauso, que prossigas.

Ao cabo de mais alguns momentos ele me interrompeu, de novo, com algo que vira na Bretanha e julgava necessário debater. As gargalhadas dos ouvintes desconcertaram-me um pouco, mas Cláudio tinha algumas observações inteligentes a fazer sobre meu livro.

Afinal, na metade da leitura, ele e Aulo Pláucio absorveram-se numa discussão acalorada, em torno dos pormenores da campanha do Imperador. O público estimulava-os, gritando "Apoiado, apoiado", e fui forçado a suspender a leitura. Apenas a influência tranquilizadora de Sêneca fez com que eu contivesse minha irritação.

O Senador Ostório, que parecia entendido em todas as matérias relacionadas com os bretões, entrou no debate. Sustentou que o Imperador cometera um erro político, ao dar por encerrada a campanha, sem suprimir os bretões.

— Suprimir os bretões! É mais fácil dizer do que fazer — retrucou Cláudio, justificadamente afrontado. — Mostra a ele as tuas cicatrizes, Aulo. Isso me faz lembrar que tudo na Bretanha anda à matroca porque ainda não tive tempo de nomear um delegado para substituir Aulo Pláucio. Mas temos a ti, Ostório. Acho que não sou o único aqui a estar cansado de saber que és um perito em tudo. Vai para casa e prepara-te para viajar. Hoje mesmo, Narciso aprontará as tuas credenciais.

Acredito que meu livro já havia revelado ao auditório que não era empreitada amena civilizar os bretões. Todos riram, e depois que Ostório deixou humilhado a sala, pude concluir minha leitura em paz.

Cláudio teve a gentileza de me permitir continuar à luz de candeias, já que fora ele o autor das interrupções e do atraso. Quando Cláudio se pôs a aplaudir, todos os presentes prorromperam em palmas. Não havia mais correções a fazer no meu livro, pois já era tarde e todos estavam com fome.

Alguns dos que tinham ido ouvir-me foram conosco para a casa de meu pai, onde Túlia providenciara um banquete, uma vez que seu cozinheiro era célebre em toda a cidade. Não se falou mais de meu livro.

Sêneca apresentou-me a seu editor, um velho simpático, pálido, corcunda e míope de tanto ler, que propôs publicar meu trabalho numa edição de quinhentos exemplares, para começar.

— Sei que você mesmo pode arcar com as despesas de publicação do seu livro — disse ele, gentil. — Mas o nome de um editor bem conhecido aumenta a venda de uma obra. Meus libertos têm cem escravos escribas que, num único ditado, são capazes de copiar qualquer livro rapidamente e sem muitos erros.

Sêneca havia elogiado este homem, que não o abandonara nem mesmo quando ele estava no exílio, e pontualmente abastecera as livrarias com os textos que o filósofo enviara da Córsega para Roma.

— Evidentemente ganho mais com traduções e revisões de histórias de amor e livros de viagens dos gregos. Mas nenhuma das obras de Sêneca jamais deu prejuízo.

Percebi a indireta e respondi que, naturalmente, estava disposto a pagar minha parcela do custo de produção do livro. Era realmente uma grande honra para mim que ele pusesse seu nome respeitado como uma garantia da qualidade de meu livro. Depois disso, deixei-o e fui conversar com outros convidados. Eram tantos que fiquei confuso; também bebi vinho em demasia. Por fim, enchi-me de desespero ao compreender que nenhum dos presentes, na verdade, se interessava por mim ou pelo meu futuro. Para eles meu livro era apenas um pretexto para que pudessem comer pratos raros e beber o melhor vinho da Campânia, estudar e criticar uns aos outros e, às ocultas, assombrar-se com o êxito de meu pai, para o qual, a seus olhos, ele carecia de habilitações pessoais.

Tive saudades de Cláudia que, pensei, era a única pessoa no mundo que realmente me compreendia ou se interessava por mim. Ela naturalmente não ousara comparecer à sessão, mas eu sabia com que ânsia aguardava as novas da leitura. Sem dúvida estaria fora da choupana, contemplando as estrelas no céu de inverno e olhando para Roma, enquanto as carretas de legumes passavam, com estrondo, pela estrada e o gado mugia no distante silêncio da noite. Eu me habituara tanto a esses ruídos, durante as noites passadas ao lado dela, que os amava. A simples lembrança das chocalhantes rodas dos carros tornava Cláudia tão nitidamente presente em meu espírito que meu corpo começou a tremer.

Não há cena mais melancólica do que o término de uma grande recepção, quando os archotes ardem sem chama e fumegam nas arcadas, os últimos convidados, amparados por seus escravos, entram nas liteiras, as candeias se apagam, o vinho derramado é removido dos lustrosos pisos de mosaico e o vômito lavado das paredes dos reservados. Túlia estava encantada com o êxito da reunião e conversava excitada com meu pai, acerca desse ou daquele convidado, e do que ele ou ela tinha dito ou feito. Mas eu me sentia longe de tudo.

Se fosse mais experiente, teria compreendido que isso era devido aos efeitos do vinho mas, jovem como era, não percebi. Assim, nem mesmo a companhia de meu pai me atraía, quando ele e Túlia reparavam as forças, ingerindo um pouco de vinho suave e produtos marinhos frescos, enquanto os escravos e fâmulos arrumavam os grandes aposentos. Agradeci a ambos e saí sozinho, sem pensar nos perigos de Roma à noite, apenas desejando ardentemente ver Cláudia.

A choupana estava aquecida e a cama tinha um suave cheiro de lã. Cláudia alimentou o braseiro para que eu não sentisse frio. A princípio, disse que não me esperava, depois de uma recepção tão suntuosa e do sucesso de meu livro. Mas tinha lágrimas nos olhos quando sussurrou:

— Oh, Minuto, agora eu sei que você me ama de verdade.

Após um longo momento de prazer e um curto período de sono, a manhã penetrou na choupana. Não havia sol e o inverno cinzento doía na alma quando, pálidos e cansados, tornamos a olhar um para o outro.

— Cláudia — disse eu — o que acontecerá a você e a mim? A seu lado sinto-me como se estivesse além das realidades, num outro mundo, sob as estrelas. Sou feliz com você. Mas isso não pode continuar assim.

Suponho que, no íntimo, eu esperava que ela se apressasse a responder que era melhor que as coisas continuassem como estavam e que podíamos prosseguir como antes, já que não era possível agirmos de outro modo. Mas Cláudia soltou um profundo suspiro de alívio.

— Eu o amo mais do que nunca, Minuto, porque você mesmo tocou nesse assunto delicado. É claro que as coisas não podem continuar como estão. Você, por ser homem, não pode talvez imaginar com que pavor eu espero as regras. Nem é digno de uma verdadeira mulher não fazer outra coisa senão esperar até que você tenha vontade de me visitar. Desse modo, minha vida não é nada mais que medo e espera aflita.

Estas palavras feriram-me profundamente:

— Você conseguiu esconder esses sentimentos muito bem — observei áspero. — Até agora me fez acreditar que bastam as minhas visitas para torná-la feliz. Mas tem alguma sugestão a fazer?

Agarrou com força as minhas mãos e encarou-me nos olhos.

— Só há uma possibilidade, Minuto. Sairmos de Roma. Abandone a sua carreira. Em qualquer parte, nas províncias ou no outro lado do mar, podíamos viver juntos, sem receio, até à morte de Cláudio.

Não podia olhá-la nos olhos e puxei minhas mãos que estavam presas na dela,

— Você disse que gostava de segurar os cordeiros enquanto eu os tosquiava — disse ela — e de ir buscar lenha para o fogo. Elogiou a água da minha fonte e disse que a minha comida simples era melhor do que a ambrosia celeste. Encontraríamos a mesma felicidade em qualquer recanto do mundo, contanto que fosse bastante longe de Roma.

Refleti um instante e falei sério:

— Não renego nem retiro minhas palavras. Mas uma decisão como esta tem consequências muito amplas para ser tomada no impulso do momento. Não podemos assim, sem mais nem menos, partir para um degredo voluntário.

E só por malícia, acrescentei:

— Que me diz do reino pelo qual você está esperando e dos ágapes secretos em que toma parte?

Cláudia pareceu abatida:

— Estou pecando com você — respondeu — e com eles já não sinto o mesmo arrebatamento que sentia. É como se pudessem ler no meu coração e estivessem sofrendo por mim. Por isso comecei a evitá-los. Sinto-me mais culpada todas as vezes que nos encontramos. Você roubará minha fé e minha esperança, se tudo continuar como antes.

Ao voltar ao Aventino tive a sensação de que me tinham atirado um balde de água. Sabia que me comportara vergonhosamente, usando Cláudia como instrumento de prazer, sem ao menos lhe dar dinheiro. Mas pensei que o casamento era um preço muito alto a pagar pela mera satisfação sexual, e nem desejava sair de Roma, quando me lembrava como tinha sonhado com ela, quando menino, em Antioquia, e homem, nos invernos da Bretanha.

131

Em consequência disso, passei a ver Cláudia cada vez menos e a descobrir ocupações, até que a inquietação do corpo me levava a vê-la de novo. Depois disso, já não éramos felizes juntos, a não ser na cama. Atormentávamo-nos constantemente até que mais uma vez eu ia embora furioso.

Na primavera seguinte, Cláudio expulsou os judeus de Roma, pois não se passava um dia sem que rebentasse um distúrbio, de modo que a desunião entre os judeus causava intranquilidade em toda a cidade. Em Alexandria, judeus e gregos rivalizavam em matar uns aos outros, e em Jerusalém agitadores judeus causavam tantos tumultos que, afinal, Cláudio fartou-se de todos eles.

Seus libertos influentes estavam de perfeito acordo com a decisão do Imperador, porquanto podiam agora vender permissões especiais, a preços altos, aos judeus mais ricos que pretendiam escapar ao exílio. Cláudio não chegou sequer a submeter sua decisão ao Senado, embora houvesse muitos judeus que viviam em Roma, há várias gerações, e tinham alcançado a cidadania. O Imperador julgou que um édito escrito fosse suficiente, desde que não privava ninguém do direito de cidadania. Também se propalara o boato de que os judeus haviam subornado inúmeros senadores.

Assim, as casas da outra margem do Tibre foram abandonadas e as sinagogas fechadas. Muitos judeus que não tinham dinheiro eram-se em diversas partes de Roma, onde os superintendentes distritais da cidade tiveram dificuldade para localizá-los. A polícia do Prefeito da Cidade prendeu muitos indivíduos na via pública e forçou-os a mostrar o membro, para ver se eram circuncisos.

Alguns foram descobertos nos lugares públicos, pois os cidadãos romanos não tinham, em geral, grande estima pelos judeus, e até mesmo os escravos tinham certa má-vontade contra eles. Os judeus capturados eram postos a trabalhar no porto de Óstia ou nas minas da Sardenha, o que, obviamente, era um enorme desperdício, pois eram artífices habilíssimos. Mas Cláudio foi impiedoso.

O ódio entre os próprios judeus tornava-se ainda mais violento quando altercavam em torno do que fora o motivo do desterro. Nas estradas fora de Roma encontraram-se muitos judeus mortos. Impossível dizer se eram cristãos ou ortodoxos. Um judeu morto era um judeu morto e os guardas das estradas não se importavam muito com eles desde que o crime não ocorresse nas suas barbas. "O único judeu bom é o judeu morto", gracejavam uns com os outros, enquanto, no interesse da ordem, procuravam ver se o corpo mutilado que encontravam era circunciso.

Os cristãos incircuncisos sofriam dolorosamente a dispersão dos seus chefes e os seguiam em longos percursos para protegê-los contra os ataques. Eram ignorantes e pobres, alguns, escravos, e as desilusões da vida tornava-os amargos. Na confusão que se estabeleceu, após o desterro dos judeus cristãos, eles eram como um rebanho sem pastor.

Apegavam-se uns aos outros, de maneira comovente, e reuniam-se para comer suas refeições humildes. Mas entre eles um pregava uma coisa e outro, outra, de modo que ao fim de algum tempo se separavam em grupos opostos. Os mais velhos aferravam-se obstinadamente ao que tinham escutado, com os próprios ouvidos, acerca da vida e dos ensinamentos de Jesus de Nazaré, mas outros propendiam a oferecer outras versões.

Os mais audazes punham à prova seus poderes, atingindo um estado de êxtase e praticando a cura pela superposição de mãos. Mas nem sempre eram bem sucedidos. Simão, o mago, não foi expulso, não sei se por ter comprado sua liberdade ou porque, sendo samaritano, não era considerado judeu. Tia Lélia me contou que ele ainda curava os doentes com seus poderes divinos. Pensei que se contentasse com aqueles sobre os quais tinha influência. Não sentia vontade de voltar a vê-lo, mas ele fazia proselitismo entre as cristãs ricas e curiosas, que acreditavam mais nele do que nos que pregavam humildade e um modo simples de vida, o amor mútuo e o retorno à terra do filho de seu deus envolto numa nuvem do céu. Fortalecido com isto, Simão, o mago, recomeçou seus voos e costumava desaparecer, de repente, da vista de seus seguidores, para reaparecer em outra parte.

Tive alguns problemas com Barbo também, pois às vezes ele negligenciava suas obrigações de porteiro e rumava para lugar ignorado. Tia Lélia, com medo dos ladrões, exigiu que eu o chamas se à ordem.

— Sou um cidadão como os outros — contestou ele — e dou meu cesto de trigo à casa quando há distribuição. Você sabe que não me incomodo muito com os deuses. Contento-me em fazer sacrifícios a Hércules, uma vez ou outra, quando há realmente necessidade, mas, com a aproximação da velhice, a gente tem de pôr as coisas em ordem. Vários bombeiros e outros veteranos me convenceram que eu devia entrar para uma sociedade secreta, graças à qual não morrerei nunca.

— O outro mundo é um lugar sinistro — disse eu. — Os espectadores se satisfazem em lamber o sangue em volta dos altares dos sacrifícios. Não seria mais prudente aceitar o próprio destino e contentar-se com os espectros e as cinzas quando a vida chega ao fim?

Mas Barbo balançou a cabeça:

— Não tenho o direito de revelar os segredos dos iniciados — respondeu — mas posso dizer-lhe que o nome do novo deus é Mitras. É filho de uma montanha. Os pastores o encontraram e prosternaram-se diante dele. Depois, ele matou o grande touro e trouxe tudo o que é bom para o mundo. Prometeu a imortalidade a todos os seus iniciados que foram batizados no sangue. Se não estou enganado, vou receber novos membros, depois da morte, e morar numa caverna bonita, onde os deveres são leves e o vinho e o mel sempre abundantes.

— Barbo, pensei que você já tivesse juízo bastante para não acreditar em tais balelas. Acho que devia ir curar-se numa estação de águas. Temo que o excesso de vinho o tenha levado a ver miragens.

Mas Barbo levantou, com dignidade, as mãos trêmulas:

— Não, não — disse ele — quando as palavras são pronunciadas, a luz de sua coroa resplandece na treva e o sino sagrado começa a tanger, então sentimos um tremor na barriga, os cabelos se põem em pé e até mesmo os mais céticos se convencem de sua divindade. Depois disso, comemos uma refeição sagrada, em geral carne de boi, quando um velho centurião passou pelo batismo de sangue. Depois de bebermos vinho, todos cantamos em coro.

— Estamos vivendo numa época estranha — disse eu. — Tia Lélia se salva com a ajuda de um mágico samaritano, meu próprio pai se inquieta com os cristãos e você, um velho guerreiro, se imiscui nos mistérios orientais.

133

— No Oriente nasce o sol — continuou Barbo. — De certo modo, este matador de touros é também o Deus Sol e assim o Deus dos soldados de cavalaria também. Mas eles não desprezam um veterano da infantaria como eu, e nada há que o impeça de aprender tudo a respeito do nosso deus, contanto que você prometa guardar segredo. Em nosso grupo, há velhos e moços cavaleiros romanos, que se cansaram dos sacrifícios e ídolos habituais.

Naquela fase eu andava aborrecido com corridas e apostas, com a vida de prazeres, ao lado de fúteis e presunçosos atores do teatro, e com a interminável conversa de Pólio e seus amigos, acerca de filosofia e da nova poesia. Prometi ir com Barbo a uma das reuniões de seu culto secreto. Ele ficou muito satisfeito e orgulhoso. Para minha surpresa, no dia marcado, ele realmente fez jejum e lavou-se completamente. Chegou mesmo a não tocar numa gota de vinho e vestiu roupas limpas também.

Naquela noite ele me levou, ao longo de ruelas tortas e fétidas, a um templo subterrâneo, no vale entre o Esquilino e o Célio. Quando descemos a escada e entramos numa sala mal iluminada, de paredes de pedras, fomos recebidos por um sacerdote de Mitras, que trazia nos ombros uma cabeça de. leão e que, sem me interrogar, permitiu que eu tomasse parte nos mistérios.

— Não temos do que nos envergonhar — explicou. — Exigimos limpeza, honestidade e varonilidade dos que seguem nosso deus Mitras, pela paz de suas almas e uma vida agradável depois da morte. Sua cara, jovem, está limpa e sua postura é ereta. Então creio que vai gostar do nosso deus. Mas, por favor, fale dele, sem necessidade, aos estranhos.

Na sala, havia uma multidão de velhos e moços. No meio deles reconheci, com assombro, vários tribunos e centuriões da Guarda Pretoriana. Alguns eram veteranos e inválidos de guerra. Todos envergavam roupas limpas e usavam a insígnia sagrada de Mitras, correspondente ao posto que ocupavam, de acordo com o grau de iniciação a que haviam chegado. A esse respeito, sua posição militar ou riqueza pessoal parecia não ter a menor importância.

Barbo explicou que, quando um irrepreensível veterano era iniciado com o batismo de sangue, cabia então aos iniciados mais ricos pagar pelo boi. Ele mesmo satisfazia-se com o grau de corvo, uma vez que não levara uma vida inteiramente inatacável e nem sempre se lembrava de apegar-se à verdade.

A luz era tão escassa na sala subterrânea, que não se podiam distinguir muitas caras. Mas vi um altar e, nele, a imagem de um deus com uma coroa na cabeça, matando um touro. Então, fez-se silêncio. Os mais velhos da congregação passaram a entoar textos sagrados que sabiam de cor. Eram em latim e pude entender quase todos. Segundo seus ensinamentos, depreendi que se travava no mundo uma luta constante entre a luz e a treva, o bem e o mal. Por fim, apagou-se a última candeia, ouvi um discreto esparrinhar de água e um sino de prata começou a soar. Muita gente soltou um suspiro pesado e Barbo apertou-me o braço com força. Vagarosamente, as luzes emanadas de frestas ocultas nas paredes principiaram a iluminar a coroa e a imagem de Mitras.

Não devo revelar mais nada dos mistérios, mas a piedade solene dos adoradores de Mitras e a confiança que depositavam na vida futura me convenceram.

Após a vitória da luz e das forças do bem, as tochas da sala se acenderam e foi servida uma modesta refeição.

Todos pareciam aliviados, as caras irradiavam alegria, e conversavam sem cerimônia, independentemente do posto e do grau de iniciação. A refeição consistiu em carne dura de boi e vinho azedo e barato dos acampamentos militares.

Pelas canções pias e pela conversa, tive a impressão de que todos eram homens honestos, embora simples, que se esforçavam virtualmente por levar uma vida inatacável. A maioria era constituída de viúvas ou celibatários, que encontravam consolo e segurança nesse vitorioso Deus Sol e na companhia de seus iguais. Pelo menos não tinham medo de magia e não respeitavam outros augúrios senão os próprios.

Imaginei que só poderiam ser de grande valia e ajuda para Barbo. Mas as cerimônias mitraístas não me atraíam. Talvez eu me sentisse muito civilizado e jovem entre todos aqueles adultos um tanto solenes. Terminada a refeição, começaram a contar histórias, mas eram as mesmas histórias ouvidas, sem qualquer cerimônia, ao pé do fogo, em qualquer acampamento do Império Romano.

Contudo, meu espírito continuava agitado. Nesses momentos, tirava da arca meu cálice de madeira, acariciava-o e pensava em minha mãe grega, que nunca conhecera. Em seguida, tomava um pouco de vinho no cálice, em memória de minha mãe, e me sentia ligeiramente envergonhado de minha própria superstição. Chegava, na verdade, a sentir a presença boa e suave de minha mãe. Mas nunca contei nada a ninguém acerca desse hábito.

Também entrei a atormentar-me com exercícios continuados de equitação, pois parecia experimentar maior satisfação ao dominar um cavalo arisco e cansar meu corpo, do que ao passar uma noite lacrimosa com Cláudia. Assim, eu fugia a uma consciência pesada e aos intermináveis sentimentos de culpa.

O moço Lúcio Domício ainda se sobressaía no campo de equitação, mas sua maior ambição era montar impecavelmente um cavalo bem adestrado. Foi escolhido como o melhor dos ginetes jovens da Ordem, e, para agradar Agripina, nós, os outros membros da Nobre Ordem dos Cavaleiros, concordamos em mandar cunhar em homenagem a seu filho uma nova moeda de ouro. Transcorrera apenas um ano desde que o Imperador Cláudio o perfilhara.

Num lado da moeda fizemos imprimir seu bem delineado perfil de menino e, em torno do retrato, seus novos nomes adotivos: *A Nero Cláudio Druso, e em memória de seu avô materno irmão de Cláudio, Germânico.* A inscrição no outro lado rezava: *A Nobre Ordem dos Cavaleiros rejubila com seu chefe.* Na verdade, foi Agripina quem pagou a cunhagem. Distribuída como lembrança, em todas as províncias, tinha naturalmente curso legal, como todas as moedas de ouro cunhadas no templo de Juno Moneta.

Evidentemente, Agripina podia permitir-se essa pequena demonstração política em proveito do filho. De seu segundo marido, Crispo Passieno, que por curtíssimo período foi padrasto de Lúcio Domício, herdara ela uma fortuna de duzentos milhões de sestércios e soubera ampliá-la, através de sua posição de esposa do Imperador e amiga íntima do Procurador do Tesouro do Estado.

135

O nome Germânico tinha tradições antigas e era mais ilustre do que Britânico, de quem não gostávamos por causa de sua epilepsia e de seu horror a cavalos. Muitas anedotas circulavam a respeito de sua verdadeira origem, desde que o Imperador Caio tinha tão repentina e inesperadamente casado Messalina, adolescente de quinze anos, com o decrépito Cláudio.

Sendo um dos amigos de Lúcio, fui convidado para a festa de perfilhamento e as cerimônias sacrificatórias a ela relacionadas. Toda Roma reconhecia que Lúcio Domício fizera jus a sua nova posição em virtude de sua ascendência nobre e também de sua natureza alegre e agradável. A partir de então passamos a chamá-lo apenas de Nero. Seus nomes adotivos foram escolhidos por Cláudio, em memória de seu próprio pai, irmão mais moço do Imperador Tibério.

Lúcio Domício, ou Nero, foi o mais versátil e talentoso de todos os rapazes que conheci, e era física e espiritualmente mais precoce do que seus contemporâneos. Gostava de luta romana e derrotava todos os competidores, muito embora fosse tão admirado que ninguém tentava seriamente vencê-lo, para não ferir-lhe os sentimentos. Nero desmanchava-se em lágrimas, quando sua mãe ou Sêneca repreendiam-no com demasiada severidade. Foi educado pelos melhores mestres de Roma, e Sêneca era seu professor de oratória. Eu nada tinha contra meu jovem amigo Nero, posto houvesse notado que ele sabia mentir hábil e plausivelmente, ao fazer alguma coisa que Sêneca julgasse errada. Mas todos os rapazes fazem a mesma coisa, e ninguém podia ter raiva de Nero por muito tempo.

Agripina cuidava para que Nero tivesse permissão de participar dos banquetes oficiais de Cláudio e se sentasse na ponta do sofá do Imperador, tão próximo quanto Britânico. Dessa maneira, os nobres de Roma e os enviados das províncias travavam conhecimento com Nero e tinham oportunidade de comparar os dois rapazes, o jovial e encantador Nero e o sorumbático Britânico.

Agripina convidava os filhos das famílias mais nobres de Roma para fazerem refeições com os dois rapazes. Nero atuava como anfitrião e Sêneca conduzia a conversa, fornecendo a cada um o assunto de que devia falar. Desconfio que ele dava o tema a Nero de antemão e o ajudava a preparar sua alocução, pois todas as vezes Nero se destacava com sua oratória fácil e brilhante.

Eu era convidado, com frequência, para essas refeições, uma vez que pelo menos metade dos convivas já tinha recebido a toga viril e Nero parecia realmente gostar de mim. Mas cansei de ouvir os oradores temperar constantemente seus discursos com versos cediços de Virgílio e Horácio, ou citações dos poetas gregos. Por isso comecei a preparar-me para as reuniões, lendo as obras de Sêneca e decorando seus trechos preferidos sobre o autodomínio, a brevidade da existência e a calma imperturbável do sábio ante as vicissitudes do destino.

Desde que conheci Sêneca comecei a ter por ele grande estima, pois não havia nada nesta terra sobre o que ele não desse uma opinião sensata, moderada e refletida, com sua voz bem educada. Mas eu queria ver se a imperturbabilidade do sábio também resistia à vaidade natural do homem.

É óbvio que Sêneca me conhecia bem. Não era tolo, mas deve ter gostado de ouvir seus próprios pensamentos Citados ao lado daqueles das sumidades do passado. Eu também fui bastante ladino para nunca mencionar-lhe o nome nas citações que fazia, uma vez que isso seria uma lisonja demasiadamente crua. Limitava-me a dizer: — Li outro dia não sei onde... — ou: — Tenho sempre na memória uma palavra...

A puberdade foi para Nero um verdadeiro tormento, e ele recebeu a toga viril aos quatorze anos. Levou a cabo o sacrifício a Júpiter, como um homem, não interrompendo nem se repetindo enquanto lia a litania sacrificatória. O fígado nada mais revelou do que bons augúrios. Nero chamou de volta a juventude de Roma e o Senado concordou unanimemente, sem o mais leve protesto, em que ele ocupasse o posto de Cônsul, ao completar vinte anos e, assim, como Cônsul, o direito a uma cadeira no Senado.

Nessa época, chegou um enviado da célebre ilha dos filósofos, Rodes, que veio pedir o restabelecimento da liberdade e o autogoverno para a ilha. Não sei se Cláudio se tornara mais benevolente para com o povo de Rodes, mas Sêneca achou que era esse o momento mais propício para Nero proferir seu primeiro discurso na Cúria. Com o auxílio de Sêneca, Nero preparou-se em segredo e com todo o cuidado para isso.

Meu pai me contou que ficara espantado quando Nero, após o discurso do enviado e alguns comentários sarcásticos do Senado, levantou-se timidamente e disse:

— Honrados pais.

Todo mundo despertou. Tendo Cláudio assentido com um movimento da cabeça, Nero transportou-se para a tribuna e entusiasticamente esboçou a história de Rodes, dos célebres filósofos da ilha e dos grandes romanos que ali haviam completado sua educação:

— Não terá já esta rósea ilha de sábios, cientistas, poetas e oradores sofrido bastante por seus erros? Não terá chegado o momento de enaltecê-la?

E foi por aí adiante. Quando terminou, todos olharam para Cláudio, como se ele fosse um criminoso, pois ele é que negara a liberdade a essa ilha. Cláudio sentia-se culpado, e a eloquência de Nero o comovera.

— Não fiqueis aí a encarar-me como vacas diante de uma porteira — disse ele com azedume. — Tomai uma decisão. Sois o Senado de Roma.

Posta em votação, a proposta de Nero recebeu perto de quinhentos sufrágios. Meu pai disse que o que mais apreciou foi a modéstia de Nero. Em resposta a todas as congratulações, Nero dizia apenas:

— Não me elogiem, elogiem meu preceptor.

Foi até onde estava Sêneca e o abraçou à vista de todos.

Sêneca sorriu e respondeu; para que todos ouvissem:

— Nem mesmo o melhor preceptor pode fazer um bom orador de um pupilo sem talento.

Não obstante, os senadores mais velhos não gostavam de Sêneca, pois ele vivia feito um mundano e, na opinião deles, diluíra em seus escritos o inflexível estoicismo de outrora. Diziam também que ele era demasiadamente propenso a ter meninos bonitos como alunos. Mas isso não era propriamente culpa de Sêneca. Nero odiava a feiúra a tal ponto que um rosto deformado ou um sinal de nascença desfigurante lhe tiravam o apetite. Seja como for, Sêneca nunca me dirigiu uma palavra equívoca, nem permitiu que o ultra-afetuoso Nero beijasse seus professores.

Após sua nomeação para o cargo de Pretor, Sêneca passou a preocupar-se principalmente com processos civis que, em si mesmos, eram mais difíceis e complicados do que os processos criminais, uma vez que diziam respeito a bens, propriedades, terrenos de construção, divórcios e testamentos. Ele mesmo dizia que não podia resolver-se a condenar alguém ao açoite ou à morte. Reparou que eu comparecia regularmente a todos os processos em que funcionava e um dia me fez uma sugestão:

— Você é um moço de talento, Minuto Lauso. Fala grego com o mesmo desembaraço com que se exprime em latim e revela interesse pelas questões judiciárias, como convém a um verdadeiro romano. Como encararia a ideia de se tornar Pretor assistente e, por exemplo, desencavar velhos precedentes e decretos esquecidos, sob a minha supervisão?

Enrubesci de prazer e afiancei-lhe que essa tarefa seria sumamente honrosa. O rosto de Sêneca se anuviou:

— Você compreende, suponho — observou ele — que quase todos os rapazes dariam tudo para ter uma oportunidade, como esta, de derrotar os rivais nesta especialidade.

Eu compreendia, sim, e assegurei que lhe ficaria eternamente grato por um favor tão incomparável. Sêneca balançou a cabeça:

— Você sabe — disse ele — que, pelos padrões de Roma, não sou rico. No momento, estou construindo uma casa. Quando estiver pronta, espero casar-me e pôr fim a toda essa maledicência. Presumo que você administra seus próprios bens e pode pagar-me alguma compensação por minhas aulas de Direito.

Tomei fôlego e pedi-lhe que perdoasse minha falta de percepção. Quando lhe perguntei que quantia julgaria adequada, ele sorriu e me deu uma palmadinha no ombro:

— Talvez — respondeu fosse conveniente você consultar seu rico pai, Marco Mezêncio, a esse respeito.

Fui direto a meu pai e indaguei se, por exemplo, dez moedas de ouro seriam uma soma grande demais para um filósofo que amava a modéstia e a vida simples. Meu pai soltou uma gargalhada:

— Conheço os hábitos modestos de Sêneca — disse ele. — Deixe comigo e não se preocupe mais com isso.

Posteriormente, soube que ele enviara a Sêneca mil moedas de ouro, ou seja, cem mil sestércios que, na minha opinião, constituíam uma soma descomunal. Contudo, Sêneca não se ofendeu, mas tratou-me ainda mais bondosamente do que antes, para mostrar que perdoara a meu pai aquela extravagância de novo-rico.

Trabalhei vários meses como assistente de Sêneca, no Pretório. Ele era absolutamente justo nas decisões, pesando-as todas com cuidado. Nenhum advogado o iludia com eloquência, pois ele próprio era o maior orador da época. Apesar disso, os que perdiam suas demandas espalhavam o boato de que ele aceitava suborno. É claro que tais boatos circulavam envolvendo todos os pretores. Mas Sêneca afirmava peremptoriamente que nunca recebera um presente antes de proferir uma sentença.

138

— Por outro lado, se a questão trata da propriedade de um terreno que vale um milhão de sestércios, é natural que o ganhador da causa dê posteriormente ao juiz um ou dois presentes. Ninguém pode viver somente dos vencimentos de Pretor e custear espetáculos gratuitos no teatro, durante o exercício do cargo.

Voltara a primavera. Sob o influxo do verde da relva, do sol cálido e das notas da cítara, as empoladas frases forenses foram banidas de nossos pensamentos pelos despreocupados versos de Ovídio e Propércio.

Eu vinha aguardando uma oportunidade para solucionar o problema de Cláudia e ocorreu-me que Agripina era a única pessoa que podia fazê-lo com magnanimidade e justiça. Não podia falar de Cláudia a tia Lélia ou a Túlia — a esta muito menos. Numa tarde encantadora, em que as nuvens acima de Roma resplendiam da cor do ouro, a oportunidade surgiu, quando Nero me levou aos jardins do Píncio. Lá encontramos sua mãe atarefada em dar instruções aos jardineiros, para a primavera. Afogueada pelo calor, o rosto se lhe iluminou, como de costume, ao ver seu belo filho.

— Que há contigo, Minuto Maniliano? — perguntou ela. — Tens o ar de quem guarda alguma tristeza secreta. Teus olhos estão inquietos e não me encaras de frente.

Vi-me obrigado a fitá-la nos olhos, que eram límpidos e sábios como os de uma deusa.

— Permitiríeis realmente que eu vos apresentasse meu problema? — balbuciei.

Ela me conduziu a um canto, longe dos jardineiros e dos escravos que cavavam a terra, e me pediu que falasse com franqueza e sem receio. Falei-lhe de Cláudia, mas minhas primeiras palavras fizeram-na estremecer, se bem que a expressão de rosto tranquilo não se alterasse.

— A reputação de Pláucia Urgulanila foi sempre duvidosa — disse ela, pensativa. — Eu a conheci, em minha juventude. Quisera agora não a ter conhecido. Como é possível que tenhas chegado a conhecer essa moça? Pelo que sei, ela não tem permissão de pôr os pés dentro dos muros da cidade. Não é ela uma cabreira, na granja de Aulo Pláucio?

Contei como nos tínhamos conhecido, mas não pude prosseguir, pois Agripina interrompia-me a todo instante com perguntas — para chegar à origem da questão, como dizia.

— Nó nos amamos — aventurei-me a dizer, afinal — e gostaria de me casar com ela, se descobrisse um meio de fazê-lo.

— Minuto — protestou Agripina, com rispidez ninguém deve casar com moças dessa espécie.

Tentei, como pude, exaltar os aspectos positivos de Cláudia, mas Agripina quase não me ouvia. Com lágrimas nos olhos, contemplava o crepúsculo vermelho-sangue que se espraiava sobre Roma, como se tivesse ficado transtornada pelo que eu dissera. Finalmente, interrompeu-me, dizendo:

— Dormiste com ela? Responde sinceramente.

Tive de dizer a verdade. Cometi até o erro de contar que éramos felizes juntos, embora isso já não fosse exato, em virtude das nossas brigas. Perguntei se havia qualquer possibilidade de uma boa família adotar Cláudia.

— Oh, meu pobre Minuto — disse ela, compassiva — onde te meteste! Em toda Roma não há uma única família respeitável que queira adotá-la, nem por todo o dinheiro do mundo. A família que estivesse disposta a aceitá-la mostraria simplesmente que não é mais respeitável.

Fiz nova tentativa, escolhendo cuidadosamente minhas palavras, mas Agripina foi irredutível.

— Neste ponto é meu dever, como protetora da Nobre Ordem dos Cavaleiros, pensar no que é melhor para ti e não nessa pobre moça libertina — disse ela. — Não fazes a menor ideia da reputação dela. Não quero me aprofundar no assunto, porque em tua cegueira dificilmente acreditarias em mim. Mas prometo estudar a questão.

Expliquei, confuso, que estava havendo um mal-entendido. Cláudia não era libertina nem depravada. Se isso fosse verdade, eu nunca teria sequer sonhado em casar-me com ela. Agripina, pelo menos, foi muito paciente comigo. Interrogando-me a respeito de tudo que havíamos feito juntos, Cláudia e eu, ensinou-me a diferença entre virtude e depravação na cama, e fez me compreender que Cláudia era evidentemente muito mais traquejada do que eu nessas matérias.

— O divino Augusto desterrou Ovídio, cujo livro imoral pretendia mostrar que o amor era uma arte — explicou Agripina. — Certamente não duvidas do seu julgamento. Esse tipo de arte é próprio dos bordéis. Comprova-o o fato de não poderes fitar-me nos olhos sem corar.

De qualquer modo, senti que havia retirado um peso dos ombros, ao confiar a questão ao discernimento de Agripina. Feliz, saí correndo da cidade para contar a Cláudia que os nossos assuntos estavam em boas mãos, Não falara previamente de minhas intenções, a fim de não fazer surgir falsas esperanças.

Quando narrei minha conversa com Agripina, Cláudia empalideceu horrorizada, e as sardas de cada lado do nariz tomaram um tom castanho escuro, em contraste com a pele acinzentada.

— Minuto, Minuto — gemeu — que foi que você fez? Perdeu o juízo?

Fiquei, é claro, profundamente ofendido com essa falta de compreensão, pois acreditava estar fazendo tudo isso para o bem dela. Era necessário muita coragem moral para discutir um assunto tão delicado com a primeira dama de Roma. Tratei de perguntar a Cláudia o que tinha ela contra Agripina, mas Cláudia não me deu resposta. Sentou-se como que paralisada, as mãos no regaço, recusando-se até mesmo a olhar para mim.

As carícias que lhe fiz foram inúteis. Cláudia repeliu-me com brusquidão e afinal não pude deixar de pensar que ela tinha algo na consciência que não queria ou não podia revelar-me. Não lhe arranquei outra resposta, exceto que não valia a pena explicar, já que eu era realmente tão simplório, a ponto de confiar numa mulher como Agripina.

Saí furioso, pois ela é que estragara tudo, com suas infindáveis histórias sobre casamento e nosso futuro. Já andara um bom pedaço, quando ela apareceu à porta e gritou por mim.

— Vamos nos separar desse jeito, Minuto? Você vai embora sem me dizer uma palavra amável? Talvez não nos vejamos nunca mais.

Como é compreensível, eu estava decepcionado, porque ela não se rendera às minhas carícias, como em nossas reconciliações anteriores. Por isso, xinguei-a.

— Por Hércules! — bradei. — Espero que não nos vejamos nunca mais!

Ao chegar à ponte sobre o Tibre, estava arrependido e teria dado meia volta, se meu orgulho masculino não me tivesse impedido.

Passou-se um mês sem acontecer nada. Então, um dia, Sêneca me chamou a um canto.

— Minuto Lauso — disse ele — você está agora com vinte anos. É tempo de se familiarizar com a administração de uma província, para o bem de sua carreira. Como é provavelmente do seu conhecimento, meu irmão recebeu a província de Acaia, por alguns anos, como recompensa por serviços prestados. Ele acaba de me escrever, dizendo que precisa de um assistente que entenda de leis e tenha alguma experiência militar. Você é um pouco jovem, naturalmente, mas acho que o conhe-ço bem. E seu pai tem sido tão generoso comigo, que me sinto na obrigação de proporcionar a você esta excelente oportunidade de progredir. Seria conveniente que partisse o mais cedo possível. Pode partir imediatamente para Bríndisi e lá tomar o primeiro navio para Corinto.

Compreendi que se tratava de uma ordem, não apenas de um favor. Mas um rapaz nas minhas condições dificilmente conseguiria um posto melhor. Corinto é uma cidade alegre, feliz e vizinha da antiga Atenas. Eu poderia visitar todos os memoráveis lugares helênicos, nas viagens de inspeção. Ao regressar, depois de dois anos, talvez pudesse candidatar-me à função pública. A idade limite de trinta anos muitas vezes era reduzida com o auxílio de mérito especial e boas relações. Agradeci reverentemente a Sêneca e comecei a preparar-me para a longa viagem.

Na verdade, a designação vinha no momento mais favorável. Sabia-se em Roma que as tribos bretãs se tinham levantado para pôr Ostório à prova. Vespasiano já conheciam, mas Ostório ainda não estava a par das coisas da Bretanha. Já me assaltara o receio de ser enviado de novo para lá e eu não tinha nenhum desejo de ir. Até mesmo os icenos, que até então tinham sido os aliados mais pacíficos e corretos de Roma, vinham promovendo correrias, além do rio que lhes servia de fronteira, e por causa de Lugunda ter-me-ia sido difícil dar-lhes combate.

Apesar de tudo, achei que não devia partir sem despedir-me de Cláudia, por mais antipática que ela tivesse sido. Assim, um dia fui até o outro lado do Tibre, mas a choupana de Cláudia estava interditada e vazia. Ninguém respondeu aos meus chamados e seu rebanho tinha desaparecido. Dirigi-me a toda a pressa à fazenda de Pláucio e fiz perguntas. Mas fui recebido com frieza e ninguém parecia ter a menor ideia do paradeiro de Cláudia. Era como se fosse proibido pronunciar-lhe o nome.

Fiquei tão transtornado que voltei correndo para a cidade e fui ver tia Paulina, na casa de Pláucio. A velha, enlutada como de costume, recebeu-me mais lacrimosa do que nunca, mas não me deu nenhuma informação direta a respeito de Cláudia.

— Quanto menos se falar nesse assunto melhor — disse ela, olhando-me hostil. — Você a arruinou, mas talvez isso tivesse de acontecer um dia, cedo ou tarde.

141

Você é moço ainda e não creio que saiba o que fez. Mas não posso perdoá-lo. Peço a Deus que o perdoe.

Todo esse segredo me deixou desalentado e cheio de pressentimentos. Não sabia em que acreditar. Não me sentia culpado, pois o que acontecera entre mim e Cláudia fora espontâneo. Mas eu estava com pressa.

Mudei de roupa e rumei para o Palatino, a fim de apresentar minhas despedidas a Nero, que disse invejar essa oportunidade de travar conhecimento com a antiga cultura grega. Tomando-me pela mão, como sinal de amizade, conduziu-me à sua mãe, embora Agripina estivesse ocupada com Palas, no exame das contas do erário. Palas era considerado o homem mais rico de Roma. Era tão soberbo que nunca falava com os escravos, contentando-se em exprimir seus desejos por meio de gestos que todos tinham de interpretar, sem perda de tempo.

Agripina evidentemente não gostou de ser incomodada, mas como sempre ficou satisfeita ao ver Nero. Desejou-me êxito em minha missão, preveniu-me quanto à frivolidade de Corinto e manifestou a esperança de que eu buscasse o melhor da cultura helênica, mas regressasse um bom romano.

Gaguejei alguma coisa, encarando-a e fazendo um gesto de apelo. Ela entendeu, sem palavras, o que eu queria. O liberto Palas não se dignou olhar-me, mas mexia impaciente nos rolos de pergaminho e escrevia algarismos em sua tabuinha de cera. Agripina recomendou a Nero que observasse a habilidade com que Palas somava grandes parcelas e me levou para outra sala.

— Seria melhor que Nero não escutasse a nossa conversa — disse ela. — É um menino inocente, apesar de usar a toga viril.

Isso não era verdade, pois o próprio Nero se vangloriava de dormir com uma escrava e também de ter relações com um menino, só para se divertir, mas eu não podia dizer isso à sua mãe. Agripina fitou-me com seus olhos claros e uma expressão sublime e suspirou.

— Sei que desejas notícias de Cláudia — disse ela. — Não quero desiludi-lo. Sei como se encaram essas coisas quando se é moço. Mas é melhor abrires os olhos em tempo, por mais que isso doa. Determinei que Cláudia passasse a ser vigiada. Por tua causa, tive de saber a verdade a respeito de sua vida e de seus hábitos. Não me importa que ela tenha desobedecido à proibição expressa de aparecer dentro dos muros da cidade. Também não me importa que ela tenha participado de certas refeições secretas dos escravos, nas quais imagino que aconteceram coisas não muito agradáveis. Mas é imperdoável que, fora da cidade e sem a necessária supervisão médica, ela se tenha vendido por dinheiro a feitores, pastores, e outros indivíduos.

Essa acusação terrível e inacreditável tirou-me a fala, e Agripina volveu para mim um olhar de compaixão:

— A questão foi tratada pelo tribunal da polícia com o mínimo de publicidade — disse ela. — Havia muitas testemunhas. Para o teu próprio bem, não direi quem eram. A vergonha seria insuportável. Por misericórdia, Cláudia não foi punida como manda a lei. Não foi açoitada, nem teve o cabelo raspado. Foi condenada a passar um período numa casa fechada do interior, a fim de se regenerar. Não te direi onde, para não cometeres alguma tolice. Se ainda quiseres vê-la quando voltares da Grécia, eu farei isso por ti, caso ela se tenha regenerado. Mas hás de prometer que não tentarás entrar em contato com ela, antes desse tempo. Tu me deves isso.

Sua explicação era tão inconcebível que senti uma fraqueza nos joelhos e quase faleci. Lembrei-me apenas de tudo que me parecia estranho em Cláudia: sua experiência e o fato de ser ela em geral tão impetuosa. Agripina pôs sua mão encantadora em meu braço e balançou a cabeça lentamente:

— Examina bem a tua consciência, Minuto. Só a tua vaidade juvenil te impede de ver como foste cruelmente traído. Aprende a não confiar em mulheres depravadas e no que elas dizem. Foi uma sorte que tenhas conseguido desvencilhar-te em tempo. ao recorreres a mim. Nisto foste ajuizado.

Encarei-a, na esperança de notar o mais leve sinal de incerteza em seu rosto redondo e em seus olhos claros. Ela afagou-me de leve a bochecha:

— Olha-me nos olhos, Minuto Lauso. Em quem acreditas mais, em mim ou naquela rapariga tola que tão cruelmente traiu a confiança que nela depositavas?

Meu bom senso e meus sentimentos conturbados porfiaram entre si para dizer-me que devia acreditar mais nesta dama gentil, que era a esposa do Imperador, do que em Cláudia. Curvei a cabeça, pois a penosa desilusão me trazia quentes lágrimas aos olhos. Agripina apertou-me a cabeça de encontro ao seio macio. De repente, senti um tremor de excitação no corpo e fiquei mais envergonhado ainda.

— Por favor, não me agradeças agora, embora eu tenha feito por ti muita coisa que me foi desagradável — sussurrou ela em meu ouvido, inundando-me o rosto com seu hálito quente e fazendo-me tremer ainda mais. — Sei que virás agradecer-me mais tarde, quando tiveres tido tempo de examinar toda a questão. Eu te salvei do pior perigo que um jovem pode enfrentar no limiar da idade viril.

Cautelosamente, com medo de alguma testemunha inesperada, ela me afastou de si e me contemplou com um sorriso adorável. Meu rosto estava tão afogueado e manchado de lágrimas que desejei não ser visto por ninguém. Agripina mandou-me embora por uma saída dos fundos do palácio. De cabeça baixa, desci a viela íngreme da Deusa da Vitória, tropeçando nas pedras brancas.

143

Corinto

Corinto é uma metrópole, a mais ativa e alegre do mundo, na opinião dos seus habitantes. Não obstante ter sido arrasada por Múmio, há uns duzentos anos, a cidade, renascida das cinzas, reúne hoje meio milhão de seres humanos, oriundos de todas as regiões da terra, graças sobretudo à visão do divino Júlio César. Da Acrópole, a cidade e suas ruas parecem refulgir dentro da noite. Para um jovem melancólico que remói amargamente a própria credulidade, Corinto com sua vida movimentada é, em verdade, uma cura.

Meu servo Hierex mais de uma vez lamentou que me tivesse implorado que o comprasse, quando se achava no estrado do traficante de escravos, em Roma. Sabia ler, escrever, dar massagem, cozinhar, regatear no mercado e falar grego e latim mascavado. Assegurou-me que viajara por muitos países, com seus amos anteriores, e aprendera a remover os obstáculos do caminho deles.

O preço pedido pelo vendedor era tão elevado, que imaginei que Hierex fosse um escravo da mais alta qualidade, embora naturalmente houvesse razões para uma redução. Hierex pediu-me que não pechinchasse demais, pois seu senhor o cedera com relutância, por motivos financeiros decorrentes de uma ação judicial. Desconfiei que Hierex iria receber uma parcela do seu próprio preço, se pudesse elevá-lo com sua facúndia. Mas no estado de espírito em que me encontrava, na ocasião, não me sentia em condições de regatear.

Hierex evidentemente desejava um amo jovem e amável, e tinha medo de acabar numa casa cuidadosamente governada, cheia de velhos rabugentos. Meu silêncio e minha melancolia ensinaram-no a calar a boca, por mais que isso lhe custasse, pois ele era de nascença um verdadeiro tagarela grego. Nem mesmo a viagem me distraía e eu não queria conversar com ninguém. Assim, dava ordens ao modo de Palas, só por meio de gestos. Hierex fazia o possível para servir-me, provavelmente receando que por trás de minha aparência sombria se escondesse um senhor cruel que sentisse prazer em castigar os escravos.

Hierex nascera escravo e criara-se como tal. Não era robusto, mas comprei-o para não ter que procurar mais, já que ele não tinha defeitos visíveis e seus dentes eram bons, apesar de ter mais de trinta anos. Evidentemente, desconfiei de alguma anormalidade que justificasse a venda, mas em minha posição não era possível viajar sem um criado. No começo, ele foi para mim um tormento, mas depois que o ensinei a ficar em silêncio, passou a tomar conta muito bem da minha bagagem, roupas e alimentação. Chegava mesmo a raspar minha barba ainda juvenil, sem me cortar excessivamente.

Tinha estado antes em Corinto e escolheu alojamentos para nós dois na Hospedaria dos Navegantes, perto do templo de Netuno. Espantou-se de não ter eu corrido a fazer uma oferenda de agradecimento pelo venturoso resultado de uma viagem perigosa, mas, em vez disso, ter-me lavado, mudado de roupa e ido imediatamente ao fórum, apresentar-me ao Procônsul.

O edifício da administração da província de Acaia era um prédio bonito, com um propileu e o pátio externo murado e provido de casas da guarda. Ambos os legionários postados à entrada estavam palitando os dentes e cavaqueando com os transeuntes, os escudos e lanças encostados ao muro. Atiraram um olhar irônico à minha estreita faixa vermelha, mas deixaram-me entrar sem uma palavra.

O Procônsul Júnio Aneu Gálio recebeu-me vestido à moda grega, recendendo a unguentos e com uma coroa de flores na cabeça. Como se estivesse a caminho de um banquete. Era um homem de bom coração. Ofereceu-me vinho de Samos, enquanto lia a carta de seu irmão mais moço Sêneca, e as outras que eu trouxera, como mensageiro do Senado. Deixei meu cálice semicheio e não me preocupei mais com o vinho, pois desprezava profundamente todo aquele mundo em que tivera a infelicidade de nascer e, de modo geral, já não acreditava na bondade dos seres humanos.

Ao concluir a leitura das cartas, Gálio assumiu um ar grave e lançou-me um olhar perscrutador:

— Creio que seria preferível que você só usasse sua toga no tribunal — sugeriu cautelosamente. — Convém lembrar que Acaia é Acaia. Sua civilização é mais antiga e, de qualquer maneira, incomparavelmente mais espiritual do que a de Roma. Os gregos têm suas próprias leis e sabem como manter a ordem. A política de Roma, em Acaia, consiste em interferir o menos possível e deixar que as coisas sigam seu curso natural, a menos que sejamos chamados diretamente a intervir. Aqui os ataques violentos são muito raros. O maior problema, numa cidade portuária como esta, são os ladrões e trapaceiros. Ainda não temos um anfiteatro aqui em Corinto, mas há um ótimo circo para as corridas. Os teatros funcionam todas as noites. Não faltam diversões para um cavaleiro decente e jovem.

— Não vim para Corinto em busca de diversões – respondi irritado — mas para preparar-me para a minha carreira na função pública.

— Claro, claro — disse Gálio. — Vi isso na carta de meu irmão. Talvez o melhor seja você se apresentar primeiro ao comandante das coortes, em nossa guarnição. É um Rúbrio. Assim é bom ser cortês. A parte isso, pode incumbir-se dos exercícios com armas, já que os soldados se tornaram negligentes, sob o comando de Rúbrio. Depois, poderá fazer viagens de inspeção a outras guarnições. Não são muitas. Em Atenas e em algumas outras cidades sagradas, não é aconselhável sequer usar uniforme militar romano. Os trapos de filósofo seriam mais adequados. Uma vez por semana presido ao tribunal aqui, fora do prédio. Você terá, naturalmente, de comparecer. Temos de adaptar-nos aos costumes que encontramos. Agora vou mostrar-lhe o prédio e apresentar-lhe os meus auxiliares.

Discorrendo amavelmente sobre vários assuntos, apresentou-me ao seu tesoureiro, ao seu advogado, ao superintendente da coletoria de Acaia e ao representante comercial de Roma.

— Gostaria de pedir-lhe que ficasse comigo — disse Gálio. — Mas é melhor para Roma que vá morar na cidade, numa boa estalagem ou numa casa. Assim

145

terá melhor oportunidade de travar relações com o povo e ficar ao corrente de seus desejos, hábitos e queixas. Não se esqueça que é preciso tratar Acaia com muito cuidado, como se fosse uma bola de plumas. No momento, estou aguardando uns sábios e filósofos para jantar. Gostaria que nos fizesse companhia, mas vejo que está exausto da viagem, e a comida pode não ser do seu agrado, como vejo que meu vinho não é. Vá primeiro refazer-se das canseiras. Passeie pela cidade e apresente-se a Rúbrio, quando julgar conveniente. Não há pressa.

Também apresentou-me à sua mulher. Ela usava um manto grego bordado a ouro, sandálias de couro dourado e um diadema de ouro, no cabelo cuidadosamente arrumado. Olhou primeiro maliciosamente para mim e depois para Gálio. Em seguida, tornou-se grave, cumprimentando-me com a maior tristeza, como se todas as preocupações do mundo a oprimissem. Então, de repente levou a mão à boca, abafou o riso, deu meia volta e fugiu da sala.

Achei que a espanhola Hélvia, malgrado sua beleza, não tinha nenhum amadurecimento. Gálio escondeu o sorriso, acompanhando com olhar solene a saída de sua mulher, e confirmou meu pensamento oculto.

— Sim, Lauso, ela é muito jovem e não pode desempenhar os deveres de sua posição com a desejada seriedade. Felizmente, isso não tem importância alguma em Corinto.

No dia seguinte, levei muito tempo a pensar se devia mandar uma mensagem à guarnição, solicitando um cavalo e guarda de honra para acompanhar-me, quando fizesse minha primeira visita ao quartel. Isto eu tinha o direito de exigir, é claro. Mas como ainda não conhecia Rúbrio, julguei que talvez fosse melhor não me mostrar petulante demais. Por isso, uniformizei-me de acordo com os regulamentos: peito de armas com as águias de prata, sapatos ferrados, perneiras e o elmo de plumas vermelhas. Hierex envolveu-me as costas com o manto vermelho e curto de tribuno, e amarrou o broche em meu ombro.

Minha partida causou tal sensação na hospedaria, que até mesmo os cozinheiros e faxineiros se comprimiram à porta para me ver sair. Após os primeiros passos na rua, fazendo tilintar minha armadura, vi-me cercado de transeuntes boquiabertos. Os homens apontavam para as minhas plumas e gritavam qualquer coisa, as mulheres aproximavam-se e cutucavam meu peito de armas e os garotos formavam a meu lado, marchando e berrando. Logo percebi que estavam zombando de meu esplendor militar.

A situação era tão aflitiva, que senti o desejo selvagem de puxar de minha longa espada e dar golpes a torto e a direito. Também percebi que isso iria atrair mais atenção ainda. Com a cara em fogo, recorri a um guarda que ia passando. Ele acenou para os garotos com seu bastãozinho, determinando que me dessem passagem. Apesar disso umas cem pessoas pelo menos me seguiram até à entrada do acampamento.

Apressadamente, as sentinelas agarraram as lanças e escudos que estavam encostados ao muro. Uma deu alarma, com a corneta, quando viu a multidão marchando em algazarra, na direção do quartel. A turba não tinha o menor desejo de pôr os pés dentro da guarnição romana. Pararam todos, formando um semicírculo diante das pontas das lanças dos soldados, fizeram votos pelo meu êxito e garantiram-me que há muitos anos não viam um espetáculo tão maravilhoso.

O centurião mais antigo da coorte veio correndo ao meu encontro, vestindo apenas uma camisa de baixo. Um punhado de legionários, com lanças e escudos, perturbados pelo sinal de alarma, deram-se pressa em reunir-se no pátio, pondo-se desajeitadamente em fila. Talvez a minha juventude justifique o fato de eu lhes ter bradado ordens que ainda não tinha direito de dar, uma vez que não me apresentara a Rúbrio. Depois de os fazer ir em marcha acelerada até ao muro, voltar e manter-se em perfeito alinhamento, passei o comando ao centurião. Ele me olhou atônito, as pernas escarranchadas, a barba curta e espetada no queixo e as mãos nos quadris.

— O Comandante Rúbrio está dormindo, após um estafante exercício noturno — disse ele. — Os homens estão cansados pelo mesmo motivo. Convido-o a acompanhar-me, tomar um gole de vinho e dizer-me quem é, de onde vem e por que desembarcou aqui feito o próprio Deus da Guerra, de sobrolho franzido e rilhando os dentes!

Pelo rosto e pelas coxas escalavradas, vi que se tratava de um veterano traquejado e não pude deixar de aceitar o convite. Era fácil, para um centurião como ele, mandar às favas um cavaleiro moço, e eu não queria passar por novas humilhações e ser ridicularizado diante do número cada vez maior de soldados que acorriam ao pátio.

O centurião conduziu-me a seu alojamento, que tresandava a couro e metal polido, pegou de um jarro e começou a servir-me vinho. Disse-lhe eu que, em virtude de uma promessa, só aceitaria água e legumes. Ele me olhou estupefato.

— Corinto não é considerado um lugar de desterro — comentou. — Você deve ser realmente de família muito nobre, se sua presença aqui é uma espécie de castigo para o que fez em Roma.

Coçou o queixo, sem nenhuma cerimônia, produzindo um som áspero na barba curta e espetada, deu um vasto bocejo e tomou um pouco de vinho. Não obstante, por ordem minha, foi buscar o escrevente do Comandante Rúbrio e a lista de chamada da coorte.

— Na cidade propriamente dita — explicou — só temos guardas no pátio do Procônsul e nos portões principais. Em Cencréia e Licéia, os portos, como você sabe, temos guarnições permanentes, com quartéis próprios, para que os homens não fiquem andando de um lado para outro, entre os acampamentos e os portos. De acordo com a lista de chamada, somos uma coorte completa, excluindo os engenheiros, alfaiates e outros especialistas. Assim, em caso de necessidade, podemos formar uma unidade de campanha autossuficiente.

Perguntei pela cavalaria.

— Na verdade, não temos um só cavalariano aqui no momento — disse ele. — Naturalmente, há alguns cavalos à disposição do Comandante e do Governador, mas ambos preferem usar liteira. Você poderá obter um, se não puder viver sem cavalo. A própria cavalaria de Corinto, evidentemente, é obrigada a nos dar assistência.

147

Quando indaguei da manutenção das armas e do equipamento, das ordens do dia e do programa de exercícios, ele me olhou curioso:

— Talvez seja melhor perguntar a Rúbrio. Sou apenas um subalterno.

Para matar o tempo, inspecionei os alojamentos vazios, cobertos de poeira e teias de aranha, o depósito de armas, a cozinha e o altar. A guarnição não tinha Águia própria, somente a costumeira insígnia de campanha da coorte, com borlas e placas comemorativas. Finda a inspeção, senti-me ao mesmo tempo confuso e estarrecido.

— Em nome de Hércules — gritei — onde estão os homens? Que aconteceria se tivéssemos de partir de repente para o combate?

O centurião não me suportava mais:

— É melhor perguntar isso também ao Comandante Rúbrio — respondeu, agastado.

Ao meio-dia, Rúbrio afinal mandou me chamar. Seu quarto era esplendidamente mobiliado à moda grega, e vi pelo menos três moças servindo-o. Ele era calvo, a cara gorda, de veias irregulares, os beiços azuis. Arrastava o pé esquerdo, quando andava. Recebeu-me cordialmente, manchou-me de vinho, ao abraçar-me, e imediatamente mandou que eu me sentasse e ficasse à vontade.

— Vindo de Roma, você deve estar espantado de ver como somos indolentes aqui em Corinto — disse ele. — Sem dúvida, era preciso que viesse um cavaleiro jovem e animoso movimentar isto aqui. Muito bem. Você ocupa o posto de tribuno, não é verdade? Obtido na Bretanha, já sei. Isso é uma distinção, não um posto de comando.

Perguntei pelas instruções de serviço e ele não respondeu logo.

— Em Corinto — disse, por fim — não precisamos manter-nos de prontidão. O conselho municipal e os habitantes ficariam insultados, se agíssemos dessa forma. Quase todos os legionários são casados. Têm licença minha para morar com a família e exercer algum ofício ou o comércio. De vez em quando, nos dias de festa de Roma, nós os passamos em revista, é claro. Mas só dentro dos muros, para não atrair desnecessária atenção.

Aventurei-me a dizer que os soldados que eu vira eram apáticos e indisciplinados, que o depósito de equipamento estava cheio de poeira e os alojamentos, imundos.

— É possível, é possível — admitiu Rúbrio. — Faz muito tempo que não me lembro de dar uma olhadela nos alojamentos dos homens. A vida social em Corinto é puxada, para um tipo já velhusco como eu. Felizmente, conto com um centurião de absoluta confiança. Ele é responsável por tudo. Pergunte-lhe tudo quanto quiser. Do ponto de vista formal, você deveria ser meu braço direito, mas ele se ofenderia se eu o relegasse a segundo plano. Talvez vocês possam trabalhar juntos, em pé de igualdade, desde que não me aborreçam com queixas um do outro. Já estou farto de disputas e quero passar o resto do meu tempo de serviço em paz. Tenho poucos anos pela frente.

Lançou-me um olhar surpreendentemente penetrante e acrescentou, com simulada distração:

— Sabe, por acaso, que minha irmã Rúbria é a mais velha das Virgens Vestais de Roma?

148

Depois, resolveu dar-me um conselho:

— Lembre-se sempre — disse ele — que Corinto é uma cidade grega, se bem que os seus habitantes provenham de muitos outros países. Aqui as honras militares não valem grande coisa. A arte da vida social é mais importante. Para começar, faça suas observações e depois trace você mesmo um programa de serviço, mas não puxe excessivamente pelos meus soldados.

Com essas instruções, vi que tinha de ir embora. O centurião estava à minha espera, do lado de fora, e me olhou com frieza:

— Conseguiu as informações?

Vi dois legionários cruzando preguiçosamente o portão, com os escudos nas costas e as lanças nos ombros. Fiquei espantado, ao ouvir o centurião explicar tranquilamente que aquilo era a mudança da guarda.

— Não estão nem em forma! — gritei. — E podem andar assim, com as pernas sujas, o cabelo grande, sem um suboficial ou uma escolta?

— Não organizamos paradas da guarda aqui em Corinto — disse, calmamente, o centurião. Seria melhor que você guardasse em algum lugar seu elmo emplumado e se habituasse aos usos da terra.

Mas não interveio, quando ordenei que os suboficiais providenciassem a limpeza do quartel e o polimento das armas, e que os soldados se barbeassem, cortassem o cabelo e, de modo geral, tratassem de mostrar que eram romanos. Prometi estar de volta na manhã seguinte, para realizar uma inspeção, ao alvorecer. Para tanto, determinei que se lavasse a prisão e se preparassem novas chibatas.

Os veteranos olharam surpresos para mim e para o centurião, que fazia caretas, mas julgaram conveniente não dizer nada.

Lembrei-me do conselho que tinha recebido e pendurei meu uniforme de parada no depósito do equipamento, vestindo no lugar dele uma simples túnica de couro e um elmo redondo, de exercícios, antes de voltar à estalagem.

Hierex mandara cozinhar para mim repolho e feijão. Bebi água e fui para o quarto tão abatido que não senti nenhum desejo de conhecer as curiosidades de Corinto.

Quando cheguei de manhã cedo ao quartel, vi que algo acontecera na minha ausência. Os guardas de serviço à entrada tomaram posição de sentido, ergueram as lanças e me prestaram calorosa continência. O centurião estava vestido para os exercícios. Empenhava-se em fazer com que os homens se lavassem nas tinas, gritando com voz rouca. O barbeiro trabalhava sem parar; no altar fuliginoso, o fogo crepitava; e o pátio tinha mais cheiro de limpeza do que de chiqueiro.

— Desculpe não ter mandado soar a corneta à sua chegada — disse o centurião, sarcástico — mas o Comandante Rúbrio faz muita questão do sono matinal. Agora, assuma o comando. Eu observarei. Os homens estão aguardando avidamente um sacrifício. Dois porcos servirão, caso um boi seja muito caro.

Em virtude da minha educação e adestramento, tinha pouca experiência de sacrifícios e em nenhuma circunstância iria expor-me ao ridículo de matar porcos guinchantes com uma lança.

— Ainda não é hora de sacrifícios — retruquei. — Primeiro tenho de ver se vale a pena continuar aqui ou se é melhor desistir da missão.

149

Andando pelo pátio, percebi logo que aqueles homens conheciam os exercícios e poderiam marchar corretamente, se quisessem. Ficaram um tanto esbaforidos, após a marcha acelerada, mas no treinamento de batalha em grupo atiraram as lanças pelo menos nas proximidades dos sacos de palha. Durante os exercícios de espadas com armas rombudas, reparei que vários eram bons espadachins. Quando afinal estavam todos arquejantes e suados, o centurião aproximou-se:

— Que tal mandá-los descansar agora, e mostrar-nos, você mesmo, sua habilidade na esgrima? Estou velho e gordo, mas gostaria de lhe mostrar como manejávamos a espada na Panônia. Foi lá, em Carnuntum, que conquistei meu distintivo de centurião.

Descobri, surpreso, que tinha de empenhar-me a fundo para enfrentá-lo. Ele me teria levado à parede, com seu escudo, apesar de minha espada mais comprida, se não tivesse em pouco tempo perdido o fôlego. A agilidade dos movimentos do centurião e a clara luminosidade de Corinto fizeram pouco a pouco com que me envergonhasse de minha irritação anterior e me lembrasse que todos esses homens eram mais velhos do que eu e tinham bons vinte anos de serviço. Havia quase tantas graduações quantos soldados. Uma legião, com os quadros normais, tem cerca de setenta categorias diferentes de soldo, para aumentar o zelo pelo serviço. Procurei reconciliar-me com o centurião:

— Agora estou pronto a imolar um novilho. Também pagarei um carneiro a ser imolado por você. O veterano mais antigo pode imolar um porco. Teremos então os melhores tipos de carne. Não vale a pena ficar ressentido comigo por causa de um pouco de exercício para estimular a camaradagem, vale?

O centurião olhou-me de alto a baixo e seu rosto se iluminou.

— Vou mandar meus melhores homens ao mercado de gado, para que escolha os animais. Você fornecerá o vinho também, suponho.

Eu não podia recusar-me a participar do almoço sacrificatório com os soldados. Eles competiam entre si, para ver quem me oferecia os melhores pedaços de carne. Não pude furtar-me a beber vinho também. Depois dos esforços do dia, a carne bastava para embriagar-me, e o vinho desceu-me diretamente para os joelhos, após tão longo período de abstinência. Ao anoitecer, várias mulheres, cuja profissão ninguém podia deixar de reconhecer, embora algumas fossem jovens e bonitas, entraram furtivamente no quartel. Tenho a impressão de que chorei amargamente e disse ao centurião que nenhuma mulher merecia confiança, porque toda mulher era a personificação da perfídia e da cilada. Também me lembro de que os soldados puseram nos ombros o leito do Deus da Guerra, em que me fizeram deitar, e deram voltas pelo pátio, entoando em minha homenagem as canções obscenas da legião panônia. É só do que me lembro.

Durante o último turno da guarda da noite, acordei todo vomitado, numa cama dura de madeira, dentro do quartel. As pernas bambas, as mãos segurando a cabeça, saí cambaleando para o pátio, onde vi os homens estendidos nos lugares onde haviam caído.

Sentia-me tão mal, que as estrelas no céu matutino dançavam diante dos meus olhos quando eu tentava encará-las. Lavei-me o melhor que pude. Estava tão dolorosamente envergonhado do meu comportamento que me teria jogado sobre minha espada, se em boa hora não tivessem trancado todas as armas pontiagudas.

Aos tropeções pelas ruas de Corinto, com seus archotes mortiços e caldeirões de piche terminei encontrando minha hospedaria. Hierex esperava-me ansioso. Vendo meu estado miserável, despiu-me, enxugou-me os membros com um pano úmido, deu-me a beber um líquido amargo e meteu-me na cama, debaixo de uma coberta de lã. Quando acordei, maldizendo o dia em que nascera, ele, cheio de desvelo, me fez beber algumas colheradas de vinho com gemas de ovo batidas. Antes que tivesse tempo de pensar em minha promessa, já tinha engolido um prato de ensopado de carne bem temperado.

Suspirando aliviado, Hierex deu asas à loquacidade.

— Benditos sejam todos os deuses — disse ele — Conhecidos e desconhecidos, mas principalmente a vossa Deusa da Fortuna. Passei momentos de angústia por vossa causa e receei que fosseis perder a razão. Não é natural, nem justo, que um moço de vossa idade e posição contemple o mundo com olhos sombrios e não coma senão repolho e não beba senão água. Portanto, foi como se me tivessem tirado um fardo dos ombros, quando vos vi regressar tresandando a vinho e vômito, e compreendi que havíeis compartilhado da sorte dos outros homens.

— Creio que arruinei minha reputação para sempre em toda Corinto disse eu com amargura. Recordo vagamente que tomei parte com os legionários na dança caprina dos gregos. Quando o Procônsul Gálio souber disso, certamente me enviará de volta a Roma.

Hierex obrigou-me a sair e passear com ele, pelas ruas amplas da cidade, alegando que o exercício me faria bem. Vimos juntos as curiosidades de Corinto, o antigo cadaste do navio dos Argonautas, no templo de Netuno, a fonte de Pégaso e a marca do casco na rocha ao lado. Hierex tentou levar-me ao templo de Vênus, na montanha, mas tive o bom senso de resistir.

Em lugar disso, fomos ver a maravilha de Corinto, um carril de madeira encerada no qual navios bastante grandes podiam ser puxados por escravos, desde Cencréia até Licéia, e também em sentido contrário. Podia-se imaginar que isso exigisse hordas de escravos e intermináveis correias de chicotes, mas os construtores gregos de navios, com a ajuda de sarilhos e rodas dentadas, arranjavam tudo com uma habilidade tal que as embarcações deslizavam pelo carril como por si mesmas. Um marujo que notou nosso interesse jurou pelas Nereidas que, com bom vento a impeli-los, bastava apenas içar as velas. Depois disso, eu me senti melhor, minhas inquietações foram desaparecendo. Enquanto isso, Hierex me contou sua vida e várias vezes me fez rir.

Eu ainda não vencera o constrangimento quando voltei ao quartel, no outro dia. Felizmente, tudo fora arrumado depois da orgia, os homens da guarda estavam bem postos em seus lugares e a habitual rotina diária corria a contento. Rúbrio mandou-me chamar e me censurou diplomaticamente:

— Você ainda é jovem e inexperiente. Não havia nenhuma razão válida para incitar esses velhos guerreiros à luta e à baderna durante a noite. Espero que isso não se repita. Trate de refrear a brutalidade romana de sua natureza e adaptar-se, tanto quanto lhe for possível, aos hábitos mais refinados de Corinto.

151

O centurião levou-me, como prometera, a inspecionar os homens dos róis da coorte que exerciam ofícios na cidade. Eram ferreiros, curtidores, tecelões e oleiros, mas muitos haviam simplesmente utilizado sua cidadania romana, ganha após prolongado serviço militar, para casar nas famílias dos comerciantes ricos e adquirir privilégios, que lhes asseguravam uma vida de tranquila abundância. Seu equipamento tinha correias roídas pelos ratos, as pontas de suas lanças estavam enferrujadas e os escudos não viam polimento há muitos anos. Alguns não sabiam sequer onde tinham deixado o equipamento.

Por toda a parte ofereciam-nos vinho e comida, e até mesmo moedas de prata. Um legionário, que se tornara negociante de perfumes e não sabia o que era feito de seu escudo, tentou empurrar-me para o interior de um quarto, com uma moça. Como eu o censurasse, ele disse com azedume:

— Está bem, pode dizer o que quer, então. Mas já pagamos tanto a Rúbrio, pelo direito de exercer um ofício livre, que não nos restam muitas dracmas para enfiar na sua bolsa.

Quando me dei conta do que ele dizia, tratei logo de assegurar-lhe que não estava ali para ser subornado, mas só para ver, como era minha obrigação, se todos os homens inscritos nos róis estavam equipados e cuidavam de suas armas. O perfumista acalmou-se e prometeu comprar outro escudo no adeleiro, logo que tivesse tempo. Também prometeu tomar parte nos exercícios, se eu determinasse, e declarou que um pouco de atividade física lhe faria bem, uma vez que, em seu ramo de negócios, estava sempre sentado e engordava muito.

Vi que seria mais prudente não investigar a fundo os negócios do Comandante Rúbrio, principalmente porque sua irmã era a mais importante sacerdotisa de Roma. O centurião e eu traçamos um programa que, pelo menos, parecia dar aos homens alguma ocupação.

Após inspecionar os tradicionais postos de guarda, concordamos que convinha revezar as sentinelas pela altura do sol e pela clepsidra, não lhes permitindo mais reclinar-se ou sentar-se, e obrigando-as a trazer equipamento completo. Na verdade, não vi o que uma guarda dupla nos portões da cidade poderia estar realmente vigiando, mas o centurião me disse que esses lugares vinham sendo vigiados há cem anos e, por isso, não deviam ficar sem ninguém. Retirar a guarda seria ofender os coríntios, pois eram eles que, através de impostos, mantinham a guarnição romana em sua cidade.

Depois de algum tempo, achei que havia levado a cabo meus deveres de tribuno em Corinto da melhor maneira possível. Os legionários tinham superado sua antipatia inicial por mim e agora me cumprimentavam alegremente. No dia de sessão do tribunal do Procônsul, apresentei-me, envergando a minha toga. Enquanto um escrivão grego examinava antecipadamente os processos, Gálio ordenou, entre bocejos, que transportassem sua curul para a frente do edifício.

Gálio revelou-se um juiz moderado e justo. Pedia o nosso parecer, pilheriava de vez em quando, inquiria ele mesmo, cuidadosamente, as testemunhas e protelava todos os processos que não lhe parecessem suficientemente explicados pelos discursos dos advogados e pelos depoimentos das testemunhas. Recusava-se a proferir sentença nos casos que julgava excessivamente banais. Nesses momentos, exigia que as partes solucionassem o litígio entre si, ou multava a ambas, por falta de respeito pelo tribunal. Terminada a sessão, convidou-me para uma refeição suculenta e me deu alguns conselhos a respeito dos bronzes coríntios, que naquela época era moda colecionar em Roma.

Quando retornei à hospedaria, deprimido, apesar de tudo, pela prudência grave de Gálio e a mediocridade do tribunal, Hierex tinha uma sugestão a fazer:

— É indubitável que podeis viver da maneira que vos aprouver. Mas morar um ano inteiro numa estalagem é puro desperdício. Corinto é uma cidade próspera. Seria mais aconselhável que investísseis o vosso dinheiro numa casa própria e me incumbísseis de cuidar do vosso conforto. Se não tendes bastante dinheiro aqui, como funcionário romano certamente obtereis o crédito que tiverdes a coragem de solicitar.

— Casas precisam sempre de consertos — respondi — e os criados estão sempre altercando. Possuindo uma casa, eu teria de pagar impostos à cidade. Por que vou ter todas essas preocupações? É mais simples mudar-me para uma hospedaria mais barata, se achar que aqui estão me explorando.

— É para isso que estou aqui — disse Hierex — para cuidar desses problemas todos. Dai-me autorização e eu resolverei tudo com as melhores intenções. A única coisa que tereis de fazer é assinar um documento do templo de Mercúrio. Mais tarde, tereis de pagar hospitalidade com hospitalidade. Pensai no preço que pagaríeis numa estalagem, por exemplo, quando convidássemos seis pessoas para um banquete regado a vinho. Em vossa própria casa, eu mesmo me encarregaria de ir ao mercado, compraria os vinhos a preços de atacado e instruiria o cozinheiro. E não teríeis de viver deste modo, quando qualquer estranho sabe o momento em que verteis água ou assoais o nariz.

Havia boa dose de bom senso na sugestão, e alguns dias depois vi-me dono de uma casa bastante grande, com dois pavimentos e um jardim. A sala de recepção tinha um agradável piso de mosaico e os cômodos internos excediam as minhas necessidades. Reparei que também tinha um cozinheiro e um porteiro grego. A casa estava guarnecida de mobiliário antigo e confortável, de   sorte que nada parecia novo e espalhafatoso. Até mesmo dois deuses domésticos gregos ocupavam seus nichos, em ambos os lados do altar, que o tempo tornara sebento e fuliginoso. Hierex comprara também algumas máscaras ancestrais de cera, num leilão, mas eu disse que não queria comigo os antepassados de outras pessoas.

Rúbrio, o centurião e o advogado grego de Gálio foram meus primeiros convidados. Hierex arrumou um filósofo grego, para conversar com os convidados, e uma hábil dançarina, com um flautista, para entretenimento leve. A comida estava excelente. Meus comensais foram embora à meia-noite, em estado de civilizada embriaguez. Posteriormente, vim a saber que eles rumaram para o bordel mais próximo, pois de lá me enviaram uma conta, ensinar-me os costumes coríntios. Sendo solteiro, devia ter providenciado uma convidada, procedente da montanha do Templo para cada um dos comensais. Mas eu não queria aderir a tais; costumes.

153

De qualquer modo, não sei o que teria acontecido, uma vez que Hierex fez o possível, quieta e paulatinamente, para converter-me no tipo de senhor que ele desejava ter. Mas era novamente dia de sessão do tribunal. Gálio, ainda de ressaca da noite anterior, havia acabado de sentar-se e ajeitar a toga, quando um grupo de judeus correu para ele, arrastando dois homens, que também eram judeus. Conforme o hábito judaico, gritavam todos ao mesmo tempo. Por fim, Gálio, após um breve sorriso, determinou que um deles falasse pelos demais. Depois de discutirem sobre a queixa que iam prestar, o chefe deu um passo à frente:

— Este homem está induzindo o povo a adorar a Deus de maneira contrária à lei.

Desanimado e assustado, descobri que até mesmo aqui, e agora como membro do tribunal, eu tinha de me envolver nas dissensões dos judeus. Olhei atentamente o acusado. Era quase calvo, de olhos abrasadores e orelhas grandes. Estava altivamente ereto, em seu manto surrado de pele de cabra.

Como num sonho, lembrei-me de que o vira muitos anos antes, na casa de meu pai, em Antioquia. Fiquei ainda mais assustado ainda, pois em Antioquia ele provocara tanto conflito, que os judeus que reconheciam Cristo haviam preferido mandá-lo embora, para que fosse semear discórdia entre os judeus noutra parte.

O homem já abrira a boca para iniciar sua defesa, mas Gálio, adivinhando o que se aproximava, fez-lhe sinal para que se mantivesse em silêncio e voltou-se para os judeus.

— Se se tratasse de crime ou injustiça, então eu os escutaria com paciência — disse Gálio. — Mas se a desavença diz respeito a questões de doutrina, do nome dela e das leis de vocês, então nada tenho com isso. Não desejo ser juiz dessas coisas.

Ordenou que os judeus se fossem e virou-se para nós:

— Se fosse ouvi-los, não sei quando sairia daqui.

Mas não se livrou deles assim com tanta facilidade. Encerrada a sessão, convidou-nos outra vez para comer, mas estava distraído e mergulhado nos próprios pensamentos. Depois, levou-me para um canto:

— Conheço aquele homem que os judeus pretendiam acusar — disse ele, confidencialmente. — Mora em Corinto há um ano e ganha a vida honestamente, como fabricante de tendas. Seu nome é Paulo. Dizem que mudou de nome, para esconder o passado, e tirou o novo nome de um ex-governador de Chipre, Sérgio Paulo. Naquela época seus ensinamentos fizeram profunda impressão em Sérgio, e Sérgio não é nenhum simplório, embora tentasse predizer o futuro pelas estrelas e tivesse um mágico dentro de casa. Portanto, Paulo não é um indivíduo insignificante. Tive a impressão de que seus olhos penetrantes viam outro mundo através de mim, enquanto estava ali de pé, fitando-me desassombradamente.

— É o pior agitador entre os judeus — disse eu, irrefletidamente. — Em Antioquia, quando eu era menino, ele procurou envolver meu pai nas intrigas dos judeus.

— Você era muito pequeno naquele tempo para entender o que ele ensinava — observou Gálio Circunspecto. — Dizem que antes de vir para Corinto, ele pregou no mercado de Atenas. Os atenienses não somente se deram o trabalho de escutá-lo, como ainda lhe disseram que podia voltar. E ninguém é mais atilado do que eles. Na verdade eu gostaria muito de convidá-lo a vir aqui em segredo, um dia destes para conhecê-lo melhor. Mas isso podia dar margem a diz-que-diz e melindrar os judeus ricos de Corinto. E eu tenho de me manter rigorosamente imparcial. Soube que ele fundou uma espécie de sinagoga própria, ao lado da sinagoga judaica, e difere agradavelmente deles por instruir a todos os que o procuram, preferindo mesmo os gregos aos judeus.

Era óbvio que Gálio refletira longamente sobre esses assuntos já que continuou a abordá-los.

— Não acreditei naquela história absurda que circulou em Roma a respeito do escravo fugido chamado Cristo — disse ele. — Vivemos numa época em que todos os fundamentos de nossas ideias estão aluindo. Não vou falar dos deuses. Em suas formas tradicionais, são apenas imagens que podem deleitar as almas simples. Mas os mestres da sabedoria não podem tornar o homem bom, nem lhe dar paz de espírito. Vemos isso nos estoicos e epicuristas. Talvez esse desventurado judeu tenha realmente encontrado um segredo divino. Por que então suas pregações provocam tanta disputa, tanto ódio e inveja entre os judeus?

Não é necessário continuar reproduzindo aqui as reflexões de Gálio. Mas por fim ele me deu uma ordem:

— Vá, Minuto, procure desvendar a doutrina desse homem. Você está perfeitamente apto para isso, já que o conhece desde a infância, em Antioquia. E também está, de um modo geral, familiarizado com o Jeová dos judeus e com suas leis e costumes. Sei que seu pai teve muito êxito em Antioquia como mediador entre os judeus e o conselho municipal.

Vi-me apanhado numa armadilha e era inútil protestar, pois Gálio não deu ouvidos às minhas objeções:

— Você precisa vencer seus preconceitos. Deve ser honesto se quer buscar a verdade, na medida em que o dever lhe permite. Tem tempo de sobra. Há maneiras piores de gastá-lo do que no estudo da mensagem desse judeu salvador do mundo.

— E se ele me dominar com suas mágicas?

Gálio achou que minha pergunta não merecia resposta.

Ordem é ordem. Eu tinha de cumpri-la da melhor maneira possível. Talvez fosse importante para Gálio eliminar todas as dúvidas em torno do que pregava aquele agitador influente e perigoso. No dia de Saturno, vesti um simples traje grego, localizei a sinagoga dos judeus e entrei no prédio vizinho. Não era uma verdadeira sinagoga, mas uma casa comum que o dono, um negociante de tecidos, cedera à assembleia que Paulo havia fundado.

A sala de recepção do andar superior estava cheia de gente simples que aguardava com alegre expectativa nos olhos. Todos se cumprimentavam amigavelmente e eu também fui bem recebido. Ninguém perguntou meu nome. A maioria era formada de artífices, pequenos comerciantes ou escravos de confiança, mas havia também algumas velhas que usavam ornamentos de prata. A julgar pelas roupas, poucos eram judeus.

Paulo chegou com vários discípulos. Saudaram-no com exclamações de reverência, como emissário do verdadeiro Deus, e algumas mulheres choraram de

155

alegria quando o viram. Ele falava alto, com uma voz penetrante, e estava tão empolgado com a convicção do que dizia, que era como um vento quente varrendo a multidão de ouvintes suarentos.

Procurei escutar com atenção e tomei apontamentos numa tabuinha de cera, pois no começo ele se referiu às sagradas escrituras judaicas, mostrando por meio de citações desses livros que Jesus de Nazaré, que foi crucificado em Jerusalém, era de fato o Messias ou Cristo anunciado pelos profetas.

Interessante é ter ele mencionado com toda a franqueza seu próprio passado. Era sem dúvida um homem bem dotado, pois disse ter estudado na renomada escola de filosofia de sua cidade natal, Tarso, e mais tarde em Jerusalém, com mestres afamados. Na juventude, fora logo cedo escolhido para o mais alto conselho judaico. Declarou que tinha sido um apaixonado seguidor das leis e perseguira os discípulos de Jesus. Chegara até mesmo a guardar as vestes dos apedrejadores e dessa forma tomara parte na primeira execução ilegal de um membro da assembleia dos pobres. Acossara, amarrara e arrastara para o tribunal diversos partidários da nova doutrina e finalmente recebera, tendo tido a iniciativa de solicitar autorização para prender os seguidores de Nazaré que, para escapar à perseguição, haviam fugido para Damasco.

No caminho de Damasco vira uma luz tão sobrenatural que o cegara. O próprio Jesus lhe tinha aparecido, e desde então se modificara. Em Damasco, um homem que conhecera Jesus, um tal de Ananias, pusera as mãos em sua cabeça e lhe restituíra a vista, porque Jesus de Nazaré desejava mostrar-lhe quanto tinha de sofrer para apregoar o nome de Cristo.

E sofrera, sim. Muitas vezes fora açoitado. Numa ocasião quase morrera apedrejado. Trazia cicatrizes de Cristo no corpo, disse ele. Isto, no seu modo de ver, demonstrava que Deus escolhera o que na terra é simples e desprezado, para envergonhar os sábios. Deus escolhia os tolos e fracos em lugar dos sábios, porque transformava a sabedoria do mundo em tolice.

Também falou da procura do espírito e daqueles que disputam corridas. E falou do amor, mais seguramente, me parece, do que qualquer outra pessoa que eu tenha ouvido. Devia o homem amar o próximo como a si mesmo, sim, até o ponto de que o que quer que fizesse pelo bem de outro sem amor fosse inútil. Sustentou categoricamente que mesmo que um indivíduo distribuísse todos os seus bens com os pobres e oferecesse o próprio corpo para queimar, sem sentir verdadeiro amor, ainda assim esse indivíduo não era nada.

Essa afirmação tocou as profundezas do meu cérebro. Gálio também havia dito que a sabedoria, por si só, não fazia o homem bom. Pus-me a meditar nisso e já não lhe escutava as palavras que passavam acima de minha cabeça como o rugido de uma tempestade. Indubitavelmente ele falava em estado de êxtase e ia de um assunto a outro à medida que o espírito lhe punha as palavras na boca. Parecia saber o que dizia. Nisto era bem diferente dos cristãos que eu encontrara em Roma, onde um dizia uma coisa e outro, outra. Tudo o que eu ouvira antes era garrulice infantil, em comparação com a poderosa eloquência de Paulo.

156

Tentei separar os pontos principais de sua pregação e anotei diversas questões para discutir com ele, depois, à moda grega. Mas era difícil, pois ele rodopiava de um assunto para outro, como que impelido por uma ventania. Ainda que no íntimo discordasse, tinha de admitir que ele não era um homem sem importância. Afinal, todos os que não eram batizados tiveram de retirar-se, ficando apenas o grupo mais íntimo. Algumas pessoas pediram a Paulo que as batizasse e pusesse as mãos em suas cabeças, mas ele recusou peremptoriamente e disse-lhes que se batizassem com seus próprios mestres, que haviam recebido o dom de fazê-lo. Quando chegara a Corinto, cometera o erro de batizar algumas pessoas, depois ouvira-as vangloriar-se de terem sido batizadas em nome de Paulo e ao mesmo tempo terem compartilhado de seu espírito. Não queria difundir uma doutrina tão desfigurada, pois sabia que ele mesmo não era nada.

Imerso em meus pensamentos, fui para casa e tranquei-me no quarto, é claro que não acreditava no que Paulo dissera. Na realidade, tratei de descobrir um meio de argumentar contra a sua doutrina. Como indivíduo e ser humano, ele me despertava interesse. Fui forçado a admitir que ele devia ter experimentado algo inexplicável, já que essa experiência lhe alterara a vida completamente.

Também cumpria reconhecer que ele não disputava os favores e dádivas de gente importante e rica, como faziam geralmente os sacerdotes itinerantes de Isis e outros visionários. O escravo mais humilde, até mesmo uma pessoa simplória, parecia ter para ele o mesmo valor, ou talvez mais, que um indivíduo nobre e sábio. Sêneca ensinava que os escravos também eram seres humanos, mas Sêneca não tinha desejo algum de misturar-se com os escravos por causa disso. Escolhia outra companhia.

Reparei afinal que qualquer que fosse o rumo dos meus pensamentos, eu procurava sempre argumentar contra Paulo e não a favor dele. Havia um espírito poderoso que o impelia a falar, pois não me era possível ficar a distância e refletir fria e ordenadamente acerca de sua louca superstição para depois, com uma gargalhada, comunicar a Gálio as minhas impressões. A razão me dizia que eu não podia sentir tão profunda e óbvia hostilidade contra a certeza absoluta de Paulo, se suas ideias não me tivessem impressionado.

Cansei-me de meditar e novamente me invadiu o desejo de beber no velho cálice de madeira de minha mãe, que meu pai tanto estimava e no qual havia muito tempo eu não tocava. Encontrei-o na arca, enchi-o de vinho e bebi. O quarto estava quase às escuras, mas não acendi as candeias. De súbito foi como se os meus pensamentos tivessem perdido todos os seus alicerces e todas as suas raízes.

A filosofia racional de hoje subtrai ao homem toda esperança. Pode o homem escolher uma vida razoável de prazer ou uma vida rigorosamente disciplinada, cuja finalidade é servir o Estado ou o bem comum. Uma epidemia, uma telha que cai, ou um buraco no chão pode por mera casualidade pôr fim à vida do homem. O sábio se suicida quando sua vida se torna insuportável. As plantas, as pedras, os animais e as pessoas nada mais são do que um jogo cego e sem sentido dos átomos. É tão sensato ser mau como ser bom. Deuses, sacrifícios, augúrios não passam de superstições sancionadas pelo Estado para satisfazer as mulheres e os ingênuos.

Há, naturalmente, homens como Simão, o mago, e os druidas que, por aproveitarem certas fontes espirituais, podem fazer alguém adormecer profundamente ou podem dominar vontades fracas. Mas essa força reside neles e não vem de fora. Estou convencido disto, embora o próprio druida acredite que percorreu as regiões infernais e lá teve visões fantásticas.

Com suas palavras e por sua vida, pode o sábio constituir-se em exemplo para os outros e demonstrar por uma morte intencional que a vida e a morte não passam de bagatelas. Mas não acredito que valha a pena buscar uma vida desse gênero.

Sentado no escuro, meus pensamentos perderam todo sustentáculo e, de modo estranho, senti a presença benfazeja de minha mãe enquanto sustinha nas mãos o liso cálice. Pensei também em meu pai, que acreditava firmemente na ressurreição do rei dos judeus, após a crucificação, e dizia que o tinha visto, quando ele e minha mãe viajavam pela Galileia. Desde a infância eu temia que meu pai fosse alvo da zombaria de pessoas dignas por expressar esses sentimentos tresloucados.

Mas o que representavam para mim os pontos de vista de pessoas dignas ou mesmo de superiores se a vida ainda não tinha sentido? Evidentemente parece sublime servir um reino cujo objetivo é criar a paz universal e dar ao mundo romano paz e ordem. Mas serão boas estradas, esplêndidos aquedutos, poderosas pontes e permanentes casas de pedra um objetivo na vida? Por que estou vivo, eu, Minuto Lauso Maniliano, e por que existo? Perguntei tudo isto a mim mesmo e ainda estou perguntando, aqui nesta estação de águas onde me trato de uma enfermidade do sangue e para matar o tempo escrevo minha vida por amor de ti, meu filho — de ti que acabas de receber a toga viril.

No dia seguinte humilhei-me e fui procurar Paulo, na viela dos fabricantes de tendas, para falar com ele a sós. No fim de contas, ele era um cidadão romano e não apenas um judeu. O decano da corporação percebeu logo de quem se tratava e deu uma gargalhada:

— Refere-se ao letrado judeu, não é isso? O que abandonou suas leis e está pregando uma nova religião, prometendo aos judeus que o sangue há de lhes cobrir a cabeça e desejando que eles não somente sejam circuncidados, mas castrados também. Bom homem e bom artesão. Não precisa de muito incentivo. Prega até no tear quando lhe dá vontade. Dou boas gargalhadas à custa dele. Sua fama também nos traz novos fregueses. Deseja um toldo novo ou uma capa impermeável?

Logo que consegui livrar-me do homem, desci a viela empoeirada, juncada de pelo de cabra, e fui dar a uma oficina, onde tive a surpresa de encontrar Áquila, de Roma, com seu nariz quebrado, sentado ao lado de Paulo. Sua mulher, Prisca, me reconheceu imediatamente e soltou uma exclamação de prazer, dizendo a Paulo meu nome e contando como um dia, em Roma, eu fora em auxílio dos cristãos, na luta com os judeus ortodoxos.

— Mas tudo isso acabou — prosseguiu Prisca, sem fazer pausa. — Lamentamos muito a certeza cega que nos fez bazofiar daquele modo. Agora aprendemos a mostrar a outra face e orar pelos que nos insultam.

Ela tagarelava e o marido continuava calado, como antes, não tendo sequer interrompido seu monótono trabalho para me saudar. Perguntei-lhes acerca de sua fuga e como se estavam arranjando em Corinto. Não podiam queixar-se, mas Prisca chorou, lembrando-se dos mortos que haviam deixado para trás, nas valas à beira da estrada, quando saíram de Roma.

— Mas eles receberam a palma imortal — disse ela. — E não morreram com uma maldição nos lábios, mas louvando a Jesus, que os salvou dos pecados.

Não respondi, porque ela era uma tola que causara graves prejuízos aos seus correligionários e aos judeus ortodoxos. Voltei-me respeitoso para Paulo.

— Ouvi-o pregar ontem — disse eu . — Tenho de fazer um relato completo de sua doutrina. Assim tenho algumas objeções que gostaria de apresentar. Não podemos debater aqui. Poderia vir esta noite a minha casa para jantar comigo? Que me conste, você nada tem a esconder na sua doutrina, nem ela o proíbe de comer com um romano.

Para meu espanto, Paulo não se mostrou impressionado com o convite. Com sua expressão cansada e seus olhos penetrantes, encarou-me e disse laconicamente que a sabedoria divina destruía todos os argumentos e os tornava inúteis. Não lhe cabia discutir, mas dar testemunho de Jesus Cristo, em virtude da revelação que tivera.

— Ouvi dizer que falou no mercado de Atenas — protestei. — Não pode ter escapado às discussões com os atenienses.

Parecia que Paulo não desejava especialmente que lhe fizessem recordar essa aparição em Atenas. Provavelmente fizera papel ridículo ali. Mas declarou que algumas pessoas acreditaram nele, entre elas um dos juízes do tribunal da cidade. Se foram realmente convencidos por este orador estrangeiro ou se não quiseram ofendê-lo, não perguntei.

— Mas podia pelo menos responder a algumas perguntas simples — disse eu. — E presumo também que precisa comer como toda a gente. Prometo não perturbar o fio dos seus pensamentos com objeções retóricas. Não discutirei; ouvirei apenas.

Áquila e Prisca instaram-no a aceitar meu convite e disseram-lhe que nunca tinham sabido de maldade cometida por mim. Durante os distúrbios em Roma, eu tinha casualmente participado do ágape cristão. Meu pai ajudava os pobres e comportava-se como um homem piedoso. Também não creio que Paulo tivesse qualquer suspeita política a meu respeito.

De volta ao lar, tomei as providências para o jantar e dei uma volta pela casa. Insolitamente, todos os meus objetos me pareciam desconhecidos. Hierex, também, me parecia estranho, embora eu tivesse a impressão de conhecê-lo. Que sabia eu do porteiro e do cozinheiro? Não podia compreendê-los ao falar com eles, pois só me davam as respostas que julgavam que eu gostaria de ouvir.

Devia estar contente com a minha vida. Tinha dinheiro, boa aparência, um cargo na administração do Estado, patronos excelentes e um corpo sadio. A maioria das pessoas chegava ao fim da vida sem alcançar as culminâncias a que eu me guindara ainda na juventude. Todavia, eu não era feliz.

Paulo e seus companheiros chegaram quando despontavam as estrelas vespertinas, mas deixou os amigos do lado de fora e entrou sozinho. Por cortesia para com ele, eu cobrira com um pano meus deuses domésticos, pois sabia que os ídolos ofendiam aos judeus. Mandei que Hierex acendesse velas de cera de abelha, de perfume agradável, em homenagem ao meu convidado.

159

Após os legumes, ofereci um prato de carne, explicando que ele não precisava prová-lo, se sua doutrina não lhe permitisse comer carne. Paulo serviu-se, com um sorriso, e disse que não queria melindrar-me ou nem mesmo perguntar onde a carne tinha sido comprada. Com os gregos gostava de ser grego, com os judeus judeu. Também tomou vinho diluído, mas comentou que dentro em breve iria fazer um voto por certos motivos.

Eu não queria preparar armadilha com alimentos proibidos ou perguntas capciosas. Quando começamos a conversar, tentei formular minhas indagações com todo o cuidado. O ponto mais importante sob o prisma de Gálio e de Roma era descobrir exatamente qual era a posição do meu convidado com relação ao Estado romano e ao bem comum.

Ele me asseverou, com toda a franqueza, que normalmente aconselhava a gente a obedecer às autoridades públicas, viver de acordo com a lei e a ordem e evitar cometer delitos.

Não insuflava ele os escravos contra os senhores? Não Para ele, todos deviam contentar-se com sua condição na terra. O escravo devia submeter-se à vontade do seu senhor e o senhor tratar os servos bem e lembrar-se de que há um Senhor que é o Senhor de todos.

Referia-se ao Imperador? Não. Ao Deus vivo, o criador do céu e da terra, e Jesus Cristo, seu filho, que prometera voltar à terra para julgar os vivos e os mortos.

Por um momento eu contornei esse ponto delicado e perguntei que instruções dava ele àqueles que lograva converter. Sobre isto ele havia evidentemente meditado muito, mas limitou-se a dizer:

— Amparar os aflitos, cuidar dos fracos, mostrar-se paciente com todos. Nunca revidar ao mal com o mal, mas esforçar-se por fazer o bem. Ser sempre alegre. Orar incessantemente. Render graças por todos os momentos.

Também informou que recomendava aos irmãos que levassem uma vida modesta e trabalhassem com as mãos. Não lhes cabia censurar os adúlteros, caluniadores, beberrões e idólatras. Depois, eles mesmos seriam obrigados a retirar-se do mundo. Mas se entre eles houvesse algum adúltero, caluniador, beberrão ou idólatra, esse devia ser censurado. Se não se regenerasse, nenhum dos irmãos devia associar-se a ele ou sequer comer em sua presença.

— Não me julga então — disse eu, com um sorriso — embora a seus olhos eu seja um idólatra, adúltero e beberrão?

— Você está fora. Não me compete julgá-lo. Julgamos apenas os de dentro. Deus é quem há de julgá-lo.

Disse isso com tanta seriedade, como um fato preciso, que tremi interiormente. Embora eu tivesse decidido não ofendê-lo, não pude deixar de fazer uma pergunta maliciosa:

— Quando ocorrerá esse julgamento, de acordo com a informação que você tem?

Paulo disse que tampouco lhe cabia profetizar. O dia do Senhor chegaria como um ladrão na noite. Vi que ele estava plenamente convencido de que a vinda do Senhor se daria ainda em sua vida.

De súbito, Paulo ergueu-se.

— O Senhor descerá do céu e aqueles que morreram em Cristo serão os primeiros a levantar-se. Depois, nós que estamos vivos seremos levados com eles para encontrar o Senhor entre as nuvens. Estaremos então todos na presença do Senhor.

— E o julgamento de que você tanto fala?

— O Senhor Jesus aparecerá numa labareda com seus anjos celestiais, e vingar-se-á daqueles que não reconhecem a Deus e não obedecem à mensagem de Nosso Senhor Jesus. Como castigo, serão atormentados com a perdição eterna, longe da face de nosso Senhor e da luz do seu poder.

Tive de reconhecer que ele não procurava conquistar a minha simpatia, mas dizia duramente o que pensava. Suas palavras me comoviam, pois ele não era senão sincero no fervor de sua crença. Sem que eu lhe perguntasse, falou-me dos anjos e das forças do mal, das viagens que empreendera por diversos países e da autoridade de que fora investido pelos fiéis em Jerusalém. Acima de tudo, surpreendi-me ao ver que ele não mostrava o menor desejo de me converter. No fim, eu não somente o escutava como me submetia ao poder e à convicção que pareciam emanar dele.

Podia sentir-lhe a presença com toda a nitidez. Aspirava o perfume agradável das velas, da boa comida, do incenso e do limpo pelo de cabra. Era bom estar na companhia dele. Não obstante, numa espécie de sonho, tentei separar-me de tudo isso. Sacudi de mim o entorpecimento e bradei:

— Como pode pensar que conhece tudo muito melhor do que outras pessoas?

Estendeu as mãos e respondeu com toda a simplicidade:

— Sou companheiro de trabalho de Deus.

E não blasfemava ao dizê-lo; estava tranquilo mas absolutamente convencido da verdade de suas palavras. Levantei-me rapidamente com a mão na frente e andei de um lado para o outro do quarto como se estivesse enfeitiçado. Se tudo era realmente como ele dizia, então aí estava a oportunidade inigualável de descobrir o sentido da vida.

— Não entendo o que diz — confessei, com voz trêmula — mas ponha essas suas fortes mãos em minha cabeça, se isso é habitual entre vocês, para que o seu espírito venha a mim e eu possa entender.

Mas ele não me tocou. Em vez disso, prometeu rezar por mim para que Jesus me fosse revelado e se tornasse meu Cristo, pois o tempo era curto e este mundo já estava perecendo. Quando foi embora, tudo quanto havia dito se me afigurou rematada loucura. Gritei, censurei-me por ser tão crédulo, dei pontapés nos móveis e quebrei os vasos de barro, atirando-os ao chão.

Hierex veio correndo. Quando viu meu estado, pediu a ajuda do porteiro. Juntos, trataram de me pôr na cama. Eu chorava e de minha boca saiu um grito desvairado que não era meu. Era como se uma força estranha me tivesse abalado todo o corpo e se tivesse desprendido de mim sob a forma desse uivo terrível.

Por fim, exausto, adormeci. De manhã doía-me a cabeça e o corpo todo. Por isso permaneci na cama e, fatigado, tomei o remédio amargo que Hierex preparara.

— Por que recebeis aquele mágico judeu? perguntou. — Nada de bom vem dos judeus. Eles têm o poder de confundir pessoas sensatas.

— Ele não é mágico — disse eu. — Ou é louco ou então é o indivíduo espiritualmente mais forte que já conheci. Receio muito que ele seja íntimo de um deus inexplicável.

Hierex olhou-me perturbado:

— Nasci escravo e assim me criei. Portanto, aprendi a julgar a vida do ponto de vista de um verme. Mas também sou mais velho do que vós, viajei muito, experimentei o bem e o mal e aprendi a conhecer as pessoas. Se quiserdes, irei ouvir o vosso judeu e depois vos direi sinceramente o que penso dele.

Sua lealdade me comoveu. Achei que seria útil saber o que Hierex, à sua maneira, pensaria de Paulo,

— Está bem, vá então — disse eu. — Tente compreendê-lo e escutar o ensinamento de Paulo.

Por minha vez, redigi um breve relatório sobre Paulo para Gálio, na linguagem mais formal possível.

MINUTO LAUSO MANILIANO SOBRE PAULO:

Ouvi-o pregar na sinagoga dos seus seguidores. Inquiri-o a sós. Falou sem rodeios. Não procurou conquistar a minha simpatia. Nada escondeu.

É judeu de pais judeus. Estudou em Tarso, depois em Jerusalém. Outrora perseguiu os discípulos e adeptos de Jesus de Nazaré. Teve uma revelação. Em Damasco, reconheceu a Jesus como o Messias judeu. Esteve no deserto. Altercou em Antioquia com Simão, o pescador, principal discípulo de Jesus. Mais tarde reconciliou-se com o outro. Conferiram-lhe o direito de anunciar Jesus, como Cristo, aos incircuncisos.

Viajou pelas províncias orientais. Castigado com frequência. Táticas: primeiro visita as sinagogas judaicas. Proclama Jesus o Messias. É surrado. Converte os ouvintes que se interessam peto Deus judaico, A circuncisão não é exigida. As leis judaicas não precisam ser obedecidas. Quem acredita que Jesus é Cristo está perdoado e. recebe a vida eterna.

Não é agitador. Não incentiva a rebelião dos escravos. Prega a vida modesta. Não recrimina os outros, só a sua própria gente. Forte autoridade pessoal. Influi mais nos já contaminados pelo judaísmo.

Nota: convencido de que Jesus de Nazaré voltará um dia, para julgar o mundo inteiro, quando a ira de Deus castigará todos os outros. Assim, de certa forma, inimigo da humanidade.

Politicamente inofensivo, do ponto de vista de Roma. Causa dissensões e querelas entre os judeus. Desse modo, vantagem para Roma.

Nada encontrei de censurável neste homem.

Fui levar a Gálio meu relatório. Depois de examiná-lo, o Procônsul olhou-me de soslaio, o queixo tremendo-lhe um pouco:

— É muito lacônico — disse ele.

— É só um *pro memoria* — repliquei aborrecido. — Se quiser, posso lhe dizer mais alguma coisa sobre o homem.

— Qual é seu segredo divino? — perguntou Gálio, deprimido.

— Não sei — respondi, impetuoso.

Depois baixei a cabeça, tremi e continuei:

— Se não fosse romano, talvez jogasse fora minha insígnia de tribuno, abandonasse o cargo e o seguisse.

Gálio sondou-me com o olhar, empertigou-se e ergueu o queixo.

— Eu me equivoquei quando lhe mandei investigar — disse ele com rispidez.

— Você ainda é moço demais.

Em seguida balançou a cabeça, desalentado:

— Sim, exatamente. A sabedoria do mundo e os prazeres da vida ainda não o corromperam. Está doente para tremer desse jeito? Temos excelente encanamento aqui, mas de vez em quando bebemos água insalubre. Então pegamos uma febre chamada febre de Corinto. Eu mesmo já tive dela. Mas não se assuste. Não creio que esse Jesus de Nazaré venha julgar a humanidade enquanto formos vivos.

Sem embargo, penso que as coisas sobrenaturais interessavam a Gálio, pois ele gostava de referir-se a elas vez por outra. Qual o romano que está inteiramente livre de superstição?

Ele me convidou a tomar vinho, chamou a esposa e começou a ler para nós uma peça que escrevera em latim, com base num original grego. Leu também versos gregos, à guisa de comparação, para mostrar que, manejada com arte, nossa língua se ajusta maravilhosamente aos ritmos gregos.

A peça tratava da guerra de Troia. Deve ter me interessado, pois os troianos, através de Eneias, eram os antepassados dos romanos. Mas depois de tomar um pouco de vinho, aconteceu-me dizer:

— O grego escrito é belo, mas hoje soa estranhamente morto aos meus ouvidos. Paulo fala a língua viva do povo.

Gálio olhou-me compassivo.

— Só é possível escrever na língua do povo o tipo mais cru de sátira — disse ele. — Aí a própria linguagem tem efeito cômico. Exatamente como os atores de Óstia, em Roma, empregam o linguajar do mercado. Filosofia em língua falada! Você deve estar louco, Minuto!

Subitamente seu rosto se tornou escarlate e ele enrolou resolutamente seus manuscritos.

— Já é tempo de expelir da cabeça essas fumaças de judaísmo — disse ele. — Você ainda não esteve em Atenas. Há uma questão de fronteira, em Delfos, que reclama a presença de um funcionário no local. E há problemas em Olímpia, suscitados pelo programa dos Jogos. Pode partir já. O chefe do arquivo lhe fornecerá todas as informações necessárias e também uma procuração.

A encantadora Hélvia afagou a testa e a cara gorda de Gálio com a ponta dos dedos e interveio:

— Por que entregas a um jovem tão talentoso uma missão tão fatigante? No devido tempo, os gregos virão a ti, com as suas controvérsias. Estamos em Corinto. A amizade com uma experimentada traria mais proveito ao desenvolvimento do rapaz do que essa viagem desnecessária.

Seus olhos sorridentes moveram-se de Gálio para mim e ela puxou para cima o manto que escorregara de seus alvos ombros.

Se eu possuísse mais experiência, poderia descrever as artísticas dobras do manto, o penteado primoroso e as magníficas joias hindus de Hélvia. Não me detive a contemplar essas coisas mas ergui-me com um salto, tomei posição de sentido e respondi:

— Às suas ordens, Procônsul.

Assim, Paulo semeou a discórdia entre mim e Gálio, também. Deixei minha casa aos cuidados de Hierex e saí de Corinto, com alguns soldados da coorte e um guia grego.

Há inúmeras descrições excelentes de Delfos, Olímpia e Atenas, o que me exime de falar aqui de seus panoramas incomparáveis. Nem mesmo Roma lograra até então despojá-las de mais do que uma fração de seus tesouros artísticos, muito embora tenhamos de reconhecer que fazemos o possível desde a época de Sila para enriquecer Roma à custa das preciosidades gregas.

Contudo, por mais que fatigasse o corpo procurando ver todas as atrações locais, a beleza do que contemplava não parecia ter significação alguma para mim. Nem o mármore pintado, nem o marfim, nem o ouro das mais admiráveis esculturas existentes conseguiam sensibilizar-me.

Enfronhei-me nas questões de fronteiras em Delfos. Por amor à justiça, aceitei convites de ambos os lados. Em Delfos, vi Pítia em delírio com meus próprios olhos. Os ministros discerniram nas palavras ininteligíveis da sacerdotisa um ou dois lisonjeiros vaticínios que me diziam respeito. Não posso nem reproduzi-los aqui.

Perto de Olímpia situam-se umas terras e um templo que o Comandante Xenofonte há mais de quatro séculos consagrou a Artemis. Uma décima parte da produção daquela área era outrora reservada ao festival da colheita dos habitantes. Quem quisesse podia apanhar os pomos dos antigos bosques de árvores frutíferas.

Mas com o correr dos anos, muitos marcos divisórios tinham desaparecido e o templo estava em melancólica decadência. Na época dos pompeianos até mesmo a estátua da deusa foi levada para Roma. Os habitantes queixavam-se que o possuidor das terras votivas já não vinha cumprindo as condições estipuladas. Conservavam cuidadosamente uma inscrição em pedra na qual ainda se podiam ler estas palavras:

> Este lugar é consagrado a Artemis. Quem dele tiver a posse
> deve contribuir todos os anos com um dízimo. Do restante
> reserve-se uma parcela para a manutenção do templo. Não
> perdoe a deusa a quem se mostrar negligente.

Reunidos os moradores, alguns anciãos recordaram os tempos idos em que se distribuíam vinho, farinha e doces na festa de Ártemis. Todos tinham o direito de caçar na terra sagrada. Deixei que falassem à vontade. Afinal, o proprietário da terra prometeu preservar o costume do festival da colheita, mas declarou que a conservação do templo estava acima de suas forças. Então pronunciei minha sentença:

—A decisão deste caso não é da alçada de Roma. Resolvam-no vocês mesmos com a deusa, como está dito nesta inscrição de pedra.

O veredito não agradou a ninguém. Em Olímpia, soube que o proprietário tinha caído num barranco enquanto caçava. Imaginei então que Artemis estivesse cobrando seus emolumentos. O homem não tinha herdeiros diretos, de modo que os habitantes do distrito dividiram harmoniosamente entre si a terra votiva. Guardei na memória este episódio para contar a Cláudio quando tornasse a encontrá-lo. O Imperador apreciava velhas inscrições comemorativas e poderia facilmente mandar restaurar o templo.

Por fim cheguei a Atenas. Como era de praxe, desfiz-me da armadura nos portões da cidade, vesti um manto branco, pus uma coroa de flores na cabeça e entrei na cidade a pé, acompanhado apenas por meu guia grego. Enviei os soldados de licença ao Pireu, onde podiam distrair-se sob a proteção da guarnição romana sediada no porto.

É verdade, como me tinham dito antes, que se veem mais ídolos do que gente em Atenas. Há belos edifícios erigidos por monarcas orientais e, no fórum, os filósofos andam de um lado para o outro com seus discípulos, de manhã à noite. Em cada ruela há uma loja que vende lembranças da cidade, na maioria artigos baratos, mas também custosas miniaturas dos templos e ídolos.

Após a visita protocolar à Prefeitura e ao Areópago, fui para a melhor estalagem e lá encontrei vários rapazes de Roma que estavam concluindo os estudos em Atenas antes de se iniciarem na vida pública. Alguns elogiaram os professores, outros enumeraram os nomes de famosas hetairas e seus preços, assim como as casas de pasto aonde eu forçosamente tinha de ir.

Vi-me assediado por guias que desejavam mostrar-me os pontos, pitorescos de Atenas, mas depois de andar pelo mercado durante alguns dias e escutar diversos professores, fiquei conhecido e me deixaram em paz. Pelo que pude entender, todos os filósofos de Atenas competiam uns com os outros, em ensinar a arte de adquirir paz de espírito. Falavam com ardor e agudeza, empregando metáforas surpreendentes, e gostavam de discutir entre si.

Havia no meio deles uns dois filósofos de cabelos compridos, vestidos em roupas de pele de cabra. Esses mestres ambulantes jactavam-se de ter visitado a Índia ou a Etiópia e de estudar ciências ocultas. Contavam mentiras tão inadmissíveis acerca de suas viagens, que faziam o auditório estourar na gargalhada. Os mais grosseiros foram expulsos pelo tribunal do Areópago, mas de um modo geral qualquer um podia tomar a palavra e discorrer: sobre o que bem entendesse, contanto que não insultasse os deuses, nem se envolvesse em política.

Eu comia e bebia e tratava de gozar a vida. Era agradável sentar ao sol, num morno banco de mármore, após um bom repasto, e contemplar as sombras móveis dos transeuntes no calçamento de mármore do mercado. As anedotas áticas são inegavelmente brilhantes. Numa disputa, aquele que provoca o riso ganha sempre, mas esse riso ático parecia-me sem alegria e os pensamentos por trás dele não penetravam fundo em meu espírito como deveriam tê-lo feito se tivessem sido verdadeira sabedoria. A impressão que eu tinha era que o que se aprendia em

165

Atenas naquela época era um estilo requintado de vida, a fim de contrabalançar a aspereza romana, mais do que autêntica filosofia.

Por pura rebeldia, achei que devia ficar estudando em Atenas até que o Procônsul Gálio me chamasse de volta a Corinto. Acontece que os livros das bibliotecas não me seduziam, tal era meu estado de espírito, nem encontrava eu um mestre de quem desejasse ser discípulo.

A cada dia aumentava meu abatimento, já que eu me sentia um perfeito estrangeiro em Atenas. De vez em quando comia e bebia com os jovens romanos, só para poder falar latim puro e cristalino, em vez de grego balbuciante.

Um dia fui com eles a uma das famosas hetairas, para escutar a música de flauta e ver as exibições de dança e acrobacia. Acreditei em nossa sorridente anfitrioa, quando ela afirmou que podia elevar a sensualidade à categoria de arte refinada. Mas não me tocou e nenhum dos visitantes era obrigado a estudar as artes dos sentidos com o auxílio de suas adestradas escravas. Ela mesma preferia conversar a ir para a cama com seus convidados. Exigia soma tão vultosa que somente os mais ricos dentre os velhos depravados podiam pagar. Por isso, era ela tão rica que não queria induzir-nos, a nós, jovens romanos, a gastar nosso dinheiro sem necessidade.

— Talvez a minha escola só ela, se afinal destine — àqueles que já atingiram a decrepitude — disse-me ela, afinal — se bem que eu esteja orgulhosa de minha arte. Tu és moço. Sabes o que são a fome e a sede. O vinho resinoso e o pão do pobre têm melhor sabor em tua boca faminta do que o vinho de Chipre e as línguas de flamingo numa boca que está enfastiada. Se te apaixonas por uma jovem donzela, a simples vista de um ombro nu deslumbra os teus sentidos, mais do que a satisfação do teu desejo. Desenruga a testa e rejubila com a tua vida, porque ainda és moço.

— Gostaria de que me falasses dos segredos divinos — sugeri. — Serves Afrodite com a tua arte?

Ela me encarou pensativa, com seus olhos lindamente sombreados:

— Afrodite é uma deusa caprichosa e cruel, mas também maravilhosa. Aquele que se empenha com a maior avidez em conquista-lhe os favores e em suas aras mais sacrifica, permanece eternamente insatisfeito. Ela nasceu da espuma do mar e ela mesma é como a espuma que borbulha e rebenta. Ela se dissolve no ar, quando alguém avaramente lhe agarra os membros impecáveis.

Também ela franziu um pouco a testa ao erguer ambas as mãos e olhar distraída para as unhas vermelhas:

— Vou te dar um exemplo do seu capricho. Tenho uma colega ainda bastante jovem, sem uma ruga ou defeito. É modelo de escultores e tem grande fama como tal. A deusa meteu-lhe na cabeça que seria capaz de seduzir todos os filósofos célebres que chegam a Atenas para ensinar a arte da virtude e do autodomínio. Em sua vaidade, ela deseja desacreditar a sabedoria deles e fazê-los chorar em seus braços. Venceu muito osso duro de roer. Como escutasse humildemente os seus ensinamentos, os filósofos a enalteciam. Para ele, era a mulher mais sábia que haviam conhecido, já que sabia ouvi-los atentamente. Mas ela não andava atrás da ciência deles. Valia-se de todas as artimanhas para fazê-los fraquejar no caminho

166

da virtude. Tão logo atingia o objetivo, ela os mandava embora e não tornava a vê-los, embora muitos se arrastassem de quatro pés diante de sua casa, e um se tenha matado à sua porta. Mas faz algum tempo, uns seis meses mais ou menos, chegou a Atenas um judeu errante.

— Um judeu! — exclamei, pondo-me de pé com um salto. Sentia alfinetadas na cabeça como se meu cabelo estivesse em pé. A hetaira não entendeu a minha surpresa e prosseguiu.

— Sim, sei — disse ela — os judeus são mágicos poderosos. Mas este era diferente. Pregava no mercado. Foi interrogado sobre sua doutrina pelo tribunal do Areópago, como é de hábito. Era um homem de nariz aquilino, calvo e de pernas arqueadas, mas inspirado. A mulher de que estou falando ficou possuída pelo desejo incontrolável de confundir a ciência do judeu também. Convidou-o para sua casa, chamou outras pessoas para ouvi-lo, vestiu-se recatadamente e cobriu a cabeça, a fim de homenageá-lo. Por mais que fizesse, não conseguia seduzi-lo. Assim, acabou rendendo-se e passou a escutá-lo com seriedade. Depois que ele saiu de Atenas, ela ficou profundamente abatida, fechou a casa e agora só recebe os poucos atenienses que se impressionaram com os ensinamentos do judeu. Não existe filósofo que não encontre um ou dois seguidores em Atenas. Foi assim que deusa se vingou da vaidade da mulher, embora esta tenha pago grande tributo a Afrodite. De minha parte, cheguei à conclusão de que o judeu não era um verdadeiro sábio, mas foi enfeitiçado pela própria deusa para resistir a todas as seduções. A pobre mulher ainda está tão amargurada com a humilhação sofrida, que ameaça desligar-se de nossa associação e levar uma vida modesta com suas economias.

Riu e atirou-me um olhar que pretendia encorajar-me a aderir ao riso. Mas não tive vontade de rir. Então, ela tornou a ficar séria.

— A juventude passa depressa — reconheceu — e a beleza se extingue, mas o verdadeiro poder de enfeitiçar pode ser retido na velhice, com o auxílio da deusa. Tenho um exemplo disso na mulher que até bem pouco era a colega mais velha de nossa associação e que aos setenta podia seduzir qualquer rapaz.

— Como se chama e onde posso encontrá-la?

— Ela hoje é cinza. A deusa permitiu que morresse de um ataque cardíaco, na cama, enquanto praticava sua arte pela última vez.

— Não me refiro a ela, mas à mulher que o judeu converteu. — Ah, esta se chama Damaris. É fácil chegar à sua casa. Mas previno-te: ela está envergonhada de sua desgraça e não recebe mais ninguém. Não está gostando de minha casa?

Lembrei-me do que a polidez exigia, elogiei-lhe a casa, a hospitalidade, o vinho de aroma agradável e a beleza incomparável da anfitrioa, até que ela se acalmou e esqueceu a indignação. Ao cabo de um intervalo conveniente, levantei-me, depositei minha dádiva numa bandeja e regressei à hospedaria no mais miserável estado de espírito. Era uma espécie de maldição. Nem mesmo em Atenas eu me livrava de Paulo, o judeu. Evidentemente era ele o homem de quem falara a hetaira.

Não pude dormir logo. Passei muito tempo escutando os ruídos noturnos da estalagem até que a aurora se infiltrou no quarto por entre as fendas das janelas.

167

Desejei estar morto ou nunca ter nascido. Não tinha do que me queixar, é certo. Tivera mais êxito do que a maioria dos meus contemporâneos. Gozava de boa saúde e não tinha defeito físico, exceto uma ligeira claudicação, e esta não me impedia de fazer qualquer coisa, a menos que eu quisesse ser sacerdote de algum Colégio Romano. Por que me era negada a felicidade? Por que Cláudia usara tão cruelmente a minha credulidade? O que me fazia desesperar desse modo ao encontrar Paulo?

Afinal caí num sono profundo e dormi até meio-dia. Quando acordei, vi que tivera um sonho delicioso mas não podia lembrar-me dele. Em contraste com os pensamentos da noite, dominava-me a certeza de que fora por acaso que ouvira falar da hetaira Damaris. Isso tinha algum sentido. Tal convicção me agradava tanto que comi com apetite, fui ao barbeiro e mandei encrespar o cabelo. Também mandei preguear artisticamente o manto.

Não demorei a achar a bonita casa de Damaris. A aldrava era um lagarto coríntio de bronze. Bati muitas vezes. Um indivíduo que ia passando fez um gesto obsceno e balançou a cabeça, para mostrar que eu esperava em vão. Por fim, a porta foi aberta por uma escrava chorosa, que tentou fechar novamente a porta. Mas enfiei o pé na abertura e disse a primeira coisa que me veio à cabeça.

— Conheci em Corinto o judeu Paulo. Quero falar com sua patroa. Só isso.

A moça introduziu-me, a contragosto, numa sala cheia de estátuas coloridas, sofás ornamentados e tapeçarias orientais. Após breve intervalo, Damaris entrou apressada, um tanto descomposta e descalça. Seu rosto brilhava em jubilosa expectativa. Cumprimentou-me com gestos impacientes.

— Quem és, forasteiro? Tens realmente uma saudação para mim, da parte de Paulo, o mensageiro?

Procurei explicar que encontrara Paulo em Corinto, com ele falara demoradamente, e a conversa me deixara tal impressão que não podia esquecê-la. Tento sabido que Damaris andava em dificuldades, por causa dos ensinamentos do judeu errante, quis encontrá-la e com ela discutir o assunto.

Ao falar, observei Damaris e notei que ela já vivera os melhores anos de sua vida. Devia ter sido muito bonita e sua figura esbelta era ainda impecável. Sedutoramente vestida e cuidadosamente pintada, com o cabelo bem escovado, na penumbra causaria impressão a qualquer homem.

Sentou-se extenuada num sofá e convidou-me com um gesto a seguir-lhe o exemplo. Deve ter notado meu exame atento, porque levou a mão ao cabelo, como fazem as mulheres, ajeitou a roupa e puxou os pés nus para debaixo das dobras do manto. Mas limitou-se a isso. Fitava-me com os olhos arregalados. De repente senti-me satisfeito em sua companhia. Sorri.

— Esse terrível judeu — disse eu — faz com que eu me sinta feito um rato numa ratoeira. Dá-se o mesmo contigo, Damaris? Pensemos os dois num meio de abrir a ratoeira e reconquistar a nossa felicidade.

Ela sorriu também, mas ergueu a mão num movimento defensivo:

— Por que temes? Paulo é o mensageiro do Cristo ressuscitado e propaga a palavra da alegria. Não conhecia o sabor da verdadeira felicidade na minha vida, antes de encontrá-lo.

— Eras tu realmente que fazias tombar os homens mais sábios? Falas como se tivesses perdido o juízo.

— Minhas velhas amigas pensam que estou louca — admitiu sem vacilar. — Mas prefiro estar louca, em virtude dos ensinamentos dele, a continuar em minha vida anterior. Ele me olhou de um modo bem diferente do dos lascivos filósofos de barba branca. Tive vergonha da minha antiga maneira de ser. Através de seu Senhor alcancei o perdão dos meus pecados. Sigo a nova senda de olhos fechados, como se o espírito me estivesse guiando.

— Se é assim — disse eu, lacônico nada temos a dizer um ao outro.

Mas ela me deteve, cobrindo os olhos com a mão:

— Não saias. Tinhas de vir. Algo te feriu o coração. De outro modo não terias vindo. Se quiseres, eu te apresentarei aos irmãos que o escutaram e acreditaram na mensagem de alegria.

Foi assim que travei conhecimento com Damaris e alguns gregos que iam à casa dela, entrando pela porta dos fundos, para discutir Paulo e a nova doutrina. Desde o início tinham frequentado a sinagoga, movidos pela curiosidade de conhecer o deus judaico. Também haviam lido as sagradas escrituras dos judeus. O mais erudito era Dionísio, juiz do tribunal do Areópago que fora oficialmente designado para inquirir Paulo.

Para falar com sinceridade, Dionísio empregava uma linguagem tão elevada e, de certa forma, tão arrevesada, que nem mesmo seus amigos o entendiam, muito menos eu. Mas é provável que tivesse boa vontade nas exposições que fazia em nossos encontros. Damaris escutava-o com um sorriso distraído estampado no rosto, exatamente como devia ter escutado os outros sábios.

Findo o debate, Damaris oferecia-nos uma refeição modesta e partíamos o pão e bebíamos o vinho em nome de Cristo, como Paulo havia ensinado. Mas mesmo a uma refeição simples como esta os atenienses atribuíam uma quádrupla significação. Era a um só tempo material e simbólica, moralmente edificante, uma busca mística de comunhão com Cristo e uma confraternização dos participantes.

Enquanto conversávamos, eu observava Damaris. Depois da refeição, sentia prazer em beijá-la, como determina o costume cristão. Nunca vira uma mulher portar-se tão encantadoramente e, todavia, com tanta simplicidade como ela. Cada movimento seu era belo e sua voz, tão admirável, que a gente antes escutava o tom do que as palavras. Fazia tudo com tanto donaire que dava gosto contemplá-la. O prazer virava alegria incontida quando eu lhe beijava os lábios macios em sinal de amizade.

Paulo parecia ter dado aos gregos algo substancioso. Eles discutiam com verdadeira paixão. Acreditavam implicitamente em Paulo, mas seus próprios conhecimentos os impeliam a certas ressalvas. Enfeitiçado por Damaris, contentava-me de olhar para ela e deixar que as palavras esvoaçassem à minha volta.

Reconheciam eles que no íntimo de cada pessoa existe um veemente desejo de luz divina, mas daí passavam a discutir se este mesmo anelo se encontrava também nas pedras, nas plantas, nos animais e em todos os desenvolvimentos superiores das formas originais. Dionísio dizia que Paulo possuía uma soma sur-

169

preendente de conhecimento secreto dos poderes espirituais, mas parecia acreditar que ele mesmo possuía conhecimento ainda maior da ordem mútua e da gradação dos poderes espirituais. Para mim, essa palestra era como água corrente.

Adquiri o hábito de levar um presentinho para Damaris: flores ou fruta em conserva, bolo ou puro mel de violeta do Himeto. Ela recebia os presentes encarando-me com seus olhos claros e experientes. Eu me sentia moço e desajeitado em comparação com ela. Logo percebi que ela estava constantemente em meus pensamentos e que eu não fazia outra coisa que esperar por esses momentos em que tinha oportunidade de voltar a vê-la.

Creio que durante os nossos debates ela me ensinava mais com seu comportamento do que com suas palavras. Naturalmente chegou o instante em que fui forçado a admitir que estava cegamente apaixonado por ela. Ansiava por ela, por sua presença, seu contato e seu beijo, mais do que por qualquer outra coisa que desejara antes. Minhas paixões anteriores pareciam totalmente insignificantes quando comparadas com o que eu podia encontrar em seus braços. Era como se o pensar nela reduzisse a cinzas tudo o que havia dentro de mim.

Fiquei apavorado comigo mesmo. Era esta então minha sentença — apaixonar-me pelo resto da vida por uma hetaira, vinte anos mais velha do que eu e consciente de todo o mal que experimentara? Quando me dei conta da verdade, tive vontade de fugir de Atenas, mas já não podia fazê-lo. Entendi os sábios que suspiravam por ela e também entendi o filósofo que se suicidara à porta da casa de Damaris ao notar a inutilidade do desejo que o consumia.

Não podia fugir. Tinha de ir vê-la. Quando voltamos a nos encontrar e eu a fitei, meus lábios tremeram e quentes lágrimas de desejo me assomaram aos olhos.

— Damaris — sussurrei. — Perdoa-me. Receio que te amo para além da razão.

Damaris encarou-me com seus olhos claros, estendeu a mão e roçou a minha com as pontas dos dedos. Nada mais era necessário para que um arrepio terrível me percorresse o corpo todo. Eu mesmo me ouvi suspirar entre soluços.

— Eu também tinha receio disso — disse Damaris. — Vi que ia acontecer. A princípio era uma nuvem inocente no horizonte, mas agora é um negro temporal que relampeja dentro de ti. Eu devia te ter mandado embora em tempo. Mas sou apenas uma mulher, apesar de tudo.

Pousou o queixo na mão, alisou as rugas do rosto, e ficou olhando para a frente.

— Isto sempre acontece — disse, com tristeza. — A boca resseca, a língua treme e as lágrimas vêm aos olhos.

Tinha razão. Minha língua tremia na boca seca, de tal modo que não me era possível dizer uma única palavra. Atirei-me de joelhos diante dela e tentei enlaçá-la com meus braços. Mas ela afastou-se de leve e disse:

— Lembre-se de que me ofereceram mil moedas de ouro por uma noite. Certa vez, um ricaço vendeu uma mina de prata, por minha causa, e teve de recomeçar tudo, partindo da miséria.

— Posso arranjar mil moedas de ouro — prometi. — Sim, duas mil, se me deres tempo de falar com os banqueiros.

— Às vezes bastava uma violeta, quando eu me agradava de um belo rapaz — disse ela. Mas não falemos disso agora. Não quero dádivas de ti. Eu mesma te darei uma. Essa dádiva é o conhecimento inconsolável, adquirido em minha experiência, de que o prazer físico é uma tortura, não a verdadeira satisfação, e faz surgir constantemente um desejo de satisfação ainda mais terrível. Mergulhar no prazer físico é o mesmo que atirar-se num braseiro vivo. Meu fogo se extinguiu. Nunca mais tornarei a acender a chama sacrificatória para a queda de outrem. Não vês que tenho vergonha de minha vida passada?

— Tocaste em minha mão com a ponta dos teus dedos — murmurei, a cabeça baixa e as lágrimas dos meus olhos caindo no piso de mármore.

— Foi um erro confessou Damaris. — Eu queria tocar em ti para que nunca me esquecesses. Minuto, caríssimo, o desejo significa muito mais do que a satisfação. Essa é uma verdade dolorosa mas admirável. Acredita-me, Minuto querido, se nos separarmos agora, só teremos boas recordações um do outro, e nunca nos quereremos mal. Encontrei um novo caminho. Talvez o teu te leve um dia à mesma felicidade eterna.

Mas eu não queria compreendê-la.

— Não me faças sermões, mulher — gritei, a voz rouca de desejo. Prometi pagar o que quiseres.

Damaris enrijou-se e olhou-me com firmeza por um momento. Depois, pouco a pouco, empalideceu e disse com desdém:

— Como queiras, então. Volta amanhã de noite, para que eu tenha tempo de preparar tudo. E não me culpes depois.

Sua promessa fez minha cabeça rodopiar, embora as palavras tivessem um timbre agourento. Saí de joelhos trêmulos e, consumido de impaciência, vaguei pela cidade, galguei a Acrópole e fui contemplar o mar da cor de vinho escuro, para passar o tempo. No dia seguinte, dirigi-me às termas e relaxei os membros com exercícios no ginásio, mas cada movimento violento enviava uma flama ardente através de meu corpo, à lembrança de Damaris.

Afinal caiu o crepúsculo acinzentado e surgiram as estrelas vespertinas. Bati com força na porta de Damaris, mas ninguém veio abrir. Minha decepção foi esmagadora, quando imaginei que ela tivesse mudado de ideia e quebrado a promessa. Depois, apalpei a porta e reparei com alívio que não estava trancada. Entrei e vi que a sala de recepção estava iluminada.

Senti um odor desagradável. O sofá estava coberto com uma colcha esfarrapada. As candeias tinham sujado as paredes com fuligem. O cheiro de incenso rançoso era sufocante. Olhei estupidificado para a sala outrora tão bela. Depois bati com impaciência na bandeja das dádivas. O som ecoou pela casa. Daí a instantes, Damaris entrou na sala arrastando os pés, e eu a fitei com horror. Não era a Damaris que eu conhecia.

Besuntara os lábios espalhafatosamente, trazia o cabelo emaranhado e sujo, como o de uma rapariga do cais, e vestia uma camisola rota fedendo a vinho e vômito. Ao redor dos olhos traçara horrorosos anéis pretos e, com o mesmo pincel, acentuara cada ruga da face. Era o rosto de uma velha devassa e encarquilhada.

— Aqui estou, Minuto. A tua Damaris — disse ela, apática. — Aqui estou, como tu me terias. Toma-me então. Cinco moedas de cobre bastarão como pagamento.

171

Entendi o que ela queria dizer. Todo o vigor abandonou-me o corpo e caí de joelhos diante dela, curvando a cabeça até o chão e pranteando meu desejo impotente.

— Perdoa-me, Damaris, minha querida — disse eu, afinal.

— Vês agora, Minuto — disse ela num tom mais suave.

— Isso era o que querias fazer de mim. Era a esse ponto que querias degradar-me. Dá tudo no mesmo. Tanto faz uma cama docemente perfumada ou uma pocilga com cheiro de porco e urina, e eu de costas para a parede no cais.

Com a cabeça em seu regaço, chorei a minha desilusão até não sentir mais desejo. Ela me afagava a cabeça, comiserando-se de mim, e murmurava ternas palavras ao meu ouvido. Por fim, afastou-se, lavou o rosto, mudou de roupas e voltou com o cabelo penteado. O rosto estava tão iluminado de prazer que tive de retribuir, com os lábios trêmulos, ao seu sorriso.

— Muito obrigada, meu caríssimo Minuto. No último instante, tu compreendeste, apesar de teres o poder de me fazer tropeçar de novo em meu passado. Toda a minha vida serei grata por tua bondade, por não me teres roubado a felicidade que eu alcançara. Um dia saberás que a minha felicidade em Cristo é mais maravilhosa do que qualquer felicidade terrena.

Sentamo-nos de mãos dadas, durante longo tempo, e conversamos como irmão e irmã ou, melhor, como mãe e filho. Cuidadosamente, procurei explicar que talvez só aquilo que vemos com nossos olhos seja real e tudo o mais não passe de ilusórios jogos da imaginação. Damaris limitou-se a fitar-me com seus olhos suavemente brilhantes.

— Minha disposição de espírito oscila entre o desânimo mais profundo e a felicidade arrebatada — disse ela. — Nos meus melhores momentos alcanço um júbilo que ultrapassa todas as limitações terrenas. Tal é a graça, a verdade e a misericórdia que conheço. Não preciso crer nem entender mais nada.

Ao retornar à hospedaria, ainda paralisado pela decepção, não sabendo em que acreditar nem em que confiar, encontrei à minha espera um dos soldados panônios da minha escolta. Vestia um manto sujo e não trazia espada. Imaginei o terror que ele sentira ao passar furtivamente pelos inúmeros ídolos e estátuas de Atenas, supersticiosamente apavorado com a célebre onisciência dos atenienses. Ao ver-me, pôs-se imediatamente de joelhos.

— Perdoai-me a desobediência às vossas ordens expressas, Tribuno — implorou. — Mas meus companheiros e eu não podemos mais suportar a vida no porto. Vosso cavalo está definhando de tristeza e nos derruba da sela todas as vezes que procuramos exercitá-lo como recomendastes. Não cessamos de nos desentender com a guarnição do porto, por causa do dinheiro das provisões. Mas o pior de tudo é que os malditos áticos nos roubam. Somos como ovelhas amarradas nas mãos deles, embora estejamos afeitos aos trapaceiros de Corinto. De todos, o mais terrível é um sofista que nos depenou completamente ao provar a cada um de nós, de maneira convincente, que Aquiles não pode derrotar a tartaruga na corrida. Em Corinto, ríamos dos prestidigitadores que ocultavam uma conta colorida debaixo de três canecos de vinho e pediam que adivinhássemos sob qual delas estava a conta. Mas esse ático terrível está nos pondo loucos, pois quem não apostaria que Aquiles pode correr mais depressa do que uma tartaruga? Mas ele divide a distância na metade, depois em mais outra metade e assim por diante, até provar que Aquiles tem sempre um trecho a percorrer e não pode vencê-lo antes da tartaruga. Nós mesmos disputamos uma carreira com uma tartaruga e é claro que ganhamos facilmente, mas não encontramos uma falha na demonstração do sofista. Enxotamo-lo e voltamos a apostar com ele. Senhor, em nome de todas as Águias de Roma, reconduzi-nos a Corinto antes que enlouqueçamos.

Essa catadupa de queixas não me deu oportunidade de proferir uma palavra. Quando o soldado terminou, admoestei-o severamente por seu comportamento, mas não tentei solucionar o enigma para ele, já que não me achava num estado de espírito adequado. Por fim, deixei-o levar minha bagagem nas costas, liquidei a conta na hospedaria e saí de Atenas sem despedir-me de ninguém, numa pressa tal que esqueci na lavandaria duas túnicas.

Deixamos o Pireu em tamanho abatimento, que levamos três dias para fazer um percurso que eu poderia ter feito, sozinho, num único dia. Pernoitamos em Elêusis e Mégara. Os homens, porém, ficaram tão animados que cantavam ruidosamente quando afinal chegamos a Corinto.

Apresentei-os ao centurião no quartel. O Comandante Rúbrio recebeu-me com a roupa molhada de vinho e uma coroa de folhas de parreira encarapitada obliquamente na cabeça. Não estava inteiramente certo de quem eu era, pois várias vezes perguntou meu nome. Desculpou-se de sua distração, dizendo que era um velho e estava sofrendo os efeitos tardios de um golpe no crânio recebido na Panônia e que agora só lhe restava aguardar a pensão.

Dali dirigi-me ao Proconsulado, e o secretário de Gálio contou-me que os habitantes de Delfos haviam apelado para o Imperador a respeito da questão dos limites e pago os emolumentos da apelação. A gente que morava na terra votiva de Artemis perto de Olímpia havia, por seu turno, encaminhado uma queixa por escrito de que eu insultara a deusa e assim causara a morte do proprietário. Isso eles tinham feito para salvar a própria pele, depois de repartir as terras votivas e deixar que o templo se transformasse em ruína. Não havia informação de Atenas acerca de meu procedimento.

Sentia-me desalentado, mas Gálio recebeu-me bondosamente, abraçou-me e convidou-me imediatamente para compartilhar de sua mesa.

— Você deve estar saturado até à borda de sabedoria ateniense — disse ele — mas falemos dos negócios de Roma.

Enquanto comíamos, ele ia me contando que seu irmão Sêneca escrevera que o jovem Nero progredia cada vez mais e se mostrava tão respeitoso para com os senadores e cavaleiros que todos lhe chamavam a delícia e alegria da humanidade. Cláudio casara-o com sua própria filha Otávia, de oito anos, nascida de seu matrimônio com Messalina, a fim de agradar mais ainda a sua querida Agripina.

Do ponto de vista jurídico, esse casamento era um incesto, pois Cláudio perfilhara Nero, mas essa objeção legal fora posta de lado por um senador, que generosamente adotara Otávia antes do enlace.

173

Britânico não revelava os mesmos sinais de desenvolvimento de Nero. Estava quase sempre doente, passava a maior parte do tempo em seus aposentos, no Palatino, e se mostrava frio para com sua madrasta. O velho guerreiro maneta, Burro, fora nomeado comandante único dos Pretorianos. Burro era velho amigo de Sêneca e tinha grande estima por Agripina, pelo fato de ser ela filha do grande Germânico.

— O Imperador está bem — disse Gálio, relanceando a carta e ao mesmo tempo derramando vinho do cálice no piso. — Comportar-se com a majestade de sempre e padece de vez em quando de um inofensivo ardor na garganta. A mais importante notícia financeira é que o porto de Óstia está concluído e os navios de cereais podem agora descarregar ali. Milhões de moedas de ouro foram enterradas na lama e nos bancos de areia de Óstia, mas isso indica que Roma não precisa mais temer os distúrbios motivados pelo atraso dos suprimentos de cereais. Certa vez uma multidão de cidadãos enfurecidos espremeu Cláudio tão fortemente de encontro à parede que ele levou o maior susto de sua vida. O preço das sementes do Egito e da África cairá e já não compensa plantar cereais na Itália. Os senadores mais previdentes já começaram a criar gado e estão vendendo no estrangeiro os escravos que lavram seus campos.

Enquanto Gálio falava em seu tom paternal, minha ansiedade se foi dissipando e compreendi que não precisava temer uma reprimenda por ter demorado em Atenas. Apesar de tudo, ele me olhava perscrutadoramente, prosseguindo no mesmo tom de voz despreocupado:

— Você está pálido e seus olhos perderam o brilho. Estudar em Atenas tem confundido muitos outros honrados jovens romanos. Ouvi dizer que você recebeu instrução de uma mulher inteligente. É claro que essas coisas são fisicamente extenuantes e também o seu tanto dispendiosas. Espero que não esteja encalacrado de dívidas. Queres saber de uma coisa, Minuto? Um pouco de ar marinho lhe faria bem.

Antes que eu tivesse tempo de dar qualquer explicação, ele ergueu a mão para conter-me e disse com um sorriso:

— Sua vida privada não é da minha conta. O importante é que o moço Nero e a adorável Agripina lhe enviam cordiais saudações, através de meu irmão. Nero tem sentido a sua falta. Não se pode deixar de louvar a Deusa da Fortuna de Roma, por ter colocado uma mulher tão decidida e verdadeiramente imperial como Agripina ao lado de Cláudio, de cujas responsabilidades compartilha. Soube que você enviou a Agripina um belo cálice de bronze coríntio, como presente daqui. Ela está encantada com sua atenção.

Por um instante meu espírito ansiou por Roma, porque a vida lá parecia mais simples e enquadrada numa sensata rotina. Mas ao mesmo tempo eu sabia que não podia livrar-me dos meus problemas com uma simples mudança de domicílio. Minha situação embaraçosa me fez suspirar. Gálio sorriu distraído.

— Soube que você andou brigando com Artemis nessa viagem — continuou. — Seria prudente que levasse pessoalmente uma oferenda para ela no templo de Éfeso. Tenho razões para enviar uma carta confidencial ao Procônsul, na Ásia. Quando você mesmo o encontrar, fale-lhe também dos incomparáveis talentos de Nero, da modéstia com que se comporta no Senado e da maneira sábia como

Agripina o vem educando. O casamento de Nero com Otávia tem certa significação política que talvez você entenda se pensar nisso um pouco. Naturalmente eles ainda não vivem juntos, pois Otávia é uma criança.

Mas minha cabeça estava como que cheia de névoa, de modo que tudo quanto pude fazer foi. curvá-la estupidamente em sinal de concordância. Por isso, Gálio estendeu-se sobre a questão:

— Cá entre nós, tanto as origens de Britânico quanto as de Otávia são, é o mínimo que se pode dizer, suspeitas, por causa da reputação de Messalina. Mas Cláudio os tem na conta de filhos e, afinal, legalmente o são. Nem mesmo Agripina ousaria ferir-lhe a vaidade masculina, tocando em questões tão delicadas.

Admiti que ouvira comentários semelhantes antes de sair de Roma.

— Mas ao mesmo tempo — acrescentei — parecia-me que alguém espalhava propositadamente essas histórias terríveis a respeito de Messalina, e eu não podia levá-las a sério. Ela era jovem, bonita e gostava de se divertir. Cláudio era um ancião a seu lado. Mas não posso crer em tudo que dizem dela.

Gálio agitou seu cálice com impaciência.

— Lembre-se de que cinquenta senadores e uns duzentos cavaleiros foram mortos ou tiveram permissão de cortar as veias por causa da imprudência de Messalina. De outro modo, seu pai, Minuto, dificilmente teria recebido a larga faixa púrpura.

— Se o entendo corretamente, Procônsul — disse eu, hesitante — Cláudio tem mau estômago e uma cabeça fraca, não é isso? Um dia ele terá de pagar a dívida que todos nós teremos de pagar, por mais que sacrifiquemos a seu gênio.

— Façamos de conta que você nunca pronunciou tais palavras — gritou Gálio.

— Apesar de sua debilidade, Cláudio vem governando com tanto acerto que o Senado pode elevá-lo à condição de deus, após a morte, mesmo que isso se cubra de certo ridículo. Um homem previdente deve encaminhar com antecedência o problema de sua sucessão.

— Nero Imperador — murmurei em devaneio. — Mas Nero é um menino.

Pela primeira vez, pensei nessa possibilidade. Não podia deixar de deleitar-me, já que era amigo de Nero desde muito antes que sua mãe se tornasse esposa de Cláudio.

— Não se assuste com esse pensamento, Tribuno Minuto — disse Gálio. — Mas difundi-lo tão abertamente é perigoso, enquanto Cláudio estiver vivo e respirando. Arrumar e reunir todos os fios do destino e do acaso seria útil se o mesmo excelente pensamento surgisse nos círculos dirigentes das outras províncias. Eu não me oporia a que você passasse de Éfeso a Antioquia. Esta última é sua cidade natal. Dizem que os libertos de seu pai aí acumularam grande riqueza e prestígio. Bastaria que você falasse bem de Nero. Só. Nem uma única menção ao futuro, explicitamente. Tome cuidado com esse ponto. Aqueles com quem você conversar tirarão suas próprias conclusões. No Oriente há mais intrigante senso político do que Roma geralmente imagina.

Deixou que eu refletisse um instante e depois continuou:

— É evidente que você mesmo terá de custear sua viagem, embora, por uma questão de formalidade, eu lhe confie algumas cartas, para que possa encontrar-se

175

com os destinatários numa atmosfera de intimidade. Mas tudo quanto disser, dirá espontaneamente. Não por minha ordem. Você é fraco por natureza e muito moço ainda para que o julguem capaz de maquinações políticas. Nem se trata disso, como espero que compreenda. Mas há exilados romanos que estão sofrendo os tormentos do degredo, em razão dos caprichos e suspeitas de Cláudio. Esses homens têm amigos em Roma. Não os evite porque, quando Cláudio morrer, todos os exilados serão perdoados, os judeus também. Isto prometeu meu irmão Sêneca, pois ele mesmo suportou oito anos de exílio. Pode mencionar as perturbações de estômago do Imperador, mas não esqueça de acrescentar que talvez não passem de vômitos sem consequência. Por outro lado, o câncer de estômago tem sintomas idênticos. Cá entre nós, Agripina está profundamente inquieta com a saúde de Cláudio. Ele é um gastrônomo e não é capaz de cumprir à risca uma dieta sensata.

Fui forçado a concluir que Gálio estava embriagado, uma vez que se atrevera a falar de tais coisas sem nenhuma reserva. Deve ter superestimado minha lealdade, porque pensava que a lealdade era uma qualidade inata em todos os jovens romanos. Também tenho sangue de lobo nas veias. Mas ele encheu minha cabeça de ideias tempestuosas e me fez pensar em outras coisas além de Damaris e Atenas.

No fim pediu-me que meditasse calmamente e depois me mandou para casa. Era tarde da noite; apesar disso, o fogo crepitava à porta de minha casa e do interior provinha o ruído de uma cantoria barulhenta. Pensei que talvez Hierex tivesse sabido do meu regresso e preparado uma recepção. Quando entrei vi uma porção de gente, homens e mulheres, acabando de comer em minha sala de jantar. Era óbvio que estavam todos inteiramente ébrios. Um dançava pela sala, rodando os olhos, e outro balbuciava numa língua que não pude entender. Hierex andava de um lado para outro, atuando como anfitrião e beijando cordialmente todos os seus convidados, um por um. Quando me viu, perturbou-se mas logo recobrou a serenidade:

— Benditas sejam a vossa entrada e a vossa saída, meu senhor Minuto — exclamou. — Como vedes, estamos praticando juntos, da melhor maneira possível, os cânticos sacros. Cumprindo vossas ordens, investiguei a nova doutrina dos judeus. Ela se ajusta a um simples escravo como uma luva.

O porteiro e o cozinheiro prontamente saíram de seu êxtase e se ajoelharam à minha frente. Ao perceber que eu começava a inchar de raiva, Hierex apressou-se em puxar-me para um canto.

— Não vos encolerizeis — disse ele. — Tudo está em boa ordem. Paulo, aquele homem severo, não sei por que motivo sentiu-se subitamente desanimado, mandou cortar o cabelo e foi para Jerusalém prestar contas aos superiores. Com sua partida, nós, cristãos, começamos a discutir para ver quem estava mais apto a instruir os outros. Os judeus, por egoísmo, acham que sabem mais a respeito de tudo, até mesmo de Cristo. Assim uso a vossa casa como ponto de reunião onde nós, os incircuncisos, nos encontramos para praticar a nova doutrina da melhor maneira possível. Também comemos um pouco melhor do que nas refeições comunais, o que atrai sempre muita gente pobre que não paga nada. Este ágape corre por minha conta. Fisguei aquela viúva rica que está ali. Fiz várias amizades úteis entre os cristãos. É decididamente a melhor sociedade secreta a que já me filiei.

— Quer dizer então que você se tornou cristão, foi batizado, faz penitência e tudo o mais? — perguntei perplexo.

— Vós mesmo o ordenastes — disse Hierex na defensiva. — Sem vossa permissão, eu nunca teria ingressado, pois sou apenas vosso escravo. Mas com os cristãos joguei fora minha pecaminosa indumentária servil. De acordo com o ensinamento deles, somos iguais de Cristo, vós e eu. Deveis ser bondoso comigo e eu vos servirei da melhor maneira possível, como sempre servi. Quando nos tivermos desembaraçado dos judeus mais presumidos, nossa sociedade do amor será um ornamento para toda Corinto.

De manhã, Hierex readquirira a sobriedade e estava bem mais humilde, mas o rosto se lhe ensombrou quando eu disse que ia para a Ásia levando-o comigo, já que não podia empreender tão longa viagem sem um criado.

— Impossível — gemeu Hierex — arrancando os cabelos. Exatamente agora, quando acabo de firmar os pés aqui e em vosso nome encetar todos os tipos de transações úteis! Se tiverdes de liquidar tudo de imediato, então tenho a impressão de que perdereis boas somas. Nem posso deixar os cristãos em apuros agora que Paulo foi embora e eles estão brigando. Há viúvas e órfãos que precisam de proteção. Isso faz parte da doutrina deles. E eu sou um dos poucos em toda a congregação que entendem alguma coisa de dinheiro. Contaram-me uma história interessante de um senhor que deu a seus servos algumas libras de ouro e depois pediu-lhes conta da maneira como haviam aumentado o patrimônio. Eu não queria parecer incompetente no dia da prestação de contas.

Em minha ausência, Hierex engordara muito. Não me seria útil em viagens longas e enfadonhas. Não faria outra coisa senão queixar-se, bufar e arquejar, ansiando pelas comodidades de Corinto.

— Dentro em breve será o dia do aniversário da morte de minha mãe — disse eu. — Vamos juntos às autoridades. Eu lhe darei a liberdade, para que você possa ficar em Corinto e cuidar da casa. Acredito que terei prejuízo se de repente vender tudo o que adquiri aqui a crédito.

— Isso mesmo é o que eu ia sugerir — disse Hierex, impaciente. — Deve ter sido o Deus cristão que me deu tão excelente ideia. Economizei bom dinheiro, de modo que eu mesmo poderia pagar metade do imposto de alforria. Já procurei saber de um advogado da Prefeitura quanto poderiam pedir por mim. Engordei demais, já não sirvo para o trabalho físico. Também tenho certos defeitos que consegui ocultar de vós, mas que reduziriam consideravelmente meu preço num leilão.

Não aceitei o oferecimento, pois achei que Hierex iria precisar de suas economias para se iniciar nos negócios e aguentar a vida cara de Corinto. Assim, paguei os emolumentos à Prefeitura e eu mesmo coloquei em suas mãos o bastão de liberto. Ao mesmo tempo passei-lhe uma procuração para administrar minha casa e meus bens em Corinto. Na realidade, estava satisfeito por ver-me livre dele e de todos os enfadonhos assuntos financeiros. Não gostei da maneira despreocupada como Hierex se unira aos cristãos e não queria ser responsável por ele, a não ser como meu liberto.

Hierex Láusio acompanhou-me a Cencreia, onde embarquei para Éfeso. Mais uma vez ele me agradeceu por permitir que se chamasse Láusio, que considerava um nome muito mais imponente e digno do que o modesto Minuto. As lágrimas que derramou na minha partida eram, acredito, sinceras, mas imagino que ele deu um suspiro de alívio, ao ver o navio levantar ferros e saber-se livre de um senhor muito moço e imprevisível.

Sabina

Troxobores, chefe de bandoleiros montanheses, era o autor das escaramuças que na Armênia davam grande trabalho às legiões sírias. Tendo enviado ao interior da Cilícia uma traquejada força expedicionária que dali passou impetuosamente à costa, pilhando os portos e transtornando o comércio marítimo, reduziu à impotência o velho Antíoco, Rei da Cilícia, já que os reforços deste se encontravam na Armênia.

Afinal os Cleitores passaram a sitiar a própria cidade portuária de Anemurium. Viajando de Éfeso para Antioquia, topei com uma divisão da Cavalaria síria, comandada pelo Prefeito Cúrcio Severo, que se deslocava a toda a pressa para defender Anemurium. Em tais circunstâncias, achei que tinha o dever de juntar-me à tropa.

Sofremos uma derrota esmagadora fora dos muros de Anemurium, onde o terreno era mais favorável aos montanheses de Troxobores do que à nossa cavalaria. Severo teve sua parcela de culpa, pois julgou que podia pôr em fuga um magote inexperiente de bandidos apenas fazendo soar as cornetas e atacando a toda a brida, sem primeiro ordenar o reconhecimento do terreno e inteirar-se das forças de Troxobores.

Fui ferido na ilharga, no braço e no pé. Com uma corda em volta do pescoço e as mãos amarradas às costas, fui levado para o topo das inacessíveis montanhas dos bandoleiros. Durante dois anos Troxobores me manteve como refém. Os libertos de meu pai, em Antioquia, teriam pago o resgate a qualquer momento, mas Troxobores era astuto e agressivo e preferia conservar como reféns alguns romanos importantes a entesourar dinheiro em seus esconderijos.

O Procônsul da Síria e o Rei Antíoco menosprezavam o mais possível essa rebelião, afirmando que podiam esmagá-la com seus próprios contingentes. Temiam, não sem razão, a ira de Cláudio, caso este viesse a saber da verdade.

— Nenhuma quantidade de ouro comprará minha vida enquanto eu estiver acuado — disse Troxobores. — Mas a ti, ó cavaleiro romano, posso a qualquer momento crucificar-te para obter uma elegante escolta aos infernos.

Era inconstante no tratamento dispensado aos reféns: ora amistoso, ora cruel. Convidava-nos para seus banquetes bárbaros, dava-nos comida e bebida e, ébrio, desfeito em lágrimas, chamava-nos de amigos. Depois encerrava-nos numa caverna imunda, mandava murar a entrada e alimentar-nos através de um orifício do tamanho de um punho, com o mínimo de pão indispensável para manter-nos vivos, no meio dos nossos excrementos. Nessa prisão dois homens se mataram, abrindo as veias com pedras aguçadas.

Meus ferimentos infeccionados torturavam-me. O pus escorria deles e julguei que ia morrer. No curso desses dois anos aprendi a viver em extrema degradação, esperando a todo instante a tortura e a morte. Meu filho Júlio, meu único filho, quando leres isto depois de minha morte, lembra-te de que certas cicatrizes que carrego na face e que, quando eras pequeno, julgavas que eram fruto de minha estada na Bretanha — enfatuado que eu era — não foram obra dos bretões. Recebi-as muitos anos antes do teu nascimento, numa escura caverna da Cilícia, onde precisei de muita paciência e vergonhosamente escalavrei o rosto de encontro à dura parede de pedra. Pensa nisso quando criticares acerbamente teu sórdido, antiquado e falecido pai.

Todos os homens que Troxobores reuniu à sua volta e adestrou para a guerra durante o período de suas vitórias, ele os perdeu depois de sua primeira derrota. Embriagado pelo êxito, cometeu o erro de se envolver em batalhas campais, e a esse tipo de combate não estavam afeitas suas tropas indisciplinadas.

O Rei Antíoco tratou bondosamente os prisioneiros, libertou-os e os enviou às montanhas com promessa de perdão a todos os que abandonassem Troxobores. Quase todos os homens de Troxobores, achando que já tinham pilhado o suficiente, sentiram-se saturados da aventura e fugiram para suas aldeias, a fim de passar o resto da vida como homens ricos, pelos padrões da Cilícia. Troxobores seguiu e matou esses desertores, disseminando assim o rancor entre seus amigos tribais.

Finalmente, até mesmo os seus mais íntimos colaboradores cansaram-se de suas crueldades e caprichos e o capturaram para alcançar o perdão para si mesmos. Isso aconteceu no momento exato, porque o exército do Rei Antíoco se aproximava, os escravos cavavam os muros diante da caverna e os postes para a nossa execução estavam no chão do lado de fora. Meus colegas de prisão pediram que Troxobores fosse crucificado em vez de nós. Mas o Rei Antíoco deu-se pressa em mandar decapitá-lo, pondo termo a um episódio doloroso.

Eu e meus companheiros de prisão nos separamos sem saudade, pois na treva, fome e humilhação da caverna, acabamos fartos uns dos outros. Enquanto eles regressavam a Antioquia, embarquei numa belonave romana que saía de Anemurium para Éfeso. A fim de calar-nos, o Rei Antíoco recompensou-nos liberalmente dos padecimentos que tivéramos de suportar.

Em Éfeso, fui bem recebido pelo então Procônsul da Ásia, Júnio Silano, que me acolheu em sua residência rural e determinou que seu médico particular me tratasse. Silano teria uns cinquenta anos, era um tanto lerdo, mas possuía um caráter tão inatacável que em sua época o Imperador Caio o qualificara de parvo de ouro, numa alusão à sua incalculável riqueza.

Quando mencionei Agripina e Nero a Silano, este me proibiu de proferir uma única palavra em sua presença acerca das perturbações gástricas de Cláudio. Alguns homens ilustres haviam sido banidos recentemente de Roma só porque tinham inquirido a um astrólogo quanto tempo de vida restava ao Imperador. Depois disso, o Senado aprovara uma lei exilando todos os caldeus.

Silano parecia pensar que Agripina fora, de certa maneira, responsável pela morte de um irmão dele, Lúcio, assim como julgava que outrora Messalina desgraçara Ápio Silano, ao conceber maléficos projetos a seu respeito. Essas suspeitas alucinadas enraiveceram-me.

— Como pode pensar isso da primeira dama de Roma? — disse eu, furioso, — Agripina é uma mulher de alta nobreza. Seu irmão Caio foi Imperador e ela mesma é esposa de um Imperador e descende do divino Augusto.

Silano sorriu estupidamente:

— Nem mesmo as origens mais ilustres — comentou — parecem assegurar proteção a qualquer pessoa em Roma. Lembre de Domícia Lépida, tia de Nero. Foi ela que, com seu bom coração, o acolheu quando Agripina foi degredada por lascívia notória e alta traição, Domícia sempre se interessava por Nero quando ele era vítima da severidade de Agripina. Ultimamente foi ela condenada à morte porque a acusaram de ter tentado prejudicar Agripina, com feitiçaria, e não ter sabido dominar seus escravos na Calábria. Domícia também era descendente de Augusto. E quando afinal o tempo der cabo de Cláudio, mesmo que não possamos conversar sobre isso, todos verão que também descendo do divino Augusto. Não me surpreenderia se o Senado de Roma preferisse um homem mais velho a um adolescente. Minha reputação é ilibada e não tenho inimigos.

Tinha razão nisso, pois Silano era considerado tão néscio que ninguém o odiava. Mas é claro que fiquei assombrado com sua insensata presunção.

— Está pensando seriamente em tornar-se Imperador? — perguntei espantado.

Júnio Silano enrubesceu timidamente.

— Não divulgue essa ideia lá fora — disse ele. — É o Senado que decide. Mas, cá entre nós, não posso honestamente apoiar Nero. O pai dele era tão cruel e sanguinário que, certa vez, no fórum, arrancou o olho a um cavaleiro romano que não lhe deu passagem com o devido respeito.

Por força de sua riqueza, Silano vivia como um rei na Ásia. Também me contou que o Procônsul Gálio, após completar seu tempo de serviço, fora acometido de tuberculose hereditária e regressara a Roma, para liquidar seus negócios, antes de partir para o clima mais seco do Egito, em busca do restabelecimento da saúde. Pressenti que tivesse outros afazeres no Egito além do cuidado com a saúde. Mas não podia escrever a ele sobre as estarrecedoras esperanças de Silano, e por outro lado sentia-me obrigado a informar que Nero evidentemente não contava nas províncias com o apoio que sua mãe e Sêneca imaginavam.

Depois de muita meditação, escrevi diretamente a Sêneca e lhe falei do meu encarceramento.

O Procônsul Júnio Silano concedeu-me generosa hospitalidade [rematai] e não permite que eu vá embora antes que minhas feridas sarem completamente. Ainda estão supurando. Aflige-me saber que ele não tem Agripina e Nero na mesma alta conta em que eu os tenho, mas gaba-se de descender de Augusto e acredita implicitamente que tem muitos amigos no Senado. Aguardo instruções que me indiquem se devo voltar a Rama ou permanecer aqui por enquanto.

O encarceramento me embotara, e deprimira. Deixava o tempo correr sem pensar em nada. Ia com Silano às corridas e me saía bem das apostas que fazia

181

em seus parelheiros. Havia também um teatro magnífico em Éfeso. E quando não se tinha mais nada a fazer, podia-se ir ao templo, que é uma das maravilhas do mundo.

Pouco a pouco voltavam-me as forças, graças à boa comida, a uma cama confortável e ao tratamento adequado. Tornei a montar e tomei parte nas caçadas de javalis que os tribunos de Silano organizavam.

O médico grego de Silano estudara em Cós, e quando lhe perguntei a respeito de sua remuneração, ele riu.

— Éfeso é o lugar mais infeliz do mundo para o exercício da arte de curar — disse ele. — Os sacerdotes de Artemis praticam a cura pela fé e há também Centenas de mágicos de outros países aqui. O mais em voga no momento é um judeu que com um toque das mãos cura os enfermos e acalma os dementes. Seus chairéis e aventais são vendidos em todo o país como panaceias para todos os tipos de doenças. Mas ele não se dá por satisfeito com isso. Alugou a escola de Tirano para ensinar seu ofício a outros. Também tem inveja dos colegas e fala com desdém dos livros de magia e dos ídolos milagrosos.

— Os judeus são a causa de todas as perturbações — disse eu com azedume — porque não se contentam mais com adorar seu deus lá entre eles, sob a proteção de seus direitos especiais, mas procuram contaminar os gregos também.

O verão jônico é benigno. O liberto de Júnio Silano, Hélio que lhe administrava os bens na Ásia, tratava-me com todo o desvelo, promovia representações de peças e mimos nas horas de refeição e às vezes, quando me julgava entediado, enviava uma linda escrava ao meu leito. Os dias dourados e as noites azul-ferrete se dissipavam. Achei que já não desejava nada senão a vida diária dos seres humanos. Isso me bastava como esperança e futuro. Tomava-me rijo e entorpecido.

No começo do verão aportou a Éfeso um veloz navio romano, trazendo um cavaleiro idoso chamado Públio Céler, que vinha com a notícia de que Cláudio falecera, vítima das perturbações gástricas, como havia muito se esperava. Afrânio Burro, o Prefeito dos Pretorianos, fizera transportar Nero ao acampamento dos Pretorianos, e lá Nero pronunciara um discurso e prometera aos homens a habitual distribuição de dinheiro. No meio do júbilo geral, fora aclamado Imperador, e o Senado ratificara a decisão por unanimidade.

O Procônsul Júnio Silano examinou atentamente as ordens e credenciais que Céler trouxera consigo. Públio Céler era um homem robusto, apesar da idade, e parecia saber o que queria. Um talho de espada lhe deixara uma cicatriz num canto da boca, entortando-a, o que lhe conferia um ar desdenhoso.

Trazia uma mensagem para mim, de Sêneca, que me agradecia a carta e instava comigo para que voltasse a Roma, pois Nero sentia falta dos seus verdadeiros amigos e estava inaugurando seu regime novo e liberal. Os crimes, as discórdias e os erros do passado foram esquecidos e perdoados. Os exilados podiam regressar a Roma. Com o apoio do Senado, Nero tinha a esperança de ser um dia o portador da boa sorte para a humanidade.

Tomaram-se as necessárias providências oficiais. Os regentes da Ásia resolveram encomendar ao mais famoso escultor de Roma um retrato de Nero. Mas apesar de sua riqueza, Júnior Silano não organizou um banquete especial em honra de Nero, como devia ter feito. Em vez disso, convidou os amigos mais íntimos para sua residência rural. Desse modo, não éramos mais do que trinta à mesa.

Após fazer uma oferenda ao Imperador Cláudio, agora proclamado deus pelo Senado, Júnio Silano volveu a cara gorda para Céler e disse venenoso:

— Deixemos de lado essa tagarelice. Conte-nos o que realmente aconteceu em Roma.

Públio Céler ergueu as sobrancelhas e sorriu escarninho:

— Anda estafado pelo peso das suas obrigações? Por que está tão exaltado? Sua idade e seu físico não suportarão emoções desnecessárias.

Júnio Silano tinha efetivamente a respiração pesada e se portava pessimamente como acontece com os desiludidos. Mas Públio Céler tratou de atenuar tudo com um tom de voz galhofeiro:

— A caminho dos funerais de Cláudio, Nero, como seu filho, proferiu a costumeira oração fúnebre no fórum. Não sei dizer se ele mesmo a preparou ou se contou com o auxílio de Sêneca. Apesar de jovem, Nero tem dado prova de possuir talento para a poesia. De qualquer forma, falou com clareza e gestos graciosos. Os pais da pátria, os cavaleiros e a plebe escutavam atentamente, enquanto Nero exaltava a família ilustre de Cláudio e os consulados e triunfos de seus antepassados, as doutas ocupações do morto e a ausência de luta externa durante seu regime. Então, Nero habilmente mudou de tom e começou, como que forçado pela praxe, a elogiar a sabedoria, o gênio e a arte de governar de Cláudio. Ninguém pôde deixar de rir, e gargalhadas constantes interrompiam o discurso necrológico de Nero. Todos riram até mesmo quando ele lamentou a perda irreparável que sofrera, o pesar e o abatimento que lhe inundavam o coração. O cortejo fúnebre transformou-se numa farsa. Ninguém procurou esconder o alívio que representava para Roma o desaparecimento de um velho trapalhão, cruel, voluptuoso e apalermado.

Júnio Silano sacudiu com tamanha violência seu cálice de ouro na borda do sofá que o vinho me atingiu o rosto:

— Cláudio era meu contemporâneo — rosnou — e não permitirei insultos à sua memória. Quando os pais da pátria recobrarem o juízo, verão que o adolescente de dezessete anos, filho de uma mulher sedenta de poder, não pode governar o mundo.

Mas Céler não se aborreceu:

— Cláudio foi proclamado deus — disse ele. — Quem pode denegrir a um deus? Nos Campos Elísios, Cláudio situa-se divinamente acima das críticas e dos insultos à sua pessoa. Devia saber disso, Procônsul.

— Gálio, irmão de Sêneca, comentou, provavelmente por galhofa, que Cláudio foi içado ao céu por um gancho preso à sua queixada, da mesma forma que habitualmente arrastamos o corpo de um traidor do Tullianum até o Tibre. Mas esse gênero de pilhéria serve apenas para mostrar que se pode outra vez rir livremente em Roma.

Enquanto Júnio Silano continuava a gaguejar furioso, Públio mudou de tom e falou com jeito de admoestação:

— Seria melhor que bebesse à saúde do Imperador e esquecesse o ressentimento, Procônsul.

Por ordem de Públio, Hélio trouxe outro cálice de ouro e o entregou a Céler. Céler misturou o vinho diante de todos nós, levou o cálice à boca e depois passou-o a Silano, já que o dele se amolgara. Silano esvaziou o cálice em dois tragos, como de costume, pois não podia recusar-se a brindar o Imperador.

Após colocar o cálice a seu lado, preparava-se para prosseguir no mesmo tema quando, de súbito, as veias de suas têmporas se intumesceram, e, agarrando a garganta, Silano gemeu, incapaz de dizer uma palavra, o rosto enegrecendo e tornando-se azul. Nós o fitamos horrorizados. Antes que esboçássemos um gesto, ele caiu ao chão, o corpo roliço batendo uma ou duas vezes, antes de exalar o último estertor diante dos nossos olhos.

Com um salto pusemo-nos de pé, espavoridos, sem fala, e Públio Céler era o único que se conservava calmo.

— Recomendei que não se exaltasse tanto — disse ele. — Silano ficou excessivamente chocado com essa notícia inesperada e tomou um banho quente demais antes da refeição. Mas encaremos esses colapso cardíaco como um bom presságio. Todos vocês ouviram com que rancor ele falou do Imperador e de sua mãe. Lúcio, irmão mais moço de Silano, tirou a própria vida quase da mesma forma há algum tempo, só para estragar a festa do casamento de Cláudio e Agripina, quando Cláudio rompeu o compromisso com Otávia.

Começamos todos a discutir a um só tempo como pode o coração de um homem tão gordo arrebentar de excitação e como pode o rosto enegrecer tão repentinamente. Hélio foi buscar o médico de Silano, que já tinha ido dormir de acordo com as normas de vida saudável da população de Cós. Ele chegou assustado, virou o cadáver, pediu mais luz e examinou desconfiado a garganta de Silano. Depois cobriu-lhe a cabeça com um manto sem dizer uma palavra.

Inquirido por Públio Céler, admitiu com voz sumida que muitas vezes aconselhara o amo a não empanturrar-se de boas iguarias e confirmou que todos os indícios eram de colapso cardíaco.

— Este infeliz episódio deve ser registrado num laudo médico — disse Públio Céler — e também num documento oficial, que todos nós assinaremos, como testemunhas. Uma morte súbita provoca a maledicência dos linguarudos, quando se trata de pessoa muito conhecida. Assim, faça-se constar que eu mesmo provei do vinho antes de passar o cálice para Silano.

Entreolhamo-nos confusos. Não havia dúvida que Céler levara o cálice aos lábios, mas por outro lado ele poderia ter apenas simulado, caso o cálice contivesse veneno. Descrevi aqui exatamente o que aconteceu, porque posteriormente correu que Agripina enviara Céler com a missão específica de envenenar Silano. É indiscutível que a morte deste ocorreu no momento oportuno.

O boato dizia que Céler subornara Hélio e o médico, e meu nome também foi mencionado com maliciosa referência à minha amizade com Nero. O julgamento de Céler, que por solicitação do Senado devia investigar miudamente a questão, foi adiado ano após ano e finalmente arquivado quando Céler morreu de velhice. Eu teria de bom grado prestado testemunho a seu favor. Hélio foi agraciado mais tarde com um posto de relevo a serviço de Nero.

A morte inesperada do Procônsul atraiu, como era de esperar, muita atenção em Éfeso, assim como em toda a província da Ásia. Os funerais foram modestos, já que não se queria provocar ansiedade na população. O cadáver foi cremado no jardim da residência rural de Silano. Quando a pira cessou de arder, recolhemos as cinzas e pusemo-las numa bela urna que foi enviada ao mausoléu da família, em Roma. Públio Céler assumiu o Proconsulado até que o Senado tivesse tempo de escolher um novo Procônsul para a Ásia dentre aqueles que aguardavam a vez. De qualquer modo, estava para encerrar-se o período de governo de Silano.

A própria mudança de regime produzira considerável inquietação em Éfeso, e a morte do Procônsul agravou a situação. Os inúmeros adivinhos, taumaturgos, vendedores de livros de magia negra e acima de tudo os prateiros, que vendiam miniaturas do templo de Artemis como lembranças da cidade, valeram-se da oportunidade para tumultuar as ruas e maltratar os judeus.

Paulo, como não podia deixar de ser, era a causa disso. Sei agora que ele estivera semeando a discórdia em Éfeso durante dois anos, e foi dele que o médico de Silano tinha falado, embora na ocasião eu não tivesse percebido,

Paulo persuadira seus adeptos a reunirem todos os seus calendários astrológicos e livros dos sonhos, no valor de cem sestércios ou mais, e os queimarem publicamente no fórum como demonstração contra os rivais.

A fogueira de livros suscitara a ira da população supersticiosa de Éfeso, e até mesmo as pessoas cultas não a aprovaram, embora não atribuíssem grande importância aos dias propícios e funestos dos horóscopos ou à interpretação dos sonhos. Mas temiam que a filosofia e a poesia seguissem em breve o caminho da fogueira.

Fui tomado de fúria quando tomei a ouvir o nome de Paulo mencionado como perturbador da ordem. Pensei em ir embora de Éfeso imediatamente, mas Públio Céler, receando novos motins, pediu-me que assumisse o comando da cavalaria da cidade e da guarnição romana.

Não tardou que o conselho municipal enviasse uma mensagem angustiada, informando que grandes multidões se deslocavam pelas ruas que levavam ao teatro grego, onde ia realizar-se uma reunião ilegal. Os prateiros tinham apanhado na rua dois companheiros de Paulo, mas os outros discípulos tinham impedido energicamente que Paulo fosse ao teatro. Os conselheiros também mandaram um aviso a Paulo, pedindo-lhe que não se misturasse com a multidão, para evitar derramamento de sangue.

Quando se evidenciou que o conselho municipal não conseguia dominar a situação, Públio Céler ordenou-me que convocasse a cavalaria e ele próprio colocou uma coorte de infantaria à porta do teatro.

Ele sorria, os olhos frios e a boca torta. Assegurou-me que estivera esperando por uma oportunidade conveniente como essa, para dar a esse povo turbulento algumas lições de disciplina e ordem romanas.

Acompanhado de um corneteiro e um comandante de coorte, entrei no teatro a fim de tomar posição para dar sinal, caso a multidão se tornasse violenta. Todos se mostravam ruidosos e impacientes dentro do imenso teatro; é óbvio que muitos não sabiam do que se tratava e como bons gregos tinham vindo simplesmente para gritar com toda a força dos pulmões. Ninguém parecia estar armado. Imaginei o pânico que se seguiria a uma ordem de evacuar o teatro à força.

O mais velho representante dos prateiros procurou acalmar a turba para poder falar, mas ele mesmo já a insuflara tanto, que estava rouco e desafinado, quando iniciou sua arenga. Mesmo assim, pude perceber que ele acusava o judeu Paulo de instigar o povo, não só de Éfeso mas de toda a Ásia, a crer que os ídolos feitos a mão não eram deuses.

— Estamos ameaçados pelo perigo — bradou com sua voz desafinada — de vermos desrespeitado o grande templo de Artemis e destituída de poder a própria deusa, ela que é adorada por toda a Ásia e pelo mundo inteiro.

A turba começou então a berrar:

— Grande é Artemis de Éfeso!

O vozerio prolongou-se tanto que meu corneteiro se exasperou e tentou levar o instrumento à boca, mas eu o contive.

Judeus adornados de borlas, e reunidos nas proximidades, empurraram para a frente um caldeireiro, gritando:

— Deixem Alexandre falar.

Pelo que pude entender, este Alexandre desejava explicar que os judeus ortodoxos não eram partidários de Paulo e que Paulo não gozava sequer da completa confiança de todos os cristãos de Éfeso.

Mas ao ver pelas roupas que ele era judeu, a multidão não quis deixá-lo falar e com razão, já que os judeus ortodoxos não aprovavam os ídolos, nem as imagens de tais coisas trabalhadas a mão. Para impedir que o homem falasse, a turba voltou a bradar:

— Grande é Ártemis de Éfeso!

Desta vez a gritaria durou sem exagero duas linhas completas marcadas na clepsidra.

Públio Céler apareceu a meu lado com a espada desembainhada:

— Por que não dá o sinal? Podemos dispersar esse povo num instante.

— Várias centenas de pessoas seriam calcadas aos pés — preveni-o.

Esse pensamento pareceu agradar a Céler. Por isso apressei-me a acrescentar:

— Estão apenas louvando sua própria Artemis. Seria blasfêmia e tolice política dispersar uma multidão por esse motivo.

Quando o Chanceler da Cidade nos viu de pé e hesitantes numa das portas, acenou desesperadamente para nós, recomendando que esperássemos. Ele teve bastante autoridade para acalmar, pouco a pouco, a multidão enquanto se preparava para falar.

Agora os cristãos eram empurrados para a frente. Tinham sido batidos e suas roupas estavam rasgadas, mas nada pior lhes acontecera. Para mostrar o que pensavam, os judeus cuspiram neles, mas o Chanceler disse à multidão que não agisse irrefletidamente e lembrou que a cidade de Éfeso fora escolhida para cuidar do ídolo de Artemis que caíra do céu. No seu entender, os discípulos de Paulo não eram profanadores do templo nem blasfemos.

As pessoas mais sensatas começaram a relancear os olhos às minhas plumas vermelhas e ao corneteiro da cavalaria, abandonando em seguida o teatro. Por um momento pareceu que tudo ia ser decidido.

Públio Céler cerrou os dentes, pois encontrara motivo para atacar e, depois, no tradicional estilo romano, atear fogo às oficinas dos prateiros e saqueá-las.

As camadas educadas da multidão felizmente lembraram-se dos acontecimentos aterradores do passado e trataram de ir embora. Dando vazão a sua contrariedade, Céler mandou que seus soldados sitiassem o teatro e espancassem alguns dos rebeldes restantes e judeus. Mas nada de mais grave ocorreu.

Posteriormente ele me censurou com aspereza:

— Ambos seríamos agora enormemente ricos se você não tivesse vacilado tanto. Sufocar uma rebelião nos levaria ao topo da lista de cavaleiros. Poderíamos dar como causa da sublevação o governo indulgente de Silano. Temos de aproveitar a oportunidade que surge. Do contrário, nós a perdemos de uma vez por todas.

Paulo passou algum tempo escondido e depois teve de fugir da cidade. Após uma séria advertência que lhe fiz por portas travessas. Soubemos que ele tinha ido para a Macedônia. Paulatinamente foi se restabelecendo a calma e os judeus encontraram outras coisas em que pensar. Entre eles figuravam muitos artesãos romanos exilados que pretendiam voltar a Roma na primavera.

As tempestades de inverno atingiam seu ponto máximo e no porto não havia um só navio com viagem marcada para a Itália. Mas Públio Céler passara a antipatizar comigo e, para evitar altercação com ele, encontrei afinal um barquinho carregado de imagens de Artemis que ia arriscar-se a velejar para Corinto sob a proteção da deusa. Tivemos a sorte de não encontrar os ventos do norte, mas fomos obrigados diversas vezes a procurar abrigo nas ilhas ao largo da rota.

Em Corinto, Hierex Láusio me julgava morto após passar tanto tempo sem notícias minhas. Engordara mais ainda e andava de queixo no ar, falando em voz monótona.

Desposara a viúva grega e levara dois órfãos para casa, a fim de cuidar da educação e dos bens deles. Mostrou-me orgulhoso seu açougue, que era refrigerado no verão com água vinda dos mananciais da montanha. Também adquirira ações de navios e comprara escravos hábeis, para empregar em sua fundição de bronze. Quando lhe falei dos distúrbios ocorridos em Éfeso, balançou a cabeça com um ar de quem conhecia bem essas coisas:

— Também tivemos tumultos aqui. Estais lembrado de que Paulo tinha saído daqui para avistar-se com os anciãos de Jerusalém. Supomos que eles julgaram sua doutrina complicada demais e não lhe deram completa aprovação. Não é de admirar que em sua humilhação ele pregue ainda mais fervorosamente. Deve ter uma parcela do espírito de Cristo, já que consegue realizar tantas curas, mas os cristãos mais moderados preferem manter-se longe dele.

— Quer dizer que você ainda é cristão?

— Penso que sou melhor cristão agora do que antes — respondeu Hierex.

— Minha alma está em paz. Tenho uma boa esposa e meus negócios vão bem. Um mensageiro chamado Apolo chegou a Corinto depois de estudar as escrituras judaicas em Alexandria e receber instrução de Áquila e Prisca em Éfeso. É um orador irresistível e em pouco tempo granjeou muitos adeptos. Assim, temos uma seita de Apolo que promove reuniões especiais, come em separado e vive afastada dos outros cristãos. A conselho de Prisca, Apolo foi excessivamente festejado aqui, antes que soubéssemos de suas ambições de poder. Felizmente está entre nós Cefas, o mais importante dos discípulos de Jesus de Nazaré. Percorreu muitos lugares para acalmar o espírito e pretende ir a Roma na primavera a fim de impedir que ali se repitam as antigas disputas quando retornarem os judeus degredados. Creio nele mais do que em qualquer outro, pois seu ensino vem diretamente da boca de Jesus de Nazaré.

Hierex falou com tanto respeito de Cefas que resolvi procurá-lo, embora já estivesse mais do que farto de judeus e cristãos. Este Cefas era um pescador originário da Galileia, a quem Jesus de Nazaré, uns vinte e cinco anos antes do meu nascimento, ensinara a pescar almas. Sem dúvida fora difícil, já que Cefas era um plebeu ignorante e não sabia uma palavra de grego, de modo que tinha de levar consigo um intérprete quando viajava. Achei que tinha bons motivos de conhecer um homem que se mostrara capaz de tornar Hierex pio, pois nem mesmo Paulo com toda a sua sabedoria e fé judaicas pudera realizar tal milagre.

Cefas morava com um judeu que reconhecia a Cristo, um homem que negociava em peixe conservado em azeite e que não era nenhum ricaço. Quando entrei em sua casa, levado por Hierex, tive de tapar o nariz ante o cheiro de peixe e a areia rangente que os numerosos visitantes haviam deixado no piso. A salinha era acanhada e mal iluminada, e o hospedeiro judeu de Cefas recebeu-nos contrafeito, como se receasse que a minha presença lhe emporcalhasse a casa.

Era evidente que ele pertencia ao grupo de judeus que havia escolhido a Cristo mas ainda procurava seguir as leis judaicas, evitando contato com gregos cristãos incircuncisos. Sua posição era mais insustentável do que a dos gregos, porque os judeus ortodoxos lhe tinham particular aversão, considerando-o um desertor, e em virtude das leis que ele próprio seguia, sua consciência nunca estava em paz.

Cefas, o judeu, usava um manto com borlas nas pontas. Era um tipo grandalhão, de vasta cabeleira e faixas grisalhas na barba. Via-se pelas mãos robustas que fora outrora um homem afeito ao trabalho manual. Tinha uma aparência tranquila e destemida, mas julguei ver um lampejo de astúcia camponesa em seus olhos quando ele me encarou. Parecia irradiar uma impressão de segurança.

Devo confessar que guardo pouca recordação de nossa conversa. Hierex foi quem falou o tempo todo, de maneira insinuante, e fomos perturbados pelo intérprete, um judeu magro, chamado Marcos, que era bem mais moço do que Cefas.

Cefas se exprimia num aramaico tortuoso, através de frases curtas. Ouvindo-o, acudiram-me as lembranças infantis de Antioquia e tentei entender o que ele dizia antes que o intérprete traduzisse. Isso também me atrapalhou. E de fato, o que Cefas tinha a dizer não me pareceu particularmente memorável. O que havia de melhor nele era a cordialidade conciliatória que espalhava em torno.

Cefas procurou, um tanto puerilmente, demonstrar seus conhecimentos citando as escrituras sagradas dos judeus. Repeliu a bajulação de Hierex e instou-o a louvar somente a Deus, o pai de Jesus Cristo, que em sua misericórdia permitira a Hierex renascer na esperança eterna.

Hierex, em tom lacrimoso, reconheceu honestamente que, se bem tivesse observado uma espécie de renascimento em seu coração, seu corpo estava ainda sujeito a exigências egoístas. Cefas não o julgou. Limitou-se a fitá-lo, os olhos ao mesmo tempo brandos e espertos, como se penetrasse em todas as fraquezas humanas mas simultaneamente percebesse umas migalhas de verdadeira procura da bondade nessa infeliz alma de escravo.

Impaciente, Hierex pediu a Cefas que nos contasse como se salvara do Rei Herodes e nos falasse dos milagres que realizara em nome de Jesus Cristo. Mas Cefas tornara a encarar-me atentamente e não desejava jactar-se de seus milagres. Ao invés disso, pôs-se afavelmente a fazer pouco de si mesmo, mostrando quão pouco compreendera Jesus de Nazaré quando o acompanhara antes da crucificação. Também narrou como não fora nem mesmo capaz de se manter em vigília enquanto Jesus orava em sua última noite na terra. Quando Jesus fora preso, ele também desaparecera, e ao pé do fogo no pátio da prisão negara três vezes conhecer Jesus, exatamente como Jesus predissera quando Cefas alardeara que estava pronto a compartilhar os sofrimentos do mestre.

Senti que a força de Cefas residia em histórias simples como esta que ele, de tanto repetir através dos anos, conhecia de cor e salteado. A maneira singela e inculta de um pescador, lembrava-se bem das palavras e ensinamentos de Jesus, e, com sua humildade, queria apresentar um exemplo a outros cristãos, que como Hierex podiam inchar como sapos em nome de Cristo.

Não, Cefas não era um homem sem atrativo, mas pressenti que podia tornar-se assustador se se encolerizasse. Não fez nenhuma tentativa de me converter, depois de fixar os olhos em mim durante algum tempo, o que me deixou levemente irritado.

A caminho de casa, Hierex expôs seus pontos de vista:

— Nós, cristãos, consideramo-nos irmãos. Mas como todas as pessoas são diferentes, nós cristãos também somos diferentes. Assim, temos a facção de Paulo, a facção de Apolo, a facção de Cefas e finalmente nós que simplesmente gostamos de Cristo e fazemos o que julgamos correto. Assim, estamos sempre agredindo-nos uns aos outros por causa de nossa luta interna e nossa inveja. Os recém-convertidos são os piores nas disputas e os primeiros a censurar os mais quietos por seu modo de vida. Desde que encontrei Cefas, tento de minha parte não parecer mais excelente nem inatacável do que qualquer outro homem.

Minha demora forçada em Corinto me intranquilizava e não me sentia à vontade em minha própria casa. Comprei uma bela parelha de cavalos esculpidos em marfim para presentear Nero, lembrando-me de que o vira brincar com uma igual na meninice quando sua mãe não lhe permitia ir às corridas.

Transcorrera já a festa das Saturnais quando afinal, depois de uma travessia tempestuosa, voltei a Roma passando por Puteoli.

Tia Lélia, alquebrada e rixenta, reprochou-me o ter passado três anos sem lhe mandar notícias. Somente Barbo mostrou verdadeira satisfação em me ver e contou que tendo tido um mau sonho a meu respeito, custeara a imolação de um touro a Mitras pelo meu bem-estar. Ao ouvir o relato de minhas experiências, pareceu convencer-se de que esse sacrifício me tirara da prisão na Cilícia.

A primeira coisa que tive vontade de fazer foi ir ao Viminal para ver meu pai, diante de quem me sentia um estranho. Mas tia Lélia, que já estava mais calma, puxou-me para um canto:

— É melhor não ir a parte alguma, antes de saber o que aconteceu em Roma.

Fervendo de maliciosa excitação, contou-me então como o Imperador decidira dar a toga viril a Britânico, apesar de sua juventude, e como depois, num momento de embriaguez, mencionara rudemente a sede de poder de Agripina. Por isso Agripina lhe dera cogumelos venenosos. Era o que se dizia em toda a Roma, abertamente, e Nero sabia disso. Constava ter ele declarado que o ensopado de cogumelos tinha a propriedade de converter um homem num deus. Cláudio fora proclamado deus e Agripina determinara se construísse um templo a seu falecido marido, mas pouca gente se candidatara ao sacerdócio.

— Então Roma é o mesmo velho viveiro de bisbilhotice — disse eu, azedo. — Sabemos há dois anos que Cláudio sofria de câncer no estômago, ainda que ele mesmo não o admitisse. Por que procura estragar a minha felicidade? Conheço Agripina pessoalmente e sou amigo de Nero. Como é que posso crer nessas coisas terríveis a respeito deles?

— Narciso também foi empurrado para o Hades — continuou tia Lélia, sem nem sequer ouvir o que eu dizia. — Deve-se notar a seu favor que ele queimou todos os arquivos secretos de Cláudio, antes de suicidar-se. Agripina queria esses arquivos a qualquer preço. Dessa maneira, Narciso salvou a vida de muitos homens. Agripina teve de contentar-se com cem milhões de sestércios que reclamou dos bens dele. Acredite se quiser, mas sei que teria havido um banho de sangue se Agripina tivesse conseguido o que queria. Felizmente, Sêneca e o Prefeito Burro são homens sensatos e lograram contê-la. Sêneca foi eleito Cônsul, depois de escrever uma sátira maliciosa sobre Cláudio, para agradar ao Senado. Agora ninguém pode ouvir Cláudio ser chamado de deus, sem rir. Foi pura vingança pelo exílio que sofreu. Mas nós, que sabemos dessas coisas em Roma, estamos convencidos de que ele bem o mereceu, depois do escândalo que envolveu a irmã de Agripina. No fim, a pobre moça também perdeu a vida. Não sabemos o que nos espera quando um filósofo eloquente toma decisões nos negócios do Estado. Os tempos são outros. Os moços andam por aí vestidos indecentemente, como gregos, agora que Cláudio não está mais aqui para fazê-los usar toga.

Tia Lélia tagarelou mais um pouco, até que consegui ver-me livre dela. Caminhando a passo acelerado para a casa de meu pai no Viminal, reparei que a atmosfera de Roma se tornara mais livre do que antes. O povo se atrevia a rir. As incontáveis estátuas do fórum estava cobertas de ditos picantes que eram lidos em voz alta para divertimento geral. Ninguém se dava o trabalho de apagá-los, e embora ainda fosse de tarde, vi nas ruas numerosos jovens de cabelos compridos, bêbados e tocando cítara.

O átrio de Túlia estava apinhado como antigamente de pessoas que buscavam audiência ou algum favor, e clientes, e também — para minha tristeza — judeus, dos quais meu pai nunca se desvencilhava.

Túlia interrompeu a conversa com dois velhos linguarudos e, para minha surpresa, aproximou-se de mim e abraçou-me efusivamente. Os anéis cintilavam em seus dedos gorduchos e ela tentava esconder a pele flácida do pescoço com um colar de pérolas de muitas voltas.

— Já era tempo de retornares a Roma, Minuto — gritou ela. — Quando teu pai soube que havias desaparecido, adoeceu de inquietação, embora eu lhe lembrasse o seu próprio comportamento no passado. Vejo que estás bem, menino travesso. Serão essas horrendas cicatrizes no teu rosto o resultado de alguma orgia na Ásia? Cheguei a recear que pai viesse a morrer de aflição por tua causa.

Meu pai envelhecera, mas na qualidade de senador, portava-se com dignidade ainda maior do que antes. Vendo-o depois de tanto tempo, notei que seus olhos eram os mais tristes que já vira em qualquer homem. Não pudemos conversar tranquilamente um com o outro, por mais alegre que ele estivesse de me ver. Limitei-me a falar-lhe de minhas experiências, dando pouca importância ao meu encarceramento. Afinal perguntei, mais por brincadeira, o que os judeus ainda queriam dele.

— O Procurador da Judeia atualmente é Félix, o irmão do tesoureiro Palas — disse meu pai. — Você deve conhece-lo. É o homem que casou com uma neta de Cleópatra. Por causa de sua cupidez, as queixas se avolumam. Ou então os judeus são eternos desordeiros para quem ninguém é suficientemente bom, e agora um indivíduo achou de matar outro em alguma parte. Penso que toda a Judeia está nas mãos de uma quadrilha de bandoleiros. A pilhagem e o incêndio lavram na região e é óbvio que Félix não pode manter a ordem. Os judeus estão procurando levar a questão para o Senado. Mas quem de nós quer envolver-se nessas coisas? Palas é poderoso demais para pecar. É o Senado defronta-se com problemas reais na Armênia e na Bretanha.

— Reunimo-nos agora no Palácio — prosseguiu meu pai. — Agripina quer escutar, atrás de uma cortina, os debates do Senado. E sem dúvida mais cômodo lá, do que naquela horrível Cúria, onde alguns dentre nós têm de estar, se por um miraculoso acaso todos ali se encontram ao mesmo tempo. É de ficar com os pés gelados no inverno.

— E Nero? — perguntei pressuroso. — Que acha dele?

— Sei que Nero desejou nunca ter aprendido a escrever, quando teve que assinar a primeira sentença de morte — disse meu pai. — Talvez um dia ele seja realmente a esperança da humanidade, como muitos em verdade acreditam. De qualquer modo, devolveu parte da jurisdição aos Cônsules e ao Senado. Se isto é uma demonstração de respeito pelos proceres da cidade, ou se é um meio de fugir à obrigação de comparecer aos tribunais para entregar-se a ocupações mais amenas, não posso nem mesmo imaginar.

Era evidente que meu pai falava só por falar. Franzia a testa, olhava distraído para um ponto distante e não parecia ter o menor interesse pelos assuntos do Estado. De repente encarou-me.

— Minuto, meu único filho — disse ele — que vai fazer de sua vida?

— Passei dois anos numa caverna escura — respondi — humilhado e mais miserável do que um escravo. Um capricho da Deusa da Fortuna roubou-me dois anos de vida. Se eu fosse capaz de um pensamento construtivo, esse seria o de um dia recuperar aqueles dois anos e ter a alegria de viver como um homem, sem desanimar desnecessariamente e renegar as dádivas da vida.

Meu pai fez um gesto indicando as paredes lustrosas da sala, como se quisesse abranger toda a pompa e magnificência da casa de Túlia:

— Talvez eu também viva numa caverna escura — disse ele, com profunda melancolia na voz. — Submeto-me a deveres que não solicitei. Mas você é carne da carne de sua mãe e não deve desesperar. Ainda tem aquele cálice de madeira?

— Era só um caneco de madeira e os salteadores da Cilícia não se deram nem o trabalho de tirá-lo de mim — respondi.

— Quando passávamos vários dias sem água e a língua engrossava na boca e o nosso hálito tinha o cheiro do bafo de animais selvagens, às vezes eu fingia beber no cálice, imaginando que estava cheio. Mas não estava. Era só delírio.

Tive o cuidado de não falar a meu pai acerca de Paulo e Cefas, porque desejava esquecê-los tão completamente como se nunca os houvesse encontrado. Mas meu pai disse:

— Quisera ser um escravo, pobre e insignificante, a fim de poder começar de novo a minha vida. Mas é tarde demais para mim. As cadeias já fazem parte da minha carne.

Não me seduzia esse sonho filosófico de vida simples. Sêneca descrevera com eloquência os benefícios da pobreza e da paz de espírito, mas na verdade preferia ser enfeitiçado pelo poder, pelas honrarias e pela riqueza, explicando que não podiam modificar o sábio, exatamente como a pobreza e o exílio não puderam.

Acabamos falando de matérias financeiras. Depois de consultar Túlia, que também tinha planos para minha vida, meu pai deliberou transferir para mim, de imediato, um milhão de sestércios, para que me fosse possível viver como devia, dando banquetes e travando relações proveitosas. Prometeu-me dar mais quando eu precisasse, já que ele mesmo talvez não pudesse gastar todo o seu dinheiro, por mais que tentasse.

— Teu pai carece de um interesse que o satisfaça na velhice e lhe encha a vida — queixou-se Túlia. — Já não vai às conferências, embora eu tenha mandado construir um auditório especial em casa, pois pensei que talvez prosseguisses na carreira literária. Ele podia colecionar antigos instrumentos musicais ou quadros gregos e tornar-se célebre por isso. Alguns criam peixes especiais em seus tanques, outros preparam gladiadores e ele podia até dar-se o luxo de possuir cavalos de corrida. Esse é o mais caro e mais elegante passatempo que um homem maduro pode ter. Mas não. Ele é tão cabeçudo! Ou liberta um escravo ou distribui donativos a gente inútil. Bem, suponho que ele podia ter distrações piores. Com concessões de ambos os lados, conseguimos encontrar uma maneira de viver que nos satisfaz.

Queriam que eu ficasse para a refeição da noite, mas achei que devia apresentar-me no Palácio o mais cedo possível, antes que a notícia da minha volta chegasse lá por outros meios. Os guardas, na verdade, permitiram-me entrar sem revistar-me. Os tempos tinham mudado até esse ponto. Mas espantei-me de ver quantos cavaleiros estavam sentados nas arcadas, aguardando uma audiência. Comuniquei minha chegada a diversos funcionários da corte, mas Sêneca estava tão assoberbado com sua enorme carga de deveres, que não pôde receber-me, e o próprio Imperador Nero fechara-se em sua sala de trabalho para escrever poemas. A ninguém era dado perturbá-lo, quando ele estivesse consultando as musas.

Fiquei desanimado ao ver o número de pessoas que por todos os meios buscava os favores do jovem Imperador. Quando eu ia saindo, um dos inúmeros secretários de Palas acercou-se de mim e me conduziu à sala de Agripina. Ela andava inquieta de um lado para outro, dando encontrões nos tamboretes e pontapés nos valiosos tapetes orientais.

— Por que não me vieste ver imediatamente? — disse ela, irada. — Ou também perdeste todo o respeito por mim? A ingratidão é a recompensa que se ganha. Acho que mãe nenhuma se sacrificou tanto pelo filho e pelos amigos dele.

— Augusta, Mãe da Pátria! exclamei, embora soubesse que ela não tinha direito a esses títulos honoríficos. Oficialmente ela era apenas sacerdotisa do deus Cláudio. — Como podeis acusar-me de ingratidão? Nem em sonho ousaria perturbar a aflição de vossa viuvez com meus assuntos mesquinhos.

Agripina agarrou minha mão, apertou meu braço contra o seio e envolveu-me o rosto numa fragrância de violetas.

— É bom que tenhas voltado, Minuto Lauso — disse ela. — És um homem despreocupado, a despeito dos teus erros passados, frutos da pura inexperiência. Neste momento, Nero precisa mais do que nunca dos seus verdadeiros amigos. O rapaz é indeciso e se deixa manobrar com extrema facilidade. Talvez eu tenha sido rigorosa demais com ele. Parece que começa propositadamente a evitar-me, se bem que a princípio tomasse assento a meu lado, na mesma cadeirinha, ou cortesmente seguisse atrás dela. Talvez saibas que o Senado me conferiu o direito de cavalgar até ao Capitólio, se me apraz. Nero desperdiça somas vultosas com amigos que são indignos dele, atores, gente das corridas, autores de louvaminhas, como se não tivesse noção do valor do dinheiro. Palas está preocupadíssimo. Graças a ele, houve pelo menos um pouco de ordem nas finanças do Estado, na época do pobre Cláudio, quando o tesouro imperial se manteve estritamente afastado do tesouro do Estado. Nero não entende a diferença. E agora anda enrabichado por uma escrava. Podes imaginar? Prefere ir ao encontro de uma rapariga franzina e de pele branca, a vir ver sua própria mãe. Isso não é comportamento de imperador. E amigos pavorosos incitam-no a todos os tipos de atos imorais.

Agripina, enérgica e bela, que habitualmente se portava com a dignidade de uma deusa, estava transtornada, ao ponto de me anunciar seus ressentimentos de modo que presumia excessiva confiança em minha amizade.

— Sêneca traiu a minha confiança — gritou. — Ah, maldito hipócrita de língua solta! Fui eu quem o tirou do exílio. Fui eu quem o fez preceptor de Nero. É a mim que ele deve o seu êxito. Deves saber que temos problemas na Armênia, atualmente. Quando Nero ia receber um enviado de lá, entrei na sala, para ocupar

193

o lugar que me cabe por direito, ao lado do Imperador. Sêneca mandou que Nero me pusesse para fora, com piedade filial naturalmente. Mas foi um insulto político. As mulheres não devem interferir nos assuntos do Estado, mas há uma mulher que fez de Nero um Imperador.

Não pude deixar de imaginar o que teria pensado o enviado armênio, se tivesse visto uma mulher aparecer em público ao lado do Imperador, e achei que Nero revelara mais bom senso nessa questão do que Agripina. Mas é óbvio que eu não podia manifestar essa opinião. Fitei-a aterrorizado, do jeito que se encara uma leoa ferida, e compreendi que tinha chegado a tempo de testemunhar uma fase decisiva da luta pelo poder, que iria mostrar quem devia governar Roma: Agripina ou os conselheiros de Nero. Isso me parecia inimaginável, pois sabia como Nero fora até então completamente subordinado à sua mãe.

Perplexo, tentei falar-lhe de minhas aventuras, mas Agripina não tinha paciência de escutar. Só quando falei no ataque cardíaco de Silano, ela prestou um pouco de atenção:

— Foi a melhor coisa que podia ter acontecido. De outro modo, um dia seríamos forçados a processá-lo por traição.

Nesse momento, um fâmulo entrou, apressado, com a mensagem de que Nero começara sua refeição, atrasado como de costume. Agripina deu-me um empurrão.

— Corre, idiota — disse ela. — Vá vê agora. Não deixes que ninguém te barre o caminho.

Estava tão influenciado por ela que de fato saí quase correndo e disse aos criados que tentaram deter-me que fora convidado para a ceia do Imperador. Nero estava recebendo os amigos na sala de jantar menor, que tinha lugar para apenas umas cinquenta pessoas. O recinto estava tão cheio que não havia sofás em número suficiente, muito embora houvesse três pessoas em cada um e vários convidados se tivessem contentado com tamboretes.

Nero estava animado e vestido com negligência, mas seu agradável semblante juvenil irradiava felicidade. De início, arregalou os olhos, mas depois' abraçou-me e beijou-me, determinando que fossem buscar uma cadeira para mim e a colocassem ao lado do seu lugar de honra.

— As musas se mostram bondosas comigo! — exclamou e, em seguida, curvou-se para a frente e cochichou-me ao ouvido:

— Minuto, Minuto, passaste alguma vez pela experiência de amar com todas as forças da alma? Amar e ser amado. Que mais pode desejar um ser humano?

Comia vorazmente e depressa, enquanto ia dando instruções a Terpno, cujo manto de músico lhe cobria todo o corpo. Só depois é que vim a saber que aquele era o mais célebre citaredo de nossa época. Eu era então bastante ignorante ainda. Durante a ceia, Terpno compôs um acompanhamento para os poemas de amor que Nero escrevera de tarde e depois cantou, para os convidados imóveis e silenciosos.

Sua voz era bem educada e tão forte que parecia traspassar-nos. Depois da canção, com acompanhamento da cítara, todos nós aplaudimos com vigor. Não sei avaliar a qualidade artística dos poemas de Nero, nem dizer até que ponto derivavam da obra de outros poetas, mas com a interpretação de Terpno causaram profunda impressão. Com simulada timidez, Nero agradeceu os aplausos, tirou o instrumento das mãos de Terpno e dedilhou-o anelantemente, mas não se atreveu a cantar, apesar das muitas sugestões neste sentido.

— Um dia eu cantarei — disse Nero, com simplicidade — quando Terpno tiver tido tempo de preparar e fortalecer minha voz com os exercícios necessários. Sei que minha voz tem certas possibilidades e, se eu chegar alguma vez a cantar, só quero competir com as melhores vozes. Esta é minha única ambição.

Pediu a Terpno que cantasse mais uma vez e outra, e mais outra, não se cansando de ouvir e dardejando com o olhar aqueles que se tinham cansado da música e começavam a conversar baixinho diante de seus cálices.

Finalmente, eu mesmo tive dificuldade em sufocar os bocejos. Passei os olhos pelos convivas e constatei que Nero não escolhia seus amigos levado por alguma exagerada atenção à linhagem ou à posição social deles, mas segundo suas próprias preferências pessoais.

O mais nobre dos convidados era Marco Oto, que, como meu pai, descendia dos reis etruscos e a cujo pai o Senado erigira uma estátua no Palatino. Mas ele tinha tal fama de temerário e extravagante, que me lembrei de ter ouvido dizer que o pai o surrara muitas vezes, mesmo depois de ter recebido a toga viril.

Cláudio Senécio também se encontrava entre os convivas, muito embora seu pai tivesse sido apenas um dos libertos do Imperador Caio. Ambos eram rapazes simpáticos que podiam comportar-se bem quando queriam.

Outro convidado era um parente rico de Sêneca, Aneu Sereno, a quem Nero sussurrava nos momentos em que Terpno guardava silêncio, suavizando a voz com uma bebida à base de ovo.

Quando ouvia a música, Nero se entregava ao devaneio, como um Endimião de mármore, com suas feições nobres e seu cabelo avermelhado. Afinal, mandou embora a maioria dos convidados, retendo apenas uns dez. Eu também fiquei, já que ele não me pedira que saísse. Em seu amor juvenil pela vida, Nero ainda não se saciara e sugeriu que nos vestíssemos com apuro e fôssemos pela porta dos fundos divertir-nos na cidade.

Ele mesmo pôs uma roupa de escravo e cobriu a cabeça com um capuz. Estávamos todos suficientemente bêbados para achar graça em tudo. Assim, rindo e gritando, descemos, aos trambolhões, a rua que levava ao fórum e nos impusemos silêncio quando passamos pela habitação das Virgens Vestais. Oto injuriou-as com uma obscenidade, o que mostrou sua total impiedade.

Na rua dos ourives, encontramos um cavaleiro romano bêbado, que se queixava de ter perdido os companheiros. Nero provocou uma pendência com o desconhecido e derrubou-o, quando o outro tentou lutar. Nero era bem forte para os seus dezoito anos. Oto tirou o manto e com ele atiramos o homem para o ar em meio a gargalhadas. Afinal, Senécio empurrou-o para uma abertura do esgoto, mas nós o tiramos de lá, para que não se afogasse. Fazendo tremenda algazarra, batendo nas portas das lojas e arrancando as tabuletas como sinais de triunfo, chegamos às vielas fedorentas de Subura.

195

Ali pusemos em debanda os fregueses de uma taverna e forçamos o proprietário a dar-nos vinho. O vinho era péssimo, como se podia imaginar. Então quebramos os jarros, e o vinho se espalhou pelo piso, correndo para a rua. Sereno prometeu indenizar o proprietário, quando este lamentou o próprio desamparo. Nero estava muito orgulhoso do corte sofrido numa bochecha, e não permitiu que puníssemos o tropeiro do Lácio que o ferira, mas qualificou o asno rude de homem honrado.

Senécio queria que fôssemos a um bordel, mas Nero declarou com tristeza que não tinha permissão de gozar da companhia da melhor prostituta, em virtude da severidade de sua mãe. Então Sereno, com ar reservado, fez-nos jurar que guardaríamos segredo e levou-nos a uma linda casa na encosta do Palatino. Disse tê-la comprado e equipado para a mais bela mulher do mundo. Nero, confuso e tímido, perguntou várias vezes:

— Não será muito tarde para incomodá-la? — E logo em seguida: — Achais que posso ler um poema para ela?

Tudo isso era quase só conversa fiada, porque na casa morava a liberta Acte, uma grega que fora escrava e que era de fato a própria moça por quem Nero se apaixonara perdidamente. Sereno apenas fingia ser amante dela, para que, em seu nome, pudesse dar a ela os inúmeros presentes de Nero.

Devo admitir que Acte era extremamente bonita. É de presumir que também estivesse bastante apaixonada, pois sentiu grande prazer em ser despertada alta noite para receber o bêbado Nero e seus companheiros de orgia.

Nero jurou que Acte descendia do Rei Átalo e que haveria de prová-lo um dia. De minha parte, achei que ele não precisava mostrar-nos a moça nua, nem ufanar-se da brancura nevada de sua pele. A moça parecia bem educada e inteiramente agradável, mas Nero se deleitou em vê-la enrubescer, quando ele mesmo explicou que nada podia recusar a seus amigos. Estes deviam ver que era o mancebo mais feliz e invejável do mundo.

Assim teve início minha nova vida em Roma, e não era uma vida das mais meritórias. Pouco depois, Nero ofereceu-me sua proteção, para o caso de haver algum posto que eu quisesse ocupar. Mostrou-se até mesmo disposto a recomendar-me para o comando de uma coorte na Guarda Pretoriana. Declinei da honra e afirmei que desejava apenas ser seu amigo e companheiro, para aprender a arte de viver. Isto lhe agradou, e ele disse:

— Escolhes sabiamente, Minuto. Não há cargo, por mais insignificante, que não devore o tempo de um homem.

Cumpre-me dizer, em favor de Nero, que nas ocasiões em que era forçado a julgar processos que não podia transferir para o Prefeito da Cidade ou para o Prefeito Burro, ele atuava com probidade e circunspecção, restringindo a verbosidade dos advogados e exigindo veredictos, por escrito, dos outros juízes, para coibir abusos. Depois de ler os três pareceres separados, proferia a sentença no outro dia, de acordo com sua própria opinião. Malgrado a pouca idade, podia conduzir-se com decoro em público, mesmo vestido com artística negligência e usando cabelos compridos.

Eu não lhe invejava a sorte. É difícil aos dezessete anos ser guindado à posição de Imperador de Roma e reger o mundo, sofrendo constantemente as pressões de uma mãe ciumenta e ávida de poder. Creio que só a paixão de Nero por Acte o salvou da influência de Agripina e os separou, por mais que isso custasse a Nero. Mas ele não podia suportar as palavras ferinas de sua mãe a respeito de Acte e podia ter feito uma escolha pior, pois Acte não se imiscuía nos negócios do Estado e nem sequer se valia de ardis para obter presentes dele, se bem que, como era natural, se deleitasse com o que recebia.

Discretamente, Acte também logrou moderar o ímpeto domiciano de Nero. Ela tinha grande respeito por Sêneca, que secretamente aprovava a ligação, de vez que no seu entender teria sido muito mais perigoso se Nero se tivesse embeiçado por nobre donzela ou jovem matrona romana.

O casamento de Nero com Otávia era mera formalidade; os dois nem dormiam juntos, pois Otávia era ainda uma criança. E depois, também, Nero detestava-a, por ser irmã de Britânico. Ademais, a verdade é que Otávia não tinha feições muito atraentes. Era uma rapariga retraída, arrogante, com quem não se podia conversar seriamente, e que por infelicidade não herdara a beleza e o encanto de sua mãe, Messalina.

Agripina era atilada e acabou por compreender que suas queixas e explosões de cólera apenas aumentavam a distância que a separava de Nero. Assim, voltou a ser a mãe meiga, dedicando-se a acariciá-lo e beijá-lo arrebatadamente, e dispondo-se a partilhar com ele seu quarto de dormir a fim de que só ela fosse sua melhor e mais íntima confidente.

Em consequência disso, o remorso passou a atormentar Nero. Certa vez, quando escolhia para Acte um presente na loja de tecidos e joias do Palatino, ele pôs ingenuamente de lado uma joia para Agripina, movido por uma picada da consciência. Mas Agripina ficou lívida de raiva e frisou que os objetos de valor do Palácio já eram dela, herdados de Cláudio, e que era somente graças a ela que Nero tinha acesso a eles.

Também eu fui vítima da ira de Agripina quando, na opinião dela, deixei de lhe relatar as extravagâncias e opiniões políticas de Nero e seus amigos. Era como se esta mulher, por tanto tempo reprimida e agora corroída por suas amargas experiências, tivesse de súbito perdido completamente o domínio de si mesma, ao dar-se conta de que não lhe seria permitido governar Roma, através do filho. O rosto se lhe desfigurou numa feiúra horripilante, os olhos fuzilaram como os de Medusa, e a linguagem se lhe tornou tão obscena que era penoso escutá-la. Já não me era possível ter boa opinião dela.

Creio que a causa mais profunda do abismo entre Nero e Agripina era realmente o amor desmedido que ele tinha pela mãe, além dos limites do amor filial. Acho mesmo que Agripina o seduzira propositadamente. Assim, sentia ele atração e repulsa por sua mãe a um só tempo, e fugia dela para os braços de Acte, ou descarregava seu rancor nas arruaças que promovia a horas mortas da noite em Roma.

Por outro lado, a doutrina moral de Sêneca dava-lhe forças para sopitar os impulsos mais recônditos, porquanto Nero procurava pelo menos manter a aparência de discípulo digno. Agripina, em seu desvairado ciúme, cometia o grande equívoco de se descontrolar.

O único sustentáculo de Agripina, extremamente poderoso a esse respeito, era o liberto grego Palas, que se tinha na conta de descendente dos míticos reis árcades e que, após servir o Estado à sombra de três Imperadores, se tornara tão astuto que nunca dirigia a palavra a seus escravos para evitar que lhe torcessem o sentido, mas dava todas as suas ordens por escrito. Para mim, o murmúrio da ligação de Agripina com ele parecia sem importância. De qualquer forma, fora Palas quem primeiro aconselhara Cláudio a desposá-la. Naturalmente, a amizade que a primeira dama de Roma demonstrava abertamente por um ex-escravo o lisonjeava. Palas nunca deixou de considerar Nero um rapazinho tolo, e aproveitava todas as oportunidades para mostrar como sua própria experiência era indispensável ao bom andamento das finanças do Estado. Quando Nero quis reduzir os impostos para agradar à plebe e às províncias, Palas simulou concordar de bom grado, mas depois perguntou acremente onde o Imperador pensava ir buscar dinheiro de que o Estado precisava, demonstrando, com cifras eloquentes, que o Estado- ficaria arruinado, se os impostos baixassem. Por mais talentoso que fosse em outros sentidos, Nero não tinha cabeça para números e, no seu modo de ver, cálculos eram trabalho de escravos, indigno de um Imperador.

Pessoalmente, Palas era um indivíduo corajoso. Fora ele quem, vinte e cinco anos antes, arriscara a vida, indo a Capri, denunciar a conspiração de Sejano ao Imperador Tibério. Sua riqueza era imensa, estimada em trezentos milhões de sestércios, e sua influência, incalculável. Respeitava Britânico e Otávia, por serem filhos de Cláudio, e não se envolvera diretamente na morte infeliz de Messalina.

Ao concordar em gerir as finanças do Estado, arrancara de Cláudio a promessa de que este não lhe pediria conta das medidas adotadas. Também exigira igual promessa de Nero, no primeiro dia de governo, quando pagou do tesouro do Estado as dádivas que Nero anunciara aos Pretorianos.

Contudo, estava envelhecendo, cansado, e a administração das finanças do Estado não vinha acompanhando o enorme desenvolvimento de Roma, mas se enrijecia nas velhas tradições. Isto foi o que ouvi em muitos locais. Mas ele ainda se considerava indispensável. Durante as disputas com Nero, ameaçava sempre exonerar-se do cargo, levando assim o caos às finanças públicas.

— Pergunta tua mãe, se não me crês — acrescentava.

Sêneca, temendo que sua própria posição fosse afetada, tomou então uma decisão categórica em nome de Nero. Com o auxílio dos mais hábeis banqueiros de Roma, elaborou um plano pormenorizado de gestão das finanças do Estado e uma completa reorganização da coleta de impostos, com benefícios para o Estado, de conformidade com o espírito dos tempos. Após consultar Burro, mandou que os pretorianos ocupassem o Palatino e guardassem o fórum.

— És o Imperador ou não? — disse ele a Nero. — Manda chamar Palas e ordena-lhe que vá embora.

Nero tinha tal temor e respeito por Palas que não teve coragem para tanto:

— Não poderia mandar-lhe uma ordem por escrito, como ele sempre faz?

Mas Sêneca queria pôr Nero em brio por mais que custasse a Nero encarar Palas nos olhos. Palas, naturalmente, ouvira rumores a respeito dessa nova ordem, mas desprezava demais o filósofo e mestre-escola Sêneca, para levá-la a sério. E desde que Nero desejava estar rodeado de amigos, a fim de contar com o apoio moral e a aprovação deles quando aparecesse como Imperador, também fui testemunha desse acontecimento desagradável.

Quando recebi a mensagem de Nero, Palas já estava sob vigilância, de modo a não poder comunicar-se com Agripina. Cumpre reconhecer que ele compareceu perante Nero como um príncipe, sem a menor vibração no velho rosto enrugado, enquanto Nero, com gestos delicados, pronunciou um discurso exaltado em sua honra, sem esquecer os reis árcades e agradecendo-lhe profundamente todos os serviços prestados ao Estado.

— É para mim intolerável ver-vos envelhecer antes de tempo, alquebrado pelo peso de vosso gigantesco fardo de responsabilidades, como vós mesmo lamentastes tantas vezes — disse Nero, por fim. — Como especial mercê, permito que vos retireis imediatamente para vossa herdade, de cuja excelência e luxo todos temos conhecimento, a fim de que possais, até o fim da vida, gozar a riqueza que acumulastes sem que a mais leve suspeita ou falta enodoasse a vossa reputação.

— Espero que me permitireis, antes de partir, ser submetido ao juramento de purificação no Capitólio, como é devido à minha posição — foi tudo quanto Palas pode dizer, em resposta.

Nero ponderou que, de acordo com sua promessa, não podia exigir tal juramento de tão consciencioso e fidedigno servidor do Estado, mas que se o próprio Palas o desejava, para aliviar o espírito, então evidentemente não cabiam objeções. Pelo contrário. O juramento poria fim a todo o falatório em circulação.

Exprimimos nossa aprovação com vigorosas palmas, risos e brados, Nero enfunou-se feito um galispo e sorriu para si mesmo, contente, metido em seu imperial manto púrpura.

Palas limitou-se a olhar friamente para cada um de nós. Nunca esquecerei aquele olhar, tão cheio de gélido desprezo por nós, os melhores amigos de Nero.

Desde então, tive de admitir que uma fortuna de trezentos milhões de sestércios não é, de modo algum, uma compensação desproporcionada por cuidar das formidáveis finanças do Império Romano durante vinte e cinco anos.

Sêneca acumulou a mesma soma, em cinco anos, como indenização por seu degredo, para não mencionar a minha própria fortuna, cujo tamanho um dia descobrirás, Júlio, depois que eu tiver desaparecido. Há muitos anos que eu mesmo não me dou ao trabalho de verificar, ainda que aproximadamente, a quanto monta.

A presença dos pretorianos no fórum e nos outros lugares públicos não tardou a atrair multidões, e a notícia de que Palas caíra em desgraça suscitou geral satisfação. Que mais delicia a multidão do que saber que um homem rico e influente despencou do pedestal?

Pouco depois os bufões ambulantes imitavam Palas nas esquinas das ruas e rivalizavam na invenção de coplas irreverentes.

Mas quando Palas desceu do Palatino, seguido por seus oitocentos libertos e assistentes, a turba ficou em silêncio e abriu alas para seu solene cortejo. Palas deixou seu gabinete como um rei oriental. Sua comitiva resplandecia com os trajes valiosos, o ouro, a prata e as pedrarias. Quem é mais ostentoso em suas vestimentas que um ex-escravo? Por isso, Palas ordenara-lhes que viessem todos com suas melhores roupas.

Ele próprio envergava uma simples túnica branca ao subir ao Capitólio, primeiro à casa da moeda, no templo de Juno Moneta, e daí ao Tesouro do Estado, o templo de Saturno. Perante cada ídolo, prestou o juramento purificador e tornou a confirmá-lo no templo de Júpiter.

Esperando levar a confusão às finanças do Estado, Palas carregara consigo todos os seus libertos que, através dos anos, tinham sido preparados para as mais diversas tarefas, confiando em que Nero seria obrigado a chamá-lo de volta, ao cabo de alguns dias.

Mas Sêneca estava preparado para isso. Quinhentos escravos habilitados, emprestados pelos banqueiros, foram colocados no edifício de Palas, no Palatino. E vários dos subalternos de Palas o abandonaram, mal ele saiu da cidade, e de bom grado voltaram a suas antigas ocupações. O próprio Sêneca avocou a si o direito de tomar decisões sobre as questões financeiras em alto nível e fundou uma espécie de banco do Estado que emprestava somas avultadas ao Egito e aos reis das tribos da Bretanha. O dinheiro não permanecia inativo, mas produzia dividendos para Sêneca.

Durante vários dias, Nero não ousou encarar sua mãe. Agripina, por sua vez, julgou ter sido mortalmente insultada, trancou-se em seus aposentos, no Palatino, e chamou para junto de si Britânico, com seu séquito e preceptor, para mostrar a quem ela, no futuro, dedicaria sua atenção.

O filho de Vespasiano, Tito, era um dos companheiros de Britânico, como o sobrinho de Sêneca, Aneu Lucano, que, apesar de sua juventude, era um poeta de muito talento e por isso mesmo pouco apto a conquistar as simpatias de Nero. Conquanto apreciasse. a companhia de poetas e artistas e organizasse concursos de poesia Nero não gostava de admitir que alguém pudesse superá-lo.

Por mais satisfatório que lhe parecesse o papel desempenhado na demissão de Palas, Nero ainda não se sentia à vontade, quando pensava em sua mãe. Como uma espécie de penitência, empregava seu tempo em educar a voz, sob a orientação de Terpno. Jejuava e passava longos períodos deitado de costas, com uma folha de chumbo sobre o peito. Era monótono ouvir-lhe os exercícios e, para falar verdade, tínhamos vergonha deles e procurávamos certificar-nos de que não eram escutados por nenhum velho senador ou enviado estrangeiro.

Até certo ponto a boa nova que chegou da Armênia, por essa época, aumentou a autoconfiança de Nero. A conselho de Sêneca e Burro, Nero convocara o maior comandante de Roma, Córbulo, que se encontrava na Germânia, para abafar os distúrbios na Armênia, pois o fato de ter sido este estado-tampão ocupado pelos partos era razão suficiente para a guerra, de acordo com a tradição política romana.

Na luta interna pelo comando supremo, Córbulo e o Procônsul da Síria, mediante vitoriosas marchas forçadas, haviam conseguido ocupar as margens do Eufrates e depois exibido tal determinação, que os partos houveram por bem sair outra vez da Armênia, sem declarar guerra. O Senado deliberou dar uma festa de ação de graças, em Roma, conferiu a Nero o direito a um triunfo e mandou colocar coroas de flores nos fasces do seu lictor.

Essas providências foram adotadas com o intuito de acalmar a inquietação geral, pois muita gente receava que a resolução de Nero redundasse em guerra com a Pártia. A vida comercial de Roma sofria com os boatos de guerra, e o decréscimo da atividade, no templo de Mercúrio, causava prejuízo a todos os negociantes.

No fim do ano celebraram-se as Saturnais durante quatro dias, com um estusiasmo nunca visto antes. Toda a gente competia no envio de presentes dispendiosos, e os mais velhos e mais avarentos, que desejavam aferrar-se à tradição e trocar apenas figuras de barro e pão festivo, eram ridicularizados.

No Palatino, uma sala imensa ficou atravancada de dádivas enviadas a Nero, pois os patrícios ricos das províncias tinham exercitado seus poderes inventivos com o fim de encontrar presentes extravagantes para o Imperador.

A Chancelaria azafamava-se na organização de listas em que se anotavam as doações, seus valores e os nomes dos doadores, pois Nero achava que sua posição exigia que cada presente fosse retribuído com um ainda mais caro.

Préstitos de bufões percorriam as ruas, cítaras soavam em todas as partes, gente cantava e gritava, escravos pavoneavam-se nas vestes dos senhores e os amos humildemente serviam refeições festivas e obedeciam às suas ordens durante esses dias do ano em que Saturno tornava iguais os escravos e os senhores.

Nero deu o costumeiro banquete no Palatino para os jovens mais nobres de Roma. Tornou-se por sorteio o rei das Saturnais, com poderes para exigir de nós o cumprimento de qualquer tolice que ordenasse. Já tínhamos tomado tanto vinho que os mais fracos vomitavam nas paredes, quando Nero meteu na cabeça que Britânico devia cantar para nós. A intenção era humilhá-lo, e Britânico era obrigado a obedecer ao rei do festival, embora a boca lhe começasse a tremer. Estávamos preparados para boas gargalhadas, mas, para surpresa nossa, Britânico pegou da cítara e cantou comovedoramente a mais melancólica de todas as canções, aquela que começa: "Oh, Pai, oh, Pátria, oh, Reino de Príamo!"

Não pudemos fazer outra coisa senão escutar atentamente, evitando olhar nos olhos uns dos outros, e quando Britânico terminou de cantar esta canção sobre a agonizante Troia, um triste silêncio pairou no imenso salão de banquetes. Não era possível aplaudi-lo, pois com seu lamento demonstrara cabalmente que se considerava ilegalmente despojado do poder. Mas não podíamos rir, tamanho era o pesar que sua canção exprimira.

A bela voz e a magistral interpretação de Britânico constituíram uma desagradável surpresa para Nero, mas ele ocultou seus sentimentos e elogiou com grande eloquência o talento de Britânico. Pouco depois Britânico retirou-se, queixando-se de que não estava passando bem. A meu ver temia sofrer um ataque de epilepsia, em virtude da agitação em que se encontrava. Seus companheiros

201

o seguiram e diversos rapazes de formação rígida valeram-se da ocasião para ir embora também. Com razão ou sem ela, Nero interpretou essa saída como uma demonstração contra ele e ficou furioso.

— Aquela canção queria dizer guerra civil — gritou. — Lembrai-vos de que Pompeu tinha só dezoito anos e o divino Augusto só dezenove quando comandaram legiões nas guerras civis. Não precisareis esperar tanto. Mas se Roma prefere ter no meu lugar um epiléptico irascível, então renuncio e vou para Rodes. Nunca mergulharei o Estado na guerra civil. Seria melhor abrir as próprias veias ou tomar veneno do que permitir que tal coisa acontecesse à pátria.

Suas palavras nos assustaram, embora estivéssemos bêbados. Vários outros despediram-se e foram embora. O restante elogiou Nero e tratou de explicar que Britânico não tinha probabilidade alguma de êxito.

— Primeiro, o duunvirato — disse Nero. — É esta a ameaça de minha mãe, Depois, a guerra civil. Quem sabe que lista Britânico está agora ruminando naquele cérebro pacato. Talvez vós mesmos estejais todos nela.

As palavras bastavam para apavorar-nos. Nero estava desagradavelmente com razão, muito embora tentássemos rir e lembrar-lhe que, como rei das Saturnais, podia ele gracejar tão cruelmente como lhe aprouvesse. Voltando aos jogos, entrou a confiar-nos tarefas abusivas. Alguém recebeu a incumbência de apoderar-se dos sapatos de uma das Virgens Vestais. Senécio teve ordem de acordar e trazer à nossa roda a velha nobre cuja assistência o ajudara a encontrar um lugar sólido no Palatino, a despeito de suas origens modestas.

Cansando-se dessas extravagâncias, Nero resolveu então ordenar algo ainda mais impossível. Muitos se retiraram quando por fim ele gritou:

— Minha coroa de louros para quem trouxer Locusta para cá.

Os outros pareciam saber quem era Locusta, mas eu perguntei em minha ingenuidade:

— Quem é Locusta?

Ninguém quis me dizer, mas Nero respondeu:

— Locusta é uma mulher que tem sofrido muito e sabe preparar pratos de cogumelos para os deuses. Talvez eu esteja com vontade de provar da comida dos deuses porque fui tão odiosamente insultado esta noite.

— Dai-me os vossos louros — gritei, sem dar importância às suas palavras. — Ainda não me atribuístes uma tarefa.

— Sim — disse Nero — Sim, Minuto Lauso, meu melhor amigo, a ti deve ser atribuída a tarefa mais espinhosa. Minuto pode ser o herói de nossas Saturnais.

— E depois de nós, o caos — disse Oto.

— Não, o caos enquanto vivermos — bradou Nero. — Por que deixaríamos de tentá-lo?

Naquele momento entrava a velha nobre, seminua e bêbada como uma bacante, espalhando ramos de mirta à sua volta, enquanto Senécio procurava apressadamente contê-la. Esta mulher sabia tudo a respeito de Roma, de modo que lhe perguntei onde podia encontrar Locusta. Ela não se surpreendeu com minha pergunta, mas apenas abafou uma risadinha com a mão e me disse que fosse seguindo o caminho para o distrito de Célio. Parti no mesmo instante. A cidade estava bem

202

iluminada e não precisei indagar muito para chegar à casinha de Locusta. Bati e a porta foi aberta, para meu espanto, por um raivoso guarda pretoriano que não me deixou entrar. Só depois de ver minha estreita ourela vermelha mudou de tom.

— A mulher Locusta está sob vigilância — explicou — acusada de delitos graves. Ela não pode ver nem falar com ninguém. Por causa dela, estou perdendo todas as comemorações das Saturnais.

Tive de ir a toda a pressa até ao acampamento dos pretorianos em busca de seu superior, que por sorte era Júlio Pólio, irmão do amigo de minha adolescência. Lúcio Pólio. Ele era então tribuno da Guarda Pretoriana, e não se opôs à ordem do rei das Saturnais. Pelo contrário, aproveitou o ensejo para aderir ao círculo formado em torno de Nero.

— Sou responsável pela mulher disse ele. Portanto, tenho de ir com Locusta para vigiá-la.

Locusta não era ainda uma velha, mas o rosto era como uma máscara da morte. Uma de suas pernas estava tão estropiada pela tortura que tivemos de arranjar um cadeirinha para transportá-la ao Palatino. Ela não disse nada durante o percurso, limitando-se a olhar para a frente com uma expressão de amargura no rosto. Havia nela algo assustador e sinistro.

Nero se transferira para a sala menor de recepção com os convidados restantes e mandara embora todos os escravos. Fiquei surpreso ao ver que Sêneca e Burro haviam-se juntado à companhia no meio na noite. Não sei se o próprio Nero os convocara ou se o chamado partira de Oto, amedrontado pelo estado de espírito de Nero. Não sobrava um só vestígio da alegria das Saturnais. Cada um parecia evitar o olhar do outro e alguns tinham um quê de angústia no semblante.

Quando Sêneca avistou Locusta, virou-se para Nero:

— És o Imperador — disse ele. — A escolha é tua. O destino decidiu assim. Mas permite que eu me retire.

Cobriu a cabeça com uma ponta do manto e saiu.

Burro hesitava.

— Devo ser mais fraco do que minha mãe? — gritou Nero. — Não posso falar com a amiga de minha mãe e interrogá-la a respeito do alimento dos deuses?

Em minha inocência, pensei que talvez Locusta tivesse sido antigamente uma das cozinheiras do Palácio.

— Tu és o Imperador — disse Burro, tristemente. — Sabes melhor do que ninguém o que estás fazendo.

Também foi embora de cabeça baixa, o coto de braço pendendo desajeitadamente do ombro.

Nero seguiu-o com os olhos redondos e esbugalhados.

— Ide, todos vós — ordenou. — Deixai-me a sós com a amiga querida de minha mãe. Temos muito que conversar sobre a arte da cozinha.

Polidamente introduzi Júlio Pólio na grande sala vazia e ofereci-lhe um pouco de vinho e do que restava da comida.

— De que é acusada Locusta? — perguntei. — Que tem ela que ver com Agripina?

203

Júlio fitou-me espantado.

— Não sabes que Locusta é a mais hábil preparadora de venenos de Roma? — disse ele. — Devia ter sido condenada anos atrás, de acordo com a lei Júlia, mas graças a Agripina nunca foi processada. Depois do exame pela tortura, que é de praxe quando se trata de envenenadores, foi posta em prisão domiciliar. Acho que tinha tanta coisa para contar que os inquiridores se assustaram.

Atônito, nada pude dizer. Júlio Pólio piscou o olho, tomou um gole e falou:

— Nunca ouviste falar do prato de cogumelo que transformou Cláudio num deus? Roma inteira sabe que Nero deve à inteligente cooperação entre sua mãe e Locusta a oportunidade de ser Imperador.

— Eu estava viajando pelas províncias e não acreditei em todos os boatos que vinham de Roma — exclamei, os pensamentos voando céleres em minha cabeça, A princípio pensei que Nero queria veneno para pôr fim à sua vida, como ameaçara fazer, mas agora eu via as coisas mais claramente.

Pensei que poderia explicar a presença de Sêneca e Burro se fosse verdade que Nero, ofendido pelo comportamento insolente de Britânico, desejava ele mesmo interrogar Locusta, talvez com o intuito de acusar Agripina de ter envenenado Cláudio. Se ameaçasse Agripina com isso, talvez pudesse silenciá-la, ou mesmo, após um julgamento secreto, expulsá-la de Roma. Seguramente não podia acusar sua mãe publicamente. Esse pensamento me acalmou, pois eu ainda não podia acreditar que Agripina tivesse mandado matar Cláudio. No fim de contas, eu ouvira falar do seu câncer de estômago dois anos antes de seu falecimento.

— Acho que o melhor seria — disse eu, após ruminar tudo isso por um momento — que nós dois nada disséssemos acerca do que aconteceu esta noite.

Júlio Pólio riu.

— Isso não me será difícil — disse ele. — Um soldado cumpre ordens sem falar.

Dormi mal naquela noite e tive sonhos agourentos. No outro dia fui para a quinta de meu pai, perto de Cere levando apenas Barbo comigo. Fazia um frio glacial e estávamos na época mais escura do ano, mas, na paz e quietude do campo, esperei executar um plano que havia muito tinha em mente: escrever um livro narrando as minhas experiências na Cilícia.

Eu não era poeta; disto já sabia. Não podia fazer uma crônica histórica da rebelião dos Cleitores sem colocar o Rei da Cilícia e o Procônsul da Síria numa perspectiva desfavorável. Lembrei-me das narrativas gregas de aventuras que havia lido para matar o tempo na casa de Silano e resolvi escrever uma história idêntica, de bandoleiros, num estilo tosco e divertido, em que exagerasse o aspecto absurdo de meu encarceramento e atenuasse as dificuldades. Durante vários dias enterrei-me nesse trabalho com tanto afinco que esqueci o tempo e o lugar. Creio que, ao escrever, consegui libertar-me dos sofrimentos passados na prisão, fazendo pouco deles dessa maneira.

Quando redigia as últimas linhas, a tinta espirrando da pena, recebi uma comunicação estarrecedora de Roma: Britânico, no meio de uma refeição conciliatória da família imperial, fora acometido de um grave ataque de epilepsia; transportado para o leito, morrera pouco depois, ante a consternação geral, já que habitualmente ele se refazia bem depressa desses ataques.

De acordo com o costume de ocultar eventos dolorosos, herdado de seus antepassados, Nero fizera cremar o corpo de Britânico naquela mesma noite no campo de Marte, sob fortes aguaceiros de inverno, e depois mandara levar os ossos, sem oração fúnebre nem procissão pública, para o mausoléu do divino Augusto. No discurso que pronunciou sobre o assunto, perante o Senado e o povo, Nero apelou para a pátria, cujo apoio era sua única esperança para o futuro, já que perdera tão repentinamente o amparo e a ajuda do irmão, no governo do Império.

A gente gosta de crer no que espera que seja verdade. Assim, minha primeira reação foi de enorme alívio. Em meu espírito, a morte súbita de Britânico solucionava todos os conflitos políticos por um modo que era melhor para Nero e para Roma. Agripina já não podia apontar Britânico quando censurasse a ingratidão do filho. O espectro de uma guerra civil dissolvia-se ao longe.

Na raiz de meus pensamentos uma dúvida secreta continuava roendo, muito embora eu não desejasse tomar conhecimento dela. O tempo ia passando em Cere e eu não tinha vontade de voltar a Roma. Soube que Nero repartira com os amigos e os membros influentes do Senado a grande fortuna herdada de Britânico. Parecia esbanjar dádivas, como se pretendesse comprar a estima de todos. Eu não sentia desejo algum de receber um quinhão da fortuna de Britânico.

Quando regressei a Roma no princípio da primavera, Nero privara Agripina de sua guarda de honra e transferira-a do Palatino para a casa abandonada da finada Antônia, mãe de Cláudio. Nero ia visitá-la de vez em quando, mas sempre na presença de testemunhas para obrigá-la a controlar-se.

Agripina estava construindo um templo a Cláudio na colina de Célio, mas Nero mandou derrubá-lo, declarando que precisava do local para fins que tinha em mente. Tinha grande planos de alargar o Palácio. Desse modo a posição de Agripina como sacerdotisa de Cláudio perdera todo e qualquer significado. Tia Lélia comentou que Agripina estava outra vez tão só como estivera nos tempos difíceis em que Messalina ainda vivia.

O filho de Vespasiano, Tito, amigo e companheiro de Britânico, adoecera desde o banquete no qual Britânico sofrera seu ataque fatal. Decidi visitá-lo, uma vez que lhe conhecia muito bem o pai, embora viesse evitando Tito desde o momento em que começara a frequentar o círculo de Nero.

Tito ainda estava debilitado e pálido em virtude da enfermidade. Olhou-me com desconfiança já que eu chegava tão inesperadamente, levando-lhe presentes. Via-se-lhe a ascendência etrusca da família Flávio no rosto quadrado, no queixo e no nariz muito mais amante do que em seu pai. Bastava compará-lo um instante com alguma estátua etrusca, e para mim, que acabava de chegar de Cere, a semelhança era espantosamente manifesta.

— Estive em Cere desde as comemorações das Saturnais — disse eu — e escrevi uma história de aventura que talvez transforme numa peça de teatro. Portanto, não estou a par do que vem ocorrendo em Roma, embora tenha ouvido boatos alarmantes. Meu nome também foi mencionado a propósito da morte súbita

205

de Britânico. Você deve me conhecer o suficiente para saber que não tenho más intenções. Conte-me a verdade. Como morreu Britânico?

Tito encarou-me sem medo.

— Britânico era meu melhor e único amigo — disse ele. — Um dia consagrarei a ele uma estátua de ouro entre os deuses do Capitólio. Logo que tiver forças, irei para junto de meu pai na Bretanha. Naquele banquete, sentei ao lado de Britânico. Nero não permitiu que nós, adolescentes, nos reclinássemos à mesa. Era uma noite fria e tomamos bebidas quentes. O escanção de Britânico ofereceu-lhe intencionalmente um copo tão quente que lhe queimou a língua. Britânico pediu que pusessem água fria em seu copo, bebeu e instantaneamente ficou sem fala e cego. Eu então peguei do copo e tomei um trago. Logo me senti tonto e tudo passou a dançar diante dos meus olhos. Felizmente apenas adoeci gravemente. Estou enfermo desde então. Talvez tivesse morrido também se não tivesse vomitado.

— Acha então que ele foi envenenado e que você mesmo bebeu um pouco do veneno? — perguntei, quase sem acreditar nos meus ouvidos.

Tito olhou-me sério, menino como era:

— Não acho não — disse ele. — Tenho certeza. Não me pergunte quem é o culpado. Não foi Agripina, pois ela ficou estarrecida na ocasião.

— Se isso é verdade, então devo acreditar que ela envenenou Cláudio, como andam dizendo por aí.

Tito fitou-me compassivo com seus olhos amendoados:

— Não sabia disso? Até os cães de Roma uivaram quando Agripina desceu ao fórum, depois que os Pretorianos aclamaram Nero Imperador.

— Então o poder é uma coisa mais terrível do que eu pensava — admiti.

— O poder é grande demais para ser exercido por um homem só, por mais ajuizado que seja — disse Tito. — Nenhum dos governantes de Roma sustentou-o sem ser destruído. Tenho tido tempo de sobra para pensar nessas coisas durante a minha doença, e no entanto ainda prefiro fazer boa opinião das pessoas. Tenho boa opinião a seu respeito também, por ter vindo aqui pedir-me honestamente que lhe diga a verdade. Sei que o Todo-Poderoso cria atores, mas acho que você não veio descobrir por ordem de Nero o que eu penso da morte do meu melhor amigo. Conheço Nero também. Ele imagina que com suborno pode fazer com que seus amigos esqueçam o que aconteceu. Ele mesmo gostaria de esquecê-lo. Mas tenho uma faca à mão, caso você tenha a intenção de me fazer mal.

Sacou de um punhal oculto sob o travesseiro e atirou-o longe, como se quisesse demonstrar sua total confiança em mim. Mas não me pareceu que confiasse completamente. Falava com muita ponderação e experiência. Ambos nos sobressaltamos quando uma jovem muito bem trajada entrou inopinadamente no quarto, seguida por uma escrava que carregava uma desta. A moça era delgada e espadaúda como Diana, tinha feições belas mas duras e o cabelo penteado à grega em pequenos cachos. Fixou-me indagadoramente com seus olhos esverdeados. Tão familiares me pareceram que não pude desviar a vista.

— Não conhece minha prima, Flávia Sabina? — perguntou Tito. — Ela vem me ver todos os dias, trazendo a comida prescrita pelo médico e cujo preparo ela mesma é quem fiscaliza. Não quer compartilhar, como meu amigo?

206

Compreendi que a moça era a filha do Prefeito de Roma, Flávio Sabino, irmão mais velho de Vespasiano. Talvez eu a tivesse visto em algum banquete ou num cortejo festivo, já que ela não me era estranha. Saudei-a respeitosamente, mas a língua me secou na boca e fitei seu rosto largo como que enfeitiçado.

Sem demonstrar a menor perturbação, ela serviu com suas próprias mãos uma refeição espartana. Não havia nem mesmo um jarro de vinho na cesta. Comi apenas por cortesia, mas a comida colava na garganta enquanto eu a olhava. Pensei que nenhuma outra mulher jamais me causara tal impressão à primeira vista.

Não pude entender o motivo. Ela não demonstrava nenhum interesse por mim; ao contrário, mantinha-se fria e severa, retraída, calada mas consciente de seu papel de filha do Prefeito da Cidade. Durante a refeição fui me sentindo cada vez mais atormentado pela impressão de que era tudo um sonho e, embora não bebêssemos senão água, experimentei uma leve sensação de embriaguez.

— Por que você mesma não come alguma coisa? perguntei afinal.

— Preparei a comida — disse ela, escarninha. — Não sou sua copeira. E não tenho motivos para partilhar meu pão e meu sal com você, Minuto Maniliano. Eu o conheço.

— Como pode me conhecer se eu não a conheço? — protestei.

Flávia Sabina esticou sem cerimônia seu fino dedo indicador e passou-o de leve em meu olho esquerdo.

— Ah, bem, vejo que não causei nenhum mal a seu olho — disse ela. — Se fosse mais experiente, teria posto o polegar dentro dele. Espero pelo menos que meu punho lhe tenha arroxeado o olho.

— Andaram brigando então na infância? — perguntou Tito, que vinha escutando tudo com assombro.

— Não, passei a infância em Antioquia — respondi, distraído. Mas de súbito acudiu-me uma lembrança que me fez corar de vergonha. Sabina fitou-me nos olhos, gozando minha perplexidade.

— Ah, afinal se lembrou! — exclamou. — Você estava bêbado e fora de si, juntamente com um bando de escravos e vagabundos. Foi no meio da noite e vocês perambulavam pelas ruas. Descobrimos quem era você e papai não quis processá-lo, por motivos que você bem sabe quais são.

Lembrava-me perfeitamente. Certa vez no outono, numa das excursões noturnas de Nero, eu procurara agarrar uma jovem que vinha em minha direção, mas recebera tal golpe no olho que caíra de costas. Passei uma semana com uma mancha preta e azulada no olho. O acompanhante da jovem nos atacara e com um archote aceso produzira umas queimaduras na cara de Oto. Estava tão bêbado no ocasião, que mais tarde quase não podia recordar o que se passara.

— Espero que não lhe tenha causado dano algum — disse eu, tentando desculpar-me.

— Apenas agarrei-me a você quando colidimos na escuridão. Se soubesse quem você era, naturalmente teria corrido a apresentar-lhe desculpas no dia seguinte.

207

— Deixe de mentiras — disse ela. — E não tente agarrar-se a mim novamente. Seria pior para você de outra vez.

— Jamais ousaria — disse eu, procurando não dar importância ao caso. — De hoje por diante farei meia volta todas as vezes que a avistar. Você me tratou rudemente.

No entanto, não fiz meia volta; na realidade, acompanhei Sabina até à casa do Prefeito. Seus olhos esverdeados estavam risonhos e seu braço nu era liso como mármore. Uma semana depois, meu pai e seu séquito de duzentos clientes e escravos dirigiram-se à casa de Flávio Sabino, levando a minha proposta.

Túlia e tia Lélia tinham outras ideias na cabeça, mas este contrato de casamento não era mau, de modo nenhum. A família Flávio era pobre, mas a fortuna de meu pai contrabalançava.

A pedido de Sabina, casamo-nos de acordo com o ritual mais antigo, ainda que eu não tivesse intenção de pertencer a nenhum Colégio de Sacerdotes. Mas Sabina disse que queria casar para a vida toda e não desejava divorciar-se, e eu, naturalmente, fiz-lhe a vontade. Pouco tempo depois de casados reparei que não era somente nesse ponto que eu lhe permitia ter tudo o que queria.

Nossa festa de casamento foi das mais bonitas. Às expensas de meu pai e em nome do Prefeito da Cidade, todo o povo foi convidado a comer, não somente o Senado e os cavaleiros. Nero veio pessoalmente à festa, tomou parte no cortejo nupcial e cantou um hino indecente que ele mesmo compusera para música de flauta. Por fim, polidamente virou seu archote de cabeça para baixo e saiu sem espalhafato.

Tirei o véu escarlate da cabeça de Sabina e levantei o manto amarelo que lhe cobria os ombros. Mas quando ia desatar os dois laços trabalhosos de sua cinta de linho, ela sentou-se, os olhos verdes chamejando, e gritou:

— Sou uma mulher Sabina. Rapta-me como as Sabinas foram raptadas.

Eu não tinha, sequer um cavalo, nem era bom no tipo de pilhagem que ela desejava. Nem mesmo entendia o que ela queria, pois, em meu amor por Cláudia, habituara-me à ternura e às concessões mútuas.

Sabina ficou decepcionada, mas fechou os olhos, cerrou os punhos e deixou-me fazer o que eu queria e o que o véu vermelho me obrigava a fazer. Finalmente, atirou os braços fortes em volta do meu pescoço, beijou-me de leve e deu-me as costas para ir dormir. Persuadido de que éramos ambos tão felizes como dois recém-casados podem ser, adormeci com um suspiro de contentamento.

Só muito depois foi que descobri o que Sabina esperava do amor físico. As cicatrizes do meu rosto fizeram com que ela pensasse que eu era muito diferente do que sou. Nosso primeiro encontro na rua, à noite, levara-a a sonhar que eu podia fazer com ela o que ela queria, mas nisso estava enganada.

Não guardo ressentimento. Ela se desiludiu mais de mim do que eu dela. Como e por quê ela se transformou no que se viu depois, não posso explicar. Vênus é uma deusa caprichosa e quase sempre cruel. Juno é mais digna de confiança de um ponto de vista familiar, mas, em outros aspectos do casamento, acaba por se tornar monótona.

Agripina

Passamos na praia, em Cere, os dias mais quentes do verão. Minha mulher Flávia Sabina deu vazão à sua fome de atividade construindo para nós uma nova e moderna residência de veraneio no lugar da velha palhoça de pescadores. Ao mesmo tempo, observava-me, a mim e às minhas fraquezas, sem se fazer notar e sem aludir a meus planos futuros, pois via que a mera referência ao serviço público me deprimia. Ao regressarmos à cidade, foi consultar o pai, daí resultando o chamado que recebi do Prefeito Flávio Sabino:

— O anfiteatro de madeira está quase concluído e o próprio Nero estará presente à cerimônia de inauguração — disse ele.

— Venho enfrentando sérias dificuldades em relação aos valiosos animais selvagens que continuam chegando de todas as partes do mundo. A velha casa dos bichos na via Flamínia é pequena demais e Nero se mostra particularmente exigente. Quer animais amestrados capazes de executar números nunca vistos antes; os senadores e cavaleiros vão dar demonstrações de suas habilidades venatórias na arena. Daí a necessidade de que os animais que vão ser caçados não sejam demasiadamente bravios. Por outro lado, é preciso que os animais que vão lutar entre si proporcionem um espetáculo empolgante. O que nos falta é um superintendente que seja responsável pelos animais e também organize aquela parte do programa. Nero está com vontade de nomeá-lo para o cargo, já que você tem certa experiência desses bichos. O posto é importante no serviço público.

Suponho que só podia culpar a mim mesmo por isto, pois achara de vangloriar-me de ter, ainda rapazinho, capturado um leão vivo, e de mais tarde, entre os bandoleiros da Cilícia, ter salvo a vida dos meus companheiros quando um dos chefes do bando, para se divertir, nos obrigara a entrar na toca de um urso. Mas cuidar de centenas de feras e organizar espetáculos no anfiteatro constituíam uma responsabilidade tal que achei que não possuía as habilitações mais adequadas ao exercício do cargo.

Quando fiz ver isso a meu sogro, ele redarguiu cáustico:

— Você receberá do tesouro imperial o dinheiro de que precisar. Os mais calejados domadores de todos os países estarão disputando uma oportunidade de trabalhar em Roma. Nada mais se exige de você do que discernimento e bom gosto na escolha dos programas. Sabina o ajudará. Brinca no pátio dos bichos desde menina e adora domar animais.

Para mim isso era novidade. Amaldiçoando meu destino, voltei para casa e queixei-me amargamente a Sabina.

— Prefiro assumir o cargo de questor, para lhe agradar, do que ser domador de feras.

209

Sabina encarou-me, como se me avaliasse, e depois virou a cabeça para um lado.

— Não, você nunca chegaria a cônsul. Coitado! Por que então não leva uma vida emocionante e movimentada como superintendente da casa dos bichos? Nunca houve antes nesse posto ninguém que tivesse o grau de cavaleiro.

Ponderei que meus interesses pendiam mais para os livros:

— Qual é o valor de uma reputação onde ganha cinquenta numa ou sala de conferências — disse ela desdenhosa — onde cinquenta ou cem pessoas batem palmas de gratidão quando você afinal pára de ler? Você é um preguiçoso sem iniciativa. Não tem ambição alguma.

Sabina estava tão irada que resolvi não apoquentá-la mais, embora a reputação advinda de malcheirosos animais selváticos não me atraísse. Dirigimo-nos imediatamente à casa dos bichos, e, durante nossa curta inspeção, percebi que as condições eram ainda piores do que dissera o Prefeito da Cidade.

Os animais passavam fome após longas viagens e não tinham alimento apropriado. Um tigre de alto preço agonizava, e ninguém fazia ideia do que os rinocerontes, trazidos da África com enorme despesa, normalmente comiam, pois haviam esmagado sob as patas o homem que os acompanhava. A água potável era imunda, e os elefantes não queriam comer. As jaulas estavam abarrotadas e sujas demais. As girafas praticamente morriam de medo, por terem sido colocadas perto das jaulas dos leões.

Os bramidos e urros dos mortificados animais me punham a cabeça a rodopiar e a fedentina era insuportável. Nenhum dos feitores e escravos queria responsabilizar-se por coisa alguma. "Não é comigo", era a resposta que davam a todas as minhas perguntas. Chegavam até a dizer que animais famintos e assustados lutam com mais ardor na arena, desde que se pudesse mantê-los mais ou menos vivos até o dia do espetáculo.

Sabina mostrou-se mais interessada por dois avantajados monos peludos, maiores do que um homem, que tinham sido trazidos a Roma de alguma região desconhecida da África. Não faziam caso da comida que lhes era oferecida e nem sequer bebiam.

— É preciso reconstruir todo o local — disse eu, com decisão.

Os domadores necessitam de bastante espaço e as jaulas devem ser suficientemente grandes para que os animais possam movimentar-se. Temos de proporcionar-lhes água corrente. Todas as espécies de animais devem ser nutridas e tratadas por homens especialmente nomeados que lhes conheçam os hábitos.

O capataz que me acompanhava balançou a cabeça.

— Qual é a utilidade disso? — disse ele. — Os animais morrerão na arena de qualquer jeito.

Enfurecido com todas essas objeções, atirei a maçã que estava comendo à jaula dos monos gigantescos.

— A primeira coisa a fazer é açoitá-los a todos — bradei — para que aprendam o que têm que fazer.

Sabina pôs a mão em meu braço para acalmar-me, ao mesmo tempo em que com um gesto de cabeça indicava os macacos. Vi com espanto um braço cabeludo estender-se para a maçã. Depois, a fera descobriu seus dentes assustadores e triturou a maçã com uma dentada única. Franzi a testa e assumi o ar mais carrancudo possível.

— Deem-lhes uma cesta de frutas — disse eu — e água fresca num recipiente limpo.

O zelador desatou a rir.

— Feras como essa são carnívoras — disse ele. — Vê-se pelos dentes.

Sabina arrancou-lhe o chicote da mão e açoitou-o no rosto.

— É essa a maneira de falar com seu senhor? — gritou.

O homem ficou amedrontado e furioso, mas, para expor-me ao ridículo, foi buscar uma cesta de frutas e esvaziou-a na jaula. Os animais famintos tornaram à vida e caíram sobre a comida. Para minha própria surpresa, vi que gostavam até mesmo de uva. Isso era tão estranho para os zeladores, que eles se puseram a observar e pararam de rir das minhas ordens.

Firmada minha autoridade, logo reparei que a principal deficiência não era a falta de prática mas uma indiferença geral e ausência de disciplina. Dos feitores aos escravos, era considerado um direito natural roubar alguns dos ingredientes da alimentação dos animais, de modo que estes eram nutridos sem nenhum método.

O arquiteto que projetara o anfiteatro de madeira de Nero e era responsável pela construção considerara indigno de si preocupar-se com jaulas de feras e pátio de exercícios. Mas ao ver meus desenhos e ouvir as explicações de Sabina acerca do que estava em jogo, na verdade um setor inteiramente novo da cidade, passou a interessar-se.

Dispensei ou dei outros serviços a todos os homens que se divertiam atormentando os animais, ou que tinham excessivo medo deles. Sabina e eu imaginamos um uniforme atraente para os inúmeros empregados do circo e também construímos uma casa no local, porque logo me dei conta de que precisava passar ali os dias e as noites, se de fato queria cuidar adequadamente daqueles valiosos animais.

Abandonamos toda a vida social e dedicamo-nos integralmente aos bichos, a ponto de Sabina criar filhotes de leão em nossa cama e forçar-me a alimentar, por meio de um chifre, aqueles que haviam perdido a mãe quando nasceram. Até mesmo nossa vida matrimonial ficou esquecida nessa roda-viva, pois superintender uma coleção de animais é indubitavelmente uma tarefa emocionante e de responsabilidade.

Quando arrumamos o local, asseguramos provisões suficientes e regulares e nomeamos zeladores eficientes e interessados nos animais, tivemos de começar a planejar os números do espetáculo inaugural do anfiteatro, cuja data se aproximava com alarmante rapidez.

Como assistira a muitos combates de animais, sabia como organizar caçadas na arena que oferecessem a maior. segurança possível aos caçadores e, ainda assim, atraíssem a atenção do espectador. Era mais difícil escolher os animais que iam lutar entre si, pois a multidão estava acostumada a ver as mais notáveis combinações desse gênero. Depositava grandes esperanças nas exibições dos animais amestrados, já que hábeis domadores do mundo inteiro viviam a oferecer-me os seus préstimos.

Os ensaios de tais exibições deram menos trabalho do que mantê-los em segredo até o dia. Incalculável era o número de pessoas que a todo instante queriam

211

entrar no recinto. Afinal, resolvi cobrar ingressos dos que desejavam percorrer o pátio. O dinheiro apurado desse modo, empreguei-o em benefício mesmo da empresa, embora pudesse tê-lo embolsado, como fora meu primeiro pensamento. Crianças e escravos tinham entrada franca nos dias em que não havia grandes multidões.

Uma semana antes da inauguração recebi a visita de um indivíduo coxo e barbado, em quem só vim a reconhecer Simão, o mago, depois que começou a falar. A proibição de adivinhar pelos astros ainda estava em vigor, de modo que ele já não podia usar seu belo manto caldeu com os signos do zodíaco. Parecia infeliz e sem recursos, os olhos desassossegados, e fez um pedido tão estranho que pensei que houvesse perdido o juízo. Desejava dar uma demonstração pública de voo no anfiteatro, para reconquistar a fama e o bom nome.

Pelo que pude depreender de sua confusa história, seus poderes de cura milagrosa haviam declinado e ele passara da moda. Morrera-lhe a filha, em consequência das intrigas dos mágicos rivais, afirmou. Os cristãos de Roma, sobretudo, o odiavam e lhe moviam tal perseguição que ele se via às portas da miséria e de uma velhice desamparada. Portanto, pretendia agora demonstrar seus divinos poderes perante todo o povo.

— Sei que posso voar — disse ele. — Antes, eu voava diante de grandes multidões e aparecia saindo de uma nuvem, mas um dia surgiu um dos mensageiros cristãos com suas feitiçarias e me fez cair no fórum e quebrar o joelho. Quero provar que ainda posso voar. Quero prová-lo a mim mesmo e aos outros. Certa vez lancei-me da torre do Aventino à noite, em plena tempestade, e o manto aberto me serviu de asa. Voei sem nenhuma dificuldade e cheguei são e salvo ao chão.

— Na realidade, nunca acreditei que você voasse — disse eu. — Pensei que apenas deformava a vista das pessoas, levando-as a crer que o tinham visto voar.

Simão, o mago, torceu as mãos nodosas e coçou a barba do queixo:

— Talvez eu deformasse a vista do povo, mas não importa. Era obrigado a persuadir-me de que estava voando, com tal intensidade que ainda creio que voei. Mas não procuro mais atingir as nuvens. Dar-me-ei por satisfeito se conseguir voar uma ou duas vezes em redor do anfiteatro. Então acreditarei em meu próprio poder e que meus anjos me seguram no ar.

A ideia de voar era a única coisa que havia em sua cabeça. Assim, acabei por perguntar como achava que ia concretizá-la. Explicou que se podia arvorar um mastro comprido no centro do anfiteatro e que ele, Simão, podia ser içado para o topo num cesto, de maneira a alcançar suficiente altura, já que não podia erguer-se do chão com cem mil pessoas assistindo. Fitava-me com seus olhos penetrantes e falava com tanta convicção que me pôs a cabeça a girar. Ao menos, pensei, esse seria um número nunca visto antes em nenhum anfiteatro, e cabia ao próprio Simão, o mago, a responsabilidade pelo risco de quebrar o pescoço. Talvez até tivesse êxito em sua temerária iniciativa.

Nero veio inspecionar o anfiteatro no momento em que vários jovens gregos ensaiavam uma dança da espada. Era um dia quente de outono, e Nero envergava apenas uma túnica encharcada de suor, ao elogiar e animar os jovens aos brados, de vez em quando participando da dança para lhes dar um exemplo. Quando lhe falei da proposta de Simão, o mago, mostrou-se logo entusiasmado.

— Voar já é por si só suficientemente extraordinário, mas devemos procurar uma moldura artística para fazer disso um acontecimento excepcional. Ele pode ser Ícaro, mas nesse caso convém incluir Dédalo e sua obra-prima também. Por que não também Pasifaé, para dar um pouco de alegria à multidão?

Sua imaginação pôs-se a funcionar com tal agilidade que dei graças à minha boa sorte. Também concordamos em que Simão raspasse a barba, se vestisse feito um jovem grego e prendesse às costas umas cintilantes asas douradas.

Quando transmiti a Simão essas exigências imperiais, ele se recusou categoricamente de saída a raspar a barba, sustentando que isso lhe arrebataria os poderes. Não tinha objeções às asas. Quando falei de Dédalo e da vaca de madeira, narrou-me o mito judaico de Sansão, que perdeu toda a sua força no momento em que uma estrangeira lhe cortou os cabelos. Mas como eu insinuasse que evidentemente ele tinha pouca fé em sua capacidade de voar, Simão concordou com as exigências. Perguntei-lhe se queria o mastro erguido desde já para lhe dar tempo de praticar, mas ele respondeu que os exercícios lhe enfraqueceriam os poderes. Seria melhor jejuar e ler palavras mágicas a sós com o fim de concentrar as energias para o dia do espetáculo.

Nero preceituara que o programa tivesse ao mesmo tempo caráter edificante e recreativo. Pela primeira vez na história, um espetáculo de tal envergadura ia efetuar-se sem o intencional derramamento de sangue humano. Portanto, tinha-se de propiciar ao povo a maior alegria possível entre os números emocionantes e artisticamente excelentes. Durante os inevitáveis intervalos, jogar-se-iam dádivas à multidão, abrangendo desde aves assadas, frutas e bolos até lâminas lotéricas de marfim, das quais seriam sorteados mais tarde trigo, roupas, ouro e prata, bois de tiro, escravos e até mesmo lotes de terreno.

Nero não queria a presença de gladiadores profissionais. Assim, e para acentuar o valor e a dignidade de seu espetáculo, ordenou que os jogos fossem precedidos de uma batalha entre quatrocentos senadores e seiscentos cavaleiros. O povo divertiu-se ao ver homens importantes, de ilibada reputação, batendo-se com espadas de madeira e lanças rombudas. Grupos de guerreiros de escol também demonstraram suas habilidades, mas a multidão mostrou-se insatisfeita ao ver que ninguém se feria e começou a manifestar-se em voz alta sobre esse ponto. Os soldados da guarda puseram-se em movimento, mas Nero determinou que se retirassem a fim de que o povo de Roma se habituasse à liberdade.

Esta ordem provocou aplauso e contentamento gerais. Os descontentes se contiveram, para mostrar que eram dignos da confiança do Imperador. Um duelo com redes e tridentes entre dois obesos e esbaforidos senadores foi tão cômico que a turba rompeu numa gargalhada descomunal, e os dois cavalheiros na realidade ficaram tão enraivecidos um com o outro que se teriam ferido se os tridentes estivessem afiados ou se as redes contivessem os habituais pesos de chumbo.

Três homens exibindo gigantescas serpentes causaram considerável horror quando deixaram que os ofídios os envolvessem completamente, mas Nero não

213

gostou, de vez que ninguém percebeu que eles representavam Laocoonte e seus filhos. As caçadas de leão, tigre e bisão decorreram sem contratempo, o que desagradou enormemente ao populacho. Mas os jovens cavaleiros que representavam os caçadores ficaram a dever-me esse favor, já que eu mandara construir torres de proteção para eles em vários pontos da arena. Eu mesmo não gostei desse número porque já me afeiçoara de tal modo aos meus animais que não queria vê-los mortos. Houve aplausos delirantes para uma domadora de leões, uma jovem ágil que saiu correndo de uma porta escura e atravessou a arena com três leões aparentemente enfurecidos em seu encalço. Um murmúrio de surpresa tomou conta da turba, mas a moça, estalando o chicote, fez parar os leões no meio do picadeiro e obrigou-os a sentar-se, obedientes como cães, e a pular por dentro de aros.

O ruído e o aplauso devem ter transtornado os animais, pois quando a moça realizava seu ato mais ousado, forçando o maior dos leões a abrir a boca e nela enfiando a cabeça, a fera tornou a fechar a boca. Esta surpresa causou tal júbilo e tantos aplausos que tive tempo de acudir aos leões.

Uma turma de escravos equipada com tochas acesas e barras de ferro incandescentes cercou-os e os fez retornar às jaulas. De outro modo, os arqueiros montados teriam sido obrigados a matá-los. Para dizer a verdade, eu estava tão preocupado com meus valiosos leões que pulei desarmado para a arena, a fim de dar ordens aos escravos.

Eu estava tão envaidecido que apliquei um pontapé com minha bota ferrada debaixo da mandíbula do leão, para fazê-lo soltar a cabeça da domadora. O animal rosnou raivoso mas provavelmente ficou de tal modo abalado com o acidente que não me atacou.

Depois que um grupo de negros pintados engodou um rinoceronte, uma vaca de madeira foi transportada para a arena e o cômico Páris representou a história de Dédalo e Pasifaé, ao mesmo tempo em que um enorme touro cobria tão avidamente a vaca de madeira que a maioria do povo foi levada a crer que Pasifaé realmente se escondera lá dentro.

Simão, o mago, com suas imensas asas douradas, foi um espetáculo que surpreendeu a todos. Por meio de mímica, Páris tentou induzi-lo a dar alguns passos de dança, mas Simão repeliu a ideia com o volteio de suas magníficas asas. Dois marinheiros içaram-no a uma plataforma colocada no topo do mastro desmesuradamente alto. Nas galerias superiores, diversos judeus puseram-se a gritar maldições, mas a turba fê-los calar. No alto do mastro, Simão voltou-se em todas as direções para saudar o público, vivendo o instante mais solene de sua vida. Penso que até o derradeiro momento ele estava convencido de que suplantaria e esmagaria seus rivais.

Assim, agitou as asas, uma vez mais, e jogou-se ao ar, na direção do camarote imperial, caindo instantaneamente, tão perto de Nero que algumas gotas de sangue salpicaram o Imperador. Morreu ao tocar o chão, naturalmente, e depois discutiu-se se voara mesmo ou não. Alguns sustentavam que tinham visto sua asa esquerda danificada quando ele fora suspendido na cesta. Outros achavam que as terríveis maldições dos judeus o tinham derrubado. Talvez tivesse tido êxito se lhe tivessem permitido reter sua barba.

214

De qualquer modo, os números tinham de continuar. Os marinheiros estenderam uma grossa corda entre a primeira galeria e o pé do mastro.

Para a indescritível surpresa da multidão, um elefante caminhou então cuidadosamente na corda, desde a galeria até à arena, carregando no pescoço um cavaleiro conhecido em toda a Roma por sua temeridade. O cavaleiro não havia, é claro, ensinado o elefante a andar na corda, pois este estava habituado a fazer isto sem um ginete. Mas recebeu o aplauso final por uma exibição de habilidades e ousadia nunca vistas antes em nenhum anfiteatro.

Creio que a multidão em conjunto ficou satisfeita com o que viu. O salto fatal de Simão, o mago, e a morte inesperada da domadora de leões foram considerados os melhores números. A única queixa era que tivessem sido realizados com excessiva rapidez. Os senadores e cavaleiros que tinham sido forçados a aparecer como caçadores estavam alegres por terem escapados ilesos. Somente os espectadores mais antiquados lamentavam que não tivesse corrido sangue humano em honra dos deuses de Roma, e lembravam com uma ponta de melancolia os dias cruéis de Cláudio.

A maioria ocultou esplendidamente sua decepção, pois Nero distribuíra liberalmente custosas prendas durante os intervalos. A retirada dos pretorianos também tinha agradado ao natural sentimento de liberdade do povo, e menos de uma centena de espectadores saíram gravemente feridos das lutas pela posse das lâminas de marfim.

Otávia, esposa do Imperador, suportara em silêncio o insulto de ver Nero permitir que Acte assistisse ao espetáculo do camarote imperial, ainda que através de um orifício aberto numa parede. Não se reservara localidade para Agripina, e Nero espalhara a notícia de que sua mãe não estava passando bem. Constou que alguém, na multidão, gritara que ela talvez tivesse comido cogumelos. Eu mesmo não ouvi tal comentário, mas diziam que Nero não escondeu sua satisfação ao saber que o povo aproveitara, com destemor, esta oportunidade para exibir sua liberdade de opinião na presença dele.

Minha coleção de animais sofrera baixas lamentáveis, mas restava naturalmente uma reserva básica que eu pretendia empregar como o núcleo de uma criação que iria abranger feras procedentes de todos os recantos da terra. Desse modo, no futuro, as exibições não dependeriam do acaso, mas seriam realizadas sempre que Nero julgasse necessário divertir o povo. Conhecendo os caprichos de Nero, percebi que havia boas razões para estar preparado de antemão para acontecimentos políticos que exigissem divertimentos organizados com o fim de levar o povo a esquecer fatos desagradáveis.

No dia anterior, as matrizes dos rinocerontes mortos se tinham enrijecido numa massa clara e trêmula em seus fossos africanos de cozedura, onde tinham passado a noite inteira a ferver a fogo lento. Resolvi levar esse esplêndido manjar, a meu ver até então desconhecido em Roma, para a mesa do Imperador. Contemplei entristecido as jaulas vazias, os escravos de novo entregues à faina cotidiana e a casa modesta em que Sabina e eu tínhamos passado uma fase ativa mas, como então me parecia, feliz de nossa vida.

215

— Sabina — exclamei agradecido — sem a sua experiência de animais e a sua infatigável energia, eu não poderia ter executado honrosamente essa tarefa. Estou certo de que vamos ter saudades desses dias, apesar dos obstáculos e surpresas, quando retornarmos à vida normal.

— Retornarmos? — disse prontamente minha mulher, endurecendo o semblante. — Que quer dizer com isso, Minuto?

— Levei a cabo minha missão, e creio que de modo satisfatório tanto para seu pai como para o Imperador — respondi.

— Agora vou levar uma iguaria inédita para Nero e o nosso intendente vai tratar da parte financeira com o tesouro imperial. Nero não tem talento para lidar com algarismos e, para ser sincero, também não entendo essa complicada contabilidade, exceto em números redondos. Acho, porém, que está tudo em ordem e não me incomodo com o dinheiro que perdi. Talvez Nero me recompense de algum modo, mas a melhor recompensa para mim foi o aplauso do povo. Mais do que isso não reclamo, e afinal não poderia suportar por mais tempo essa continuada excitação.

— Qual de nós teve de mostrar mais tolerância? — disse Sabina. — Quase não posso acreditar nos meus ouvidos. Você mal deu o primeiro passo. Como é que se atreve a dizer que está disposto a abandonar o leão que agora está sem domador, ou aqueles quase humanos macacos gigantescos, um dos quais — está tossindo horrivelmente e precisa de cuidados, para não falar dos outros animais? Não, Minuto, você deve estar cansado ou de mau humor. Papai prometeu que você pode continuar em seu posto atual, sob minha supervisão. Isso poupa a ele uma série de problemas, desde que não tem de brigar por causa das miseráveis subvenções do Estado.

Agora era a minha vez de recusar-me a crer nos meus ouvidos.

— Flávia Sabina — disse eu — não vou viver o resto da minha vida como domador de feras, por mais valiosos e belos que sejam os animais. Pelo lado paterno descendo dos reis etruscos de Cere, tanto quanto Oto ou quem quer que seja.

— Sua linhagem é duvidosa, é o mínimo que se pode dizer — retrucou Sabina com raiva. — E é melhor até nem mencionar sua mãe grega. As máscaras de cera da casa de seu pai foram herdadas por Túlia. Na família Flávia houve pelo menos cônsules. Vivemos em outros tempos. Não percebe que a superintendência da casa dos bichos é uma posição política que causa inveja a toda a gente, embora não seja ainda universalmente reconhecida?

— Não tenho desejo nenhum de competir com estribeiros e citaristas — protestei altaneiro. — Posso citar dois velhos senadores que já levam a toga ao nariz quando se encontram comigo; como se quisessem resguardar-se do mau cheiro dos animais. Quinhentos anos atrás, os mais nobres patrícios gabavam-se de recender a esterco, mas não vivemos mais naqueles tempos. E devo dizer que já estou cansado dos filhotes de leão em nossa cama. Você tem mais afeição por eles do que por mim, seu marido.

O rosto de Sabina tornou-se amarelo de fúria:

— Não quis ofendê-lo com alusões a suas qualidades de marido — disse ela, controlando-se com dificuldade. — Um homem mais inteligente e de mais tato teria tirado suas conclusões há muito tempo. Não somos feitos da mesma substância, Minuto. Mas casamento é casamento e a cama não é a parte mais importante dele. Em seu lugar, eu me daria por satisfeita de ver minha mulher procurando encher o vazio de sua vida com outros interesses. Mas resolvi em seu nome que continuaremos aqui. Papai também pensa assim.

— Talvez meu pai também tenha seus pontos de vista sobre essa questão — ameacei um tanto debilmente. — Seu dinheiro não irá custear indefinidamente essa coleção de animais.

Mas isso não vinha ao caso. O que mais doeu foi a inesperada censura de Sabina ao meu malogro como marido.

Eu tinha de providenciar o envio da geleia de matriz de rinoceronte ao Palatino enquanto estava quente, e por isso interrompemos a altercação. Não foi de modo algum nosso primeiro desentendimento, mas sem dúvida o pior que tínhamos tido até então e o mais doloroso.

Nero convidou-me a comer, o que era perfeitamente natural, e para mostrar sua magnanimidade ordenou que me dessem meio milhão de sestércios pelo trabalho realizado, o que indicava que ele não fazia a menor ideia das despesas de administração da casa dos bichos. Na realidade nunca recebi aquela soma. Contudo, não achei necessário reclamá-la, já que meu pai não estava mal provido de numerário.

Ponderei um pouco mal-humorado que seria mais importante para mim que o posto de superintendente da casa dos bichos se tornasse um cargo do Estado, de modo que ao deixá-lo fosse feita a competente anotação em meus assentamentos. Minha sugestão deu origem a um jocoso debate a que meu sogro pôs termo ao declarar que uma função tão importante não podia ficar à mercê de um caprichoso Senado, o qual era capaz de confiá-la a um candidato inepto.

Segundo ele, tal função era legalmente imperial, como a de superintendente da cozinha ou superintendente da rouparia ou estribeiro-mor, da qual só se saía quando se incorria na má-vontade do Imperador.

— Pelo semblante satisfeito de nosso soberano, presumo que ainda gozas de sua confiança — disse meu sogro por fim. — Por minha parte, na qualidade de Prefeito da Cidade, és tu o superintendente. Portanto, não estragues uma discussão importante com outras observações desse jaez.

Nero entrou pressurosamente a expor seus planos de jogos que deveriam realizar-se de cinco em cinco anos, à moda grega, a fim de elevar o nível da educação e do gosto do povo.

— Podemos proclamar que o objetivo é assegurar a existência ininterrupta do Estado, — disse ele pensativo. — Eu mesmo cuidarei de que sejam considerados como os maiores jogos de todos os tempos. A princípio serão chamados simplesmente de jogos festivos de Nero, para que o povo se habitue a eles. Dividi-los-emos em competições musicais, competições atléticas e corridas. Estou pensando em convidar as Virgens Vestais a assistirem às competições atléticas, uma vez que ouvi dizer que as sacerdotisas de Ceres têm idêntico direito nos Jogos Olímpicos. Os números mais importantes de todos os esportes nobres localizar-se-ão em Roma. Isto é politicamente apropriado, pois somos nós, de resto, que administramos o legado recebido da Hélade. Mostremo-nos dignos dele.

Não podia entusiasmar-me com seus grandiosos planos, pois a razão me dizia que os jogos gregos desse gênero só fariam rebaixar a reputação dos espetáculos de animais e diminuir a dignidade do meu próprio cargo. Naturalmente a multidão preferiria sempre os prazeres do anfiteatro às canções, músicas e disputas atléticas. Conhecia bastante bem o povo de Roma para ter certeza disso. Mas o pomposo interesse de Nero pela arte parecia estar transformando o anfiteatro num tipo um tanto duvidoso de prazer.

Ao chegar à casa no pátio dos bichos, não me achava na melhor das disposições e fiquei desesperado ao ver que tia Lélia e Sabina estavam empenhadas numa discussão feroz. Tia Lélia viera buscar o corpo de Simão, o mago, ao qual pretendia dar sepultura sem cremação, à maneira judaica, uma vez que Simão não tinha amigos que, lhe prestassem esse derradeiro serviço. Os judeus e suas famílias tinham cavernas subterrâneas, fora da cidade, onde depositavam os corpos dos seus mortos. Tia Lélia perdeu muito tempo até descobrir esses sepulcros meio secretos.

Após algumas indagações, vim a saber que ninguém reclamara em tempo o corpo de Simão, o mago, de modo que ele fora dado como alimento às feras, como acontecia com os cadáveres dos escravos. Eu não gostava dessa prática, mas é claro que ela reduzia os gastos, bastando apenas verificar se a carne era sadia. Proibira os meus subalternos de alimentar os animais com os cadáveres de pessoas que tivessem morrido de doença.

Pareceu-me que neste caso Sabina agira com precipitação, Simão, o mago, fora um homem respeitado em seus próprios círculos e merecia um enterro de conformidade com os costumes de seu povo. Na realidade, um crânio oco e algumas vértebras foram tudo o que os escravos acharam, depois que enxotaram os raivosos leões para longe de seu repasto.

Mandei colocar o que sobrava de Simão numa urna apressadamente adquirida e entreguei-a a tia Lélia, recomendando-lhe que não a abrisse para o bem de sua própria paz de espírito. Sabina mostrou francamente seu desprezo por nossa compassividade.

A partir daquela noite, passamos a dormir em quartos separados. A despeito da amargura que me consumia, devo dizer que havia muito tempo não provava de um sono tão reparador, já que não tinha filhotes de leão a pular por cima de mim. Eles agora possuíam dentes que eram verdadeiras facas.

Depois da morte de Simão, o mago, tia Lélia não tardou a perder a vontade de viver e o juízo que possa ter tido. Havia muito tempo que envelhecera. Mas em lugar de procurar escondê-lo, como fizera até então com vestidos, perucas e pintura, abandonou a luta e passava a maior parte do tempo dentro de casa, resmungando e falando do passado, do qual se lembrava mais do que do presente.

Quando notei que ela não sabia quem era o Imperador e que me confundia com meu pai, achei que devia pernoitar o mais possível em minha velha casa no Aventino. Sabina não fez objeção e na verdade pareceu deliciada com a oportunidade de supervisionar sozinha a casa dos bichos.

Sabina comprazia-se na companhia dos domadores, embora estes, a despeito de suas respeitadíssimas habilidades profissionais, fossem pessoas sumamente ig-

218

norantes que só sabiam falar de feras. Sabina era também de grande utilidade para supervisionar o desembarque dos bichos no cais e tinha mais capacidade do que eu para pechinchar. Antes de mais nada, submetia os empregados a uma disciplina inflexível.

Logo compreendi que teria bem pouca coisa a fazer desde que proporcionasse a Sabina dinheiro suficiente para cuidar da casa dos bichos, pois a subvenção do tesouro imperial não dava para cobrir as despesas de manutenção e abastecimento. Foi por isso que me dei conta de que o cargo de superintendente era puramente honorífico, exigindo de quem o exercesse o dispêndio dos próprios recursos.

Graças a meu liberto gaulês, o dinheiro jorrava de sua fábrica de sabão. Um dos meus libertos egípcios manufaturava unguentos para senhoras, e, de Corinto, Hierex mandava-me generosos presentes. Mas meus libertos gostavam de investir seus lucros em novas empresas comerciais. O fabricante de sabão estendeu seus negócios a todas as grandes cidades do Império e Hierex especulava com terreno em Corinto. Meu pai comentou brandamente que a casa dos bichos não era um empreendimento rendoso.

No intuito de contribuir para mitigar a carência de moradias, mandei construir vários blocos residenciais de sete andares num terreno onde se dera um incêndio e que comprei barato graças a meu sogro. Também obtive alguns lucros aparelhando e enviando expedições para a Tessália, Armênia e África, e vendendo os animais excedentes para os anfiteatros das cidades provinciais. Naturalmente conservávamos para nós mesmos os melhores animais.

Minha maior renda provinha dos navios que velejavam do Mar Vermelho para a Índia, nos quais eu tinha o direito de adquirir cotas, oficialmente para poder importar da Índia animais raros. As mercadorias chegavam a Roma via Alexandria, e em troca eram levados para a Índia produtos manufaturados da Gália e vinhos da Campânia.

Mediante acordo com os príncipes árabes, Roma teve permissão de instalar uma base no extremo sul do Mar Vermelho com o direito de manter ali uma guarnição. Isto já se fazia necessário em virtude de ter a procura de artigos de luxo aumentado com o incremento da prosperidade da nação, e de não aquiescerem os partos em que as caravanas de Roma lhes atravessassem o país a não ser pagando-lhes uma parcela dos lucros produzidos pelas mercadorias.

Alexandria beneficiou-se da nova ordem de coisas, mas grandes centros comerciais como Antioquia e Jerusalém foram prejudicados pela queda dos preços dos artigos da Índia. Então, os grandes príncipes mercadores da Síria, por intermédio dos seus agentes, começaram a propalar em Roma a ideia de que mais cedo ou mais tarde seria inevitável a guerra com a Pártia a fim de abrir uma rota comercial terrestre e direta para a Índia.

Quando serenou a situação na Armênia, Roma havia estabelecido relações com os hircânios, que dominavam o salgado Mar Cáspio ao norte da Pártia. Desse modo, fixou-se uma rota comercial para a China, contornando os partos e trazendo seda e porcelana para Roma através do Mar Negro. Devo dizer que minha compreensão de todo o fenômeno não era particularmente clara, e isso também era verdade no que tange aos outros nobres de Roma. Contava-se que eram necessários dois anos completos para transportar mercadorias em lombo de camelo da China para a costa do Mar Negro. Em sua maioria, as pessoas sensatas não acreditavam que pudesse existir um país tão distante e diziam que isso era invenção dos mercadores das caravanas para justificar seus preços exorbitantes.

Em seus momentos mais sombrios, Sabina insistia em que eu mesmo fosse buscar tigres na Índia ou os lendários dragões na China, ou subisse o Nilo em demanda dos rinocerontes da escuríssima Núbia. Em minha amargura, estive algumas vezes inclinado a partir, mas depois voltava-me a razão e eu compreendia que havia homens traquejados e mais qualificados do que eu para a tarefa e os rigores da viagem.

Assim, todos os anos, no aniversário da morte de minha mãe, eu alforriava um dos escravos da casa dos bichos e o aparelhava para uma viagem. Mandei um dos meus libertos gregos, ávido de viagens, para a Hircânia a fim de que tentasse chegar à China. Tinha ele a vantagem de saber escrever, e eu contava receber um relato útil de suas andanças para aproveitá-lo num livro. Mas nunca mais ouvi falar desse homem.

Desde o meu casamento e a morte de Britânico, eu vinha até certo ponto evitando Nero. Quando penso nisso agora, vejo que meu casamento com Sabina foi de alguma forma uma fuga do círculo fechado em torno de Nero, o que talvez explique a súbita e tola atração que senti por ela.

Quando tornei a dispor de mais tempo livre, comecei a oferecer modestas recepções em minha casa aos escritores romanos. Aneu Lucano, filho de um dos primos de Sêneca, gostou dos elogios irrestritos que fiz ao seu talento poético. Petrônio, que era alguns anos mais velho do que eu, agradou-se do livrinho que eu havia escrito acerca dos bandoleiros da Cilícia e louvou particularmente o emprego intencional da linguagem simples do povo.

Petrônio era um indivíduo requintado e nutria a ambição de, após cumprir os deveres políticos, elevar a vida à categoria de uma das belas artes. Era difícil tê-lo como amigo, já que gostava de dormir durante o dia e passar a noite acordado, a pretexto de que o ruído do tráfego em Roma, à noite, o impedia de conciliar o sono.

Cheguei a planejar e escrever parcialmente um compêndio a respeito das feras, sua captura, transporte, tratamento e domesticação. Visando torná-lo útil ao auditório, narrei muitos incidentes emocionantes que eu mesmo testemunhara ou me tinham sido descritos por outras pessoas, e só exagerei até onde qualquer autor tem o direito de fazê-lo para manter o interesse do público. Petrônio considerou-o um livro excelente de valor duradouro, e dele extraiu algumas das expressões mais vulgares encontradas na linguagem do anfiteatro.

Já não participava das escapadas noturnas de Nero para as zonas menos respeitáveis de Roma, pois meu sogro era o Prefeito da Cidade. Nisto agi sabiamente, de vez que esses prazeres turbulentos tiveram um triste desfecho.

Nero não guardava ressentimento contra ninguém por ter apanhado numa luta, mas tomava isso como um indício de que a refrega fora honesta. Contudo, um desventurado senador, defendendo a honra da esposa, atingiu-o fortemente na cabeça e, depois, ao descobrir horrorizado a identidade do indivíduo em quem batera, cometeu a tolice de escrever uma carta a Nero pedindo desculpas. Nero não teve outra alternativa senão assombrar-se de que um homem que sovara o Imperador continuasse a viver e ainda por cima se jactasse do feito em cartas despudoradas. Assim, o senador teve de mandar que seu médico lhe abrisse as veias.

Sêneca irritou-se com este incidente e percebeu a necessidade de encontrar outras saídas para a impetuosidade de Nero. Por isso converteu o circo do Imperador Caio, na vizinhança do Vaticano, em local de divertimento particular de Nero. Ali, tendo por espectadores amigos e nobres de confiança, podia enfim o Imperador exercitar-se à vontade na arte de guiar uma parelha de cavalos.

Agripina deu-lhe os seus jardins, que se estendiam até ao Janículo, com seus inúmeros bordéis. Sêneca esperava que o atletismo, que Nero praticava mais ou menos secretamente, atenuasse o deleite, exagerado para um Imperador, com a música e, o canto. Nero não tardou a transformar-se num auriga ousado e destemido, pois desde a infância gostava de cavalos.

Na verdade, ele raramente precisava de estar vigilante numa pista de corrida para que outros não lhe virassem o carro, mas a arte de dominar uma parelha espanhola nas curvas do circo não é dada a qualquer um. Muito entusiasta das corridas quebrou o pescoço ou ficou aleijado para o resto da vida ao cair do carro e não conseguir desembaraçar-se a tempo das rédeas que lhe envolviam o corpo.

Na Bretanha, Flávio Vespasiano tivera uma grave desinteligência com Ortório e por fim recebera ordem de voltar à pátria. O jovem Tito começara a distinguir-se sob suas ordens e certa vez assumira corajosamente o comando de uma divisão de cavalaria e fora em socorro do pai que estava cercado pelos bretões, muito embora Vespasiano sustentasse que teria sabido safar-se sozinho.

Sêneca reputava inúteis e perigosas essas mesquinhas guerras na Bretanha, uma vez que em sua opinião o empréstimo que concedera aos reis bretões criara paz mais efetiva no país do que as expedições punitivas que outra coisa não representavam senão um ônus para o tesouro. Nero permitiu que Vespasiano desempenhasse as funções de Cônsul por alguns meses, nomeou-o para um Colégio ilustre e mais tarde escolheu-o para um Proconsulado na África pelo prazo costumeiro.

Quando nos encontramos em Roma, Vespasiano mediu-me de alto a baixo com o olhar:

— Você mudou muito nestes últimos anos, Minuto Maniliano — disse ele — e não me refiro só às cicatrizes que tem na cara. Quando estávamos na Bretanha, eu não teria acreditado que viéssemos um dia a ser parentes através do seu casamento com minha sobrinha. Mas um jovem faz mais progressos em Roma do que pegando reumatismo para o resto da vida na Bretanha e casando-se de vez em quando à maneira dos bretões.

Eu quase esquecera meu casamento nominal no território iceno. O encontro com Vespasiano trouxe-me desagradavelmente à memória as experiências dolorosas que ali tivera, e supliquei-lhe que guardasse silêncio em torno do assunto.

— Que legionário não deixa bastardos por esse mundo a fora? — disse ele. Mas a sua sacerdotisa da lebre, Lugunda, não tornou a casar. Educa o filho à moda romana. Os mais nobres icenos já atingiram esse estágio de civilização.

221

A notícia doeu, porquanto minha mulher Sabina não manifestava indício nem mesmo desejo de me dar um filho, e havia muito tempo não dormíamos juntos com essa intenção. Mas afastei de mim as lembranças perturbadoras de Lugunda, como já o fizera antes, e Vespasiano concordou de boa sombra em não dizer uma só palavra a respeito do meu casamento bretão, pois ele conhecia o temperamento áspero de sua sobrinha.

No banquete que meu sogro deu em homenagem a Vespasiano vi Lólia Popeia pela primeira vez. Dizia-se que sua mãe fora a mais bela mulher de Roma e atraíra a atenção de Cláudio a tal ponto que Messalina decidira suprimi-la do rol dos vivos embora eu não desse crédito a todas as maldades que ainda se atribuíam a Messalina.

O pai de Popeia, Lólio, pertencera quando moço ao círculo de amigos de Sejano e portanto estava eternamente em desgraça. Lólia Popeia era casada com um cavaleiro um tanto insignificante, chamado Crispino, e usava o nome do avô, Popeu Sabino, em lugar do do pai. Seu avô fora outrora Cônsul e comemorara um triunfo.

Assim, Popeia era aparentada com Flávio Sabino, mas de maneira tão intrincada, como era habitual na nobreza romana, que nunca consegui saber como. A memória de tia Lélia era quase sempre defeituosa e ela mesma amiúde confundia as pessoas. Quando conheci Popeia Sabina, disse-lhe que lamentava que minha mulher só tivesse em comum com ela o nome.

Popeia arregalou ingenuamente seus olhos cinzentos. Reparei que a cor deles variava de conformidade com a luz e a disposição de ânimo da dona.

— Achas que estou tão velha e calejada, depois de um parto, que não posso sequer suportar o confronto com minha prima Sabina, que parece uma Artemis virginal? — disse ela, intencionalmente, interpretando mal as minhas palavras. — Somos da mesma idade, Sabina e eu.

Minha cabeça rodopiou quando fitei Popeia nos olhos:

— Não. Quero dizer que és a mulher casada mais modesta e recatada que vi em Roma e só posso estar atônito com a tua beleza, agora que te vejo pela primeira vez sem o véu.

— Tenho de usar um véu ao sol porque minha pele é extremamente delicada — disse Popeia Sabina com um sorriso tímido. — Invejo a tua Sabina, que pode ser musculosa e bronzeada como Diana, estalando seu chicote no calor da arena.

— Ela não é a minha Sabina, embora nos tenhamos casado segundo o rito mais antigo — disse eu, amargo. — Ela é a Sabina dos domadores, a Sabina dos leões, e sua linguagem se torna mais grosseira a cada ano que passa.

— Não te esqueças que somos parentas, ela e eu — disse Popeia Sabina, em tom de admoestação. — Não obstante, não sou a única pessoa em Roma a estranhar que um homem com a tua sensibilidade tenha escolhido precisamente Sabina, quando poderias ter casado com outra.

Mencionei meu ambiente e insinuei que havia outras razões, além da estima recíproca, para um casamento. O pai de Flávia Sabina era o Prefeito de Roma e seu tio conquistara o direito a um triunfo. Não sei como foi, mas a verdade é que, estimulado pela tímida presença de Popeia, comecei a falar de uma coisa e

222

de outra, e Popeia não tardou a confessar acanhadamente que era infeliz em seu malfadado casamento com o presunçoso centurião pretoriano.

— A gente espera de um homem outra coisa mais que um porte altaneiro, armadura brilhante e plumas vermelhas — disse ela. — Eu era uma menina inocente quando lhe fui dada em casamento. Como vês, não sou forte. Minha pele é tão delicada que tenho de banhá-la diariamente com pão de trigo embebido em leite de jumenta.

Mas não era tão jovem e fraca quanto fazia crer. Senti isto quando inadvertidamente encostou o seio em meu cotovelo. Sua pele era maravilhosamente alva. Eu nunca vira nada igual e não encontrava palavras que a descrevessem. Murmurei os lugares-comuns acerca de ouro, marfim e porcelana chinesa, mas creio que meus olhos deram testemunho do enlevo em que me deixara sua beleza juvenil.

Não podíamos conversar demoradamente, pois eu tinha de desempenhar meus inúmeros deveres de genro no banquete de meu sogro. Mas cumpria-os desatentamente, só pensando nos profundos olhos cinzentos e na tez esplêndida de Popeia. Cheguei até a gaguejar ao ler em voz alta as antigas invocações aos numes tutelares da casa.

Finalmente minha mulher Sabina levou-me para um canto:

— Seus olhos estão rígidos e sua cara está vermelha — disse ela azeda — como se você estivesse bêbado, embora se tenha tomado pouco vinho até o momento. Não vá embaralhar-se nas intrigas de Lólia Popeia. É uma cadelinha calculista, e tem seu preço, mas desconfio que é alto demais para um idiota como você.

Enraiveci-me em defesa de Popeia, pois o comportamento dela era dos mais inocentes e decerto não se podia levá-lo a mal. Ao mesmo tempo, o comentário ofensivo de Sabina excitou-me secretamente e fez-me pensar que talvez me restasse alguma esperança se eu tivesse bastante tato para me familiarizar mais intimamente com Popeia,

Aproveitei uma breve pausa nas minhas obrigações para aproximar-me novamente dela, o que não foi difícil, uma vez que as outras mulheres a evitavam ostensivamente e os homens se haviam mais uma vez reunido em volta do convidado de honra para lhe ouvir as cruas histórias da Bretanha.

A meus olhos ofuscados, Popeia parecia uma criança abandonada, malgrado a altivez com que ela erguia a cabeça loura. Senti grande ternura por ela, mas quando tentei afagar-lhe o braço nu, ela se afastou com um sobressalto, desviou-se e atirou-me um olhar que refletia profunda decepção:

— Isso é tudo o que desejas, Minuto? — "sussurrou com amargura". — És como os demais, embora eu pensasse que em ti havia encontrado um amigo. Não vês por que prefiro ocultar o rosto por trás de um véu a expor-me aos olhares lascivos? Lembra-te de que sou casada, ainda que me sentisse livre se pudesse obter um divórcio.

Assegurei-lhe que preferiria abrir minhas veias a molestá-la. Ela estava prestes a desfazer-se em lágrimas e encostou-se em mim, exausta, de modo que senti seu corpo junto ao meu. Do que ela disse, depreendi que não tinha dinheiro para o divórcio, e na verdade só o Imperador podia dissolver-lhe o casamento, pois ela era patrícia. Mas não conhecia ninguém no Palácio que fosse bastante influente para defender sua causa perante Nero.

— Já provei da mesquinhez de todos os homens — disse ela. — Se me volto para um estranho em busca de ajuda, ele logo procura tirar proveito da minha situação indefesa. Se ao menos eu pudesse contar com um verdadeiro amigo que se contentasse com minha eterna gratidão sem ofender a minha modéstia...

O fim da história foi que eu fui levá-la a casa após o banquete. O marido, Crispino, deu permissão com muito gosto já que assim poderia embriagar-se em paz. Eram tão pobres que não tinham nem mesmo uma cadeirinha própria a esperá-los à porta, de modo que ofereci a nossa a Popeia. Ela hesitou a princípio, mas acabou permitindo que me sentasse a seu lado, o que me proporcionou tê-la junto a mim durante todo o percurso.

Mas não rumamos diretamente para a área da guarnição pretoriana. A noite estava bela e clara, e Popeia sentia-se tão cansada do cheiro de suor do acampamento, quanto eu da fedentina da casa dos animais. Da encosta mais próxima alongamos o olhar pelo panorama do outro lado das luzes dos bazares. De maneira um tanto estranha, terminamos em minha casa no Aventino, já que Popeia desejava perguntar alguma coisa a tia Lélia a respeito de seu pobre pai. Mas tia Lélia tinha naturalmente ido para a cama e Popeia não se resolveu a acordá-la aquela hora. Assim, sentamo-nos e bebemos um pouco de vinho, enquanto assistíamos ao romper da aurora acima do Palatino. Imaginamos como as coisas poderiam ser, se ela e eu fôssemos livres.

Popeia encostou-se confiadamente em mim e contou-me que sempre anelara por uma amizade desprendida, mas nunca a encontrara. Ao cabo de muita instância de minha parte, ela concordou em aceitar como empréstimo uma quantia substancial que lhe permitisse dar início a uma ação de divórcio contra Crispino.

Para distraí-la, falei-lhe da singular afabilidade de Nero, de sua magnanimidade para com os amigos e de suas outras qualidades, pois Popeia era curiosa como o são em geral as mulheres e nunca vira Nero pessoalmente. Falei-lhe de Acte também, de sua beleza e de seu bom procedimento, e das outras mulheres que Nero conhecia. Confirmei que Nero não consumara ainda o casamento com Otávia, em virtude da antipatia que ela lhe inspirava como irmã de Britânico e por ser sua meia-irmã.

Popeia Sabina sabia lisonjear-me, e, com perguntas habilidosas, incitou-me a contar mais coisas, de modo que passei a admirar-lhe a inteligência tanto quanto já lhe admirava a beleza. Era surpreendente que uma mulher tão encantadora e sensível, que já dera à luz um filho, pudesse ainda parecer indiferente e nas profundezas de sua alma incorrupta sentir profunda aversão pelos encargos da corte. Admirei-a mais ainda, e quanto mais inacessível eu imaginava que ela era, mais desejável ela se tornava para mim.

Quando nos separamos ao alvorecer, pouco antes de soarem as cornetas, ela consentiu num beijo de amizade. Ao sentir seus doces lábios dissiparem-se sob os meus, quedei-me tão cativado que jurei fazer tudo o que estivesse a meu alcance para ajudá-la a libertar-se de seus mesquinhos laços matrimoniais.

Nos dias que se seguiram, vivi como que num sonho confuso. Todas as cores pareciam aos meus olhos mais nítidas do que antes, a noite era suavemente es-

224

cura e eu me sentia levemente embriagado, ao ponto de tentar escrever poemas. Encontramo-nos no templo de Minerva e juntos simulamos apreciar os quadros e esculturas dos mestres gregos.

Popeia Sabina contou-me que tivera uma conversa séria com o marido e Crispino aquiescera no divórcio, desde que recebesse suficiente indenização. Com saudável senso comum Popeia explicou que seria mais prudente pagar a Crispino do que desperdiçar dinheiro com advogados e acusações mútuas que tinham de ser comprovadas e só redundariam em escândalo público. Ela estava aterrorizada ante o simples pensamento de que eu lhe viesse a dar mais dinheiro. Possuía algumas joias que podia vender, se bem que fossem herança usufrutuária. Mas sua liberdade ia custar muito mais.

Popeia fez-me sentir, tão penalizado que a obriguei a aceitar uma vultosa ordem de pagamento por intermédio de meu banqueiro. Tudo o que então havia ainda por fazer era conseguir o assentimento de Nero à dissolução do casamento. Isto ele mesmo podia fazer na qualidade de pontífice máximo, função que podia desempenhar sempre que desejasse, embora não a exercesse continuamente porque ela apenas acrescentava ao seu trabalho a serviço do Estado os inumeráveis deveres religiosos. Eu não queria pôr tudo a perder apresentando a questão diretamente a Nero, porque ele podia suspeitar-me de intenções ignominiosas. Eu mesmo era casado de acordo com o rito mais antigo, e Nero dera para observar sarcasticamente que seria melhor que eu me limitasse a cumprir meus deveres na casa dos bichos, coisa de que eu entendia, e não tomasse parte em tertúlias filosóficas e musicais. Isso me apoquentava.

Então, pensei em Oto, que era o melhor amigo de Nero e tinha tanto dinheiro e tanta influência que se atrevia até mesmo a altercar com Nero quando bem entendia. Oto tinha um fraco por manter a pele tão lisa que parecia inteiramente glabro, e isso me deu ensejo de dizer um dia que conhecia uma mulher que usava leite de jumenta em sua pele delicada.

Oto mostrou-se imediatamente interessado e contou-me que, depois de beber muito e passar muitas noites sem dormir, banhava o rosto com pão embebido em leite. Falei-lhe confidencialmente de Popeia Sabina e seu malfadado casamento. Ele quis conhecê-la, naturalmente, antes de apresentar o caso a Nero.

Assim, eu mesmo, feito um feliz idiota, levei Popeia à magnífica vivenda de Oto. A beleza, o recato e a tez maravilhosa de Popeia impressionaram-no de tal modo que ele prometeu de boa vontade ser seu porta-voz, mas primeiro precisava conhecer todas as necessárias minúcias.

Sorrindo alegremente, Oto interrogou Popeia a respeito de pormenores íntimos de seu casamento. Ao notar que isso me punha tão embaraçado, que eu não sabia para onde olhar, sugeriu que o deixasse a sós. Anuí satisfeito, pois entendi que Popeia preferia conversar reservadamente com um homem experimentado e simpático como Oto.

Atrás das portas trancadas falaram até o fim da tarde. Por fim, Popeia saiu e tomou-me a mão, os olhos timidamente abaixados e o queixo escondido no véu. Oto agradeceu-me o ter-lhe apresentado uma mulher tão deliciosa e prometeu fazer o possível pelo divórcio. Popeia trazia no alvo pescoço rubras manchas da melindrosa conversa que viera de sustentar.

Mas Oto cumpriu a promessa. Nero, na presença de dois juízes e à vista dos documentos necessários, dissolveu o casamento. Popeia teve permissão de conservar o filho, e algumas semanas depois Oto desposou-a sossegadamente, sem querer esperar os nove meses de praxe. Isto representou para mim um golpe tão atordoante que a princípio recusei-me a acreditar fosse verdade. Era como se o céu tivesse despencado à minha volta; todas as cores desbotaram e tive uma dor de cabeça tão terrível que fui obrigado a encerrar-me alguns dias num quarto escuro.

Quando voltei à razão, queimei meus poemas no altar familiar, jurando nunca mais escrever — decisão a que me mantenho fiel até hoje. Compreendi que não podia censurar Oto, porque eu mesmo experimentara os poderes do fascínio de Popeia. Imaginara que Oto, célebre por seus inúmeros casos sentimentais com mulheres e mancebos, jamais se sentiria atraído por uma mulher tão tímida e ingênua como Popeia. Mas é possível que Oto desejasse mudar de vida e Popeia bem que poderia exercer benéfica influência sobre sua alma dissoluta.

Recebi de Popeia um convite para o enlace e mandei-lhes como presente de núpcias o mais belo conjunto de taças que pude encontrar. Mas no banquete devo ter-me portado como um fantasma das regiões infernais e bebi mais do que de costume. Finalmente, ponderei a Popeia, com meus olhos marejados, que talvez eu também pudesse obter um divórcio.

— Mas por que então não disseste nada? — gritou Popeia. — É verdade que eu não podia dar esse desgosto a Flávia Sabina. Oto, é claro, tem as suas fraquezas. É um pouco efeminado e arrasta um pé quando anda, ao passo que quase não se nota a tua claudicação. Mas ele me prometeu iniciar vida nova e deixar os amigos que o levaram a certos vícios. Não posso nem falar-te deles. O pobre Oto é tão sensível e sujeito à influência dos outros... Por isso espero que a minha influência faça dele um homem novo.

— Ele é mais rico do que eu também — lembrei, sem esconder minha amargura. — É de família antiquíssima e é o amigo mais íntimo do Imperador.

Popeia encarou-me reprovadoramente.

— Pensas isto de mim, Minuto? — sussurrou, a boca trêmula. — Imaginei que acreditavas que a fama e a riqueza nada significam para mim quando gosto de alguém. Não te olho com desdém, embora sejas apenas o superintendente da casa dos bichos.

Ela estava tão magoada e tão bela que me enterneci e implorei que me perdoasse.

Durante muito tempo Oto foi outro homem. Desligou-se dos festins de Nero, e quando Nero mandava chamá-lo, voltava para casa cedo, alegando que não podia fazer sua mulher esperar demais. Gabou tantas vezes diante de Nero o encanto e as carícias de Popeia que Nero foi-se tornando cada vez mais curioso e começou a pedir a Oto que trouxesse a mulher ao Palatino.

Oto, porém, explicava que Popeia era demasiadamente acanhada e altiva, e achava ainda outras desculpas. Mas foi persuadido a contar que nem mesmo a própria Vênus, ao nascer por entre as ondas, podia ser mais bonita do que Popeia em seu banho matinal de leite de jumenta. Oto adquirira um estábulo de mulas que eram ordenhadas exclusivamente para a sua esposa.

Eu andava tão consumido de negros ciúmes que não aparecia em nenhum lugar onde Oto estivesse presente. Meus amigos escritores arreliavam-me com perguntas sobre a minha melancolia, e pouco a pouco encontrei consolação na ideia de que, se eu realmente amava Popeia, só me cabia fazer votos pela sua felicidade. Exteriormente ao menos, Popeia realizara o enlace mais vantajoso que podia encontrar em Roma.

Minha mulher Flávia Sabina me era cada vez mais estranha e já não nos víamos sem que brigássemos. Entrei a pensar seriamente em divórcio, ainda que isso me fizesse odioso a toda a família Flávia. Contudo, não podia nem imaginar que Sabina concordasse. Ela me dera a entender de uma vez por todas que eu lhe infundira repugnância às delícias do leito conjugal.

De sua parte, pouco se lhe dava que eu dormisse de vez em quando com uma escrava experimentada, contanto que a deixasse em paz. Não havia razão para uma dissolução do nosso casamento e quando, certa vez, mencionei o assunto, Sabina enraiveceu-se, temendo principalmente que viesse a perder seus amados animais. Finalmente, só me restava esperar que um dia ela fosse estraçalhada por um dos seus leões ao intimidá-los com sua vontade imperiosa e forçá-los a realizar proezas fantásticas, com a ajuda do domador Epafródito.

Assim passaram-se para mim os primeiros cinco anos do governo de Nero. Este foi provavelmente o período mais feliz e mais próspero que o mundo já conheceu, e talvez nem torne a conhecer outro igual. Mas eu me sentia como um bicho enjaulado. Paulatinamente fui negligenciando os meus deveres, abandonei a equitação e adquiri uma gordura um tanto excessiva.

Não obstante, não havia grande diferença entre mim e os outros rapazes de Roma. Nas ruas viam-se homens de cabelos compridos e despenteados, molhados de suor, cantando e tocando lira, uma nova geração da sociedade que desprezava os rígidos costumes antigos. Eu mesmo me sentia indiferente a tudo, pois a melhor parte de minha vida já se escoara sem ser notada, embora eu ainda não tivesse trinta anos.

Foi então que Nero e Oto se desavieram. Para irritar Nero, Oto levou um dia Popeia ao Palatino. Nero naturalmente apaixonou-se perdidamente por ela e, como um menino mimado, estava habituado a conseguir tudo o que queria. Mas Popeia repeliu suas propostas amorosas e declarou que Nero nada tinha que Oto não pudesse também oferecer.

Finda a refeição, Nero mandou abrir um frasco do seu perfume mais caro e permitiu que todos os convivas esfregassem um pouco dele em si mesmos. Posteriormente, quando Nero foi recebido na casa de Oto, este mandou vaporizar o mesmo perfume sobre todos os presentes.

Contaram que Nero, em sua mórbida paixão, fez-se transportar alta noite para a casa de Oto e bateu em vão à porta. Oto não lhe permitiu entrar porque Popeia achou que a hora era imprópria para visitas. Chegaram mesmo a contar que Oto, na presença de várias pessoas, tinha dito a Nero:

— Vês em mim o futuro Imperador.

Se essa ideia era fruto de alguma profecia ou de outra coisa qualquer, não sei. Nero, porém, mantivera a calma e rira desdenhosamente de Oto.

— Não te vejo nem como futuro Cônsul — disse ele.

Foi com surpresa que recebi um chamado de Popeia, num dia esplêndido de primavera, quando as cerejeiras dos jardins de Lúculo estavam florindo. Pensei que lograra esquecê-la, mas minha indiferença era obviamente apenas superficial, pois acorri imediatamente à sua presença, tremendo de ardor. Popeia estava mais bela do que nunca. Trajava um vestido de seda, que mais revelava do que escondia a formosura extasiante de seu corpo.

— Oh, Minuto — exclamou — como tenho sentido a tua falta! Tu és o único amigo desinteressado que eu tenho. Preciso do teu conselho.

Não pude deixar de sentir certa desconfiança, lembrando-me do que acontecera da última vez que eu lhe tinha servido de conselheiro. Mas Popeia me contemplou com um sorriso tão inocente que não tive coragem de pensar mal dela.

— Deves ter ouvido falar do terrível embaraço em que me encontro por causa de Nero — disse ela. — Não entendo como isso aconteceu. Eu mesma não dei o menor motivo. Mas Nero vive a importunar-me com sua afeição. A coisa chegou a um ponto que o querido Oto está ameaçado de cair em desgraça, por proteger a minha virtude.

Fitou-me atentamente. Seus olhos cinzentos tornaram-se subitamente violáceos, e ela trazia o cabelo arrumado de tal modo que dava à sua figura a aparência de uma deusa esculpida em marfim e ouro. Torcia os dedos finos.

— O mais terrível de tudo é que não posso ser totalmente indiferente a Nero — disse ela. É um belo homem, com aquele cabelo vermelho, e a violência dos seus sentimentos me seduz mais ainda. É tão nobre, também, e que artista, quando canta! Quando o ouço tocar e cantar, fico tão embevecida que não posso deixar de encará-lo. Se ele fosse altruísta, como tu por exemplo, procuraria defender-me dos meus próprios sentimentos e não atiçar a chama que há neles. Mas talvez ele mesmo não veja as emoções que sua simples presença faz surgir em mim. Minuto, fico toda trêmula logo que o vejo. Nunca fiquei assim antes em presença de um homem. Felizmente não me têm faltado forças para ocultar meu tremor, e procuro evitar Nero tanto quanto é possível em minha posição.

Não sei se ela própria sabia como eu sofria quando ela falava dessa maneira.

— Corres grande perigo, Popeia querida — disse eu, aterrado. — Tens de fugir. Pede a Oto que se candidate a um Proconsulado numa das províncias. Vai embora de Roma.

Popeia fitou-me como se eu estivesse louco:

— Como poderia eu viver fora de Roma? Morreria de desgosto. Mas há uma coisa muito pior e ainda mais estranha. Não me atreveria a contar-te se não confiasse inteiramente na tua discrição. Um adivinho judeu, e sabes como eles são perspicazes nessas coisas, disse há algum tempo — não rias agora — que um dia eu seria consorte de um Imperador.

— Mas minha cara e doce Popeia não leste o que Cícero diz das profecias? Não atormentes a tua linda cabecinha com tal loucura.

Popeia amuou-se e disse com azedume:

— Por que achas que é loucura? A família de Oto é das mais antigas e ele tem muitos amigos no Senado. Na verdade, Nero nada pode fazer quanto à profecia, a menos que anule o nosso casamento. Ele tem Otávia, embora jure que nunca se resolverá a dormir com ela, tamanha é a aversão que sente pela pobre moça. Por outro lado, não posso compreender como um jovem Imperador pode e quer ter uma liberta como companheira de cama. É tão baixo e desprezível, em minha opinião, que fervo sempre que penso nisso.

Quedei-me silencioso e pensativo.

— Que queres realmente de mim? — perguntei afinal, um pouco desconfiado.

Popeia afagou-me a bochecha, suspirou receosa e lançou-me um olhar terno.

— Oh, Minuto. Realmente não és muito sagaz. Mas talvez por isso é que gosto tanto de ti. Uma mulher precisa de um amigo com quem possa falar sinceramente. Se fosses um amigo de verdade, irias ver Nero e lhe contarias tudo. Ele sem dúvida te receberia se dissesses que ias da minha parte. Ele está tão apaixonado por mim que sei que escutaria.

— Que entendes por "tudo"? — perguntei. — Há pouco dizias que confiavas na minha discrição.

Popeia puxou minha mão para si e apertou-a de encontro ao quadril.

— Dize-lhe que me deixe em paz, porque ele me torna tão fraca, sou apenas uma mulher e ele é irresistível. Mas, se em minha fraqueza eu me render à sua sedução, terei de tirar minha própria vida para conservar meu amor-próprio, já que não posso viver desonrada. Dize-lhe isto claramente. Fala-lhe da profecia também, pois não posso suportar a ideia de que Oto lhe faça algum mal. Em minha ingenuidade contei a Oto a profecia e lamento profundamente o que fiz. Eu não imaginava que ele fosse tão ambicioso.

Eu não sentia o menor desejo de tornar a ser moço de recados de Popeia. Mas sua presença me fazia impotente e sua ardente confiança em mim despertava a minha necessidade masculina de proteger os fracos. De fato, eu começava a suspeitar obscuramente que Popeia não estava assim tão carente de proteção. Por outro lado imaginei que possivelmente não estaria enganado acerca da tímida modéstia de seu comportamento e de seus adoráveis olhos cinzentos. Ela não se teria encostado tão confiadamente em mim nem me teria permitido abraçá-la se tivesse a mais leve noção do que estimulava em meu corpo despudorado.

Após demorada procura, encontrei Nero no circo de Caio, exercitando sua parelha espanhola em desabalada carreira pela pista, numa disputa com o outrora exilado Caio Sofônio Tigelino, a quem nomeara estribeiro-mor. Havia guardas no portão por mera formalidade, mas, apesar disso, muita gente, ocupando as localidades dos espectadores, encorajava Nero e o aplaudia.

Tive de esperar bastante até que Nero, empapado de suor, tirasse o elmo e as ataduras de linho que lhe protegiam as pernas. Tigelino elogiou-o por seu rápido progresso e criticou-o severamente pelos erros cometidos nas curvas e com as rédeas dos cavalos dos lados. Nero escutou com humildade e acatou as recomendações. Sensatamente, em todas as questões relacionadas com cavalos e carros, depositava absoluta confiança em Tigelino.

Tigelino não recuava diante de ninguém e tratava seus escravos com tremenda brutalidade. Alto, musculoso, cara magra, olhava com arrogância à sua volta, como se estivesse convencido de que não havia nada na vida que não pudesse ser vencido pela crueldade. Perdera outrora tudo quanto possuía, mas no exílio enriquecera criando cavalos e promovendo empresas de pesca. Dizia-se que nenhuma mulher ou menino estava a salvo em sua presença.

Como desse a entender por caretas e gestos que meu recado era importante, Nero permitiu-me acompanhá-lo à sua casa de banhos no jardim. Quando cochichei em seu ouvido o nome de Popeia Sabina, ele despediu todo mundo e, como mercê, deixou que eu lhe esfregasse o corpo empoeirado com a pedra-pomes. Com perguntas espertas, conseguiu extrair de mim praticamente tudo quanto Popeia havia dito.

— Deixa-a em paz, então — disse eu, solene. — Isso é tudo o que ela pede, para não ser dilacerada por seus sentimentos. Deseja apenas ser uma esposa honrada. Tu mesmo conheces sua modéstia e inocência.

Nero desatou a rir, mas em seguida ficou sério, balançando várias vezes a cabeça em sinal afirmativo:

— Naturalmente eu preferiria que viesses com louros na ponta da tua lança, mensageiro. Estou surpreso de ver como compreendes bem as mulheres. Mas já estou farto dos seus caprichos. Há outras mulheres no mundo, além de Lólia Popeia. Portanto, vou deixá-la em paz. Ela mesma há de ver que não vai continuar bamboleando-se diante dos meus olhos, como tem feito até aqui. Saúda-a em meu nome e dize-lhe que suas condições são demasiadamente pesadas.

— Mas ela não estabeleceu condições.

Nero olhou-me penalizado:

— É melhor que vás cuidar das tuas feras e de tua própria mulher. Manda Tigelino aqui, para me lavar o cabelo.

Assim, despediu-me. Mas eu o compreendia. Se ele estava de fato tão loucamente apaixonado por Popeia, a recusa da parte dela sem dúvida o irritava. Apressei-me contente a dar a boa nova a Popeia, mas foi com espanto que vi que ela não ficara nada satisfeita. Na realidade, despedaçou no chão um jarrinho, de modo que o unguento caro se espalhou pela sala e o perfume pôs minha cabeça a girar.

Tinha as feições contorcidas e feias quando disse:

— Veremos quem vencerá no fim, ele ou eu.

Lembro-me bem daquele dia, no verão seguinte, em que eu exigia obstinadamente que o intendente do aqueduto destinasse canos mais novos e maiores para a casa dos bichos. Durante vários dias vinha soprando um vento quente que levantava uma poeira vermelha e me provocava dores de cabeça.

Eram comuns as brigas por causa do abastecimento de água, pois os nobres ricos tinham seus próprios canos ligados diretamente dos aquedutos a seus banheiros, jardins e tanques, e em virtude do aumento da população de Roma havia grande falta de água. Eu entendia a situação embaraçosa do intendente. Seu cargo não era cobiçável, mesmo que um ocupante sem prevenções tivesse enriquecido no exercício dessa função. Por outro lado, parecia-me que a casa dos bichos merecia atenção especial e que eu não tinha motivo para pagar por aquilo que de fato era uma prerrogativa minha.

Havíamos chegado a um impasse. Ele recusava e eu exigia. Achávamos difícil até mesmo manter uma polidez formal na discussão. Por mim, teria ido embora e não tocaria mais na questão, mas seria ainda mais árduo enfrentar a cólera de minha mulher.

— Sei de cor e salteado as decisões dos magistrados e do Senado acerca do fornecimento de água — disse eu, por fim. — Vou falar pessoalmente com Nero, embora ele não goste de ser incomodado por questiúnculas dessa natureza. Temo que isso vá acabar pior para você do que para mim.

O intendente, que era um tipo obtuso, sorriu ironicamente:

— Faça como qui-ser. No seu lugar, eu não iria aborrecer Nero com reclamações a respeito de fornecimento de água num momento como este.

Fazia muito tempo que não escutava nenhum boato, de modo que lhe perguntei o que havia.

— Não sabe, ou está fingindo que não sabe? Oto foi nomeado Procônsul, na Lusitânia, e aconselhado a ir para lá o mais cedo possível. Hoje de manhã Nero anulou o casamento de Oto, a pedido deste, é claro. Todos os outros assuntos foram postos de lado, pois Nero estava ansioso por cuidar da desprotegida Popeia, que está se mudando para o Palatino.

Foi como se tivesse recebido uma cacetada em minha cabeça já dolorida.

— Conheço Popeia Sabina. Ela jamais concordaria com uma coisa dessas. Nero levou-a à força para o Palatino.

O intendente balançou a cabeça grisalha:

— Minha impressão é que vamos ter uma nova Agripina no lugar da velha. Dizem que a velha está de mudança da casa de Antônia, no campo, para o Âncio.

Não pude levar a sério esta insinuação. O nome de Agripina foi a única coisa que realmente me interessou. Esqueci meus sedentos animais e o tanque seco dos hipopótamos. Agripina era a única pessoa que a meu ver podia salvar Popeia Sabina das intenções imorais de Nero. Uma mãe devia ter sobre o filho influência suficiente para impedir que este violasse a mais bela mulher de Roma. Eu tinha de proteger Popeia, agora que ela já não podia proteger a si mesma.

Fora de mim, corri à casa da velha Antônia, no Palatino, onde encontrei todos em tal estado de perturbação causada pela mudança que ninguém me barrou a entrada. Agripina, álgida de furor, tinha a seu lado Otávia, a moça quieta a quem nada mais fora concedido do que a condição de esposa, decorrente de seu casamento com o Imperador. A meia-irmã de Agripina, Antônia, filha do primeiro matrimônio de Cláudio e ainda bonita, também estava lá, assim como o segundo marido de Antônia, Fausto Sila. Ante o meu inesperado aparecimento, todos se calaram, mas Agripina me saudou ferina.

231

— Que surpresa agradável, após tantos anos — disse ela. Pensei que havias esquecido tudo quanto fiz por ti e que fosses tão ingrato como o meu próprio filho. Sinto-me ainda mais contente por ver que és o único cavaleiro de Roma a vir dizer adeus a uma pobre exilada.

— Talvez eu tenha negligenciado a nossa amizade — gritei, em desespero — mas não percamos tempo com conversas inúteis. Deveis salvar Popeia Sabina das garras sôfregas de Nero e tomá-la sob a vossa proteção. Vosso filho se degrada aos olhos de toda a Roma com esse ultraje. Não é só a inocente Popeia quem se degrada.

Agripina fitou-me e balançou a cabeça:

— Fiz tudo o que pude. Cheguei até a chorar e praguejar, para salvar meu filho das mãos daquela mulher libidinosa e intrigante. Como recompensa recebi ordem de deixar Roma. Popeia conseguiu o que queria e se gruda a Nero como uma sanguessuga.

Tentei assegurar-lhe que Popeia desejava somente que Nero a deixasse em paz, mas Agripina riu com desdém. Não acreditava nas boas intenções de nenhuma outra mulher:

— Aquela mulher levou Nero à loucura com sua devassidão. Nero é inclinado a isso, apesar de eu ter feito o possível para esconder essa tendência das outras pessoas. Seu gosto desvairado pelos prazeres baixos e impróprios é prova do que digo. Mas comecei a escrever as minhas memórias e vou terminá-las no Âncio. Sacrifiquei tudo por meu filho, cometi até crimes que só ele pode perdoar. Agora isso deve ser dito, já que todos sabem afinal.

Seus olhos brilhavam de modo estranho e ela ergueu as mãos como que para aparar um golpe.

Em seguida, mirou Otávia e afagou-lhe o rosto:

— Vejo a sombra da morte em teu rosto. Tuas faces estão geladas. Mas tudo passaria se Nero se recuperasse dessa loucura. Nem mesmo o Imperador pode desafiar a vontade do Senado e do povo. Ninguém pode confiar em Nero. Ele é um hipócrita terrível e um ator nato.

Quando olhei para Antônia, ainda bonita, apesar da lividez, uma sombra desagradável cruzou meu cérebro, e pensei em sua meia-irmã Cláudia, que trouxera a vergonha ao amor que eu lhe dedicava. Creio que devo ter ficado confuso com as acusações insensatas de Agripina a Popeia, já que a pergunta escapou-me da boca involuntariamente:

— Falastes das vossas memórias — disse eu. — Ainda vos lembrais de Cláudia? Como está ela? Regenerou-se?

Acho que Agripina não teria tomado conhecimento da minha pergunta se a fúria não lhe tivesse roubado o equilíbrio.

— Podes indagar no bordel naval de Miseno. Prometi mandar a tua Cláudia para uma casa escondida no campo, onde ela pudesse concluir sua educação. Um bordel é o lugar indicado para bastardos.

Encarou-me como uma Medusa:

— Creio que és o maior paspalhão que já encontrei. Não fizeste mais do que abrir a boca e engolir todos os falsos testemunhos da prostituição de Cláudia. Mas para ela era suficiente ter-se envolvido com um cavaleiro romano. Se eu soubesse até onde ia chegar a tua ingratidão, nunca me teria dado o trabalho de impedir que ela te fizesse infeliz.

Antônia soltou uma gargalhada:

— Mandastes realmente Cláudia para um bordel, querida madrasta? Eu não sabia por que de repente ela deixou de me atenazar, para que eu a reconhecesse como minha irmã, e desapareceu da minha vista.

As narinas de Antônia tremiam. Ela deu uma palmadinha leve em seu pescoço macio como se afastasse um inseto invisível. Havia uma beleza estranha e frágil em sua figura esguia naquele momento.

Emudeci completamente. Horrorizado, olhei para aquelas duas mulheres monstruosas. De súbito, minha cabeça se iluminou e cresceu assustadoramente à medida que eu ia entendendo e afinal acreditando em todas as maldades que ouvira contar a respeito de Agripina no curso dos anos.

Também vi que Popeia Sabina se valera cruelmente de minha amizade para levar a termo todos os seus desígnios. Tudo isso aconteceu num segundo, como que numa visão. Era como se naquele instante eu tivesse envelhecido vários anos e ao mesmo tempo me tivesse tornado mais rijo. Talvez eu estivesse inconscientemente esperando essa mudança. Era como se se tivessem arrebentado as barras da jaula ao meu redor e de repente eu me visse de pé sob a amplidão do céu como um homem livre.

A maior asneira da minha vida fora falar com Agripina acerca de Cláudia. Eu tinha de encontrar um meio de compensar isso. Tinha, de certo modo, de recomeçar minha vida a partir daquele momento, muitos anos antes, em que Agripina envenenou meu espírito contra Cláudia e destruiu meu amor por ela. Não seria ingênuo mais.

Agindo com cautela, fui a Miseno examinar a possibilidade de transportar animais da África em navios da armada. O comandante da frota era Aniceto, ex-barbeiro, que fora o primeiro preceptor de Nero, na infância do Imperador. Mas a marinha é uma coisa à parte, e os cavaleiros romanos não se sentem inclinados a fazer carreira nela. Atualmente, o comandante é um autor de livros de consulta, chamado Plínio, que utiliza os vasos de guerra e os marinheiros na coleta de plantas e pedras raras de diferentes regiões. Não há dúvida que as belonaves podiam ter pior destino, e os marinheiros pelo menos correm o mundo e enriquecem os povos bárbaros com seu sangue de lobo.

Aniceto recebeu-me respeitosamente, pois eu era de origem nobre, cavaleiro e filho de Senador. Os clientes de meu pai também tinham muitos negócios com os estaleiros navais, e Aniceto não rejeitava as propinas que eles lhe ofereciam. Depois de se gabar de sua educação grega, de seus quadros e objetos de arte, embriagou-se e passou a contar histórias indecentes, revelando assim sua própria devassidão.

— Cada um tem seu vício particular — disse ele. — Isso é motivo para ninguém se envergonhar. A castidade é máscara só e mais nada. Plantei essa verdade na cabeça de Nero há muitos anos.

233

Nada odeio mais do que as pessoas que fingem ser virtuosas. Que tipo você prefere? Gorda ou magra, morena ou loura, ou prefere meninos? Posso arrumar mocinhas ou velhotas, uma acrobata ou uma virgem intacta. Gosta de ver uma sova de chicote, ou você mesmo quer ser açoitado? Sim, podemos providenciar um mistério dionisíaco, de acordo com as normas, se você quiser. Basta dizer, basta dar um sinal e eu satisfarei seu secreto desejo, em consideração à nossa amizade. Isto aqui é Miseno, veja bem, e não está longe de Baías, Puteoli e Nápoles, com todos os vícios alexandrinos. De Capri herdamos a engenhosidade de Tibério nesses assuntos, e Pompeia tem alguns esplêndidos lupanares. Vamos dar uma remada até lá?

Aparentei timidez, mas para mostrar-me digno de sua confiança, disse:

— Houve uma época em que me parecia emocionante disfarçar-me e meter-me em badernas noturnas, em Subura, ao lado do seu talentoso pupilo Nero. Acho que jamais experimentei maior prazer do que nos mais miseráveis bordéis usados pelos escravos. Como você sabe, às vezes a gente se cansa de manjares delicados e encontra mais sabor no pão inferior e no azeite rançoso. Assim, sou o contrário de você. Desde que me casei, acabei com essas coisas, mas agora sinto intenso desejo de travar conhecimento com os bordéis navais, que, segundo contam, você organizou primorosamente.

Aniceto arreganhou os dentes num sorriso libertino e aprovou com a cabeça:

— Temos três casas reservadas para o nosso pessoal. A melhor para os oficiais, a segunda para os marujos e a terceira para os escravos das galés. Talvez não me acredite, mas a verdade é que algumas vezes recebo a visita de damas nobres de Baías, que estão enjoadas de tudo e desejam servir uma noite num bordel. As mais dissolutas gostam sobretudo dos galés e, em seu desejo de servir, são melhores do que as nossas mais experimentadas meretrizes. Veja bem, por motivos financeiros, as novatas devem primeiro servir os oficiais, depois os marujos e, ao fim de três anos, os galés. Algumas aguentam dez anos nessa árdua profissão, mas eu diria que a média é cinco anos. Há as que se enforcam, é claro as que adoecem e ficam imprestáveis e as que se entregam à bebida e se tornam um problema. Mas recebemos constantes remessas de Roma e outras cidades italianas. Os bordéis da marinha são instituições penais para as mulheres que foram acusadas de levar uma vida indecente, como roubar os fregueses ou quebrar jarros de vinho na cabeça de fregueses turbulentos.

— O que acontece com aquelas que sobrevivem ao seu tempo de serviço?

— Uma mulher precisa estar muito gasta para não ser útil aos galés — disse Aniceto. — Não se preocupe. Nenhuma sai viva das minhas casas. Não faltam sujeitos que encontram prazer em matar uma mulher, de vez em quando, de algum modo desagradável. Esses têm de ser vigiados. O objetivo de minhas casas, entre outras coisas, é resguardar dos marujos as mulheres decentes da vizinhança. Há, por exemplo, um indivíduo que uma vez por mês tem de sugar o sangue da veia jugular de uma mulher. Por causa disso, temos de pô-lo a ferros no navio. O que é maçante nisso é que todas as vezes que dá vazão a seus impulsos, ele lamenta amargamente o que faz e pede para ser açoitado até morrer.

234

Não acreditei em todas as histórias de Aniceto. Ele era um fanfarrão e tentava assustar-me com suas perversões, porque no fundo era um sujeito fraco e em quem não se podia confiar. Compreendi que exagerara bastante, como o fazem os marujos.

Para começar, ele me levou a um gracioso templo circular de Vênus, que proporcionava uma visão maravilhosa do mar cintilante e era ligado por um túnel subterrâneo ao quartel da marinha para evitar desnecessária atenção. Os dois primeiros bordéis murados não diferiam de seus equivalentes romanos e tinham até água corrente. Mas a casa reservada aos galés assemelhava-se mais a uma prisão, e mal pude suportar os olhares dos que lá estavam, tão bestialmente embotados eram eles.

Não achei Cláudia, embora a procurasse cuidadosamente. Mas encontrei-a no dia seguinte, numa fortaleza naval em Puteoli. Vi uma mulher envelhecida, bem mais do que seria de esperar de sua idade, cujo cabelo e sobrancelhas tinham sido raspados por causa dos piolhos. Vestia uma túnica esfarrapada de escrava, pois estava atarefada com os utensílios de cozinha da fortaleza.

Realmente só reconheci Cláudia pelos olhos. Ela me reconheceu imediatamente se bem que a princípio não tenha dado mostras disso. Foi fácil trocá-la por um saquinho de prata. Podia ter ficado com ela de graça, se quisesse, mas, para despistar os censores, achei mais seguro ter um cúmplice mediante suborno.

Quando chegamos juntos à melhor hospedaria da cidade, Cláudia falou pela primeira vez.

— Você deve ter-me procurado ansiosamente, querido Minuto — disse ela, áspera — já que me encontrou tão depressa. Faz somente sete anos que nos vimos pela última vez. Que quer de mim?

Aquiesceu ao meu pedido de que vestisse alguma roupa apresentável e pusesse uma peruca, bem como desenhasse umas sobrancelhas. Graças a seus deveres na cozinha, engordara e estava bem de saúde.

Mas não dizia uma palavra acerca de suas experiências em Miseno. Suas mãos estavam duras como pau, as solas dos pés pareciam couro, e o sol lhe escurecera a tez morena. Apesar das roupas e da peruca, ela só podia ser tomada por uma escrava. Quanto mais eu a fitava, mais estranha ela se tornava.

— Agripina — disse eu, por fim, em desespero. — Ninguém mais, senão Agripina, foi responsável pelo seu destino. Na insensatez de minha juventude, procurei interceder por você junto a ela. E ela me enganou.

— Não estou me queixando — disse Cláudia com veemência. — Tudo o que me aconteceu foi de conformidade com a vontade de Deus, para humilhar meu corpo orgulhoso. Pensa que eu ainda estaria viva, se Cristo não tivesse fortalecido meu coração?

Se a superstição dos cristãos ajudara-a a suportar os ultrajes da escravidão, eu nada podia dizer. Assim, comecei cautelosamente a falar-lhe de mim. Para reconquistar sua confiança, contei-lhe o meu encontro com Paulo e Cefas, em Corinto, e como meu liberto Láusio Hierex se transformará num cristão influente. Cláudia ouviu-me com a cabeça apoiada na mão, os olhos negros iluminando-se à medida que ficava mais animada.

235

— Aqui em Puteoli — disse ela — temos diversos irmãos, entre os marujos que se converteram, depois que ouviram contar como Jesus de Nazaré andou sobre as águas. Se não fossem eles, eu nunca teria saído daquela casa em Miseno.

— A vida de um marinheiro é cheia de perigos — comentei. — Puteoli e Nápoles, é o que todos dizem, são terrenos férteis para o Oriente sob muitos aspectos. Portanto não é de admirar que a nova fé se tenha propagado aqui com os judeus.

Cláudia atirou-me um olhar agudo.

— E você, Minuto? Crê em alguma coisa?

Refleti demoradamente e meneei a cabeça.

— Não, Cláudia. Não creio mais em nada. Estou calejado.

— Nesse caso — disse Cláudia decidida, apertando as duras palmas de suas mãos — devo ajudá-lo a seguir o caminho certo. Estou convencida de que foi com esse objetivo que você foi levado a achar-me e a libertar-me da escravidão. Depois de Miseno, a escravidão foi a maior dádiva que Deus podia conceder-me.

— Não fui levado por ninguém — disse eu, irritado. — Comecei a procurá-la espontaneamente, logo que ouvi da boca da própria Agripina que ela me tinha enganado.

Cláudia olhou-me penalizada:

— Minuto, você não tem vontade própria e nunca teve. Do contrário tudo seria diferente. Não quero deixar a assembleia dos cristãos de Puteoli, mas compreendo que devo ir com você para Roma e persuadi-lo, dia e noite, até que você se humilhe e se torne súdito do reino secreto de Cristo. E não fique tão consternado. Nele reside a única paz verdadeira, a única alegria deste mundo efêmero.

Achei que a dureza da vida de Cláudia lhe tinha perturbado o juízo e não me atrevi a discutir com ela. Viajamos juntos para o Âncio num navio mercante carregado de animais selvagens, e de lá seguimos para Óstia. Depois transportei-a às escondidas para a minha casa no Aventino, onde ficou instalada como criada e caiu nas boas graças de tia Lélia, que voltara mentalmente aos dias da infância e se sentia plenamente feliz quando brincava com bonecas.

Não se passava um só dia sem que Cláudia me importunasse com histórias de Jesus de Nazaré. Fugia de minha casa para o pátio dos bichos, mas ali Sabina, com sua malícia, me tornava a vida insuportável. Ela se mostrava cada vez mais confiante depois que um parente seu galgara um alto posto no tesouro do Estado, e já não era tão dependente do meu dinheiro como antes. Na realidade, era ela que superintendia a coleção de animais, dava todas as ordens e organizava os espetáculos no anfiteatro. E até apresentava-se em público para demonstrar sua habilidade como domadora de leões.

Creio que por essa época a vida de Nero começou a tornar-se quase tão intolerável quanto a minha. Ao desterrar a mãe para o Âncio e levar abertamente Lólia Popeia, como amante, para o Palatino, ele saltara da frigideira para o fogo. O povo não gostou do tratamento rude dado a Otávia. Popeia arreliava e chorava, exigindo que ele se separasse legalmente de Otávia e ameaçando-o com as intrigas secretas de Agripina, possivelmente com alguma razão. Em todo o caso, Nero viu-se forçado a degredar o marido de Antônia, Fausto Sila, para Massília. Antônia, naturalmente, foi com o marido e passaram-se cinco anos, antes que eu voltasse a vê-la.

Sêneca opunha-se categoricamente a um divórcio imperial e o velho Burro dizia publicamente que se Nero se separasse de Otávia, então devia também renunciar a seu dote matrimonial ou ao trono. E Lólia Popeia não tinha nenhum desejo especial de mudar-se para Rodes e lá viver como esposa de um artista livre. Agripina talvez tenha sido responsável pelo seu próprio fadário, se levarmos em conta sua sede de poder e seus ciúmes. Tinha a apoiá-la uma fortuna herdada do segundo marido e de Cláudio, e, apesar do desterro de Palas, ainda exercia grande influência. Segundo a opinião geral, não lhe restavam verdadeiros amigos. Todavia, mais do que uma conspiração política, Nero temia que sua mãe publicasse as memórias que estava escrevendo no Âncio, ela mesma, já que não se arriscava a ditá-las ao escravo mais digno de confiança. Irrefletidamente, Agripina deixava que a notícia dessas memórias se divulgasse por toda a Roma, de sorte que muita gente que estava de uma forma ou de outra envolvida em seus crimes desejava sinceramente vê-la morta.

Em meus pensamentos, eu acusava Agripina de ter destruído minha vida quando ainda era moço, crédulo e apaixonado por Cláudia. Culpava-a por todas as desgraças que me haviam acontecido. Certo dia fui procurar a velha Locusta, em sua casinha no campo. A anciã sorriu ao ver-me, tanto quanto uma máscara mortuária pode sorrir, e disse francamente que eu não era a primeira pessoa a visitá-la com a mesma finalidade.

Por uma questão de princípio, ela não tinha objeção a preparar veneno para Agripina também; era simplesmente uma questão de preço. Mas meneou sua velha cabeça experimentada e declarou que já consumira todos os seus ingredientes. Agripina era extraordinariamente cautelosa. Cozinhava ela mesma a comida e não ousava sequer colher as frutas de suas árvores, já que era tão fácil envenená-las. Cheguei à conclusão de que a vida de Agripina não era lá muito agradável, ainda que ela saboreasse a vingança de escrever suas memórias.

Nero alcançou a paz de espírito e a reconciliação com Popeia no momento em que tomou a decisão terminante de matar sua mãe. Por motivos políticos, a morte de Agripina tornou-se tão essencial para ele, como o fora a de Britânico. E não se ouviu um sussurro de Sêneca contra este assassínio, muito embora ele mesmo, naturalmente, não quisesse envolver-se nisto.

O problema, então, consistia apenas em como planejar o crime de modo a parecer um acidente. A imaginação de Nero passou a trabalhar, reclamando o máximo de dramaticidade, e ele entrou a consultar sofregamente seus amigos mais íntimos.

Tigelino, que tinha certas razões pessoais para odiar Agripina, prometeu matá-la, atropelando-a com seu carro, caso ela tosse induzida a aparecer na estrada do Âncio. Eu sugeri as feras, mas não havia jeito de as fazer entrar no jardim cuidadosamente vigiado da quinta de Agripina.

Nero pensava que eu estava do seu lado por pura afeição a ele e Popeia, e não sabia que eu era impelido por meu próprio desejo inflexível de vingança. Agripina, com seus crimes, fazia mil vezes jus à morte, e me parecia perfeitamente natural que viesse a sucumbir às mãos de seu próprio filho. Tu também tens sangue de lobo nas veias, Júlio, meu filho, mais autêntico do que o meu. Procura dominá-lo melhor do que teu pai foi capaz de fazê-lo.

237

Foi através de minha mulher, Sabina, que encontramos finalmente método exequível. Um engenheiro grego lhe mostrara um que podia conter animais selvagens e que, com o auxílio de um engenhoso sistema de alavancas, acionado por um único homem, podia a qualquer momento desintegrar-se, libertando desta maneira os bichos.

Sabina andara muito impressionada com a ideia do recém-construído teatro de naumaquias, mas no fim de contas, em virtude do custo, eu me opusera a todos os animais marinhos. Contudo, Sabina saiu vitoriosa, e a nova descoberta suscitou tal curiosidade que Aniceto deslocou-se de Miseno para o dia do espetáculo em Roma.

No ponto culminante da naumaquia, o barco desintegrou-se conforme fora planejado. A multidão ficou encantada ao ver auroques e leões em luta com monstros marinhos dentro da água ou nadando para a praia, onde eram abatidos por corajosos caçadores. Nero aplaudiu vibrantemente.

— Podes construir-me um barco como esse — gritou ele para Aniceto — mas maior e mais bonito e suficientemente ornamental para as viagens da imperial mãe?

Prometi que Aniceto podia ver os desenhos sigilosos do engenheiro grego, mas lembrei-me de que uma engenhoca tão teatral exigia a cooperação de muita gente e não podia, portanto, ficar em segredo.

Como recompensa, Nero convidou-me para a festa de Baías em março, onde eu iria ver, com meus próprios olhos, a representação especial que ele planejara. Em público, e no Senado também, Nero começara a desempenhar o papel do filho arrependido, ansioso de reconciliar-se com a mãe. Rixas e explosões de mau humor, explicava ele, podiam ser esquecidas desde que houvesse suficiente boa vontade de ambos os lados.

É claro que os informantes de Agripina corriam imediatamente para o Âncio com essa notícia. Portanto, Agripina não se mostrou muito surpreendida ou suspicaz ao receber uma carta de Nero, admiravelmente composta, contendo um convite para a festa de Minerva em Baías. A festa era por si mesma um indício, pois Minerva é a deusa de todos os escolares, e uma reconciliação bem longe de Roma e da belicosa Popeia parecia inteiramente natural.

O dia de Minerva é um dia de paz, em que não se pode derramar sangue nem exibir armas. A princípio Nero quis mandar o novo barco de passeio, tripulado por marinheiros, buscar Agripina no Âncio, para mostrar que pretendia devolver à sua mãe as antigas prerrogativas. Mas com a ajuda de uma clepsidra, calculamos que nesse caso o barco teria de ser afundado de dia, e, além disso, Agripina, como todos sabiam, era tão desconfiada que bem podia recusar a honra e viajar por terra.

Afinal ela chegou à base naval de Miseno numa trirreme tripulada pelos escravos de sua confiança. Nero foi recebê-la com todo o seu séquito, e até insistira em que Sêneca e Burro lá estivessem também para acentuar a significação política da reconciliação.

Não pude deixar de admirar o extraordinário talento de Nero para representar quando ele, comovido até às lágrimas, correu ao encontro da mãe, abraçou-a e saudou-a como a mais excelente de todas as mães. Agripina também tinha feito o possível para vestir, se bem e embelezar-se, de modo que dava a impressão de ser uma deusa esbelta e, por causa da espessa camada de pintura, totalmente inexpressiva.

No dia de Minerva predomina uma atmosfera de alegria primaveril. Por isso, o povo, que não entende muito de negócios de Estado, acolheu Agripina com aplauso jubiloso enquanto ela era levada para sua quinta em Baules, ao pé do Lago Locrino. No ancoradouro à beira do lago encontrava-se um grupo de belonaves embandeiradas, e no meio delas o barco de passeio lindamente ornamentado. Por ordem de Nero, Aniceto colocou-o à disposição de Agripina. Mas após pernoitar em Baules, ela preferiu ser transportada de novo para Baías, que não fica distante, desejando regalar-se com a aclamação do povo ao longo da estrada.

Nas cerimônias oficiais em honra de Minerva, em Baías, Nero permitiu que Agripina aparecesse em primeiro plano e colocou-se a um canto, como tímido escolar. O banquete de meio-dia, oferecido pelas autoridades da cidade, com seus inúmeros discursos e a sesta depois, prolongou as cerimônias, de sorte que já estava escuro quando se iniciou o banquete vespertino de Nero. Sêneca e Burro também estavam presentes e Agripina ocupava o lugar de honra, com Nero sentado a seus pés e conversando despreocupadamente com ela. Bebeu-se grande quantidade de vinho, e quando Agripina notou que estava ficando tarde, Nero assumiu um ar grave, baixou a voz e começou a consultá-la a respeito dos assuntos do Estado.

Pelo que pude entender, discutiram a situação futura de Lólia Popeia. Agripina era dura como pedra. Iludida pela atitude humilde de Nero, declarou que tudo quanto exigia era que Nero enviasse Popeia para a Lusitânia, de volta a Oto. Depois disso, Nero podia uma vez mais contar com o apoio e o amor materno de Agripina, que não desejava senão o bem para seu filho.

Nero chorou algumas lágrimas de raiva, mas fez saber que sua mãe lhe era mais cara do que qualquer outra mulher no mundo, e chegou até a declamar alguns poemas que escrevera em homenagem a ela.

Agripina estava bêbada do vinho e da vitória alcançada, pois as pessoas gostam de crer naquilo que imaginam que seja real. Mas notei que ela ainda não se dispunha a tocar em seu copo, se Nero não bebesse nele antes, como também não comia nada que não tivesse sido provado por Nero ou por sua amiga Acerrônia. Acho que nessa ocasião não se tratava de suspeita, mas de hábito que se enraizara em Agripina através dos anos.

Aniceto também se revelou um ator de talento ao anunciar compungido, que as belonaves empregadas no espetáculo haviam acidentalmente colidido com a trirreme de Agripina, sendo o dano de tal monta que impelia o retorno da embarcação ao Âncio, até que se fizessem os reparos necessários. Contudo, ali estava o barco de recreio com sua tripulação de marinheiros.

Fomos todos levar Agripina ao porto festivamente iluminado. No momento da separação Nero beijou-a nos olhos e nos seios e amparou-a, quando ela tropeçou, ao embarcar. Com sua voz bem modulada, disse adeus a sua mãe.

— Vai em paz, minha mãe — disse ele. — Só através de ti posso governar.

Para ser franco, devo frisar que achei essas palavras de despedida um acréscimo um tanto exagerado ao hábil desempenho de Nero. A noite estava serena e estrelada, e quando o barco deixou o círculo das luzes do porto, Sêneca e Burro retiraram-se para seus aposentos e nós, conspiradores, demos continuação ao banquete. Nero não falava. Então, de repente, empalideceu e saiu para vomitar. Por um momento desconfiamos de que Agripina tivesse conseguido depositar furtivamente algum veneno em seu copo, mas depois nos demos conta de que o dia fora muito puxado para ele. A mente sensível de Nero não podia suportar a prolongada tensão da espera, apesar de Aniceto garantir que o plano não podia falhar, uma vez que tudo fora arranjado da maneira mais engenhosa.

Posteriormente, vim a saber do que acontecera, por intermédio do centurião naval, Obarito, a quem Aniceto entregara o comando do barco. Agripina recolhera-se de imediato a seu camarote magnificamente guarnecido, mas não pudera conciliar o sono. Suas suspeitas surgiram quando ela percebeu, na escuridão das águas, que estava exposta à boa-vontade de marujos estrangeiros, tendo apenas a companhia de Acerrônia e de seu Procurador Crepeio Galo.

Agripina mandou Galo para a popa, exigir que o barco rumasse para Baules, pois desejava passar a noite lá e continuar a viagem para o Âncio ao amanhecer. Aniceto, lembrando-se de que durante o exílio, na ilha de Pandataria, Agripina ganhara a vida mergulhando à cata de esponjas, planejara a desintegração do navio em duas fases.

A primeira torção da alavanca derribaria a estrutura chumbada do convés, e em seguida outra alavanca faria aluir o casco. Mas a preparação do camarote fora confiada a indivíduos que nada sabiam do plano e, por motivos de segurança, só uns poucos marinheiros foram postos a par da tramoia.

Algum imbecil aparelhara o camarote com um leito de desfile, provido de altos espigões. Assim, quando o teto caiu, os pesados espigões protegeram Agripina, de modo que ela escapou com apenas um corte no ombro. Acerrônia, que se encontrava de joelhos no soalho, dando massagens nos pés de Agripina, nada sofreu. Galo foi o único que morreu instantaneamente, colhido pelo desabamento do teto.

Reinou completa confusão no navio, quando a estrutura no convés se desfez. Somente Agripina compreendeu o que se passava, pois o mar estava calmo e o navio não abalroara com nada. Mandou que Acerrônia fosse engatinhando ao convés e gritasse:

— Sou Agripina. Salvai a imperial mãe!

Imediatamente, o centurião determinou que os marinheiros conluiados a matassem a paulada com seus remos. Em seguida, suspendeu e torceu a outra alavanca, mas esta emperrara e não se movia. Então tratou de virar o barco. O teto caído com seus pesos de chumbo já o tinham feito adernar, levando vários marinheiros para o lado que tinha afundado. Mas alguns marinheiros subiram para o outro lado, de modo que o navio não emborcou.

No meio de toda essa barafunda, Agripina esgueirara-se de mansinho do camarote, resvalara para dentro da água e pusera-se a nadar para terra. Apesar do vinho que tinha bebido e do ferimento no ombro, conseguia vencer a nado, sob a água, longos trechos de cada vez, de sorte que ninguém lhe avistava a cabeça à superfície do mar iluminado pelas estrelas. Após distanciar-se o suficiente para não ser

240

vista, Agripina encontrou um barco de pesca que se fazia ao largo. Os pescadores recolheram-na e, a pedido dela, conduziram-na para Baules. O centurião naval era um homem de sangue-frio. De outro modo, Aniceto não o teria escolhido para a missão. Quando viu que a morta era Acerrônia e que Agripina desaparecera, ordenou a volta do destroçado barco a Baías e foi comunicar imediatamente o fracasso a Aniceto. Enquanto se dirigia a toda a pressa para os alojamentos de Nero, os marinheiros que desconheciam a conspiração espalharam por toda a cidade a perturbadora notícia do acidente.

Os habitantes de Baías correram ao cais, meteram-se na água e lançaram-se em seus barcos pesqueiros ao salvamento de Agripina. Quando a confusão atingiu o auge, os verdadeiros salvadores de Agripina, aos quais ela concedeu valiosas recompensas, voltaram e contaram a toda a gente que a imperial mãe estava salva e sofrera apenas leves escoriações. Decidiu então o povo ir a Baules, num cortejo de homenagem, a fim de congratular-se com Agripina por ter ela escapado milagrosamente dos perigos do mar.

Nero, ansioso mas confiante e rodeado de seus fiéis amigos, preparava-se, meio lacrimoso e meio brincalhão, para prantear a morte de sua mãe. Planejava celebrações fúnebres em todo o Império e elaborava uma proclamação dirigida ao povo de Roma e ao Senado.

Com uma ponta de remorso, perguntou-me se podia sugerir a elevação de Agripina à condição de deusa, de vez que ela era, de resto, filha do grande Germânico, irmã do Imperador Caio, viúva do Imperador Cláudio e mãe do Imperador Nero, e como tal, de fato, uma mulher de mais elevada preeminência na história de Roma do que Lívia. Nós todos nos comportávamos de maneira terrivelmente ridícula e já havíamos começado por gracejo a nomear-nos sacerdotes do culto da nova deusa.

No meio de toda essa galhofaria, entrou afobado o centurião naval Obarito, com a notícia de que o navio tinha somente adernado e Agripina sumira sem deixar vestígio. A esperança de que se tivesse afogado dissipou-se no instante seguinte, quando os pescadores assomaram à frente de uma multidão jubilosa e contaram que Agripina se salvara. Tinham avistado as luzes do salão de banquete e esperavam que Nero os recompensasse. Mas Nero, tomado de pânico, mandou chamar Sêneca e Burro, como o escolar que é apanhado em alguma travessura e se volta em lágrimas para seus professores.

Tive a presença de espírito de ordenar a Aniceto que prendesse imediatamente os pescadores e os encerrasse em lugar seguro, enquanto esperavam o prêmio, para que não divulgassem boatos que agravariam a situação. Por felicidade de Nero, Agripina evidentemente não revelara a eles as suas suspeitas, uma vez que tagarelavam tão ingenuamente acerca do salvamento.

Sêneca e Burro chegaram ao mesmo tempo, Sêneca descalço e só de túnica. Nero portava-se como um desvairado, correndo de um lado para outro da sala. Aniceto rapidamente relatou o que tinha acontecido, e fustigado pelo sentimento de sua culpa, Nero temia seriamente por sua própria vida. Sua imaginação delirante fazia-o proclamar aos gritos que o que ele receava podia ocorrer; que Agripina talvez estivesse armando seus escravos ou sublevando contra ele os soldados da guarnição, ou estivesse a caminho de Roma para queixar-se ao Senado do intento de Nero de assassiná-la, exibindo suas feridas aos senadores e narrando-lhes a morte cruel de sua serva.

Sêneca e Burro eram estadistas experimentados e não precisavam de muitas explicações. Sêneca contentou-se de olhar interrogativamente para Burro, e Burro deu de ombros:

— Eu não mandaria os pretorianos ou os germanos da Guarda Real matar a filha de Germânico — disse ele.

Com uma careta de repugnância, virou-se para encarar Aniceto:

— Complete, Aniceto, o que começou — sugeriu. — Lavo as minhas mãos de todo esse negócio.

Aniceto não esperou por uma segunda ordem. Tinha boas razões para temer por sua própria vida, pois Nero, no meio de sua fúria, já lhe tinha batido no rosto com o punho. Prometeu então pressurosamente concluir a tarefa com o auxílio dos seus marinheiros. Nero fitou Sêneca e Burro, com os olhos inquietos.

— Só esta noite é que me livrarei de minha tutela — disse ele, em tom de censura — e receberei o direito de governar. Mas recebo-o de um ex-barbeiro, um escravo liberto, não de Sêneca, o Estadista, ou do General Burro. Vai, Aniceto, avia-te, e leva contigo todos aqueles que desejarem prestar esse serviço ao Imperador.

Mas empalideceu e recuou quando anunciaram que um dos libertos de Agripina, Agerino, trazendo uma mensagem de Agripina, solicitava-lhe audiência.

— Um assassino — gritou, agarrando uma espada e ocultando-a sob o manto.

Na verdade, não havia o que temer, pois Agripina, exausta   pelo esforço de nadar e pela perda de sangue, pesara os prós e os contras, e compreendera que tinha de enfrentar a situação com coragem, e fingir que ignorava completamente a tentativa de assassiná-la. Assim, Agerino entrou trêmulo e, gaguejando um pouco, deu o recado de Agripina.

— A bondade dos deuses e o nume tutelar do Imperador salvaram-me de morte imprevista. Muito embora te aflijas quando souberes dos perigos que me ameaçaram, não venhas por enquanto ver a tua mãe. Preciso de repouso.

Quando viu que nada tinha a recear do mensageiro, Nero voltou à razão, deixou cair a espada aos pés de Agerino e depois deu um salto para trás, indicando acusadoramente a arma e bradando dramático:

— Tomo-vos por testemunhas de que minha mãe mandou seu liberto matar-me.

Corremos e seguramos Agerino, sem fazer caso de seus protestos. Nero ordenou que o encarcerássemos, mas Aniceto julgou mais prudente decepar-lhe a cabeça logo atravessaram a porta. Assim, Aniceto tinha sentido o gosto de sangue, mas achei que devia acompanhá-lo para vê-lo concluir sua tarefa. Nero veio correndo atrás de nós e escorregou no sangue que jorrava do corpo de Agerino.

— Minha mãe quis tirar-me a vida — disse ele, com alívio. — Ninguém suspeitará de coisa alguma se ela se matar, quando seu crime for divulgado. Ajamos nessa conformidade.

Obarito, o centurião naval, veio conosco, porque desejava reparar o seu malogro. Aniceto determinou que seu subcomandante, Herculeio, fizesse soar o alarma no quartel da marinha, e nós conseguimos apoderar-nos de alguns cavalos.

Correndo descalços, vieram também alguns soldados que, gritando e brandindo armas, procuravam dispersar a multidão que se encaminhava para Baules, com o intuito de congratular-se com Agripina.

Quando chegamos a Baules, o dia já raiando, Aniceto mandou que seus homens cercassem a casa. Derrubamos a porta e escorraçamos os escravos que tentaram opor resistência à nossa invasão. O quarto de dormir estava em penumbra e Agripina jazia na cama, o ombro envolto em panos quentes. A escrava que a servia fugiu e Agripina ergueu a mão, chamando-a inutilmente:

— Tu também me abandonas?

Aniceto fechou a porta atrás de nós, para que não houvesse demasiados espectadores. Agripina saudou-nos com voz débil:

— Se viestes perguntar por minha saúde, dizei então a meu filho que já estou um pouco melhor.

Ao avistar as nossas armas, sua voz tornou-se mais firme:

— Se viestes matar-me, então não creio que o fazeis com ordem de meu filho. Ele nunca consentiria num matricídio.

Aniceto, Herculeio e Obarito rodearam a cama, um pouco canhestros, não sabendo como começar, pois Agripina parecia majestosa, até mesmo em seu leito de enferma. Mantive-me com as costas arrimadas à porta, conservando-a fechada. Por fim, Herculeio desferiu um golpe na cabeça de Agripina, mas tão sem jeito que ela não perdeu a consciência. Pretendiam pô-la inconsciente e depois abrir-lhe as veias, de sorte que o anúncio de suicídio guardasse alguma semelhança com a verdade.

Agripina abandonou então toda a esperança, desnudou a parte inferior do corpo, desdobrou os joelhos e gritou para Aniceto:

— Retalha o ventre que trouxe Nero ao mundo!

O centurião naval desembainhou a espada e seguiu à risca aquelas palavras. Em seguida todos passaram a dar cutiladas e estocadas, de maneira que Agripina recebeu muitos ferimentos, antes de exalar o último suspiro.

Quando nos convencemos de que estava morta, cada um de nós escolheu um objeto como lembrança de seu quarto de dormir e Aniceto ordenou aos escravos que lavassem o corpo e o preparassem para a pira. Peguei uma minúscula estatueta de ouro da Fortuna, que estava perto da cama, na crença de que era aquela que o Imperador Caio sempre levava consigo. Mais tarde verifiquei que não era a mesma e me senti extremamente frustrado.

Um mensageiro foi despachado para levar a Nero a notícia de que sua mãe se suicidara. Nero rumou imediatamente para Baules, pois com o auxílio de Sêneca já enviara uma mensagem ao Senado, dando conta da tentativa de assassínio de que fora alvo, e desejava ver com seus próprios olhos se Agripina realmente estava morta.

Nero chegou tão depressa que os servos ainda estavam ocupados em banhar e ungir o corpo nu de Agripina. Nero acercou-se de sua mãe, apalpou os ferimentos com seus dedos e disse:

— Vede como minha mãe é bonita até mesmo morta.

243

A lenha estava empilhada no jardim, e o cadáver de Agripina, acomodado num sofá da sala de jantar, foi erguido sem cerimônia e colocado no alto da pira. Quando a fumaça começou a evolar-se no ar, reparei de súbito que fazia uma esplêndida manhã em Baules. O mar era de um azul cintilante, os pássaros cantavam e todas as flores da primavera vicejavam num tumulto de cores no jardim. Mas não se via vivalma nos caminhos. O povo, perplexo, escondera-se dentro de casa, já que ninguém sabia o que efetivamente acontecera.

Enquanto a pira ainda ardia, apareceu galopando um grupo de tribunos e centuriões. Ao ouvir o ruído dos cascos dos cavalos e ver a fileira de fuzileiros recuar diante dos animais, Nero olhou em volta procurando escapar. Mas os ginetes arremessaram-se das selas e correram a apertar-lhe a mão, rendendo cada um, aos gritos, graças aos deuses, por ter o Imperador escapado às intenções criminosas de sua mãe.

O Prefeito Burro os tinha enviado, para indicar ao povo qual era a situação mas ele mesmo não viera, pois estava demasiadamente envergonhado. Depois que os restos de Agripina foram apressadamente recolhidos das cinzas e enterrados no jardim, tratou-se de nivelar a terra no local do sepultamento. Nero não deu um túmulo à sua mãe, a fim de evitar que o lugar se transformasse em antro de romarias políticas.

Criamos coragem e subimos ao templo de Baules, para levar aos deuses uma oferenda de gratidão pelo miraculoso salvamento de Nero. Mas, no templo, Nero começou a escutar toques de clarins acusadores em seus ouvidos. Disse ele que o dia escureceu diante de seus olhos também, embora o sol estivesse brilhando intensamente.

A morte de Agripina não constituiu realmente nenhuma surpresa para o Senado em Roma ou o povo, pois eles já estavam preparados para algum evento espantoso. Na noite em que Agripina morreu, tremendo temporal com relâmpagos e trovões desabou sobre a cidade, apesar da época do ano, e registraram-se quatorze quedas de raios em diferentes zonas da urbe, de modo que o Senado já determinara a realização dos costumeiros sacrifícios expiatórios. O ódio reprimido contra Agripina era tamanho que os senadores decidiram incluir seu aniversário natalício no rol dos dias aziagos.

O receio de perturbações, sentido por Nero, era perfeitamente infundado. Quando afinal chegou a Roma, procedente de Nápoles, foi ele saudado como se estivesse celebrando um triunfo. Os senadores trajaram-se como nos dias de grandes solenidades e as mulheres e crianças receberam-no com canções de louvor, juncando o chão de flores primaveris que atiravam das arquibancadas apressadamente erguidas de cada lado do caminho.

Quando Nero subiu ao Capitólio para levar sua oferenda de gratidão, foi como se toda a Roma se tivesse libertado de um pesadelo. Nesse maravilhoso dia de primavera, o povo em sua alegria estava predisposto a acreditar no falso relato, apresentado por Sêneca, do suicídio de Agripina. A simples ideia de matricídio afigurava-se tão monstruosa às pessoas mais velhas, que ninguém queria sequer pensar nela.

Vindo para Roma antes dos outros, fui direto a Cláudia, trêmulo de orgulho.
— Cláudia! — exclamei. — Vinguei-a. Agripina está morta e eu mesmo tomei parte no ato. O próprio Nero deu ordem de matá-la. Por Hércules, paguei minha dívida para com você. Não precisa mais lamentar a degradação de que foi vítima.

Entreguei-lhe a estatueta da Fortuna que havia tirado da mesa de cabeceira de Agripina, mas Cláudia encarou-me como se eu fosse um monstro e ergueu ambas as mãos, como se fosse rechaçar um golpe meu:

— Nunca lhe pedi que me vingasse. Suas mãos estão ensanguentadas, Minuto.

De fato eu tinha ainda uma atadura manchada de sangue numa das mãos. Por isso apressei-me a assegurar-lhe que não tinha sujado minhas mãos no sangue de Agripina, mas apenas, no meu estouvamento, cortara o polegar com a minha espada. Mas isto foi inútil. Cláudia pôs-se a repreender-me, pedindo que o julgamento de Jesus de Nazaré descesse sobre mim, e de todos os modos comportando-se de maneira tão insensata que afinal não pude deixar de responder furioso, aos gritos:

— Se é como você diz, então fui apenas um instrumento do seu deus. Pode considerar a morte de Agripina como um castigo aplicado pelo seu Cristo aos crimes que ela cometeu. E os judeus são o povo mais vingativo do mundo. Aprendi isso em seus livros sagrados. Não desperdice lágrimas chorando a morte de Agripina.

— Há pessoas que têm orelhas, mas não ouvem coisa alguma — redarguiu ela com raiva. — Será, Minuto, que você realmente não entendeu uma só palavra do que venho tentando ensinar-lhe?

— Você é a mulher mais ingrata do mundo, Cláudia. Maldita seja! Até hoje tolerei sua tagarelice a respeito de Cristo, mas não lhe devo mais nada. Cale-se e saia da minha casa.

— Cristo que me perdoe esse meu gênio violento — resmungou Cláudia, por entre os dentes cerrados — mas não posso mais me dominar.

Com suas duras mãos espalmadas, estapeou-me as bochechas com tanta força que meus ouvidos zumbiram, em seguida agarrou-me pela nuca e obrigou-me a ajoelhar, embora eu seja mais alto do que ela.

— Agora, Minuto, você vai orar ao pai celestial e pedir perdão do seu tenebroso crime.

Meu amor-próprio não me permitia lutar com ela, e de qualquer forma ela era excepcionalmente robusta naquele tempo. Saí do quarto arrastando-me de quatro pés e Cláudia atirou a estatueta de ouro atrás de mim. Quando tornei a ficar de pé, gritei pelos criados, a voz trêmula de raiva, e ordenei-lhes que reunissem os objetos de Cláudia e os pusessem do lado de fora da porta. Apanhei o ídolo da Fortuna, cuja asa esquerda estava agora arqueada, e fui para a casa dos bichos, onde pelo menos podia, diante de Sabina, jactar-me do que tinha feito.

Para minha surpresa, Sabina mostrou-se amável e chegou até a afagar-me as bochechas, que as palmadas de Cláudia tinham deixado um tanto abrasadas. Aceitou a estatueta, agradeceu-me e escutou de bom grado, ainda que um pouco distraída, minha narração dos acontecimentos de Báias e Baules.

— Você é um homem e mais bravo do que imaginei, Minuto — disse Sabina. — Mas não deve sair espalhando por aí o que aconteceu. O principal é que Agripi-

245

na está morta. Ninguém irá pranteá-la. Popeia, aquela meretriz, também recebeu o que merecia. Depois disso, Nero não se atreverá a divorciar-se de Otávia. Isso é tudo o que sei de política.

Essa afirmação me espantou, mas Sabina pôs a mão em minha boca.

— É primavera, Minuto — murmurou ela. — Os pássaros estão cantando e os leões abalam a terra com seus rugidos. Sinto um desejo veemente e meus membros estão em fogo, Minuto. Pensei muito e cheguei à conclusão de que devemos ter um filho, para o bem da família Flávia e da sua. Acho que não sou uma mulher estéril, embora você tenha tão ofensivamente abandonado o meu leito.

A acusação era injusta, mas talvez Sabina tivesse mudado de opinião a meu respeito em virtude do que eu fizera, ou talvez aquela ação terrível lhe tivesse afetado a feminilidade, pois há mulheres que se excitam sexualmente com coisas como incêndio e sangue correndo na areia.

Olhei para minha mulher. Não havia nada de errado com ela, se bem que sua pele não fosse tão alva como a de Lólia Popeia. Dormimos juntos duas noites, o que havia muito tempo não fazíamos, mas o êxtase que eu sentira no começo de nossa vida conjugal não se repetiu. Sabina era um pau também, e afinal confessou que cumprira seu dever mais pela família do que por prazer, a despeito do monótono rugido dos leões naquelas duas noites.

Nosso filho nasceu oito meses depois. Receei que tivéssemos de abandoná-lo, como se faz com as crianças nascidas prematuramente. Mas ele era perfeitamente sadio e bem desenvolvido, e o parto feliz causou imenso regozijo na casa dos bichos. Convidei nossas centenas de empregados para uma festa, em honra do meu primogênito, e mal pude acreditar que os rudes domadores fossem capazes de tal ternura com um recém-nascido.

Quase não conseguíamos livrar-nos do pardavasco Epafródito, que vivia a acariciar o menino, descurando da alimentação dos animais e insistindo em pagar ele mesmo uma ama-de-leite para a criança. Acabei concordando, por considerar a oferta como um ato de homenagem.

Mas não pude desvencilhar-me de Cláudia. Quando voltei confiante à minha casa no Aventino alguns dias depois, encontrei todos os meus servos, até mesmo Barbo, reunidos na sala de recepção, enquanto ao centro, em meu lugar de honra, sentava-se o taumaturgo judeu Cefas, com vários jovens que me eram totalmente desconhecidos.

Um dos rapazes traduzia para o latim as histórias que Cefas contava em aramaico. Tia Lélia dançava de um lado para outro, deliciada, batendo palmas com suas velhas mãos nodosas. Fiquei tão aborrecido que estive a ponto de açoitar todos os meus servos, mas Cláudia deu-se pressa em explicar que Cefas estava sob a proteção do Senador Pudeus Publícolo, em cuja casa morava, longe dos judeus da outra banda do rio, a fim de não provocar mais conflitos entre judeus e cristãos, Pudeus era um velho parvo, mas também era um Valeriano, de modo que fui forçado a calar-me.

Cefas lembrava-se muito bem de nosso encontro em Corinto e dirigiu-se a mim com muita amabilidade, chamando-me pelo meu nome. Não exigia que eu

246

acreditasse, mas notei o seu desejo de que eu fizesse as pazes com Cláudia e a tolerasse em minha casa. Afinal, isto foi o que aconteceu, e terminei, com espanto para mim mesmo, apertando a mão de Cláudia, beijando-a, sim, e participando até da refeição deles, visto que, no fim de contas, era eu o dono da casa.

Não quero alongar-me a respeito desse vergonhoso episódio. Depois perguntei sarcasticamente a Barbo se tinha trocado Mitras pelos cristãos. Barbo não respondeu diretamente, mas limitou-se a murmurar:

— Estou velho. O reumatismo dos meus anos de guerra me atormenta tão terrivelmente, que farei tudo para não sentir as dores. E basta-me fitar esse antigo pescador para que elas desapareçam. Quando como do seu pão e bebo do seu vinho, sinto-me bem durante dias seguidos. Os sacerdotes de Mitras não sabiam curar-me, embora ninguém entenda mais do que eles de reumatismo dos legionários.

247

SEGUNDA PARTE

JÚLIO, MEU FILHO

Clemente de Roma — EPÍSTOLA AOS CORÍNTIOS I: 5,6.

Voltemos a atenção para os paladinos de épocas recentes e escolhamos os nobres exemplos proporcionados por nossa geração. Foi por causa da inveja e da maldade, que os pilares mais sólidos e imponentes da Igreja sofreram perseguições e tiveram de lutar até o último alento. Evoquemos mentalmente aqueles bons Apóstolos: Pedro que, em razão de iníqua inveja, teve de suportar não um, nem dois, mas muitos padecimentos e, havendo assim dado testemunho de nossa fé, foi para o glorioso lugar que lhe estava reservado; e foi em virtude de ciúme e contenda que Paulo veio a ser um exemplo da recompensa a ganhar com paciente resignação; pois que foi ele encarcerado sete vezes, degredado, apedrejado, tornou-se pregador no Oriente e no Ocidente, e por esse meio alcançou o nobre renome que foi o galardão de sua fé após ensinar bondade ao mundo inteiro e atingir o mais longínquo Ocidente. E assim, tendo testemunhado a nossa fé perante as autoridades, deixou o mundo e foi para o santo lugar, tendo-se revelado um exemplo notável de paciente resignação.

A estes pios varões veio juntar-se um grande número de eleitos que, sendo vítimas do ciúme, através de humilhações e torturas incontáveis se constituíram em magnífico exemplo para todos nós. E mulheres a quem a maldade moveu perseguições e submeteu a suplícios cruéis e ímpios, como as Danaides e Dirce, chegaram a salvo ao termo da corrida da fé e, embora frágeis de corpo, obtiveram um prêmio sublime.

Popeia

A hipótese de minha mulher revelou-se afinal correta, pois que se passaram dois anos antes que Nero ousasse pensar seriamente em se divorciar de Otávia. Ao regressar a Roma depois da morte de sua mãe, ele achou politicamente mais prudente mandar Popeia embora do Palatino e passar as noites com ela, em segredo. Perdoou a muitos exilados, reintegrou no cargo senadores demitidos e distribuiu, numa tentativa de suborno geral, a fortuna imensa que herdara de Agripina. Os bens móveis e imóveis e os escravos de Agripina, porém, não foram grandemente procurados pela aristocracia romana. Nero deu a maior parte ao povo durante um espetáculo no grande circo, quando mandou que se procedesse a sorteios entre os espectadores.

Para aliviar a consciência e obter a simpatia popular, Nero chegou ao ponto de propor ao Senado a abolição de todos os impostos diretos. Naturalmente sabia que isto era impossível, mas o Senado ficou numa posição incômoda aos olhos do povo, porquanto foi obrigado a rejeitar sumariamente a proposta.

Efetuaram-se reformas consideráveis na tributação, certos impostos que incidiam sobre as vendas foram reduzidos e, o que foi da máxima importância, no futuro cada qual teria o direito de saber como, por quê e em que quantia ia ser onerado. Os arrecadadores de impostos resmungavam amargamente, visto que perdiam a antiga prerrogativa de extorquir suas gratificações na cobrança dos tributos, mas os comerciantes só tinham a lucrar, uma vez que podiam manter os preços inalterados e pagar menos imposto sobre vendas.

Nero também se apresentou diante da multidão como auriga, porque, de acordo com sua própria declaração, guiar uma parelha de cavalos fora nos tempos idos um passatempo dos reis e dos deuses. A fim de dar bom exemplo à aristocracia, apareceu nos grandes jogos, realizados conforme o modelo grego, como cantor dramático, acompanhando-se à cítara. Sua voz se fortalecera desde a morte de sua mãe, mas, por questões de segurança e para prevenir manifestações, Burro levara ao teatro um grupo de Pretorianos com a incumbência de manter a ordem e aplaudir Nero. Ele mesmo deu o exemplo, batendo palmas, ainda que, como guerreiro, estivesse profundamente envergonhado da conduta do Imperador. Presumivelmente também achava que Nero poderia entregar-se a ocupações ainda mais vergonhosas.

Por consequência, as modas gregas conquistaram Roma definitivamente. A maioria dos senadores e os membros da Nobre Ordem dos Cavaleiros tomavam parte nos jogos de Nero. Moças da nobreza executavam danças gregas e até mesmo idosas matronas demonstravam no circo a flexibilidade de seus membros. Pessoalmente, eu nada tinha contra esses divertimentos, que me poupavam muitos

249

aborrecimentos e despesas, mas, excetuando as corridas, o povo não os apreciava muito. Na opinião dos espectadores, os cantores, músicos, dançarinos e atores profissionais trabalhavam incomparavelmente melhor do que os amadores. A decepção era imensa quando não se exibiam animais selvagens nos intervalos, para não mencionar os gladiadores. A velha geração da nobreza estava de fato estarrecida, porque julgava que os exercícios de ginástica, os banhos quentes e a música efeminada debilitavam a juventude romana e a sua capacidade de lutar num momento em que Roma necessitava de tribunos experimentados.

Como um mau agouro, rebentou a guerra na Armênia, e uma mulher terrível chamada Boadiceia uniu as tribos bretãs numa rebelião devastadora na Bretanha. Uma legião inteira foi destroçada, duas cidades romanas foram arrasadas, e o Procurador perdeu a tal ponto o domínio da situação que teve de fugir para a Gália.

Creio que a Rainha Boadiceia nunca teria conseguido tantos partidários na Bretanha se as legiões não tivessem sido forçadas a viver fora do país e se não tivessem sido pagos os juros dos empréstimos concedidos por Sêneca aos príncipes britânicos, de vez que os bárbaros ainda não entendiam o presente sistema monetário.

Os cavaleiros mais jovens não se mostravam dispostos a alistar-se como voluntários com receio de serem empalados e queimados por Boadiceia, mas preferiam tocar cítara em Roma, trajando túnicas gregas e usando cabelos compridos. Antes que a situação se definisse, Nero chegou mesmo a sugerir ao Senado a retirada das legiões da Bretanha, onde não havia outra coisa que aborrecimento. O país consumia mais do que produzia. Se abandonássemos a Bretanha, três legiões poderiam ser empregadas em aliviar a pressão dos partos no Oriente. A quarta já fora destruída.

Durante os debates violentos que se travaram no Senado, Sêneca, o porta-voz da paz e do amor à humanidade, pronunciou brilhante discurso em que aludiu aos triunfos do divino Cláudio na Bretanha. Um Imperador não podia desmentir os triunfos de seu pai adotivo sem arruinar a própria reputação. Na realidade, Sêneca estava naturalmente pensando nas somas enormes que invertera na Bretanha.

Um senador perguntou se fora absolutamente necessário assassinar setenta mil cidadãos e aliados e saquear e incendiar duas cidades prósperas só para proteger os lucros de Sêneca.

Sêneca ruborizou-se e afiançou ao Senado que o dinheiro romano aplicado na Bretanha destinava-se a civilizar o país e fomentar o comércio e o poder aquisitivo. Isto podia ser confirmado por outros senadores que lá haviam empregado seu capital.

— Os augúrios são alarmantes — gritou alguém.

Mas Sêneca defendeu-se, dizendo-lhes que não podia ser responsabilizado por terem alguns reis bretões utilizado o dinheiro dos empréstimos em finalidades que só a eles interessavam e na compra sigilosa de armamentos. A conduta das legiões era a causa principal da guerra. Portanto, cumpria punir os comandantes e enviar reforços para a Bretanha.

Abandonar definitivamente a Bretanha era um pílula amarga demais para que o Senado a engolisse. Restava pelo menos essa dose do antigo orgulho de Roma.

Assim, deliberou-se não evacuar o país, mas, ao contrário, enviar mais soldados para lá. Alguns senadores exaltados forçaram os filhos adultos a cortarem o cabelo e assumir as funções de tribunos na Bretanha. Os rapazes levaram consigo suas cítaras, mas as cidades devastadas, as crueldades e os estridentes gritos de guerra dos bretões logo os fizeram pô-las de lado e pelejar corajosamente.

Tenho motivos especiais para estender-me sobre os acontecimentos da Bretanha, posto não os tenha presenciado. Boadiceia era a rainha dos icenos. Após a morte do marido dela, as legiões haviam-lhe interpretado o testamento de maneira a converter o seu território em propriedade hereditária dos romanos. Boadiceia era mulher e não dava nenhum valor às leis. Nós mesmos precisamos de juristas eruditos que interpretem corretamente os nossos testamentos. Ao contestar a decisão e invocar a lei bretã de sucessão pelo ramo feminino da família, Boadiceia foi açoitada pelos legionários que ainda lhe estupraram as filhas e lhe saquearam os bens. Além disso, os legionários expulsaram muitos nobres icenos de suas propriedades e cometeram homicídios e outras atrocidades.

Do ponto de vista jurídico, o direito estava do lado dos legionários porque o Rei, que não sabia ler nem escrever, havia de fato mandado redigir um testamento no qual legava sua terra ao Imperador, julgando que desse modo iria garantir a posição da viúva e das filhas contra a inveja dos nobres icenos. Desde o princípio os icenos se tinham aliado aos romanos, muito embora não tivessem particular estima por eles.

Depois da chegada dos reforços, travou-se uma batalha decisiva e os bretões, chefiados por essa vingativa mulher, amargaram a derrota. Os legionários vingaram as brutalidades praticadas por Boadiceia contra as mulheres romanas, vítimas do abominável tratamento que lhes dera o povo com o beneplácito da rainha ultrajada. Em consequência desses sucessos, Roma não tardou a receber uma torrente de escravos bretões — predominantemente mulheres e meninos taludos, já que, segundo a opinião geral, os adultos bretões são imprestáveis como escravos — e com grande descontentamento popular, pois Nero havia proibido o aproveita. mento de prisioneiros de guerra nas batalhas do anfiteatro.

Um belo dia fui procurado por um traficante de escravos que chegou a minha casa puxando por uma corda um menino de dez anos. O homem comportou-se misteriosamente, piscando o olho para mim várias vezes, na esperança de que eu mandasse embora da sala todas as testemunhas. Depois queixou-se demoradamente dos tempos difíceis, das suas incontáveis despesas e da falta de compradores. O menino examinava tudo com um olhar furioso.

— Este jovem guerreiro — explicou o traficante de escravos — puxou da espada em defesa de sua mãe, no momento em que ela foi violentada e morta por nossos exasperados legionários. Foi por respeito à coragem do garoto que os soldados não o mataram, mas o venderam a mim. Como revelam seus membros perfeitos, sua pele boa e seus olhos verdes, ele é de nobre ascendência icena. Sabe montar, nadar e usar arco e flecha. Por incrível que pareça, conhece até um pouco de escrita e fala algumas palavras de latim. Ouvi dizer que poderíeis comprá-lo e pagar-me mais do que se eu o pusesse à venda no mercado de escravos.

— Quem te disse isto? — perguntei, surpreso. — Já tenho escravos demais. Eles me tornam a vida insuportável e me privam de minha própria liberdade, para não mencionar a verdadeira riqueza, que é a solidão.

— Um certo Petro, médico iceno a serviço de Roma, reconheceu o menino em Londres — disse o homem. — Deu-me o vosso nome e assegurou-me que pagaríeis o mais alto preço pelo rapazinho. Mas quem pode confiar num bretão? Mostra o teu livro, meu rapaz.

Deu um bofetão na cabeça do menino, e este, remexendo no cinto, sacou os restos de um rasgado e sujo livro caldaico-egípcio dos sonhos. Reconheci o livro logo que o tomei nas mãos, e meus braços e pernas se dissolveram em água.

— É Lugunda o nome de tua mãe? — perguntei ao menino embora soubesse a resposta.

Bastava o nome de Petro para confirmar que o garoto era meu filho, que eu nunca vira. Inclinei-me para tomá-lo nos braços e admiti-lo como meu filho, se bem que não houvesse testemunhas disponíveis, mas o pequeno bateu-me no rosto com o punho e mordeu-me a bochecha. A cara do traficante de escravos ficou preta de raiva e ele fez menção de pegar do chicote.

— Não o castigues — disse eu. — Comprarei o menino. Quanto queres por ele?

O homem atirou-me um olhar avaliador e tornou a falar de suas despesas e prejuízos.

— Para ver-me livre dele — disse, por fim — vendo-o pelo preço mais baixo. Cem moedas de ouro. O menino ainda está indomado.

Dez mil sestércios era um preço exorbitante por um garotinho crescido, quando moças concupiscíveis eram vendidas no mercado por algumas moedas de ouro. Não era só o preço, pois naturalmente eu teria pago um ainda mais alto se fosse necessário, mas precisei de sentar-me e pensar demoradamente enquanto fitava o menino. O homem interpretou mal o meu silêncio e entrou a elogiar-lhe as qualidades, explicando que havia muitos ricaços em Roma que tinham adquirido hábitos orientais e para quem o pequeno estava numa idade excelente. Mas reduziu o preço, primeiro para noventa e depois para oitenta moedas de ouro.

Na verdade eu estava só imaginando um meio de realizar a compra sem que meu filho se tornasse escravo. Uma aquisição formal teria de efetuar-se no cartório, onde o contrato seria registrado e o menino marcado com meu símbolo de propriedade, MM, depois do que não poderia obter a cidadania romana, ainda que fosse alforriado.

— Talvez eu pudesse fazer dele um auriga — disse eu, afinal. — O Petro de que falas era de fato um amigo meu, do tempo em que prestei serviço na Bretanha. Confio na recomendação dele. Não poderíamos arranjar a coisa de tal modo que me desses um atestado dizendo que Petro, na qualidade de tutor do menino, te confiou a tarefa de trazê-lo aqui para que o educasse?

O traficante de escravos olhou-me, irônico:

— Sou eu quem tem de pagar o imposto sobre a venda do pequeno, e não vós — disse ele. — Na verdade não posso fazer mais nenhum abatimento no preço.

Cocei a cabeça. A questão era muito complexa e facilmente podia parecer que eu estava procurando evitar o elevado imposto que incidia sobre os escravos. Mas eu também podia tirar algum proveito da condição de genro do Prefeito da Cidade. Vesti a toga e saímos os três para o templo de Mercúrio. Entre as pessoas que lá estavam logo encontrei um cidadão que havia perdido o posto de cavaleiro e que, mediante uma quantia razoável, concordou em figurar como a outra testemunha imprescindível ao juramento. Assim, foi redigido um documento validado por duas testemunhas.

De acordo com essa declaração, o menino era um bretão nascido livre, cujos pais, Ituna e Lugunda, tinham sido mortos na guerra, em virtude de suas simpatias por Roma. Por intermédio do médico Petro, eles tinham, antes de morrer, enviado o filho para Roma a fim de ser criado em segurança por seu hóspede e amigo, o cavaleiro Minuto Lauso Maniliano.

Numa cláusula especial estipulou-se que eu, como curador, deveria defender a herança do garoto no território iceno, quando se afirmasse definitivamente a paz na Bretanha. Isso me era até certo ponto favorável, visto que os sacerdotes de Mercúrio julgaram que eu tinha algum lucro a tirar do menino, por ocasião da distribuição dos despojos de guerra.

— Que nome lhe daremos? — perguntou o notário.

— Jucundo — disse eu. Foi o primeiro nome que me acudiu à mente.

Explodiram todos numa gostosa gargalhada, pois o taciturno rapazinho era tudo menos uma imagem da jovialidade. O sacerdote comentou que eu iria ter muito trabalho para fazer do meu amiguinho um bom romano.

A redação e selagem dos papéis e a costumeira gratificação aos sacerdotes de Mercúrio redundaram numa quantia muito maior do que o imposto sobre a venda. O traficante de escravos pôs-se a lamentar a transação e tomou-me por um comprador mais ladino do que eu era de fato. Contudo, já tinha prestado seu juramento. No fim, paguei-lhe as cem moedas de ouro que ele pedira a princípio, só para livrar-me dele sem maiores aborrecimentos.

Quando por fim saímos do templo de Mercúrio, o menino enfiou inesperadamente sua mão na minha como se se sentisse solitário no meio do ruído e do alvoroço diários da rua. Apoderou-se de mim uma sensação estranha quando lhe segurei a mãozinha e o conduzi para casa no meio do acotovelamento da cidade de Roma. Pensei na possibilidade de adquirir para ele a cidadania romana quando ficasse mais velho e depois adotá-lo, caso pudesse persuadir Sabina a concordar. Mas esses problemas seriam encarados mais tarde.

Todavia, meu filho Jucundo me deu mais preocupação do que alegria. A princípio, nem sequer falava, e pensei que os horrores da guerra o tivessem emudecido. Destruía muitos objetos da casa e recusava-se a vestir as roupas de um menino romano. Cláudia nada conseguia dele. A primeira vez que Jucundo viu um garoto romano de sua idade fora de casa, precipitou-se sobre ele e bateu-lhe na cabeça com uma pedra até que Barbo interveio. Barbo sugeriu uma sova bem dada, mas achei que se devia tentar, de início, métodos mais brandos e resolvi ter eu mesmo uma conversa com o pequeno.

— Estou certo de que você sente a morte de sua mãe — disse eu. — Chegou aqui feito um cachorro, com uma corda no pescoço. Mas não é um cachorro. Vai

253

crescer e ser homem. Nós todos só desejamos o seu bem. Diga-nos o que mais gostaria de fazer.

— Matar romanos! — gritou Jucundo.

Suspirei aliviado, já que pelo menos o menino falava.

— Você não pode fazer isso aqui em Roma — continuei.

— Mas pode aprender os costumes e hábitos de nosso povo e um dia talvez eu possa fazer de você um cavaleiro romano. Se se apegar a seus planos, poderá regressar à Bretanha, quando for mais velho e matar romanos, à moda romana. A arte romana da guerra é melhor do que a bretã, como você mesmo já viu.

Jucundo emburrou, mas é possível que minhas palavras tenham tido algum efeito sobre ele.

— Barbo é um veterano experiente — prossegui, ardiloso — ainda que a cabeça lhe trema um pouco. Converse com ele. Ele poderá falar de batalhas e campanhas melhor do que eu.

Assim, uma vez mais Barbo teve oportunidade de relembrar o tempo em que atravessou o Danúbio a nado, totalmente equipado, por entre blocos de gelo e com um centurião ferido às costas. Mostrou suas cicatrizes e explicou por que a obediência incondicional e um corpo rijo eram os fundamentos inevitáveis da eficiência de um guerreiro. Recobrou a predileção pelo vinho e passou a vagar por Roma com o menino, levando-o a banhar-se no Tibre e ensinando-o a exprimir-se incisivamente na língua do povo.

Mas Barbo também teve dores de cabeça com o gênio terrível do rapazinho e um dia me chamou a um canto:

— Jucundo é um garoto esperto, mas até mesmo eu, que já sou velho e calejado, estou alarmado com o que ele diz que vai fazer um dia com os homens e mulheres romanos. Receio que ele tenha presenciado coisas terríveis quando a rebelião dos bretões foi esmagada. O pior de tudo é que ele sobe correndo as encostas para vociferar maldições sobre os romanos em sua língua bárbara. Em segredo venera deuses das regiões infernais e lhes sacrifica ratos. É evidente que está sob a ação de potências maléficas. Nada advirá de sua educação enquanto ele não se libertar de seus demônios.

— Como poderemos fazer isso? — perguntei, em dúvida.

— Cefas dos cristãos é inigualável nisso de enxotar demônios — disse Barbo, evitando o meu olhar. — É o homem mais hábil que já conheci nessas coisas. A uma ordem sua, um indivíduo frenético se torna manso como um cordeirinho.

Barbo estava com medo de que eu me zangasse, mas, pelo contrário, acreditei que pelo menos por uma vez talvez fosse útil tolerar reuniões e refeições cristãs em minha casa e permitir que meus servos acreditassem no que quisessem. Quando viu que eu apoiava a ideia, Barbo pôs-se pressurosamente a contar-me que Cefas, com o auxílio dos discípulos que sabiam latim, ensinava as crianças humildade e obediência aos pais. Muitos cidadãos que estavam aflitos com a crescente falta de disciplina dos jovens mandavam os filhos para a escola dos dias santos dos cristãos, na qual, além disso, a instrução era inteiramente gratuita.

Ao cabo de várias semanas, Jucundo veio ver-me correndo, por sua própria iniciativa, tomou-me a mão e levou-me para meu quarto:

254

— É verdade? É verdade que há um reino invisível e que os romanos crucificaram o Rei? E que ele voltará qualquer dia desses e atirará todos os romanos ao fogo?

Achei que o pequeno revelava bom entendimento em não crer instantaneamente no que lhe diziam e vir a mim em busca de confirmação. Mas ao mesmo tempo vi-me numa situação incômoda.

— É verdade, sim, que os romanos o crucificaram — respondi cauteloso. — Numa tabuleta pregada na cruz dizia-se que ele era o rei dos judeus. Meu pai foi testemunha do acontecimento e ainda sustenta que o céu escureceu e as montanhas se racharam quando o crucificado morreu. Os principais cristãos acreditam que ele em breve retornará. E já é tempo, pois se passaram mais de trinta anos desde a sua morte.

— Cefas é um arquidruida — disse Jucundo. — É mais poderoso do que os druidas da Bretanha, apesar de judeu. Exige coisas a valer tal qual os druidas. A gente deve lavar-se, usar roupas limpas, orar, tolerar insultos, dar a outra face quando alguém bate numa... Cefas emprega ainda outros exercícios de autodomínio, exatamente como Petro. E temos sinais secretos, também, pelos quais os iniciados reconhecem uns aos outros.

— Estou certo de que Cefas não lhe ensina nenhum mal — disse eu — e os exercícios que exige de você reclamam grande força de vontade. Mas você deve compreender que tudo isso é segredo. Não fale dessas coisas a ninguém.

Fingindo a maior reserva, tirei o cálice de madeira da arca e mostrei-o a Jucundo.

— Este cálice é mágico. O próprio rei dos judeus bebeu nele certa vez. Agora vamos beber nele nós dois. Mas isso é segredo. Não conte a ninguém, nem mesmo a Cefas.

Misturei vinho e água no cálice e bebemos juntos, meu filho e eu, no quarto mal iluminado. Tive a impressão de que o líquido não diminuía no cálice mas era apenas uma ilusão causada pela iluminação fraca. Fui tomado de grande ternura e de repente percebi, como que numa visão, que devia dizer a verdade sobre Jucundo a meu pai, para o caso de me acontecer alguma coisa.

Sem mais delongas fomos para a bela casa de Túlia, no Viminal. Jucundo teve um comportamento irrepreensível e ficou de olhos arregalados, pois jamais vira uma residência particular tão suntuosa. O Senador Pudeus, que era protetor de Cefas, vivia numa casa antiquada e eu não fizera nenhuma alteração na minha no Aventino, apesar de combalida pela ação do tempo. Reformá-la seria transtornar tia Lélia.

Deixei o menino com Túlia e tranquei-me com meu pai, em seu quarto, para lhe contar tudo a respeito de Jucundo. A verdade é que fazia muito tempo que eu não via meu pai. Tive pena dele ao notar-lhe a calvície e o derreamento dos ombros, mas o fato é que ele já passava dos sessenta. Escutou-me sem um comentário e sem me encarar diretamente. Afinal falou.

— O destino dos pais aparece de forma desfigurada nos filhos — disse ele. — Tua mãe era uma grega das ilhas e a mãe do teu filho era uma bretã da tribo icena. Em minha juventude fui arrastado a um vergonhoso escândalo relacionado com envenenamento e falsificação de testamento. Ouvi falar de coisas tão terríveis a

255

teu respeito que não posso realmente acreditar nelas. Não fiquei particularmente satisfeito com teu casamento com Sabina, embora o pai dela seja o Prefeito da Cidade, e não tenho desejo de ir ver o filho que ela te deu, o teu Lauso, por motivos que dispensam explicação. Que centelha de sabedoria te levou a confiar a educação de Jucundo a Cefas? Cefas e eu nos conhecemos desde os tempos da Galileia. Ele é menos rude e excitável agora do que era então. Que planos tens tu para o futuro do menino?

— Seria ótimo — respondi — se eu pudesse matriculá-lo na escola do Palatino onde célebres oradores e discípulos de Sêneca educam os filhos dos reis nossos aliados e dos nobres das províncias. Seu latim estropiado não chamaria muita atenção lá. Faria amigos úteis entre seus contemporâneos, desde que Cefas possa domá-lo um pouco, antes. Quando estiver reorganizada a administração da Bretanha, haverá necessidade de uma nova aristocracia romanizada. O menino é de nobre linhagem icena pelo lado materno. Mas, por certas razões, Nero não quer me ver no momento, apesar de sermos amigos.

— Sou membro do Senado — disse meu pai após refletir um instante — e nunca, até agora, pedi um favor a Nero. Também aprendi a ficar de boca fechada no Senado, o que é devido mais à Túlia do que a mim, já que temos vivido juntos todos estes anos e ela sempre é quem dá a última palavra. A situação está bastante confusa e os arquivos da Bretanha foram destruídos, de modo que um hábil advogado poderia facilmente encontrar prova de que os pais do menino receberam a cidadania romana em troca de seus serviços. Deve ser ainda mais fácil, uma vez que não se lhe conhece o pai. E não seria deformar a verdade se consumasses uma vez uma modalidade bretã de casamento com a mãe dele. Tua própria mãe tem uma estátua à entrada da Casa do Conselho em Mirina. Poderias custear uma estátua da tua Lugunda, no templo de Cláudio, quando Colchester for reconstruída. Creio que deves isso à mãe do teu filho.

O mais estranho de tudo foi que neste intervalo Túlia se tinha tomado de amores por Jucundo e não se cansava de agradá-lo. Apesar dos seus imensos esforços, sua beleza rechonchuda começava a decair e sua papada se transformara numa bolsa engelhada. Ao tomar conhecimento do triste destino da mãe de Jucundo, Túlia se desmanchou em lágrimas e o tomou nos braços.

— Vejo pela boca, nariz e sobrancelhas, e também pelos olhos, que o menino é de origem nobre — exclamou. — Seus pais deviam possuir todas as qualidades louváveis, exceto discernimento, uma vez que lhe deram como tutor um homem como Minuto. Acreditai-me: sei distinguir de relance o ouro do latão.

Jucundo suportava pacientemente as carícias e beijos de Túlia como um cordeiro sacrificatório. A instrução de Cefas já estava dando frutos.

— Os deuses nunca me permitiram ter filhos — prosseguiu Túlia com melancolia — mas somente abortos que me dei o trabalho de arrumar em minha juventude e durante meus dois casamentos. Meu terceiro marido era estéril, em razão de sua idade avançada, embora fosse rico. E Marco gastou sua semente com uma grega leviana. Mas chega dessa história. Não quero ofender a memória de tua mãe, meu querido Minuto. Vejo este menino bretão como um bom augúrio em nossa casa. Marco, tens de salvar o simpático Jucundo da medíocre tutela do teu filho. De outro modo, quem sabe se Sabina não terminará por fazer dele um domador de animais? Não poderíamos adotá-lo e criá-lo como filho? A surpresa me paralisou e, a princípio, meu pai também não soube o que dizer. Agora que penso nisso, não posso deixar de imaginar que devia haver algum poder sobrenatural no copo de madeira de minha mãe.

Deste modo fui aliviado de um pesado dever, pois àquela época eu não estava realmente apto a educar ninguém, como não estou agora. Isto eu aprendi contigo, Júlio. Por muitos motivos, minha reputação não era boa, ao passo que meu pai era considerado um idiota de bom coração. Ele não tinha ambições e ninguém o julgaria capaz de se envolver em intrigas políticas.

Como perito em questões orientais, desempenhara a função de Pretor durante dois meses, por mera formalidade. Certa vez, a boa vontade de alguns o indicara para o posto de Cônsul. Se se tornasse seu filho adotivo, Jucundo teria um futuro incomparavelmente melhor do que sob a minha proteção. E, como filho de Senador, poderia inscrever-se nos registros dos cavaleiros, tão logo perdesse sua indumentária infantil.

Pouco depois de solucionado este problema, soube que o Prefeito Pretoriano Burro andava com um tumor na garganta e estava moribundo. Nero imediatamente determinou que seu médico particular fosse tratá-lo. Quando soube disso, Burro redigiu seu testamento e o enviou para a custódia do templo das Vestais.

Só após essa providência, consentiu que o médico lhe pincelasse a garganta com um remédio infalível. Na noite seguinte estava morto e bem morto. É de presumir que tivesse morrido de qualquer forma, pois já se manifestara o envenenamento do sangue e começara o delírio febril.

Burro foi sepultado com grande pompa. Antes que se acendesse a pira no campo de Marte, Nero nomeou Tigelino, Prefeito Pretoriano. Este ex-negociante de cavalos não possuía suficiente experiência judicial, de modo que Fênio Rufo, indivíduo de ascendência judaica que outrora viajara amplamente, na qualidade de Inspetor Estatal do comércio de cereais, recebeu o encargo de cuidar dos processos estrangeiros.

Percorri toda a rua dos ourives até encontrar um regalo bastante valioso. Por fim escolhi um longo colar de pérolas magníficas e com ele endereci esta carta a Popeia Sabina:

Minuto Lauso Maniliano saúda Popeia Sabina: Vênus nasceu da espuma das ondas. Pérolas são dádiva digna de Vênus, mas o fulgor sem jaça destas humildes pérolas não se compara com o de tua cútis. Nunca o esquecerei. Espero que estas pérolas te façam recordar a nossa amizade. Certos sinais e augúrios mostram que a profecia que te aprouve certa vez revelar-me está prestes a cumprir-se.

Sem dúvida fui eu o primeiro a interpretar tão habilidosamente os presságios, porque Popeia mandou me chamar imediatamente, agradeceu-me a linda prenda e procurou descobrir como é que eu chegara a saber que ela estava grávida, quando ela mesma só o soubera dias antes. Tive de salientar minha herança etrusca, que às vezes me valia com sonhos inusitados.

— Depois da morte de sua mãe — disse Popeia — Nero ficou transtornado e tentou pôr-me de lado. Mas agora tudo vai bem outra vez. Ele precisa de seus verdadeiros amigos, daqueles que o defendam e deem apoio a suas diretrizes.

Isto era verdade, porque depois que Nero exprobrou publicamente a Otávia a sua esterilidade e informou ao Senado que estava pensando em separar-se dela, violentos distúrbios irromperam na cidade A fim de avaliar os sentimentos do povo, Nero havia mandado erigir uma estátua de Popeia, no fórum, perto do poço das Virgens Vestais. A turba derrubou-a, engrinaldou as estátuas de Otávia e em seguida rumou para o Palatino, de sorte que os Pretorianos tiveram de recorrer às armas para persuadir os manifestantes a se dispersarem.

Suspeitei que os dedos hábeis de Sêneca estavam neste jogo, uma vez que o levante e a manifestação tinham sido tão espontâneos e evidentemente bem planejados. Nero, porém, levou um susto tremendo e logo chamou de volta Otávia, que por ordem dele estava a caminho da Campânia. Bandos jubilosos acompanharam a cadeirinha de Otávia e renderam ações de graça nos templos do Capitólio, quando ela chegou ao Palatino.

No dia seguinte, pela primeira vez em dois anos, recebi um chamado urgente de Nero. Uma das servas de Otávia a acusara de adultério com um flautista de Alexandria, chamado Eucero. O julgamento realizou-se em segredo e fora arrumado por Tigelino. A própria Otávia não estava presente.

Depus como testemunha, de vez que conhecia Eucero. Tudo quanto pude dizer foi que por si mesma a música de flauta tende a gerar pensamentos frívolos nas pessoas. Vira com meus Olhos Otávia suspirar, o olhar melancólico pousado em Eucero, enquanto ele tocava ao jantar. Mas, aduzi por amor à justiça, Otávia suspirava em outras ocasiões também, e era de temperamento melancólico, como todos sabiam.

Os escravos de Otávia tiveram de suportar interrogatórios tão penosos que me senti levemente nauseado ao presenciá-los. Alguns estavam dispostos a confessar mas não sabiam dizer quando, onde e como se consumara o adultério. Tigelino interveio na inquirição, que não se processava de acordo com seus desejos, e perguntou impaciente a uma linda jovem:

— Não era este adultério um tópico de conversação entre os servos?

— Se fôssemos acreditar em tudo o que os outros dizem — retrucou a moça — então as partes pudendas de Otávia seriam incomparavelmente mais castas do que a vossa boca, Tigelino.

A gargalhada foi tão grande que o interrogatório teve de ser suspenso. Os vícios de Tigelino eram bem conhecidos. E ele acabava de revelar sua ignorância jurídica ao valer-se de perguntas capciosas para fazer que os escravos admitissem algo que evidentemente não era verídico. Os juízes simpatizavam com os escravos e não permitiam que Tigelino os prejudicasse ao arrepio dos preceitos legais.

O tribunal reiniciou os trabalhos no outro dia. A única testemunha então arguida foi o Comandante da Armada, meu velho amigo Aniceto. Com simulado constrangimento contou ele, cuidadosamente indicando local e data, como Otávia, encontrando-se em Baías para os banhos de mar, revelara surpreendente interesse pela frota e desejara conhecer pessoalmente os capitães e centuriões. Aniceto interpretara mal essas intenções e fizera então algumas investidas que Otávia rechaçara categoricamente. Enceguecido por criminosa lascívia, Aniceto dera-lhe a beber um narcótico e abusara dela, mas depois arrependera-se amargamente de seu ato. Agora só lhe restava implorar a misericórdia do Imperador, pois a consciência o obrigara a confessar seu crime.

Que Aniceto tivesse qualquer vestígio de consciência era uma novidade para toda a gente, inclusive para ele mesmo, imagino. Mas o divórcio foi validado pelo tribunal, Otávia foi desterrada para a ilha de Pandataria e o fiel Aniceto enviado para a base naval da Sardenha. E Nero logrou sem o auxílio de Sêneca compor um eloquente relato dos acontecimentos para o Senado de Roma e o povo. Neste pronunciamento deixou implícito que Otávia, confiando em Burro, julgara que tinha a Guarda Pretoriana do seu lado. Para conseguir o apoio da marinha, ela seduzira o comandante naval, Aniceto, mas engravidara e, consciente da própria depravação, provocara um aborto criminoso.

Essa declaração soou autêntica aos ouvidos daqueles que não conheciam Otávia pessoalmente. Eu mesmo li-a com espanto, já que estivera presente ao julgamento secreto. Mas compreendi que certo exagero era necessário por causa da popularidade de Otávia no meio da plebe.

A fim de evitar manifestações, Nero mandou imediatamente destruir todas as estátuas de Otávia. Mas o povo recolheu-se a suas casas como se estivesse de luto, e no Senado nem houve quorum, tantos eram os faltosos. Não se travou debate. em torno da declaração de Nero, já que não se tratava de projeto de lei mas de simples diretiva do Imperador.

Doze dias depois, Nero casou-se com Popeia Sabina, mas a boda não foi particularmente alegre. Não obstante, os presentes de núpcias encheram uma sala inteira do Palatino.

Como de costume, Nero determinou que se fizesse uma lista cuidadosa dos presentes recebidos e se enviasse a cada doador uma carta oficial de agradecimento. Correu também o boato de que ele fizera preparar também uma lista especial dos senadores e cavaleiros que não tinham mandado um regalo ou que, pretextando doença, não tinham comparecido às cerimônias. Assim, simultaneamente com as dádivas das províncias, foram chegando os presentes tardios juntamente com muitas explicações e desculpas. O Conselho Judaico de Roma brindou Popeia com cálices feitos de ouro e ornados de uva, no valor de meio milhão de sestércios.

Erigiram-se estátuas de Popeia Sabina, em toda a Roma, em substituição às de Otávia. Tigelino ordenou que os Pretorianos as vigiassem noite e dia, de tal forma que algumas pessoas, desejando inocentemente engrinaldá-las com coroas de flores, receberam na cara um golpe de escudo ou uma pranchada.

Uma noite alguém cobriu com um saco a cabeça da gigantesca estátua de Nero no Capitólio. A notícia logo se espalhou por toda a cidade e toda a gente compreendeu o que havia por trás disso. De acordo com as leis de nossos antepassados, devem os parricidas ou matricidas ser afogados dentro de um saco ao lado de uma cobra, um gato e um galo novo. Que me conste, foi a primeira vez que alguém deu a entender publicamente que Nero assassinara a própria mãe.

Meu sogro, Flávio Sabino, ficou deveras angustiado com a atmosfera opressiva que pairava sobre Roma. Ao ter conhecimento de que uma cobra viva fora encontrada nos pisos de mármore do Palatino, ordenou que a polícia se mantivesse atenta a todas as manifestações possíveis. Assim é que a esposa de um rico senador foi detida por levar seu gato consigo em seu passeio noturno. Um escravo que carregava um galo para sacrificar no templo de Esculápio a bem da saúde de seu senhor foi açoitado. Isso provocou geral hilaridade, se bem que meu sogro agisse de boa-fé, sem más intenções. Nero, porém, ficou tão contrariado que o destituiu do cargo por algum tempo.

Para todos nós que podíamos raciocinar com frieza era meridianamente claro que a rejeição de Otávia vinha sendo utilizada como pretexto para denegrir de todos os modos o nome de Nero. Popeia Sabina era mais bonita e muito mais inteligente do que a fastidiosa Otávia, embora este fosse seu terceiro casamento. Mas a velha geração lançava mão de todos os recursos para insuflar o povo.

Na verdade passei muitas vezes a mão pela garganta naqueles dias e imaginei qual seria a sensação de quem é decapitado. Um golpe militar era iminente, porque os Pretorianos não gostavam de Tigelino, o qual juntava à sua baixa extração a circunstância de ter sido negociante de cavalos e mantinha a disciplina impiedosamente. Ele em pouco tempo havia brigado com seu colega de função, Fênio Rufo, e os dois já não podiam permanecer juntos no mesmo recinto. Um, geralmente Rufo, ia embora.

Nós que éramos amigos de Nero, e sinceramente lhe desejávamos bom êxito, reunimo-nos no Palatino em solene conselho.

Tigelino era o mais idoso e o de vontade mais forte. Assim, por mais que o detestássemos, tínhamos de ouvi-lo, e ele falou seriamente com Nero.

— Aqui na cidade — explicou — posso garantir a ordem e a vossa segurança. Mas em Massília encontra-se o exilado Sila, que conta com o apoio de Antônio. É um homem pobre e as humilhações o encaneceram antes do tempo. Sei de fonte segura que ele mantém contatos com os círculos nobres da Gália, formados de pessoas que admiram Antônia, por ter ela um nome eminente e ser filha de Cláudio. As legiões da Germânia estão tão perto que a simples presença de Sila, em Massília, é um perigo para o Estado e o bem comum.

Nero reconheceu a veracidade da informação e disse desalentado:

— Não posso imaginar por que ninguém ama Popeia Sabina como eu. No momento ela está numa situação delicada e não devemos expô-la à menor excitação.

— Pláucio é um perigo ainda maior para vós — prosseguiu Tigelino. — Foi um grande erro degredá-lo para a Ásia, onde havia bastante encrenca sem ele. Seu avô era um Druso. Quem pode garantir que Córbulo e suas legiões permanecerão leais a vós? Seu sogro, o Senador Lúcio Antístio, mandou para lá um de seus libertos, a fim de intimar Pláucio a tirar o melhor proveito da oportunidade. As minhas fontes são merecedoras de confiança. De mais a mais, é muito rico, e, num homem ambicioso, isto é tão perigoso quando a pobreza.

— Conheço muito bem a situação na Ásia — intervim.

260

— Soube que Pláucio preza apenas a companhia dos filósofos. O etrusco Musônio, que é grande amigo do célebre Apolônio de Tiana, exilou-se voluntariamente com ele.

Tigelino bateu as mãos em triunfo:

— Aí está, meu senhor! Os filósofos são os piores conselheiros quando sussurram suas extravagantes concepções de liberdade e tirania nos ouvidos dos moços.

— Quem tem o desplante de sugerir que sou um tirano? — perguntou Nero, indignado. — Dei ao povo mais liberdade do que qualquer outro governante antes de mim. E docilmente submeto todas as minhas propostas à aprovação do Senado.

Tratamos logo de assegurar-lhe que, no que se referia ao bem-estar da nação, ele era o governante mais moderado e mais liberal que se podia imaginar. Mas naquele instante a questão consistia em saber o que era melhor para o Estado, e não havia nada mais terrível do que a guerra civil.

Foi então que Popeia Sabina irrompeu na sala, parcamente vestida, o cabelo solto e as lágrimas banhando-lhe as faces.

Atirou-se aos pés de Nero, esfregou os seios nos joelhos dele e derramou suas lágrimas.

— Não me preocupo comigo mesma — disse ela — nem com minha posição, nem mesmo com o nosso filho que vai nascer. Mas isto diz respeito à tua vida, caríssimo Nero. Confia em Tigelino. Ele sabe o que está dizendo.

O médico de Popeia entrou agitado atrás dela:

— Há o risco de aborto, caso ela não tenha paz de espírito — disse, procurando brandamente afastá-la de Nero.

— Como posso ter paz de espírito enquanto aquela mulher asquerosa conspira em Pandataria? — gemeu Popeia. — Ela afrontou o teu leito conjugal, pratica a pior espécie de feitiçaria e tentou várias vezes envenenar-me. Passei hoje a maior parte do dia nauseada, só porque estou assustada demais.

— Quem escolhe uma vez o seu caminho não pode mais voltar atrás — disse Tigelino com convicção. — Apelo para a vossa magnanimidade, como amigo vosso, se não pensais em vossa própria vida, Nero. Colocais a nossa vida em perigo com a vossa indecisão. Os primeiros a serem varridos no golpe serão aqueles que fazem votos pelo vosso bom êxito e não procuram apenas a vantagem pessoal, como é o caso de Sêneca por exemplo. Diante do inevitável até os deuses se curvam.

Os olhos de Nero encheram-se de lágrimas de tristeza.

— Sede testemunhas — declarou — vós que podeis confirmar que este é o momento mais opressivo da minha vida, quando meus sentimentos pessoais devem ceder o passo ao Estado e ao bem comum. Eu me conformo com o que é politicamente inelutável.

As faces duras de Tigelino se iluminaram e ele ergueu o braço em saudação.

— Agora sois um verdadeiro governante, Nero. Pretorianos de confiança já estão a caminho de Massília. Enviei à Ásia um manípulo completo tendo em mente a possibilidade de resistência armada. Não me era possível suportar a ideia de que os que vos invejam viessem a aproveitar este ensejo de derrubar-vos e prejudicar a pátria.

Em lugar de se enfurecer com essa arbitrariedade, Nero soltou um suspiro de alívio e enalteceu Tigelino, reputando-o por verdadeiro amigo. Depois, distraidamente, perguntou quanto tempo levava um correio para chegar a Pandataria.

Poucos dias depois Popeia Sabina me disse com ar misterioso:

— Gostarias de ver o melhor presente de núpcias que recebi de Nero? Conduziu-me a seu quarto, levantou um pano cheio de manchas escuras de cima de uma cesta de salgueiro e mostrou-me a cabeça exangue de Otávia. Apertando seu narizinho encantador, exclamou:

— Uf! Está começando a cheirar mal e atrair as moscas. Meu médico mandou que eu jogasse isso fora, mas olhar para este presente de núpcias, de vez em quando, me convence mais do que outra coisa qualquer que eu sou realmente a imperial consorte. Imagina! Quando os Pretorianos foram colocá-la numa banheira quente, para que não sentisse dor na abertura das veias, ela, feito uma menina que acaba de quebrar a boneca, gritou: "Não fiz nada". Afinal, era uma moça de vinte anos. Mas era um pouco retardada. Quem sabe com quem Messalina a concebeu? Talvez simplesmente com o doido do Cláudio.

Nero exigiu que o Senado aprovasse a oferta de ação de graças nos templos do Capitólio por ter sido afastado o perigo que ameaçava o Estado. Doze dias depois, a cabeça precocemente encanecida de Fausto Sila chegou de Massília e o Senado voluntariamente deliberou continuar com a oferta de ação de graças.

Na cidade circulavam insistentes boatos de que Pláucio dera começo a uma rebelião na Ásia. A guerra civil e uma derrota no Oriente eram consideradas tão prováveis que o preço do ouro e da prata principiou a subir e muita gente tratou de vender barato terras e apartamentos urbanos. Aproveitei a ocasião para fazer alguns negócios altamente lucrativos.

Quando por fim chegou da Ásia a cabeça de Pláucio após certa demora causada pelas tempestades, o alívio público foi tão grande que não somente o Senado mas também os particulares fizeram ofertas de ação de graças. Nero tirou o maior proveito da situação e reintegrou Rufo em sua antiga função de Inspetor do Comércio de Cereais e ao mesmo tempo promoveu-o a Procurador dos Silos do Estado. Tigelino joeirou os Pretorianos e reformou diversos antecipadamente, enviando-os para a colônia de veteranos em Puteoli. De minha parte, lucrei pelo menos cinco milhões de sestércios depois desses acontecimentos.

Sêneca tomou parte nas procissões festivas e ofertas de ação de graças mas muita gente notou-lhe a falta de firmeza das pernas e o violento tremor das mãos. Já passava dos sessenta e cinco anos e estava bem mais gordo, a cara inchada e as maçãs do rosto azuis. Nero fugia-lhe sempre que era possível e evitava ficar a sós com ele para não ter de ouvir-lhes as censuras.

Mas um dia Sêneca solicitou uma audiência especial. Por motivo de segurança, Nero reuniu os amigos à sua volta, esperando que apesar de tudo Sêneca não o acusasse em público. Mas Sêneca pronunciou um elegante discurso em honra de Nero, elogiando-lhe a previsão e a decisão com que preservara a pátria dos perigos que a ameaçavam, perigos que os olhos cansados do próprio Sêneca não tinham sido capazes de discenir. Após essa reunião, Sêneca deixou de receber os que o procuravam, dispensou sua guarda de honra e mudou-se para sua bela quinta à margem da estrada de Preneste. Apresentou como motivo sua saúde precária e explicou que estava ocupado com um tratado filosófico sobre as alegrias da renúncia. Dizia-se que seguia um severo regime alimentar e evitava as pessoas, de modo que não colhia grande prazer de sua imensa riqueza.

A mim concederam a honra inesperada de ser nomeado Pretor Extraordinário na metade de um mandato. Por nomeação eu tinha presumivelmente de ser grato à amizade de Popeia, assim como à opinião de Tigelino, segundo a qual eu era um homem de vontade fraca. Inquieto com a atmosfera que os crimes políticos haviam criado e a tensão gerada pela gravidez de Popeia, Nero sentiu a necessidade de aparecer como bom governante, liquidando todos os processos estrangeiros que se tinham acumulado imperdoavelmente no Pretório.

Creio que a autoconfiança de Nero encontrou reforço num augúrio inopinado. Durante um súbito temporal, um raio derrubou-lhe da mão um cálice de ouro. Não me parece que o raio tenha de fato atingido o cálice, mas provavelmente caiu tão perto de Nero que o cálice lhe escapou da mão. A ocorrência foi abafada, mas logo se difundiu pela cidade e foi naturalmente interpretada como um mau presságio.

No entanto, de acordo com a antiga tradição etrusca, uma pessoa que é atingida pelo raio e não perece é santa e consagrada aos deuses. Nero, que acreditava piamente em augúrios, passou seriamente a se julgar um homem virtuoso e tentou por algum tempo comportar-se como tal, enquanto os assassínios políticos ainda lhe oprimiam a consciência demasiado sensível.

Quando assumi meu posto no Pretório, Tigelino pôs à minha disposição uma sala atulhada de documentos empoeirados. Todos eram processos em que cidadãos romanos residentes no exterior apelavam para o Imperador. Tigelino separou alguns.

— Recebi dádivas consideráveis para apressar estes aqui — disse ele. — Prepare-os em primeiro lugar. Escolhi-o para ajudar porque você mostrou certa flexibilidade em questões complicadas e urgentes e também porque é tão rico que ninguém duvida de sua integridade. As outras opiniões manifestadas sobre você no Senado quando da sua nomeação não foram lisonjeiras. Cuide então para que a fama da nossa integridade se espalhe por todas as províncias. Se lhe oferecerem dádivas, recuse-as, embora sugira que eu, como Prefeito, talvez possa dar andamento mais rápido ao caso. Mas lembre-se de que não se pode comprar, em nenhuma hipótese, o veredito final do Pretório. Só Nero pronuncia a sentença, guiado por nosso parecer.

Voltou-se para sair, mas acrescentou:

— Há dois anos mantemos preso um mágico judeu. Ele deve ser solto, porque, durante a gravidez, Popeia não pode ficar exposta a feitiçarias. Popeia protege demais os judeus. Eu mesmo não quero encontrar esse homem. Ele já enfeitiçou vários Pretorianos encarregados de vigiá-lo, de tal maneira que eles agora são inúteis como guardas.

Minha tarefa não era tão difícil como eu a princípio pensara. Os processos, em sua maioria, vinham do tempo de Burro e já estavam instruídos com pareceres de um jurista mais culto do que eu. Depois da morte de Agripina, Nero passara a evitar Burro e empurrava os autos para um lado, a fim de o tornar alvo da insatisfação geral motivada pela lentidão da demanda.

Tangido pela curiosidade, examinei imediatamente os papéis relacionados com o mágico judeu. Vi com surpresa que diziam respeito a meu velho conhecido

263

Saulo de Tarso. Era acusado de ultrajar o templo de Jerusalém, e, a julgar pelos documentos, fora preso lá quando Félix perdera o cargo por ser irmão de Palas. O novo Procurador Festo mandara Paulo para a prisão de Roma e vi que realmente já haviam decorrido dois anos.

Apesar disso, obtivera permissão para viver livremente na cidade, conquanto pagasse a sua guarda, e no meio dos papéis havia uma declaração de Sêneca recomendando que o soltassem. Não sabia que Paulo era bastante rico para dirigir um apelo ao Imperador.

Ao cabo de dois dias eu havia classificado certo número de casos em que Nero podia fazer praça de sua moderação e generosidade, mas com meu conhecimento de Saulo-Paulo, achei mais prudente visitá-lo antecipadamente em sua residência, a fim de que no tribunal imperial não cometesse ele o erro de desperdiçar o tempo de Nero com falatório desnecessário. Sua libertação já estava decidida.

Paulo vivia confortavelmente em dois cômodos que alugara na casa de um comerciante judeu de artigos de fantasia. Envelhecera consideravelmente. Tinha o rosto cheio de rugas e estava ainda mais calvo do que antes. Segundo os regulamentos, estava, naturalmente, a ferros, mas sua dupla guarda de Pretorianos permitia-lhe cuidar de si mesmo, receber convidados e expedir cartas para onde quisesse.

Partilhava a morada com dois discípulos e também tinha seu próprio médico, um judeu chamado Lucas, de Alexandria. Pelo que pude entender, Paulo estava bem de vida, uma vez que podia fazer face à despesa com alojamentos tão cômodos e guardas benevolentes, em lugar das malcheirosas celas comuns da prisão pública. O pior cárcere, o de Mamertino, estava fora de cogitação, visto que Paulo não era um criminoso político.

Nos autos ele era naturalmente chamado Saulo, que era seu nome legal, mas para colocá-lo num estado de espírito amistoso, tratei-o de Paulo, quando o saudei. Ele me reconheceu, de imediato, e respondeu a meu cumprimento com tanta familiaridade que achei melhor mandar para fora da sala o escrivão e os dois lictores que me acompanhavam, a fim de não me tornar suspeito aos olhos do tribunal.

—Seu caso está sendo examinado — disse-lhe eu. — Será julgado dentro de alguns dias. O Imperador está de bom humor nestes dias que antecedem o nascimento de seu herdeiro. Mas domine-se quando aparecer diante dele.

Paulo sorriu com aquele sorriso de quem resistiu a todas as provações.

— Tenho de pregar a boa mensagem — disse ele — quer o momento seja propício, quer não.

Por curiosidade perguntei por que os Pretorianos o consideravam um mágico. Contou-me a longa história do naufrágio que ele e seus companheiros sofreram a caminho de Roma. O médico Lucas concluiu a narrativa quando Paulo se cansou. Paulo afiançou-me que a acusação de ultrajar o templo de Jerusalém era falsa e infundada, ou pelo menos resultante de um equívoco. O Procurador Félix tê-lo-ia soltado sem vacilar se Paulo tivesse concordado em pagar o suficiente.

Dos romanos só podia falar bem, pois, ao removerem-no de Jerusalém para Cesareia, eles lhe tinham salvo a vida. Quarenta judeus fanáticos haviam jurado não comer nem beber enquanto não o tivessem liquidado. Mas era improvável que

264

tivessem morrido de fome, disse Paulo com um sorriso e sem rancor. Na verdade, era grato a seus guardas, pois receava que de outro modo os judeus ortodoxos de Roma o assassinassem.

Assegurei-lhe que os seus temores eram insubsistentes, pois durante o reinado de Cláudio os judeus tinham recebido uma advertência bastante severa e agora evitavam a violência contra os cristãos dentro dos muros da cidade. Cefas também exercera influência apaziguadora em Roma e persuadira os Cristãos a que se afastassem dos judeus. Também acrescentei que isso fora facilitado pelos partidários de Jesus de Nazaré, que se tinham agora, graças a Cefas, multiplicado consideravelmente e contavam com pouquíssimos judeus circuncisos.

Tanto o médico Lucas quanto Paulo não pareceram gostar da referência a Cefas. Este revelara extraordinária boa-vontade para com o prisioneiro e oferecera os serviços de seu melhor discípulo e intérprete grego, Marcos. Era evidente que Paulo abusara dessa confiança e despachara Marcos com cartas para as longínquas assembleias que havia fundado e para as quais olhava como o leão olha para a sua presa. Por isso provavelmente é que Cefas não via com bons olhos a ida dos cristãos do seu rebanho às reuniões em que Paulo transmitia sua complicada doutrina.

Lucas contou-me que passara dois anos inteiros viajando pela Galileia e Judeia, colhendo informações sobre a vida de Jesus de Nazaré, seus milagres e ensinamentos, das pessoas que o tinham ouvido. Tomara minuciosos apontamentos de tudo em aramaico e estava pensando seriamente em redigir em grego seu relato da vida de Jesus para provar que Paulo conhecia tudo tão bem quanto Cefas. Um grego rico chamado Teófilo, que Paulo convertera ao cristianismo, já prometera publicar o livro.

Pelo que pude perceber, eles recebiam valiosas dádivas das assembleias cristãs de Corinto e Ásia, as quais eram ciosamente defendidas por Paulo dos judeus ortodoxos e de outras seitas surgidas entre os cristãos. Vi que ele dedicava seu tempo a endereçar-lhes cartas admoestadoras, já que não tinha muitos adeptos em Roma.

Também tive a impressão de que ele gostaria de permanecer em Roma depois de sair da prisão, mas eu estava bem a par dos intermináveis distúrbios que ocorriam onde quer que ele aparecesse. Dando-lhe a liberdade, que decerto lhe seria concedida, eu também estaria atraindo sobre minha cabeça a ira dos judeus, e os desunidos cristãos brigariam entre si se ele ficasse na cidade. Por isso fiz uma cautelosa sugestão:

— Não há lugar para dois galos no mesmo terreiro. Para o seu próprio bem e também para o meu, o melhor seria que saísse de Roma tão logo fosse solto.

O rosto de Paulo se anuviou, mas ele admitiu que Cristo o transformara num eterno andarilho, a permanecer muito tempo num só lugar. Assim, para ele, sua prisão fora uma fase de provação. Cabia-lhe converter todos discípulos de Cristo e pensava agora em ir para a província de Bética na Ibéria, como antes planejara. Havia ali várias cidades portuárias de origem grega, nas quais o grego era a língua principal. Instei-o a viajar até a Bretanha, se fosse necessário.

Mas naturalmente, a despeito de meu bem-intencionado pedido, Paulo foi incapaz de ficar calado quando foi posteriormente conduzido à presença de Nero no Pretório. Nero estava de bom humor e, logo que avistou Paulo, exclamou:

— Ah, o prisioneiro é judeu, não é verdade? Então devo libertá-lo. Senão, Popeia ficará com raiva. Ela está em seu último mês e respeita o deus dos judeus mais do que nunca.

Nero permitiu benignamente que se usasse a clepsidra para medir a extensão do discurso de defesa e depois deixou-se absorver completamente nos autos dos processos que iam seguir-se. Paulo julgou-se feliz por ter esta oportunidade de refutar todas as acusações e pediu a Nero que o escutasse com paciência, desde que os costumes e as disputas religiosas dos judeus talvez não lhe fossem familiares. Começou por Moisés e também narrou a história de sua própria vida, descrevendo como Jesus de Nazaré lhe aparecera sob a forma de Cristo depois que ele, Paulo, estivera perseguindo o santo Jesus.

Passei discretamente às mãos de Nero um parecer que o Procurador Festo anexara aos autos, no qual explicava que pessoalmente considerava Paulo um louco inofensivo a quem o estudo demasiado deixara de juízo fraco. O Rei Herodes Agripa, que entendia melhor as crenças dos judeus, também dera a entender que Paulo devia ser solto. Nero fez um sinal afirmativo com a cabeça, fingindo escutar, embora me parecesse que ele não compreendia uma palavra do que Paulo dizia.

— Assim, eu não podia deixar de obedecer à visão celestial — Paulo repetiu. — Ah, se pelo menos vossos olhos pudessem abrir-se e vós pudésseis sair da treva para a luz e do reino de Satã para o reino de Deus! Se acreditásseis em Jesus de Nazaré, os vossos pecados vos seriam perdoados e compartilharíeis da herança dos Santos.

Naquele momento a clepsidra tilintou e Paulo teve de parar.

— Meu bom homem — disse Nero, com firmeza — não desejo de modo algum que me incluas em teu testamento. Não pretendo adquirir a herança de outros. O que dizem por aí não passa de calúnia. Podes contar isso aos outros judeus também. Prestar-me-ias um serviço se te desses o trabalho de orar ao teu deus por minha mulher Popeia Sabina. A pobre parece depositar grande confiança no mesmo deus de que acabas de me falar de modo tão persuasivo.

Ordenou que removessem as algemas de Paulo e disse que as enviassem como oferenda votiva ao templo de Jerusalém, evidenciando assim a boa-vontade do Imperador para com a fé judaica. Imagino que os judeus devem ter ficado irritados. Pelos custos do processo, foi responsável o próprio Paulo, na qualidade de recorrente.

Em poucos dias despachamos uma pilha enorme de processos atrasados. Quase todos os veredictos foram de absolvição. Os únicos casos maus foram aqueles em que Tigelino achou financeiramente vantajoso que o réu morresse de velhice antes de se proferir a sentença. Dois meses depois fui liberado do encargo de Pretor, minha diligência e incorruptibilidade foram elogiadas em público e já não era tão insultado pelas costas como antes.

O processo de Paulo não teve maior importância, mas o julgamento tornou-se historicamente significativo, em virtude do assassínio de Pedano Secundo, que repercutiu enormemente em toda a Roma.

Apenas dois meses depois fora ele abatido brutalmente, com uma adaga, por um dos seus escravos, quando estava deitado na cama. Nunca se descobriu o motivo real do homicídio, mas posso dizer honestamente que não acredito que meu sogro estivesse envolvido.

Nossas antigas leis preceituam que quando um escravo mata seu senhor, todos os escravos que vivem sob o mesmo teto hão de perecer. Esta é uma lei necessária, ditada pela experiência de séculos e pelas exigências de segurança pública. Mas Pedano tinha mais de quinhentos escravos em sua casa, e o povo começou a protestar e impedir a passagem deles para o local da execução. Foi preciso convocar o Senado para tratar do assunto. A coisa mais assombrosa, e também a prova mais clara da decadência dos nossos costumes, foi a atitude de vários senadores que quiseram decididamente obstruir a lei neste caso. Diversos amigos de Sêneca declararam alto e bom som que, em sua opinião, um escravo era também um ser humano e que não seria justo punir os inocentes ao lado dos culpados. O Senador Pudeus e meu pai ergueram -se e opuseram-se a tal crueldade. O escravo chegou mesmo a ser desculpado, a pretexto de que não fizera senão vingar velhas injustiças.

Foi dito então, e com certo fundamento, que, a prevalecer esse ponto de vista, quem haveria de se sentir seguro dentro de casa se os escravos de Pedano fossem perdoados? Nossos antepassados tinham estatuído as leis e tinham, com boa razão, duvidado até dos escravos nascidos na casa e afeiçoados a seus amos desde a infância. À época havia também escravos oriundos de povos totalmente distintos, com hábitos exóticos e deuses estranhos.

Então, pela primeira vez, divulgou-se abertamente a existência, no próprio Senado, de homens que, em segredo, se tinham bandeado para uma religião alienígena e tratavam de, naquele instante, defender seus colegas de crença. Na votação, para felicidade de Roma, os partidários da lei saíram vitoriosos.

A multidão que se formara em torno da casa de Pedano muniu-se de pedras e ameaçou atear fogo ao prédio. Foi necessário chamar os Pretorianos em auxílio da polícia urbana, e Nero lançou uma proclamação severa. Uma dupla fileira de soldados flanqueou as ruas por onde os quinhentos foram levados para o local da execução.

Atiraram-se pedras e gritaram-se insultos, mas não se registrou verdadeiro motim. Parece que numerosos escravos de Pedano eram cristãos, pois outros cristãos misturaram-se à turba, prevenindo o povo contra a violência e explicando que sua doutrina não permitia responder ao mal com o mal.

Um efeito de tudo isso foi que meu sogro Flávio Sabino recuperou seu posto de Prefeito. O Senado e o povo ganharam outro tópico de conversação: a gravidez de Popeia começou a suscitar certa compaixão entre as pessoas sentimentais.

Nero queria que seu filho nascesse no Âncio, onde ele mesmo nascera. Talvez imaginasse que tão venturoso acontecimento limparia a propriedade que herdara de Agripina de suas tristes recordações. Sem dúvida considerava Roma no calor do verão e com aqueles inúmeros odores um lugar insalubre para o parto.

Antes que Popeia fosse para o Âncio, tive o prazer de vê-la outra vez. A gravidez não lhe estragara a beleza, e os olhos tinham um brilho suave que lhe conferia uma expressão doce e feminina.

— É verdade — disse eu, cauteloso — que começaste a adorar o deus judaico? É o que dizem em Roma. Conta-se que levaste Nero a proteger os judeus à custa de outros.

— Deves admitir — respondeu Popeia — que a profecia judaica se cumpriu. Quando as coisas me eram mais desfavoráveis, prometi, a fim de assegurar minha posição, respeitar sempre o deus deles, que é tão poderoso que não possui sequer uma imagem. E Moisés também. Eu nem me atreveria a ir para o Âncio dar à luz o nosso filho, se não levasse comigo um médico judeu. Levarei também várias sábias anciãs judaicas e, naturalmente, um médico formado na Grécia e em Roma, por questão de segurança.

— Ouviste falar de Jesus de Nazaré também? O Rei dos judeus?

— Sei que há diversos tipos de homens santos entre os judeus — disse Popeia.

— Eles têm leis rigorosas, mas uma mulher devota, na minha situação, não tem de se preocupar tanto com as leis, desde que reconheça Moisés e não beba sangue.

Compreendi que suas ideias acerca da fé judaica eram tão vagas como as da maioria dos romanos, que simplesmente não podiam conceber um deus sem uma imagem. Tirei um peso do coração. Se Popeia tivesse sabido que os judeus odiavam Paulo como se odeia a peste, dificilmente teria agradecido a Nero e a mim por termos libertado Paulo, dando assim a este a ocasião de continuar a semear amargas dissensões entre os judeus.

Popeia foi então para o Âncio e fiz votos para que lhe nascesse logo o filho, pois Nero era um companheiro exigente naquele período de espera. Quando cantava, fazia questão de receber congratulações. Quando guiava seu carro, queria que lhe elogiássemos a habilidade. Reiniciou, em segredo, os encontros com Acte e manteve relações temporárias com senhoras nobres que não eram muito escrupulosas quanto à santidade do matrimônio. Tigelino apresentou-o a seus meninos favoritos. Quando discutimos este ponto, Nero salientou o exemplo dos gregos e justificou as ações que praticava.

— No momento em que o cálice tombou da minha mão — argumentou — eu me tornei um homem santo. Foi um anúncio de que serei proclamado deus após a minha morte. Os deuses são bissexuados. Não me sentiria totalmente divino se não pudesse amar bonitos rapazes por divertimento. De qualquer modo, Popeia prefere ver-me às voltas com rapazes, se não há outro jeito, a ver-me ligado a mulheres ambiciosas. Acha que assim não precisa ter ciúmes, nem receio de que eu emprenhe alguma outra, por engano.

Eu raramente via meu filho Jucundo. Barbo mudara-se da minha casa para a de Túlia, uma vez que se considerava o mentor do menino. Isto era necessário, porque Túlia mimava Jucundo e consentia que ele fizesse tudo quanto lhe vinha à cabeça. O garoto foi ficando cada vez mais estranho para mim.

Sabina só me tolerava em casa quando precisava de dinheiro. O pequeno Lauso era um desconhecido. Surpreendentemente, tinha a pele escura e o cabelo crespo. Eu não sentia desejo algum de o tomar nos braços e brincar com ele. Sabina acusava-me de ser um pai desnaturado.

Comentei que o menino parecia ter um número mais do que suficiente de pais com quem brincar entre os domadores. E não estava mentindo. Se, por acaso, eu exprimia o desejo de ver o pequeno, logo aparecia Epafródito, para demonstrar até onde ia a preferência de Lauso por ele. Sabina empalideceu de raiva e exigiu

268

que, pelo menos na presença de outras pessoas, eu não fizesse gracejos tão inconvenientes.

Ela tinha seu círculo de amigas entre as senhoras nobres que levavam os filhos para ver os bichos e as ousadas proezas dos domadores. Era moda nas casas nobres criar gazelas e leopardos, e eu tinha muitas dores de cabeça com trapaceiros desavergonhados que infringiam meus direitos de exclusividade e importavam esses animais, para vendê-los na cidade a preços mais baixos. Selvagens sabujos bretões eram também trazidos para Roma e eu obtinha bom dinheiro por seus filhotes.

Afinal Popeia deu à luz uma linda menina e. Nero ficou tão contente como se tivesse sido um varão. Ele cumulava Popeia de presentes e comportava-se sob todos os aspectos como um jovem pai estonteado de felicidade.

O Senado deslocou-se em peso para o Âncio, a fim de apresentar suas congratulações, como fizeram todos os que se julgavam importantes em Roma. Os barcos fluviais e os navios de Óstia estavam apinhados. A péssima estrada que liga Arícia ao Âncio estava tão atravancada de veículos e cadeirinhas que o trânsito se tornava intoleravelmente vagaroso. Um dos meus libertos ganhou uma fortuna, com o estabelecimento de pousadas e casas de pasto ao longo do trajeto.

A recém-nascida recebeu o nome de Cláudia e também o nome honorífico de Augusta. Na cerimônia do cálice de vinho, algum ingênuo achou de sugerir que se conferisse idêntica honraria a Popeia Sabina e ninguém ousou protestar, uma vez que Nero .estava presente. Popeia Sabina enviou alguns objetos sacros de ouro, como oferenda de ação de graças, ao templo de Jerusalém, e a seu médico judeu foi concedida a cidadania romana.

De minha parte, eu me tinha preparado com bastante antecedência. Nos dias de ação de graças, organizamos uma exibição tão espetacular de combates de animais no teatro de madeira que aos olhos do povo excedeu em brilho, pelo menos por aquela vez, as corridas do grande circo, malgrado seja eu quem o diga aqui. As Virgens Vestais abrilhantaram meus espetáculos, com sua presença, e ouvi muita gente dizer que eu havia feito do adestramento de animais selvagens uma verdadeira arte.

Sabina, em traje de amazona, deu voltas na arena, conduzindo um carro dourado, puxado por quatro leões, e recebeu, em meu nome, o aplauso irresistível dos espectadores. Com tremenda dificuldade, eu conseguira alguns gigantescos macacos peludos para substituir os que tinham morrido. Adquiri-os quando eram bem pequenos e arranjei; para criá-los e exercitá-los, uns anões de pele amarelada que, na misteriosíssima África, convivem com tais monos.

Esses macacos sabiam usar pedras e porretes quando lutavam entre si. Os mais dóceis estavam vestidos como gladiadores, e alguns espectadores os tomaram por homens e não animais. Houve por isso nas arquibancadas discussões sérias, que redundaram em briga na qual um cidadão perdeu a vida e uns dez ou mais ficaram feridos. Assim, no conjunto, o espetáculo alcançou o maior êxito que se pudesse desejar.

Desta vez me foi, afinal, ressarcido o dinheiro que eu havia empregado. Sêneca já não voltava seu olho sovina para o tesouro do Estado e Nero não só não entendia de finanças como também não estava inteiramente seguro da diferença entre o erário e a bolsa do Imperador. Assim, onerei os dois e, com o auxílio dos meus libertos, inverti o dinheiro em apartamentos em Roma e terras em Cere. Mas a felicidade de Nero como pai não durou muito. O outono era úmido e o Tibre cresceu assustadoramente; seus vapores venenosos espalharam pela cidade inteira uma infecção de garganta que não era fatal para os adultos, mas matava crianças em massa.

Até o próprio Nero adoeceu. Pegou uma rouquidão tal que não podia dizer uma palavra e receou não voltar nunca mais a cantar. Em todos os exemplos, por iniciativa do Estado e dos particulares, fizeram-se sacrifícios expiatórios em intenção de sua voz. Mas, quando ele mal começava a melhorar, sua filha caiu doente e morreu ao fim de alguns dias, apesar dos esforços dos médicos e das orações dos judeus. Popeia, acometida de insônia e atordoada pelo desgosto, acusou Nero de passar o tempo todo abraçando e beijando a criança, embora estivesse com a garganta inflamada.

Nero deixou-se dominar pela impressão supersticiosa de que os sacrifícios públicos e privados não tinham sido suficientes para aplacar os deuses e poupar-lhe a voz. Os deuses exigiram-lhe também a filha. Isto lhe reforçou a convicção de que estava fadado a tornar-se o maior artista do seu tempo, o que bastou para lhe mitigar a aflição.

O Senado, pesaroso, conferiu de imediato a dignidade de deusa a Cláudia Augusta, com o concomitante coxim em suas exéquias. Deliberou também erigir um templo em homenagem a ela e criou um colégio pontifício encarregado do culto. Nero convenceu-se intimamente de que era, na realidade, sua voz que devia ser adorada no novo templo e que os sacrifícios haveriam de torná-la ainda mais notável.

Assim, os novos pontífices foram incumbidos de um rito especial e secreto, além dos sacrifícios oficiais, que não podia ser revelado aos não-iniciados. Na verdade, a voz de Nero tornou-se muito mais forte, exatamente como se tornara após a morte de Agripina, e agora soava simultaneamente vibrante e doce como mel, comovendo profundamente os ouvintes. Eu mesmo não me comovia profundamente quando o ouvia, mas limito-me a repetir aqui o que lhe asseguravam juízes mais competentes do que eu.

Nero engordou e deixou que se lhe dilatassem as bochechas e o queixo, quando lhe disseram que as mais possantes vozes de tenor necessitavam de carne abundante em cima dos ossos para suportar o violento esforço exigido pelo canto. Popeia não ocultava sua alegria por vê-lo gastar o tempo exercitando a voz, o que era preferível a atividades mais dissolutas.

Depois da morte da filha, Nero consagrou todo o inverno à educação das cordas vocais, a tal ponto que os assuntos do Estado passaram a representar para ele uma preocupação inútil. Faltava às sessões do Senado porque temia resfriar-se no piso gelado da Cúria. Quando comparecia a uma sessão, vinha geralmente a pé e com os pés embrulhados em lã, e erguia-se sempre humildemente de seu lugar, quando o Cônsul lhe dirigia a palavra. Após o primeiro espirro, ia embora apressado, deixando às comissões do Senado a solução de importantes problemas.

Um dia, no inverno, pouco depois da comemoração das Saturnais, Cláudia disse que precisava ver-me, pois tinha um assunto importante a discutir a sós comigo.

Ao concluir os negócios diários com meus clientes e libertos, convidei-a a entrar em minha sala, temendo que mais uma vez ela começasse a tagarelar sobre arrependimento e batismo cristão.

Mas Cláudia torcia as mãos:

— Ah, Minuto, sou presa de sentimentos contraditórios. Sou arremessada de um lado para outro e sinto-me como um pedaço de barbante machucado. Fiz uma coisa que não tenho coragem de lhe contar. Mas olhe primeiro para mim. Acha que mudei em alguma coisa?

Para ser sincero, ela me era às vezes tão repugnante, por causa de sua garrulice intolerável e de sua erudição cristã, que eu não tinha vontade de encará-la. Mas encorajado por sua submissão, fitei-a um pouco mais detidamente e vi com surpresa que a crestadura dos seus dias de cativeiro tinha desaparecido da pele macia do seu rosto. Estava bem vestida e tinha o cabelo penteado pela última moda grega.

Espantado, bati palmas e gritei num tom de autêntica lisonja:

— Com essa aparência e esse magnífico porte, você está igual às mais nobres damas romanas. Desconfio de que lava o rosto com leite de jumenta às escondidas.

Cláudia corou profundamente:

— Não é por vaidade que cuido da aparência — apressou-se a dizer — mas porque você me confiou a administração de sua casa. A modéstia e a simplicidade são os melhores adornos de uma mulher mas os seus clientes e os vendedores Basílica não querem acreditar nisso. Mas me responda: você vê qualquer semelhança com o Imperador Cláudio no meu rosto?

— Não, claro que não — disse eu, imediatamente, para sossegá-la. — Nem se preocupe com isso. O aspecto do velho Cláudio não tinha nada de que um homem pudesse vangloriar-se. Mas você se tornou uma linda mulher, especialmente agora que desbastou as sobrancelhas.

Era evidente que as minhas palavras a tinham desenganado:

— Você está errado, garanto. Tia Paulina e eu fomos às ocultas ver minha meia-irmã mais moça, Antônia, por compaixão para com sua solitária existência. Cláudio mandou matar-lhe o primeiro marido e Nero o segundo, e agora que ela voltou de Massília, ninguém se atreve a ser visto a seu lado. Os sofrimentos ensinaram-na a ver as coisas agora sob outro prisma. Ela nos ofereceu hidromel e torta de frutas e me deu uma rede de ouro para o cabelo. Nas circunstâncias atuais, talvez ela esteja disposta a reconhecer-me legalmente como sua irmã. Ela e eu somos os únicos remanescentes da família Cláudio.

Fiquei apavorado ao ver que, em razão de suas ambições femininas, ela continuava apegada a honrarias imaginárias. Cravou em mim seus olhos estranhamente brilhantes, suspirando tão intensamente que o seio redondo se empinava, e segurou minha mão nas suas.

Recuei alarmado:

— Que é que você quer realmente, desventurada Cláudia?

— Minuto, você mesmo deve saber que sua vida não pode continuar como tem sido até aqui. Seu casamento com Sabina não é um verdadeiro casamento. Você é idiota, se ainda não percebeu isso. Roma inteira ri dessa situação. Em sua

271

juventude, você me fez certa promessa. Agora que é um homem feito, a diferença de idade entre nós não é mais tão grande como então parecia. Na verdade, quase não se nota. Minuto, é preciso que você se separe de Sabina, em benefício de sua própria posição.

Senti-me como um animal bravio encurralado num canto da jaula e ameaçado por ferros em brasa:

— Você não está falando sério. A superstição cristã está lhe alvoroçando o juízo. Há muito tempo que venho receando isso.

Cláudia encarou-me:

— O cristão tem de evitar toda vida superficial. Mas dizem que o próprio Jesus de Nazaré afirmou que o homem que olha para uma mulher com desejo comete adultério com ela, em seu coração. Soube disso recentemente. Esse conhecimento é como uma ferida supurando em meu coração, pois entendo que também se aplica a uma mulher. Por isso, a minha vida está se tornando intolerável. Vejo você todos os dias e não posso vê-lo sem sentir desejo em meu coração. À noite, eu me viro para um lado e outro da cama, sem parar, e mordo o travesseiro, consumida de desejo ardente.

Não pude deixar de me envaidecer com suas palavras. Mirei-a com outros olhos:

— Por que não disse isso antes? Por compaixão, eu teria ido dormir com você uma noite. Mas tal pensamento nunca me ocorreu, por causa de sua atitude desagradável.

Cláudia meneou a cabeça violentamente:

— Não preciso de sua compaixão. Eu estaria cometendo um pecado se fosse para a cama com você, sem os laços matrimoniais. Sugerir tal coisa mostra até que ponto seu coração está empedernido e o pouco valor que dá a mim.

O pudor não me permitia fazê-la recordar quão baixo ela tinha descido, no momento em que eu a descobrira, e suas ideias eram tão tresloucadas que emudeci pelo espanto.

— Antônia — continuou — faria o juramento mais sagrado, diante das Vestais, de que eu sou filha legítima de Cláudio e do mesmo sangue dela. É quase certo que está com vontade de fazê-lo, nem que seja só para irritar Nero. Então, um casamento comigo não representaria uma indignidade para você. Se tivéssemos um filho, as Vestais atestariam que era de ascendência nobre. E, se a situação mudar, um filho nosso poderia ocupar o mais alto cargo de Roma. Antônia está muito triste, por não ter tido filhos dos seus dois casamentos.

— Como pode uma árvore morta dar novos rebentos? — gritei. — Lembre-se do que sofreu.

— Não há nada de errado em minha condição de mulher — disse Cláudia indignada. — Meu corpo me diz isso todos os meses. Você sabe que estou purificada do meu passado. Não se convence disso porque não quer.

Quando tentei fugir da sala, Cláudia me agarrou e não sei como chegamos a tocar-nos enquanto lutávamos, mas as velhas mágoas estimulam e fazia muito tempo que eu não dormia com uma mulher. Em poucos segundos, estávamos nos beijando, e logo que me teve em seus braços, Cláudia perdeu completamente o domínio de si mesma. Depois, caiu em pranto, é verdade, mas não me largou.

— Minha falta de virtude mostra que sou do sangue depravado de Cláudio — disse ela — mas agora que você mais uma vez me fez pecar, me deve uma satisfação. Se é homem mesmo, vá procurar Sabina, imediatamente, e lhe proponha divórcio.

— Mas tenho um filho com ela — redargui. — Os Flávios nunca me perdoariam. O pai de Sabina é o Prefeito da Cidade. Minha posição seria insustentável, em todos os sentidos.

— Não quero difamar Sabina — disse Cláudia, tranquilamente — mas há cristãos, entre os empregados da casa dos bichos, e o comportamento licencioso de Sabina é objeto de comentário geral.

Tive de rir:

— Sabina é uma mulher fria e assexuada. Ninguém sabe disso melhor do que eu. Não, eu jamais encontraria uma razão defensável para divórcio, já que ela não quer nem saber se eu me satisfaço com outras mulheres. E, acima de tudo, sei que ela nunca se separaria dos leões. Gosta mais deles do que de mim.

— Mas nada impede que ela continue lá — disse Cláudia. — Tem a casa dela, que é lá mesmo, e onde você raramente vai. Podem ser amigos, ainda que separados. Diga a ela que você sabe de tudo, mas quer um divórcio sem escândalo público. O menino pode conservar o seu nome, já que você o legitimou, num momento de fraqueza, e agora não pode voltar atrás.

— Está querendo insinuar que Lauso não é meu filho? Nunca pensei que você fosse tão mesquinha. Onde está a sua boa-vontade cristã?

Cláudia perdeu a calma completamente:

— Todo mundo em Roma sabe que ele não é seu filho. Sabina dorme com domadores e escravos e provavelmente com os macacos também, e ainda envolve outras damas nobres em sua depravação. Nero ri de você, às escondidas, para não falar dos outros belos amigos seus.

Apanhei minha toga do chão, embrulhei-me nela e arrumei as dobras tão cuidadosamente quanto me permitiam as mãos trêmulas de raiva:

— Só para mostrar a você o quanto vale a sua maldade, vou falar com Sabina. Depois voltarei e mandarei dar uma surra em você, por ser péssima dona de casa e uma bisbilhoteira peçonhenta. Poderá ir para junto dos seus cristãos nos mesmos trapos de escrava com que entrou aqui.

Saí correndo para a casa dos bichos com a toga adejando no ar, como se me perseguissem as fúrias. Não vi as multidões nas ruas, nem respondi aos cumprimentos. Não me fiz sequer anunciar à minha mulher, mas embarafustei por seu quarto a dentro, sem nem prestar atenção aos esforços que faziam os escravos para me deter.

Sabina livrou-se dos braços de Epafródito e investiu para mim, rugindo feito uma leoa, os olhos faiscando:

— Isso são modos, Minuto! Perdeu o que ainda lhe restava de juízo? Bem viu que eu estava apenas tirando um cisco do olho de Epafródito, com a língua. Ele está meio cego e não pode começar a domar o leão que acabamos de receber da Numídia.

273

— Vi com meus próprios olhos, que era mais provável que ele estivesse olhando para um certo lugar em você. Vá buscar minha espada que quero matar este escravo descarado que cuspiu em meu leito conjugal.

Escondendo a nudez, Sabina correu a fechar a porta e mandar embora os escravos:

— Você sabe que sempre vestimos o mínimo possível, quando estamos praticando. Vestes soltas só fazem exasperar os leões. Você viu mal. Deve pedir perdão a Epafródito, imediatamente, por tê-lo chamado de escravo. Há muito tempo que ele recebeu o bastão de liberto, e a cidadania romana também, da mão do próprio Imperador, por suas proezas no anfiteatro.

Apenas meio convencido, continuei a pedir com gritos estridentes a minha espada.

— Exijo aqui e agora uma explicação para os boatos que circulam em Roma a seu respeito. Amanhã apelarei ao Imperador, para obter um divórcio.

Sabina enrijeceu-se e olhou significativamente para Epafródito:

— Estrangule-o — disse ela, com frieza. — Depois o enrolaremos num cobertor e o levaremos para as jaulas dos leões. Não é ele o primeiro a sofrer acidente ao brincar com os leões.

Epafródito aproximou-se, com os punhos enormes estendidos. Era de compleição vigorosa e uma cabeça mais alto do que eu. No meio de minha virtuosa raiva, comecei a temer seriamente por minha vida.

— Ora vamos, Sabina, não me interprete mal — apressei-me a dizer. — Por que iria eu insultar o pai de meu filho? Epafródito é um cidadão, um indivíduo da minha categoria. Resolvamos isto entre nós. Estou certo de que nenhum de nós deseja um escândalo público.

— Sou um homem rude — disse Epafródito, apaziguador — mas não quero realmente matar seu marido, Sabina. Ele sempre fez vista grossa para as nossas relações e é provável que tenha motivos para querer o divórcio. Você mesma suspirou muitas vezes pela liberdade. Portanto, seja sensata agora, Sabina.

Mas Sabina escarneceu dele:

— Seus joelhos estão tremendo, diante de um inválido escalavrado como este? Um homenzarrão como você! — disse ela com desprezo. — Valha-nos Hércules! Não vê que seria melhor estrangulá-lo simplesmente e herdar tudo o que ele possui, do que viver na miséria por causa dele?

Epafródito evitou o meu olhar e cuidadosamente agarrou-me o pescoço, num aperto tão forte que era inútil lutar. Minha voz sumiu e tudo começou a flutuar ante a minha vista, mas procurei dar a entender que desejava negociar com eles, por qualquer preço, a minha vida. Epafródito afrouxou os dedos.

— Naturalmente, você pode ficar com seus bens e com seu posto na casa dos bichos — consegui resmungar — se nos separarmos como pessoas sensatas. Minha querida Sabina, perdoe este meu temperamento arrebatado. Seu filho conservará meu nome e receberá, no devido tempo, seu quinhão da herança. Em nome do amor que outrora nos ligou, não desejo vê-la culpada de um crime, pois de uma forma ou de outra você seria denunciada. Mandemos buscar vinho e celebremos a

274

reconciliação com uma refeição juntos, você, eu e meu cunhado adotivo, por cuja força física tenho o maior respeito.

Epafródito rompeu a chorar e abraçou-me.

— Não, não — gritou. — Eu não podia estrangulá-lo. Sejamos amigos, os três. Será uma grande honra para mim, se quiser realmente comer à mesma mesa comigo.

Também eu tinha nos olhos lágrimas de dor e alívio:

— É o mínimo que posso fazer. Já dividi minha mulher com você. Portanto a honra é minha também.

Quando nos viu abraçados tão intimamente, Sabina caiu em si. Servimo-nos do que havia de melhor em casa, tomamos vinho juntos e até chamamos o menino para que Epafródito pudesse falar com ele e tê-lo nos braços. A espaços, um arrepio corria-me pela espinha abaixo, quando eu pensava no que podia ter acontecido, em virtude de minha estupidez, mas em seguida o vinho me acalmava.

Depois de termos bebido bastante, fui tomado de melancolia:

— Como pôde tudo terminar deste jeito? — perguntei a Sabina. — Éramos tão felizes, juntos, no começo e eu estava tão apaixonado por você!

— Você nunca compreendeu o que se passava em meu íntimo, Minuto — disse Sabina. — Mas não o censuro por isso e lamento as palavras desagradáveis que usei, quando insultei a sua virilidade. Se, pelo menos, você me tivesse uma vez ou outra machucado um olho, como fiz com você, em nosso primeiro encontro, se me tivesse chicoteado de quando em quando, talvez tudo tivesse sido diferente. Lembra-se de que lhe pedi que me possuísse à força em nossa noite de núpcias? Mas nada há em você da maravilhosa e esmagadora masculinidade do violador, que faz o que bem entende por mais que a gente lute, esperneie, morda ou ameace gritar.

— Sempre pensei — disse eu, confuso — que o que uma mulher mais quer do amor é ternura e segurança.

Sabina balançou a cabeça, penalizada:

— Essa ilusão apenas mostra como você é infantil, quando se trata de entender as mulheres.

Depois de termos chegado a acordo quanto às indispensáveis medidas financeiras e depois que eu reiteradamente gabei Epafródito, por ser um homem honrado e o maior artista em sua especialidade, encaminhei-me para a casa de Flávio Sabino, fortalecido pelo vinho, a fim de informá-lo do divórcio. Para ser sincero, devo dizer que tinha mais medo de sua cólera do que da de Sabina.

— Há muito que vinha notando que nada ia bem no seu casamento — disse ele fugindo ao meu olhar. — Mas espero que não permitirá que o divórcio altere a amizade e o respeito recíprocos surgidos entre nós dois. Eu ficaria em situação difícil, por exemplo, se você cobrasse executivamente o empréstimo que me fez. Nós, Flávios, não somos tão ricos quanto seria de desejar. Correm rumores de que meu irmão Vespasiano negocia em mulas para ter de que viver. Como Procônsul na África, tornou-se mais pobre do que era. Parece que a população de lá o bombardeou com nabos. Temo que seja forçado a deixar o Senado, se o Censor souber que ele não está preenchendo os requisitos de riqueza.

Nero partira repentinamente para Nápoles, depois de ter metido na cabeça que Nápoles era o lugar apropriado para sua grandiosa estreia como cantor. Isto porque o auditório de lá é de ascendência grega e, portanto, mais afeiçoado à arte do que os romanos. A despeito da confiança que depositava em seus dotes artísticos, Nero era tomado de pânico, antes de cada desempenho, e tremia e suava, a um ponto tal que precisava contar com aplaudidores pagos que dirigissem o auditório nas primeiras salvas de palmas.

Tive de partir às pressas atrás dele, o que era, de qualquer modo, imperioso no meu cargo. O belo teatro de Nápoles estava lotado e a esplêndida voz de Nero punha os ouvintes em êxtase. Diversos visitantes vindos de Alexandria faziam-se notar especialmente, já que exprimiam seu contentamento batendo palmas ritmicamente, ao modo dos seus compatriotas.

No meio de um número, o teatro foi sacudido por um súbito tremor de terra. O terror logo se espalhou pela sala, mas Nero continuou a cantar como se nada tivesse acontecido. Foi muito elogiado por essa demonstração de autodomínio, pois o seu destemor deu coragem aos ouvintes. Ele próprio me contou, depois, que estivera tão concentrado no que cantava que nem dera pelo abalo.

Ficou tão deliciado com seu sucesso, que apareceu no teatro vários dias seguidos, até que por fim o conselho municipal teve de lhe subornar o professor de canto, para que este o admoestasse de estar submetendo sua voz incomparável a um esforço desmedido, visto que a vida diária da cidade, os negócios e o comércio marítimo vinham sendo interrompidos por seus espetáculos. Nero recompensou os alexandrinos por terem revelado bom discernimento, dando-lhes presentes e conferindo-lhes a cidadania romana, e resolveu ir o mais cedo possível a Alexandria e apresentar-se diante de um público que era digno dele.

Quando, num momento oportuno, elogiei-lhe o brilhante êxito artístico, Nero perguntou-me:

— Achas que, se eu não fosse Imperador, poderia ganhar a vida, como artista, em qualquer parte do mundo?

Afiancei-lhe que, como artista, ele seguramente seria ao mesmo tempo mais livre e de certo modo mais rico do que como Imperador, pois como Imperador tinha de lutar por cada subvenção estatal com seus avarentos Procuradores. Declarei que me cumpria, findo meu período de Pretor, oferecer um espetáculo teatral gratuito ao povo, mas que, em minha opinião, não havia cantor suficientemente bom em Roma. Assim, com fingido acanhamento, fiz uma sugestão:

— Se te apresentasses num espetáculo — disse eu — cujas despesas corressem por minha conta, então a minha popularidade estaria assegurada. Eu te pagaria um milhão de sestércios de remuneração e tu mesmo escolherias a peça.

Pelo que sei, esta era a mais alta remuneração jamais oferecida a qualquer cantor por uma única apresentação. Até mesmo Nero se surpreendeu:

— Queres realmente dizer que achas que minha voz vale um milhão de sestércios? E que obterás a simpatia do povo com a ajuda dela?

Disse-lhe eu que, se ele aquiescesse, esta seria a maior prova de apreço em que eu poderia pensar. Nero franziu o cenho e simulou meditar em seus múltiplos deveres:

— Deverei aparecer vestido como um ator — disse ele, finalmente com coturnos nos pés e uma máscara no rosto. — Mas, para te ser agradável, posso na-

276

turalmente mandar que se faça a máscara parecida comigo mesmo. Submetamos à prova os gostos artísticos de Roma. Não anunciarei meu nome senão depois do espetáculo. Aceitarei o teu convite nestas condições. Penso que escolherei o papel de Orestes. Há muito que venho querendo cantá-lo. Creio que a força reprimida dos meus sentimentos abalaria até mesmo os endurecidos ouvintes de Roma.

Sua vaidade de artista impelia-o expressamente a interpretar esse papel de matricida, a dar plena expansão a seus próprios sentimentos. Em certo sentido, eu o compreendia. Tendo escrito um livro engraçado, eu me libertara de minhas experiências de prisioneiro, experiências que me tinham conduzido às bordas da loucura. Para Nero, o assassínio de Agripina tinha sido uma experiência perturbadora, da qual tentava libertar-se através do canto. Mas receei que me tivesse exposto a grandes riscos por tê-lo convidado a fazer tal coisa. Podia ocorrer que o auditório não reconhecesse Nero e não desse provas convincentes de apreciar a representação.

Também podia ser pior. Uma máscara que se parecesse com Nero, no papel de matricida, poderia redundar em que o público se equivocasse quanto à intenção. O espetáculo poderia ser tomado por uma manifestação contra Nero e arrastar consigo o auditório. Aí, então, eu estaria perdido. Outras pessoas iriam começar a crer no que se propalava a respeito de Nero, e o resultado seria o tumulto, com o saldo de muitos mortos.

Portanto, não houve outro recurso senão espalhar cautelosamente a notícia de que o próprio Nero estava pensando em aparecer, como Orestes, em meu espetáculo teatral. Muitos senadores e cavaleiros antiquados recusaram-se a acreditar que um Imperador se degradasse ao ponto de igualar-se a um bufão profissional e assim fizesse pouco de si mesmo. A escolha do programa também fez com que encarassem o rumor como uma pilhéria inadequada.

Felizmente, Tigelino e eu tínhamos vantagens mútuas a tirar dessa questão. Tigelino destacou uma coorte de Pretorianos, para manter a ordem no teatro e aplaudir em determinados momentos da representação, seguindo cuidadosamente o exemplo dos aplaudidores profissionais de Nero. Vários cavaleiros jovens, que entendiam de música e canto e não cometeriam o erro de aplaudir nos momentos errados, foram nomeados chefes dos grupos. Todos os aplaudidores tiveram de aprender a vibrar de entusiasmo, bater palmas com as mãos em concha de modo a provocar eco, produzir aplausos estrepitosos e suspirar anelantemente, nas ocasiões apropriadas.

Boatos de manifestação política trouxeram uma multidão colossal que, de outra maneira, dificilmente se daria ao trabalho de honrar meu mandato de Pretor com sua presença. A casa estava tão cheia que várias pessoas foram pisoteadas nos portões de acesso e alguns robustos escravos dos senadores mais velhos tiveram de abrir caminho a muque, para que seus senhores alcançassem os lugares de honra do Senado. Foi exatamente como nos melhores dias nas corridas.

O próprio Nero estava tão nervoso e tenso, que vomitou violentamente, antes da representação, e não parou de medicar a garganta com bebidas recomendadas por seu professor, para fortalecer as cordas vocais. Devo confessar que teve um desempenho brilhante, logo que se viu no palco. Sua voz poderosa ressoou pelo teatro e penetrou nuns bons vinte mil pares de ouvidos. Tão absorto estava em seu papel que algumas das mulheres mais sensíveis desmaiaram de emoção, no meio daquele ajuntamento.

A vibração, os suspiros e as palmas apareceram nos momentos certos. Os frequentadores habituais aderiram de boa-vontade aos aplausos. Mas quando Nero avançou para o proscênio no final, com as mãos ensanguentadas, os ruídos estridentes de miados, cocorocós e silvos partiram dos assentos dos cavaleiros e senadores, e nem mesmo os aplausos mais vibrantes puderam sufocá-los. Pensei que chegara meu último instante quando, com um tremor nos joelhos, fui cambaleando para os bastidores, a fim de trazer Nero, já sem máscara, para a frente do palco e informar ao público que fora o próprio Imperador que aparecera diante deles. Mas para meu grande espanto, Nero chorava de alegria, enquanto estava ali de pé, banhado de suor, o rosto desfigurado pela fadiga.

— Reparaste como empolguei a multidão? — disse ele. — Miaram e cocoricaram, ao verem Orestes atrair sobre sua cabeça o castigo do matricida. Acho que nunca aconteceu antes o público penetrar tão completamente no espírito de uma peça.

Enxugando o suor e sorrindo triunfantemente, Nero avançou para receber os aplausos, que tomaram proporções atroadoras, quando anunciei que o Imperador em pessoa fora o intérprete da peça. A uma voz, a multidão pediu aos gritos que ele cantasse outra vez,

Tive a honra de levar a Nero a sua cítara. Ele cantou com vivo prazer, acompanhando-se a si mesmo para mostrar sua habilidade na cítara, até ficar tão escuro que ninguém já lhe divisava o rosto. Só então, e a contragosto, resolveu parar, não sem declarar que apareceria diante do povo no futuro, se este assim o desejasse.

Quando lhe entreguei a ordem de pagamento de um milhão de sestércios, disse-lhe que havia tomado providências para que se fizessem ofertas de ação de graças a seu nume tutelar, à filha morta e também, por segurança, a Apolo.

— Embora me pareça que já superaste Apolo e não necessites mais de seu amparo — acrescentei.

Enquanto ele ainda estava transbordando de alegria, fiz-lhe o pedido apressado de que anulasse sem alarde meu casamento, baseado na irreconciliável incompatibilidade entre mim e Sabina. Ambos queríamos o divórcio e tínhamos a aprovação de nossos pais.

Nero disse, com uma risada, que havia muito compreendera que era unicamente por depravação que eu perseverava no meu estranho casamento. Perguntou, curioso, se era verdade que Sabina tinha relações sexuais com os gigantescos macacos africanos, como diziam na cidade, e deu a entender que ele próprio não teria objeção a assistir às ocultas a tal espetáculo. Respondi que consultasse Sabina diretamente sobre o assunto, de vez que ela e eu éramos tão hostis, que nem sequer desejávamos falar um com o outro. Nero pediu que, apesar do divórcio, eu permitisse a Sabina continuar a atuar no anfiteatro, para o divertimento do povo. Recebi os papéis do divórcio na manhã seguinte e nem precisei pagar os emolumentos de praxe.

Ganhei a reputação de atrevido e inescrupuloso, porquanto a apresentação de Nero na papel de Orestes suscitou assombro e discussão interminável. Por essa época, os inimigos de Nero começaram a inventar feias histórias a respeito dele, fundados na mesma base que ele usara, quando anunciara o adultério de Otávia. "Quanto maior a mentira, mais facilmente nela se acredita", havia ele dito. Esta foi uma verdade que se voltou contra ele próprio. Quanto mais ignominioso era o boato acerca de Nero, mais o povo se empenhava em acreditar. As histórias verídicas de suas inúmeras boas ações despertavam pouco interesse. Não que os governantes de Roma não tivessem mentido antes ao povo. O divino Júlio viu-se na contingência de apelar para uma proclamação diária e por escrito, a fim de neutralizar sua falta de estima; isto para não mencionar o divino Augusto, cujas lindas inscrições fúnebres deixam de referir crimes incontáveis.

Mesmo pondo em jogo a minha vida para obter o divórcio, não consegui esquivar-me a uma situação embaraçosa. O divórcio trouxe-me alívio por libertar-me do domínio de Sabina. Mas naturalmente eu não podia nem cogitar num casamento com Cláudia. A meu ver, ela exagerava incrivelmente a significação da bagatela que era o fato de termos dormido juntos, por atração fortuita, nos dias de nossa juventude.

Fiz ver a ela, sem rodeios, que não me parecia que um homem tivesse de casar com toda mulher que espontaneamente se lhe atirasse nos braços. Se assim fosse, nenhuma relação normal entre os seres humanos seria possível. Em minha opinião, o que acontecera não era nem pecaminoso nem degradante para ela.

Nem mesmo o próprio Cristo durante a sua vida na terra desejara julgar uma adúltera, pois dizia que aqueles que a acusavam eram tão culpados quanto ela, segundo me haviam contado. Mas Cláudia, enfurecida, disse que conhecia as histórias acerca de Cristo melhor do que eu, tendo-as ouvido da boca do próprio Cefas. Ela sucumbira uma vez e pecara comigo, de modo que era pecadora e se sentia ainda mais pecadora todas as vezes que me via.

Tratei então de evitá-la o mais possível, para que ela não fosse obrigada a ver-me demais. Dediquei meu tempo a novos negócios com o intuito de reforçar minha posição e acalmar meus temores. Um dos meus libertos fez-me compreender que as fortunas realmente grandes repousavam no comércio de cereais e importação de azeite de cozinha. Comparados com estes gêneros de primeira necessidade, a seda da China, as especiarias da Índia e outros artigos suntuários para a nobreza opulenta eram meras insignificâncias. Graças às minhas transações no ramo de animais bravios, eu já estabelecera bons vínculos comerciais com a África e Ibéria. Por intermédio de minha amizade com Fênio Rufo, recebi uma cota do comércio de cereais, e meu liberto viajou para a Ibéria com o fito de estabelecer escritório de compras de azeite de oliveira.

O trato desses assuntos levava-me a visitar Óstia assiduamente. Pude, então, ver que toda uma nova e bela cidade surgira ali. Havia muito tempo que me irritavam as acusações de Cláudia de que eu obtinha lucros criminosos dos meus apartamentos de Subura e das imediações do circo do Aventino.

Achava ela que os inquilinos viviam em condições desumanas, onde imperavam o amontoamento, a sujeira e a insalubridade. Imaginei que os pobres cristãos se tivessem queixado a ela para ver se conseguiam redução dos aluguéis.

Se eu baixasse os aluguéis, a corrida para as minhas casas seria ainda maior e todos os outros senhorios iriam acusar-me raivosamente de fazer-lhes uma concorrência desleal. Sabia também que o estado dos edifícios era precário, mas reformá-los implicaria grandes despesas num momento em que eu precisava de todo o meu dinheiro de contado e tinha de recorrer a empréstimos para financiar meus negócios de cereais e azeite. Assim, tomei uma decisão rápida. Vendi imediatamente muitos blocos de apartamentos e comprei diversos lotes baratos de terreno vazio nas cercanias de Óstia.

Cláudia repreendeu-me severamente porque, segundo ela, eu pusera os inquilinos numa situação ainda mais difícil do que a anterior. Seus novos senhorios não fizeram nenhum conserto, mas simplesmente elevaram os aluguéis para recuperar desse modo as vultosas somas que me tinham pago pelos edifícios.

Respondi a Cláudia que ela não tinha a menor ideia de finanças, mas desperdiçava meu dinheiro em caridade que não rendia nada, nem mesmo popularidade. Os cristãos acham que é natural ajudar os pobres e eles mesmos agradecem só a Cristo o auxílio que recebem.

Por sua vez, Cláudia exprobrou-me o emprego de quantias imensas em ímpios espetáculos teatrais. Não fazia sequer distinção entre drama e exibições de feras no anfiteatro e não quis ouvir-me, quando tentei explicar que esse era o meu dever, em razão do meu cargo de Pretor e da posição de Senador de meu pai. A simpatia do público era necessária para um homem que ocupasse o meu posto. Os cristãos não passam de escravos e ralé sem cidadania.

Só silenciei Cláudia quando lhe disse que ela, obviamente, não era uma Cláudia autêntica. Seu pai fora tão apaixonado pelas exibições no anfiteatro, que nem ia almoçar, enquanto as feras estraçalhavam os condenados, muito embora as pessoas respeitáveis geralmente saíssem para fazer uma refeição naquela hora e passassem algum tempo fora do anfiteatro. Nero, que era mais humano, logo no princípio de seu reinado proibira o lançamento dos condenados às feras e não mais permitia que os gladiadores combatessem até à última gota de sangue.

Admito ter, uma vez ou outra, usado a fraqueza feminina de Cláudia para pôr fim à sua eterna tagarelice. Fechava-lhe a boca com beijos e acariciava-a até que ela não pudesse mais resistir à tentação e, rindo, se lançasse nos meus braços. Depois ela se tornava mais melancólica do que de costume e ia ao ponto de me ameaçar com a ira de sua meia-irmã Antônia, se eu não expiasse meus pecados, casando com ela. Como se a ira de Antônia tivesse ainda alguma significação política...

Quando estávamos juntos dessa maneira, eu não pensava em tomar precauções. Sabia das experiências de Cláudia, em Miseno, se bem que não desejasse pensar nelas, já que eu fora de certo modo responsável. Mas, quando pensava nisso, fazia-o em função do provérbio que diz que a grama não cresce na via pública.

Assim, minha surpresa e horror foram inenarráveis quando um dia, no meu regresso de Óstia, Cláudia levou-me discretamente para um canto e, com os olhos

280

brilhando de orgulho, sussurrou-me ao ouvido que estava grávida de um filho meu. Não acreditei e disse que ela era vítima de fantasias ou de alguma enfermidade de mulher. Dei-me pressa em mandar chamar um médico grego que havia estudado em Alexandria, mas tampouco acreditei quando ele me assegurou que Cláudia não se enganara. Ao contrário, disse ele, a urina de Cláudia fizera rapidamente germinar um grão de aveia, sinal indiscutível de gravidez.

Certa noite, ao voltar para minha casa no Aventino, num estado de espírito moderado e sem suspeitar de nada, encontrei em minha sala de recepção a filha de Cláudio, Antônia, e a velha Paulina, que eu não via desde minha partida para a Acaia. Ela emagrecera muito, à força de jejuns continuados, e ainda se vestia de preto, como antes. Seus olhos senis brilhavam com um fulgor sobrenatural.

Antônia provavelmente sentiu-se pouco à vontade ao encontrar-se comigo, mas conservou o ar arrogante e a cabeça erguida. Enquanto eu estava pensando se devia apresentar pêsames atrasados, pelo desaparecimento de seu marido, tia Paulina tomou a palavra:

— Você esquece seus deveres para com Cláudia. Em nome de Cristo, exijo que a despose legalmente sem demora. Se não teme a Deus, temerá então os Pláucios. A reputação da família está em jogo.

— Não posso admirar seu procedimento com minha meia-irmã — acrescentou Antônia. — Tampouco escolheria para ela um marido tão indesejável. Mas não há outro jeito, já que você a seduziu e agora ela está grávida.

— Você também acredita naquela história louca da ascendência dela? — perguntei surpreso. — Você, que é uma mulher sensata? Cláudio nunca a legitimou.

— Por motivos políticos — replicou Antônia. — Meu pai Cláudio separou-se de Pláucia Urgulanila para casar com minha mãe, Élia, que era filha adotiva de Sejano, como você sabe. Cláudia nasceu cinco meses depois do divórcio e, em consideração a minha mãe, Sejano julgou inconveniente dar a Cláudia a posição de filha do Imperador. Você sabe como Sejano era influente naquela época. Foi para conquistar as simpatias dele que Cláudio casou com minha mãe. Lembro-me de que ela frequentemente deplorava o procedimento de meu pai. Mas falava-se muito da mãe de Cláudia. Eu era orgulhosa demais, até mesmo para reconhecer Cláudia como minha meia-irmã em segredo. Mas quase nada resta do meu orgulho e assim sinto a necessidade de reparar a injustiça que fiz a Cláudia.

— Também se tornou cristã? — perguntei sarcástico.

Minha pergunta fez Antônia corar:

— Ainda não fui iniciada, mas permito que os escravos em minha casa adorem a Cristo. Ouvi dizer que você faz a mesma coisa. E eu não gostaria que a linhagem antiga dos Cláudios se extinguisse comigo. Estou pronta a adotar seu filho, se for necessário, caso você não se contente com menos. Isso talvez desse o que pensar a Nero e Popeia.

Percebi que ela estava fazendo isso mais por ódio a Nero, do que por amor a Cláudia.

— Em seu leito de moribunda — atalhou tia Paulina — Urgulanila prestou o mais solene juramento de que Cláudia era verdadeiramente filha de Cláudio. Não

281

fui grande amiga de Urgulanila, por causa de sua vida depravada nos últimos anos. Mas creio que nenhuma mulher, em seu leito de morte, ousaria perjurar numa questão de tamanha gravidade. O problema desde o princípio foi que você, que pertence à Nobre Ordem dos cavaleiros, não podia resolver-se a desposar uma bastarda. Pelos mesmos motivos e por medo de Cláudio, meu marido recusou-se a adotar Cláudia. Mas a verdade é que Cláudia é, do ponto de vista legal, uma cidadã romana e uma filha legítima. Isso seria irrefutável, se ela não fosse filha do Imperador.

Nesse momento Cláudia desmanchou-se em lágrimas:

— Eu acho até que meu pobre pai nem me odiava — choramingou. Fraco como era, foi provavelmente tão influenciado pela infeliz Messalina, e depois pela pérfida Agripina, que não se atrevia a reconhecer-me como sua filha, mesmo que quisesse. Em meu coração, já o perdoei.

Quando, com toda a seriedade, estudei as complicações jurídicas da matéria, lembrei-me da maneira engenhosa como havia feito de Jucundo um cidadão romano de nascimento.

— Cláudia foi obrigada a viver muitos anos escondida no campo — disse eu, pensativo. — Não seria totalmente impossível incluir o nome dela no rol dos cidadãos de alguma vila distante, como filha dos falecidos A e B, pai e mãe, desde que se escolhesse uma cidadezinha em que, por exemplo, o incêndio tivesse destruído os arquivos. Há milhões de cidadãos em muitos países diferentes, e todos sabemos que diversos inescrupulosos imigrados romanos sustentam possuir cidadania e ninguém os acusa de coisa alguma, porque esses assuntos são hoje em dia difíceis de provar de outra maneira. Dessa forma, eu poderia casar-me com Cláudia.

— Não experimente em mim as letras do alfabeto — disse Cláudia, com raiva. — Meu pai era Tibério Cláudio Druso e minha mãe era Pláucia Urgulanila. Mas sou grata a você por concordar em casar comigo. Aceito sua palavra como uma proposta. E tenho duas respeitáveis testemunhas da sua sugestão.

Sorridentes, Paulina e Antônia apressaram-se a congratular-se comigo. Compreendi que caíra numa armadilha, muito embora, na realidade, estivesse apenas falando teoricamente de um problema de ordem legal. Depois de breve discussão, concordamos em redigir um documento referente à ascendência de Cláudia. Antônia e Paulina o depositariam, como papel incondicionalmente secreto, nos arquivos das Vestais.

Deliberamos que o casamento se realizaria modestamente, sem sacrifícios nem festas, e que no registro dos cidadãos Cláudia figuraria com o nome de Pláucia Cláudia Urgulanila. Coube a mim tomar todas as medidas para que as autoridades do registro não fizessem perguntas desnecessárias. A posição de Cláudia não mudaria, pois havia muito tempo já que ela tomava conta da minha casa.

Anuí a tudo com o coração pesado, porquanto não podia agir de outro modo. Receei que me tivesse, então, envolvido numa intriga política contra Nero. Tia Paulina, é bem verdade, decerto não teria tal ideia, mas com Antônia era diferente.

— Sou vários anos mais moça do que Cláudia — disse ela, por fim — mas Nero não permitirá que eu me case outra vez. Nenhum homem suficientemente nobre ousaria casar comigo, ao lembrar-se do que aconteceu a Cornélio Sila. Talvez tudo tivesse sido diferente, se Sila não se tivesse revelado um idiota tão perfeito. Mas ele não podia dar jeito. Portanto, alegra-me que Cláudia, como filha legítima de um Imperador, possa casar-se ainda que às escondidas. Sua esperteza, meu caro Minuto, sua falta de escrúpulos e sua riqueza talvez compensem a ausência de outras qualidades que eu gostaria de ver no marido de Cláudia. Não esqueça que você está se ligando aos Cláudios e aos Pláucios, por este casamento. Paulina e Cláudia convidaram-nos a orar junto com elas, em nome de Cristo, para que nossa união fosse abençoada. Antônia sorriu com desprezo:

— Um nome é um nome, quando se acredita no poder dele. Eu mesma o apoio, porque sei com que violência os judeus o odeiam. Os judeus gozam neste momento, na corte, de um prestígio tal que é simplesmente intolerável. Popeia favorece a entrada deles na função pública e Nero cumula de dádivas absurdas um pantomimeiro judeu, embora ele se recuse a apresentar-se nos sábados.

Era evidente que, em sua altiva amargura, Antônia não pensava em outra coisa senão em opor-se a Nero por todos os meios. Ainda que não tivesse influência alguma, podia ser uma mulher perigosa. Dei graças aos meus fados por ter ela tido o bom senso de vir à minha casa, ao anoitecer, numa cadeirinha com as cortinas cerradas.

Mas estava tão opresso que me humilhei ao ponto de participar das orações cristãs e implorar o perdão dos meus pecados. Achei que precisava de toda a ajuda celestial que pudesse obter neste caso. Cefas, Paulo e vários outros santos homens cristãos tinham sido capazes de fazer milagres, fiados no nome de Jesus de Nazaré. Cheguei até, ao lado de Cláudia e depois que nossas hóspedas tinham ido embora, a beber no cálice de meu pai, antes de irmos para a cama, por essa vez reconciliados um com o outro.

A partir daí dormíamos juntos como se já fossemos casados, e ninguém dentro de casa dava muita atenção a isto. Não posso negar que minha vaidade estava incensada por partilhar meu leito com a filha de um Imperador. Assim, cerquei Cláudia de todas as finezas e submeti-me a seus caprichos durante a gravidez. O resultado foi que os cristãos se firmaram definitivamente em minha casa. Seus gritos de exaltação ressoavam tão alto, de manhã à noite, que perturbavam os nossos vizinhos mais próximos.

Tigelino

Salvo uma trovoada ou outra, fazia muito tempo que não chovia, e o calor, a imundície, o mau cheiro e a poeira atormentavam Roma. Em meu jardim no Aventino as folhas das árvores cobriam-se de pó e a relva mirrava. Tia Lélia era a única pessoa a deleitar-se com o calor. Ela, que em virtude da idade passava a maior parte do tempo a queixar-se do frio, se fizera transportar para o jardim e lá se pusera a farejar com um ar experiente.

— Está com jeito de incêndio em Roma — disse ela.

Era como se por um momento tivesse recuperado o juízo. Começou a contar pela centésima vez a história do incêndio que devastara as encostas do Aventino, muitos anos antes. O banqueiro de meu pai comprara por uma ninharia os terrenos assolados pelo fogo e neles mandara construir apartamentos que me propiciaram toda a renda exigida pela Ordem dos Cavaleiros até o inverno anterior, quando eu os vendera.

Quando farisquei o ar, senti o cheiro da fumaça, mas não me preocupei, pois sabia que, com aquele calor, as divisões do corpo de bombeiros estariam de prontidão, em todas as zonas da cidade, e que era proibido acender fogo desnecessariamente. E além disso não ventava. A atmosfera estava parada e sufocante desde as primeiras horas do dia.

De algum ponto bem distante vinha o som de toques de corneta e um estranho murmúrio, mas só quando me pus a caminho para a cidade foi que notei que o flanco da grande pista de corridas defronte do Palatino estava em chamas. Grossas nuvens de fumaça brotavam das tendas que vendiam cera, incenso e panos. Essas barraquinhas altamente inflamáveis não tinham guarda-fogos, de sorte que o incêndio se alastrava com a rapidez do raio.

As pessoas agitavam-se como formigas, em volta das labaredas. Suponho ter visto bombeiros de pelo menos três distritos da cidade abrindo largos aceiros para impedir que o furioso mar de chamas se espraiasse. Nunca vira antes um incêndio de tais proporções. Era um espetáculo opressivo mas, apesar de tudo, não me deixou excessivamente preocupado. Na realidade, imaginei que os bombeiros de nossa zona da cidade estivessem em seus postos, guardando os declives do Aventino.

Mandei que um dos meus homens fosse prevenir Cláudia, em nossa casa e, de passagem para o pátio dos bichos, entrei na Prefeitura da Cidade, para indagar como o incêndio tinha começado. Tinham enviado um mensageiro em busca de meu ex-sogro, que se encontrava em sua quinta, fora da cidade, mas o seu imediato parecia ter o controle da situação.

Ele atribuía a culpa à negligência dos pequenos comerciantes judeus e do pessoal do circo que ocupava as lojas do portão de Cápua, mas acreditava que seus artigos sumamente inflamáveis se consumiriam num instante. Na verdade julgava que a manutenção da ordem era uma tarefa muito mais árdua do que restringir a área do incêndio, uma vez que os escravos e outra gentalha já tinham acorrido ao local e se valiam da oportunidade para saquear as lojas do circo.

Depois de inspecionar o pátio dos bichos, que se ressentiam tremendamente da atmosfera abafante, e consultar o médico veterinário acerca da preservação de nossas provisões de carne deteriorável, ordenei o fornecimento de rações extras de água a todos os animais e providenciei para que despejassem bastante água por entre as grades das jaulas. Conversei com toda a afabilidade com Sabina, pois desde o nosso divórcio mantínhamos relações muito mais amistosas do que antes.

Sabina pediu-me que procurasse imediatamente o superintendente dos reservatórios, a fim de garantir que o suprimento de água à casa dos bichos não se interrompesse em razão do incêndio.

Assegurei-lhe que não havia motivo para inquietações, porque provavelmente todos os chefes das famílias nobres já teriam ido ao superintendente com idêntica finalidade, pois sem dúvida não queriam que seus jardins ficassem sem água na quadra quente.

Na superintendência informaram-me que o bloqueio dos aquedutos só podia ser revogado por decisão do Senado ou ordem imperial. Dessa maneira, o habitual racionamento de água continuaria inalterado, já que não se podia convocar o Senado por vários dias, pois os senadores não se reúnem durante o verão, a menos que o Estado esteja ameaçado. Nero estava no Âncio naquele momento.

Sentindo-me mais bem disposto, subi o monte Palatino, passei pelos edifícios vazios do palácio e juntei-me à multidão de espectadores aglomerados na encosta fronteira à pista de corridas. Eram na maioria escravos, servos e jardineiros do paço imperial. Ninguém parecia preocupado, muito embora toda a concavidade a nossos pés fosse uma gigantesca fornalha ardente e fumarenta.

O fogo era tão violento que formava remoinhos no ar, e as rajadas escaldantes fustigavam-nos constantemente as faces. Alguns escravos apagavam indiferentes com os pés um ou outro torrão de relva fumegante e alguém praguejou quando uma centelha abriu-lhe um buraco na túnica. Mas o mecanismo de aguar funcionava nos jardins e ninguém parecia incomodar-se.

Nada se observava nas fisionomias dos circunstantes, a não ser a excitação provocada pelo espetáculo que tinham diante dos olhos. Quando tentei divisar o Aventino por entre os rolos de fumaça, vi que o fogo atingira a encosta e ia lenta mas inexoravelmente devorando a distância que o separava do meu setor da cidade. Sem esperar mais, parti a toda a pressa. Recomendei ao meu séquito que fosse para casa e depois tomei um cavalo emprestado aos estábulos de Nero, quando vi um mensageiro galopando pela via Sacra, ao lado do fórum.

Ali, os mais cautelosos já estavam aferrolhando e trancando suas lojas e somente nos vastos saguões do mercado viam-se ainda donas de casa fazendo as compras costumeiras. Foi-me possível chegar a casa, seguindo um itinerário sinuoso, ao longo das ribanceiras do Tibre e, no caminho, avistei muitos homens esgueirando-se na fumarada, carregando ou o produto da pilhagem ou os objetos que haviam salvo das proximidades da pista de corridas.

As ruas estreitas estavam apinhadas de grupos de pessoas aflitas. Mães em lágrimas gritavam pelos filhos, enquanto chefes de famílias parados às portas de suas casas perguntavam inseguros uns aos outros o que deviam fazer. Ninguém quer deixar sua casa vazia durante um grande incêndio, pois a polícia da cidade ficaria então impossibilitada de manter a ordem. Muita gente achava que o Imperador deveria retornar do Âncio. Também eu comecei a sentir que as medidas de emergência se tornavam imprescindíveis. Só me restava agradecer à minha boa fortuna por estar a casa dos bichos situada nos arredores da cidade, do outro lado do campo de Marte.

Logo que entrei em casa determinei que se preparassem as cadeirinhas e os carregadores e disse a Cláudia e tia Lélia que fossem para o décimo quarto distrito da cidade, da outra banda do Tibre, com toda a famulagem, e levassem também aqueles dos nossos objetos mais valiosos que pudessem ser transportados, já que não havia veículos disponíveis durante o dia.

Só o porteiro e os escravos mais robustos receberam ordem de ficar para protegerem a casa contra os saqueadores. Dei-lhes armas, em virtude das circunstâncias inusitadas. Era necessário que todos se apressassem, porque eu imaginava que outros logo fariam a mesma coisa e as ruas estreitas do Aventino iriam regurgitar de refugiados.

Cláudia protestou com veemência; primeiro tinha de mandar um aviso a seus amigos cristãos e ajudar os fracos e velhos dentre eles a fugir. Eram redimidos por Cristo e portanto valiam mais do que nossos vasos de ouro e prata, disse ela. Apontei para tia Lélia.

— Está aí uma pessoa idosa que precisa de sua proteção — gritei. — E você devia pelo menos pensar um pouco em nosso filho que está para nascer.

Naquele momento, Áquila, o judeu, e Prisca entraram arquejantes e empapados de suor em nosso pátio, já que carregavam suas trouxas de pano de pelo de cabra. Suplicaram que eu lhes permitisse deixar suas coisas na segurança de minha casa, pois o fogo já se aproximava de suas tendas de tecelagem. A imprevidente ingenuidade deles pôs-me furioso, uma vez que Cláudia, confiando no que diziam, achou que seguramente ainda não corríamos perigo. Áquila e Prisca não podiam ir para o setor judaico da cidade, na outra margem do Tibre, porque os judeus os conheciam de vista e os odiavam como à peste.

Nessa conversa e na tagarelice das mulheres escoara-se um tempo precioso. Afinal, vi-me obrigado a dar uma palmada em tia Lélia e enfiar Cláudia à força numa cadeirinha. Assim, puseram-se todos a caminho e em boa hora, porque daí a instantes embarafustaram pelo pátio alguns cristãos com as caras tisnadas de fumaça e queimaduras nos braços, à procura de Áquila.

Com os braços levantados e os olhos arregalados, vociferavam que com seus próprios ouvidos tinham escutado abalos no céu e na terra e sabiam que Cristo, de acordo com sua promessa, estava prestes a descer sobre Roma. Por isso, todos os cristãos deviam deixar tudo e reunir-se nas colinas da cidade para acolher seu Senhor e o novo reino que ele ia fundar. Chegara o dia do julgamento.

Mas Prisca era uma mulher experiente, sensata e moderada, e não acreditava em tal notícia. Com efeito, mandou que os recém-vindos se calassem, pois ela mesma não tivera essa visão e, de qualquer forma, as únicas nuvens visíveis no céu eram nuvens de fumo.

Também eu lhes assegurei que embora Roma parecesse estar ameaçada por enorme desgraça, um incêndio em dois ou três setores da cidade não queria dizer a ruína da cidade inteira. Os que estavam assustados eram na maioria pobres e estavam habituados a crer nas pessoas de posição mais elevada. A estreita barra vermelha do meu traje convenceu-os de que eu estava mais bem informado da situação que eles.

Achei que era chegado o momento de convocar os Pretorianos e adotar medidas de emergência. Eu não era muito versado na matéria, mas o bom senso me dizia que seria necessário abrir o aceiro mais largo possível em todo o Aventino, sem poupar as casas, e depois atear fogo em sentido contrário, queimando os e-difícios que de qualquer modo estavam condenados. Leve-se à conta da natureza humana o ter eu incluído minha casa na área que podia ser salva.

Montei a cavalo e fui consultar o triunvirato daquele setor da cidade. Declarei que assumiria a responsabilidade das providências que fossem tomadas, mas em sua ansiedade e obstinação redarguiram aos gritos os triúnviros que eu me metesse nos meus negócios, pois ainda não havia verdadeira situação de emergência.

Cavalguei até ao fórum, de onde podiam avistar-se apenas os rolos de fumaça acima dos telhados, e tive vergonha de minha exagerada inquietação, pois toda a gente parecia comportar-se normalmente. Sossegaram-me as garantias de que os livros sibilinos tinham sido levados para fora e o colégio dos Sumos Sacerdotes aviava-se para descobrir a que deus se deviam dirigir os primeiros sacrifícios, a fim de impelir o alastramento do fogo.

Um engrinaldado touro preto-azeviche fora conduzido para o templo de Vulcano. Vários anciãos diziam que, a julgar pelas experiências anteriores, seria melhor fazer oferendas também a Prosérpina. Diziam confiantes que os numes tutelares e os antigos penates de Roma não permitiriam que o fogo fosse muito longe, uma vez que se encontrara prova infalível nos livros sibilinos do como o do porquê da cólera dos deuses.

Creio que se teria logrado restringir o fogo se se tivessem tomado medidas definitivas e implacáveis naquele primeiro dia. Mas não havia ninguém que ousasse assumir a responsabilidade, embora o lugar-tenente de Tigelino houvesse, de fato, sob sua inteira responsabilidade, mandado duas coortes de Pretorianos desobstruir as ruas mais ameaçadas e zelar pela manutenção da ordem.

O Prefeito Flávio Sabino chegou naquela noite e ordenou imediatamente que todas as divisões do corpo de bombeiros protegessem o Palatino, onde chamas crepitantes já dançavam nas copas dos pinheiros, dentro do jardim. Exigiu aríetes e máquinas de assédio, mas estes não entraram em ação senão no outro dia, quando Tigelino voltou do Âncio e, com autorização do Imperador, assumiu firmemente o comando. O próprio Nero não quis interromper suas férias por causa do incêndio e não considerou necessária sua presença na cidade, embora as multidões atemorizadas gritassem por ele.

287

Quando percebeu que ia ser impossível salvar os edifícios do Palatino, Tigelino reconheceu que era chegado o instante de Nero regressar e acalmar o povo. Nero estava tão preocupado com suas obras de arte gregas, que galopou do Âncio para Roma sem parar. Numerosos senadores e cavaleiros também vieram de suas herdades. Mas a autoridade de Tigelino foi impotente para fazê-los recobrar a razão, e cada um só pensava em sua própria casa e nos seus bens de valor. Contrariando todos os regulamentos, trouxeram consigo juntas de bois e carros, e as ruas ficaram mais atravancadas do que nunca.

Nero estabeleceu seu quartel-general nos jardins de Mecenas, no monte Esquilino, e mostrou inspirada decisão no momento do perigo. Flávio Sabino pouco mais pôde fazer do que chorar daí por diante. Como eu mesmo estivesse guiando refugiados, fui uma vez rodeado pelo fogo e recebi diversas queimaduras.

Da torre de Mecenas, Nero podia ver a terrível extensão do incêndio e ia assinalando num mapa as áreas ameaçadas que, de acordo com o parecer de Tigelino, tinham de ser evacuadas, sem demora, logo que os corta-fogos estivessem prontos. As providências eram então mais coordenadas. Os patrícios eram levados para fora de suas casas, os aríetes demoliam os perigosos silos e não se poupavam os templos nem os imponentes edifícios por onde tinham de passar os corta-fogos.

Nero achava mais importante salvar vidas humanas do que tesouros e enviava centenas de arautos para conduzir os milhares de refugiados para aquelas zonas que era de esperar fossem poupadas. Os que tentavam permanecer em suas casas condenadas eram expulsos por homens armados, e proibia-se o transporte de mobiliário e outros artigos volumosos nas ruelas estreitas.

Nero, ele próprio sujo de fumo e pintalgado de fuligem, azafamava-se com sua guarda pessoal de um lado para o outro, acalmando e dando instruções ao povo angustiado. Recolhia nos braços uma Criança chorosa e a entregava à mãe, ao mesmo tempo que dizia ao povo que fosse procurar refúgio nos jardins imperiais da outra banda do rio. Todos os edifícios públicos das imediações do campo de Marte estavam abertos para alojar os refugiados.

Mas os senadores que tratavam de salvar pelo menos as máscaras da família e os deuses dos lares não compreendiam por que os soldados os escorraçavam das casas a pranchadas e depois ateavam fogo ao edifício com tochas.

Por infelicidade, este incêndio colossal deu origem a uma ventania violenta que arremessou chamas e centelhas sobre a área protetora, já evacuada, da largura de um estádio inteiro. Os bombeiros, exaustos, ao cabo de vários dias de esforços ingentes, não puderam evitar que o fogo se espalhasse e muitos, vencidos pela fadiga, adormeceram em seus postos e foram consumidos pelas labaredas.

Outro e ainda mais largo corta-fogo foi providenciado para proteger Subura, mas Tigelino, que era apenas humano, sentiu-se tentado a poupar as árvores seculares de seu jardim, de maneira que o fogo, que no sexto dia já estava quase extinto, tornou a inflama-se nelas e alcançou Subura, onde se atirou aos edifícios, altos e em parte de madeira, com tal ímpeto que os moradores dos pavimentos superiores nem tiveram tempo de descer para a rua.

Centenas, talvez milhares, morreram queimados.

Foi aí que entrou a circular o boato de que Nero havia intencionalmente mandado atear fogo à cidade. O boato era tão fantástico que logo surgiram pessoas para lhe dar crédito. Havia, de resto, incontáveis testemunhas que tinham visto soldados munidos de tochas pondo fogo nos edifícios. A confusão generalizada, decorrente da falta de sono e da fadiga da população, era tão grande, que algumas pessoas também acreditaram no rumor que os cristãos haviam espalhado acerca do dia do julgamento.

Naturalmente ninguém ousava falar a Nero dessa alegação. Como era excelente ator, Nero não perdeu a calma e, enquanto o fogo continuava a lavrar, chamou todos os melhores arquitetos de Roma e pediu-lhes um plano de reconstrução da cidade. Também tomou providências para que não faltasse comida aos necessitados de Roma. Mas em seu giro de inspeção diária da zona atingida pelo fogo, quando fazia estimulantes promessas aos que haviam perdido tudo, ouviam-se gritos cada vez mais ameaçadores, o povo atirava pedras nos Pretorianos e alguns desesperados culpavam Nero pela destruição da cidade.

Nero sentia-se profundamente ofendido, mas enfrentava a situação com coragem.

— Os pobres devem ter perdido o juízo — dizia, penalizado.

Voltou aos jardins de Mecenas e finalmente deu ordem de abrir os aquedutos, se bem que isso representasse a seca nas partes restantes da cidade. Corri à casa dos bichos e recomendei que enchessem todos os tanques imediatamente. Ao mesmo tempo, ordenei que matassem todos os animais, se o fogo se alastrasse ao anfiteatro de madeira. Tal acontecimento parecia impossível, então, mas com os olhos doendo e as queimaduras coçando, eu estava pronto a esperar a total destruição da cidade. Não podia suportar a ideia de que os animais se soltassem e fossem vagar por entre os fugitivos sem lar.

Naquela noite fui despertado do sono mais profundo que eu tivera nos últimos tempos por um mensageiro com um recado para que fosse ver Nero. Assim que saí, Sabina deu uma contra-ordem, no sentido de que matassem incontinenti quem quer que tentasse fazer mal aos animais.

Enquanto me dirigia aos jardins através da cidade iluminada pelas chamas, com a cabeça embrulhada num manto úmido para proteger-me, a impressão de que chegara o fim do mundo predominou em meu cérebro cansado. Pensei nas terríveis profecias dos cristãos e também nos antigos filósofos da Grécia, que haviam sustentado que todas as coisas provieram do fogo e pereceriam por ação do fogo.

Encontrei alguns bêbados barulhentos e palradores que, à falta de água, tinham matado a sede numa taverna abandonada e traziam mulheres consigo. Os judeus, reunidos em grupos compactos, entoavam hinos a seu deus. Numa esquina topei com um indivíduo atordoado que, com sua barba fedorenta, me deu um abraço, fez os sinais secretos dos cristãos e exigiu que fizesse penitência e me arrependesse, pois o dia do julgamento havia chegado.

Na torre de Mecenas, Nero esperava impaciente por seus amigos. Vi com surpresa que ele trajava o comprido manto amarelo de cantor e trazia uma coroa de flores na cabeça. Tigelino estava respeitosamente de pé a seu lado, segurando-lhe a cítara.

289

Nero precisava de um auditório e mandara mensagens a todas as pessoas de prol que sabia estarem em Roma. Ordenara também a vinda de mil Pretorianos, e eles estavam comendo e bebendo, sentados na relva sob as árvores bem aguadas dos jardins. Abaixo de nós, as zonas ardentes da cidade refulgiam como ilhas rubras na escuridão, e os gigantescos redemoinhos de fumo e fogo pareciam atingir o céu. Não não podia mais esperar.

— Diante de nós desenrola-se um espetáculo que nenhum mortal contemplou desde a destruição de Troia — disse ele, num tom vibrante. — O próprio Apolo apareceu-me em sonho. Quando despertei desse sonho, jorraram estâncias do meu coração como que em divina loucura. Cantarei para vós um poema que compus sobre o incêndio de Troia. Creio que essas estâncias ressoarão pelos anos porvindouros e imortalizarão Nero como poeta.

Um arauto repetiu-lhe as palavras enquanto Nero subia ao alto da torre. Não havia espaço para muita gente, mas naturalmente fizemos o máximo estorço para ficar tão perto dele quanto possível. Nero começou a cantar, acompanhando-se à cítara. Sua voz poderosa reboava acima do ruído do fogo e alcançava os ouvintes nos jardins circundantes. Cantava como se estivesse enfeitiçado, e seu secretário em assuntos de poesia soprava-lhe, uma após outra, as estrofes que tinham sido ditadas durante o dia. Mas, no decurso da canção, Nero compunha novas estâncias que outro escriba ia cuidadosamente anotando.

Eu ouvira o drama clássico bastantes vezes no teatro, para saber que Nero parafraseava livremente e alterava estrofes bem conhecidas, quer inconscientemente, no calor da inspiração, quer valendo-se da licença a que o artista tem direito em tais coisas. Cantou durante várias horas a fio. Os centuriões a muito custo e usando seus bastões conseguiam manter acordados os Pretorianos.

Os entendidos não paravam de afirmar que nunca tinham ouvido um recital tão sublime num cenário de tal esplendor. Aplaudiam estrepitosamente nos intervalos e diziam que o que tinham acabado de sentir era algo que teriam de contar a seus filhos e netos no futuro.

No recesso de meu espírito eu perguntava a mim mesmo se Nero não estaria mentalmente desarranjado para escolher uma noite como aquela para cantar. Mas confortava-me com o pensamento de que ele provavelmente ficara profundamente magoado com as acusações feitas pelo povo e assim transferira seu pesado fardo para a inspiração artística, a fim de atenuar seus sentimentos.

Parou quando a fumaça o forçou a isso. Começou a tossir e assoar o nariz. Então aproveitamos o ensejo para unanimemente pedir-lhe que preservasse sua divina voz. Mas depois, com o rosto ainda escarlate e brilhante de suor e triunfo, prometeu continuar na noite seguinte. Aqui e ali, nas orlas do fogo, densas nuvens de vapor elevaram-se no céu quando se abriram os aquedutos e a água caiu torrencialmente nas ruínas fumegantes da cidade.

A casa de Túlia, no Viminal, pouco distava da torre. Resolvi então ir para lá e dormir um pouco durante a manhã. Até aquele instante eu não me preocupara com meu pai, uma vez que a casa dele estava salva por enquanto. Não sabia nem se ele voltara do campo ou não, mas não o tinha visto entre os senadores que tinham vindo ouvir Nero.

Encontrei-o só, guardando a casa quase abandonada, os olhos inflamados pela fumaça. Contou-me ele que Túlia, com o auxílio de mil escravos, transferira no primeiro dia do incêndio todos os objetos de valor da casa para uma herdade no campo.

Jucundo, que cortara o cabelo de menino na primavera e usava agora uma estreita faixa vermelha na túnica, tinha ido ver o incêndio com seus amigos da escola do Palatino. Sofrera graves queimaduras nos pés, quando uma torrente de metal derretido se precipitara, de repente, pela encosta abaixo, vinda dos templos em chamas. Fora trazido para casa e Túlia o levara para o campo. Meu pai achava que Jucundo estava aleijado para o resto da vida.

— Neste caso, teu filho pelo menos não terá de prestar serviço militar — disse ele, gaguejando ligeiramente e derramar seu sangue nos desertos do Oriente, um pouco além do Eufrates.

Fiquei surpreso de ver que meu pai bebera vinho em excesso, mas compreendi que ele estava muito abalado com o acidente de Jucundo. Notou que eu o observava.

— Não importa que por essa vez eu volte a tomar vinho — disse ele com raiva. — Acho que o dia de minha morte está próximo. Não estou lamentando o que aconteceu a Jucundo. Seus pés eram velozes demais e já o tinham levado por caminhos perigosos. É melhor encontrar o reino de Deus, como aleijado, do que deixar que o coração seja destruído. Eu mesmo sou um aleijado espiritual desde a morte de tua mãe, Minuto.

Meu pai já estava com mais de sessenta anos e gostava de voltar ao passado em suas lembranças. Pensa-se na morte muito mais na idade dele do que na minha, de modo que não dei muita importância a isto na ocasião.

— Que estavas murmurando acerca dos desertos do Oriente e do Eufrates? — perguntei.

Meu pai tomou um bom trago do vinho escuro em seu cálice de ouro e depois viro-se para mim:

— Entre os colegas de Jucundo, há filhos de reis do Oriente.

Os pais, que são amigos de Roma, consideram o esmagamento da Pártia absolutamente vital para o Oriente. Esses jovens são mais romanos do que os próprios romanos e em breve Jucundo será como eles. Na comissão de assuntos orientais do Senado a questão tem sido ventilada inúmeras vezes. Logo que Córbulo estabelecer a paz na Armênia, Roma terá ali um ponto de apoio e a Pártia será apanhada entre as duas.

— Como podes pensar em guerra num momento em que Roma é vítima de uma catástrofe? — gritei. — Três setores inteiros da cidade estão reduzidos a cinzas e seis outros ainda estão ardendo. Velhos marcos desapareceram nas chamas. O templo de Vesta foi devorado pelo fogo, o tabelionato também, com todas as tábuas da lei. Só a reconstrução de Roma levará muitos anos e custará uma soma tão colossal que não posso sequer imaginá-la. Como podes pensar que uma guerra é possível?

— Exatamente por causa disso — disse meu pai, pensativo. — Não tenho visões nem revelações, apesar de ter tido sonhos tão premonitórios que sou obrigado a pensar no conteúdo deles. Mas sonhos são sonhos. Do ponto de vista lógico, acho que a reconstrução de Roma implicará pesada tributação nas províncias. Isto provocará descontentamento, pois os ricos e os comerciantes habitualmente fazem com que o povo pague os impostos. Quando este descontentamento se generalizar, o governo será incriminado. Segundo a melhor estratégia política, a guerra é o melhor meio de dar vazão ao descontentamento interno. E uma vez iniciada a guerra, há sempre dinheiro para sustentá-la. Você mesmo sabe que, em muitos setores, são frequentes as queixas de que Roma se debilitou e suas virtudes guerreiras se esvaíram. É verdade que os moços mofam das virtudes de seus antepassados e representam paródias das narrativas históricas de Lívio. Mas ainda têm sangue de lobo nas veias.

— Nero não quer guerra — repliquei. — Ele estava até disposto a ceder a Bretanha. Os lucros artísticos são tudo quanto ele busca,

— Um governante é sempre forçado a fazer a vontade do povo quando necessário; de outro modo não dura muito no trono — disse meu pai. É óbvio que o povo não quer guerra, mas pão e jogos circenses. Mas debaixo de tudo isso, jazem ocultas forças poderosas que acreditam que tirarão proveito da guerra. Nunca antes na história acumularam-se fortunas tão vastas como as que hoje em dia acumulam os indivíduos. Escravos alforriados vivem mais suntuosamente do que os nobres em Roma, pois nenhuma tradição os obriga a zelar pelo Estado mais do que por eles mesmos. Tu não sabes ainda, Minuto, que poder imenso tem o dinheiro quando se alia a mais dinheiro para alcançar seus objetivos próprios. Por falar em dinheiro, há felizmente coisas que são muito mais valiosas. Suponho que ainda guardas o cálice de madeira de tua mãe...

Fui tomado de violenta agitação, porque durante minha discussão com Cláudia eu esquecera completamente o cálice mágico. Que me constasse, minha casa havia muito que estava perdida, e com ela o cálice. Levantei-me instantaneamente.

— Meu querido pai, estás mais bêbado do que imaginas. Seria melhor que esquecesses as tuas fantasias. Vai dormir. Tenho de voltar a meus deveres. Não és o único atacado pelas fúrias esta noite.

À maneira lamurienta dos bêbados, meu pai me fez um apelo para que eu não esquecesse seus pressentimentos quando ele morresse, o que não poderia tardar a acontecer. Saí de sua casa e tomei o rumo do Aventino, contornando as orlas do incêndio. O calor obrigou-me a transpor a ponte para o setor judaico da cidade e depois fazer-me transportar de barco para a banda de cá mais a montante do rio. Todos os que possuíam botes ganhavam bom dinheiro conduzindo refugiados de um lado para o outro do Tibre.

Para minha surpresa, a encosta do Aventido à margem do rio parecia ainda inteiramente intacta. Diversas vezes errei o caminho no meio dos rolos de fumaça, e entre outras coisas vi que o templo da Lua e suas cercanias não eram senão ruínas fumegantes. Mas logo ao lado da área incendiada erguia-se incólume a minha casa. Não havia outra explicação exceto que o vento, que em a outros lugares tivera um efeito devastador, parecia ter mantido o fogo longe do cume do Aventino, posto que não houvesse nem mesmo um verdadeiro corta-fogo. Apenas umas poucas casas tinham sido demolidas e de propósito.

A oitava manhã do incêndio raiava sobre a desolação. Centenas de pessoas comprimiam-se em meu jardim: homens, mulheres e crianças. Até mesmo os tanques vazios estavam cheios de gente adormecida. Dando largas passadas por cima deles, cheguei a casa, na qual ninguém ousara entrar malgrado as portas estivessem escancaradas.

Corri a meu quarto, localizei a arca trancada e no fundo dela o cálice de madeira envolto em seu pano de seda. Quando o segurei nas mãos, fui tomado, em minha exaustão, de um temor supersticioso, como se realmente estivesse empunhando um objeto miraculoso. Invadiu-me o terrível pensamento de que o secreto cálice da Deusa da Fortuna, pelo qual os libertos de meu pai em Antioquia haviam também mostrado tamanho respeito, resguardara minha casa do fogo. Mas depois não pensei mais nada, e, com o cálice na mão, afundei na Cama e peguei no sono.

Dormi até ao aparecimento das estrelas vespertinas e despertaram-me os cânticos e gritos de júbilo dos cristãos. Estava tão embotado pelo sono que, irritado, chamei por Cláudia para lhe dizer que fizessem menos barulho. Pensava que era de manhã e que meus clientes e libertos estavam à minha espera como de costume. Só quando cheguei apressado ao pátio me lembrei da devastação e de tudo o que acontecera.

Os clarões no céu revelavam que o fogo continuava lavrando na cidade, mas, apesar de tudo, o pior parecia ter passado. Reuni os meus escravos que andavam espalhados na multidão e elogiei-lhes a coragem de arriscar a vida guardando a minha casa. Instei com os outros escravos para que fossem procurar seus senhores sem perda de tempo. Agindo assim, não seriam punidos por deserção.

Por este meio logrei reduzir um pouco a aglomeração em meu jardim, mas vários pequenos comerciantes e artesãos que tinham perdido tudo o que possuíam, suplicaram que eu lhes permitisse ficar por mais algum tempo, desde que não tinham para onde ir. Estavam acompanhados de suas famílias, velhos e crianças. Achei que seria crueldade mandá-los para os escombros fumarentos da cidade.

Ainda se podia ver parte do templo do Capitólio, cuja colunata até então ilesa se destacava na chamejante claridade do céu. Nos pontos em que as ruínas tinham tido tempo de esfriar aventuravam-se alguns indivíduos à cata de metais derretidos. Nesse mesmo dia Tigelino expediu uma ordem determinando que, para evitar desordens na cidade, os soldados levantassem barricadas nas áreas assoladas pelo incêndio e não permitissem sequer a volta dos proprietários para o que restava de suas casas.

No pátio dos bichos, meus empregados tiveram de usar lanças, arcos e flechas para conter a turba longe dos nossos reservatórios de água e depósitos de provisões. Vários antílopes e cervos que viviam soltos nos cercados foram roubados e abatidos, mas ninguém se atreveu a tocar nos bisões.

Como todas as termas tivessem sido destruídas pelo fogo, Nero coroou seu segundo recital de poesia banhando-se numa das piscinas sagradas. Era uma aventura perigosa, mas ele confiava em sua capacidade natatória e sua resistência física, pois a água poluída do Tibre não lhe serviria. O povo não gostou disso e à boca pequena acusou-o de sujar o que restava da água potável, depois de ter incendiado Roma. Ele se encontrava, sem dúvida, no Âncio, quando o fogo começou, mas quem, entre os que desejavam instigar o povo, se dava o trabalho de lembrar-se disso?

Nunca tive maior admiração pela força e habilidade organizadora de Roma do que quando vi com que rapidez seus habitantes receberam auxílio e com que seriedade se empreenderam os trabalhos de limpeza e reconstrução. Cidades distantes e próximas tiveram ordem de enviar utensílios domésticos e roupas. Levantaram-se edifícios provisórios para os sem-teto. Os navios de cereais que estavam vazios foram mobilizados para carregar o entulho e depositá-lo nos pântanos de Óstia.

O preço dos cereais baixou para dois sestércios, coisa de que nunca se ouvira falar até então. Isto não me afetou, de vez que o Estado assegurara aos comerciantes do ramo um preço mais alto. Antigas depressões do solo foram aterradas e as encostas aplanadas. O próprio Nero apossou-se de toda a área entre o Palatino, Célio e Esquilino, onde pretendia construir um novo palácio, mas também demarcaram-se terrenos para construção de ruas amplas nas zonas devastadas, independentemente de planos mais antigos da cidade.

O erário concedeu empréstimos aos que podiam e queriam edificar suas casas de acordo com os novos regulamentos de construção, enquanto os que não se consideravam capazes de construir dentro de um prazo determinado perdiam o direito de fazê-lo mais tarde.

Todas as casas tinham de ser de pedra e a altura máxima era três pavimentos. Exigia-se que as casas tivessem uma arcada sombreada dando para a rua e que todo pátio tivesse cisterna própria. Organizou-se o abastecimento de água de modo a impedir que os ricos utilizassem quanto quisessem em seus jardins e banheiros.

Naturalmente essas imprescindíveis medidas compulsórias suscitaram insatisfação geral, e não só no seio da nobreza. O povo queixava-se também das novas ruas amplas e ensolaradas, que embora mais saudáveis do que as ruelas tortuosas de outrora não proporcionavam sombra ou refrigério no calor do estio, nem esconderijos para os namorados à noite. Receava-se que quando os namorados fossem levados para dentro de casa, os casamentos prematuros e forçados se tornassem muito comuns.

As cidades e os homens ricos das províncias naturalmente apressaram-se a mandar donativos voluntários de dinheiro para a reconstrução de Roma. Sem embargo, esses donativos não foram muito longe, e a consequência foi o aumento dos impostos que quase levou cidades e particulares à beira da falência.

A reedificação dos majestosos circos, templos e teatros de acordo com os brilhantes planos de Nero parecia destinada a empobrecer o mundo inteiro. E logo em seguida divulgou-se seu projeto de um edifício colossal em escala nunca antes imaginada, e quando se tornou possível ver as imensas áreas que ele pretendia conservar para seu próprio uso no centro da cidade, o descontentamento do povo manifestou-se afinal ia ele tomar posse de toda a zona onde se localizavam os armazéns de cereais que os aríetes haviam derrubado. Tornava-se assim ainda mais fácil acreditar que ele mesmo ateara fogo à cidade, a fim de apoderar-se do espaço onde ia erguer seu Palácio Dourado.

Ao aproximar-se o outono, vários violentos temporais lavaram o grosso da fuligem dos escombros, e dia e noite juntas de bois arrastavam pedras para Roma. A gritaria e o martelar contínuos das construções tornaram a vida insuportável. Para acelerar o trabalho, não se comemoravam nem mesmo os dias de festas tradicionais. O povo, habituado a divertimentos e procissões, refeições e espetáculos circenses gratuitos, passou a achar a vida monótona e brutalmente estafante. A destruição generalizada, o medo e o perigo provocados pelo fogo continuavam como um espinho na ilharga de todos os cidadãos. Até mesmo personagens consulares contavam publicamente como tinham sido enxotados de suas casas e como soldados embriagados, cumprindo instruções do Imperador, lhes haviam incendiado os bens antes que o fogo os ameaçasse de perto.

Outros narravam como a seita cristã havia demonstrado abertamente sua alegria e cantado hinos de ação de graças durante o incêndio, e a população em geral não via nenhuma diferença entre cristãos e judeus. Faziam-se alusões indignadas ao fato de que o setor judaico da cidade, na outra margem do Tibre, tivesse escapado ao fogo, como tinham certas outras cidades habitadas pelos judeus no perímetro urbano.

O isolamento dos judeus em relação às outras pessoas, suas dez sinagogas independentes e a autoridade de seu Conselho sobre suas próprias tribos eram coisas que sempre tinham irritado o povo. Os judeus não tinham sequer uma imagem do Imperador em suas casas de orações, e tornaram-se comuns as histórias em torno de suas mágicas.

Embora Nero fosse apontado, publicamente e às escondidas, em toda a cidade, como o causador do incêndio, o povo sabia muito bem que, como Imperador, ele não podia ser punido. Culpá-lo dava a todos uma satisfação maldosa, mas a calamidade por que Roma passara era tão grande que se exigia também alguma outra expiação de culpa.

Membros das famílias nobres e antigas, que haviam perdido suas relíquias do passado e também suas máscaras mortuárias, eram os principais acusadores de Nero. Recebiam apoio dos novos-ricos, que temiam viessem a perder suas fortunas em impostos. Por outro lado, o povo reconhecia a rapidez e o cuidado com que seus sofrimentos tinham sido minorados. Nem tinha de pagar essa ajuda.

Tradicionalmente o povo considerava o Imperador, que era também o tribuno vitalício do povo, como o protetor de seus direitos contra a nobreza e reputavam inviolável a sua pessoa. Assim, sentia-se apenas maligno prazer, quando os ricos tinham de ceder seus terrenos urbanos ao Imperador e restringir seus privilégios. Mas o rancor contra os judeus e sua posição especial vinha de longa data. Dizia-se que os judeus haviam profetizado o incêndio. Muita gente lembrava-se da maneira pela qual Cláudio expulsara de Roma os judeus. Não tardou que se passasse primeiro a insinuar e depois a afirmar, abertamente, que os judeus é que tinham iniciado o incêndio, para que se cumprisse sua profecia e pudessem eles beneficiar-se da angústia do povo.

Esse diz-que-diz era deveras perigoso. Por isso, vários judeus eminentes resolveram explicar a Popeia, e através dela a Nero, a enorme divergência entre judeus e cristãos. Essa era uma tarefa difícil, pois Jesus de Nazaré era de qualquer modo um judeu, e a doutrina de que ele era Cristo se disseminara por intermédio dos judeus. O núcleo dos cristãos de Roma ainda era formado de judeus que se tinham separado das sinagogas, posto que em sua maioria os cristãos já não fossem circuncisos.

Popeia tinha a si mesma na conta de devota, respeitava o templo de Jerusalém e conhecia as lendas sagradas de Abraão, Moisés e outros santos judeus. Mas, por segurança, pouco lhe tinham falado os judeus do Messias anunciado nas escrituras. As explanações deles deixaram-na então confusa, e ela mandou-me chamar a seus aposentos no Esquilino para que eu lhe desse uma explicação completa do que os judeus efetivamente queriam.

— Querem que tu lhes concilies as desavenças — disse eu, de brincadeira.

Mas os judeus ficaram indignados.

— Estamos tratando de assunto sério — disseram eles. — O Cristo dos cristãos não é o Messias dos judeus. Malditos sejam os que o reconhecem como Cristo. Não temos nada que ver com eles, sejam circuncisos ou não. Foram esses cristãos que profetizaram o dia do julgamento e entoaram hinos de ação de graças durante o incêndio. Seus crimes não são nossos.

— Os cristãos não são criminosos — atalhei. — São humildes e talvez um tanto ingênuos. Presumivelmente mais estúpidos que vós. Não creem os judeus no juízo final e no reino do milênio?

Os judeus fitaram-me com tristeza e, após deliberarem entre si, voltaram a falar.

— Não discutimos esses assuntos com cães — disseram eles. — Tudo o que desejamos é dar garantias de que a culpa dos cristãos nada tem que ver com os judeus. Deles só podemos esperar perversidades.

Vi que a conversa ia tomando um rumo desagradável.

— Noto nos teus olhos inquietos, Popeia, os sinais de uma dor de cabeça que se aproxima — dei-me pressa em dizer. — Resumamos a questão. Os judeus negam ter qualquer relação com os cristãos. Consideram-se religiosos. Pensam mal dos cristãos e bem deles mesmos. Só isso.

Ao ver o semblante contrafeito dos judeus, prossegui:

— É possível que haja entre os cristãos alguns criminosos e trapaceiros que se regeneraram e cujos pecados foram perdoados. Dizem que seu rei veio especialmente em busca dos pecadores e não dos orgulhosos. Mas em geral os cristãos são mansos e pacíficos, dão comida aos pobres, ajudam as viúvas e consolam os prisioneiros. Não sei de maldade nenhuma cometida por eles.

Popeia estava curiosa.

— Que culpa é essa de que eles estão falando? — perguntou. — Há em tudo isso alguma coisa duvidosa que não entendo.

— Deves ter ouvido falar dos boatos que circulam no meio do povo acerca da causa de nossa catástrofe nacional — disse eu, sarcástico. — Creio que os judeus estão agora tentando explicar por circunlóquios e um tanto tardiamente que não foram eles que incendiaram Roma. Acham que uma suspeita dessas seria tão irracional como acusar o Imperador da mesma coisa.

296

Mas meu sarcasmo foi inútil. Popeia tinha sobejos receios das mágicas dos judeus. Seu rosto iluminou-se imediatamente.

— Já sei! — exclamou. — Ide em paz, santos homens. Não permitirei que ninguém vos suspeite de maldade alguma. Fizestes bem em informar-me que não reconheceis os cristãos como judeus.

Os judeus abençoaram-na, em nome de seu deus Aleluia, e foram embora.

— Percebes que eles odeiam os cristãos só de inveja — disse eu, depois que ficamos a sós. — Os cristãos atraíram muitos dos seus partidários e tanto Jerusalém como as sinagogas perderam assim seus inúmeros donativos.

— Se os judeus têm razão de odiar os cristãos — disse Popeia — então os cristãos devem ser perigosos e prejudiciais. Tu mesmo disseste que eles são criminosos e trapaceiros.

E não quis ouvir mais explicações, pois não havia lugar para elas em sua linda cabecinha. Creio que deve ter ido sem perda de tempo a Nero e cantado a ele que foi a perigosa seita cristã que incendiara Roma e que tal seita só se compunha de criminosos.

Nero deliciou-se com a notícia e incontinenti ordenou a Tigelino que tratasse de fundamentar a acusação. Mas não envolvesse os judeus na investigação, de vez que a religião deles- guardava apenas semelhanças aparentes com os perigosos ensinamentos dos cristãos.

Uma investigação desse tipo caberia normalmente ao Prefeito da Cidade, mas Nero tinha mais confiança em Tigelino. Além disso, a fé cristã provinha do Oriente e seus adeptos eram quase todos imigrados do Leste. Tigelino não se interessava por questões religiosas. Limitando-se a cumprir ordens, voltou-se para as camadas mais baixas de Roma em suas buscas.

Esta missão não oferecia dificuldade alguma. Numa única tarde seus esbirros recolheram uns trinta suspeitos que de bom grado confessaram ser cristãos e se surpreenderam ao verem-se imediatamente detidos e conduzidos aos calabouços do Pretório. Interrogados duramente se tinham posto fogo a Roma no verão passado, responderam veementemente que não. Então perguntou-se-lhes se conheciam outros cristãos. Com toda a inocência, deram tantos nomes quantos puderam lembrar. Tudo o que os soldados tiveram de fazer foi ir buscar os homens nas suas casas, os quais vieram sem protestar.

Ao anoitecer, cerca de mil cristãos tinham sido arrebanhados. A maioria, pessoas das classes mais baixas. Contavam os soldados que só tinham tido o trabalho de aproximar-se de qualquer ajuntamento e perguntar se havia cristãos presentes. Logo os loucos se apresentavam e eram presos.

Tigelino estava preocupado com o grande número de pessoas que ia ter de interrogar. Como não houvesse espaço para tanta gente, achou de bom alvitre reduzir um pouco a quantidade. Em primeiro lugar, soltou todos os judeus que podiam provar que eram circuncisos. Repreendeu severamente dois membros da Nobre Ordem dos Cavaleiros que tinham vindo com a multidão, e libertou-os depois pelo que lhe pareceu ser um motivo sensato: o de que dificilmente seria possível acusar um cavaleiro romano de atear fogo à cidade.

297

Diversos cidadãos mais abastados, inquietos com a casta de indivíduos de que se viam cercados, diziam-se certos de ter havido algum equívoco e ofereceram donativos ao Prefeito para que este desfizesse o mal-entendido. Soltou-os Tigelino de boa-vontade, pois acreditava que os criminosos estigmatizados e os escravos fugidos eram os mais culpados. Queria levar a cabo uma limpeza completa no mundo dos marginais de Roma que agora, após o incêndio, punham em sobressalto a cidade à noite. Tal era a. ideia que tinha dos cristãos.

A princípio os presos mantiveram-se calmos, fazendo apelos em nome de Cristo enquanto conversavam entre si, sem entender a acusação que se lhes fazia. Mas ao verem que se sorteavam e libertavam pessoas ao acaso e ouvirem dizer que a investigação tinha por fim descobrir se tinham tomado parte na premeditação do incêndio de Roma ou se sabiam alguma coisa sobre isso, começaram a assustar-se e até mesmo a desconfiar uns dos outros.

A separação entre os circuncisos e os demais fez nascer a suspeita de que os seguidores de Jacó, os partidários de Jerusalém, tivessem alguma coisa que ver com a questão. Estes se tinham sempre conservado afastado dos cristãos, adstritos a seus próprios costumes judaicos e considerando-se mais devotos do que os outros. Rixas violentas também surgiram entre os discípulos de Cefas e os de Paulo. Em consequência disso, os presos restantes foram encorajados o mais possível a denunciar os cristãos de outras facções. Até mesmo os que permaneciam calmos foram levados a esses atos de inveja e vingança e também denunciaram outros. Havia ainda alguns que raciocinavam friamente e julgavam de bom aviso denunciar o maior número possível, inclusive pessoas de alta categoria social.

Quanto mais numerosos formos, pensavam, *tanto mais impossível será realizar um julgamento. Paulo foi solto. Tigelino logo cairá em si, quando vir que somos muitos e influentes.*

Durante a noite prenderam-se famílias inteiras em toda a Roma, de modo que em pouco tempo os Pretorianos mal podiam dar conta do recado.

Tigelino teve um sombrio despertar ao amanhecer, após sua noitada de vinho e rapazes. A seus olhos deparou-se o espetáculo do enorme campo de parada dos Pretorianos repleto de pessoas bem vestidas, humildemente sentadas no chão. Mostraram-lhe intermináveis listas de pessoas que tinham sido denunciadas e perguntaram-lhe se as buscas domiciliares e detenções também se estendiam a senadores e cônsules.

A princípio não acreditou em todas essas informações, mas afirmou que os criminosos cristãos tinham acusado cidadãos honrados. Assim, percorreu ameaçadoramente o campo de parada com o chicote na mão, perguntando aqui e ali:

— Sois realmente cristãos?

E todos confessavam, alegre e confiantemente, que acreditavam em Cristo.

Eram pessoas tão respeitáveis e inocentes que ele não teve a petulância de estalar o chicote, mas decidiu que se tratava de algum equívoco grosseiro. Ele e seus colegas calcularam, com o auxílio de suas listas, que teriam de prender ainda umas vinte mil pessoas de todas as classes sociais. Punir esse número parecia demência.

Como era de esperar, a notícia das prisões em massa de cristãos tinha-se espalhado por toda a cidade. Em pouco tempo, Tigelino viu-se assediado por hordas de indivíduos invejosos e malignos que desejavam dizer-lhe que tinham visto os cristãos reunidos nas encostas durante o incêndio, entoando hinos de louvor e anunciando o fogo que estava prestes a cair do céu sobre a cidade.

No Pretório reinava o caos. As pessoas que se tinham alojado provisoriamente no campo de Marte aproveitaram a oportunidade para arrombar as casas que sabiam que eram de cristãos, maltratar outros e saquear-lhes as lojas, sem distinguir entre cristãos e judeus.

Com a conivência da polícia, multidões excitadas chegavam ao Pretório, arrastando cristãos e judeus ensanguentados e malferidos, a fim de acusá-los, agora que tinham ouvido dizer que se tinham descoberto os incendiários. A Tigelino ainda restava um pouco de juízo, de modo que advertiu com firmeza a esses indivíduos que não fizessem justiça com as próprias mãos, por mais compreensível que fosse a sua cólera e assegurou-lhes que o Imperador castigaria os culpados da maneira que mereciam os crimes terríveis por eles cometidos.

Em seguida ordenou que os Pretorianos fossem restaurar a ordem na cidade. Durante essas horas violentas da manhã os cristãos estiveram mais seguros dentro dos muros do Pretório do que estariam dentro de suas casas.

Desde o alvorecer, refugiados amedrontados tinham vindo reunir-se em minha casa e em meu jardim no Aventino, na esperança de que minha posição social lhes desse alguma segurança. Os vizinhos comportavam-se ameaçadoramente, gritando insultos e atirando pedras por cima dos muros do jardim. Não me atrevi a armar meus escravos, ou então os cristãos seriam acusados também de resistência armada. Por isso, mandei vigiar cuidadosamente a entrada. Encontrava-me numa situação embaraçosa. A única coisa favorável era que Cláudia tinha afinal concordado em ir com os criados para minha quinta em Cere a fim de lá dar à luz o nosso filho.

Minha preocupação com ela punha-me sentimental e pouco inclinado a ser inflexível com seus caros cristãos. Temia que ocorresse algum contratempo em seu parto. Após examinar as várias possibilidades, falei seriamente com eles e aconselhei-os a deixarem imediatamente a cidade, pois era evidente que os cristãos iriam ser alvos de uma denúncia grave.

Os cristãos protestaram que ninguém podia provar que eles houvessem praticado algum delito; pelo contrário, procuravam evitar todos os vícios e pecados e levavam uma vida humilde. Tinham em suas fraquezas humanas pecado talvez contra Cristo, mas não tinham feito mal algum ao Imperador ou ao Estado.

Assim, desejavam advogado para defender seus irmãos e irmãs presos e pretendiam levar-lhes comida e bebida para minorar-lhes a aflição. Àquela hora ainda não se sabia ao certo o número de pessoas que haviam sido detidas durante a noite.

Para me ver livre deles, acabei por prometer-lhes dinheiro e refúgio em minhas propriedades em Preneste e Cere. Mas não anuíram enquanto não me comprometi a procurar pessoalmente Tigelino e defender os cristãos da melhor maneira possível. Como eu exercera o cargo de Pretor, os cristãos achavam que eu lhes seria muito mais útil do que o duvidoso advogado dos pobres. Por fim, hesitantes, saíram de minha casa, ainda conversando em voz alta. Meu jardim ficou deserto.

Enquanto isso, os cristãos detidos no campo de parada tinham tido tempo de se organizarem e reunirem-se em volta de seus chefes, que após conferenciarem uns com os outros deliberaram esquecer suas divergências internas e confiar exclusivamente em Cristo. Ele haveria de mandar seu espírito para defendê-los. Estavam todos assustados com os gritos de dor que ouviam vindos dos calabouços e encontravam consolação para sua angústia nas orações e cânticos de esperança.

Havia no meio deles diversos indivíduos que entendiam de leis e iam levando conforto a cada homem e cada mulher, falando-lhes do precedente imperial no caso de Paulo. O mais importante agora era que ninguém, mesmo sob a ameaça das piores formas de tortura, se confessasse culpado de ter provocado o incêndio. Uma falsa confissão dessas seria fatal a todos os cristãos. Perseguição e sofrimento por causa do nome de Cristo tinham sido vaticinados. Podiam reconhecer Cristo, nada mais.

Ao chegar ao Pretório, fiquei espantado com o número de pessoas que tinham sido detidas. Tranquilizei-me de início, pois nem mesmo um louco podia acreditar que toda essa gente fosse responsável por um incêndio premeditado. Encontrei Tigelino num momento apropriado, já que ele estava numa fase de completo atordoamento e não tinha ideia do que fazer. Com efeito, correu para mim e bradou que eu havia fornecido a Nero uma informação errônea a respeito dos cristãos, porque quase nenhum deles parecia ser criminoso.

Neguei categoricamente e disse-lhe que nunca tinha dito uma só palavra a Nero acerca dos cristãos.

— Deles só posso dar boas referências — afirmei. — São perfeitamente inofensivos e, em seus piores altercam entre si sobre questões de fé, mas não se intrometem nos assuntos do Estado ou mesmo nos divertimentos populares. Nem vão ao teatro. É loucura acusá-los de terem incendiado Roma.

Tigelino arreganhou os dentes para mim num sorriso assustador, desenrolou uma de suas listas e leu nela o meu nome.

— Deves saber tudo a respeito desse assunto — disse ele, desdenhoso — já que te denunciaram como cristão. Tua mulher também e toda a tua casa, mas não mencionemos nomes.

Senti-me como se um pesado manto de chumbo houvesse caído sobre mim e não pude falar. Mas Tigelino rompeu a rir e me deu uma pancada com o pergaminho:

— Não vás imaginar que levo a sério essas informações. Eu te conheço, a ti e a tua reputação. E ainda que suspeitasse de ti, jamais suspeitaria de Sabina. Quem te denunciou não sabia nem que te tinhas divorciado dela. Não, eles são criminosos calejados que só por maldade desejam mostrar que os círculos nobres de Roma também se deixaram envolver nessa superstição. Mas a conspiração parece ser surpreendentemente ampla, no fim de contas. O que mais me intriga é o fato de todos eles, voluntária e alegremente, confessarem que adoram Cristo como seu deus. Só posso imaginar que foram enfeitiçados. Mas hei de pôr fim a esse sortilégio. Quando virem que os culpados são punidos, estou certo que se assustarão e logo renunciarão a essa loucura.

— Talvez fosse melhor — disse eu, cauteloso — destruíres as tuas listas. Que queres dizer com "os culpados"?

— É provável que tenhas razão — disse Tigelino. — Por incrível que pareça, até cônsules e senadores foram denunciados como cristãos. Seria melhor não tornar públicos esses insultos, de outro modo nossos homens de prol passariam por vergonha aos olhos do povo. Acho que não vou nem falar a Nero dessas acusações desvairadas.

Encarou-me de maneira penetrante, com um lampejo de satisfação nos olhos impiedosos. Conjeturei que ele queria guardar as listas e usá-las para extorquir dinheiro às pessoas, uma vez que era óbvio que todos os homens importantes de Roma estariam dispostos a pagar qualquer quantia para escapar a essa mácula. Tornei a perguntar-lhe o que queria dizer com os culpados.

— Conto com confissões mais do que suficientes — vangloriou-se ele.

Como eu me recusasse a crer, levou-me aos porões e mostro-me, uma após outra, suas lamurientas e semimortas vítimas.

— E claro que só mandei torturar criminosos marcados e escravos fugidos, e mais um ou dois outros, que me pareceram estar escondendo alguma coisa — explicou. — Uma boa sova foi suficiente para a maioria, mas como vês tivemos de usar ferros aquecidos ao rubro e garras de ferro em alguns casos. São teimosos, esses cristãos. Alguns morreram sem confessar nada, apenas gritavam pela ajuda de Cristo. Outros confessaram, logo que viram os instrumentos.

— Que foi que confessaram?

— Que tinham incendiado Roma por ordem de Cristo, é lógico — disse Tigelino com insolência. Mas ao notar minha reprovação, acrescentou: — Ou o que quiseres. Um ou dois admitiram vagamente haver posto fogo às casas, juntamente com os soldados. Na verdade, isso foi tudo que descobri em matéria de conspiração ou crime. Mas vários indivíduos que, sob outros aspectos, parecem inteiramente dignos, reconheceram espontaneamente ter pensado que seu deus punira Roma com o fogo por causa dos pecados da cidade. Isso não basta? E outros me disseram que tinham esperado ver seu deus descer do céu enquanto o fogo lavrava, para julgar todos aqueles que não reconhecem Cristo. Coisas como essas afiguram-se como uma conspiração secreta contra o Estado. Assim, os cristãos têm de ser punidos por sua superstição, não importa se atearam o fogo com suas mãos ou se concordaram conscientemente com todo esse plano cruel.

Apontei para uma mocinha amarrada com correias de couro num ensanguentado banco de pedra. A boca sangrava e os peitos e membros estavam tão dilacerados pelas garras de ferro, que era evidente que ela estava morrendo, em virtude da perda de sangue.

— Que confessou esta menina inocente?

Tigelino esfregou as palmas das mãos e evitou meu olhar.

— Procura enten-der-me um pouco — disse ele. — A manhã inteira eu tive de me ocupar com caldeireiros. Preciso tirar pelo menos um pouco de prazer de tudo isso. Mas eu estava realmente curioso de saber o que ela tinha para confessar. Pois bem, tudo quanto ela me disse foi que logo algum grande homem viria julgar-me e atirar-me ao fogo para castigo das minhas más ações. Menina vingativa. Aliás, todos gostam de falar de fogo, como se sentissem especial atração por ele. Há pessoas que têm prazer em observar incêndios. Se não fosse assim, Nero não teria escolhido aquela noite para cantar do alto da torre de Mecenas.

301

Fingi examinar de perto a moça, apesar de que isso me deixasse nauseado.

— Tigelino — disse eu, de propósito — acho que esta menina é judia.

Apavorado, Tigelino segurou-me o braço:

— Não contes a Popeia, por nada neste mundo. Como poderia eu distinguir uma moça judia das que não o são? Elas não têm sinais de identificação no corpo como os homens. Mas era cristã, sem nenhuma dúvida. Ela não quis denunciar sua loucura, embora eu prometesse deixá-la ir embora viva, caso abandonasse essas superstições. Devia estar enfeitiçada.

Felizmente, após este pavoroso incidente, Tigelino resolveu parar de torturar suas vítimas e tratou de reanimá-las, para que pudessem submeter-se ao castigo que o Imperador impusesse aos incendiários. Voltamos a seu gabinete particular de inquirições, onde o informaram de que o velho Senador Pudeus Publícola, da família Valeriana, chegara com um ancião judeu e exigia em altos brados uma audiência com Tigelino.

Tigelino, desagradavelmente surpreendido, coçou a cabeça e olhou-me atarantado:

— Pudeus é um velho pacato e ingênuo. Por que terá ficado com raiva de mim? Talvez eu tenha prendido um dos seus clientes, por engano. Fica aqui e ajuda-me, já que conheces os judeus.

O Senador Pudeus entrou com sua velha cabeça branca tremendo de raiva. Para minha surpresa, era Cefas que o acompanhava, o gasto bordão de pastor na mão e o rosto barbado vermelho de agitação. O terceiro era um rapazinho chamado Cleto, pálido de medo, que eu vira antes atuando como intérprete de Cefas.

Tigelino ergueu-se e saudou Pudeus respeitosamente, mas o velho precipitou-se na direção dele, armou um pontapé com sua bota púrpura e pôs-se a injuriá-lo:

— Você, Tigelino, seu maldito tratador de cavalos, fornicador e pederasta! — vociferou. — Que pensa você que vai fazer? Que falsas acusações são essas contra os cristãos? Até onde acha que vai chegar com sua insolência?

Tigelino procurou humildemente explicar que não confundia sua vida particular com seu cargo de Prefeito Pretoriano. Não era o único pederasta de Roma e não tinha por que se envergonhar de ter sido criador de cavalos durante o período em que estivera exilado.

— Portanto, pare de insultar-me, meu caro Pudeus — disse ele. — Lembre-se da sua posição e de que aqui devo ser tratado como funcionário público e não como um particular. Se tem alguma reclamação a fazer, escutarei com paciência o que tem a dizer.

Cefas levantou os braços e começou a falar alto, em aramaico, sem sequer olhar na minha direção, como se se dirigisse a um estranho na mesma sala. Tigelino acompanhou o rumo do olhar de Cefas.

— Quem é esse judeu? — perguntou. — E o que é que está dizendo? Com quem está falando? Espero que não seja bruxaria e que alguém tenha tomado providência para que ele não viesse para cá com seus mágicos feitiços e perigosos amuletos.

Puxando Tigelino pelo braço, consegui que ele me desse atenção.

— É o cabeça dos cristãos — expliquei — o célebre Cefas. Atribuem-lhe o poder de ressuscitar os mortos e fazer milagres tais que, junto dele, Simão, o

302

mago, quando era vivo, parecia um principiante. Encontra-se sob a proteção do Senador Pudeus desde que curou a enfermidade do Senador.

Tigelino estendeu dois dedos para a frente, ao modo de chifres, para precaver-se contra os espíritos maléficos.

— É um judeu — disse, com firmeza. — Não tenho nada que ver com ele. Diga-lhe que pare com suas feitiçarias e vá embora. E leve seu bordão mágico, antes que eu me zangue. A essa altura o Senador Pudeus estava mais calmo:

— O venerabilíssimo Cefas — disse ele — está aqui para responder por todas as acusações que você inventou contra os cristãos. Pede que você solte os outros e o prenda. E o pastor deles. Todos os outros, dos mais humildes aos mais ilustres, são apenas suas ovelhas.

Tigelino recuou até a parede, pálida a cara morena e trêmulos os lábios.

— Tirem-no daqui — disse, inseguro — antes que eu mande açoitá-lo. Digam-lhe que seria melhor ir-se embora da cidade de uma vez por todas. Por ordem do Imperador, estou investigando a conspiração dos cristãos para destruir Roma. Os incendiários já confessaram, mas devo dizer que muitos cristãos respeitáveis talvez não soubessem desse plano terrível. É possível que até esse ancião do bordão desagradável não soubesse de nada.

Pudeus escutou de boca aberta, com a pele flácida em volta do queixo a agitar-se. Depois meneou a cabeça:

— Toda a gente sabe que foi o próprio Imperador quem pôs fogo a Roma, a fim de dispor dos terrenos entre Célio e Esquilino, para seus mirabolantes planos arquitetônicos. Mas Nero está completamente enganado se imagina que pode pôr a culpa em pessoas inocentes. Acautele-se ele contra a cólera do povo, se isto se tornar conhecido,

Tigelino olhou em roda temendo que as paredes estivessem escutando.

— Você é um ancião, Pudeus — admoestou-o depois.

— Sua cabeça está confusa. Não deve deixar que esses boatos saiam de seus lábios nem por brincadeira. Ou é você mesmo um cristão que, em seu desnorteamento, se envolveu nesse negócio? Tenha cuidado. Seu nome figura nas listas, embora naturalmente eu não dê muito valor a tais acusações. Um membro do Senado não pode ser cristão.

Tentou rir, mas fitou os olhos em Cefas, estremecendo a cada gesto que este fazia. Pudeus lembrou-se de sua dignidade e posição e compreendeu que tinha ido longe demais:

— Muito bem. Talvez haja fanáticos e indivíduos facciosos entre os cristãos, e até mesmo falsos profetas também. Talvez algum lobo tenha penetrado no meio deles com pele de cordeiro. Mas Cefas responderá por todos eles no julgamento público. Espero apenas que ele, por mandado do espírito, não empregue palavras que assustem o próprio Nero.

Tigelino também serenou um pouco:

— Não guardo rancor a você. Estou sempre disposto a fazer concessões às pessoas. Mas o seu mágico judeu não pode responder por outros neste processo. Goza dos mesmos direitos e da situação especial de que gozam todos os outros maldi-

303

tos judeus. Nero proibiu-me expressamente de meter os judeus nisto, pois nem mesmo o próprio Hércules seria capaz de distinguir os judeus fiéis, dos heréticos, nessas cavalariças de Augias. Acho que Roma seria uma cidade muito melhor sem os judeus. Mas esta é apenas minha opinião pessoal e não vem ao caso. Obedeço ao Imperador.

Expliquei, resumidamente, o ponto de vista jurídico de Tigelino a Cleto, e este traduziu-o para Cefas, cujo semblante tornou a avermelhar-se. De início, Cefas tentou falar com modos moderados, mas logo se exaltou tanto que passou a trovejar suas palavras.

Cleto procurou interpretar, eu também intervim com minhas ideias e Pudeus expressou seus pontos de vista próprios de forma que em pouco estávamos todos falando ao mesmo tempo e nenhum entendia o que o outro queria dizer.

Por fim, Tigelino ergueu ambas as mãos, como para separar-nos, e exigiu silêncio: — Basta! — bradou. — Por respeito aos seus cabelos brancos, Pudeus, e para obter as boas graças desse poderoso mágico, estou disposto a soltar dez ou vinte, ou, digamos, cem cristãos, que ele mesmo pode escolher. Ele pode ir ao campo de parada e escolher. De qualquer modo, tenho cristãos em demasia e estou pronto a ver-me livre de alguns por qualquer meio razoável.

Mas Cefas não aprovou esta sensata sugestão, embora tenha dado um pouco de atenção a ela. Obstinadamente, insistiu em que o prendessem e soltassem todos os outros. Era uma exigência descabida mas, examinando-a melhor, compreendi que era prudente do ponto de vista dele. Se selecionasse cem ou duzentas pessoas, a sua vontade, dentre aquela imensa multidão, causaria tremenda suspeita no meio dos cristãos, e num momento em que os portavozes das diversas correntes tinham chegado a uma espécie de acordo.

Nossas negociações não podiam prosseguir. Finalmente, a despeito do temor da magia, Tigelino perdeu a paciência, quando viu que sua autoridade ia sendo solapada. Precipitou-se para fora da sala e ouvimo-lo ordenar aos guardas de serviço que escorraçassem da área do quartel o presunçoso judeu a vergastadas.

— Mas não empreguem mais violência do que a necessária — recomendou — e por nada no mundo não levantem nem o dedo mínimo para o Senador Pudeus. Ele é um Publícola.

Mas Tigelino encontrou dificuldade em fazer-se obedecer pelos Pretorianos. Alguns destes tinham ouvido as pregações de Paulo, quando o vigiavam, e desde então começaram a ter respeito aos cristãos. Advertiam então aos colegas, e Tigelino não podia convencê-los a aceitarem a responsabilidade, pois ele mesmo estava terrivelmente amedrontado com a fama de mágico de Cefas. Até o centurião do Pretório aconselhou-o seriamente a não tocar num homem tão santo.

Afinal, Tigelino viu-se na contingência de prometer o soldo extra de um mês a quem levasse Cefas para fora do quartel e o mantivesse fora dos muros. Só assim logrou encontrar cinco indivíduos truculentos que se encorajavam mutuamente, dizendo que não temiam as forças infernais. Após beber cada qual um gole de vinho, penetraram no gabinete de inquirições e começaram a expulsar Cefas com possantes chicotadas.

Pudeus não podia interferir, pois nem mesmo a um Senador é dado revogar uma ordem militar. Não lhe restava outra alternativa senão insultar e ameaçar Tigelino, que por segurança, mantinha-se a distância e instigava os Pretorianos com gritos veementes.

As chibatadas das correias de pontas chumbadas estalavam na cabeça e nos ombros de Cefas, mas o altaneiro ancião apenas aprumava os ombros largos, sorria mansamente, abençoava os soldados e pedia-lhes que batessem com mais força, já que para ele era uma alegria padecer em nome de Cristo.

Para facilitar a tarefa dos Pretorianos, tirou o manto grosseiro e, para não salpicá-lo de sangue, entregou-o ao Senador Pudeus para que o segurasse. Pudeus teria a maior satisfação em segurá-lo, mas naturalmente eu não podia deixá-lo fazer isso, por causa de sua dignidade. Assim, pus o manto no meu braço.

Loucos de medo, os soldados zurziam Cefas, com todo o ímpeto, e casualmente atingiam uns aos outros com seus golpes. O sangue vertia do rosto de Cefas e descia-lhe pela barba encanecida, empapava-lhe a túnica desfeita em trapos e respingava no piso e nas paredes, de modo que Pudeus e eu tivemos de recuar. Quanto mais os soldados o açoitavam, mais feliz Cefas sorria de quando em quando gritando de prazer e pedindo que Cristo os abençoasse por estarem proporcionando a ele, Cefas, tamanha alegria.

Contemplando a cena cruel, Tigelino convencia-se cada vez mais de que Cefas era um feiticeiro terrificante, pior ainda do que Apolônio de Tiana, já que nem mesmo sentia dor física. Aos gritos, mandou que os soldados jogassem fora o açoite e levassem Cefas.

Os homens estavam com receio de tocá-lo, mas aquela história começava a ferir-lhes os brios de soldados. Estimulados pelas gargalhadas e pilhérias dos colegas, praguejaram e puseram as mãos em Cefas, levando-o a perder o equilíbrio, embora ele lutasse como um touro, ao mesmo tempo evitando atingir ou machucar os soldados.

Conseguiram conduzi-lo pela areada até aos degraus de mármore. Lá, ele se desvencilhou dos soldados e prometeu caminhar por sua livre vontade para o portão, desde que eles o chicoteassem durante todo o trajeto. Os soldados de bom grado deixaram-no ir, dizendo que a força dele lhes tinha paralisado os braços e destruído o vigor dos açoites.

Os cristãos detidos correram para Cefas, sem que ninguém os impedisse, gritando jubilosos o seu nome e ajoelhando-se, em longas filas, de cada lado do caminho, em sinal de respeito por ele.

Cefas disse-lhes que suportassem com paciência as aflições, sorriu contente, ao levantar os braços para abençoá-los e gritou o nome de Cristo. Os presos foram tomados de piedosa confiança e coragem, ao verem o lanhado Cefas ser expulso do quartel a chicote e esqueceram a mútua desconfiança.

Cefas estava decidido a ficar do lado de fora do portão e esperar lá, sem comer nem beber, mas Pudeus afinal persuadiu-o a desistir desse intento. Entregou-o a seu séquito, recomendando que o transportassem rapidamente e em segredo para casa. Com este fim, cedeu a Cefas a cadeirinha. Cefas teria preferido ir a pé, mas a emoção e a perda de sangue faziam-no cambalear. Pudeus tratou, então, de negociar outra vez com Tigelino, segundo a boa maneira romana.

Quando viu os cristãos murmurando e invadindo alegremente o pátio do Pretório, Tigelino recobrou o juízo e ordenou que os guardas os fizessem recuar para o cercado do campo de parada e determinou que os presos mais próximos limpassem as manchas de sangue do piso e das paredes do gabinete de inquirições. Os cristãos olharam espantados uns para os outros, pois não tinham escovas nem jarros de água. Tigelino estourou na gargalhada:

— Podem lamber o piso, se quiserem. Pouco se me dá. O importante é que façam a limpeza.

Então os cristãos ajoelharam-se e cuidadosamente limparam todas as gotas de sangue com suas vestes, já que isso lhes recordava os sofrimentos de Cristo.

Como homem sensato que era, Pudeus procurou salvar o que pudesse e, com audácia, perguntou a Tigelino se estava de pé a promessa de consentir na escolha de cem cristãos dentre os presos. Tigelino desejava estar nas boas graças do Senador e prontamente aquiesceu:

— Por mim, pode levar até duzentos, se quiser. Daqueles que negam ter tido qualquer participação no incêndio da cidade.

Pudeus dirigiu-se imediatamente para o campo de parada, antes que Tigelino tivesse tempo de arrepender-se da promessa, que fizera apenas por desafogo. Mas Tigelino pensou um pouco e gritou atrás dele:

— Isso representará cem sestércios na minha bolsa particular, por cabeça.

Sabia que Pudeus não era rico e mal conseguia manter-se acima do limite mínimo de renda exigido dos senadores. Quando era vivo, o Imperador Cláudio tivera certa vez de completar do próprio bolso a diferença, para que Pudeus não tivesse de deixar o Senado por falta de dinheiro. Por isso, Tigelino achou que não devia exigir maior quantia.

Dentre a multidão de cristãos, Pudeus escolheu aqueles que ele sabia que tinham maior aproximação com Cefas e as mulheres que tinham crianças em casa e estavam com pressa de voltar a seus lares. Achou desnecessário selecionar moças, presumindo que não seriam acusadas de incêndio premeditado e que nenhuma das mulheres estava sob a ameaça de perigo ou punição, de vez que não havia possibilidade de denúncia formal, em vista da escassez de provas.

Por isso contentou-se de consolar e encorajar seus próprios amigos entre os cristãos e afiançar-lhes que, como homens respeitados, certamente seriam soltos. Não se formou grande aglomeração à sua volta, e na realidade alguns dos que ele escolheu recusaram-se a deixar seus companheiros de crença, preferindo partilhar da sorte deles.

De qualquer modo, Pudeus selecionou duzentas pessoas para serem soltas e pechinchou com Tigelino de modo que, no fim de contas, ele se satisfez com a soma simbólica de apenas dez mil sestércios por tudo.

Fiquei tão impressionado com sua complacência que perguntei se não podia também resgatar algumas pessoas que eu sabia serem partidárias de Paulo, em Roma. Achava que era importante que alguns dos seguidores de Paulo também fossem soltos, a bem da união entre os cristãos. Poderia haver murmurações maldosas, caso os partidários de Cefas recebessem tratamento preferencial.

Eles consideravam os ensinamentos de Paulo inutilmente complicados, ao passo que os adeptos de Paulo se jactavam de entender os mistérios divinos melhor do que os outros. feliz ao pensar em vangloriar-me, diante de Cláudia, por ter ajudado os cristãos em sua aflição, sem tirar disso nenhuma vantagem.

Tigelino nem exigiu remuneração pela liberdade deles, pois precisava do meu auxílio para encaminhar ao tribunal um relatório imparcial sobre a superstição cristã. Também me tinha certo respeito, porque eu não dera sinais de medo diante de Cefas e não arredara pé. Exprimiu sua gratidão a esse respeito com algumas palavras relutantes.

Ele próprio ainda conservava um salutar receio de Cefas, porquanto os soldados que haviam segurado Cefas tinham perdido completamente o uso dos braços. Queixavam-se lastimosamente de paralisia, decorrente das ordens do Prefeito de que pusessem as mãos num mágico. Creio que exageravam intencionalmente seus males, a fim de obter mais dinheiro. Pelo menos não ouvi dizer posteriormente que tivessem sofrido quaisquer consequências duradouras.

Tigelino julgava-se agora pronto a levar o problema a Nero. Pediu-me que o acompanhasse, já que eu me mostrara versado na questão e conhecia pessoalmente os cristãos. Achava que era seguramente meu dever, pois eu havia orientado mal a Nero, ao dar a Popeia informações incorretas sobre eles. Achava também não haver mal algum em que eu pessoalmente tivesse compaixão dos cristãos e não quisesse acreditar em todas as perversidades que ele acreditava ter descoberto em consequência de seus interrogatórios. Dessa maneira a exposição dos fatos seria mais imparcial.

Montamos a cavalo e fomos para o Esquilino. A fim de acelerar o trabalho de construção após o alargamento e retificação das ruas, permitia-se agora a presença de veículos e cavalos dentro dos muros da cidade durante o dia. Nero estava na melhor das disposições de espírito. Ele e seus comensais tinham acabado de saborear uma lauta refeição regada a vinho e refrescar-se com um banho frio para que pudessem continuar a comer e beber até a noite — hábito não muito frequente do Imperador.

Nero não cabia em si de contente por ter descoberto um método politicamente excelente de desviar, de sua pessoa para os criminosos cristãos, a atenção do povo e assim calar os boatos malévolos. Não se perturbou com o relatório de Tigelino acerca do número colossal de cristãos detidos, pois aferrava-se à ideia de que não passavam de indivíduos desregrados, desclassificados e criminosos.

— Trata-se apenas de encontrar um castigo adequado à monstruosidade do seu crime — disse ele. — Quanto mais severa for a punição, maior será o número de pessoas que se convencerão da culpa deles. Podemos, ao mesmo tempo, dar ao povo peças e espetáculos de um gênero que ninguém jamais ofereceu. Não podemos usar o anfiteatro de madeira, cujos porões ainda estão cheios de gente sem lar, e o grande circo está reduzido a cinzas. Terá de ser o meu circo no Vaticano. É um tanto exíguo, sem dúvida, mas podemos organizar festas para o povo

307

e um banquete gratuito, à noite, nos meus jardins, simultaneamente, no sopé do Janículo.

Eu não estava certo do que ele tinha em mira, mas tive o atrevimento de ponderar que primeiro seria necessário realizar um julgamento público e que provavelmente não seriam muitas as pessoas que poderiam ser acusadas de incêndio premeditado, com base nas provas então disponíveis.

— Por que público? — perguntou Nero. — Os cristãos são criminosos e escravos fugitivos sem cidadania. Não há necessidade de reunir um colégio de cem cidadãos para julgar essa gente. Basta um decreto do Prefeito.

Tigelino explicou que uma quantidade surpreendente de presos se compunha de cidadãos contra os quais nada se podia alegar, exceto que haviam confessado ser cristãos, e lembrou as dificuldades implícitas na manutenção de cinco mil pessoas no pátio de exercícios do Pretório, durante vários dias.

Além disso, os cidadãos presos pareciam dispor de recursos que os capacitavam a prolongar o julgamento mediante apelos ao Imperador, mesmo que fossem condenados no tribunal ordinário. Assim, cabia ao Imperador decidir desde logo se a confissão de ser cristão constituía fundamento suficiente para a sentença do tribunal.

— Disseste cinco mil? — perguntou Nero. — Ninguém jamais utilizou tanta gente, de uma só vez, num espetáculo ou mesmo nos triunfos mais suntuosos. Acho que um só espetáculo bastaria. Não podemos realizar um festim popular que dure dias a fio. Isso retardaria ainda mais os trabalhos de construção. Serias capaz de fazê-los desfilar imediatamente pela cidade até o outro lado e alojá-los em meu circo? Assim, terá o povo uma pré-estreia do espetáculo e também poderá dar expansão à cólera que sente ante esse crime terrível. Por mim, pode até estraçalhar um ou outro pelo caminho, contanto que tomes providências para que não haja excessivo tumulto.

Vi que Nero ainda não tinha noção precisa de toda a questão ou de suas proporções:

— Não percebes? — perguntei. — A maioria são pessoas respeitáveis e honradas, moças e rapazes também, que ninguém suspeitaria de maldade nenhuma. Vários usam togas. Não pensas seriamente em permitir que o povo insulte a toga romana, não é mesmo?

Nero fechou a cara e fitou-me com atenção, por um instante, enquanto se lhe endurecia o pescoço grosso e o queixo gordo.

— Evidentemente duvidas dos meus dotes de inteligência, Maniliano — disse ele, usando meu sobrenome para mostrar seu desagrado. Mas depois rebentou a rir, já que outra ideia lhe acudira à cabeça. — Tigelino pode fazer com que desfilem nus. O povo achará mais divertido ainda e ninguém saberá quem é respeitável e quem não é.

Em seguida, balançou a cabeça.

— Sua aparente inocência — prosseguiu — está só na superfície. Minha própria experiência ensinou-me a duvidar daqueles que mascaram seus malefícios com piedade exterior e hábitos virtuosos. Estou bem a par da superstição cristã. O castigo mais severo é brando demais para suas torpezas. Quereis ouvir-me?

Olhou em roda com ar indagador. Eu sabia que era melhor ficar calado quando ele queria falar. Assim, todos lhe pedimos que continuasse.

— A superstição cristã — disse Nero — é tão ignóbil e aterradora que só podia mesmo ter nascido no Oriente. Eles praticam bruxarias tenebrosas e ameaçam incendiar um dia o mundo inteiro. Identificam-se uns aos outros por meio de sinais secretos, e se reúnem à noite, a portas fechadas, para comer carne humana e beber sangue. Com tal finalidade, pegam as crianças que estão sob seus cuidados e as imolam em suas reuniões secretas. Depois de comerem e beberem, fornicam juntos, de todas as maneiras, normais e anormais. Têm até relações sexuais com bichos, pelo menos com ovelhas, segundo ouvi dizer.

Circunvagou os olhos em triunfo. Creio que Tigelino estava irritado por ter Nero, desse modo, impedido que ele próprio apresentasse o sumário dos resultados de seus interrogatórios. Sentia, talvez, a necessidade de falar em sua própria defesa. Seja como for, suas palavras vieram carregadas de desdém.

— Não podes julgá-los simplesmente por fornicação. Sei de muitas pessoas, aqui mesmo, perto de nós, que também se reúnem a portas fechadas para fornicar.

Nero estourou na risada:

— É bem diferente — disse ele — quando as pessoas se reúnem, de pleno acordo, para seu próprio prazer e para estudar tais passatempos. Mas não conteis tudo a Popeia, porque ela não é tão tolerante quanto seria de desejar. Os cristãos, porém, fazem tais coisas como uma espécie de conjuração, em honra de seu deus, esperando alcançar vantagens de todos os tipos sobre as outras pessoas. Acham que tudo lhes é permitido e no dia que tomarem o poder julgarão o resto da humanidade. Essa é uma ideia que seria politicamente perigosa, se não fosse tão ridícula.

Não nos juntamos à sua gargalhada um tanto forçada.

— Os porões sob o circo do Vaticano são demasiadamente pequenos para cinco mil pessoas — interrompeu Tigelino. — Continuo achando que é desnecessário arrastar os cidadãos para esse negócio. Sugiro que me seja dada permissão para libertar todos aqueles que honestamente deem garantias de que renegam a superstição cristã e que, de mais a mais, sejam cidadãos probos.

— Mas neste caso poucos sobrarão para o castigo — protestou Nero. — É óbvio que todos renegarão, se lhes dermos oportunidade. Todos participaram da conjuração, da mesma forma, ainda que não tenham tomado parte, diretamente, no incêndio. Se me parecer que o número é grande demais, o que parece de todo improvável, quando pensarmos no monstruoso crime que cometeram, permitirei então que deitem sortes lá entre eles. E o que se faz na guerra, quando uma legião sofre derrota vergonhosa. A Córbulo foi concedida permissão de mandar matar um homem, em cada grupo de dez, com a ajuda dos dados, que apontavam heróis e covardes alternadamente. Sugiro que deites sortes para libertar um, em cada grupo de dez indivíduos. É de presumir que a punição dos outros há de deixá-los suficientemente assustados para que a superstição cristã desapareça de Roma para sempre.

Tigelino lembrou que ninguém, até então o acusara de exagerada brandura no desempenho do cargo.

309

— Meus pontos de vista são puramente práticos. Executar cinco mil pessoas de maneira artística, como desejas, não é possível, num só dia, naquele teu minúsculo circo, ainda que enchamos todos os jardins de crucifixos. Lavo minhas mãos de todo esse negócio. Se não queres um espetáculo artístico, então, naturalmente, pode-se providenciar um morticínio em massa, embora eu desconfie que não dará muito prazer ao povo. Terminam enfastiados. Não há nada mais monótono do que execuções contínuas o dia inteiro.

Estávamos todos tão apavorados com seus comentários, que ninguém disse uma palavra. Havíamos imaginado a execução, por algum meio cruel, de uns vinte cristãos, enquanto o restante tomaria parte num espetáculo qualquer.

Petrônio meneou a cabeça e apressou-se a dizer:

— Não, meu senhor, isso não seria de bom tom.

— Não quero que tu, e talvez eu mesmo também, sejamos acusados de não fazermos caso dos direitos de cidadania — prosseguiu Tigelino. — Temos de malhar enquanto o ferro está quente. Este é um problema de certa urgência. Disponho de umas dez confissões autênticas, mas não bastarão para um julgamento público, e todos os que confessaram já não prestam para aparecer em público.

Apoquentado por nossos olhares, acrescentou irritado:

— Alguns morreram quando tentavam fugir. Isso acontece com frequência.

Novamente tive a sensação de que um manto pesado caía sobre mim, mas não pude deixar de falar sem rebuços.

— Imperador — disse eu — conheço os cristãos, seus costumes e hábitos. São indivíduos pacíficos que vivem recatadamente, sem intrometer-se nas questões do Estado, e evitam todos os delitos. Deles só posso falar bem. São tolos, talvez, em sua crença de que um certo Jesus de Nazaré, a quem chamam de Cristo, e que foi crucificado na época em que Pôncio Pilatos era Procurador na Judeia, virá libertá-los de todos os pecados e conceder-lhes a vida eterna. Mas ingenuidade, por si só, não é crime.

— É isso mesmo, acreditam que seus crimes mais atrozes lhes serão perdoados porque tudo é lícito para eles — disse Nero, com impaciência. — Se esta doutrina não é perigosa, então gostaria que me dissessem o que representa perigo para o Estado.

Alguns, hesitantes, afirmaram que o perigo decorrente da superstição dos cristãos talvez fosse exagerado pelos boatos. Se alguns fossem punidos, os demais se assustariam e repudiariam a superstição.

— A verdade é que odeiam a humanidade inteira — atalhou Tigelino, exultante — e acreditam que seu Cristo aparecerá para condenar-te, a ti, meu senhor, e a mim também e à minha imoralidade. Seremos queimados vivos, para castigo de nossas más ações.

Nero riu e deu de ombros. Diga-se, a seu favor, que ele não se incomodava com insultos dirigidos a suas fraquezas pessoais e tratava com bonomia os que o mimoseavam com versos maliciosos. Mas ergueu os olhos, rapidamente, quando Tigelino se voltou para mim e falou em tom reprovador:

— Não foste tu, Minuto, que disseste que os cristãos não gostam dos espetáculos teatrais?

310

— Odeiam o teatro? — disse Nero, erguendo-se vagarosamente, já que não tolerava desconsideração à sua arte lírica. — Neste caso, são verdadeiros inimigos da humanidade. Não acredito que alguém venha em sua defesa. Ergui-me, os joelhos tremendo violentamente.

— Senhor — protestei, obstinado — eu mesmo tenho tomado parte, uma vez ou outra, nos ágapes dos cristãos. Posso jurar que não acontece nada de indecente nessas ocasiões. Servem-se de vinho, e pão e outros alimentos comuns. Dizem que esses alimentos representam a carne e o sangue de Cristo. Após a refeição, trocam beijos, mas não há nada de mal nisso.

Nero rejeitou minhas palavras, com um gesto de mão, como se afugentasse uma mosca:

— Não me irrites, Maniliano. Todos sabemos que não és nenhum gênio, embora tenhas algumas boas qualidades. Os cristãos jogaram areia nos teus olhos.

— Isso mesmo — disse Tigelino. — Nosso Minuto é crédulo demais. Os mágicos cristãos o iludiram. Eu mesmo passei por essas dificuldades durante os interrogatórios. Por fora, mostram uma cara bondosa, parecem respeitáveis e enganam os pobres, oferecendo-lhes refeições gratuitas. Mas quem quer que se dedique a seus mistérios expõe-se a seus feitiços.

A única coisa que conseguimos foi que Nero compreendesse que dois ou três mil presos bastariam para o espetáculo e que autorizasse Tigelino a soltar os que renegassem a superstição, contanto que sobrasse número suficiente para um julgamento:

— Planejemos algo agradável para divertir o povo — Tigelino, incumbo-te também de escolher algumas moças e rapazes saudáveis para a representação teatral, para que não apareçam somente escravos ferrados.

Quando voltava ao acampamento Pretoriano com Tigelino, eu ia pensando que Nero tinha em mente alguma representação teatral, engraçada e vergonhosa, para castigar a maioria dos cristãos, libertando-os depois que alguns tivessem sido executados para satisfazer o povo.

Tigelino nada dizia. Tinha seus próprios planos, embora eu não os conhecesse na ocasião.

Saímos para o campo de parada. Os presos estavam exaustos pelo sol, pois era um dia quente de outono. Haviam recebido comida e água da cidade, mas em quantidade insuficiente. Muitos, famintos e sedentos, pediam permissão para se suprirem de alimentos, de acordo com as leis e o costume.

Ao avistar um homem respeitável de toga, Tigelino parou e dirigiu-lhe a palavra com modos amistosos.

— Teve alguma participação na conjura para incendiar Roma? — perguntou, e ao receber resposta negativa, disse: — Já foi punido alguma vez por algum crime grave? — Ouvindo uma resposta satisfatória, exclamou: — Ótimo! Você parece um homem honrado. Pode ir em paz, se prometer renegar as perniciosas crenças dos cristãos. Suponho que tem cem sestércios para pagar as despesas da prisão.

Mas ficou desagradavelmente surpreso, e para dizer a verdade, também fiquei, ao ouvir, um após outro, responder que não podia negar Cristo, que os tinha salvo dos pecados e chamado para o seu reino. De outra maneira, diziam todos, teriam

311

prazer em ir para Casa e pagar cinquenta, cem ou até mesmo quinhentos sestércios, para cobrir as despesas que haviam causado ao Estado.

Por fim, Tigelino estava com tanta pressa de fazer alguma coisa que fingia que não ouvia e murmurava a pergunta:

— Renega Cristo, então, não é verdade? — E a cada negativa respondia com uma frase lacônica: — ótimo, pode ir.

Chegou até a não exigir mais propinas, contanto que os presos mais respeitáveis concordassem em ir embora. Mas muitos eram tão teimosos que voltavam às ocultas para o campo de parada e se escondiam entre os outros cristãos.

Enquanto isso, Tigelino fizera com que os Pretorianos de serviço na cidade espalhassem a notícia de que ele estava pensando em obrigar os responsáveis pelo incêndio de Roma a marchar através das ruínas, ao longo da via Sacra até a outra margem do rio, onde ficariam detidos no circo de Nero. Comunicou aos guardas que não fazia objeção a que um ou outro preso escapasse, misturando-se à multidão, no trajeto. Alguns dentre os mais idosos e as mulheres mais debilitadas queixara-se de que era um itinerário comprido, mas Tigelino jurou, de brincadeira, que não podia fornecer cadeirinhas a todos.

Uma multidão estrepitosa, aglomerada à beira do caminho, atirava barro e pedras nos cristãos, mas o cortejo veio a ser tão inimaginavelmente extenso que até mesmo os piores arruaceiros se cansaram, antes que o fim estivesse à vista. Eu mesmo fui a cavalo de um extremo a outro do desfile, e tomei todas as medidas para que os Pretorianos cumprissem o dever e protegessem os presos contra a multidão.

Alguns surraram com tanta violência os presos que estes ficaram deitados no chão esvaindo-se em sangue, mas quando alcançamos a via Sacra e o céu tingiu-se de vermelho e as sombras se encompridaram, um estranho silêncio desceu sobre as multidões reunidas à margem da estrada. Era como se toda a cidade tivesse caído num silêncio fantasmal. Os pretorianos volviam em torno o olhar apreensivo, pois no meio deles corria o rumor de que o céu ia abrir-se e Cristo baixaria, em toda a sua glória, para proteger seu povo.

Exausto de fome, sede e falta de sono, muitos cristãos sentaram-se à beira da estrada quando as pernas se recusaram a levá-los adiante, mas não foram mais importunados. Gritavam pelos outros, pedindo que não os deixassem para trás e os privassem de seu quinhão da alegria de Cristo. Os mais empreendedores alugaram alguns carroções utilizados para transportar entulho e pedra e neles colocaram aqueles que haviam caído à margem da estrada. Breve o cortejo era seguido por umas cem dessas carroças, para que ninguém fosse deixado para trás. Tigelino nada fez para impedir isto, e disse que os cristãos eram mais obstinados em sua superstição do que ele jamais teria imaginado. Mas cometeu um erro ao fazer o cortejo atravessar a ilha de Esculápio e a parte judaica do Vaticano.

O crepúsculo já tinha caído, e quando a turba que acompanhava o desfile viu os judeus, tornou-se outra vez indisciplinada, começou a maltratá-los e a invadir-lhes as casas para saqueá-las. Tigelino teve de mandar quase toda a escolta do cortejo restaurar a ordem, de sorte que os cristãos tiveram de avançar sozinhos para o circo do Vaticano.

312

Ouvi homens e mulheres, que iam na vanguarda do cortejo, perguntar uns aos outros se estavam indo no rumo certo. Alguns se extraviaram, na escuridão dos jardins de Agripina, mas ao romper do dia, todos tinham, de uma forma ou outra, encontrado o caminho que levava ao circo. Houve quem dissesse que nem um só cristão fugira, mas isso me pareceu inacreditável. Quando a noite caiu e as arruaças irromperam no décimo quarto distrito da cidade, qualquer pessoa teria facilmente escapulido para casa.

Como era de esperar, não havia espaço para aquele número de pessoas nos porões e estábulos, e muitos tiveram de deitar-se na arena. Tigelino consentiu que fizessem camas aproveitando o feno dos depósitos e mandou abrir os canos de água dos estábulos. Não agiu assim por deferência, mas porque, como romano, era responsável pelos cristãos.

Às crianças que se tinham perdido dos pais e a algumas moças que os Pretorianos tinham escolhido para violar, assim satisfazendo os requisitos da lei romana, segundo os quais não se pode condenar uma virgem a castigos corporais, ordenei categoricamente que fossem para casa, em nome de Cristo, pois a não ser assim não me teriam obedecido.

Não fui o único que na confusão foi obrigado a apelar para Cristo. Surpreendi os Pretorianos encarregados das filas para a distribuição de água dando desajeitadamente as suas ordens em nome de Cristo. De outra maneira, jamais teriam feito valer suas determinações.

Deprimido, voltei a Tigelino e ambos fomos apresentar-nos outra vez a Nero, no Esquilino.

— Onde andavas? — disse Nero, impaciente, ao ver-me. — Justamente agora preciso de ti. Dize-me o que podes arranjar em matéria de feras.

Respondi que a possibilidade de escolha era muito restrita, de vez que tínhamos sido forçados a reduzir o número de animais, em virtude da escassez de água e comida, provocada pelo incêndio. Para jogos venatórios, expliquei sem suspeitar de nada, contava somente com bisão hircânio e lebréus. Sabina tinha os leões dela, é claro.

— Mas — disse eu, sombrio — com as novas e escorchantes taxas de água, não creio que sejamos capazes de ampliar nossa coleção de animais.

— Durante meu reinado — disse Nero — tenho sido acusado de ser brando em demasia e de alargar ainda mais a lacuna entre o povo e as antigas grandes virtudes de Roma. Assim, por essa vez, terão o que querem, por mais que isso me desagrade pessoalmente. Mas justifica-o o crime inominável dos cristãos e seu permanente ódio à humanidade. Portanto, serão lançados às feras. Já rebusquei os mitos, à cata de ideias para bons quadros vivos. Cinquenta virgens podem representar as Danaides e cinquenta mancebos os seus pares. Dirce foi aquela que foi atada aos chifres de um touro.

— Mas — protestei — durante o seu reinado, nem mesmo os piores criminosos foram atirados às feras. Pensei que tínhamos posto fim a costumes bárbaros como este, Não estou preparado para esse gênero de coisas. Não tenho os animais necessários. Não, recuso-me a tomar isso em consideração.

313

O pescoço de Nero inchou de raiva.

— Roma está enganada se pensa que tenho medo de ver sangue na areia. Hás de fazer o que eu digo. Quem quer que represente Dirce será amarrada aos chifres do bisão. Os cães podem estraçalhar uma centena.

— Mas, meu senhor — disse eu — eles só sabem caçar animais bravios. Não tocarão em seres humanos. — Depois de pensar um momento, acrescentei cauteloso: — É claro que podíamos armar os presos e deixá-los caçar o bisão com os cães. Até mesmo caçadores experientes perdem a vida nessas caçadas. Tu mesmo já o viste.

Nero fitou-me e, em seguida, sua voz se tornou perigosamente tranquila:

— Tu te opões aos meus desejos, Maniliano? Acho que já deixei bem claro qual o tipo de espetáculo que espero de ti amanhã.

— Amanhã! — exclamei. — Estás louco. O tempo não dá.

Nero ergueu a cabeça imponente e encarou-me:

— Nada é impossível para Nero. Amanhã é dia dos Idos. O Senado reúne-se ao amanhecer, e eu o informarei do desmascaramento dos incendiários. Logo que o Senado em peso chegar ao circo, terão início os espetáculos. Minha decisão num caso como este é um veredito legalmente válido, que dispensará o pronunciamento do tribunal. Meus doutos amigos aqui presentes estão de acordo neste ponto. Só por respeito ao Senado e para pôr termo de uma vez por todas a certas maledicências, farei esta declaração na Cúria. Convidarei os senadores para o circo, e lá eles verão com seus próprios olhos que Nero não tem medo de sangue.

— Não tenho feras para este fim — declarei com brusquidão, preparado ao mesmo tempo para receber um cálice atirado contra mim ou um pontapé na barriga. Tais atos não tinham importância, pois, contanto que pudesse extravasar sua cólera na violência física, Nero sossegaria e logo estaria apaziguado.

Desta vez ele foi se tornando cada vez mais quieto e, pálido de ira, fitou-me atentamente:

— Não fui eu que te nomeei superintendente da casa dos bichos? Os animais são teus ou meus?

— O recinto sem dúvida é teu, embora eu tenha gasto um bocado de dinheiro meu nos edifícios que lá estão — respondi. — Disso posso dar provas. Mas os animais são de minha propriedade. Nas contas do Estado e nas tuas próprias contas podes ver que vendi os animais necessários aos jogos venatórios e que, para as exibições de animais amestrados, debitei uma quantia de acordo com o valor do espetáculo. Não venderei nem alugarei minhas feras para o que agora tens em mente. Nem tu, nem mesmo o senado, podeis forçar-me, contra a minha vontade, a ceder minha propriedade particular para satisfazer a teu impiedoso capricho. O Direito romano me assegura essa prerrogativa. Estou certo?

Os advogados e os senadores confirmaram, intranquilos, com um gesto de cabeça. De repente, Nero sorriu para mim, de maneira inteiramente amável:

— Há pouco falávamos de ti também, meu caro Minuto. Eu te defendi da melhor forma possível, mas vejo que estás muito envolvido na superstição cristã. Sabes demais sobre ela. Além disso, no verão passado, durante o incêndio, furtaste

314

um cavalo valioso e insubstituível dos meus estábulos no Palatino e não o devolveste. Não te falei disso, pois Nero não é mesquinho, apesar de tudo quanto se possa dizer dele. Mas não é estranho que só tua casa tenha sido poupada no Aventino? Dizem também que te casaste de novo sem me dizeres nada. Não temas. Há muitos motivos para manter um casamento em segedo. Mas eu me preocupo, quando dizem que a mulher de um amigo meu é cristã. E tu mesmo disseste que tomavas parte em suas refeições secretas. Espero que aqui entre amigos destruas essas maçantes acusações.

— Boato é boato — repliquei, em desespero. — Seria de esperar que tu pelo menos, sim tu mais do que qualquer outro, desprezasses a calúnia gratuita. Acredito que nunca deste ouvidos a essas coisas.

— Mas tu me forças a isto, Minuto — disse Nero, com brandura. — Tu me pões, como teu amigo, numa situação embaraçosa. É politicamente necessário punir rápida e cabalmente os cristãos. Ou preferes acusar-me de ter posto fogo a Roma, como certos senadores, movidos por uma inveja herdada, andam dizendo na minha ausência? Tu te opões ao castigo que eu escolhi para os cristãos, Deves saber que tua resistência é de natureza política. Não posso encará-la senão como atitude hostil a mim mesmo, na qualidade de governante. Presumo que não desejas forçar-me, a mim que sou teu amigo, a condenar-te como cristão, naturalmente não às feras, mas à decapitação, por seres inimigo da humanidade e, portanto, meu inimigo. Esse, creio eu, seria o único meio de transferir legalmente a tua propriedade para o Estado. Amas realmente os cristãos e as tuas feras mais do que a mim mesmo ou a tua própria vida?

Sorriu, satisfeito de si, sabendo que me tinha apanhado na armadilha. Por mera formalidade, hesitei ainda, mas tratando de achar rapidamente uma saída nesse intervalo. Devo alegar, em minha defesa, que pensava mais em Cláudia e em meu filho que ia nascer, isto é, em ti, Júlio, do que em mim mesmo. Pelo menos, dediquei algum pensamento a ambos.

Afinal cedi:

— Poderíamos, naturalmente disse eu vestir alguns presos com peles de urso e lobo. Talvez os cães os ataquem, quando sentirem o cheiro de animais selvagens. Mas não me concedes muito tempo para organizar um bom espetáculo.

Explodiram todos, numa gargalhada de alívio, e não houve mais nenhuma alusão às minhas ligações com os cristãos. Talvez Nero desejasse apenas amedrontar-me e não propositadamente ameaçar-me. Mas, ainda assim, requisitara todos os meus animais, de vez que as contas da casa dos bichos não resistiriam a uma inspeção rigorosa, já que eu debitara os gastos tanto ao erário como à própria bolsa de Nero, até onde os recursos de ambos podiam suportar.

Acho que Nero teria, de qualquer modo, se apoderado dos meus animais, independentemente do que me acontecesse. Portanto, ainda acredito que fiz a única coisa cabível. Não sei que proveito tirariam os cristãos ou eu mesmo se, por teimosia, me deixasse decapitar. Quando tomei a decisão, não tinha evidentemente nenhuma ideia das intenções de meu pai com respeito a este deplorável episódio.

315

Teria sido inútil resistir. No momento em que apareceram no céu as estrelas vespertinas, Nero já mandara que seus arautos anunciassem o dia de festa nas partes restantes da cidade e convidassem o povo para um espetáculo no circo do Vaticano. O cortejo dos cristãos ainda não chegara lá.

Eu estava com tanta pressa de ir para a casa dos bichos que só tivemos tempo de esboçar os principais pontos do programa. Naquela mesma noite eu ainda teria de selecionar os animais e transportá-los para o outro lado do rio, tarefa que nada tinha de fácil, embora seja eu mesmo quem o diga. Mandei soar o alarma no pátio e acender tochas e grandes vasos de azeite, de modo que toda a área ficou clara como o dia.

Como era natural, os animais se mostraram ainda mais desassossegados do que as pessoas, ao serem despertados pelo bruxuleio dos archotes e o clamor geral. Mas o estrondo dos carros e zorras puxadas por bois, misturado com o bramir dos bisões, o barrir dos elefantes e o monótono rugir dos leões redundavam num alarido tal que podia ser ouvido até no campo de Marte. Os desabrigados precipitavam-se para fora de seus alojamentos provisórios pensando que o fogo tivesse recomeçado.

Além dos nossos veículos, requisitei os possantes carros de arrasto tirados por bois que, dia e noite, traziam blocos de cantaria das pedreiras localizadas fora da cidade. Determinei que depositassem as cargas ali mesmo. Tigelino colocou à minha disposição uma coorte, que à custa de propina e vinho fiz trabalhar com toda a pressa, apesar de estarem todos esfalfados após vinte e quatro horas de serviço contínuo.

Meu pior obstáculo foi, naturalmente, Sabina, que, saindo a correr do leito de Epafródito, investiu para mim:

— Está louco? Que está fazendo? Que significa isso?

Não queria de modo algum deixar que seus leões amestrados participassem do espetáculo de Nero, pois todo o seu longo e paciente trabalho estaria perdido, se esses animais estraçalhassem uma pessoa, pelo menos uma vez.

Felizmente, Epafródito era mais sensato e capacitou-se da urgência da situação. Ele próprio ajudou a enjaular três leões selvagens que haviam chegado da África dois meses antes. O pior de tudo era que os bichos já tinham tido sua refeição noturna e estavam replenos. Vários escravos que ainda se lembravam dos grandes combates de feras, realizados quinze anos antes, no tempo do Imperador Cláudio, balançaram a cabeça, preocupados, e disseram que os animais seriam de pouca utilidade.

Não dispúnhamos de jaulas apropriadas para o transporte dos bisões hircânios, pois habitualmente eles eram tangidos, ao longo de um cercado reforçado e de uma passagem subterrânea, para os estábulos do anfiteatro de madeira. Tivemos de os apanhar e amarrar no local onde pastavam. Levando em conta que eram mais ou menos trinta e que a captura ocorreu em parte na treva, com os animais arremessando-se em todas as direções e dando marradas uns nos outros, no alvoroço em que os deixava o ruído e o clarão das tochas, acho que mereço algum respeito por ter cumprido a missão antes do alvorecer.

316

Para dar o exemplo, tive de auxiliar também, depois que dois inexperientes Pretorianos morreram escornados e outros ficaram inutilizados para o resto da vida. Eu mesmo fui pisado uma vez e recebi várias esfoladuras, mas não sofri fratura nem senti dor, em meio àquela barafunda. Um dos ursos paralisou-me o braço com um golpe, mas apenas tive o prazer de notar a força tremenda dessas feras. Mandei que tirassem da cama alfaiates e sapateiros em toda a cidade. Acontece que tínhamos grande quantidade de couro de animais selvagens, pois tinha passado da moda o uso de peles, como cobertas de cama e adornos de parede, desde que os refinamentos gregos invadiram as residências nobres. Isso me causara substanciais prejuízos financeiros, mas naquele momento dei graças à fortuna por ter os depósitos abarrotados.

Quando o dia amanheceu, reinava completo caos no circo de Nero. O pessoal do teatro chegava com suas indumentárias, os soldados fincavam postes e os escravos levantavam abrigos e cabanas de folhas. Casas inteiras surgiam de um momento para outro na areia, e eu tive de mandar arrastar um bloco de pedra para o meio da arena.

Era impossível evitar violentas rixas que surgiam, pois cada um considerava sua tarefa como parte dos preparativos e como a mais importante. Os piores eram os cristãos, que se deitavam por toda a parte ou. andavam de um lado para outro, fazendo perguntas e atrapalhando tudo.

O circo era extremamente exíguo. Fui obrigado a utilizar todos os porões e estábulos e a reforçar as paredes, por causa dos meus animais, de vez que o circo só se destinava às corridas. Pusemos os cristãos mais robustos a trabalhar e colocamos os outros nas arquibancadas dos espectadores. Não havia latrinas em número suficiente para tantos prisioneiros, e, no fim, eles tiveram de limpar todos os lugares que haviam emporcalhado. Apesar disso, ainda tivemos de queimar incenso em todos os cantos e empregar enormes quantidades de perfumes, para tornar apresentáveis o camarote imperial e os assentos dos senadores. Reconheço que meus animais eram, em parte, responsáveis pelo cheiro desagradável, mas eu mesmo estava tão habituado à fedentina dos bichos que já não a sentia.

Os cristãos, excitados com a balbúrdia geral, formavam grupos e punham-se a orar e louvar Cristo. Alguns pulavam e dançavam em êxtase, revolvendo olhos. Outros falavam línguas que ninguém entendia. Ao verem este espetáculo, muitos Pretorianos declararam que a primeira medida sensata de Nero como Imperador foi erradicar de Roma essa feitiçaria.

Mas nem mesmo os cristãos mais conscientes sabiam do destino que os aguardava e acompanhavam com surpresa todos os preparativos. Alguns que me conheciam de vista acercavam-se inocentemente de mim, no freio de toda aquela azáfama, para perguntar quanto tempo ainda continuariam detidos e quando iria começar o julgamento. Diziam que tinham muitos assuntos importantes a resolver nos lugares onde trabalhavam. Debalde tentei explicar-lhes que a sentença já tinha sido pronunciada e que seria melhor que se preparassem para morrer corajosamente, em honra de Cristo, oferecendo assim um espetáculo memorável ao Senado e ao povo de Roma. Eles meneavam a cabeça e não acreditavam:

317

— Você está nos assustando para se divertir. Essas coisas não podem acontecer em Roma.

Não acreditaram em mim, nem mesmo quando tiveram de despir-se e os alfaiates e sapateiros puseram-se apressadamente a costurar sobre eles as peles de animais. Alguns riam e davam conselhos aos costureiros. Meninos e meninas rosnavam e fingiam agadanhar uns aos outros, vestidos numa pele de pantera ou de lobo. Tamanha é a vaidade humana que chegavam até a disputar as peles mais bonitas, quando percebiam que iam ser obrigados a vesti-las. Não compreendiam por quê, malgrado ouvissem os uivos dos meus lebréus nos porões.

Quando o pessoal do teatro começou egoisticamente a selecionar os indivíduos mais bonitos e atraentes achei que era melhor que eu cuidasse dos meus interesses e escolhesse as trinta mulheres mais lindas, para o número de Dirce. Enquanto as Danaides e seus noivos egípcios vestiam seus trajes, reuni o que me parecia ser um conjunto satisfatório de moças que iam dos dezesseis aos vinte e cinco anos de idade, e isolei-as num canto.

Creio que os cristãos somente se deram conta da verdade quando os primeiros raios de sol banharam a areia e os soldados começaram a crucificar os criminosos mais empedernidos. Vi-me na contingência de lançar mão das vigas e pranchas trazidas com o fim de reforçar os muros dos estábulos. Mesmo assim, era inútil erguer cruzes muito próximas umas das outras, porque só serviriam de estorvo à visão e à realização do espetáculo.

Tigelino teve de sair às pressas para o Senado. Com presteza, resolvi que se levantassem na arena apenas quatorze cruzes, uma para cada setor da cidade. De cada lado dos portões havia espaço para mais cruzes, mas fora daí teriam de contentar-se de pregar tantos quantos coubessem nas cercas que rodeavam a pista de corrida.

Para desafogar um pouco mais, Tigelino mandara mil homens e mil mulheres, sob vigilância, para os jardins de Agripina, onde Nero ia oferecer uma refeição ao povo à noite. Mas o povo também receberia alguma coisa durante o espetáculo, pois o circo do Vaticano fica tão longe da cidade que não se podia esperar que os espectadores fossem almoçar, em casa.

Graças à excelente organização da cozinha imperial, começaram a chegar, com a rapidez com que os empregados podiam transportá-las, inúmeras cestas de comida, uma para cada grupo de dez espectadores, cestas especiais cheias de vinho e galinha assada, para os senadores, e duas mil para a Nobre Ordem dos Cavaleiros.

Achei que era desnecessário pregar tantos cristãos nas cercas, em volta da arena, utilizando tantos pregos caros. Além disso, receei que os gritos dos crucificados perturbassem o espetáculo, embora a princípio, talvez por causa apenas da surpresa, estivessem inacreditavelmente quietos. Torna-se monótono contemplar os crucificados estorcendo-se, quando são numerosos demais. Assim, eu não estava com medo de que a inovação de Tigelino roubasse para si a atenção que a multidão devia dar aos meus animais.

A verdade, porém, é que quando mil pessoas gritam de dor, o som que produzem abafa os melhores rosnados dos ursos e até mesmo o rugido dos leões, sem falar das explicações que os arautos dão sobre as pantomimas. Acho que agi corretamente quando reuni alguns dos principais cristãos e determinei que pedissem aos crucificados que fizessem mais silêncio durante a função ou, no máximo, gritassem em nome de Cristo, de modo que o povo soubesse por que estavam sendo punidos.

Os mentores cristãos, em vários dos quais já tinham sido costuradas as peles dos bichos, estavam perfeitamente côncios de sua tarefa. Falavam com os que gemiam e asseguravam-lhes que a sua era a maior honra, pois lhes tinha permitido morrer na cruz como Jesus de Nazaré. Seus sofrimentos seriam breves comparados com a salvação eterna que os esperava no reino de Cristo. Naquela mesma noite estariam no paraíso.

Os mentores falavam com tanta convicção, que eu não podia deixar de sorrir. Mas quando com fervor ainda maior puseram-se a dizer aos crucificados que aquele era o dia da máxima alegria, no qual era dado ao inocente sofrer, para a glória de Cristo, e como testemunha dele ascender aos céus, tive de morder os lábios.

Era como se esses mentores invejassem de verdade o destino daqueles que tinham sido crucificados. Para mim, tudo aquilo nada mais era do que um espetáculo. Por isso comentei com rudeza que, de minha parte, podiam, se quisessem, trocar a própria curta agonia pela agonia mais longa da crucificação.

Tão incurável era a cegueira dessa gente, que um deles rasgou sua pele de urso e pediu-me a honra de ser crucificado. Não tive outro jeito senão anuir e ordenar aos Pretorianos que o crucificassem num dos intervalos.

Os Pretorianos, aborrecidos com esse trabalho extra, golpearam-no várias vezes, pois estavam com os braços entorpecidos e doídos de tanto baterem com pesados martelos em pregos grosseiros. Não me opunha a que o espancassem, pois a lei preceitua, por compaixão, que aqueles que vão ser crucificados sejam primeiro açoitados, para que não demorem muito a expirar na cruz. Infelizmente não tínhamos tempo para açoitar os cristãos. Os Pretorianos mais indulgentes satisfaziam-se com aguilhoá-los, aqui e ali, com as pontas das lanças, para dar ao sangue uma saída,

E, todavia, tenho de proclamar a capacidade de organização dos romanos, graças à qual a ordem de Nero, que parecera totalmente absurda, pôde cumprir-se à risca. Quando, ao alvorecer, o povo começou a transpor os portões do circo e as estradas lá fora formigaram de gente, todas as arquibancadas estavam limpas, as construções terminadas, na arena, os participantes vestidos, a ordem dos números decidida, os papéis distribuídos e os crucificados em seus lugares, contraindo-se e gemendo discretamente.

Os ladridos dos cães e os bramidos dos bisões soavam promissores aos ouvidos da multidão. Enquanto os mais sôfregos disputavam as melhores localidades, todos os que atravessavam calmamente os portões recebiam pão recém-saído do forno e um pouco de sal, e quem quisesse podia obter um caneco de vinho diluído.

Sentia-me muito orgulhoso de Roma, enquanto apressadamente me lavava e punha meu traje festivo de borda vermelha, ao lado de um monte de feno, nos estábulos. O crescente murmúrio de satisfação vindo de um público que espera, num estado de tensa expectativa, causa profunda impressão. Depois de beber dois canecos de vinho, compreendi que uma das razões de meu orgulho jovial era o júbilo dos cristãos. Eles exortavam uns aos outros a não chorar e asseguravam que era melhor rir, num arroubo de alegria, enquanto esperavam o momento de dar seu testemunho às portas do reino de Cristo.

Quando o vinho subiu agradavelmente à minha cabeça fatigada, convenci-me ainda mais de que este espetáculo, pelo menos no que me dizia respeito, não podia deixar de alcançar êxito. Dificilmente eu me teria sentido tão calmo e orgulhoso do que fizera, se tivesse sabido do que estava acontecendo naquele mesmo instante na Cúria. Quando penso nisto agora, invade-me tal tristeza e opressão, que me vejo forçado a começar novo livro, a fim de poder narrar-te tudo, sem alvoroço.

As Testemunhas

Como era habitual nos Idos, exceto nos meses de verão, o Senado reunia-se ao raiar do dia na Cúria, que, contrariando a expectativa de muita gente, escapara quase incólume ao grande incêndio. Nero foi dormir tão tarde que não pôde estar presente às cerimônias de abertura. Mas ao chegar, rebentando de energia, cumprimentou os Cônsules com um beijo e desculpou-se prolixamente do atraso, que era devido a questões vitais do Estado.

— Mas — acrescentou gracejando — estou pronto a submeter-me a qualquer pena que o Senado decida aplicar à minha desídia, embora creia que os veneran-dos pais me tratarão benevolamente, quando ouvirem o que tenho a dizer-lhes.

Os senadores reprimiram os bocejos e instalaram-se comodamente em seus tamboretes de marfim, preparados para a exibição .de uma hora de eloquência, segundo os melhores moldes de Sêneca. Nero contentou-se com algumas palavras necessárias sobre o gênero de vida moral ordenado pelos deuses e o legado de nossos antepassados, daí passando ao ponto decisivo.

O incêndio devastador ocorrido no verão, a maior catástrofe acontecida a Roma desde os estragos produzidos pelos gauleses, não foi um castigo imposto pelos deuses em razão de certos eventos politicamente inevitáveis, como algumas pessoas malévolas obstinadamente asseveravam, mas uma afronta premeditada, o mais terrível crime perpetrado contra a humanidade e o Estado. Os autores deste crime eram os chamados cristãos, cuja infame superstição se alastrara insidiosa-mente, até um ponto inconcebível, entre os elementos deletérios de Roma e as camadas mais baixas e mais ignorantes do povo. Em sua maioria, os cristãos eram de origem estrangeira e nem mesmo sabiam falar latim: ralé de imigrados que afluíam constantemente à cidade, desenraizados e afeitos a costumes vergonho-sos, de que os venerandos pais sem dúvida tinham conhecimento.

A conjuração era tanto mais perigosa uma vez que, exteriormente, esses des-prezíveis cristãos procuravam comportar-se irrepreensivelmente, atraindo os po-bres com refeições gratuitas e esmolas a fim de revelarem toda a hediondez do seu ódio à humanidade durante seus mistérios, que eram cuidadosamente mantidos em segredo. Em tais ocasiões comiam carne humana e bebiam sangue humano. Também praticavam a feitiçaria, aparentemente curando os doentes e assim iludin-do-os com suas mágicas. Alguns enfeitiçados haviam dado tudo quanto possuíam para ajudar os criminosos desígnios dos cristãos.

Nero fez uma pausa para permitir que os senadores mais arrebatados emitis-sem suas exclamações de horror e asco, como exigia deles a retórica imperial, e prosseguiu.

321

Por motivos morais, não desejava, nem podia, revelar publicamente todas as crueldades que se verificavam nos mistérios cristãos. Mas a essência era que esses cristãos, valendo-se de sua própria eloquência, haviam ateado fogo a Roma e, cumprindo ordens de seus chefes, se tinham reunido nas colinas, em regozijo, para esperar a vinda de um rei que esmagaria Roma, fundaria um novo reino e condenaria às penas mais bárbaras todos que pensavam de modo diferente.

Em função desse plano, tinham os cristãos deixado de cumprir seus deveres de cidadão em benefício do Estado, pois, por mais vergonhoso ou inacreditável que isto pudesse parecer, numerosos cidadãos, em sua ingenuidade e na esperança de futura recompensa, tinham aderido à Conspiração. Sinal manifesto do ódio dos cristãos a tudo o que os outros consideravam sagrado era o fato de não fazerem oferendas aos deuses romanos, de reputarem nocivas as belas artes e de se recusarem a frequentar o teatro.

Contudo, a conjura fora facilmente dominada, de vez que esses covardes cristãos entusiasticamente denunciaram-se uns aos outros, logo que foram descobertos. Assim que a notícia lhe chegara aos ouvidos, ele, Nero, tomara providências imediatas para proteger o Estado e castigar os incendiários de Roma. Contara com a excelente cooperação do Prefeito Pretoriano, Tigelino, que assim fazia jus ao pleno reconhecimento do Senado.

A fim de dar aos próceres da cidade tempo para cogitarem no assunto, Nero passou então a dar uma breve explicação das origens da superstição cristã. Surgira esta na Galileia, por inspiração de um agitador judeu chamado Cristo. Fora ele condenado à morte, como criminoso político, pelo Procurador Pôncio Pilatos, durante o reinado do Imperador Tibério, e os tumultos resultantes tinham sido temporariamente eliminados. Mas, espalhando o boato de que esse criminoso ressurgira dos mortos, seus discípulos fizeram reviver a superstição na Judeia, de onde ela se disseminara para regiões cada vez mais distantes como um insidioso flagelo.

Os judeus condenavam a superstição cristã, disse Nero, e não podiam ser acusados dessa conspiração, como tinham feito certas pessoas em seu tendencioso ódio aos judeus. Pelo contrário, os judeus viviam sob a proteção de seus direitos especiais, em larga margem governados por seu sábio conselho, como úteis habitantes de Roma.

Essa afirmação não encontrou muita ressonância no Senado. O Senado nunca vira com bons olhos as especiais prerrogativas que muitos imperadores haviam outorgado aos judeus em Roma e que eram, com frequência, revalidadas. Por que iria tolerar um Estado dentro do Estado?

— Diz-se amiúde que Nero é demasiado compassivo no castigo dos criminosos — continuou Nero enfaticamente. — Diz-se que ele está permitindo que os costumes austeros de nossos antepassados caiam no esquecimento e que ele induz a juventude a uma vida efeminada, em vez do cultivo das virtudes militares. Chegou o momento de mostrar que Nero não tem medo de ver sangue, como sussurram alguns estoicos azedos. Um crime nefando exige um castigo sem precedentes. Nero recorreu à sua imaginação artística para oferecer ao Senado e ao povo de Roma um espetáculo que espera nunca será esquecido nos anais

322

de Roma. Venerandos pais, com vossos olhos vereis em meu circo como Nero pune os cristãos, os inimigos da humanidade.

Depois de ter formalmente falado de si mesmo na terceira pessoa, voltou à primeira pessoa e chistosamente sugeriu, com humilde respeito, que se adiassem todas as outras questões para a sessão seguinte do Senado e que os venerandos pais se dirigissem ao circo, desde que, naturalmente, os Cônsules não tivessem objeções.

Os Cônsules, em nome dos cargos que ocupavam, agradeceram a Nero a prudência e a presteza com que ele agira, visando a preservar a pátria da ameaça de perigo, e expressaram o contentamento que sentiam, por ter ele descoberto os verdadeiros fomentadores do incêndio de Roma. Isso era proveitoso ao Estado porque, de uma vez por todas, punha termo aos inúmeros boatos ridículos que estavam circulando.

Sugeriram, por sua vez, os Cônsules, que se publicasse uma súmula do discurso de Nero nos avisos do Estado e aprovaram a sugestão de encerrar a sessão. Como mandavam os deveres do cargo, perguntaram se algum dos venerandos pais desejava dizer alguma coisa, embora achassem que tudo estava perfeitamente esclarecido.

O Senador Peto Traseia, cuja vaidade se ressentira da estocada de Nero nos estóicos, pediu a palavra e mordazmente propôs que o Senado deliberasse ao mesmo tempo a respeito das necessárias oferendas de ação de graças aos deuses, por terem afastado esse tremendo perigo.

Ofertas de ação de graças já tinham sido efetuadas em razão de inúmeras outras ações infames. Por que os cristãos constituiriam um motivo menos importante? Nero parecia temer tanto a feitiçaria como o antagonismo aos espetáculos e fingiu não ouvir, limitando-se a bater os pés no chão, para apressar o andamento da proposta. O Senado, açodadamente, votou a favor dessa costumeira ação de graças a Júpiter Custos e aos outros deuses. Impacientes, os Cônsules perguntaram se alguém mais queria fazer uso da palavra.

Então, contrariando totalmente seus hábitos, meu pai, Marco Mezêncio Maniliano, ergueu-se para que sua voz fosse melhor ouvida e, gaguejando, pediu a palavra. Vários senadores, sentados ao lado dele, puxaram-lhe a toga e sussurraram-lhe que ficasse calado, pois pensavam que estivesse bêbado. Mas meu pai arrepanhou a toga nos braços e começou a falar, a cabeça calva trêmula de ira:

— Cônsules, pais, tu, Nero, chefe dos teus iguais — disse ele. — Todos vós sabeis que raramente abro a boca nas sessões do Senado. Não posso vangloriar-me de grande sapiência, embora durante dezessete anos tenha dado o máximo pelo bem comum, na comissão encarregada dos assuntos orientais. Já vi e ouvi muita coisa infame e ímpia nesta memorável Cúria, mas meus olhos jamais presenciaram algo tão vergonhoso como o que acabo de ver esta manhã. Descemos tão baixo que o Senado de Roma ouve em silêncio e concorda com a execução, pelo que sei, de milhares de homens e mulheres, entre eles centenas de cidadãos, e até mesmo alguns cavaleiros, pelo método mais cruel possível, sem provas fundamentadas, sem julgamento legal, como se se tratasse de uma simples questão de rotina?

Ouviram-se gritos de reprovação, e permitiu-se a Tigelino dar uma explicação:

— Não há um só cavaleiro no meio deles. Se há algum, então ocultou sua posição, com vergonha do crime cometido.

— É-me dado entender do que dizeis — indagou Nero, com indisfarçada impaciência — que duvidais de minha honra e de meu senso de justiça, Marco Maniliano?

— Já estou farto — continuou meu pai — de engolir as águas dos esgotos romanos e elas me asfixiam. Mas agora testemunharei que eu mesmo me encontrava em Jerusalém e Galileia, na época de Pôncio Pilatos, e vi com estes olhos Jesus de Nazaré ser crucificado, ele que não é somente chamado Cristo, mas que realmente é Cristo e o Filho de Deus, pois também vi com estes olhos que seu túmulo estava vazio e que ele ressurgira dos mortos, no terceiro dia, a despeito de todas as mentiras dos judeus.

Muitos gritaram que meu pai enlouquecera; os mais curiosos exigiram que ele prosseguisse. Na verdade, a maioria dos senadores guardava rancor a Nero e aos poderes imperiais em geral. Lembra-te sempre disso, Júlio, meu filho.

Assim, meu pai obteve permissão de continuar,

— Em silêncio — disse ele — e em toda a minha humana fraqueza, reconheci-o como Cristo há muito tempo, apesar de, em minha vida, não ter podido manter-me fiel à sua mensagem. Mas creio que ele há de me perdoar os meus pecados e talvez reserve um lugar para mim em seu reino, qualquer que seja o aspecto desse reino. Sobre isto ainda não estou bastante certo. Acho que é um reino de misericórdia, de paz e de luz, aqui ou ali, ou em qualquer outra parte. Mas este reino não tem significação política. Por isso, os cristãos também não têm objetivos políticos. Apenas acreditam que a única liberdade verdadeira para um ser humano reside em Cristo e em seguir o caminho indicado por ele. São muitos e não discorrerei sobre suas diferenças, mas creio que, no fim, todos conduzem a seu reino. Jesus Cristo, Filho de Deus, tende piedade de minha alma pecadora.

Os Cônsules o interromperam então, já que ele se afastava do assunto e começava a divagar.

— Não desejo fatigar a vossa paciência com disparates — disse, por sua vez, Nero.

— Marco Maniliano já disse o que tem a dizer. De minha parte, sempre achei que meu pai, o divino Cláudio, estava louco quando mandou executar Messalina e tantos nobres, que se viu na contingência de encher o Senado de tantos membros inúteis. As próprias palavras de Marco Maniliano provam que ele não é digno de seu laticlavo, nem de suas botas vermelhas. É óbvio que sua mente está embaralhada, mas não posso adivinhar o motivo. Sugiro que, em consideração à sua calva, limitemo-nos a separá-lo do nosso círculo e a enviá-lo a alguma distante estação de águas, onde possa recuperar sua saúde mental. A esse respeito, é de presumir que a concordância é unânime e não há necessidade de votação.

Vários senadores desejavam aborrecer Nero, contanto que outro assumisse as responsabilidades. Assim, pediram que Marco continuasse, caso tivesse ainda alguma coisa a dizer. Mas Peto Traseia tomou a palavra.

— É claro — disse ele, com simulada candura — que todos concordamos que Marco Mezêncio não está em seu juízo perfeito. Mas a divina loucura às vezes transforma os indivíduos em videntes. Talvez ele deva agradecer esse dom a seus antepassados etruscos. Se não crê que os cristãos incendiaram Roma, por mais provável que isso pareça, depois do que ouvimos dizer, então é possível que nos diga quais foram os verdadeiros incendiários.

— Podeis zombar à vontade, Peto Traseia — redarguiu meu pai, com raiva — mas o teu fim também está próximo. Ninguém precisa dos dotes de vidente para perceber que não acuso ninguém pelo incêndio de Roma, nem mesmo Nero, embora muitos dentre vós queirais ouvir tal acusação feita em público e não apenas em cochichos. Eu não conheço Nero. Simplesmente acredito e asseguro-vos que todos os cristãos são inocentes do incêndio de Roma. Eu os conheço.

Nero meneou tristemente a cabeça e ergueu uma das mãos:

— Deixei bem claro que não acuso todos os cristãos de Roma pelo incêndio — disse ele. — Condenei-os como inimigos públicos, com fundamentos suficientes. Se Marco Maniliano pretende afirmar que ele mesmo é um inimigo público, então o negócio se agrava e já não pode ser defendido com base em desarranjo mental.

Nero enganava-se profundamente, se pensava que podia silenciar meu pai pelo medo. Meu pai era um sujeito cabeçudo, apesar de sua boa índole e serenidade:

— Uma noite — prosseguiu — à margem do lago da Galileia, encontrei um pescador que tinha sido açoitado. Tenho razão de crer que ele era o ressuscitado Jesus de Nazaré. Prometeu-me que eu morreria para glorificação de seu nome. Não o entendi então, mas pensei que ele estivesse profetizando alguma coisa ruim. Agora compreendo e agradeço a ele sua boa profecia. Para a glória de Jesus Cristo, o Filho de Deus, quero declarar que sou cristão e compartilho do batismo, do espírito e dos ágapes dos cristãos. Submeto-me ao mesmo castigo imposto a eles. E, demais, desejo dizer-vos, venerandos pais, se ainda não o sabeis, que o próprio Nero é o pior inimigo da humanidade. Vós também sois inimigos da humanidade, desde que aturais sua louca tirania.

Nero cochichou com os Cônsules, que imediatamente declararam secreta a sessão, para que Roma não se expusesse à vergonha de saber que um membro do Senado fora denunciado, em razão de seu ódio à humanidade, como porta-voz de uma superstição aterradora.

Meu pai conseguira o que queria. Considerando supérflua a votação, o Cônsul declarou que o Senado deliberara despojar Marco Mezêncio Maniliano de sua larga faixa púrpura e de suas rendilhadas botas vermelhas.

Diante do Senado reunido, dois senadores designados pelos Cônsules tiraram a toga e a túnica de meu pai, descalçaram-lhe as botas vermelhas e destruíram-lhe o tamborete de marfim. Depois de feito isto, em absoluto silêncio, o Senador Pudeus Publícola ergueu-se e, com a voz trêmula, anunciou que também era cristão.

Mas seus idosos colegas agarraram-no e fizeram-no sentar-se de novo, cobrindo-lhe a boca com as mãos, enquanto gritavam e riam juntos, para abafar-lhes as palavras. Nero disse que o Senado já fora cenário de suficiente ignomínia, que a sessão estava encerrada e que não havia necessidade de levar em consideração a tagarelice de um velho. Pudeus era Valeriano e Publícola. Meu pai era um insignificante Maniliano adotivo.

325

Tigelino chamou, então, o centurião que montava guarda na arcada da Cúria, recomendou-lhe que trouxesse dez Pretorianos e conduzisse meu pai para o local de execução mais próximo, fora dos muros da cidade, evitando a todo o custo atrair a atenção.

Por um princípio de justiça, ele deveria ser levado para o circo e ser executado da mesma forma que os cristãos, mas, para não provocar escândalo, era melhor conduzi-lo para fora da cidade em segredo. Lá seria decapitado com uma espada. Naturalmente o centurião e seus homens estavam furiosos, pois temiam chegar tarde demais ao circo. Como meu pai estivesse completamente nu, arrancaram a capa de escravo que estava por ali, a olhar os senadores que saíam da Cúria, e a atiraram sobre ele. O escravo pôs-se a correr atrás de meu pai, choramingando e tentando reaver sua única vestimenta.

As esposas dos senadores aguardavam sentadas nas cadeirinhas dos maridos. Em virtude da longa distância que tinham de percorrer, fora decidido que o cortejo, com senadores e matronas separados, se formaria à entrada do circo, para onde já se tinham transportado, em suas almofadas, as imagens dos deuses de Roma. Impaciente com a demora de meu pai, Túlia desceu da cadeirinha e foi procurá-lo. Achava que ele procedera estranhamente, sob outros aspectos, na noite anterior.

Quando Túlia perguntou pelo marido, nenhum dos senadores ousou responder, pois aquela parte da sessão fora declarada secreta e todos haviam jurado não divulgá-la. A confusão aumentou quando Pudeus exigiu em voz alta que o levassem para casa, uma vez que não queria assistir ao infame espetáculo do circo.

Diversos senadores que simpatizavam secretamente com os cristãos, odiavam Nero e respeitavam a atitude viril de meu pai, e embora o considerassem um tanto desvairado, sentiram-se com coragem de seguir o exemplo de Pudeus e desligaram-se do cortejo.

Enquanto ia precipitadamente de um canto a outro, do lado de fora da Cúria, como uma galinha alvoroçada, queixando-se espalhafatosamente da distração e demora de meu pai, Túlia avistou um escravo choroso e um velho com uma capa de escravo nos ombros que estava sendo conduzido por alguns Pretorianos. Aproximando-se mais um pouco, reconheceu meu pai e, estarrecida, parou com os braços estendidos, barrando-lhes o caminho.

— Que estás fazendo, Marco? — perguntou. — Que significa isso? Não estou te forçando a ir ao circo, se o achas tão desagradável. Há outros aqui que não vão. Ora, vamos para casa calmamente, se é isso que tu queres. Não discutirei contigo.

O centurião, que estava com pressa, empurrou-a com o bastão e mandou-a afastar-se. De início, Túlia não acreditou no que ouvira, mas depois ficou tão enraivecida que se lançou ao centurião, como se quisesse arrancar os olhos daquela estúpida cabeça, ao mesmo tempo ameaçando aos gritos metê-lo a ferros imediatamente, por ter ousado tocar na mulher de um senador.

E, assim, o escândalo tomou-se público. Várias mulheres apearam-se das cadeirinhas, sem fazer caso dos protestos dos maridos e correram em socorro de Túlia. Quando essas damas bem vestidas cercaram os Pretorianos, todas indagando em voz alta o que tinha acontecido e o que significava tudo aquilo, meu pai inquietou-se com a atenção que estavam atraindo e virou-se para falar com Túlia:

— Não sou mais senador — disse ele. — Estou acompanhando o centurião por minha livre e espontânea vontade. Lembra-te da tua posição social e não grites feito uma peixeira. Por mim, podes ir sozinha para o circo. Creio que não há nada que te impeça.

— Proteja-me Hércules — disse Túlia, desmanchando-se em lágrimas — ninguém nunca me chamou de peixeira até hoje. Se ficaste tão ofendido com o que eu disse dos teus cristãos, ontem à noite, devias ter falado imediatamente, em vez de passares o resto do tempo amuado. Não há nada pior do que um homem que não diz o que pensa, mas passa dias inteiros emburrado.

Várias esposas de senadores concordaram, sorridentes, numa tentativa de serenar os ânimos.

— É isso mesmo, Maniliano — disseram. — Não precisavas jogar fora teu tamborete de marfim, só por causa de uma discussão boba. Para agora com essa tolice e perdoa Túlia, se é que ela te magoou. Sois marido e mulher, afinal, e envelhecestes juntos através dos anos.

Túlia ficou profundamente melindrada e tirou da cabeça o véu festivo.

— Olhai vós mesmas, velhas mexeriqueiras — gritou — e vede se eu tenho um só fio branco na cabeça. E não é tingido, tampouco, embora eu use preparados árabes, naturalmente, que preservam a cor natural do meu cabelo. Todas essas histórias de que eu pinto os cabelos não passam de inveja e calúnia.

— Este é um momento solene de minha vida — disse meu pai ao centurião — talvez o mais solene. Não posso tolerar, nem mais um instante, essa tagarelice feminina. Cumpre a ordem que recebeste e leva-me para longe desse alarido pavoroso.

Mas as mulheres ainda os rodeavam e o centurião não se atreveu a ordenar que seus homens forçassem a passagem pois já fora severamente admoestado por ter apenas tocado em Túlia. Além disso, não sabia exatamente do que se passava.

Ao ver o ajuntamento que se formava e a gritaria aumentando, Tigelino dirigiu-se, encolerizado, para o lugar onde meu pai se encontrava e atingiu o peito de Túlia com os punhos.

— Vá embora cadela infernal — disse ele. — Você não é mais mulher de senador, nem está protegida por nenhum privilégio. Se não calar a boca agora mesmo, mandarei prendê-la, por perturbação da ordem e insulto ao Senado.

Túlia ficou mortalmente pálida, ao ver que Tigelino estava sério, mas o medo repentino não lhe abateu o orgulho,

— Servo do diabo — praguejou ela — lembrando-se, em seu açodamento, apenas das maneiras de falar dos amigos de meu pai. Volta para o teu comércio de cavalos e a fornicação com rapazinhos. Estás exorbitando de suas funções, ao bateres numa mulher romana diante da Cúria. Só o Prefeito da Cidade tem o direito de prender-me. Teu comportamento grosseiro provocará mais ira do que o meu pedido cortês de informação. Quero saber o que está acontecendo aqui e para onde vai meu marido, com sua guarda de honra. Vou apelar para o Imperador.

Nero já repreendera Tigelino, por conduzir mal o caso da prisão dos cristãos, e Tigelino se aborrecera com isto. Então apontou para a Cúria:

— Nero ainda está lá — replicou, em tom de escárnio. — Vá apelar para ele. Ele sabe do que se trata.

— Não desperdices a tua vida por minha causa, minha querida Túlia — preveniu meu pai. — E não estragues os últimos momentos de minha vida. Perdoa-me se te ofendi e perdoa-me não ter sido o marido que desejavas. Sempre foste uma boa mulher para mim, embora discordássemos a respeito de muitas coisas.

Túlia sentiu-se tão feliz que esqueceu Tigelino, por completo, e atirou os braços em volta de meu pai.

— Disseste realmente "minha querida Túlia"? — perguntou. — Espera só um instante. Logo estarei de volta.

Sorrindo em meio a suas lágrimas, foi até onde estava Nero, que parecia desconcertado, e saudou-o respeitosamente:

— Tende a bondade de explicar-me que desastroso mal-entendido é este. Tudo pode ser remediado com boa-vontade de ambas as partes.

— Teu marido ofendeu-me profundamente — disse Nero — mas isso, naturalmente, eu posso perdoar-lhe. Infelizmente, ele também declarou em público, diante do Senado, que é cristão. O Senado despojou-o do cargo e da distinção e condenou-o a ser passado a fio de espada, como inimigo público. Peço-te que guardes segredo, pois desejamos evitar escândalo. Nada tenho contra ti. Podes ficar com os teus bens, mas os bens de teu marido serão confiscados pelo Estado, em virtude do seu crime.

Túlia recusou-se a crer nos seus ouvidos:

— Ora, belos tempos estes! Não há outra acusação contra meu marido, exceto essa de que, em sua ingenuidade, ele se tornou cristão?

— O castigo é um só para todos os cristãos, por causa de seus delitos — disse Nero, impaciente. — Vá embora, e não me importunes mais. Bem vês que estou com pressa. Meu dever para com o Estado exige que eu vá à frente do cortejo para o circo, na minha condição de primeiro cidadão.

Então Túlia atirou altivamente a cabeça para cima, sem pensar na pele flácida que lhe envolvia o queixo:

— Tenho levado até agora uma vida irregular — gritou — e nem sempre me comportei tão bem como se poderia esperar de uma mulher de minha posição social. Mas sou uma romana e seguirei meu marido para onde quer que ele vá. Onde Gaio está, ai também está Gaia. Eu também sou cristã e agora proclamo-o publicamente.

Isto não era verdade. Pelo contrário, ela envenenava constantemente a vida de meu pai com ralhos intermináveis e desprezo pelos cristãos, amigos dele. Mas, naquele momento, volveu o rosto para a multidão indiscreta.

— Ouvi-me — bradou — vós, o Senado e o povo de Roma! Eu, Túlia Manília, outrora Valéria, outrora Súlia, sou cristã. Viva Cristo de Nazaré e seu reino.

E como se isso não bastasse, ainda gritou "Aleluia!" pois ouvira os judeus repetir essa palavra, nas reuniões em casa de meu pai, durante as discussões com outros cristãos, acerca dos diversos caminhos.

Felizmente, sua voz não foi muito longe e Tigelino tapou-lhe a boca com a mão. Quando perceberam como Nero se enraivecera, as mulheres dos senadores

328

voltaram depressa às suas cadeirinhas, fervendo de curiosidade, para extrair dos maridos, na primeira ocasião, a verdade sobre o que acontecera no Senado. Nero mal conseguiu manter a dignidade.

— Terás então o que queres, mulher desvairada — disse ele — contanto que cales o bico. Procederia com justiça se te mandasse para o circo, a fim de seres punida com os outros, mas estás muito feia e engelhada para o papel de Dirce. Assim como o teu marido, serás passada a fio de espada. Dá graças ao prestígio dos teus antepassados por isso, não a mim.

Túlia tornara tão público o escândalo que, por mais que quisesse, Nero não ousaria condenar às feras, diante do povo, a esposa de um senador destituído. Enquanto os Pretorianos abriam passagem no meio da multidão, para levar Túlia até onde se achava meu pai, Nero descarregava sua fúria em cima de Tigelino.

Ordenou-lhe que prendesse todo o pessoal da casa de meu pai e levasse para o circo todos os que confessassem que eram cristãos. Ao mesmo tempo, determinou que os lictores lacrassem a casa e confiscassem todos os documentos relacionados com as fortunas de meu pai e de Túlia.

— E não toques em nada — preveniu Nero. — Considero-me herdeiro deles, já que me obrigas, com a tua negligência, a ocupar-me dos deveres de polícia.

A única coisa que o consolava, em sua ira, era a ideia da imensa riqueza de meu pai e de Túlia.

Alguns angustiados cristãos ainda aguardavam fora da Cúria, esperando até o último instante que a autoridade do Senado salvasse os condenados dos horrores do circo. Entre eles, havia um jovem, que usava uma estreita faixa vermelha, e que não correra ao circo, para garantir um lugar no meio das cadeiras, sempre superlotadas, dos cavaleiros.

No momento em que os Pretorianos, com o centurião à frente, saíram escoltando meu pai e Túlia para o local de execução mais próximo, ele os acompanhou, juntamente com vários outros cristãos. Os Pretorianos discorriam sobre a maneira de cumprir a missão, com a maior rapidez possível, para não perderem o espetáculo e resolveram tomar o caminho do portão de Óstia e levar a cabo a execução perto do monumento funerário. Este não era realmente um local oficial de execução, mas estava pelo menos situado fora dos muros.

— Se não é um local de execução, passará a ser de agora por diante — gracejavam. — Só assim a dama não terá de andar muito com suas sandálias de ouro.

Túlia retrucou que podia ir sem dificuldade para onde seu marido fosse e que ninguém a impediria. Para mostrar sua força, amparava meu pai, que, combalido pelos anos, não acostumado a esforços físicos e extenuado pela bebida consumida durante a noite inteira, logo entrou a cambalear. Todavia, não estava nem bêbado nem desorientado, quando pediu a palavra no Senado, já que se preparara cuidadosamente para tal eventualidade.

Isto foi o que revelou a busca efetuada em sua casa. Evidenciou-se que durante várias semanas ele estivera pondo em ordem todos os assuntos financeiros e que passara sua última noite queimando todos os livros contábeis e a lista dos libertos, assim como a correspondência que mantinha com eles. Meu pai sempre obser-

329

vara a maior discrição acerca de seus negócios e, de modo geral, não considerava como seus os bens dos libertos, embora naturalmente, para que não se ofendessem, aceitasse as dádivas que eles lhe mandavam.

Só muito tempo depois vim a saber que enviara a seus fiéis libertos vultosas somas em dinheiro, para que as ordens de pagamento não denunciassem o montante de suas posses. Os magistrados tiveram grande dificuldade para regularizar o espólio, e, no fim de tudo, Nero nada recebeu de valor, exceto a grande propriedade rural de Túlia, na Itália, que ambos tinham comprado em consideração ao cargo de meu pai, e naturalmente a casa no Viminal, com seus objetos de arte, ouro, prata e cristal.

O que mais prejudicou o trabalho dos magistrados foi terem os Pretorianos, em cumprimento à ordem precipitada de Nero, prendido todos os dependentes, que se confessaram cristãos, para não desacreditarem meu pai. Entre eles estavam o procurador e ambos os escribas, cuja morte Nero lamentou amargamente depois. Ao todo, trinta pessoas foram levadas da casa de meu pai para o circo.

Do meu ponto de vista, o pior foi que meu filho Jucundo e o Barbo figuravam entre os capturados. Depois das queimaduras sofridas por ocasião do incêndio, Jucundo ficou tão estropiado que só podia andar, com grande esforço, de muletas, de modo que teve de ser transportado para o circo numa cadeirinha, com a velha aia de Túlia. Esta mulher não era de modo algum boa pessoa e tinha uma língua terrível, mas admitiu de bom grado ser cristã, quando soube que Túlia fizera a mesma coisa.

Ninguém entendeu por que fora mandado para o circo, até o momento em que todos se viram presos nos estábulos. No caminho, ainda acreditavam que Nero desejava que os cristãos assistissem ao castigo dos responsáveis pelo incêndio de Roma. Os Pretorianos estavam com tanta pressa que acharam desnecessário informá-los.

No portão de Óstia, onde havia muitas lojas de artigos de lembrança da cidade, estalagens e cadeirinhas de aluguel, todas escapadas ao incêndio, meu pai estacou de repente, dizendo que estava com sede e queria reparar as forças com um pouco de vinho antes da execução.

Prontificou-se a pagar um trago também para os Pretorianos, em compensação do incômodo que ele e sua mulher lhes davam num dia de festa. Túlia levava consigo muitas moedas de prata, as quais, como era de esperar da esposa de um senador, deveriam ter sido atiradas ao povo durante o cortejo.

O estalajadeiro tratou de ir buscar imediatamente na adega os jarros do seu melhor vinho, e todos beberam, já que os Pretorianos também estavam sedentos naquela quadra quente do outono.

Como estivesse, então, privado de todas as honrarias, meu pai pôde, sem remorso, convidar os cristãos que o tinham seguido até ali e também alguns homens do campo que, não sabendo do feriado, tinham vindo vender frutas na cidade.

Após alguns cálices de vinho, Túlia ficou mal-humorada e, com seus modos habituais, perguntou se era realmente necessário que meu pai se embriagasse de novo, e ainda por cima em má companhia.

— Túlia querida — ponderou meu pai, com brandura — procure lembrar-te de que eu fui destituído de todas as honrarias. Na verdade, como fomos ambos sentenciados à morte, somos mais miseráveis do que essa gente amável que tem a bondade de partilhar do nosso vinho. Meu corpo é fraco. Nunca quis passar por valente. O vinho dissipa a sensação desagradável que experimento na nuca. Gratíssimo para mim é o pensamento de que, desta vez, não tenho de me preocupar com meu estômago, nem com a acre ressaca da manhã, que procuraste sempre tornar muito pior com tuas palavras mordazes. Mas esqueçamos essas coisas agora, minha querida Túlia. Penda nestes honrados soldados também, que por nossa causa estão perdendo os inúmeros espetáculos empolgantes do circo de Nero, onde os cristãos ingressam no reino, passando pelas bocas de animais selvagens, pelas chamas, pelas cruzes e por todos os outros caminhos que Nero, com seu talento artístico, pôde conceber. Por favor, não deixeis que eu vos impeça de cantar, meus bravos, se isso vos apraz. Todavia, suspendei vossas histórias fesceninas até à noite, já que minha virtuosa mulher está presente. Para mim, este é um dia de inigualável júbilo, pois hoje afinal cumpre-se uma profecia que há quase trinta e cinco anos me tortura o cérebro. Bebamos então, caros irmãos, e tu, minha querida mulher, à glória do nome de Cristo. Não creio que ele desaprove, considerando-se o momento e a situação. Pelo que me diz respeito, ele tem muitas coisas piores para julgar, de que esta inofensiva bebedeira não aumentará muito a minha culpa. Sempre fui um indivíduo fraco e egoísta. Não tenho outra defesa senão que ele nasceu como homem para procurar as ovelhas indóceis e também as de pouca lã. Tenho vaga lembrança de uma história que diz que ele, certa vez, saiu em plena noite à procura de uma ovelha desgarrada que lhe parecia mais valiosa do que todo o resto do rebanho.

Os Pretorianos escutavam atentos.

— Há muita verdade no que dizeis, nobre Maniliano. — comentaram. — Na legião, também, são os mais fracos e lerdos que são os mediadores, e eles é que decidem as batalhas. E ninguém deixa ao desamparo um camarada ferido ou cercado, mesmo que isso signifique arriscar um manípulo inteiro. É claro que as emboscadas são outra coisa.

Puseram-se a comparar as cicatrizes e a falar de suas proezas na Bretanha, na Germânia, nos países do Danúbio e na Armênia, em consequência das quais tinham ganho o posto de Pretorianos na capital. Meu pai aproveitou a oportunidade para falar com sua mulher:

— Por que disseste que eras cristã? Não acreditas que Jesus de Nazaré seja o Filho de Deus e o salvador do mundo. Não era necessário. Não foste sequer batizada. Da santa comunhão participavas com relutância, só para cumprires o dever de anfitrioa. Nunca provaste do pão e do vinho, abençoados em nome de Cristo. Dói-me ter-te arrastado a isto sem motivo. Pensei seriamente que, como viúva, poderias levar a vida que quisesses. Em breve encontrarias outro marido e melhor, pois ainda és bonita a meus olhos, bem conservada para a tua idade, e rica. Acho que haveria certamente um afluxo de pretendentes à tua casa quando terminasse o período de luto. Esse pensamento não me encheu de ciúmes, porque a tua felicidade é mais importante para mim do que a minha. Nunca concordamos a respeito de Cristo e de seu reino.

— Serei tão boa cristã como tu, meu querido Marco — disse Túlia, agastada — quando morrer contigo para maior glória do nome de Cristo. Dei meus bens aos pobres para te satisfazer, quando não me era mais possível suportar o teu eterno amuo. Não reparaste que não te fiz a menor censura, embora tenhas envergonhado nosso nome no Senado, com a tua terrível obstinação? Tenho pontos de vista próprios sobre o teu absurdo comportamento, mas, num instante como este me calarei para não tornar a magoar-te.

Abrandou-se e, lançando os braços em volta do pescoço de meu pai, beijou-o e umedeceu-lhe as faces com suas lágrimas:

— Não tenho medo de morrer, contanto que morra contigo, Marco. Não posso suportar a ideia de ficar viúva de ti. És o único homem que realmente amei, embora tivesse de me divorciar de dois e levar um ao túmulo, antes de te reencontrar. Abandonaste-me cruelmente uma vez, sem a menor consideração aos meus sentimentos. Fui até ao Egito atrás de ti. Sei que tive também outros motivos para fazer essa viagem, mas tu tinhas uma moça judia contigo na Galileia e depois aquela horrível Mirina, de cuja boa reputação ainda não me convenci, mesmo que erijas cem estátuas dela, em todos os pátios de feira da Ásia. Mas também tenho minhas fraquezas. O principal é que tu me amas e me dizes que sou bonita, embora eu pinte o cabelo, esteja de queixo bambo e com a boca cheia de dentes de marfim.

Enquanto os dois conversavam, o jovem cristão de faixa estreita na túnica, encorajado pelo vinho, perguntou ao centurião se tinha ordem de capturar outros cristãos que encontrasse. O centurião negou categoricamente e disse que apenas lhe tinham ordenado que executasse meu pai e Túlia, e sob o maior segredo possível.

Então, o jovem cavaleiro declarou que era cristão e sugeriu a meu pai que tomassem juntos a santa refeição cristã e fortalecessem o espírito de meu pai, embora não pudessem fazê-lo a portas fechadas e não fosse noite ainda. Mas talvez isso fosse possível, disse ele, em face das circunstâncias.

O centurião afirmou que não se opunha, nem tinha medo de feitiçaria; na verdade, estava curioso, depois de ouvir tantas histórias acerca dos cristãos. Meu pai concordou prontamente, mas pediu ao jovem que abençoasse o pão e o vinho.

— Não posso fazê-lo eu mesmo — disse ele — talvez por causa de minha própria vaidade e teimosia, mas o espírito desceu sobre os discípulos de Jesus de Nazaré naquele tempo em Jerusalém e eles batizaram grande número de pessoas, de modo que todas elas receberam o mesmo espírito. De todo o coração desejei ser batizado com os outros, mas repeliram-me porque eu não era circunciso e também me pediram que não dissesse nada a respeito de coisas que não entendia. Obedeci a suas recomendações a vida inteira e nunca instruí ninguém, exceto uma vez ou outra quando falei, talvez erroneamente, de coisas que eu mesmo vi ou de coisas que sei que são verídicas, ou para corrigir certos mal-entendidos. Batizei-me aqui em Roma, quando Cefas me pediu perdão de sua rispidez de outrora. Ele sempre esteve em débito comigo porque uma vez na montanha da Galileia, quando eu passava para Jerusalém, emprestei-lhe meu burro para que sua sogra, que ferira o pé, voltasse para a casa dela em Cafarnaum. Desculpai-me a loquacidade. Vejo que os soldados estão olhando para o céu. Tagarelar a respeito do passado é fraqueza de velho. Acho que o vinho me solta demasiadamente a língua.

Ajoelharam-se, Túlia também, e com algumas palavras o cavaleiro consagrou o pão e o vinho para convertê-los no corpo e no sangue de Cristo. Receberam a graça com lágrimas nos olhos e depois beijaram-se ternamente. Túlia declarou que sentia um tremor dentro de si como se fosse uma antecipação do paraíso. Ia para lá, de mãos dadas com meu pai, ou para onde quer que ele fosse.

Os Pretorianos admitiram que não viam mal algum nessa feitiçaria. Então, o centurião tossiu significativamente, após olhar mais uma vez para o alto. Meu pai deu-se pressa em pagar a conta, deixou uma generosa gorjeta e deu o resto do dinheiro para ser dividido entre o centurião e os Pretorianos, pedindo novamente desculpas por ter-lhes causado tanto incômodo e abençoando-os em nome de Cristo. O centurião sugeriu delicadamente que talvez fosse melhor dirigirem-se para trás do monumento funerário, pois tinha ordens de executar sua tarefa com a maior discrição possível.

Nesse momento o cavaleiro cristão caiu em pranto e afirmou que, ao abençoar o pão e o vinho, sentira repentinamente tal certeza e entendimento, que já não desejava esperar o resto dos seus anos. Estava atormentado pelo pensamento de que a tantos cristãos humildes fora dado sofrer no circo, para o bem do nome de Cristo, e talvez ele próprio não fosse capaz de aguentar a opressão que se aproximava. Assim, pediu ao centurião que lhe permitisse, decepando-lhe a cabeça também, empreender a viagem mais maravilhosa de um homem. Era tão culpado como os outros, devendo caber a ele o mesmo castigo que coubera àqueles.

O centurião espantou-se, mas, após um momento de reflexão, reconheceu que não estaria cometendo o menor deslize no cumprimento do dever, se permitisse ao mancebo morrer juntamente com meu pai e Túlia. Daí resultou que alguns ouvintes que se tinham reunido em volta do grupo suplicassem ardentemente que se lhes concedesse a mesma alegria. Cumpre frisar que, segundo me contaram, meu pai oferecera a todos eles quantidades liberais de vinho.

Mas o centurião recusou com firmeza, declarando que sua boa-vontade tinha limites. Podia executar e incluir em seu relatório uma pessoa a mais. Contudo, passar vários a fio de espada despertaria atenção, acarretando desnecessário preenchimento de tabuinhas de cera, e sua redação não era tão boa como poderia ser.

Reconhecia, porém, que tudo quanto vira e ouvira o impressionara a tal ponto que teria o maior prazer em informar-se mais acerca dessas coisas, no futuro. Cristo era sem dúvida um deus poderoso, já que fazia da morte uma alegria para aqueles que o seguiam. Pelo menos, nunca ouvira falar de ninguém que desejasse morrer, por exemplo, por Júpiter, ou mesmo Baco, muito embora talvez fosse diferente em relação a Vênus.

Os pretorianos conduziram meu pai, Túlia e o cavaleiro, cujo nome o centurião embriagado riscou de sua tabuinha de cera, no último minuto, para trás do monumento e escolheram o melhor esgrimista, capaz de decepar-lhes a cabeça com um único golpe. Meu pai e Túlia morreram ajoelhados, de mãos dadas. Um dos cristãos, que presenciou tudo e depois me fez um relato completo do episódio, sustentou que a terra tremeu e o céu abriu em chamas, aterrorizando os camponeses. Mas imagino que ele disse isso para me agradar, ou então sonhou com essa história. Os Pretorianos tiraram a sorte para ver quem ficaria vigiando os cadáveres até que os parentes os reclamassem. Ao verem isto, os que se achavam presentes se ofereceram para cuidar dos corpos, uma vez que todos os cristãos eram irmãos e, portanto, parentes uns dos outros. O centurião considerou legalmente duvidosa essa afirmação, mas acolheu com gratidão a oferta, pois não queria privar a guarda do prazer do espetáculo circense. Era quase meio dia quando os Pretorianos regressaram em passo acelerado à cida. de e depois ao circo na outra margem do rio, na esperança de ainda encontrarem lugar no meio dos colegas.

Os cristãos tomaram conta dos cadáveres de meu pai, Túlia e do jovem cavaleiro. Por consideração à respeitável família a que ele pertencia, omito o nome do cavaleiro, que era filho único de pais idosos e lhes causou grande pesar com seu ato tresloucado.

Eles o criaram com muito mimo e relevaram-lhe as relações com os cristãos, esperando que no futuro ele esquecesse tais ridicularias, do mesmo modo que os rapazes em geral, logo que casam, esquecem suas estéreis especulações filosóficas.

Os cadáveres foram velados com todo o respeito e sepultados na terra sem terem sido cremados. Assim, meu pai não usou a tumba que havia comprado perto dos túmulos reais de Cere, mas não creio que tivesse feito caso disso. Àquela época os cristãos tinham começado a abrir galerias e câmaras subterrâneas e a enterrar nelas os seus mortos. Dizem que as utilizam também como locais de reuniões secretas. Isto é tido como prova evidente de que sua fé é corrupta, desde que não respeitam os restos mortais de seus companheiros. Mas, por que és, Júlio, meu filho, respeita as catacumbas e deixa-as em paz quando cresceres, pois numa delas repousa o pai de teu pai, aguardando o dia da ressurreição.

Ao meio dia teve início a distribuição de cestas de comida no circo. Nero, vestido de auriga, deu duas vezes a volta à arena em seu carro de ouro, puxado por uma parelha de cavalos brancos, saudando a multidão exultante e desejando-lhe bom apetite. Sortearam-se prêmios também entre os espectadores, mas não com tanta prodigalidade como antes, de vez que as colossais obras arquitetônicas de Nero traziam-lhe embaraços financeiros. Esperava ele que este espetáculo inaudito recompensasse o povo de suas aflições, e nisto tinha razão, naturalmente.

Àquela altura eu já me acalmara e me sentia plenamente satisfeito embora a parte principal da função após o intervalo do almoço fosse de minha responsabilidade. Na verdade, as exibições teatrais concebidas por Nero foram de certo modo um fiasco, do ponto de vista do público. Creio que a culpa era do pessoal do teatro, que não tinha nenhuma ideia da maneira de pensar dos cristãos.

Sob vários aspectos, falta-me competência para criticar, mas acho que a turba teria ficado insatisfeita com o espetáculo matinal, se os meus cães de caça não tivessem superado a expectativa, logo no princípio, imediatamente após a procissão dos deuses e do Senado e a leitura do discurso de Nero numa forma abre-

334

viada. Cerca de trinta cristãos, metidos em peles de animais, entraram na arena e, em seguida, açularam-se contra eles uns vinte animais.

Os cães desincumbiram-se maravilhosamente de sua tarefa, uma vez que tinham sentido o gosto de sangue e não se esquivavam de atacar gente. Perseguiam os fugitivos cristãos pela arena, derrubavam-nos habilmente com uma traiçoeira dentada na perna e depois, sem nenhuma hesitação, lançavam-se à garganta da vítima, não perdendo tempo com mordidas e ladridos supérfluos. Apesar de famintos, pois lhes tinha sido negada comida de manhã, não paravam para devorar suas presas, contentando-se com lamber um pouco de sangue para saciar a sede, logo retomando a caçada. Não regateei elogios ao tratador.

A boda das Danaides não teve o êxito esperado. Os jovens cristãos de ambos os sexos não quiseram executar as danças nupciais e formaram um grupo apático na arena. Os atores profissionais tiveram de entrar em cena, para compensar aquela falta de entusiasmo. Esperava-se que, após o casamento, as noivas matassem os noivos de diversas maneiras, como haviam feito as filhas de Dânao. Mas as donzelas cristãs recusaram-se a matar quem quer que fosse, embora desse jeito os rapazes tivessem tido uma morte menos dolorosa.

Os Caronianos tiveram de matar alguns a cacetadas e amarrar firmemente os demais entre feixes de varas, juntamente com os outros criminosos que aguardavam o momento de acender a fogueira. Devo confessar que a multidão riu a bom rir quando as Danaides se puseram a correr com suas peneiras para a frente e para trás, entre o fogo e os baldes de água da arena, tentando apagá-lo. Os gritos de dor dos cristãos que estavam sendo queimados eram tão penetrantes que abafavam os sons do órgão de água e dos outros instrumentos. Isso incitava as moças à atividade.

Por fim, ateou-se fogo a uma casa de madeira esplendidamente ornamentada, com velhos e velhas agrilhoados a todas as portas e janelas. Quando as chamas começaram a lamber-lhes os membros, tivemos um quadro fiel do grande incêndio. Muitos dos que procuravam apagar o fogo perderam a vida, ao jogarem fora as peneiras e atirarem-se às labaredas, na vã tentativa de salvar os pais ou irmãos e irmãs.

O circo inteiro, em particular as localidades mais altas onde se sentavam as pessoas mais simples, explodiu na gargalhada. Mas diversos senadores voltaram acintosamente o rosto para o outro lado. Dos cavaleiros partiram críticas à crueldade desnecessária, embora, naturalmente, o melhor castigo para os que haviam incendiado Roma fosse queimá-los vivos.

Enquanto se desenrolavam estas cenas, chegaram as pessoas que tinham sido presas na casa de meu pai no Viminal e foram levadas para junto dos condenados restantes. Quando Barbo e Jucundo compreenderam o que ia acontecer, tentaram debalde ter um encontro comigo. Os guardas fingiram que não os ouviam, pois muitos prisioneiros passaram a invocar toda sorte de pretextos no momento em que os gritos ressoaram nos porões e estábulos.

Já se tinha procedido à divisão dos condenados de acordo com os números em que iam tomar parte e já se tinham separado os grupos, de modo que eu não tinha motivo algum para ir lá embaixo. Cabia-me confiar nos traquejados capatazes da casa dos bichos e permanecer em meu lugar de honra, para receber os aplausos

335

tributados ao organizador das exibições das feras. Não teria tido tempo de descer, ainda que me viessem dizer que alguém desejava falar comigo.

Além disso, Jucundo, atarantado e inseguro em suas muletas, estava mais ou menos convencido de que certa confraria, na verdade insignificante, que formara com alguns rapazes orientais na escola do Palatino tinha sido descoberta e agora ele ia receber o imerecido castigo. Esses rapazes, com a imprevidência mesma da juventude, eram a favor do esmagamento da Pártia e do estabelecimento da capital no Oriente. Em certo sentido, isto era o que Nero também projetava, quando se aborrecia com o Senado. A diferença era que os romanos iam ser desprezados após uma guerra vitoriosa na Pártia e o poder dirigente seria transferido para as antigas famílias reais do Oriente.

É claro que ninguém levaria a sério essas ideias infantis, caso elas viessem à luz, pois meninos serão sempre meninos. Mas Jucundo, que contava apenas quinze anos e acabara de receber a toga viril, era tão presunçoso que imaginava estar sendo punido por conspiração política.

Quando se deu conta de que ia morrer, Jucundo fiou-se em Barbo, e como não pudessem entrar em contato comigo, resolveram morrer honradamente juntos, E não sei se poderia tê-los ajudado, mesmo que tivesse sabido do destino deles, pois Nero se exasperara com o insulto público de meu pai diante do Senado.

Por motivos práticos, eu arranjara as coisas de modo a assegurar a presença de feras na arena, em toda a segunda metade do programa. Para dar ao espetáculo variedade e interesse, decidira armar os cristãos que desejassem lutar com os animais. Mas só pude distribuir espadas, adagas e chuços.

Jucundo e Barbo comunicaram que haviam escolhido leões e espadas, e viram seu desejo satisfeito de imediato, porque infelizmente a maioria dos cristãos não queria representar e somente alguns manifestavam suas preferências. Quase todos recusavam-se a oferecer resistência, pensando em ir para o paraíso da maneira mais fácil possível. Após o intervalo, para animar a multidão, enviei para a arena um grupo de cristãos metidos em peles de animais e outra matilha. Mas, desta vez, os cães não obedeceram aos apitos. Tendo realizado a tarefa, continuaram onde estavam, correndo na areia. Eu não tinha objeções a fazer; só que esses cães eram caros e não deviam morrer sem necessidade.

Chegou, então, a vez de nossos três leões bravios. Eram belos animais e eu tinha bons motivos para orgulhar-me deles. Aconselhado por meus experimentados subalternos, eu reservara para os leões um grupo de debilitados anciões e anciãs, aleijados e meninos, uma vez que, segundo as informações que me deram, nada diverte mais o populacho ou suscita gargalhadas das mais estrepitosas do que a visão de anões e coxos fugindo das feras. Por essa razão, Jucundo era bem adequado aos leões.

Primeiro foi preciso reunir o grupo, claudicando e pulando, no centro da arena, sob a proteção dos domadores. Felizmente, os cães não mostraram interesse, pois aquela gente não estava vestida com peles de animais. Em seguida, entraram Jucundo e Barbo com suas espadas, à frente de uns dez outros cristãos armados.

336

A turba prorrompeu numa gargalhada colossal, ao ver o rapazinho avançar, aos trancos, em suas muletas, e o velho desdentado apresentar armas com a espada, perante o camarote imperial. Fiquei perturbado com essa manifestação dos espectadores e relanceei os olhos para Nero. Desconfio que ele se ofendeu com o riso e a minha falta de discernimento, embora isso não estivesse nas minhas previsões. Mas Nero manteve a calma e riu também.

Devo confessar que eu mesmo achei irresistivelmente cômica a atuação presunçosa de Jucundo e Barbo, até o instante em que os reconheci. Enquanto eles se afanavam, no meio da arena, e dispunham os outros cristãos armados num círculo, em volta dos anciãos e das crianças, eu não tinha a menor ideia de quem eram.

Jamais me teria passado pela cabeça a ideia de que meu próprio filho e meu servo mais fiel viessem a ser lançados às feras.

Na verdade, por um instante, perguntei a mim mesmo quem concebera plano fantástico de colocar essas duas figuras risíveis à frente daqueles que iam dar combate aos leões.

Creio que Jucundo e Barbo se ofenderam profundamente com a gargalhada dos espectadores. Escolheram os leões porque Barbo contara a Jucundo que, em minha juventude, eu capturara, desarmado, um leão perto de Antioquia. Na mesma ocasião, ele próprio dera prova de grande coragem e assim julgava que os leões eram as, feras que melhor conhecia.

Por segurança, recomendou a Jucundo que pusesse no chão as muletas e se ajoelhasse atrás dele, de modo que não fosse derrubado logo que os leões atacassem, pois desejava proteger com o corpo a Jucundo, para dar a este a oportunidade de mostrar seu destemor. Suponho que Barbo, em troca da confiança de Jucundo, contara-lhe que eu era seu verdadeiro pai. Ninguém mais, fora meu pai e Barbo, sabiam disso. Nem mesmo a Cláudia eu falara das consequências de meu deslize juvenil, posto que a ela eu me tivesse vangloriado de Lugunda, ao voltar da Bretanha.

Quando se abriu o portão dos leões, Jucundo tratou de atrair minha atenção chamando por mim e brandindo despreocupadamente a espada, para me provar que não tinha medo. Então caiu-me a venda dos olhos e reconheci os dois. Tive a impressão de que meu estômago descera para os joelhos. Em meu desespero, dei um grito mandando suspender o espetáculo.

Felizmente ninguém ouviu minha ordem no alarido geral, pois quando os majestosos leões investiram para a arena, a multidão bradou deliciada e muitos espectadores levantaram-se para ver melhor. Se eu tivesse interrompido o espetáculo no momento mais empolgante, para salvar Jucundo, Nero provavelmente ficaria tão enfurecido que me mandaria para a arena também, e não vejo em que isso beneficiaria a quem quer que fosse. Logo que recobrei o juízo, tratei de me dominar, feliz por notar que ninguém ouvira meu grito, naquele momento de desespero.

Sabina, que tinha os leões como propriedade sua, empregara todos os meios que ela e Epafródito puderam conceber para excitá-los e aguçar-lhes a sede de sangue. Assim, os três belos animais precipitaram-se para a arena com tanto ímpeto selvagem que, em virtude da súbita passagem da escuridão para a luz do sol, o leão maior tropeçou em alguns tições fumarentos, rolou pelo chão e chamuscou a juba. Naturalmente enraiveceu-se mais ainda, apesar de não ter sofrido dano algum. Ofuscados pela claridade, os leões fizeram crescer a tensão geral, enquanto andavam compassadamente de um lado para outro e rugiam, sem a princípio notar o grupo de cristãos no meio da arena, mas de vez em quando atacando alguns que tinham sido crucificados na cerca protetora.

Nesse ínterim Barbo teve a ideia de dar uma carreira e pegar uma acha de lenha fumegante e encorajar os outros cristãos armados a fazerem a mesma coisa. Balançando a acha de lenha no ar e soprando sobre ela, Barbo fê-la incendiar-se. Assim, dispunha de uma tocha na mão esquerda e uma espada na direita, para enfrentar o leão. Dois outros presos conseguiram realizar a mesma façanha, antes que o leão reparasse em seus vultos em disparada e atingisse um deles por trás, derrubando-o no chão, sem sequer lhe dar tempo de usar a espada. Apuparam-no os espectadores, pensando que o homem, com medo, tivesse dado as costas ao leão, embora ele apenas estivesse correndo, com todo o ímpeto, a fim de alcançar de novo os cristãos desarmados e protegê-los com sua tocha.

Então, os cães que andavam em redor da arena envolveram-se, inesperadamente, no jogo. Agindo como tinham sido ensinados, formaram um bando e, partindo de trás, arremeteram afoitos contra os leões. Assim, puderam os cristãos defender-se com relativa facilidade a princípio, já que os leões tinham de mover-se de um lado para outro, rosnando furiosamente, para se desembaraçarem dos cães. Com um pouco de sorte, Barbo arrancou um olho de um leão, antes de tombar, e Jucundo enfiou a espada na barriga do animal, ferindo-o gravemente.

Enquanto o leão rolava no chão e rasgava as próprias tripas, Jucundo, arrastando-se de quatro pés, aproximou-se mais e atingiu-o com um golpe mortal, mas o leão, nas convulsões da agonia, arrancou-lhe o couro cabeludo, e o sangue cobriu-lhe os olhos. A multidão aplaudiu-o vigorosamente.

Depois de remexer às tontas no corpo de Barbo e verificar que ele estava morto, Jucundo apanhou a tocha e vibrou-a às cegas, enquanto tentava limpar o sangue dos olhos com a mão que segurava a espada. Um dos outros leões chamuscou o focinho na tocha, assustou-se, pensando que estava diante do ferro em brasa de um domador, e saiu em busca de uma presa mais fácil. Invadiu-me o receio de que o espetáculo redundasse em fracasso e de que eu tivesse depositado demasiada esperança na falta de destreza dos cristãos no lidar com armas.

Mas sobravam poucos cães. Logo se cansaram, de sorte que os dois leões restantes puderam liquidá-los, antes de se lançarem sobre os cristãos. Os cães eram tão destemidos que nenhum deles fugiu com o rabo entre as pernas. Um leão arrebentou a espinha do último cão com uma patada certeira, deixando-o estendido no chão, a uivar. Alguns espectadores, que tinham particular estima pelos cães, levantaram-se e gritaram que esse jogo era excessivamente cruel e que não se devia atormentar os pobres animais. Um dos cristãos aplicou golpe de misericórdia ao cão, matando-o com a espada.

Jucundo continuava lutando. Um cristão munido de chuço, vendo que Jucundo era o mais hábil esgrimista dentre eles todos, adiantou-se para proteger-lhe a retaguarda. Juntos, feriram gravemente um dos leões. A turba ficou tão empolgada

338

que um ou dois polegares apareceram erguidos, mas isto era sem nenhuma dúvida inútil e prematuro. Jucundo sucumbiu.

O resto do espetáculo transformou-se numa carnificina desinteressante, quando os dois leões passaram a atacar o magote de cristãos desprotegidos, que nem sequer fugiam, o que teria divertido a multidão. Permaneciam unidos, formando um bloco, de modo que os leões tinham de arrebatá-los um por um. Fui obrigado a dar ordem para que fizessem entrar dois ursos para ajudar os leões. No final, quando todos os cristãos tinham morrido estraçalhados, os leões e os ursos travaram uma batalha formidável; e especialmente o leão ferido recebeu estrondosa ovação por sua cega coragem.

A morte de Jucundo deixou-me transtornado, embora àquela altura já tivessem chegado ao meu conhecimento certas ocorrências verificadas no jardim de Tigelino, durante o incêndio de Roma, que indicavam que Jucundo mereceu o castigo. Mas voltarei a esse ponto mais adiante. No momento, a responsabilidade do espetáculo era minha, e não era possível interrompê-lo. Precisamente naquele instante, um dos escravos de minha quinta em Cere veio ter comigo, radiante de alegria, e contou-me que Cláudia dera à luz um lindo menino, naquela mesma manhã. Mãe e filho estavam passando bem e Cláudia pedia o meu consentimento para dar ao menino o nome de Clemente.

Não pude deixar de ver nisso um augúrio venturoso. Exatamente quando meu filho Jucundo acabava de perder a vida, numa corajosa luta com o leão, eu recebia a notícia de que me nascera outro filho. O nome Clemente é que não me parecia apropriado, considerando as circunstâncias em que eu soubera de seu nascimento, mas achei melhor que Cláudia tivesse sua vontade satisfeita nessa questão, pois eu sabia muito bem que havia muita coisa a explicar a ela mais tarde. E no íntimo, há dez anos que te chamo de Júlio, meu filho.

O programa continuou, muito variado, a tarde inteira. Naturalmente ocorreram inúmeras surpresas, inevitáveis quando há feras na arena. Tais surpresas foram das mais felizes, e toda a gente as atribuiu à minha capacidade de organização. Muitas apostas foram feitas pelos espectadores e várias lutas irromperam na multidão, como sempre acontece nesses espetáculos.

O sol já ia desaparecendo quando o espetáculo atingiu o ponto culminante com as Dirces e os touros hircânios. O contentamento da turba não conheceu limites quando se escancararam os portões da arena a um só tempo e cerca de trinta touros entraram de tropel, cada um com uma moça seminua atada aos chifres. Só por inveja, o pessoal do teatro desejara receber a homenagem devida a esse número, e ao fim de prolongada discussão eu deixara para eles a tarefa de amarrar as moças. Como era de esperar, eles e seus ajudantes fizeram um péssimo serviço, de modo que no fim de contas eu tive de pedir aos meus boieiros que colaborassem.

O bloco de pedra, que dera tanto trabalho para ser transportado para dentro da arena, veio a ser inútil. Enquanto o pessoal do teatro berrava nos megafones para a multidão a história de Dirce, os touros, sem o menor esforço, desprendiam as moças dos chifres, atiravam-nas para o ar e matavam-nas a marradas. Apenas dois acabaram esmagando suas Dirces de encontro à pedra como todos deviam ter feito e como o mito exige, mas esta falha não era culpa minha.

339

Atiraram-se então os cristãos restantes aos touros. Vi com alegria que eles abandonavam sua geral indiferença e se portavam com incrível coragem, como que possuídos por ardente desejo de morrer, correndo desenfreadamente para os touros e arrojando-se aos chifres. A multidão aplaudia-os e chegava mesmo a sentir alguma simpatia por eles.

Mas quando se encerrou esse número, os touros puseram-se a escornar os crucificados, derrubando as cruzes e marrando com tanta força a cerca protetora, que aqueles que estavam sentados ali perto temeram que ela não resistisse. Mas o espetáculo chegara ao fim.

Após uma olhadela para o céu, pude dar um fundo suspiro de alívio e ordenar aos arqueiros que matassem os touros. Os homens cumpriram essa tarefa com tanta perícia e coragem, muitas vezes em combate aproximado, que os espectadores lhes prodigalizaram aplausos agradecidos, embora eu tivesse receado que esse necessário número final enfadasse a multidão.

Tigelino pensara em pôr fogo à cerca protetora, com os cristãos que nelas mandara pregar, mas Nero não concordou, com medo de que o fogo se espalhasse e lhe destruísse o circo. No momento em que a multidão começou a sair pelos portões, diversos Pretorianos deram a volta à arena matando os cristãos com suas lanças, pois Nero achava que não seria razoável que eles sofressem mais do que os cristãos que tinham sido queimados na fogueira ou mortos pelas feras.

Se causar espécie a alguém o fato de eu não ter poupado meus valiosos touros selvagens, direi que teria sido uma estupidez e baixaria todo o valor do espetáculo se alguns espectadores fossem incentivados a permanecer em seus lugares durante a noite para assistir ao prolongado e cansativo trabalho de captura dos animais. Os touros eram tão bravios que vários empregados da casa dos bichos poderiam perder a vida. Mas, de qualquer maneira, a conta que eu ia enviar a Nero por causa dos meus animais era tão colossal que não me cabia lamentar a perda dos meus touros hircânios.

Tigelino, que tinha de estar sempre em evidência, pensou que reservara para o povo a melhor das surpresas do dia quando a multidão se encaminhasse para o banquete festivo que Nero prometera a toda a gente nos jardins de Agripina. Valera-se de sua jurisdição fora dos muros da cidade e determinara que o parque fosse iluminado pelos três mil cristãos que tinham sido separados dos demais de manhã e postos sob vigilância nos jardins. Simplesmente não havia meio de organizar um espetáculo circense com cinco mil pessoas na arena.

Enquanto se desenrolava o espetáculo, ergueram-se mastros e postes ao longo dos caminhos e em redor dos tanques do parque, e depois acorrentaram-se neles os cristãos. Quando se acabaram as correntes de ferro, os restantes foram pregados pelas mãos.

Em seguida, besuntaram os cristãos de piche e cera, dos quais o procurador de Tigelino, após muito trabalho, tinha conseguido algumas cargas. Esses materiais não seriam suficientes para iluminar durante muito tempo, de modo que também se tornou necessário empregar azeite e outras substâncias. Além disso, os Pretorianos encarregados da tarefa ficaram desgostosos por terem perdido o espetáculo

340

do circo, obrigados como tinham sido a cavar buracos e levantar postes, no calor do sol de outono.

Assim, quando a multidão deixou apressadamente o circo e se dirigiu para o banquete, ao cair da noite, os Pretorianos tomaram a dianteira e puseram fogo às tochas vivas espalhadas ao longo do trajeto. Elas ardiam com gritos de dor, exalando um mau cheiro sufocante, e o povo na verdade não gostou dessa visão inacreditável. Com efeito, os mais refinados perderam o apetite por causa do fedor desagradável de carne humana queimada e foram para casa. Outros temiam que o fogo se alastrasse pelos jardins quando as gotas de piche e cera ardentes caíam na grama seca com as contorções dos cristãos. Muita gente queimou os pés ao tentar apagar as brasas que fumegavam à roda dos postes.

Assim, quando Nero, ainda em traje de auriga, passou em seu carro pelas estradas flanqueadas por essas tochas humanas, não recebeu a aclamação que esperava. Havia um silêncio soturno, e ele viu diversos senadores caminhando para casa.

Desceu do carro para apertar as mãos do povo, mas ninguém riu com suas pilhérias. Ao tentar convencer Petrônio a ficar, este afirmou que aguentara por amizade um espetáculo insípido, mas havia limites à capacidade de tolerância de seu estômago. Não se sentia com vontade de comer nem mesmo o melhor assado do mundo, se este fosse condimentado com as repugnantes emanações de carne humana.

Nero mordeu os beiços, a boca inchada, e naquele traje de auriga assemelhava-se mais a um lutador musculoso e suarento. Compreendeu que tinha de encontrar outro divertimento para o povo, a fim de compensar os arranjos deselegantes de Tigelino. Para culminar, indivíduos semiqueimados começaram a despencar dos postes quando as cordas se partiram sob a ação do fogo, outros, no auge da dor, desprenderam, lacerando-as, as mãos pregadas na madeira e correram em chamas para o meio da multidão.

Seus vultos esmagados pelo sofrimento, uivantes, rastejantes, derreados, que quase nada mais tinham de humano, provocavam apenas terror e asco. Furioso, Nero determinou que os matassem sem demora, juntamente com aqueles que gritavam desvairadamente nos postes, perturbando-lhe a orquestra e os jogos artísticos.

Deu ordens para que queimassem todo o incenso que fosse encontrado e borrifassem o parque com o perfume inicialmente destinado aos convidados. Todos sabem quanto deve ter custado essa extravagância, sem falar em todas as cadeias de ferro arruinadas.

Quanto a mim estava ainda ocupado no circo, tendo recebido rápidas congratulações dos espectadores mais notáveis pelo êxito do espetáculo. Depois disso, desci apressado à arena para superintender o trabalho dos Caronianos, mas acima de tudo para recolher o que ainda restava de Jucundo e Barbo.

Encontrei-os facilmente. Tive a surpresa de achar um jovem cristão no meio de todos os corpos dilacerados, a cabeça nas mãos e completamente ileso. Depois de limpar o sangue que o cobria, vi que não sofrera dentada, arranhão nem esfoladura. Fitou estupidamente as estrelas vespertinas e perguntou se estava no paraíso. Em seguida contou-me que se lançara à areia, recusando-se a exasperar os animais selvagens com demonstrações de resistência. Era compreensível que

341

tivesse escapado, pois nem os leões nem os touros bravios, normalmente, tocam numa pessoa que se faz de morta. Muitos homens que tentam capturá-los salvam a vida desse modo.

Considerei seu salvamento como uma espécie de presságio e pus minha capa em seus ombros para resguardá-lo das clavas dos Caronianos. Fui recompensado por isto, uma vez que ele me contou minuciosamente tudo o que Jucundo e Barbo tinham feito e o que haviam discutido entre os outros prisioneiros.

O local estava tão apinhado de cristãos que eles nem podiam sentar-se, e por casualidade o rapazinho se vira imprensado junto de Jucundo. Depois, também, Barbo, que ficara ligeiramente surdo na velhice; foi obrigado a pedir a Jucundo que falasse alto, quando meu filho sussurrava a história da ridícula conspiração dos garotos.

O rapazinho cristão tomou seu salvamento por um milagre e disse que Cristo devia precisar dele para outros fins, muito embora tivesse esperado encontrar-se no paraíso com os outros cristãos ao anoitecer. Dei-lhe algumas roupas, já que havia grande quantidade delas, e tomei providências para que ele saísse sem ser incomodado por um portão lateral do circo.

Ele fez votos para que Cristo abençoasse minha generosidade e minha boa ação e assegurou-me que acreditava que até mesmo eu encontraria um dia o verdadeiro caminho. Contou-me candidamente que fora discípulo de Paulo e no batismo recebera o nome de Clemente. Esta coincidência extraordinária contribuiu para que eu transigisse com o capricho de Cláudia de chamar Clemente a meu filho.

O jovem cristão interpretou mal minha surpresa e explicou à guisa de desculpa que não se distinguia de modo algum pelo bom gênio, mas na verdade tinha de praticar a humildade para penitenciar-se de sua impulsividade. Por isso se atirara ao chão e se negara a responder ao mal com o mal. Assim, abençoou uma vez mais a minha bondade e foi para Roma seguindo o caminho iluminado pelas tochas humanas. Mas estava tão certo de que Cristo precisava dele para alguma missão futura que provavelmente não lamentou por muito tempo o não ter sido chamado a acompanhar os outros ao paraíso.

Tornei a encontrá-lo três anos depois quando, no desempenho de minhas funções, fui obrigado a ser o mediador das disputas internas dos cristãos, ocasião em que achei que devia tomar o partido de Cleto. A questão consistia em saber quem devia herdar o cajado de pastor na sucessão de Lino. Pareceu-me que Clemente era ainda muito moço e creio que ele mesmo se deu conta disso mais tarde, em seus exercícios de humildade.

Sua vez chegará um dia sem dúvida, mas não é necessário que te preocupes com isso, Júlio. Os cristãos não têm importância política. A religião deles não pode resistir às outras religiões orientais. Apesar de tudo, nunca os persigas; deixa-os em paz, por amor à tua avó, Mirina, mesmo que eles às vezes te provoquem.

Mandei embrulhar num pano os restos de Jucundo e Barbo. Também dei a várias pessoas amedrontadas permissão de ver os cadáveres de seus parentes caso pudessem localizá-los. Não aceitei os inúmeros donativos que me ofereceram em troca. Em sua maioria os corpos tiveram de ser levados para uma vala comum perto do local de execução das classes mais baixas, felizmente bem pertinho.

Assim, de consciência limpa, pude sair correndo para o banquete de Nero, e lá, ao ver os horrores praticados por Tigelino, expressar minha censura às suas arbitrariedades. Já calculara que não havia comida suficiente para o imenso número de espectadores, de modo que me dera pressa em mandar esfolar e retalhar meus touros selvagens para que pudesse, por minha conta, convidar o povo a comer carne boa.

Mas perdi o apetite logo que vários senadores me olharam singularmente e até mesmo voltaram as costas a mim, sem responder ao meu cumprimento. Depois, Nero agradeceu minha colaboração no espetáculo com surpreendente falta de entusiasmo e ar um tanto compungido. Só então, ouvi de seus lábios a sentença contra meu pai e Túlia, porquanto o aparecimento inesperado de Jucundo e Barbo na arena continuava um enigma para mim, apesar da história do jovem cristão. Eu tinha pretendido perguntar a Nero em termos mordazes, quando ele estivesse em estado de espírito favorável, como era possível que um rapazinho que era filho adotivo de um senador fosse atirado às feras entre os cristãos. Nero descreveu o desarranjo mental de meu pai na sessão matinal do Senado.

— Ele me insultou perante todo o Senado — disse Nero — mas eu não o condenei. Seus próprios pares é que pronunciaram unanimemente a sentença, de tal modo que não houve necessidade de submeter o caso à votação. Um senador não pode ser condenado, nem mesmo pelo Imperador, sem que primeiro sejam ouvidos os outros senadores. Tua madrasta, com seu comportamento desarrazoado, transformou tudo num escândalo público, embora, levando em consideração teu bom nome, eu tivesse preferido manter o assunto em segredo. O jovem bretão que teu pai adotara tomou muito a sério suas obrigações e declarou-se cristão. De outra maneira nunca teria sido levado para o circo, posto que fosse aleijado e portanto de pouquíssima valia como cavaleiro. É inútil chorares a morte dele, pois teu pai ia te deserdar, presumivelmente em consequência do estado de sua mente. Na verdade nada perderás, se bem que eu esteja inclinado a confiscar a fortuna de teu pai. Sabes das dificuldades que atravesso para arranjar dinheiro, a fim de poder viver com decência.

Julguei mais seguro explicar que meu pai tinha-me transmitido parte de minha herança dezessete anos antes, para que eu pudesse satisfazer os requisitos de rendimento exigidos pela Nobre Ordem dos Cavaleiros. Mas eu vendera os terrenos do Aventino antes que as casas neles situadas fossem destruídas pelo fogo, e recebera grandes somas de meu pai para aplicar na casa dos bichos. De resto, o próprio Nero já se beneficiara disso nos espetáculos do anfiteatro.

Nero replicou, magnânimo, que não pensara em reclamar a herança que eu recebera havia tanto tempo, uma vez que em sua opinião o espólio de meu pai era mais do que suficiente, e tanto o erário como seus empreendimentos arquitetônicos seriam aquinhoados. De fato, deu-me permissão para escolher algumas lembranças da casa de meu pai, contanto que eu deixasse que primeiro os magistrados as arrolassem.

Para evitar todas as possíveis suspeitas posteriores, senti-me no dever de confessar que meu pai, entre outras coisas, me dera um cálice que era de grande valor

343

para mim pessoalmente. Nero ficou curioso de início, mas perdeu todo o interesse quando eu lhe disse que se tratava apenas de um caneco de madeira.

Dei-me conta, então, dos perigos que correra, em virtude do comportamento insultuoso de meu pai, e acrescentei de imediato que desta vez não iria cobrar a Nero um único sestércio por meus animais selvagens e outras despesas, pois sabia perfeitamente que ele precisava de todas as moedas que pudesse arranjar para adquirir uma residência digna dele.

Na verdade, dei-lhe também o resto da carne dos touros bravios para que a ofertasse ao povo e sugeri que vendesse a imensa quantidade de roupas que ainda estavam guardadas no circo, assim como as joias e fivelas que tínhamos tirado dos prisioneiros. Talvez desse modo ele pudesse custear algumas colunas da nova arcada que ia ligar os edifícios do Palatino e Célio com o Palácio Dourado do Esquilino.

Nero mostrou-se encantado e prometeu lembrar-se de minha generosidade. Aliviado do receio de que eu lhe reprochasse o ter condenado à morte meu pai e o rapazinho que julgava ser meu, meio-irmão, mostrou-se grato pelo papel que eu desempenhara no espetáculo, admitindo que o pessoal do teatro falhara miseravelmente e que Tigelino apenas causara aborrecimentos. No seu entender, a única coisa que fora bem sucedida, além dos animais selvagens, fora a esplêndida música do órgão hidráulico e da orquestra, para a qual ele próprio preparara cuidadosos arranjos.

Achava eu que o estrépito da música apenas perturbara os animais e desviara a atenção dos espectadores para longe de alguns pontos culminantes do espetáculo, mas esta era somente minha opinião pessoal e não a enunciei. Considerava-me incompetente para julgar os insignificantes resultados de seus esforços quando os meus tinham alcançado tanto êxito.

A despeito de tudo isto, sentia-me deprimido e não tinha apetite. Tão logo me vi a salvo de olhares invejosos, fiz uma oferenda a meu pai e bebi dois cálices de vinho. Mandei meu agente descobrir onde meu pai tinha sido executado e o paradeiro dos cadáveres dele e de Túlia. Mas não foram encontrados, conforme já relatei.

Tive de contentar-me com cremar os restos de Jucundo e Barbo ao amanhecer numa pira apressadamente levantada. Pareceu-me que Barbo conquistara o direito a uma pira idêntica à do meu filho, em razão de sua lealdade e dos longos anos de serviço. Depois de apagar com vinho as últimas labaredas, recolhi eu mesmo as cinzas e coloquei-as numa urna.

Mais tarde pus a urna num mausoléu em Cere que eu mandara construir no sepulcro outrora comprado por meu pai. Jucundo era de velho sangue etrusco pelo lado de meu pai, e sua mãe, Lugunda, era de nobre estirpe bretã. Barbo, por seu turno, mostrara lealdade até à morte, sinal de certa nobreza de espírito. Na tampa da urna está um galispo etrusco de bronze que canta para eles a vida eterna, como verás um dia, Júlio, quando fores a Cere com os restos mortais de teu mísero, perplexo e indigno pai.

Para não ofendê-lo, saindo cedo, fui compelido a participar do banquete de Nero. Reconheço com prazer que ele foi bem sucedido nos pequenos espetáculos organizados nos pontos iluminados do parque: belas coreografias, sátiros perseguindo ninfas por entre os arbustos, uma representação de Apolo e Dafne e outras coisas que podiam distrair o povo e despertar pensamentos frívolos num público mais enfastiado. A comida era abundante, graças à contribuição da carne dos touros, e as fontes enchiam os tanques de vinho puro, sem mistura de água.

Como os provocadores do incêndio tinham recebido a merecida punição e o crime fora convenientemente expiado, as principais damas de Roma, juntamente com todos os colégios de sacerdotes, haviam preparado uma soberba ceia conciliatória, que se converteu no ponto alto do festim realizado nos jardins. Para esse fim tinham trazido dos templos os dois mais sagrados cones de pedra branca.

Engrinaldados pelas mulheres, jaziam eles agora em seus sacrossantos coxins no interior de uma tenda iluminada, onde lhes ofereciam a tradicional refeição sagrada. Contemplei curioso, lembrando-me de que os romanos haviam herdado esse mistério dos etruscos, e fervorosamente associei-me ao riso santo ao lado dos senadores e cavaleiros. O povo não tinha permissão de rir. Em seguida, fecharam a abertura da tenda, e um pouco depois as luzes que brilhavam através da lona extinguiram-se sem que ninguém as tocasse. Todos soltaram um suspiro de alívio ante o sucesso da cerimônia, realizada de acordo com a tradição.

Enquanto os cones de pedra, ou deuses que representavam, continuavam na tenda escura, depois da refeição sagrada, para que abraçados em seus sacrossantos coxins fadassem o progresso de Roma, Nero providenciou uma peça satírica para contrabalançar toda essa santidade. A única falta que se lhe pode assacar é a de ter ele mesmo participado da representação, convencido de que desse modo conquistaria as boas graças do povo.

Assim, num palco aberto, acompanhado por hinos nupciais profanos, ele se vestiu de noiva e escondeu o rosto atrás de um véu escarlate. Imitando habilmente voz de mulher, cantou depois o lamento costumeiro e deixou-se conduzir para o leito matrimonial por Pitágoras, um belo escravo em traje de noivo. Apareceu uma deusa para consolar e aconselhar a noiva assustada. Choramingando de medo, Nero permitiu que o noivo desatasse os dois nós da cinta, e, praticamente nus, afundaram finalmente na cama, nos braços um do outro.

Nero imitou com tanta perfeição os soluços e gritinhos agudos de uma donzela apavorada, que o público riu a valer. Depois disso passou a dar gemidos de simulado prazer, o que fez que muitas senhoras nobres corassem e cobrissem os olhos com as mãos. Tanto ele como Pitágoras representaram seus papéis com tamanha desenvoltura, que davam a impressão de que tinham ensaiado a cena de antemão.

Não obstante, Popeia teve tanta raiva dessa encenação que logo depois se retirou do banquete. Outra razão para a sua saída era, naturalmente, o fato de estar ela, novamente, no terceiro mês de gravidez. Precisava ter cuidado com a saúde, e o excitante e prolongado espetáculo circense a tinha fatigado.

Nero não fez caso da saída de Popeia. Na verdade, aproveitou o ensejo uma vez que os convivas iam ficando cada vez mais embriagados, para dar início a vários passatempos lascivos nos pontos escuros do parque. Convidara todas as mulheres dos bordéis não destruídos pelo incêndio e pagara-lhes generosamente do próprio bolso. Mas houve muitas damas nobres e muitos homens e mulheres casadas que tomaram parte nessas brincadeiras, sob a proteção da treva. No fim,

345

as moitas estavam cheias de sussurros, e os grunhidos libidinosos dos bêbados e os gritos das mulheres ressoavam por toda a parte.

Saí para ir acender a pira funerária de Jucundo e Barbo. Enquanto borrifava-lhes as cinzas com vinho, pensei em Lugunda e em minha juventude na Bretanha, quando eu era ainda sensível, tão receptivo à bondade e tão inocente que vomitara depois de matar meu primeiro bretão. Ao mesmo tempo naquela madrugada, muito embora eu não o soubesse então, Nero regressou ao Esquilino para dormir, sujo, empoeirado e com a coroa de flores à banda e empapada de vinho.

Popeia, irritadiça como costumam ser as mulheres grávidas, estava acordada, à espera dele, e dirigiu-lhe algumas palavras ásperas, bem ao jeito das esposas. Em sua embriaguez, Nero tomou-se de uma fúria tal, que deu um pontapé na barriga de Popeia e depois caiu na cama, no sono profundo dos bêbados. No dia seguinte, só se lembrou do que acontecera quando lhe foram dizer que Popeia abortara. Ela estava muito doente, e logo se evidenciou que nem mesmo os melhores médicos de Roma poderiam salvá-la, sem falar nas velhas judias que a cercavam com suas fórmulas mágicas e bruxarias.

Diga-se, em honra de Popeia, que ela nem uma vez censurou Nero ao compreender que sua situação era desesperadora. Na realidade, já agonizante, tentava consolá-lo, aplacando-lhe o sentimento de culpa e lembrando-lhe que sempre desejara morrer antes que sua beleza murchasse. Queria que Nero guardasse até morrer a lembrança da aparência que ela tinha naquele instante, sua beleza intacta, amada por Nero, a despeito da ação dele, o que podia ter acontecido a qualquer casal fiel. Naturalmente, Nero teria de casar outra vez, por motivos políticos, mas tudo quanto Popeia pedia era que Nero não agisse com precipitação nesse assunto e que não lhe mandasse cremar o corpo. Popeia queria ser enterrada à maneira judaica.

Razões políticas impediam que Nero a enterrasse com os ritos da religião judaica. Mas ele permitiu que as mulheres judias se reunissem em volta do cadáver para os lamentos costumeiros. Mandou embalsamar Popeia, ao modo oriental, e sem hesitação cumpriu a vontade dela, enviando donativos ao templo de Jerusalém e às sinagogas de Roma.

No fórum, pronunciou o elogio fúnebre de Popeia, perante os senadores e o povo, chorando de emoção ao enumerar minuciosamente os pontos capitais de sua beleza, desde os anéis de cabelo dourado às róseas dos pés.

Um cortejo funerário conduziu o corpo embalsamado de Popeia, num ataúde de vidro, para o mausoléu de Augusto. Muita gente viu nisso um desrespeito, pois Nero não dera nem mesmo à sua mãe um lugar no mausoléu, sem falar em sua esposa, Otávia. Salvo os judeus, o povo não pranteou Popeia. Não contente com ferraduras de prata, ela mandara ferrar de ouro os cascos de suas mulas, depois de ter provocado rancor com seus eternos banhos no leite desses animais.

Eu mesmo lamentei que a encantadora Popeia tivesse morrido em plena juventude. Ela sempre se mostrara afetuosa comigo e provavelmente teria confirmado esse afeto nos meus braços, se eu tivesse tido o bom senso de pedir-lhe ousadamente que o fizesse. Não era tão virtuosa como acreditei a princípio, ao apaixonar-me tão perdidamente, mas por infelicidade só me dei conta disso quando ela já tinha casado com Oto.

Agora que já te contei tudo isto, devo falar-te de tua mãe, Cláudia, e da atitude dela para comigo. Ao mesmo tempo, cumpre-me descrever minha participação na conjura de Pisão e seu desmascaramento. Esta é talvez uma tarefa ainda mais espinhosa. Mas farei o possível, como venho fazendo até aqui, para narrar tudo com razoável honestidade, sem desculpar-me demasiadamente. Talvez aprendas alguma coisa acerca das fraquezas do homem, quando leres isto algum dia, Júlio, meu filho. Despreza-me, se quiseres. Nada perderei com isso. Jamais esquecerei aquele olhar frio e límpido, de um menino de quatorze anos, que tu me atiraste, quando tua mãe te forçou a vir ver teu pai, indignamente rico e abjetamente insensato, nesta estação de águas onde estou tentando curar-me. Foi um olhar gélido, mais cruel do que os piores ventos do inverno. Mas, ai de mim! és um Juliano, de sangue divino, e eu não passo de um Minuto Maniliano.

Antônia

Eu bem que queria reconhecer-te, oficialmente, como meu filho e dar-te o nome que Cláudia sugerira, mas achei mais prudente esperar um pouco, até que tua mãe tivesse tempo de se acalmar.

Não pude impedir que Cláudia, em Cere, descobrisse o que acontecera em Roma e soubesse como eu, a contragosto, cumprindo ordens de Nero, fora compelido a organizar a execução dos cristãos de maneira apropriada. É claro que eu havia dado guarida a alguns cristãos em minha quinta e avisara outros. É até possível que tenha salvo a vida de Cefas, ao assustar Tigelino com a reputação de feiticeiro de que gozava aquele.

Eu conhecia o temperamento violento de Cláudia e sabia também como as mulheres geralmente interpretam mal as ações dos maridos, sem levar em conta as necessárias exigências da política e outras coisas desse gênero, que só os homens entendem. Portanto, achei melhor deixar que Cláudia recobrasse a serenidade e examinasse o que ouvira dizer.

Além disso, tinha tantos assuntos a resolver em Roma, que não podia viajar imediatamente para Cere. A reposição dos animais e a obtenção de indenização pelas outras perdas reclamavam todas as minhas energias. Mas devo confessar que já começara a sentir certa repugnância pela casa dos bichos em geral, especialmente quando pensava em Cláudia.

O inesperado suicídio de tia Lélia foi outro inarredável obstáculo à minha viagem. Fiz o possível para mantê-lo em segredo, mas, apesar de todos os seus esforços, este fato deu origem a uma nova onda de boatos a meu respeito. Ainda não posso entender por que Lélia tirou a própria vida, se é que houve alguma outra causa, além do desconcerto de sua mente. Presumo que a perda da dignidade de senador e a execução de meu pai representaram um golpe tremendo para tia Lélia e que ela, impelida por uma espécie de desorientado senso de honra, se julgou no dever de suicidar-se. Talvez, em seu desarranjo mental, tenha imaginado que eu devia fazer a mesma coisa, por respeito ao Imperador e ao Senado, e tenha querido dar-me um bom exemplo romano.

Convenceu sua serva, que também não tinha o juízo muito perfeito, a abrir-lhe as veias, e como seu envelhecido sangue se recusasse a jorrar até mesmo num banho quente, asfixiou-se, afinal, com os vapores do braseiro de carvão de lenha, que tinha sempre aceso em seu quarto, pois como todas as pessoas idosas vivia continuamente com frio. Ordenou que a serva vedasse cuidadosamente pelo lado de fora todas as fendas existentes nas portas e janelas. Ainda estava bastante lúcida para isso.

Só dei pela falta dela no dia seguinte, quando a serva me perguntou se podia arejar o quarto. Não tive coragem de censurar aquela pobre anciã simplória e desdentada, que não parava de dizer que fora obrigada a obedecer às ordens de sua patroa. Fiquei terrivelmente abalado com esse novo infortúnio que viera abater minha reputação e meu nome.

Naturalmente mandei cremar o cadáver de tia Lélia com todas as honras da família e pronunciei um discurso em sua memória num banquete funerário particular, se bem que fosse difícil levá-lo a cabo, já que me achava bastante enraivecido. Também era difícil encontrar o que dizer acerca da vida de tia Lélia e de seus pontos positivos. Não convidei Cláudia para essas comemorações, de vez que ela acabara de sair do parto, mas escrevi para ela, comunicando-lhe esse triste acontecimento e explicando os motivos pelos quais ainda não podia ausentar-me da cidade.

Para dizer a verdade, passei maus momentos naquela fase. A conduta corajosa dos cristãos no circo e sua punição desumana, que suscitaram asco no meio de nossa amimalhada juventude, já influenciada pela cultura grega, geraram simpatia pelos cristãos nos meios insuspeitados, nos quais não se dava crédito às acusações de Nero. Perdi muitos amigos que tinha na conta de fiéis.

Para provar as deturpações e a má-vontade dessa gente, basta contar que se espalhou a notícia de que eu havia denunciado meu meio-irmão Jucundo, como cristão, porque receava ter de partilhar com ele a herança de meu pai. Diziam também que meu pai, que já me repudiara em virtude de minha má reputação, tomara a deliberação de fazer com que o Estado se apoderasse de sua fortuna, somente para evitar que parte dela caísse em minhas mãos. Que teriam inventado se tivessem sabido que Jucundo era meu filho? Se na sociedade falavam de mim dessa maneira aleivosa e hostil, imagino o que não diriam os cristãos! Naturalmente eu os evitava tanto quanto possível, para não incorrer na suspeita de os proteger.

O sentimento geral era de tal ordem que eu não podia aparecer na rua sem suficiente escolta. Até mesmo Nero julgou conveniente propalar que, muito embora tivesse deixado bem claro que sabia ser severo quando necessário, estava agora pensando em abolir a pena capital em todo o país.

Depois disso, ninguém, inclusive nas províncias, podia ser condenado à morte, nem mesmo pelos piores crimes. Em vez disso, os culpados seriam mandados ao trabalho forçado na reconstrução de Roma, principalmente na edificação do novo palácio de Nero, que ele agora começava a chamar de Palácio Dourado, e do Grande Circo.

Essa proclamação não era fruto de brandura e amor à humanidade. Nero enfrentava séria crise financeira e precisava de mão-de-obra gratuita para o trabalho mais árduo. O Senado validou a ordem, embora durante os debates muitos senadores fizessem graves advertências sobre os efeitos da supressão da pena de morte e considerassem que tanto o crime quanto outras impiedades iriam proliferar.

A generalizada atmosfera de irritabilidade e descontentamento não resultava exclusivamente do castigo imposto aos cristãos, pois este fora apenas um pretexto para que muita gente extravasasse o ódio ao poder dirigente. Só então os impostos imprescindíveis à reconstrução de Roma e aos projetos arquitetônicos de Nero

349

se faziam sentir plenamente em todas as camadas da sociedade. Como era de esperar, o preço dos cereais subira após as primeiras medidas de emergência, e até mesmo o escravos se ressentiam do paulatino decréscimo na distribuição de pão, alho e azeite.

Naturalmente um império inteiro podia arcar com a edificação de um Palácio Dourado, em especial depois que Nero ajuizadamente espaçara as obras por um período de vários anos, se bem que procurasse acelerar o mais possível o ritmo da construção. Disse ele que se contentaria de início com um razoável salão de banquetes, alguns dormitórios e a indispensável galeria destinada às representações. Mas Nero não tinha cabeça para números e, ao modo dos artistas, carecia de paciência para ouvir as explicações das pessoas bem informadas. Arranjava dinheiro onde quer que o encontrasse, sem pensar nas consequências.

Em troca, aparecia como cantor e ator nos mais diversos espetáculos teatrais, para os quais convidava o povo. Vaidoso como era, imaginava que sua esplêndida voz e o prazer de vê-lo no palco em diferentes papéis fariam com que a população esquecesse os imensos sacrifícios materiais dela exigidos, os quais perderiam qualquer significação ao lado da arte maravilhosa do Imperador,

E nisto enganava-se redondamente.

Muitas personalidades destacadas e pouco afeiçoadas à música começaram a ver nessas intermináveis representações um contratempo insuportável a que era difícil escapar, pois Nero, ante o menor sinal, punha-se a bisar os números até ao cair da noite.

Alegando diversas razões, e evidentemente com o pensamento voltado para ti, logrei convencer Cláudia a permanecer quase três meses nos ares saudáveis de Cere. Não lia com a devida atenção as cartas amargas que ela me mandava e limitava-me a responder que a traria contigo para Roma, assim que as minhas obrigações permitissem e o momento me parecesse favorável, do ponto de vista de sua segurança.

Em verdade, após o espetáculo no circo, os cristãos pouco foram perseguidos, se é que o foram, contanto que se comportassem. Mas, de modo geral, e como era compreensível, estavam amedrontados com a eventualidade de uma punição em massa e mantinham-se quietos e escondidos.

Quando se encontravam em suas reuniões secretas e subterrâneas, logo entravam a discutir asperamente e a perguntar por que as denúncias tinham sido tão numerosas e por que os seguidores de Paulo tinham denunciado os seguidores de Cefas e vice-versa. Inevitavelmente, começaram a dividir-se em sociedades secretas fechadas. Os mais fracos deixavam-se dominar pelo desespero, já não sabendo qual era o meio melhor de seguir a Cristo. Evitavam os fanáticos e iam viver na solidão.

Afinal, Cláudia, por sua livre vontade, voltou a Roma, acompanhada de seus servos cristãos e de todos os refugiados a quem eu dera asilo em minha herdade em troca de um pouco de trabalho da parte deles. Corri a recebê-la com uma exclamação de alegria. A princípio, porém, ela não quis nem que eu te visse e ordenou à ama que te pusesse dentro de casa, longe dos meus olhos malignos.

Mandou que os do seu séquito cercassem a casa para que eu não saísse. Devo confessar que, após consultar os deuses lares e meu nome tutelar, também temi momentaneamente pela minha vida, ao lembrar-me que tua mãe é filha de Cláudio e herdou a índole implacável e caprichosa do pai.

Mas depois de examinar todos os recantos da casa, Cláudia mostrou-se relativamente afável e declarou que desejava ter uma conversa séria comigo. Assegurei-lhe que nada me agradaria mais, desde que primeiro tirassem da sala todos os vasos e todas as armas que ornavam as paredes.

É claro que Cláudia chamou-me de assassino, reles assassino cujas mãos estavam manchadas de sangue, e afirmou que o sangue de meu irmão adotivo clamava aos céus, acusando-me perante Cristo. Com minha volúpia de matar, eu atraíra sobre minha cabeça a ira de Jesus de Nazaré.

Senti-me aliviado ao notar que ela não sabia que Jucundo era meu filho, já que as mulheres são com frequência assustadoramente perceptivas em tais assuntos. Pareceu-me mais afrontosa a afirmação desvairada de que tia Lélia se suicidara por minha causa. Mas respondi que estava pronto a perdoar-lhe essas palavras injuriosas e disse-lhe também que perguntasse a Cefas, por exemplo, o que eu tinha feito pelos cristãos e para salvá-lo das garras de Tigelino.

— Não acredite somente em Prisca e Áquila e alguns outros, cujos nomes não quero ter o trabalho de mencionar — disse eu. — Sei que são partidários de Paulo. E note também que, em certa ocasião, ajudei Paulo a livrar-se de várias acusações. Ele não foi sequer procurado na Ibéria porque, em parte graças a mim, Nero não quer mais ouvir falar nos cristãos.

— Acredito em quem quero — redarguiu Cláudia, com raiva. — Você sempre acha jeito de safar-se de tudo. É inconcebível que eu continue vivendo com um homem como você, de cujas mãos goteja o sangue dos fiéis. Não há nada que eu lamente mais do que ser você o pai do meu filho.

Achei que talvez fosse melhor não fazê-la recordar quem fora que viera primeiro para a minha cama e que fora eu quem, cedendo aos seus rogos insistentes, fizera dela uma mulher honesta, desposando-a em segredo.

Felizmente, o fogo destruíra os documentos secretos que se encontravam sob a guarda das Vestais, da mesma forma que incinerara os arquivos do Estado. Assim, eu não precisava recear que o meu casamento viesse a ser descoberto. Por isso tive a sensatez de calar-me, pois era manifesto nas palavras de tua mãe o desejo de parlamentar.

Cláudia estipulou suas condições. A mim cabia melhorar meu modo de vida tanto quanto fosse possível a um indivíduo ímpio como eu. Também devia pedir perdão a Cristo pelos meus delitos, e, acima de tudo, deixar a casa dos bichos e o cargo de superintendente sem demora.

— Se não pensa em mim e no meu bom nome, então pense pelo menos em seu filho e no futuro dele — disse Cláudia. — Seu filho é uma das últimas pessoas em Roma a ter nas veias o sangue dos Júlios e Cláudios. Para o bem dele, trate de conquistar uma posição digna, de modo que, quando crescer, ele não precise saber do vergonhoso passado do pai.

351

Cláudia imaginava que eu iria oferecer resistência com todas as minhas forças, porque investira muito dinheiro na casa dos bichos e nas feras, além de ter sido muito aclamado no anfiteatro, por causa dos meus espetáculos. Assim, vi-me numa situação vantajosa para negociar com ela no futuro. Eu mesmo já resolvera deixar a casa dos bichos, embora não, é claro, em razão da chacina dos cristãos no circo. Embora contra ela, desde o princípio, eu fora compelido a organizar o espetáculo da maneira mais adequada possível, apesar do grande esforço exigido e da escassez de tempo. Não vejo razão para envergonhar-me disso.

O motivo mais ponderável era que eu tinha de chegar a algum acordo financeiro com minha primeira mulher, Flávia Sabina. Fora fácil para mim prometer a ela metade da minha fortuna, no momento em que Epafródito me estrangulava, mas, com o passar do tempo, foi aumentando minha aversão a essa ideia.

Como eu tinha, então, um filho que tinha certeza de que era meu mesmo, achei que não era justo que meu pequenino e ilegítimo Lauso, de cinco anos, um dia herdasse todos aqueles bens. Nada tinha contra Lauso mas, com o passar dos anos, sua pele ia ficando cada vez mais escura e seu cabelo cada vez mais crespo, de maneira que às vezes eu tinha acanhamento de permitir que ele usasse meu nome.

Por outro lado, eu sabia muito bem que o possante Epafródito era completamente dominado por Sabina e que ela era bastante impiedosa para mandar-me trucidar, caso eu regateasse excessivamente. Mas concebi um plano excelente para me ver livre do problema e cheguei mesmo a falar dele a Sabina.

Epafródito recebera do próprio Nero seu bastão de liberto e a cidadania, muito antes que eu tivesse qualquer desconfiança das relações entre ele e Sabina. Não que Sabina não fosse para a cama com outros domadores de quando em quando, mas, após o nosso divórcio, Epafródito, sem que se esperasse, cortara-lhe as asas e surrava-a de tempos em tempos, o que vinha ao encontro dos desejos dela.

Eu resolvera dar a Sabina a casa dos bichos com os escravos, animais, contratos e tudo, e sugerir a Nero que designasse Epafródito para superintendente, no meu lugar. Epafródito era cidadão, mas a bem de meu próprio nome, era importante que meu sucessor também fosse membro da Nobre Ordem dos Cavaleiros.

Se me fosse possível persuadir Nero a incluir um africano na lista dos cavaleiros, pela primeira vez na história de Roma, então Sabina poderia casar-se legalmente com ele. Isto seria bem mais fácil agora, que seu pai a repudiara e não haveria oposição da família Flávia à realização do casamento. Em troca disto, Sabina prometera adotar Lauso e retirar-lhe o direito de herdar meu patrimônio. Mas ela não acreditava que Nero fizesse cavaleiro romano um homem que era, pelo menos, meio negro.

Contudo, eu conhecia Nero e ouvira-o muitas vezes gabar-se de que nada era impossível para ele. Como artista e amigo da humanidade, ele não considerava o negro da pele ou mesmo o judaísmo como obstáculo à função pública. Nas províncias africanas muitos negros haviam desde muito alcançado a dignidade de cavaleiro em suas cidades natais, em consequência da riqueza ou dos méritos militares.

Quando concordei com as sugestões conciliatórias de Cláudia, aparentemente hesitando e deplorando meus prejuízos, não somente nada tinha a perder como

352

ainda estava escapando a consideráveis sacrifícios financeiros: as exigências de Sabina e as do meu filho Lauso. Valia a pena envidar todos os esforços nesse sentido, embora eu vaticinasse sombriamente a Cláudia que Nero iria ofender-se com meu pedido de demissão de um cargo para o qual ele me nomeara. Cairia em desgraça e talvez até arriscasse a vida.

Cláudia replicou, com um sorriso, que eu não precisava mais preocupar-me com as boas graças de Nero, já que pusera em perigo a minha vida no momento em que trouxera ao mundo um filho em cujas veias corria o sangue dos Cláudios. Seu comentário fez correr um calafrio pela minha nuca, mas então ela gentilmente consentiu em que eu te visse, já que nos tínhamos reconciliado.

Assim, tomei coragem, pedi a Sabina, Epafródito e Lauso que me acompanhassem e solicitei uma audiência com Nero, na parte concluída do Palácio Dourado, numa daquelas tardes em que eu esperava que o Imperador, após a refeição e o banho refrescante, prosseguisse em suas libações e prazeres até alta noite. Os artistas estavam completando os murais dos corredores, e o salão circular dos banquetes, cintilante de ouro e marfim, estava ainda em fase de acabamento.

Eras um bebê lindo e sem defeito. Fitavas a distância com teus olhos azul-escuro e teus dedinhos agarraram com força o meu polegar, como se quisesses ali mesmo despojar-me de meu anel de ouro. Seja como for, conquistaste meu coração, e nada que se assemelhasse a isto jamais me acontecera antes. És meu filho e não podes fazer nada a esse respeito.

Nero estava planejando naquele momento uma gigantesca estátua de si mesmo que ia ser erigida diante da galeria de ligação. Mostrou-me os desenhos e chamou atenção para o escultor com modos tão lisonjeiros que chegou até a apresentar-me o artífice, como se fôssemos da mesma posição social. Não me ofendi, pois o principal era que Nero estivesse de bom humor.

Mandou de bom grado o artesão embora quando lhe pedi para falarmos a sós. Depois, assumiu um ar compungido, coçou o queixo e admitiu que também tinha alguns assuntos a discutir comigo. Pusera-os de lado com receio de que eu me aborrecesse.

Expliquei-lhe demoradamente quanto eu me sacrificara, por lealdade, na superintendência da casa dos bichos em Roma e que agora sentia que essa missão estava acima das minhas forças, mormente em vista da nova casa que estava sendo construída em conexão com o Palácio Dourado. Acreditava não estar em condições de levar a cabo essa tarefa que exigia gosto artístico. Assim sendo, ficaria extremamente grato se ele me exonerasse do cargo.

Quando notou o rumo que meu longo discurso ia tomando, Nero desanuviou a cara e estourou numa gargalhada de alívio, dando-me uma palmadinha nas costas da maneira mais amistosa, como indício de sua benevolência,

— Não te preocupes, Minuto — disse ele. — Defiro o teu pedido. Tanto mais que eu andava à cata de um pretexto para te demitir da superintendência da casa dos bichos. Desde o outono pessoas influentes vêm me atacando, por causa do espetáculo excessivamente cruel que organizaste e exigindo que sejas demitido, em castigo do mau gosto que revelaste. Devo reconhecer que certos pormenores do espetáculo foram um tanto insossos, embora, sem dúvida, os incendiários merecessem a punição. Alegra-me ver que tu mesmo percebes que tua posição se tornou insustentável. Nunca me passou pela cabeça que abusarias de minha confiança e arranjarias as coisas de tal modo que teu meio-irmão fosse lançado às feras, por causa de alguma rixa em torno de herança.

Abri a boca para repelir essa acusação descabida, mas Nero não se interrompeu:

— O espólio de teu pai é tão complicado e os seus negócios tão obscuros que até agora não recebi nenhuma compensação pelos meus gastos. Murmura-se por aí que, em total conivência com teu pai, contrabandeaste para fora do país a maior parte da fortuna dele, enganando assim o Estado e a mim. Mas não acredito nisso, porque sei que tu e teu pai não vos dáveis bem. De outro modo, eu seria obrigado a expulsar-te de Roma. Suspeito seriamente da irmã de teu pai, que se suicidou para fugir ao castigo. Espero que não te oponhas a que os magistrados examinem os teus livros. Nunca faria uma coisa dessas, se não estivesse tão necessitado de dinheiro, sempre por causa da opinião de certas pessoas. Elas se sentam abraçadas aos sacos de dinheiro e se negam a ajudar o Imperador a adquirir uma residência decente. Parece incrível que até mesmo Sêneca só se tenha dado o trabalho de enviar dez milhões de sestércios, ele que outrora fingia querer dar-me tudo quanto possuía, sabendo perfeitamente que, por motivos políticos, eu não podia aceitar. Palas, esse se senta sobre o dinheiro feito uma cadela gorda. Contaram-me que, poucos meses antes do incêndio, vendeste todos os teus edifícios de apartamentos e terrenos situados nas zonas da cidade que foram mais atingidas pelo fogo e compraste em Óstia terreno barato, que desde então se tornou inesperadamente valorizado. Essa previsão me parece suspeita. Se não te conhecesse, poderia acusar-te de participação na conjura dos cristãos,

Desatou a rir. Aproveitei a oportunidade para declarar, em tom formal, que naturalmente minha fortuna estava sempre à sua disposição, mas que eu não era tão rico como se dizia. A esse respeito, não caberia mencionar meu nome ao lado de homens como Sêneca e Palas. Mas Nero deu-me uma palmadinha no ombro:

— Não te irrites com minha brincadeira, Minuto. É melhor, para o teu próprio bem, que saibas o que circula por aí a teu respeito. Um Imperador está numa situação difícil. Tem de ouvir a todos e nunca sabe quais são aqueles cujas intenções são sinceras. Mas meu próprio julgamento me diz que és mais obtuso do que perspicaz. Portanto, não posso me comportar tão mal, a ponto de confiscar os teus bens, só por causa dos boatos e dos crimes de teu pai. Para castigar-te bastará que eu te demita do cargo por incompetência. Mas não sei quem nomear em teu lugar. Não há candidatos para uma função que não tem nenhuma importância política.

Eu poderia ter dito alguma coisa sobre a importância do cargo, mas preferi sugerir que entregasse a casa dos bichos a Sabina e Epafródito. Nesse caso, eu não pediria nenhuma indenização e os magistrados não precisavam ocupar-se de minhas contas. Tal medida não me atraía, como homem honesto. Mas, em primeiro lugar, seria necessário promover Epafródito a cavaleiro.

— Não há uma só palavra em nenhuma das nossas leis acerca da cor da pele de um cavaleiro romano — disse eu. — A única condição é uma determinada riqueza

354

e renda anual, se bem que evidentemente a nomeação dependa de ti. E para Nero nada é impossível, sei disso. Mas se achas que podes estudar a minha sugestão, deixa-me chamar Sabina e Epafródito. Eles falarão contigo.

Nero conhecia Epafródito, de vista e de reputação. Provavelmente, junto com meus outros amigos, rira de minha credulidade antes do meu divórcio. Agora achava divertido que eu intercedesse por Epafródito. Pareceu divertir-se ainda mais quando Sabina entrou, trazendo Lauso pela mão, e pôde comparar a cor da pele e o cabelo do menino com a de Epafródito.

Creio que tudo isso simplesmente reforçou a crença de Nero na minha estupidez e credulidade. Mas essa imagem só me trazia benefícios. Eu não podia, em nenhuma hipótese, deixar que os magistrados pusessem os olhos na minha contabilidade. E se Nero acreditava que Epafródito fizera seu ninho às minhas custas, isso era lá com ele.

Na realidade, Nero foi atraído pela ideia de mostrar seu poder à Nobre Ordem dos Cavaleiros, mandando inscrever o nome de Epafródito nos registros do templo de Castor e Pólux. Era bastante inteligente para saber o que tal medida renderia nas províncias africanas. Demonstraria, por esse meio, que os cidadãos romanos eram iguais sob seu governo, independentemente da cor da pele e da ascendência, e que ele mesmo não tinha preconceitos.

Assim, tudo saiu bem. Ao mesmo tempo, Nero deu seu consentimento para que Sabina e Epafródito se casassem e adotassem o menino, que até aqui fora registrado como meu filho.

— Mas permitirei que o menino continue a usar o nome Lauso em tua honra, nobre Maniliano — disse Nero, trocista.

— É muita delicadeza da tua parte entregar o garoto aos cuidados da mãe e do padrasto. Isso prova que respeitas o amor materno e não fazes caso dos teus próprios sentimentos, embora o menino seja uma cópia fiel da tua pessoa.

Enganei-me ao imaginar que havia pregado uma peça a Sabina quando descarreguei sobre seus ombros a responsabilidade da casa dos bichos. Nero tomou-se de simpatia por Epafródito e mandou pagar-lhe até mesmo as contas mais exorbitantes. Epafródito tratou de assegurar bebedouros de mármore para as feras, na nova casa dos bichos, no Palácio Dourado, e barras de prata para as jaulas das panteras. Nero pagou sem um murmúrio, muito embora, quando se restabelecera o fornecimento de água após o incêndio, eu tivesse tido de pagar uma conta imensa de meu bolso. Epafródito sabia arranjar, para divertir Nero, certos espetáculos de animais que a decência me impede de descrever. Em pouco tempo, Epafródito enriqueceu e tornou-se um dos validos de Nero, tudo graças à casa dos bichos.

Minha demissão pôs fim ao apedrejamento de que eu era alvo nas ruas. Ao invés disso, cobriram-me de chacotas e eu tornei a contar com velhos amigos, cuja magnanimidade os levava a ter piedade de mim, agora que eu caíra em desgraça e era objeto de troça. Não me queixava, pois é melhor ser ridicularizado do que odiado por todos. Cláudia, naturalmente, como mulher, não entendia minha atitude sensata, mas suplicava-me que tratasse de melhorar minha reputação, a bem de meu filho. Tentei ser tolerante com ela.

Minha paciência afinal chegou ao limite extremo. Em seu orgulho materno, Cláudia desejava convidar Antônia e Rúbria, a mais velha das Vestais, para o dia em que íamos te dar nome, para que eu te legitimasse diante delas, uma vez que a velha Paulina morrera no incêndio e não podia ser nossa testemunha. Cláudia compreendera- o que significava a destruição dos arquivos das Vestais.

Ela dizia que tudo ficaria em segredo, evidentemente, mas de qualquer modo queria que estivessem presentes dois cristãos dignos de confiança. Repetidas vezes ela afirmou que, mais do que qualquer outra pessoa, o cristão aprendera a calar a boca em virtude de suas reuniões secretas. Para mim os cristãos eram os piores delatores e tagarelas. E Antônia e Rúbria eram mulheres. Na minha opinião colocar essa gente a par de tudo era o mesmo que trepar no telhado e gritar aos quatro ventos a ascendência de meu filho.

Mas Cláudia não cedeu, apesar de minhas advertências. Naturalmente era uma grande honra que Antônia, filha legítima de Cláudio, reconhecesse Cláudia como sua meia-irmã e também te tomasse e desse o nome Antoniano, em memória dela mesma e de teu antepassado Marco Antônio. Assustador foi ter ela prometido lembrar-se de ti em seu testamento.

— Não me fales de testamento — bradei, para afastá-la do assunto. — És muitos anos mais moça do que Cláudia e estás na flor da idade. Na realidade somos contemporâneos, mas Cláudia tem mais de quarenta, já que é uns cinco anos mais velha do que eu. Eu mesmo tão cedo não pensarei em fazer testamento.

Cláudia não gostou do meu comentário, mas Antônia estirou o corpo esbelto e me atirou um olhar velado com seus olhos arrogantes.

— Acho que estou bem conservada para a minha idade — disse ela — embora a tua Cláudia esteja começando a parecer um tanto gasta, se podemos exprimir-nos desse modo. Às vezes sinto falta da companhia de um homem vigoroso. Estou só, após os meus casamentos, que acabaram em assassínio, pois todo mundo tem medo de Nero e me evita. Ah, se soubessem!

Vi que ela estava louca de vontade de falar de alguma coisa. Cláudia também se mostrou curiosa. Somente Rúbria sorriu seu velho e sábio sorriso de Vestal. Não precisamos encorajar muito Antônia, para que ela nos contasse, com fingida modéstia, que com enorme obstinação Nero lhe pedira diversas vezes que fosse sua consorte.

— É óbvio que não podia concordar com isso — disse Antônia. — Respondi a ele que meu meio-irmão Britânico e minha meia-irmã Otávia continuavam bem vivos em minha memória. Por uma questão de sensibilidade, não aludi à mãe dele, Agripina, embora, sendo sobrinha de meu pai, ela fosse minha prima e portanto tua também, caríssima Cláudia.

Ao lembrar-me de Agipina, tive um repentino acesso de tosse e Cláudia teve de bater-me nas costas e recomendar-me que não esvaziasse o cálice de vinho com tanta pressa. Fui bastante sensato para recordar o infeliz destino de meu pai, que em seu desarranjo mental no Senado provocara sua própria ruína.

Ainda tossindo, perguntei a Antônia o que Nero alegara, como razão para sua proposta. Ela pestanejou e olhou para o chão:

— Nero me disse que há muito tempo me ama em segredo. Contou que esse foi o único motivo de ter nutrido tanto rancor contra meu finado marido Cornélio Sila, que lhe parecia indigno de mim. Talvez isso justifique a maneira como agiu contra Sila, se bem que, oficialmente, invocasse apenas razões políticas para mandar matar Sila, em nossa modesta casa em Massília. Cá entre nós, reconheço que meu marido tinha mesmo relações secretas com os comandantes das legiões da Germânia.

Depois que demonstrara confiar completamente em nós como seus parentes, prosseguiu:

— Sou bastante feminina para ficar um pouco impressionada com a confissão franca de Nero. É pena que ele seja tão indigno de confiança e que eu o odeie tão amargamente, pois sabe ser simpático quando quer. Mas aguentei firme e referi-me à nossa diferença de idade, se bem que não seja maior do que a vossa. Acostumei-me, desde a infância, a considerar Nero um menino insolente. E, evidentemente, a lembrança de Britânico é um obstáculo intransponível, mesmo que eu pudesse perdoar o que ele fez a Otávia. Verdade é que a própria Otávia tinha culpa, já que seduziu Aniceto.

Não fiz ver a ela o ator habilidoso que Nero sabia ser, quando se tratava de tirar vantagem para si mesmo. Levando em conta sua posição, seria naturalmente de grande valia, com relação ao Senado e ao povo, que ele aliasse aos Cláudios, por um terceiro caminho, através de Antônia.

Só de pensar nisso senti-me deprimido e no fundo do coração não queria que te envergonhasses em público da ascendência de teu pai. Agindo em segredo, eu me apoderara das cartas, juntamente com outros documentos, que meu pai, antes do meu nascimento, escrevera de Jerusalém e Galileia para Túlia, mas nunca enviara. Por elas, verifiquei que meu pai, seriamente perturbado por seu amor infeliz, mediante um testamento forjado e a traição de Túlia, chegara ao ponto de acreditar em tudo o que os judeus lhe tinham contado, até mesmo alucinações. O mais triste, do meu ponto de vista, era que as cartas revelavam o passado de minha mãe. Ela não era mais do que uma dançarina acrobática que meu pai alforriara. De sua origem só se sabia que ela tinha vindo das ilhas gregas.

Assim, a estátua dela em Mirina, na Ásia, e todos os papéis que meu pai adquirira em Antioquia, a respeito da ascendência de minha mãe, eram simplesmente poeira atirada aos olhos do povo, para assegurar o meu futuro. As cartas induziam-me a perguntar a mim mesmo se eu nascera no leito conjugal ou se meu pai, após a morte de minha mãe, conseguira tais provas subornando as autoridades de Damasco. Graças a Jucundo, eu mesmo descobrira como era fácil arranjar essas coisas, desde que se dispusesse de dinheiro e influência.

Não falara a Cláudia das cartas e documentos de meu pai. No meio dos papéis, que sob o aspecto financeiro eram muito valiosos, havia também muitas notas em aramaico sobre a vida de Jesus de Nazaré, escritas por um funcionário aduaneiro judeu, que era amigo de meu pai. Achei que não devia destruí-las. Por isso ocultei-as, ao lado das cartas, em meu esconderijo mais secreto, onde já estavam certos papéis que não tolerariam a luz do dia.

Procurei vencer meu abatimento e ergui o cálice em honra de Antônia, que tão sabiamente repelira os galanteios de Nero. Ela por fim admitiu que lhe dera um

357

ou dois beijos, de caráter puramente fraterno, para que ele não ficasse demasiadamente indignado com sua recusa.

Antônia olvidou suas molestadoras sugestões no sentido de lembrar-se de ti em seu testamento. Cada um de nós te tomou um pouco nos braços, apesar dos teus gritos e violentos pontapés. Assim recebeste os nomes Clemente Cláudio Antoniano Maniliano, e essa era uma herança suficientemente opressiva para um bebê. Abandonei a ideia de chamar-te Marco também, em memória de meu pai, o que me tinha ocorrido antes que Antônia viesse com sua sugestão.

Ao tomar a cadeirinha naquela noite para ir embora, Antônia despediu-se de mim com um beijo de irmã, já que éramos legitimamente, embora em segredo, aparentados um do outro, e pediu-me que a chamasse de cunhada, no futuro, quando nos encontrássemos a sós. Animado por seu carinho, retribuí o beijo com certa veemência. E fi-lo com prazer. Estava um pouco bêbado.

Novamente ela se queixou da solidão e expressou a esperança de que eu, agora que éramos parentes, fosse vê-la de quando em quando. Não era necessário levar Cláudia comigo, uma vez que ela tinha muito trabalho com o garoto, e, além disso, começava provavelmente a sentir o peso da idade e das obrigações de dona de casa. Contudo, era pela ascendência a mais nobre dama viva de Roma.

Mas antes de te contar como nossa amizade evoluiu, devo retornar aos assuntos de Roma.

Em sua necessidade de dinheiro, Nero cansou se das queixas das províncias e da crítica áspera dos homens de negócios ao imposto sobre vendas. Resolveu desvencilhar-se ilegalmente dos problemas cortando o nó górdio. Não sei quem lhe sugeriu o plano, já que eu não estava a par dos segredos do templo de Juno Moneta. Seja como for, o autor da ideia, quem quer que tenha sido, muito mais do que os cristãos, merecia ser atirado às feras como inimigo público.

À sorrelfa, Nero tomou emprestado as oferendas votivas de ouro e prata que ornavam os altares dos deuses de Roma; isto é, instituiu Júpiter Capitolino como devedor hipotecário e pediu um empréstimo a Júpiter. É claro que a lei lhe assegurava essa prerrogativa, embora os deuses não aprovassem.

Depois do incêndio, ele mandara derreter todo o metal arrecadado, o qual não era constituído só de ouro e prata mas continha um pouco de bronze. Agora mandava fundir tudo junto e cunhar dia e noite novas moedas de ouro e prata no templo de Juno Moneta, moedas que continham menos um quinto de ouro e prata do que antes. Eram mais leves e, em virtude de todo o cobre que havia nelas, mais foscas do que as brilhantes moedas anteriores.

A cunhagem se realizava em segredo e sob severa violência, a pretexto de que os assuntos relacionados com Juno Moneta nunca eram públicos, mas, como era natural, os rumores chegaram aos ouvidos dos banqueiros. Eu mesmo fiquei de sobreaviso quando as moedas começaram a desaparecer e todo mundo passou a impingir ordens de pagamento ou a solicitar o prazo de um mês para pagar compras mais volumosas.

Não acreditei nos boatos, pois me considerava amigo de Nero, e não podia conceber que ele, um artista e não um homem de negócios, incorresse num crime tão monstruoso como a falsificação intencional de moedas, mormente quando se tinham crucificado alguns indivíduos por terem fabricado umas poucas moedas para seu uso. Mas segui o exemplo geral e passei a guardar o maior número possível de moedas. Deixei até de realizar os costumeiros contratos relacionados com trigo e azeite, embora isso desse margem a animosidade entre os meus fregueses. A confusão financeira agravou-se e os preços subiram. Então Nero pôs em circulação suas moedas falsas e anunciou que as moedas antigas deviam ser trocadas pelas novas dentro de um prazo determinado, após o qual quem fosse encontrado com as moedas antigas seria considerado inimigo do Estado. Somente impostos e taxas podiam ser pagos com as moedas antigas,

Para vergonha de Roma, devo confessar que o Senado ratificou essa ordem por uma substancial maioria. Assim, não se pode culpar exclusivamente Nero por esse crime contra toda a decência e todas as praxes comerciais.

Os senadores que votaram favoravelmente a Nero justificaram seu ato com a afirmação de que a reconstrução de Roma reclamava uma operação fundamental. Sustentaram que os ricos sofreriam mais com essa troca de moedas, porque as Possuíam em maior número do que os pobres, e Nero julgava que não valia a pena cunhar moedas de cobre. Isso era puro disparate. Os bens dos senadores consistem principalmente em terras, isso quando não fazem negócios através dos seus libertos, e todos os senadores votantes tinham tido tempo de pôr em lugar seguro as boas moedas de ouro e prata que possuíam.

Até mesmo os camponeses mais simplórios foram bastante sagazes para esconder suas economias em potes de barro e enterrá-los. Ao todo, cerca de um quarto das moedas que estavam em circulação foram trocadas pelas novas. Cumpre notar, naturalmente, que boa quantidade de moeda romana se alastrava pelos países bárbaros e alcançava a Índia e a China.

Esse crime inconcebível de Nero fez com que muita gente refletisse de novo, gente que havia entendido e, por motivos políticos, perdoado o ter ele assassinado a própria mãe. Os membros da Ordem dos Cavaleiros que viviam de negócios e os libertos ricos que controlavam toda a atividade comercial encontraram uma razão para reconsiderar seus pontos de vista políticos, uma vez que a nova cunhagem levara ao caos toda a economia pública. A mudança acarretou prejuízos dolorosos até para negociantes traquejados.

Somente os que levavam uma vida fútil, os preguiçosos que estavam sempre endividados, gostaram dessa alteração e admiraram Nero mais do que nunca, pois agora podiam saldar suas dívidas com dinheiro que valia um quinto menos do que antes. O tilintar de cítaras dedilhadas por desocupados de cabelos compridos, que entoavam cantigas difamatórias à porta das casas dos ricos e defronte das Bolsas, irritou-me também. Depois disso, todos os estetas convenceram-se difinitivamente de que nada era impossível para Nero. Acreditavam que ele estava favorecendo os pobres às custas dos ricos e que tinha a coragem de tratar o Senado como bem queria. Havia muitos filhos de senadores entre esses vagabundos.

O entesouramento das velhas moedas era tão generalizado que nenhuma pessoa honesta podia considerá-lo como crime. De nada adiantava prender os pobres ferreiros e labregos ou condená-los a trabalhos forçados. Nero teve de abandonar temporariamente seus habituais métodos moderados e ameaçar os amealhadores com a pena de morte. Apesar disso, ninguém foi executado, pois nas profundezas de sua alma Nero sabia que o criminoso era ele mesmo e não o pobre que tentava esconder as poucas moedas de prata verdadeira que representavam as economias de sua vida.

Afinal caí em mim e ordenei que um dos meus libertos formasse rapidamente um banco e alugasse um local no fórum, desde que se alastrara de tal modo a atividade de troca de dinheiro que o Estado se vira compelido a solicitar a colaboração dos banqueiros particulares. Estes chegaram até a receber compensação pelo seu trabalho quando as velhas moedas foram entregues ao tesouro do Estado.

Assim, ninguém se surpreendeu quando meu liberto, a fim de competir com os velhos banqueiros estabelecidos que, no princípio da confusão, não estavam inteiramente a par do que ocorria, prometeu até cinco por cento em pagamentos adicionais, por ocasião da troca de moedas velhas por novas. Explicou aos fregueses que agia dessa maneira para dar nomeada a seu empreendimento e ajudar aqueles que não dispunham de recursos próprios.

Sapateiros, caldeireiros e canteiros faziam fila diante de sua mesa enquanto os velhos banqueiros contemplavam sombrios de suas mesas vazias. Graças a meu liberto, ao cabo de algumas semanas recebi total compensação dos meus prejuízos de troca, sem embargo do fato de ter ele próprio sido forçado pessoalmente a doar certas somas ao colégio de sacerdotes de Juno Moneta, em virtude da suspeita de não ter prestado contas de todas as boas moedas que recebera.

Nesta época, muitas vezes entrava às escondidas em meu quarto, trancava a porta e bebia em meu cálice da Fortuna, pois me parecia que precisava de um pouco de boa sorte. Intimamente perdoei à minha mãe as suas origens humildes, já que eu também era meio grego através dela e isto me trazia felicidade nos negócios. Dizem que os gregos enganam até os judeus nos negócios, mas não creio nisso.

Mas pelo lado de meu pai sou romano legítimo, descendente dos reis etruscos, e isto pode ser confirmado em Cere. Assim mantenho-me honestamente muito alto nos negócios. As atividades de troca de meu liberto e minha dupla contabilidade anterior com respeito à casa dos bichos referiam-se apenas ao tesouro do Estado e eram atos de defesa pessoal da parte um homem honesto, em luta contra tributações tirânicas. De outra forma, nenhuma sólida atividade comercial seria possível.

Por exemplo, nunca permiti que meus libertos misturassem giz à farinha ou azeites da montanha ao azeite de cozinha, como fazem certos insolentes arrivistas. De mais a mais, pode-se ser facilmente crucificado por isso. Certa vez, mencionei a questão a Fênio Rufo, quando ele era superintendente geral dos silos e moinhos, evidentemente sem citar nomes. Ele me advertiu então e declarou que ninguém em seu cargo podia dar-se o luxo de não tomar conhecimento da adulteração dos produtos, quem quer que fosse o falsificador. Talvez algumas cargas danificadas nas viagens marítimas pudessem receber aprovação do Estado, se fosse o caso de ajudar um amigo numa situação embaraçosa. Mas era o máximo que podia fazer. Suspirando, confessou que, apesar de ocupar um posto elevado, tinha de continuar pobre.

De Fênio Rufo, meus pensamentos me levam a Tigelino. Naquela época falava-se mal dele diante de Nero. Cochichava-se, em tom de admoestação, que Nero punha em perigo seu bom nome ao proteger Tigelino e associar-se a ele, e frisava-se que Tigelino enriquecera muito depressa desde que fora nomeado Prefeito da Cidade. As inúmeras dádivas de Nero não bastavam para explicar esse enriquecimento, mesmo que Nero tivesse adquirido o hábito de tornar seus amigos tão abastados que os livrasse da tentação de receberem propinas no exercício dos cargos para que fossem designados. O que é a amizade, ninguém realmente sabe, mas devo dizer que, na minha opinião, nenhum Imperador tem verdadeiros amigos.

Para Nero, a pior acusação lançada contra Tigelino era que ele fora outrora, às escondidas, amante de Agripina e por isso fora, na juventude, expulso de Roma. Ao tornar-se consorte de Cláudio, Agripina conseguira o retorno de Tigelino, como fizera em relação a Sêneca, que mantivera relações duvidosas com a irmã de Agripina. Não creio realmente que as ligações entre Tigelino e Agripina tenham continuado depois, pelo menos enquanto Cláudio vivia, mas ele sempre tivera um fraco por ela, se bem que por motivos políticos não lhe tivesse sido possível impedir o assassínio.

Por muitas razões, Nero resolveu que seria prudente reintegrar Fênio Rufo no Cargo de Vice-Prefeito dos Pretorianos, ao lado de Tigelino. Ao primeiro ficariam afetos os processos ultramarinos, enquanto ao segundo caberia cuidar do aspecto militar. É compreensível que isso tenha deixado Tigelino amargurado, pois assim secava sua melhor fonte de renda. Sei por experiência própria que não há ninguém tão rico que não deseje ver sua riqueza multiplicada. Isso não é nenhum despropósito, mas uma das coisas que a fortuna inevitavelmente traz consigo e algo contra o qual somos impotentes.

Em virtude do desassossego dos assuntos financeiros, os preços continuaram a subir e muito mais do que o quinto em que Nero reduzira o valor do dinheiro. Nero baixou decretos visando controlar os preços e punir os usurários, mas o resultado foi o desaparecimento das mercadorias das lojas. Nas feiras e mercados o povo não encontrava mais verdura, carne, lentilhas e tubérculos, mas tinha de ir buscá-los no campo ou recorrer aos mercadores que ao anoitecer andavam furtivamente de casa em casa com suas cestas, vendendo a preços altos e desafiando os magistrados.

Não havia escassez real de produtos. O que acontecia era que ninguém queria vender suas mercadorias a preços artificialmente baixos, preferindo estar ocioso ou fechar suas casas comerciais. Quem, por exemplo, precisasse de sandálias novas para ocasiões solenes, ou de uma boa túnica, ou mesmo de uma fivela, tinha de implorar ao vendedor que tirasse o artigo de debaixo do balcão, e então violar a lei pagando o justo preço.

Por todos esse motivos, a conspiração pisoniana espalhou-se rapidamente quando se soube que alguns homens resolutos dentro da Ordem dos Cavaleiros estavam dispostos a tomar o poder e derrubar Nero, tão logo se chegasse a acor-

361

do sobre a partilha do poder e a pessoa que devia substituir o Imperador. A crise econômica fez com que a conspiração se afigurasse a única salvação de Roma, e todo mundo tratou de associar-se a ela. Até mesmo os amigos mais íntimos de Nero julgaram de bom aviso aliar-se aos conjurados, desde que parecia evidente que a conspiração teria êxito, uma vez que o descontentamento grassava em Roma e nas províncias e havia dinheiro mais do que suficiente para pagar as gratificações aos Pretorianos.

Fênio Rufo, que ainda continuava encarregado dos armazéns de cereais, além de ocupar as funções de Prefeito, já que não se podia encontrar outro homem honesto, aderiu à conspiração sem hesitar. Em consequência da redução artificial do preço do trigo, ele sofrera graves prejuízos e estava assoberbado de dívidas. Nero recusava-se a determinar que o Estado pagasse a diferença entre o verdadeiro preço do cereal e seu preço forçado. Por outro lado, os produtores do Egito e da África não vendiam o cereal por este preço, mas preferiam armazená-lo ou deixar mesmo de semear os campos.

Afora Rufo, os tribunos pretorianos e os centuriões estavam abertamente envolvidos na conspiração. Por seu turno, os Pretorianos estavam insatisfeitos com o soldo recebido na nova moeda e sem aumento. Os conspiradores estavam tão certos da vitória que procuraram limitar o tentame ao âmbito de Roma, estendendo-o apenas a algumas cidades italianas estrategicamente importantes. Por isso recusaram a ajuda de pessoas poderosas das províncias, melindrando com essa atitude muita gente importante.

A meu ver, o maior erro deles foi terem julgado que não precisavam do apoio das legiões, apoio que teriam obtido facilmente na Germânia e Bretanha. Córbulo, no Oriente, dificilmente se envolveria na conjura, de vez que estava completamente absorvido na guerra dos partos e também porque não tinha ambições políticas. Acho que foi um dos poucos que nunca ouviram falar do plano.

Como eu tinha posto meus negócios em ordem, talvez não desse suficiente atenção às necessidades do povo. Assaltara-me uma espécie de sortilégio primaveril. Estava com trinta e cinco anos, livre das preocupações com moças imaturas a não ser talvez por momentâneo prazer. Achava-me numa idade em que um homem está preparado para verdadeira paixão e deseja ter como companheira uma mulher de sua posição social.

Ainda me é embaraçoso escrever abertamente sobre essas coisas. Talvez baste dizer que, evitando qualquer publicidade desnecessária, comecei a visitar assiduamente a casa de Antônia. Tínhamos tanto que conversar que às vezes não me era possível sair de sua encantadora residência no Palatino antes do amanhecer. Ela era filha de Cláudio e assim corria-lhe nas veias um pouco do sangue corrupto de Marco Antônio. E pelo lado materno era também uma Élia. Sua mãe era irmã adotiva de Sejano: isso deve ser explicação suficiente para os que estão a par desses assuntos.

Tua mãe também era filha de Cláudio, e devo reconhecer que, depois de te dar à luz e dos padecimentos por que passara anteriormente, se acalmara bastante. Não partilhava mais de minha cama. Na realidade, parece-me que sofri de uma espécie de deficiência doentia a esse respeito, até que minha amizade com Antônia me curou.

362

Foi na aurora de um dia de primavera, quando os passarinhos se punham a cantar e as flores perfumavam o belo jardim de Antônia, de onde os novos arbustos e árvores crescidas haviam apagado todos os vestígios do incêndio, que ouvi falar pela primeira vez da conjura de Pisão. Extenuado de prazer e afeição, encontrava-me de mãos dadas com Antônia, encostados a um dos esguios pilares de sua casa de veraneio, incapaz de desprender-me dela, embora tivéssemos começado as despedidas pelo menos duas horas antes.

— Minuto, caríssimo — disse ela. — Oh, meu caríssimo. Jamais homem algum foi tão terno e bom comigo e soube tomar-me nos braços tão maravilhosamente como tu. Por isso, sei que te amo agora e hei de amar-te sempre e eternamente. Gostaria que nos encontrássemos depois da morte, como sombras, nos Campos Elísios.

— Por que falas do Eliseu? — perguntei, empinando o peito. — Somos felizes agora. Na verdade nunca me senti tão feliz. Não pensemos em Caronte, embora eu deseje, quando morrer, que me ponham uma moeda de ouro na boca para pagar a ele, de um modo que seja digno de ti.

Ela me apertou a mão em seus dedos finos.

— Minuto, não posso mais esconder nada de ti, nem quero. E não sei qual de nós está mais perto da morte, tu ou eu. Nero está com os dias contados. Não quero que caias com ele.

Emudeci. Então Antônia contou, em rápidos sussurros, tudo o que sabia da conspiração e dos cabeças. Confessou que prometera, quando chegasse o momento e Nero estivesse morto, acompanhar, como filha de Cláudio, o novo Imperador ao acampamento dos Pretorianos e interceder por ele junto aos veteranos. É claro que uma dádiva em dinheiro seria mais convincente para eles do que algumas modestas palavras ditas pela mais nobre dama de Roma.

— Na verdade, não receio tanto pela minha vida como pela tua, meu querido — disse Antônia. — És conhecido como um dos amigos de Nero e pouco fizeste visando estabelecer ligações úteis para o futuro. Por motivos compreensíveis, o povo exigirá sangue, quando Nero morrer. E a segurança pública reclamará certa quantidade de sangue derramado para fortalecer a lei e a ordem. Não quero que venhas a perder tua querida cabeça ou que a multidão te esmague sob os pés, no fórum, de acordo com as instruções secretas que deverão ser dadas ao povo, quando nos dirigirmos ao acampamento pretoriano.

Como eu continuasse calado, a cabeça rodando e os joelhos trêmulos, Antônia impacientou-se e bateu no chão o pezinho mimoso:

— Não vês? A conspiração alastrou-se tanto e o descontentamento é tão generalizado, que o plano pode concretizar-se a qualquer momento. Todo homem sensato esta tratando de aderir para assegurar suas vantagens. É só para despistar que ainda discutem como, onde e quando Nero pode ser assassinado. Isso pode acontecer de uma hora para outra. Vários dos maiores amigos de Nero estão conosco e prestaram juramento. Dos teus amigos citarei apenas Senécio, Petrônio e Lucano. A frota em Miseno está do nosso lado. Epicaris, que deves conhecer de nome, seduziu Volúcio Próculo, como outrora Otávia tentou seduzir Aniceto.

— Conheço Próculo — disse eu, lacônico.

— Claro que conheces — continuou Antônia com súbita certeza. — Ele andou envolvido no assassínio de minha madrasta. Não te preocupa, querido. Eu não tinha simpatias por Agripina. Pelo contrário. Ela me tratava pior ainda, se isso é possível, do que tratava Britânico e Otávia. Foi somente por obediência às convenções sociais que não participei das ofertas de ação de graças depois de sua morte. Não precisas ter medo daquela velha história. Sugiro que te associes à conspiração, enquanto é tempo, e salves a tua vida. Se demorares muito, não te poderei ajudar.

Para falar verdade, meu primeiro pensamento foi naturalmente correr até Nero e falar-lhe do perigo que o ameaçava. Teria, então, certeza de seu reconhecimento pelo resto de minha vida. Todavia, Antônia era bastante experiente para ler a hesitação em meu rosto. Afagou-me os lábios com as pontas dos dedos, e, com a cabeça inclinada para um lado e o vestido resvalando-lhe do seio firme, tornou a falar:

— Mas não podes trair-me, Minuto, podes? Não, isso seria impossível, já que nos amamos tão completamente. Nascemos um para o outro, como disseste tantas vezes na embriaguez do momento.

— É claro que não — apressei-me a tranquilizá-la. — Isso nunca me ocorreria.

— Ela foi obrigada a rir, e depois deu de ombros quando continuei irritado: — Que foi mesmo que disseste a respeito de despistamento?

— Não penses que pensei muito nesse negócio — disse Antônia.

— O que é mais importante para mim, como para os outros conspiradores, não é o assassínio de Nero, mas saber quem será guindado ao poder após a sua morte. Isso é o que os conspiradores estão tratando de resolver, noite após noite. Cada um tem suas ideias sobre o assunto.

— Caio Pisão — disse eu, em tom de crítica. — Realmente não entendo por que, dentre tantas pessoas, deve ser ele o cabeça. Não há dúvida que é senador, é um Calpurniano, e é um tipo simpático. Mas não atino com o que tu vês nele, Antônia querida, a ponto de arriscares a tua vida por um homem como ele, acompanhando-o ao acampamento dos Pretorianos.

Para ser rigorosamente exato, senti no íntimo uma punhalada de ciúme. Conhecia Antônia e também sabia que ela não era tão comedida, como se poderia julgar por sua postura e aparência majestosa. Era bem mais experiente do que eu em todas as coisas, se bem que eu me considerasse um sujeito traquejado. Assim, examinei-lhe cuidadosamente a expressão. Ela deleitou-se com o meu ciúme, estourou na gargalhada e me deu uma palmadinha na face.

— Oh, Minuto, que é que pensas de mim? Nunca me arrastei até a cama de um homem como Pisão, só em busca do meu benefício. Tu me conheces bastante bem para saberes disso. Escolho eu mesma a quem devo amar e sempre agi assim. E não é a Pisão exatamente que me liguei. Ele é uma espécie de biombo, por enquanto. É tão estúpido que não suspeita que os outros já estão cabalando às suas costas. Na verdade, já se indaga se vale a pena substituir um citarista por um comediante. Pisão apareceu em público no teatro e com isso, tanto quanto Nero, arruinou sua reputação. Há outros que querem restabelecer a república e conferir todo o poder ao Senado. Essa ideia louca não tardaria a lançar o país na guerra civil. Estou te dizendo isto só para que entendas os interesses antagônicos que estão em jogo e o motivo por que o assassínio de Nero tem de ser adiado. Eu já disse que nada me persuadirá a ir aos Pretorianos em favor do Senado. Isso não assenta bem à filha de um Imperador.

Encarou-me pensativa e leu o que se passava em minha mente.

— Sei o que estás pensando. Mas posso afiançar-te que por motivos políticos é muito cedo ainda para pensar em teu filho Cláudio Antoniano. Ele é um bebê e a reputação de Cláudia é tão duvidosa que não creio que teu filho venha a ser cogitado, antes de envergar a toga viril e antes da morte de Cláudia. Então me seria bem mais fácil reconhecê-lo como meu sobrinho. Mas se tu mesmo encontrasses um lugar na conspiração de Pisão, poderias melhorar tua posição e criar uma carreira política para ti mesmo, favorecendo Cláudio Antoniano, enquanto ele não atingisse a maioridade. O mais prudente seria deixarmos Cláudia viver e cuidar da educação do menino, por enquanto, não achas, meu querido? Seria óbvio demais, se eu o adotasse logo que Nero morresse, ou se o menino se tornasse meu filho, por algum outro meio.

Pela primeira vez Antônia dava a entender que, apesar de minha má reputação e de minha origem humilde, estaria disposta a casar comigo, algum dia. Eu não ousara sequer pensar em tamanha honra, nem mesmo em nossos momentos mais íntimos. Senti que enrubescia e estava ainda menos capaz de falar, do que quando ela começara a referir-se à conspiração. Antônia fitou-me sorridente, ergueu-se na ponta dos pés e beijou-me nos lábios, enquanto deixava que seu suave cabelo sedoso me roçasse o pescoço.

— Já te disse que te amo, Minuto — murmurou em meu ouvido. — Amo-te mais do que tudo por tua timidez e por subestimares o teu próprio valor. És um homem, um homem maravilhoso e o tipo do homem de quem uma mulher sensata espera o máximo.

Isto me pareceu ambíguo e não tão lisonjeiro como Antônia talvez imaginasse. Mas era correto. Sabina e Cláudia tinham-me tratado de tal modo que eu sempre cedia ante a vontade delas, a bem da paz. Achei que Antônia se comportava de maneira mais digna. Não sei como aconteceu que tornamos a entrar em casa para nos despedirmos.

Era dia e os escravos que tomavam conta do jardim já estavam trabalhando quando afinal avancei cambaleante para minha cadeirinha, a Cabeça rodopiando e os joelhos tremendo, perguntando, de mim para mim, se poderia suportar tanto amor durante quinze anos, até que recebesses tua toga viril.

De qualquer modo, estava agora profundamente envolvido na conspiração pisoniana e jurara com mil beijos fazer o que estivesse a meu alcance para chegar a uma posição em que pudesse ajudar Antônia ao máximo. Acho que até prometi matar Nero, se fosse necessário. Mas Antônia não queria que eu arriscasse minha valiosa cabeça. Explicou pedantescamente que não ficava bem para o pai de um futuro Imperador participar pessoalmente do assassínio de um Imperador. Era um mau precedente e podia ser funesto para ti algum dia, meu filho.

Provavelmente eu me sentia mais feliz naquela cálida primavera do que jamais me sentira antes. Estava bem, forte e, pelos padrões romanos, relativamente in-

365

corrupto. Podia entregar-me plenamente à minha paixão. Era como se tudo quanto eu empreendesse lograsse êxito e produzisse ótimos resultados, como só acontece uma vez na vida de um homem. Vivia num sonho e a única coisa que me perturbava era a insistente curiosidade de Cláudia por saber para onde eu ia e de onde eu vinha. Não gostava de mentir-lhe sempre, em especial porque as mulheres são, com frequência, instintivamente perspicazes nesses assuntos.

Comecei por estabelecer contato com Fênio Rufo, pois já fizera amizade com ele, nas minhas compras e vendas de cereais,

Podia-se dizer que nossa amizade era uma excelente sociedade de auxílio mútuo. Com certa hesitação, revelou que estava comprometido com a conspiração pisoniana e deu os nomes dos Pretorianos, tribunos e centuriões que tinham jurado solenemente obedecer-lhe e só a ele depois que se tivesse liquidado Nero.

Rufo sentia-se aliviado, ao ver que eu me informara a respeito da conspiração por minha conta. Pediu muitas desculpas e asseverou que se obrigara, por juramento, a não me contar antes. Prometeu interceder por mim, junto a Pisão e aos outros chefes da conspiração. Não era por culpa de Rufo que o arrogante Pisão e outros Calpurnianos me tratavam com superioridade. Eu me teria melindrado, se fosse mais suscetível.

Não se impressionaram com o dinheiro que me prontifiquei a colocar à disposição da conjura e disseram que já tinham bastante. Tampouco recearam que eu os denunciasse, tão convictos estavam da vitória. Na realidade, o próprio Pisão declarou, com seus modos insolentes, que conhecia muito bem a mim e a minha reputação, para presumir que eu ficaria calado a fim de salvar a pele. Minha amizade com Petrônio e o jovem Lucano ajudou um pouco. Afinal permitiram-me fazer o juramento e encontrar-me com Epicaris, aquela misteriosa romana, cuja influência e papel na conspiração não avaliei cabalmente naquele instante.

Quando eu já fora tão longe, um dia, para minha surpresa, Cláudia trouxe o assunto à baila. Usando de longos rodeios, interrogou-me até compreender, pelo menos, que eu não ia dali direto a Nero, contar o que ela tinha a dizer. Mostrou-se aliviada e surpreendida quando sorri, compassivo, e contei-lhe que havia muito fizera o juramento de derrubar o tirano por amor à liberdade da pátria.

— Não posso imaginar por que aceitam um homem como você — disse Cláudia. — É melhor que ajam depressa ou seus planos serão divulgados por toda a parte. É a pior coisa de que já ouvi falar. Nunca acreditaria, mesmo contada por você. Está realmente disposto a atraiçoar Nero desse jeito, quando ele fez tanto por você e o tem na conta de amigo?

Conservando minha dignidade, ponderei brandamente que fora o comportamento mesmo de Nero que me fizera pensar antes no bem comum, do que numa amizade que me prejudicara sob vários aspectos. Pessoalmente, eu não sofrera muito com as reformas monetárias, graças à minha vigilância. Mas o choro das viúvas e dos órfãos ressoava em meus ouvidos, e quando pensei na miséria dos camponeses e dos pequenos artesãos vi que estava pronto a sacrificar minha honra, se preciso, no altar da pátria, pelo bem   de todo o povo romano.

Não revelara minhas opiniões a Cláudia porque receara que ela tentasse impedir-me de arriscar com destemor a vida pela liberdade. Agora eu esperava que

366

ela enfim compreendesse que eu tinha guardado silêncio a respeito de minhas atividades para evitar arrastá-la a essa perigosa conspiração. Cláudia continuava desconfiada, pois me conhecia bem. Mas tinha de admitir que eu fizera o que tinha de fazer. Após hesitar durante longo tempo, ela mesma pensara em persuadir-me, se necessário até forçar-me, a aderir à conjuração, para o meu próprio bem e tendo em vista o teu futuro.

— Deve ter notado que há muito tempo não lhe aborreço com histórias a respeito dos cristãos — disse Cláudia. — Não há mais razão para permitir que eles se reúnam em segredo em nossa casa. Eles têm seus lugares seguros. Portanto, não é necessário expor meu filho Clemente a tal perigo, ainda que eu mesma não tenha medo de confessar que sou cristã. E os cristãos se mostram fracos e indecisos. Derrubar Nero seria vantajoso para eles e, ao mesmo tempo, seria uma espécie de vingança cristã contra os delitos que ele cometeu. Mas imagine que eles não querem ter nada que ver com a conspiração, embora tudo indique que ela não pode falhar. Já não os entendo. Dizem apenas que não se deve matar e que a vingança não lhes compete.

— Bom deus de Hércules! — exclamei, com espanto. — Está louca? Só uma mulher encasquetaria essa ideia de envolver os cristãos numa coisa para a qual eles já contribuíram demais. Ninguém os quer, posso garantir-lhe. Isso obrigaria o novo Imperador a prometer-lhes privilégios de antemão. Basta a autonomia dos judeus.

— Sempre se pode perguntar — retrucou Cláudia. — Não faria mal. Mas eles dizem que nunca se meteram em política antes e estão pensando em obedecer ao governante legal no futuro, seja quem for. Têm seu próprio reino que há de vir, mas começo a cansar-me de esperar. Como filha de Cláudio e mãe de meu filho, tenho de pensar um pouco nos poderes terrenos também. Acho que Cefas é covarde, sempre pregando obediência e afastando-se das questões do Estado. O reino invisível é magnífico. Mas desde que me tornei mãe, sinto-me distante dele e tenho a impressão de que sou mais romana do que cristã. Essas circunstâncias embaraçosas oferecem-nos a melhor oportunidade possível de mudarmos o mundo, agora que todo mundo não quer outra coisa senão paz e ordem.

— Que quer dizer com isso de mudar o mundo? — perguntei desconfiado. — Está você efetivamente disposta a arrastar milhares, talvez milhões, de pessoas para a fome, a miséria e a morte violenta, só para criar um clima político favorável a seu filho até que ele envergue a toga?

— A república e a liberdade são valores pelos quais muitos homens corajosos estão prontos a sacrificar suas vidas — disse Cláudia. — Meu pai Cláudio muitas vezes se referiu com grande respeito à república e a teria restaurado, se lhe tivesse sido possível. Foi o que declarou em muitas ocasiões, em seus longos discursos na Cúria, quando se queixava do pesado fardo de governante absoluto.

— Você mesma disse mais de uma vez que seu pai era um velho maluco, injusto e cruel — observei, com raiva. — Lembra-se da primeira vez que nos encontramos, quando você cuspiu na estátua dele na biblioteca? Restaurar a república é uma ideia irrealizável. Não conta com bastante apoio. A questão consiste só em saber quem será Imperador. Pisão acha que sou insignificante demais e sem dúvida você também acha. Em quem você tinha pensado?

367

Cláudia fitou-me pensativa.

— Que diz de Sêneca? — disse ela, com simulada inocência. A princípio a ideia me deixou estarrecido.

— Que utilidade terá a troca de um citarista por um filósofo? — perguntei.

Mas, depois de refletir um pouco mais, dei-me conta de que era uma sugestão inteligente. O povo e as províncias concordavam em que os primeiros cinco anos de Nero, quando Sêneca estivera à frente do governo, foram os mais felizes que Roma conhecera. Ainda se destaca como uma época áurea, principalmente agora que temos de pagar impostos até mesmo para nos sentarmos em latrinas públicas.

Sêneca era imensamente rico: trezentos milhões de sestércios era a estimativa da maioria das pessoas. Mas não me parecia correta. E, acima de tudo, Sêneca já passava dos -sessenta. Graças a seu estoicismo, poderia viver mais outros cinquenta anos. Embora morasse no campo, estivesse fora do Senado por questões de saúde e só raramente visitasse a cidade, tudo isso era apenas um pretexto para acalmar Nero.

Na realidade, o regime a que se submetia por causa de sua enfermidade gástrica fizera-lhe bem. Emagrecera e tornara-se mais enérgico, não arquejava mais quando andava, nem ostentava mais aquelas bochechas balofas e penduradas, tão inadequadas a um filósofo. Poderia fazer um bom governo, sem perseguir ninguém, e, sendo um experimentado homem de negócios, poderia restaurar a vida econômica de Roma e encher o tesouro do Estado ao invés de o esvaziar. Quando a morte se aproximasse, poderia até mesmo voluntariamente transmitir o poder a algum jovem formado em conformidade com seu espírito.

O temperamento pacífico de Sêneca e seu amor à humanidade não diferiam muito da doutrina cristã. Numa obra sobre história natural que vinha de concluir, ele subentendia a existência de forças secretas escondidas na natureza e no universo, que estão acima da compreensão humana, de modo que o durável e o visível assemelham-se realmente a um tênue véu ocultando algo invisível.

Tendo chegado a esse ponto com as minhas reflexões, bati palmas surpreso.

— Cláudia! — exclamei. — Você é um gênio político. Peço-lhe desculpas pelas palavras impensadas que proferi.

Naturalmente não contei a ela que, ao sugerir Sêneca e apoiá-lo, eu poderia ocupar a posição-chave de que precisava na conspiração. Mais tarde contaria sem dúvida com a gratidão de Sêneca. Além disso, eu era de certa maneira um de seus antigos discípulos e em Corinto exercera o tribunato no governo de seu irmão, gozando de sua absoluta confiança nos assuntos secretos do Estado. O primo de Sêneca, o jovem Lucano, era um dos meus melhores amigos desde que eu lhe elogiara os poemas. Não sou poeta.

Conversamos sobre isso na maior harmonia, Cláudia e eu. Encontramos bons argumentos para reforçar os nossos pontos de vista e tornamo-nos cada vez mais contentes com eles ao bebermos juntos um pouco de vinho. Cláudia tomou a iniciativa de ir buscar o vinho e não me repreendeu por eu me ter excedido nas libações, levado pela agitação. Finalmente fomos para a cama e pela primeira vez em muito tempo cumpri minhas obrigações conjugais para com ela, visando dissipar quaisquer suspeitas que se lhe tivessem aninhado no espírito.

Quando despertei mais tarde a seu lado, a cabeça fervendo de entusiasmo e vinho, pensei quase com tristeza que um dia teria de livrar-me de tua mãe por tua causa. Um divórcio comum não conviria a Antônia. Cláudia teria de morrer. Mas ainda tínhamos dez ou quinze anos pela frente, e muita coisa podia acontecer. Muitas inundações primaveris correriam debaixo das pontes do Tibre, disse eu para mim mesmo à guisa de consolação. Havia epidemias, pestes, acidentes inesperados e acima de tudo as Parcas que presidiam aos destinos da humanidade. Não precisava que eu me afligisse de antemão com o inevitável nem com a maneira pela qual ele iria acontecer.

O plano de Cláudia era tão incontestável e excelente que não julguei necessário falar dele a Antônia. Éramos obrigados a ver-nos de raro em raro e às ocultas para que não surgissem comentários maliciosos que pudessem provocar as suspeitas de Nero, o qual, naturalmente, tinha de ficar de olho em Antônia.

Fui ver Sêneca imediatamente, com o pretexto de que tinha negócios a tratar em Preneste e estava simplesmente fazendo uma visita de cortesia, ao passar por sua casa. Por segurança, arranjei um motivo para ir a Preneste.

Sêneca recebeu-me do modo mais afetuoso. Vi que levava uma vida faustosa e despreocupada no campo, com sua mulher, que tinha metade da sua idade. Logo resmungou sobre os achaques da velhice e, coisas assim, mas quando compreendeu que eu tinha realmente uma missão a cumprir, a velha raposa levou-me para uma distante casa de veraneio, onde se refugiava do mundo, para ditar seus livros a um escriba e levar a vida de um asceta.

Como prova disto e de outras coisas também, mostrou-me um riacho, do qual apanhava água corrente e potável com as mãos em concha, e algumas árvores frutíferas nas quais escolhia o que comer. Também contou-me que sua mulher Paulina aprendera a moer o trigo num moinho manual e a preparar-lhe o pão. Reconheci esses sinais e percebi que ele vivia em constante receio de ser envenenado. Em sua necessidade de dinheiro, Nero podia sentir-se tentado pelos bens de seu antigo preceptor e até mesmo achar politicamente necessário livrar-se dele. Sêneca ainda tinha muitos amigos que o respeitavam como filósofo e estadista, mas por via das dúvidas, quase nunca recebia hóspedes.

Fui direto à questão e perguntei se Sêneca estaria disposto a aceitar o encargo imperial, depois de Nero, e trazer de novo a paz e a ordem ao país. Não precisava envolver-se na morte de Nero. Tudo o que lhe cumpria fazer era estar presente na cidade num dia determinado, pronto para ir aos Pretorianos, com suas bolsas de dinheiro à mão. Eu calculara que trinta milhões de sestércios bastariam, se cada soldado, por exemplo, recebesse dois mil e os tribunos e centuriões, em graduações equivalentes, mais, de acordo com o posto e a posição social.

Fênio Rufo não queria pagamento algum. Tudo quanto pedia era que o Estado o indenizasse, posteriormente, pelos prejuízos sofridos no comércio de cereais, em virtude dos caprichos de Nero. Nesse caso, bastaria que suas dívidas fossem pagas num prazo razoável. Apressei-me a acrescentar que eu estava disposto a levantar um pouco do dinheiro se Sêneca não quisesse por motivos financeiros proporcionar a quantia total.

Sêneca aprumou o corpo e fitou-me com olhos assustadoramente frios, nos quais não havia o menor vestígio de amor pela humanidade:

— Eu te conheço de dentro para fora, Minuto. Assim, meu primeiro pensamento foi que Nero te mandara aqui para testares, à custa de algum ardil, a minha lealdade, já que dentre todos os seus amigos és o que mais convém a essa finalidade. Mas é evidente que sabes demais a respeito da conspiração, uma vez que podes citar tantos nomes. Se fosses um delator, certamente várias cabeças já teriam rolado. Não pergunto quais são os teus motivos, mas somente quem foi que te autorizou a me procurares.

Respondi que ninguém. Na realidade, a iniciativa era minha mesma, pois eu o considerava como o homem mais nobre e melhor, para governar Roma e pensava que poderia assegurar-lhe o apoio de todos os conspiradores, caso ele aprovasse a ideia. Sêneca acalmou-se um pouco.

— Não penses que és o primeiro a me consultar sobre esse assunto — disse ele. — O lugar-tenente de Pisão, Antônio Natalis, tu o conheces, esteve aqui há bem pouco tempo, para informar-se de minha saúde e dos motivos pelos quais recusei tão categoricamente receber Pisão e tratar com ele abertamente. Mas não tenho razões para apoiar um homem como Pisão. Portanto, respondi que os intermediários são perniciosos e o contato pessoal menos apropriado, mas que depois disso minha vida estaria dependendo da segurança de Pisão. E assim é. Se a conspiração for descoberta, do que nos proteja a todos o Deus inexplicável, uma inconsiderada visita a mim é suficiente para condenar-me à destruição. O assassinato de Nero é mais do que esperado. Pisão encontraria a melhor oportunidade em sua vila, em Baías. Nero vai lá com frequência, sem guarda nenhuma, para banhar-se e distrair-se. Mas Pisão diz hipocritamente que não pode violar a santidade de uma refeição e as normas da hospitalidade, assassinando um convidado, como se um homem como Pisão reverenciasse os deuses. Realmente, a morte de Nero desgostaria muitos setores. Lúcio Silano, por exemplo, recusou-se sensatamente a aprovar um crime tão monstruoso como o assassínio do Imperador. O próprio Pisão postergou o Cônsul Ático Vestino porque Vestino é um homem diligente que bem poderia de fato tentar restaurar a república. Como Cônsul, teria boas oportunidades de tomar o poder após um homicídio.

Verifiquei que Sêneca sabia mais acerca da conspiração do que eu, e que como estadista traquejado pesara cuidadosamente a situação. Assim, pedi desculpas por havê-lo incomodado, ainda que com boas intenções, e afiancei-lhe que, de qualquer modo, não precisava preocupar-se comigo. Eu tinha negócios a tratar em Prenestе, e era natural que um antigo discípulo fizesse uma parada no itinerário, para indagar da saúde de seu mestre.

Tive a impressão de que Sêneca não gostou quando me incluí entre os seus discípulos. Mas encarou-me compassivo, quando tornou a falar:

— Dir-te-ei a mesma coisa que procurei incutir no espírito de Nero. Pode uma pessoa esconder por algum tempo, com dissimulação e subserviência, as suas características reais. Mas, no fim, o ato é sempre descoberto e a pele de ovelha se desprende do lobo. Nero tem sangue de lobo nas veias, por mais ator que seja. Tu também tens, Minuto, mas de um lobo mais covarde.

Não sabia se me sentisse orgulhoso ou ofendido com suas palavras. Perguntei, de passagem, se acreditava que Antônia estava metida na conspiração e apoiava Pisão. Sêneca meneou a calça encarquilhada, à guisa de advertência.

— Se eu estivesse em teu lugar — disse ele — não depositaria confiança nenhuma em Élia Antônia. Só o nome é aterrador. No dela está unido o sangue corrupto de duas antigas e perigosas famílias. Sei de coisas relacionadas com a sua juventude que não quero falar. Apenas previno-te. Em nome de todos os deuses, não permitas que ela participe da conspiração. Estarás louco se consentires. Ela é mais ambiciosa de poder do que Agripina, que tinha seu lado positivo, apesar de tudo o que fez.

O aviso de Sêneca abalou-me, mas eu estava ofuscado pelo amor e pensei que ele falava movido pela inveja. Um estadista que é prematuramente posto de lado é geralmente rancoroso com todos. Como filósofo também, Sêneca podia ser tido como um frustrado. Em seu apogeu, ele não fora tão preeminente como levara a gente a acreditar. Achei que ele era o. homem adequado para falar de dissimulação, pois era mestre nisso.

Quando nos separamos, Sêneca confessou não acreditar que suas possibilidades fossem grandes, se ocorresse um golpe de Estado, mas estava pronto a entrar em Roma num dia determinado para estar presente e, se necessário, dar seu apoio a Pisão, pois estava certo de que Pisão, com sua vaidade e falta de comedimento, logo poria tudo a perder. Talvez então o tempo fosse favorável a Sêneca.

— De qualquer modo, minha vida corre perigo diariamente — disse ele, com um sorriso amargo — de sorte que nada tenho a perder, mostrando-me em público. Se Pisão alcançar o poder, terei demonstrado que o apoiava. Se a conjuração for descoberta, morrerei do mesmo jeito. Mas o sábio não teme a morte. É a dívida que a humanidade tem de pagar um dia. Não importa se ocorre cedo ou tarde.

Para mim isto é que era importante. Por isso, fui para Preneste um tanto descorçoado, remoendo suas agourentas palavras. Convenci-me de que era melhor tomar certas precauções para o caso de vir a ser descoberta a conspiração. Seguro morreu de velho.

Ainda sou de opinião que a rebelião devia ter-se iniciado nas províncias com o auxílio das legiões, e não em Roma. Teria, é claro, redundado em efusão de sangue, mas é para isso que os soldados são pagos, e em Roma ninguém estaria exposto ao perigo. Mas a vaidade, o egoísmo e a ambição são sempre mais fortes do que o bom senso.

O desmoronamento começou em Miseno. Parece que Próculo não fora suficientemente recompensado pelos serviços que prestara com relação ao assassínio de Agripina. Na verdade, ele era incompetente, também como comandante naval, por pouco que tal cargo exija de um homem. Aniceto nada mais era do que um ex-cabeleireiro, mas ainda conservava a frota em condições de navegabilidade, com a ajuda de seus experimentados capitães.

Próculo confiava no próprio discernimento, e, contra todos os bons conselhos, enviou os navios ao mar. Cerca de vinte navios foram de encontro aos rochedos,

371

perto de Miseno, e foram a pique com todos os tripulantes. É sempre possível substituir tripulações, mas vasos de guerra são brinquedos extremamente caros.

Nero, como era de esperar, enfureceu-se, embora Próculo alegasse ter recebido ordens do Imperador. Nero perguntou se Próculo estava disposto a cair no mar a uma ordem sua, e Próculo admitiu que seria obrigado a pesar bem uma ordem dessas, uma vez que não sabia nadar. Nero comentou, cáustico, que seria melhor pesar bem outras ordens, pois as ordens da natureza no oceano eram até mesmo melhores do que as de Nero. Seria fácil para Nero encontrar outro comandante, mas a construção de vinte novas belonaves sairia excessivamente dispendiosa. Teria portanto de adiar o assunto até a conclusão do Palácio Dourado.

É óbvio que Próculo ficou profundamente ofendido e rendeu-se aos encantos de Epicaris. Epicaris era uma formosíssima criatura bem adestrada na arte amatória. Que me conste, ela nunca praticara outra arte, antes de se meter na conjuração. Muita gente se surpreendia ante o seu repentino entusiasmo político, ao vê-la exortar, em termos candentes, os conspiradores a se lançarem a uma ação fulminante.

Mas creio que Nero melindrara Epicaris outrora, quando desejara pôr à prova a habilidade dela e depois, com seus modos estouvados, desmerecera-lhe os encantos. Epicaris não podia perdoá-lo e, desde então, não pensara senão em vingar-se.

Epicaris cansou-se de todas as escusas para adiar a deflagração do movimento em Roma e exigiu que Próculo mobilizasse seus navios e se dirigisse a Óstia. Próculo teve uma ideia melhor. Epicaris, mulher precavida, não lhe dera os nomes de todos os conspiradores, para que ele não soubesse até que ponto a conspiração se alastrara. Assim, Próculo escolheu entre o certo e o incerto, quando julgou que o primeiro delator obteria a melhor recompensa.

Correu para Nero em Roma e contou-lhe o que sabia. Nero, vaidoso e convicto de sua popularidade, não deu muita importância a princípio, em especial porque a informação era imprecisa. Como era de esperar, mandou prender Epicaris e entregou-a a Tigelino, para que a inquirisse sob tortura. Esta era uma arte em que Tigelino era mestre incontestável, sempre que se tratasse de uma bela mulher. Desde que se tornara homossexual, criara animosidade contra as mulheres e deleitava-se em vê-las torturadas.

Mas Epicaris manteve-se firme, negando tudo e sustentando que Próculo só dissera disparates. E falou tanto aos Pretorianos, acerca das inclinações anormais de Tigelino, que ele perdeu o interesse pelo interrogatório e não tocou mais no assunto. Mas Epicaris fora tão maltratada que já não podia andar.

Os conjurados agiram com rapidez, quando souberam que Epicaris fora presa. Toda a cidade aterrorizou-se, já que muitas pessoas estavam envolvidas e temiam por suas vidas. Um centurião, que fora subornado por Pisão, tentou matar Epicaris no cárcere, pois os conspiradores não acreditavam que uma mulher fosse capaz de guardar segredo. Os guardas impediram-no, pois Epicaris conquistara a simpatia dos Pretorianos com suas histórias extraordinárias sobre a vida privada de Tigelino.

A festa de abril de Ceres ia celebrar-se no dia seguinte, e iam realizar-se corridas no circo semiconcluído em honra da Deusa Terra. Os conspiradores imaginaram que esse era o melhor local para a execução do plano. Nero dispunha de tanto espaço para andar no Palácio Dourado, com seus imensos jardins, que já não circulava pela cidade.

Deliberou-se, apressadamente, que os conspiradores iriam localizar-se tão perto de Nero, quanto possível, no grande circo. Laterano, um sujeito agigantado e destemido, num momento oportuno se jogaria aos pés de Nero, como para solicitar uma graça, e o derrubaria. Quando Nero estivesse no chão, os tribunos e centuriões conjurados e outros que tivessem coragem para tanto, fingiriam ir socorrê-lo e o matariam a punhaladas.

Flávio Sevino pediu que lhe permitissem dar a primeira punhalada em Nero. Para ele, aparentado como era ao Prefeito da Cidade, meu ex-sogro, era fácil aproximar-se de Nero. Era considerado tão efeminado e dissoluto, que nem mesmo Nero suspeitaria dele. Na realidade era o seu tanto louco e padecia de frequentes alucinações. Não quero falar mal dos Flávios aqui, mas Flávio Sevino julgava que havia encontrado uma das adagas da Fortuna num templo antigo e levava-a consigo para toda parte. Suas visões lhe diziam que a adaga era um sinal de que ele fora escolhido para grandes feitos. Não alimentava a menor dúvida acerca de sua boa sorte, quando se apresentou como voluntário para dar a primeira punhalada.

Pisão ficaria à espera, perto do templo de Ceres. Fênio Rufo e outros conspiradores iriam buscá-lo lá e o acompanhariam aos Pretorianos, com Antônia. Esperava-se que nem mesmo Tigelino oferecesse resistência, caso Nero morresse, pois era um homem astuto e previdente. Os conspiradores haviam realmente resolvido executá-lo, assim que tomassem o poder, para agradar ao povo, mas Tigelino não podia saber disso com antecedência.

O plano fora habilmente concebido e era bom, em todos os sentidos. Seu único defeito foi ter falhado.

O Delator

Na noite da véspera da festa de Ceres, depois da reunião com Antônio Natalis e quando já havíamos saído da casa de Pisão, Flávio Sevino foi para casa e começou melancolicamente a ditar seu testamento. Enquanto ditava, desembainhou sua célebre adaga da sorte e notou que a velha arma estava completamente cega por falta de uso. Entregou-a a seu liberto Milico, para que a afiasse e recomendou-lhe, com palavras assustadoramente confusas e gestos largos, que guardasse segredo disso, provocando assim as suspeitas de Milico.

Contrariando seus hábitos, Sevino ordenou em seguida que fosse servida uma ceia festiva a todo o pessoal da casa, durante a qual alforriou vários escravos, chorando discretamente com forçada alegria, e distribuiu dádivas em dinheiro aos outros. Finda a refeição, não pôde mais conter-se e, em pranto, pediu a Milico que preparasse ataduras e medicamentos para estancar a efusão de sangue. Isto convenceu Milico de que alguma coisa sinistra estava para acontecer. Talvez já tivesse ouvido falar da conspiração. Quem não tinha?

Por segurança, pediu conselho à esposa. Esta, sendo uma mulher sensata, convenceu-o de que o primeiro a chegar ao moinho é o primeiro a ter seu trigo moído. Esta era uma questão em que a vida dele estava em jogo. Vários outros libertos e escravos tinham ouvido e visto a mesma coisa que ele vira e ouvira, de modo que era inútil calar. Na realidade, Milico tinha razões de sobra para apressar-se a ser o primeiro delator. Naquele momento não era necessário pensar na própria consciência, na vida de seu senhor e na dívida de gratidão por sua liberdade. A gorda recompensa a receber pouco a pouco eliminaria todos esses escrúpulos.

Milico teve dificuldade em sair da casa, pois Sevino não ia dormir, por mais que bebesse. A mulher de Sevino, Átria Gália, famosa pela beleza, pelos divórcios e pela vida fútil, e excitada pela ceia festiva, também fez exigências a Milico que a mulher deste foi obrigada a tolerar, e nas quais Sevino, por motivos particulares, achou que não devia interferir. Imagino que isto contribuiu decisivamente para o conselho que a mulher de Milico deu ao marido. Frisei este ponto para desculpá-la.

Só de madrugada Milico teve tempo de ir aos jardins de Servílio, com a adaga da Fortuna escondida sob o manto, como prova material. Mas, como era natural, os guardas não deixaram entrar este escravo liberto e muito menos iam permitir que ele se avistasse com Nero, na aurora do dia da festa de Ceres. Aconteceu que naquela ocasião chegava ao Palácio Epafródito, com um casal de filhotes de leopardo, e com ordem de entregá-los a Nero o mais cedo possível. Nero ia presenteá-los à mulher do Cônsul Vestino, Estatília Messalina, a quem estava cortejando, para que ela os exibisse no camarote do Cônsul, durante as corridas.

Epafródito notou a contenda no portão e tratou de acalmar os guardas, que batiam em Milico com os fustes das lanças para o obrigar a calar-se, pois, ao ser-

374

lhe negada licença para entrar Milico pusera-se a gritar desatinadamente por Nero, com toda a força dos pulmões. Duvido que a Fortuna, antes ou depois disso, me tenha revelado sua face mais claramente. Mais do que nunca foi-me dado ver que a magnanimidade e a generosidade podem ser recompensadas nesta vida. Epafródito reconheceu em Milico o liberto de Flávio Sevino, que era parente de sua mulher Sabina, e socorreu-o. Ouvindo o relato de Milico, Epafródito compreendeu logo a gravidade da situação. Lembrando-se da gratidão que me devia, mandou o escravo que trazia os leopardos contar-me o que se passava. Depois disso, fez com que acordassem Nero e levou os bichos e Milico até ao enorme leito de Nero.

O escravo de Epafródito arrancou-me de um sono profundo e seu recado me pôs imediatamente de pé. Atirei um manto aos ombros e, barbado e sem comer, corri com ele aos jardins de Servílio,

A corrida me deixou tão esbaforido que resolvi reiniciar os exercícios físicos no estádio e começar a montar com regularidade, se conseguisse escapar com vida. No trajeto, fui também obrigado a avaliar a situação rapidamente e a pensar nas pessoas que me seria mais vantajoso denunciar.

Quando cheguei ao Palácio, Nero estava ainda de mau humor, por ter sido despertado tão bruscamente, se bem que já devesse estar de pé, por causa da festa de Ceres. Bocejando, brincava com os leopardos em sua suntuosa cama de seda e, vaidoso como era, negava-se a crer na mensagem aflita do gaguejante liberto.

Apesar disso, mandara um recado a Tigelino, pedindo-lhe que tornasse a falar com Epicaris, e os Pretorianos já tinham saído para prender Flávio Sevino e conduzi-lo à presença de Nero, a fim de que explicasse seu comportamento suspeito.

Depois de tagarelar sobre o testamento e as ataduras, Milico recordou que sua mulher o exortara a falar da longa conversa de seu senhor com o confidente de Pisão, Natalis. Mas Nero fez um aceno de impaciência:

— Natalis poderá vir explicar esse assunto pessoalmente — disse ele. — Mas eu preciso começar a vestir-me cedo, para a festa de Ceres.

Malgrado a aparente indiferença, Nero passou o polegar pela ponta da azinhavrada adaga de bronze e provavelmente experimentou, em sua vívida imaginação, o que sentiria, se essa arma afundasse subitamente em seu peito musculoso. Assim, mostrou-se mais benevolente comigo quando cheguei, ofegando e limpando o suor da testa, para explicar que tinha uma coisa importantíssima a contar-lhe sem tardança.

Rapidamente falei-lhe da conspiração para assassiná-lo e, sem vacilar, citei Pisão e seu colaborador Laterano, como os cabeças. De qualquer modo, nada mais podia salvá-los. Durante todo o tempo, tive a sensação de estar pisando em brasas, ao pensar no que diria Epicaris para escapar de nova tortura, agora que a conjuração fora descoberta.

Os filhotes de leopardo deram-me a feliz ideia de denunciar o Cônsul Vestino, lembrando-me do interesse de Nero na mulher de Vestino. Na realidade, não nos tínhamos dado o trabalho de atrair Vestino para a conspiração, em virtude de suas convicções republicanas. Neste ponto, Nero ficou sério. A participação de um Cônsul em exercício numa conspiração e numa trama homicida era bastante grave. Pôs-se a morder os beiços, e o queixo começou a tremer como o de um menino aflito, tão certo estivera de sua popularidade no seio do povo.

Em conjunto, denunciei de preferência os membros do Senado, pois era meu dever filial vingar a sorte de meu pai, desde que o Senado por unanimidade, sem mesmo submeter o assunto à votação, o condenara à morte, e, em consequência disso, meu filho Jucundo também perdera a vida, devorado pelas feras. É claro que nada devia aos senadores. E para os meus objetivos seria melhor que vagassem alguns lugares no Senado.

Após especificar alguns nomes, tomei uma decisão rápida e denunciei Sêneca também. Ele próprio admitira francamente que sua vida dependia da segurança de Pisão, de sorte que nada o teria salvo. Leve-se a meu crédito que eu fui o primeiro a acusar um homem tão poderoso. Naturalmente, não mencionei a visita que fiz à casa de Sêneca.

A princípio, Nero não pareceu inclinado a crer nas minhas informações. Não obstante, exprimiu habilmente horror e perplexidade ante a cruel traição de seu velho preceptor, que só a Nero devia agradecer sua imensa riqueza e seu êxito na função pública.

Sêneca deixara seu cargo no governo, voluntariamente, e assim não tinha razão para ter rancor contra Nero. Nero até verteu algumas lágrimas e atirou os leopardos ao chão, enquanto perguntava, em desespero, por que era tão odiado, apesar de fazer tudo quanto podia pelo povo e o Senado, sacrificando a própria comodidade para carregar o fardo dos deveres imperiais.

— Por que eles não me disseram nada? —queixou-se.

Afirmei inúmeras vezes que preferiria ver-me aliviado do poder, já que posso ganhar a vida como artista, em qualquer parte do mundo. Por que me odeiam tanto?

Teria sido inútil e perigoso começar a explicar. Felizmente, Tigelino e Flávio Sevino chegaram naquele momento e alguém anunciou que Epicaris estava esperando em sua cadeirinha no jardim.

Nero julgou mais prudente fingir, de início, que não estava a par do verdadeiro objetivo da conspiração. Quis interrogar Flávio Sevino e Milico, na presença um do outro. Pediu-me que me retirasse e isso me alegrou, pois desse modo surgia-me a oportunidade de prevenir Epicaris e chegarmos a um acordo sobre quem mais devíamos denunciar. Ao sair, vi que Nero mandava entrar seus guardas germanos, com um olhar malicioso para Tigelino.

A lembrança da conjuração de Sejano contra Tibério ainda está bem viva e desde então nenhum Imperador confia cegamente no Prefeito Pretoriano. Assim há geralmente dois Prefeitos, que se vigiam mutuamente.

Nero restaurara essa medida de segurança pouco antes, ao designar Fênio Rufo para colega de Tigelino, mas escolhera a pessoa errada. Todavia, eu não tinha intenção alguma de denunciar Fênio Rufo, que era meu amigo. Na verdade, resolvera fazer tudo quanto pudesse para impedir que seu nome viesse à baila por engano. Queria falar com Epicaris sobre isso também.

A cadeirinha dela estava estacionada no jardim, com as cortinas cuidadosamente cerradas e os escravos descansando na relva, mas os dois guardas negaram-se a deixar-me ver a detida. Contudo, as novas moedas de Nero foram úteis. Os guardas afastaram-se e eu abri as cortinas.

— Epicaris — murmurei. — Sou teu amigo. Tenho algo importante a dizer-te. Mas Epicaris não respondeu. Então notei que, durante o trajeto, ela afrouxara sua atadura ensanguentada, que algum guarda bondoso lhe dera, armar um nó corredio em volta do pescoço e amarrara a outra ponta numa barra transversal da cadeirinha. Assim, com a ajuda do próprio peso, e debilitada pela tortura, ela se estrangulara, sem dúvida porque temia ser incapaz de suportar interrogatório. Quando me certifiquei de que estava morta, gritei para os guardas e mostrei-lhes o que acontecera. No íntimo, louvei a nobreza desta respeitável mulher. Suicidando-se, ela evitava delatar seus companheiros criminosos e deixava-me com liberdade para agir.

Os guardas naturalmente ficaram com medo de serem punidos por sua negligência. Mas não havia tempo para tais coisas. Nero começava a tomar providências e não queria preocupar-se com minúcias insignificantes. O suicídio de Epicaris convenceu-o, afinal, da conjuração e do papel desempenhado pela armada. De minha parte, devo confessar que a visão dos seios e membros lacerados de Epicaris deixou-me tão nauseado que vomitei na relva, perto da cadeirinha, embora nada tivesse comido naquela manhã.

É claro que isso teve como causa o medo súbito e também o alívio igualmente repentino, ante a coragem dessa nobre mulher. Com sua morte, ela me dava uma posição-chave no desmascaramento da conjuração. Movido pela gratidão, mandei enterrá-la a minhas expensas, já que seus amigos, por motivos compreensíveis, não podiam fazê-lo. Na verdade, em breve eles mesmos iam precisar de enterro.

Enquanto Nero habilmente interrogava Sevino, este recuperou o sangue frio e, corajosamente encarando Nero nos olhos, protestou inocência. Por um momento Nero vacilou em suas suspeitas.

— Essa adaga — disse Sevino, com desdém — foi sempre uma herança sagrada em minha família e normalmente é guardada em meu quarto de dormir. Esse maldito escravo, que cuspiu em meu leito e agora teme o castigo, tirou-a às escondidas. Reescrevo meu testamento muitas vezes, como faz todo homem sensato, quando as circunstâncias mudam. Nem é a primeira vez que liberto escravos, como o próprio Milico pode testemunhar. Também distribuí dinheiro antes. Ontem à noite fui mais generoso do que de costume porque estava um tanto embriagado, e, por causa das minhas dívidas, pensei que meus credores não aprovariam todas as cláusulas do testamento anterior. Assim, achei que devia alterá-lo. A história das ataduras é alguma invenção maluca de Milico. Eu é que devia acusá-lo aqui, não ele a mim. Se interrogares minha mulher durante alguns instantes, logo descobrirás por que esse escravo miserável está com medo de mim. A bem de meu nome, não quis revelar o ultraje de ambos a meu leito matrimonial. Se a coisa chegou a um ponto em que eu, um homem inocente, sou acusado de tramar um assassínio, então é tempo de dizer tudo.

Cometeu o erro de aludir a suas dívidas. Nero tirou a conclusão correta de que Sevino nada tinha a perder e só tinha a ganhar com a conspiração, se estava à beira da falência. Assim, interrogou Sevino e Natalis, separadamente, sobre o que haviam discutido, durante tanto tempo, na noite anterior. Naturalmente, eles tinham histórias bem diferentes para contar, pois nenhum tinha pensado em preparar-se para o interrogatório.

Tigelino mandou que mostrassem a ambos a golinha de ferro, as garras de metal e outros instrumentos de tortura, e não precisou nem tocá-los. Natalis foi o primeiro a esmorecer. Conhecendo quase tudo o que havia para contar, a respeito da conjuração, esperou ganhar alguma coisa mediante a confissão voluntária. Denunciou seu querido Pisão e diversos outros, mencionando também as relações com Sêneca. Agradeci à minha boa estrela o ter-me dado ensejo de denunciar Sêneca antes dele.

Ao saber que Natalis havia confessado, Sevino abandonou suas vãs esperanças, revelou sua participação pessoal e, entre outros, denunciou Senécio, Lucano, Petrônio e, infelizmente, a mim também. Nesse caso, nada me custou dizer que comparecera à reunião do dia anterior só para adquirir informações precisas acerca da conspiração, a fim de estar em condições de salvar a vida do Imperador, enquanto simulava apoiar Pisão.

Por precaução, eu não insistira em contribuir para o fundo destinado aos Pretorianos, de sorte que pude livremente denunciar aqueles que haviam colaborado para formar os trinta milhões. Nero deliciou-se com esse acréscimo inesperado a seu magro tesouro, se bem que mais tarde tenha arrecadado cem vezes essa soma, ao confiscar os bens dos culpados. Acredito que somente Sêneca e Palas contribuíram com pelo menos um bilhão de sestércios.

Por causa de sua reputação, Nero não queria que o povo soubesse como a conspiração realmente se alastrara, nem como era violentamente odiado pela aristocracia, pois o povo podia pensar que havia razão para tanto ódio. E a vida particular de Nero não podia resistir a um exame mais rigoroso.

Para acabar com os boatos, pensou mais tarde em desposar Estatília Messalina, que era, no fim de contas, uma Juliana, e assim muito mais aristocrática do que Popeia. Tanto ela quanto Nero mostraram-se muito gratos a mim, por teu eu casualmente dado a Nero a oportunidade de livrar-se do marido dela, o Cônsul Vestino. O interesse de Nero por ela vinha de muito tempo, mas Estatília Messalina achava que não tinha possibilidade nenhuma contra Antônia. Toda a cidade sabia que Nero propusera casamento a Antônia, por motivos políticos, e as pessoas mais judiciosas achavam que Antônia terminaria cedendo, embora por uma questão de decência tivesse de repeli-lo de início,

Ao dar-se conta do vulto da conspiração, Nero pensou imediatamente em cancelar a festa de Ceres, mas Tigelino e eu o persuadimos de que isso seria pouco prudente. Seria melhor ocupar a cidade, e Óstia também, por causa da festa, enquanto o povo estivesse assistindo às corridas. Seria fácil prender no circo, sem chamar a atenção, todos os senadores e cavaleiros envolvidos, antes que tivessem tempo de fugir da cidade e procurar refúgio junto às legiões.

Urgia prender Pisão. Ofuscado pelas próprias ambições, ele já fora esperar do lado de fora do templo de Ceres com sua escolta. Lá tomou conhecimento da denúncia de Milico e da prisão de Sevino e Natalis. Logo tratou de sumir, embora os mais bravos de seu séquito exigissem que ele se dirigisse ao acampamento dos Pretorianos, sem perda de tempo e levando o dinheiro, ou pelo menos discursasse no fórum e conclamasse o povo a cerrar fileiras a seu lado. A ação pronta poderia mesmo ter inclinado a balança da Fortuna em seu benefício. Fênio Rufo ainda estava no acampamento, com Tigelino temporariamente afastado, e diversos tribunos e centuriões participando da trama. Mesmo que os soldados o atraiçoassem e o povo o abandonasse, ele pelo menos morreria honrosamente numa tentativa ousada, mostrando-se digno dos seus antepassados e conquistando renome por lutar pela liberdade e por seus descendentes.

Mas Pisão não era o homem indicado para a missão que lhe tinham cometido, como já expliquei. Após um momento de hesitação, voltou para casa. Vendo isto, seus amigos espalharam-se em diversas direções, tratando de salvar o que ainda podia ser salvo.

A casa de Laterano foi a única em que alguém opôs qualquer resistência real. Em consequência disso, Laterano foi arrastado para o local de execução dos escravos, a despeito de sua dignidade de Cônsul. O tribuno Estácio decepou-lhe a cabeça com tanto açodamento que feriu a própria mão. Mas Laterano foi o único conspirador a manter-se calado, não revelando sequer que o próprio Estácio fazia parte da conjura, o que explicava a sua pressa.

Todos confessavam e denunciavam outros antes de morrer. O poeta Lucano denunciou até mesmo a própria mãe, e Júnio Gálio, meu velho amigo de Corinto, denunciou seu irmão Sêneca. Na reunião seguinte do Senado, Gálio foi abertamente acusado de fratricídio e chegou-se a dizer que estava ainda mais implicado que Sêneca, mas Nero fingiu não ouvir. A mãe de Lucano também foi deixada em paz, embora ela sempre falasse mal de Nero e o qualificasse de descarado citarista, a fim de realçar a fama de poeta do filho.

Tomaria muito tempo enumerar todas as pessoas importantes que foram executadas ou se suicidaram, embora Nero mostrasse clemência ao limitar o número de acusações. Mas ele não era mais do que humano, e seria demasiado pedir que na escolha dos que iam ser processados ele não desse atenção a afrontas anteriores e à sua constante falta de dinheiro.

A cidade ficou cheia de cadáveres. Dentre esses homens bravos mencionarei apenas Súbrio Flavo. Quando Nero lhe perguntou como pudera esquecer o juramento militar, ele respondeu com franqueza: — Não teríeis soldado mais leal do que eu se fosseis digno da minha estima. Comecei a odiar-vos quando assassinastes vossa mãe e vossa mulher e aparecestes como auriga, bufão e incendiário.

Compreensivelmente encolerizado com tal prova de sinceridade, Nero ordenou a um negro, que havia promovido a centurião, que levasse Súbrio para o campo mais próximo e fizesse o que tinha de ser feito. O negro obedeceu à ordem e cavou uma sepultura. Flávio viu que a sepultura era muito rasa e comentou com escárnio para os soldados que riam à sua volta: — Esse negro não sabe nem cavar

379

um túmulo regulamentar. Tão alarmado estava o centurião negro com as origens nobres de Súbrio Flavo que ficou de mãos trêmulas quando Flavo espichou corajosamente o pescoço, e só conseguiu separar a cabeça do corpo com dois golpes.

Fênio Rufo manteve-se vivo até uma etapa ulterior, mas no fim de contas começou a causar espécie aos que eram interrogados o fato de que ele lhes aparecesse como juiz. Foi denunciado por tanta gente que Nero teve de acreditar, se bem que como julgador Fênio Rufo tratasse de ostentar severidade a fim de não ser alvo de suspeitas. Por ordem de Nero, foi derrubado ao chão no meio de um interrogatório e amarrado por um robusto soldado. Perdeu a vida como os outros, para minha grande tristeza, uma vez que éramos bons amigos. E um indivíduo muito egoísta tornou-se superintendente dos armazéns de cereais do Estado depois dele. Mas Rufo só tinha de se queixar mesmo de sua fraqueza, porquanto tivera excelente oportunidade de intervir no desenrolar dos acontecimentos.

Sêneca tinha acabado de chegar para a festa de Ceres quando tomou conhecimento do que acontecera. Recolheu-se então a uma casa que possuía dentro da cidade, perto do quarto marco miliário. Nero mandou o tribuno Gávio Silvano, de sua própria guarda pessoal, perguntar a Sêneca o que tinha a dizer em sua defesa, com referência à confissão de Natalis. Silvano determinou que os soldados cercassem a casa e entrou no momento em que Sêneca, a mulher e alguns amigos, numa atmosfera mais ou menos tensa, iam iniciando um repasto.

Sêneca continuou tranquilamente sua refeição, respondendo, como que de passagem, que Natalis o visitara na qualidade de emissário de Pisão, para queixar-se de que os convites feitos pelo último tinham ficado sem resposta. Sêneca aludira então cortesmente a seu estado de saúde; não tinha motivo para patrocinar a causa de ninguém a suas expensas. Silvano teve de contentar-se com essa explicação.

Quando Nero perguntou se Sêneca fizera quaisquer preparativos, para pôr fim à vida voluntariamente, Silvano teve de confessar que não pudera notar nenhum sinal de medo nele. Nero viu-se forçado a enviar Silvano de volta a Sêneca, para dizer-lhe que devia morrer. Era uma ordem desagradável para Nero. No interesse de seu próprio renome, teria preferido que seu velho preceptor tivesse tomado tal decisão.

Para mostrar como a vida de Nero ainda estava em perigo, basta dizer que Silvano foi direto a Fênio Rufo no acampamento dos Pretorianos, depois de receber aquela ordem, falou-lhe dela e indagou se devia ser cumprida. O próprio Silvano era um dos conjurados. Rufo ainda podia ter proclamado Sêneca Imperador, subornado os Pretorianos e recorrido ao levante armado, caso considerasse que ele mesmo, em virtude de sua posição, não podia matar Nero.

Posteriormente refleti nas diversas maneiras de agir que se ofereciam a Rufo. Dificilmente os Pretorianos veriam com bons olhos a colocação de um filósofo no trono em lugar de um citarista, mas não apreciavam Tigelino e provavelmente colaborariam para derrubá-lo por causa de sua disciplina impiedosa. Todos sabiam da imensa riqueza de Sêneca e poderiam reclamar altíssimas propinas.

Rufo ainda tinha outra razão para apoiar Sêneca. Era originalmente de ascendência judaica, procedente de Jerusalém, mas procurara conservar suas origens em segredo por causa de seu alto cargo. Seu pai era um liberto que durante muito tempo negociara em cereais em Cirene e que, quando o filho se transferiu para Roma, utilizara seu dinheiro para persuadir os Fenianos a perfilharem-no. Rufo recebera excelente educação judaica e triunfara na vida, graças ao talento e ao tino comercial.

Não sei por que seu pai, Simão, quis que o filho fosse romano, mas estou certo de que Fênio Rufo tinha simpatia pelos cristãos. Meu pai me contara certa vez que o pai de Rufo tivera de carregar a cruz de Jesus de Nazaré para o local da execução em Jerusalém, mas não me lembrei disso então. Nas confusas cartas que meu pai escreveu de Jerusalém, também vi mencionado o nome de Simão de Cirene e imaginei que meu pai tivesse ajudado Rufo a encontrar quem o adotasse e a esconder suas origens. Talvez por esse motivo me tivesse sido tão fácil fazer amizade com Rufo exatamente quando precisava dela, isto é, quando me iniciava nos negócios de cereais.

Sêneca no trono imperial teria sido de tamanha vantagem política para os cristãos que valeria a pena abrir mão de alguns princípios só para obtê-la. Para F] ênio Rufo era provavelmente uma opção bem estranha; mas ele era um eminente advogado e negociante de cereais, não um soldado. Assim, não podia tomar tão importante decisão. Ao invés disso, confiava em que não seria denunciado. Daí ter dito a Silvano que abedecesse a Nero.

Para honra de Silvano, diga-se que ele teve vergonha de enfrentar Sêneca e enviou um centurião com a ordem. Tantas coisas edificantes escreveram-se sobre a tranquilidade de Sêneca diante da morte, que não vale a pena insistir nisto. De qualquer modo, acho que não foi muito gentil da parte dele tentar induzir sua jovem esposa, que ainda tinha uma vida pela frente, a morrer com ele.

Naturalmente consolou-a primeiro, segundo o testemunho dos seus amigos, e fê-la prometer que não se entregaria a um lamento permanente por ele, mas atenuaria o sentimento da perda refletindo na busca da virtude que caracterizara a vida de Sêneca. Após acalmá-la, passou a descrever os temores que sentia quanto ao que pudesse acontecer quando ela caísse nas mãos do sanguinário Nero. Paulina disse, então, que preferia morrer com o marido.

— Eu te mostrei um meio de tornares a vida mais amena — disse Sêneca — mas tu mesma preferes uma morte honrosa. Acho que não fizeste má escolha. Revelemos ambos grande fortaleza de ânimo no momento da separação,

E prontamente ordenou ao centurião que lhes abrisse as veias com uma rápida incisão, para que Paulina não tivesse tempo de mudar de ideia.

Mas Nero não tinha nada contra Paulina. Recomendara expressamente que a poupassem, pois via de regra tentava evitar, nas suas sentenças, a crueldade desnecessária, a fim de preservar seu bom nome. O centurião foi obrigado a obedecer a Sêneca, por causa da posição deste, mas teve o cuidado de não atingir os tendões ou artérias de Paulina ao cortar-lhe o braço.

O corpo de Sêneca estava tão enfraquecido pela idade e a dieta, que seu sangue escorria preguiçosamente. Não tomou um banho quente como devia ter feito, mas ditou a um escriba algumas correções a suas obras. Perturbado pelo pranto de Paulina, pediu impaciente que ela fosse para outro quarto e, como justificativa,

381

disse que não queria abalar a firmeza de Paulina, permitindo que ela visse quanto ele sofria.

No quarto contíguo, por ordem dos soldados, os escravos de Sêneca imediatamente aplicaram ataduras aos punhos de Paulina e contiveram o sangue, Paulina não se opôs. Assim, a vaidade ilimitada de um escritor salvou a vida de Paulina. Como muitos estoicos, Sêneca tinha medo da dor física. Por isso, solicitou a seu médico algum veneno estupefaciente, semelhante ao que os atenienses deram a Sócrates. Talvez Sêneca desejasse que a posteridade o tomasse por êmulo de Sócrates. Quando acabou de ditar, e ante a impaciência do centurião, dirigiu-se afinal a seu banho quente e depois ao banho a vapor, no qual morreu sufocado. Cremaram-lhe o corpo sem pompa alguma, conforme ele havia prescrito, fazendo da necessidade uma virtude. Nero não teria consentido num funeral público, pelo temor das manifestações.

Graças ao centurião, Paulina viveu ainda muitos anos, pálida como um fantasma. Diziam que ela se convertera, em segredo ao cristianismo. Estou te dizendo o que ouvi contar. Eu mesmo não tive vontade de aproximar-me dessa viúva pesarosa, e qualquer pessoa sensata compreenderá os meus motivos. Só depois de sua morte foi que determinei que a casa editora de meu liberto assumisse o encargo de publicar as obras completas de Sêneca.

Meu amigo, o escritor Petrônio Árbitro, morreu, como seu renome exigia, após lauto banquete na campanha de amigos, durante o qual despedaçou todos os objetos de arte que havia colecionado, para que Nero não se apoderasse deles. Nero sentiu particularmente a destruição de dois incomparáveis cálices de cristal que sempre cobiçara.

Petrônio satisfez sua vaidade de autor pondo no testamento um minucioso catálogo dos vícios de Nero e das pessoas com quem os praticava, indo ao ponto de citar todos os momentos, lugares e nomes para que ninguém desconfiasse de que recorrera demasiado à imaginação. Como escritor, talvez tenha exagerado, a fim de causar mais regozijo, ao ler depois em voz alta o testamento para os amigos enquanto se esvaía em sangue. Mandou que lhe aplicassem ataduras uma ou duas vezes para que pudesse, como explicou, tirar o maior proveito da morte também.

O testamento, enviou-o a Nero. Pena é que não tenha permitido que o copiassem, mas deve ter pensado que devia isso a Nero em razão de uma velha amizade. Petrônio era um homem refinado, creio que o mais refinado que conheci, apesar da rudeza de suas histórias.

Não pôde convidar-me para seu banquete de despedida, mas não me ofendi. Enviara-me um recado, dizendo que entendia perfeitamente minha conduta e que provavelmente teria agido como eu se tivesse tido oportunidade.

De sua parte, gostaria de convidar-me também, mas achava que eu não iria sentir-me à vontade ao lado de certos amigos seus. Ainda tenho comigo sua amável cartinha e sempre me lembrarei dele como amigo.

Mas por que hei de falar da ruína ou do degredo de tantos conhecidos, amigos nobres e homens respeitáveis durante aquele ano e o seguinte? É mais agradável referir as recompensas que Nero distribuiu àqueles que se distinguiram na supressão da conjura.

Ele deu aos Pretorianos a mesma soma de dois mil sestércios por homem, que os conspiradores lhes haviam prometido. Também elevou-lhes o soldo, decidindo que a partir de então os soldados iriam receber cereais gratuitamente, ao passo que até ali tinham tido de comprá-los a normais no mercado.

Tigelino e dois outros adquiriram direito a um triunfo e tiveram suas estátuas triunfais erigidas no Palatino.

Quanto a mim, insinuei a Nero que o Senado se tornara um tanto rarefeito e que a vaga de meu pai ainda não fora preenchida. Havia grande necessidade na comissão de assuntos orientais de um homem que, como meu pai, pudesse assessorar nas questões judaicas e servir de mediador entre o Estado e os interesses dos judeus no que dizia respeito à posição especial destes.

Do ponto de vista de Nero, seria prova de perspicácia política designar para senadores aqueles que com suas ações haviam demonstrado lealdade para com o Imperador, pois o Senado, sob muitos aspectos, se mostrara indigno de confiança e ainda simpatizante do republicanismo.

Nero não conteve o espanto e disse que não podia indicar para o Senado um indivíduo com uma reputação tão má como a minha. Os Censores iriam interferir. Além disso, depois dessa conspiração, perdera a fé na humanidade e já não confiava em ninguém, nem mesmo em mim.

Defendi energicamente a minha causa, dizendo que, em Cere, e alhures, na Itália, eu possuía o patrimônio exigido de um senador. Ao mesmo tempo, era também sorte minha que a ação judicial intentada na Bretanha por meu pai, em nome de Jucundo, e relacionada com a herança da mãe deste último, tivesse chegado a termo, após longas dilações e ajustes naquele país. Os bretões podem herdar pelo lado feminino da família, e Lugunda fora de origem nobre e também uma sacerdotisa da lebre.

Lugunda, seus pais e irmãos, tinham todos perecidos na rebelião. Jucundo fora o único herdeiro e também, como filho adotivo de senador, um honrado romano. O novo Rei dos icenos atendera essa reivindicação legal. Como indenização das perdas causadas pela guerra, Jucundo recebera, além de grande quantidade de terras, algumas pastagens no território vizinho dos catavelaunias, pois eles também se tinham envolvido na rebelião, e essa indenização nada custava ao Rei iceno.

Numa carta endereçada a mim, o rei pedia que, em troca, eu procurasse convencer Sêneca a reduzir, pelo menos ligeiramente, as exorbitantes taxas de juros que estavam ameaçando frustrar o reflorescimento da vida económica da Bretanha. Eu era o herdeiro legítimo de Jucundo, já que meu pai o adotara.

Assim, vali-me do ensejo para fazer com que Nero aprovasse esta herança. Na verdade, ele tinha o direito de confiscá-la, em virtude das ofensas de meu pai. Mas agora, em consequência da conspiração, Nero recebera dinheiro em quantidade tal, que não tinha motivo para reclamá-la.

Em compensação, denunciei os avultados investimentos de Sêneca, na Bretanha, e aconselhei Nero a reduzir as taxas de juros a um nível razoável, com o que seu bom conceito só teria a lucrar. Nero achou que a usura não ficava bem num Imperador e aboliu completamente o pagamento de juros, a fim de ajudar o soerguimento da Bretanha.

383

Esta providência por si só elevou o valor de minha herança bretã, já que os impostos também sofreram redução. Felizmente fui o primeiro a dar essa informação ao Rei dos icenos, o que me valeu excelente reputação na Bretanha. Por causa disso, fui mais tarde eleito para a comissão do Senado encarregada dos assuntos bretões. Na comissão lutei pelo que era útil aos bretões e a mim.

Para cuidar de minhas propriedades naquele país, tive de deslocar de Cere para a Bretanha meus libertos mais empreendedores, aos quais entreguei o cultivo, à maneira romana, da terra ali aproveitável e a engorda de gado bom que pudesse ser vendido às legiões. Mais tarde, eles se casaram com respeitáveis moças bretãs, alcançaram extraordinário êxito e acabaram como governadores de Lugundanum, a cidade que fundei em memória de minha mulher bretã.

A agricultura e a criação de gado que eles promoveram produziram lucros polpudos até o momento em que vizinhos invejosos resolveram imitá-los. Esta parte de minha fortuna sempre dera, apesar de tudo, ótimos resultados, mesmo deduzindo-se o quinhão dos lucros de meus libertos. Não creio que eles me enganassem demais, muito embora ambos tenham ficado imensamente ricos em muito pouco tempo. Eu os havia ensinado a seguir nos negócios o meu exemplo. A honestidade, dentro de limites sensatos e razoáveis, é sempre a melhor política em comparação com os métodos improvidentes que podem dar lucros imediatos.

Assim, pude declarar propriedades na Bretanha e na Itália, quando fui nomeado para o Senado. Desse modo, tornei-me senador, conforme o desejo de Cláudia. E nada foi alegado contra mim, exceto que eu não tinha a idade requerida. A esse comentário o Senado respondeu com uma boa gargalhada, pois houvera tantas exceções à norma do limite de idade, no passado, que a questão perdera toda a importância. Além disso, todo mundo sabia o que o orador pretendia imputar-me e não tinha coragem de fazê-lo.

Por sugestão de Nero, quase que fui aceito por unanimidade. Não me preocupei em saber quem tinha votado contra mim, pois um dos votantes veio ver-me sorridente após a sessão e explicou que é sempre melhor para a autoridade do Senado que as sugestões menos importantes do Imperador não recebam apoio unânime. Lembro-me disto com gratidão.

Contei-te tantos pormenores do que aconteceu com referência à conjura de Pisão, não para defender-me — pois não tenho motivos para isso — mas para adiar tanto quanto possível o que é por demais doloroso. Sem dúvida adivinharás que estou falando de Antônia. As lágrimas ainda me vêm aos olhos, ao cabo de todos esses anos, quando penso em seu destino.

Logo depois do suicídio de Pisão, Nero mandou colocar sob vigilância a casa de Antônia no Palatino. Fora informado por inúmeras fontes que Antônia concordara em acompanhar o usurpador, ao acampamento dos Pretorianos.

Circulava até mesmo o boato de que Pisão prometera divorciar-se da esposa e casar com Antônia, quando se tornasse Imperador, mas julguei que não devia acreditar no que diziam, quanto Antônia, que me amava e se interessava pelo teu futuro, não considerava esse casamento necessário por motivos políticos.

Só me foi possível passar mais uma noite com Antônia. Essa noite custou-me um milhão de sestércios, o preço do temor dos guardas a Nero e Tigelino. Mas eu me senti mais do que feliz em pagar essa quantia. Que vale o dinheiro diante do amor e da paixão? Teria dado alegremente todos os meus haveres para poder salvar a vida de Antônia. Ou pelo menos boa parte dos meus haveres. Mas era inútil. Durante aquela noite de melancolia, planejamos seriamente abandonar tudo e tentar a fuga para a Índia, onde eu tinha vínculos comerciais. Mas era demasiadamente longe. Compreendemos que não tardariam a capturar-nos, pois as feições de Antônia eram conhecidas de todos os romanos, até mesmo nas províncias, por causa das muitas estátuas suas, e nenhum disfarce iria esconder-lhe por muito tempo a nobre figura.

Chorando nos braços um do outro, abandonamos todas as falsas esperanças. Antônia assegurou-me ternamente que morreria com bravura e alegria porque, pelo menos uma vez na vida, sentira verdadeiro amor. Admitiu sem rodeios que pensara em receber-me como esposo, se o assim o tivesse querido, depois que Cláudia tivesse morrido, de uma forma ou de outra. Esta declaração sua é a maior honra de que fui alvo em minha vida. Não creio que cometa um erro ao contar-te. Não quero gabar-me; desejo simplesmente mostrar-te que ela de fato me amou.

Durante nossa última noite ela falou longa e febrilmente, narrando-me sua infância e relembrando seu tio, Sejano, o qual, disse ela, teria feito Cláudio Imperador se tivesse conseguido matar Tibério e obter o apoio do Senado. Então Roma teria escapado ao terrível reinado de Caio Calígula. Mas o destino dispôs de outra forma, e Antônia reconhecia que Cláudio não estava então bastante amadurecido para governar. Não fazia senão jogar dados, beber e levar a mãe de Antônia para a beira da falência.

Passamos a noite sentados, de mãos dadas, conversando, enquanto a morte aguardava na soleira. A compreensão disto deu aos nossos beijos um sabor de sangue e trouxe-me lágrimas pungentes aos olhos. Uma noite como aquela a gente só tem uma vez na vida e nunca a esquece. Depois, todos os outros prazeres e todas as outras alegrias não passam de reflexos. Depois de Antônia nunca amei realmente nenhuma outra mulher.

Quando se escoaram aqueles instantes irrecuperáveis e a aurora surgiu, Antônia fez-me afinal uma estranha sugestão, que a princípio me tirou a fala, embora eu tivesse de reconhecer que era sensata, após minhas primeiras objeções. Ambos sabíamos que não teríamos outra oportunidade de nos vermos. Sua morte era tão inevitável que nem mesmo a Fortuna poderia salvá-la.

Assim, ela não queria prolongar aquela penosa espera, mas desejava que eu, unindo-me aos outros que já o tinham feito, fosse também denunciá-la a Nero. Isto lhe apressaria a morte, e me livraria de quaisquer suspeitas que Nero pudesse abrigar, e asseguraria o teu futuro.

O simples pensamento de tal denúncia era-me odioso, mas Antônia persuadiu-me e afinal concordei.

A porta de seu quarto de dormir, ela me deu alguns conselhos judiciosos acerca de algumas famílias antigas com as quais eu devia estabelecer laços de amizade para o teu bem, e outras que, pela mesma razão, eu devia fazer todo o possível para manter longe do poder e da função pública, caso não lograsse por outros meios arruiná-las completamente.

385

Com lágrimas cintilando nos olhos, disse que só lamentava a morte porque esta lhe roubaria a felicidade de participar, quando chegasse o momento, da escolha de uma noiva que te conviesse. Não restam muitas em Roma. Antônia instou-me a cuidar do teu noivado com antecedência e a usar de discernimento quando a moça apropriada tivesse doze anos. Mas não fazes caso de minhas justas sugestões.

Os guardas, intranquilos, vieram apressar-me. Tínhamos de nos separar. Recordarei sempre o lacrimoso, sorridente, belo e nobre rosto de Antônia, conturbado após aquela noite. Mas eu tinha um plano ainda melhor. Ele tornava a separação mais fácil para mim, se bem que os passos que dei tenham sido os mais dificultosos da minha vida.

Não tinha vontade de ir para casa, nem de ver Cláudia, nem mesmo a ti, meu filho. Passei o tempo andando em volta dos jardins do Palatino. Encostei-me por um momento a um velho e maltratado pinheiro, que inacreditavelmente ainda estava vivo. Olhei para o leste e o oeste, o norte e o sul. Mesmo que isso tudo fosse meu um dia, pensei, eu trocaria a terra inteira por um único beijo de Antônia e todas as pérolas da Índia pela alvura de seu corpo, pois o amor cega maravilhosamente um homem até esse ponto.

Na realidade, Antônia era mais velha do que eu e já vivera seus melhores anos. Seu rosto magro carregava rugas de experiencia e sofrimento e ela podia ter sido um pouquinho mais cheia aqui e ali. Mas para mim essa delgadeza apenas lhe ressaltava o fascínio. O tremor de suas narinas e de sua pele era a coisa mais bela que eu já vira.

Em êxtase, alonguei o olhar pelo fórum a meus pés, por seus velhos edifícios, pela nova Roma que surgia das cinzas e dos escombros, pelas dependências do Palácio Dourado de Nero que fulgurava sob os raios do sol nascente para além do Esquilino. Eu não estava pensando em terrenos e negócios, mas ocorreu-me que minha velha casa no Aventino se tornara acanhada demais e que, para o teu bem. Cumpria-me adquirir uma nova e mais digna, o mais perto possível do Palácio Dourado.

Voltei-me e desci do Palatino, rumando em direção ao Palácio Dourado a fim de pedir para ser recebido por Nero. Se tinha de denunciar Antônia, então devia correr para que outro não o fizesse antes de mim. Ao pensar na insânia da vida, desatei a rir, de modo que caminhava meio risonho e meio choroso, como um homem em êxtase.

Mundus absurdus, o mundo é absurdo, repeti para mim mesmo em voz alta, como se viesse de descobrir uma verdade nova e surpreendente. Mas em minha situação parecia a maior sabedoria embora mais calmo depois eu pensasse melhor nisso.

Minha mente acalmou-se um pouco, quando cumprimentei as pessoas que esperavam no salão de recepções, pois me pareceu ver cabeças de animais em todas elas. Era uma visão tão extraordinária que tive de esfregar os olhos com a mão.

No coruscante salão de prata e marfim, cujo piso era ornamentado com um imenso mosaico representando um banquete dos deuses, havia muita gente pacientemente esperando até meio-dia para ver Nero. Todo o mundo animal estava presente, desde um camelo e um ouriço-cacheiro até touros e porcos. Tigelino assemelhava-se tão obviamente a um tigre esguio que bati com a mão na boca quando o saudei para não estourar na gargalhada.

Essa estranha ilusão, provavelmente causada pela falta de sono, pelo amor e por minha tensão interior, passou quando Nero me permitiu entrar em seu quarto de dormir antes dos outros, depois que eu lhe mandara dizer que minha informação era importantíssima. Nero tinha Acte como companheira de cama. Isso mostrava que ele se cansara dos seus vícios e desejava tornar aos hábitos naturais, o que acontecia de vez em quando.

Não vi Nero como um animal. Na realidade, ele me deu a impressão de estar sofrendo, um homem a quem a suspeita levara ao desespero, ou talvez um menino mimado e supernutrido que não podia entender por que os outros o tinham na conta de mau, quando ele próprio não desejava mal a ninguém, e era também um grande cantor, talvez o maior de sua época, como acreditava.

De qualquer modo, quando cheguei, Nero estava fazendo os exercícios de canto que lhe tomavam parte da manhã. Sua voz ressoava por todo o Palácio Dourado. Nos intervalos, ele gargarejava. Nero não se atrevia sequer a comer frutas porque um médico havia dito que isso não era bom para sua voz. Acho que uma maçã ou algumas uvas são boas com o costumeiro pão de mel matinal e também ajudam a digestão, o que é importante para quem vive à larga depois de certa idade.

Quando toquei no nome de Antônia, de voz trêmula e gaguejando, Nero engasgou-se com seu gargarejo de sal e tossiu como se estivesse prestes a asfixiar-se. Acte teve de bater-lhe nas costas com o que ele se enfureceu e correu-a do quarto.

— Que tens a dizer de Antônia, delator infame? — perguntou Nero, depois que Acte saiu e ele pôde falar de novo.

Confessei que até então eu lhe ocultara que Antônia estivera envolvida nas maquinações de Pisão. Silenciara por respeito ao pai dela, o Imperador Cláudio, que outrora tivera a bondade de me dar o nome Lauso, quando recebi a toga viril. Mas minha consciência não me deixava em paz, quando se tratava da segurança de Nero.

Pus-me de joelhos e contei-lhe que Antônia me mandara chamar muitas vezes à noite e, com promessas de recompensas e altos cargos, tentara persuadir-me a aderir à conjuração. Acreditava ela que, como amigo íntimo de Nero, eu tinha ótimas oportunidades de assassiná-lo com veneno ou uma adaga.

Para acrescentar sal a suas feridas, disse-lhe também que Antônia prometera casar com Pisão, depois do golpe de Estado. Este boato absurdo fustigava-lhe a vaidade mais do que qualquer outra coisa, pois Antônia repelira Nero da maneira mais resoluta.

Mas Nero ainda duvidou, não acreditando em mim. Parecia-lhe incompreensível que uma mulher como Antônia pudesse ter depositado confiança num indivíduo como eu, inteiramente insignificante a seus olhos.

Determinou, então, que me prendessem e pusessem sob a guarda do centurião de serviço no Palácio, num dos salões inacabados, onde um célebre artesão estava pintando um quadro magnífico do duelo entre Aquiles e Heitor nos muros de Troia.

Nero era um Juliano e desejava lembrar a seus convidados que descendia de um parentesco incorreto entre o troiano Eneias e Vênus. Assim nunca cumpria seus deveres religiosos no templo de Vulcano, por exemplo, mas sempre se referia a ele desdenhosamente. O influente grêmio dos ferreiros não gostava nada disto. O cheiro da tinta irritava-me, tanto quanto o convencimento do artista. Ele não me permitia falar com meu guarda, nem mesmo em voz baixa, com receio de ser perturbado em seu importante trabalho.

Senti-me ofendido porque Nero não me pusera sob a vigilância de um tribuno, de modo que tive de arranjar-me com a companhia de um centurião, embora ele fosse um cavaleiro romano. Para matar o tempo e atenuar minha tensão interior, podíamos ter conversado de cavalos, não fosse a proibição do presunçoso artífice.

Não ousei insultá-lo, já que ele era muito prestigiado por Nero. Nero tratava-o com respeito e concedera-lhe a cidadania. Assim, o nosso homem pintava envergando uma toga, por mais absurdo que isso pareça. Nero chegara até a dizer que gostaria de promovê-lo a cavaleiro, mas não dera ainda esse passo. Um negro domador de feras era uma coisa, mas um artesão que pintava quadros profissionalmente — não, é demais. Até mesmo Nero sabia disso.

Tive de esperar até à tarde, mas Nero mandou-me comida de sua mesa, de modo que não me sentia assim tão angustiado. O centurião e eu jogamos dados em silêncio e tomamos vinho, embora não o suficiente para embriagá-lo, uma vez que ele estava de serviço. Aproveitei a oportunidade para mandar dizer a Cláudia que fora preso como suspeito.

Embora tua mãe soubesse muito bem que eu tinha de assegurar o teu futuro, em sua visão feminina das coisas, não gostava do papel politicamente necessário de delator. Resolvi então deixá-la um pouco preocupada com minha segurança, se bem que eu não estivesse tão apreensivo como dei a entender no recado que lhe mandei. Mas eu conhecia os caprichos de Nero e não confiava em seus conselheiros, nem mesmo em Tigelino, embora por várias razões eu fosse credor de sua gratidão.

Eu era tentadoramente rico, ainda que tivesse feito o possível para ocultar o verdadeiro vulto da minha fortuna. Lembrei-me, em desassossego, da morte do Cônsul Vestino, que nem sequer entrara na conspiração. Felizmente, eu sabia que Estatília Messalina estava do meu lado, por esse motivo mesmo.

É claro que ainda não se realizara o casamento dela com Nero, pois as leis estabelecem um período de espera de nove meses, mas Estatília preparava assim mesmo uma boda esplêndida e Nero já provara dos seus encantos enquanto Vestino vivia. Presumivelmente Nero voltara-se para Acte enquanto Estatília fazia sacrifícios à Deusa Lua para tornar-se uma mulher melhor. Eu sabia que Acte tinha simpatias pela doutrina cristã e tentava revigorar as boas qualidades de Nero, que ele as possuía indubitavelmente, embora a tarefa estivesse provavelmente acima das forças de qualquer mulher.

Estatília fazia o contrário. Foi a primeira mulher em Roma a adotar a moda originalmente germana de usar o peito esquerdo nu. Podia andar assim, já que se orgulhava de seus seios bem modelados. As mulheres que tinham sido menos bem aquinhoadas pela natureza sentiam-se ofendidas por esta nova moda e consideravam-na indecente, como se houvesse algum mal em mostrar um lindo peito. Até mesmo as sacerdotisas nos sacrifícios públicos e as próprias Vestais aparecem em certas ocasiões com o busto à mostra, de sorte que o hábito, longe de ser indecente, é consagrado por mil anos de tradição.

À noite, Tigelino reunira provas suficientes do papel de Antônia na conspiração, após ouvir os que ainda estavam vivos no Tullianum. Dois covardes delatores haviam-se apressado também, visando obter uma parte da recompensa. Sem pestanejar, juraram que Antônia prometera realmente casar com Pisão, logo que ele se livrasse de sua mulher e que haviam até trocado presentes de noivado. Na busca efetuada na casa de Antônia, foi encontrado um colar de rubis hindus, comprado secretamente por Pisão a um ourives sírio. Como foi parar na casa de Antônia não sei, nem quero saber.

Todas essas provas convenceram Nero, que simulou ter ficado em desespero, se bem que, como era natural, se sentisse intimamente feliz em ter uma razão legal para matar Antônia. Como prova de boa vontade, convidou-me para visitar a casa dos bichos em seu novo jardim, onde Epafródito preparara um espetáculo especial para diverti-lo. Fiquei surpreendido ao ver moças e rapazes nus atados a postes nas proximidades das jaulas dos leões. Epafródito estava aparelhado com um ferro em brasa de domador e trazia uma espada à ilharga, mas fez sinal para indicar que eu não precisava preocupar-me.

Para falar verdade, assustei-me ao ouvir um rugido inesperado e ver um leão investir para os postes, agitando a cauda. A fera ergueu-se nas patas traseiras, estendeu as garras para as vítimas nuas e farejou-lhes os órgãos sexuais de maneira repugnante. Para meu espanto, os jovens nada sofreram, embora se contorcessem aterrorizados. Quando o leão acalmou-se um pouco, Epafródito deu alguns passos para a frente e enfiou-lhe a espada na barriga, de modo que o sangue jorrou e o animal tombou, batendo as patas no ar e morrendo tão crivelmente quanto se podia desejar.

Depois que os rapazes e moças foram soltos e retiraram-se, ainda trêmulos de susto, Nero saiu de dentro do leão e perguntou orgulhoso se lograra convencer-me com sua encenação, a despeito de minha experiência com animais selvagens. Evidentemente afiancei-lhe que havia acreditado no leão.

Nero mostrou-me as molas de aço e o equipamento técnico do traje de leão, bem como a bolsa de sangue que Epafródito perfurara com a espada. Desde então não me canso de pensar nessa brincadeira absurda, que parecia dar a Nero imensa satisfação, mas da qual ele estava, de certo modo, envergonhado e à qual só alguns amigos podiam assistir.

Depois de me dar essa prova de confiança, encarou-me astuto, com fingida placidez.

— Há prova da culpa de Antônia — disse ele — e sou forçado a acreditar, por mais que deplore a sua sorte. Afinal, ela é minha meia-irmã. Foste tu que me abriste os olhos. Assim, terás a honra de ir abrir-lhe as veias. Se permitisse que ela mesma o fizesse voluntariamente, então eu não estaria transformando isso num assunto público. Minha própria reputação está em jogo também. Darei a ela um funeral com todas as honras imperiais e colocarei sua urna no mausoléu do divino Augusto. Direi ao Senado e ao povo que ela se suicidou, em meio a uma grande perturbação mental, a fim de escapar a uma enfermidade fatídica. Sempre se pode encontrar um motivo, contanto que ela se comporte e não dê escândalos.

Quedei-me tão aturdido que não pude falar, pois Nero se antecipara a mim. Tinha pensado em pedir-lhe o favor de deixar que eu mesmo levasse a mensagem a Antônia, a fim de poder passar os últimos momentos com ela e segurar-lhe a mão enquanto o sangue fosse saindo de seu lindo corpo. Isto me ajudara a suportar a tensão daquele longo dia.

Nero interpretou mal o meu silêncio. Riu, deu-me uma palmadinha nas costas e disse desdenhoso:

— Compreendo que relutes em aparecer como delator, aos olhos de Antônia. Alguma coisa deve ter havido entre vós nesses encontros secretos. Conheço Antônia.

Mas não acreditei seriamente que ele imaginasse que Antônia se tinha rebaixado a gostar de um homem como eu, quando tinha repelido o próprio Nero.

Enviando-me a Antônia, Nero pensou que me humilhava, pois no íntimo desprezava todos os delatores. Mas há diferenças entre delatores, como creio ter mostrado em minha história. Meus motivos eram mais nobres do que egoístas. Pensava em ti, meu filho, e através de ti no futuro da família Juliana. Preservar minha vida era menos importante para mim. Nero, porém, proporcionava-me a maior alegria que eu podia desejar no momento em que julgava estar me humilhando.

Isto eu li no rosto radiante de Antônia, quando uma vez mais ela me viu, depois de acreditar que nos tínhamos separado para sempre. Creio que ninguém jamais recebeu uma sentença de morte de braços tão abertos, olhos tão brilhantes e rosto sorridente. Ela revelou sua alegria de modo tão expansivo, que eu imediatamente disse ao tribuno e seus soldados que fossem embora. Bastaria que vigiassem a casa do lado de fora.

Eu sabia que Nero aguardava impaciente a notícia da morte de Antônia. Não era fácil para ele também. Mas presumi que ele compreendia que custaria um pouco persuadir Antônia a suicidar-se sem espalhafato. Naturalmente não precisamos dizer uma só palavra, mas Nero não podia saber disso.

Não quis gastar tempo precioso com perguntas sobre o colar de Pisão, embora ardesse em ciúmes. Mergulhamos uma vez mais em nosso último abraço, embora talvez, exausto pela tensão e falta de sono, eu não me tenha mostrado o mais fogoso dos amantes. Contudo, desfalecemos ao mesmo tempo nos braços um do outro, tão juntos como podem estar duas pessoas.

Enquanto isso, sua escrava preparou um banho quente no tanque porfírico. Nua, ela entrou no banheiro antes de mim, e pediu-me com lágrimas nos olhos que fizesse tudo com a maior rapidez possível. Com uma faca afiada, abri a veia na dobra do cotovelo, tomando todo o cuidado para não causar muita dor. Imersa na água quente, ela tentou não fazer caso do sofrimento, para não me inquietar, mas não pôde reprimir um ligeiro gemido.

Quando o sangue começou a afluir à superfície e a avermelhar a água balsaminada, Antônia pediu que lhe perdoasse a fraqueza, explicando que, em virtude de sua vida opulenta e resguardada, nunca se habituara ao menor desprazer. Costumava dar alfinetadas no seio da escrava que lhe penteava os cabelos louros quando a mulher os repuxava.

Enquanto segurava Antônia, debruçado sobre a banheira, um braço em volta de seu pescoço, nossas bocas coladas, sua mão na minha, a vida me pareceu tão desprezível que pedi que me deixasse morrer também.

— Esse é o maior galanteio que já recebi de um homem — murmurou ela, numa voz sumida, beijando-me o ouvido. — Mas tens de viver por causa de teu filho. Não te esqueças de todos os conselhos que te dei sobre o futuro dele. E lembra-te também de pôr uma de tuas velhas moedas etruscas de ouro na minha boca, antes que me amarrem o queixo e me ponham na pira. Este será o último e o mais querido presente que me darás, embora eu tenha de entregá-lo a Caronte, como pagamento. Ele saberá, então, tratar-me de acordo com a minha posição. Não quero ir num barco apinhado de gente.

Um momento depois seus lábios se separaram dos meus e sua mão se soltou da minha. Mas continuei a agarrar-lhe os dedos magros e a beijar seu rosto amado até o último instante.

Quando vi que estava morta, levei-a de volta para o leito e rapidamente lavei as manchas de sangue do meu corpo. Notei, com satisfação, que Antônia usava o mais novo sabão egípcio fabricado pelo meu liberto gaulês. É claro que não era exatamente egípcio, mas manufaturado em Roma, como todos os seus outros sabões e os populares pós-dentifrícios. Mas o povo pagava mais pelos sabões que ostentavam nomes atraentes.

Depois de vestir-me, mandei entrar o centurião e os soldados para que testemunhassem que Antônia se suicidara voluntariamente e, em seguida, entreguei o cadáver a escrava, tendo antes posto na boca da morta uma das antigas moedas de ouro que meu liberto encontrara em alguns velhos túmulos de Cere. Recomendei ao mordomo que tivesse cuidado para que não roubassem a moeda, pois eu tinha de apresentar-me sem perda de tempo a Nero.

Na tensão da espera, Nero bebera grande quantidade de vinho, após a brincadeira do leão, e, surpreso, agradeceu-me a presteza com que eu cumprira minha desagradável missão. Mais uma vez assegurou-me que eu podia ficar com a terra que herdara na Bretanha. Ele próprio ia interceder por mim, na Cúria, a fim de que eu recebesse um tamborete de senador. Mas já te falei nisso. Estou aliviado por ter relatado a parte mais triste de minha história.

Em comparação com tudo isso, pareceu uma ninharia o risco que corri de perder a vida, duas semanas depois, por causa de Antônia. Felizmente fui informado por amigos das investigações que Nero iniciara, com relação ao testamento de Antônia. Graças a isso, tive tempo de preparar Cláudia, se bem que meu plano lhe fosse totalmente desagradável.

Ainda não entendi por que Antônia, uma mulher vivida e possuidora de tino político, achou que devia lembrar-se de ti em seu testamento, apesar de todas as advertências que lhe fiz exatamente sobre essa questão. Antes de sua morte não tornei a falar no testamento. Tínhamos outros assuntos e, para ser franco, eu esquecera completamente a promessa impensada que ela fizera, quando quis que tomasses o nome de Antoniano,

Agora eu tinha de livrar-me de Rúbria imediatamente, pois sendo ela a mais velha das Vestais, era a única testemunha legal de tuas verdadeiras origens. Não pretendo falar-te mais de meu encontro com ela. Tudo que direi é que, antes disso, tive de ir ver a velha Locusta na aprazível casinha de campo que Nero lhe dera.

391

No jardim, ela e suas discípulas cultivavam muitas ervas medicinais. Com supersticioso cuidado, ela observava a posição das estrelas e as fases da lua, no plantio e colheita de suas sementes e raízes.

Para minha felicidade, a morte inesperada de Rúbria não causou nenhuma surpresa aos médicos. Seu rosto nem mesmo escureceu, a tal ponto Locusta aprimorou sua arte na velhice. Mas foi com prazer que Nero permitiu que ela experimentasse alguns medicamentos em certos criminosos que não mereciam melhor sorte.

Minha visita a Rúbria não suscitou nenhuma indagação, pois ela em geral recebia muita gente no átrio das Vestais. Pude, assim, guardar em meu esconderijo secreto o documento selado em que ela certificara a ascendência de Cláudia, registrara a confissão da finada Paulina e confirmara que Antônia havia reconhecido Cláudia, como sua verdadeira meia-irmã, dando-te o nome de Antoniano.

Vários sinais exteriores indicaram, desde cedo, que eu havia caído em desgraça, de modo que não me surpreendi quando Nero me mandou chamar. Na realidade, julgava-me bem preparado.

— Fala-me de teu casamento, Maniliano — disse Nero, mordendo os lábios, o queixo um pouco trêmulo — já que nada sei a respeito dele. Trata de dar-me uma explicação plausível do motivo pelo qual Antônia lembrou-se de teu filho em seu testamento e lhe deu seu próprio nome. Eu nem sequer sabia que tinhas um filho além do bastardo de Epafródito.

Evitando encará-lo, empreguei toda a minha habilidade para tremer de medo, e devo dizer que não precisei esforçar-me muito para chegar a tal resultado. Nero imaginou que eu estivesse escondendo alguma coisa.

— Eu teria compreendido, se Antônia se tivesse contentado em deixar para o menino o anel de sinete de seu tio Sejano — continuou Nero. — Mas é incrível que lhe tenha legado algumas joias da família juliana que ela herdara da mãe de Cláudio, a velha Antônia. No meio delas, entre outras coisas, figura uma insígnia para ser usada no ombro, que o divino Augusto ostentava em campanha e nas cerimônias sacrificatórias do Estado. Ainda mais extraordinário é que o teu casamento não consta em nenhum dos livros, e do teu filho não está no novo recenseamento, sem falar dos registros da Nobre Ordem dos Cavaleiros, embora o prazo regulamentar já se tenha esgotado há muito tempo. Há coisas bastante suspeitas nesse negócio.

Atirei-me a seus pés e bradei com simulado arrependimento.

— Minha consciência me atormenta, mas ando tão envergonhado que não me atrevo a confessar a nenhum dos meus amigos. Minha mulher Cláudia é judia.

Nero rompeu numa tão violenta gargalhada de alívio, que seu corpanzil se sacudiu todo e vieram-lhe lágrimas aos olhos. Ele não gostava de condenar gente à morte por mera suspeita, muito menos os seus verdadeiros amigos.

— Mas Minuto — disse ele recriminadoramente, quando pôde voltar a falar — ser judeu não é nenhuma vergonha. Sabes muito bem que muito sangue judeu se misturou nas melhores famílias, ao longo de centenas de anos. Por amor à minha caríssima Popeia, não posso considerar os judeus piores do que as outras pessoas.

392

Chego mesmo a tolerá-los no serviço do Estado, dentro de limites razoáveis, é claro. Em meu governo, todos são iguais como seres humanos, sejam romanos, gregos, pretos ou brancos. Portanto, tolero os judeus também.

Ergui-me e assumi um ar convenientemente triste e embaraçado:

— Se isso fosse tudo, eu não hesitaria em apresentar minha mulher a ti e aos meus amigos, mas ela descende de escravos também. Seus pais eram pobres libertos da mãe de Cláudio, Antônia, tua avó em certo sentido. É por isso que ela se chama Cláudia. Vês então por que eu me envergonho dela. Talvez por isso, Antônia quis dar ao menino algumas joias baratas, em memória da avó dela. O nome Antoniano foi ideia de minha mulher. Mas — continuei, trêmulo de excitação e raiva — aquele testamento, que me surpreendeu inteiramente, não passa de uma investida da ilimitada maldade de Antônia, para colocar-me sob suspeição. Ela sabia que eu havia denunciado Sevino, Pisão e outros, embora não imaginasse que, em razão da tua segurança e levado por minha consciência, eu teria de denunciá-la também. Na verdade, não sinto o mais leve remorso de ter agido assim.

Nero franziu a testa, pensativo, e vi que lhe renascera a desconfiança.

— Acho melhor confessar, desde já, que tenho certo interesse pela fé judaica. Isso não é crime, ainda que não seja adequado a um homem de minha posição. Essas coisas assentam mais nas mulheres. Mas minha mulher é insuportavelmente obstinada. Ela me força a frequentar a sinagoga de Júlio. Outros romanos fazem a mesma coisa. Seus membros barbeiam-se, vestem-se como as outras pessoas e vão ao teatro.

Nero continuava a fitar-me sombrio:

— Tua explicação pode ser verídica, mas é lamentável que Antônia tenha preparado esse codicilo há mais de seis meses. Naquele instante ela não poderia ter nenhuma ideia de que tu irias ser um simples delator da conspiração de Pisão.

Percebi que tinha de confessar ainda mais. Estava preparado para isso, embora, naturalmente, tivesse tentado evitá-lo, a princípio, para não provocar as suspeitas de Nero com minha súbita franqueza. Ele sempre julgava que todo mundo estava escondendo dele alguma coisa.

Baixei a vista para o piso e rocei com os pés o mosaico que representava Marte e Vênus abraçados e enredados na rede de cobre de Vulcano, o que me pareceu apropriadíssimo à ocasião. Esfreguei as mãos e debati-me à procura de palavras.

— Conta-me tudo — disse Nero, ríspido. — Senão, farei com que te despojem dessas botas novinhas em folha. O Senado gostaria disso, como sabes.

— Não! — exclamei. — Confio na tua magnanimidade e sensibilidade! Guarda meu segredo só para ti, e por favor não o menciones à minha mulher, em nenhuma hipótese. Ela tem um ciúme doentio. É uma pessoa de certa idade e eu realmente não entendo como é que fui me meter com ela.

Nero logo pressentiu a aproximação de um assunto picante e lambeu os beiços:

— Dizem que as judias têm qualidades especiais na cama — observou. — Naturalmente, também te pareceram úteis as relações judaicas de tua mulher. Não podes enganar-me. Nada prometo. Conta-me.

— Ambiciosa como é — balbuciei — minha mulher meteu na cabeça que devíamos convidar Antônia quando fomos dar nome a nosso filho, e na presença de testemunhas eu o coloquei nos meus joelhos e o reconheci.

393

— Como antes reconheceste Lauso — gracejou Nero. — Mas continua.

— Não imaginei que Antônia viesse, já que se tratava do sobrinho de um dos libertos de sua avó. Mas naquela época ela não tinha muitos amigos se precisava distrair-se. Por uma questão de decência, trouxe consigo Rúbria, a Vestal, que, diga-se de passagem, embriagou-se durante a noite. Só posso crer que Antônia ouvira alguma referência favorável a meu respeito e por curiosidade queria conhecer-me, embora talvez já estivesse procurando amigos e partidários para seus futuros objetivos. Depois de tomar um pouco de vinho, deu-me a entender que eu seria bem-vindo em sua casa, no Palatino, mas de preferência sem minha mulher.

Nero enrubesceu e inclinou-se para a frente a fim de ouvir melhor:

— Sou bastante vaidoso para ter-me sentido honrado com esse convite, se bem que ache que foi devido ao vinho ou a alguma outra causa. Mas fui lá uma noite e ela me recebeu com inesperada afabilidade. Não, acho melhor parar aqui.

— Não sejas tímido — disse Nero. — Estou a par das tuas   visitas a ela. Dizem que se prolongavam até o amanhecer. Na realidade, cheguei a pensar que o menino era filho de Antônia. Mas consta que ele já está com sete meses. E toda gente sabe que Antônia era descarnada como uma vaca velha.

Corando de fúria, confessei que Antônia me dispensara considerável hospitalidade na cama, também, e se apegara a mim, de tal modo, que desejava ver-me sempre mais, embora, por causa de minha mulher, eu temesse que tal ligação viesse a ser descoberta. Mas possivelmente eu satisfizera tão bem as necessidades de Antônia, que ela se sentiu obrigada a contemplar meu filho em seu testamento, já que a decência a impedia de deixar alguma coisa para mim.

Nero riu e deu uma palmada nos joelhos:

— A velha meretriz! Quer dizer, então, que ela se rebaixou a ir para a cama contigo, não é fato? Mas não foste o único. Podes crer que ela tentou uma vez comigo, quando me deu na telha fazer-lhe umas carícias. Eu estava bêbado, é claro, mas me recordo de seu nariz pontudo e de seus lábios finos enquanto ela se pendurava no meu pescoço e procurava beijar-me. Depois disso, espalhou por aí a história absurda de que eu lhe tinha feito uma proposta. O colar de Pisão mostra como era depravada. Provavelmente dormia com os escravos também, quando não arranjava coisa melhor. Portanto, tu também podias servir.

Não pude deixar de fechar os punhos, mas consegui manter-me em silêncio.

— Estatília Messalina está muito contente com o colar de Pisão — disse Nero. — Mandou até pintar o bico do peito da mesma cor daqueles rubis sanguíneos.

Nero mostrou-se tão satisfeito com sua própria sagacidade, que tive a impressão de que o pior perigo já tinha passado. Tornou-se jovial e despreocupado, mas era de esperar que pretendesse punir os meus segredos por algum meio que me fizesse parecer ridículo aos olhos de toda a cidade. Pensou um instante:

— Naturalmente, eu gostaria de conhecer tua mulher e certificar-me de que é judia. Também gostaria de interrogar as testemunhas que estiveram presentes, quando puseste nome em teu filho. São judias também, suponho. Colherei informações na sinagoga de Júlio César, para saber da tua assiduidade. Enquanto isso, tu me farás o obséquio de te submeteres à circuncisão, só para simplificar as coisas. Isso agradará à tua mulher. Acho que é justo e razoável que sejas punido na parte do corpo com que violaste minha meia-irmã. Agradece ao meu bom humor por te mandar embora com uma pena tão leve.

Aterrado, degradei-me ao ponto de suplicar que não me insultasse tão terrivelmente. Mas eu mesmo enfiara a cabeça no laço. Nero ficou ainda mais encantado quando notou o meu horror e pôs a mão no meu ombro, à guisa de consolação.

— Será uma boa coisa ter no Senado alguém que seja circunciso, para zelar pelos interesses dos judeus, pois doravante eles não precisarão mandar outros atrás de mim. Vai e faze o que te digo. Depois, manda tua mulher aqui, com as testemunhas, e vem tu mesmo, se puderes andar. Quero ver se obedeceste à minha ordem.

Tive de ir para casa e dizer a Cláudia e às duas testemunhas, que esperavam receosas e temendo pelo meu regresso, que devíamos encontrar-nos no salão de recepção do Palácio Dourado, dentro de pouco tempo. Em seguida, fui ao acampamento dos Pretorianos e falei com o cirurgião de campanha, que me informou prolixamente que podia realizar a pequena operação sem a menor dificuldade. Durante sua estada na África, operara muitos legionários e centuriões, que se tinham cansado das eternas inflamações causadas pela areia. Ainda tinha o tubo que usava lá.

A bem de minha reputação, não quis que os judeus me tratassem. Nisto cometi um grande equívoco, pois eles teriam sido incomparavelmente mais habilidosos. Corajosamente suportei o tubo imundo e a faca cega do cirurgião de campanha, mas a ferida não sarou direito e logo inflamou-se, de modo que, por muito tempo, perdi até o desejo de olhar para uma mulher.

Realmente não sou mais o mesmo desde então, muito embora algumas mulheres se mostrem bastante curiosas a respeito de meu membro mareado com cicatriz. Sou apenas humano, mas creio que o prazer delas é maior do que o meu. Isto tem a vantagem de ajudar-me a levar uma vida razoavelmente virtuosa.

Não me envergonho de falar disso, porquanto todos sabem da pilhéria cruel de Nero à minha custa e, por causa tal operação, ganhei uma alcunha que não ponho aqui por decoro.

Mas tua mãe não fazia ideia do que se podia esperar de Nero, por mais que eu tivesse tentado prepará-la para o papel que ia desempenhar. Quando voltei do acampamento dos Pretorianos, claudicando e mortalmente branco, Cláudia nem me perguntou o que havia comigo, mas simplesmente pensou que eu estivesse com medo da ira de Nero. Os dois judeus cristãos também estavam apavorados, evidentemente, por mais que eu procurasse encorajá-los, lembrando-lhes os presentes que lhes tinha prometido.

Assim que viu Cláudia, Nero foi logo gritando:

— Uma megera judia! Reconheço pelas sobrancelhas e pelos lábios grossos, sem falar no nariz. Também tem cabelos brancos. Os judeus criam cães cedo, por causa de uma maldição egípcia, segundo me informaram. É espantoso que ela tenha tido um filho nessa idade. Mas os judeus procriam muito.

Cláudia tremeu de raiva, mas continuou calada para o teu bem. Então, os dois judeus disseram, prestando os sagrados juramentos do templo de Jerusalém, que conheciam as origens de Cláudia e que ela era judia, nascida de pais judeus, mas

395

descendentes de uma família judaica especialmente respeitada, cujos antepassados tinham vindo para Roma como escravos no tempo de Pompeu. Antônia honrara com sua presença a cerimônia em que demos um nome a meu filho e permitira que ele se chamasse Antoniano, em memória de sua avó.

Este interrogatório dissipou as suspeitas de Nero. Os dois judeus cristãos haviam de fato cometido perjúrio, mas eu os escolhera porque pertenciam a certa seita cristã que, por alguma razão, acreditava que Jesus de Nazaré proibira todos os tipos de juramentos. Mantinham-se fiéis à sua crença e diziam que pecavam quando juravam, de forma que pouco importava que o juramento fosse verdadeiro ou falso. Sacrificavam-se, ao prestarem esse juramento, em consideração a meu filho, na esperança de que Jesus de Nazaré os perdoaria, já que agiam com boas intenções.

Mas Nero não seria Nero se não me fitasse rapidamente com um lampejo de chiste no olhar e não dissesse:

— Minha querida Domina Cláudia, ou Sereníssima, diria eu, já que o teu marido, apesar de todas as abominações, adquiriu suas botas púrpura. Muito bem, Domina Cláudia, suponho que sabes que o teu marido aproveitou aquela oportunidade para estabelecer relações secretas com minha desafortunada meia-irmã, Antônia. Tenho testemunhas do fato de que, noite após noite, os dois fornicavam num quiosque do jardim dela. Fui obrigado a vigiá-la, para que não provocasse escândalo com sua depravação.

Cláudia empalideceu. Deve ter notado, pela minha expressão, que Nero dizia a verdade. Ela mesma me perseguira com sua tagarelice, até o dia em que pude despistá-la com a explicação de que andava metido na trama de Pisão, cujas reuniões se realizavam à noite.

Cláudia ergueu a mão e esbofeteou-me- com tanta força que o som ecoou. Humildemente apresentei a outra face, como Jesus de Nazaré diz que se deve fazer, e Cláudia ergueu a outra mão e rebentou-me o tímpano daquele lado. Desde então fiquei um pouco surdo. Depois ela rompeu numa torrente de insultos, que mal pude acreditar que viessem de sua boca. Eu diria que, mantendo-me calado, estive mais perto da doutrina de Cristo do que ela.

Cláudia proferiu tal chuvarada de imprecações contra mim e a finada Antônia, que Nero teve de intervir, lembrando-lhe que dos mortos só se devia falar bem. Em atenção à sua própria salvação, Cláudia não devia esquecer que Antônia era meia-irmã de Nero e que, portanto, ele não podia permitir que outros falassem mal dela.

Para acalmar Cláudia e atrair a sua compaixão, puxei o manto para cima, levantei a túnica e mostrei-lhe a atadura ensanguentada em volta de meu membro, dizendo-lhe que já fora bastante castigado por minhas faltas. Nero forçou-me a tirar a atadura, apesar da dor que isso causava, para certificar-se de que eu não tentara ludibriá-lo, enrolando um pano ensanguentado em volta de um membro ileso.

— Pois não é que, em tua estupidez — disse ele, depois de olhar a ferida — mandaste mesmo fazer a circuncisão! Eu só estava brincando e logo que saíste me arrependi que te tinha dito. Mas tenho de reconhecer que cumpres fielmente as minhas ordens, Minuto.

Cláudia não teve pena de mim. Na verdade, bateu palmas e elogiou Nero por ter encontrado um castigo com que ela nunca tinha sonhado. Para mim era castigo bastante estar casado com Cláudia. Acho que ela nunca me perdoou o tê-la traído com Antônia. Apoquentou-me anos e anos, por causa disso, quando uma mulher razoável teria esquecido um deslize tão insignificante do marido.

Nero considerou o assunto encerrado e depois de mandar embora Cláudia e os dois judeus, passou a falar de outras coisas, sem a menor comiseração por mim.

— Como sabes, o Senado deliberou autorizar ofertas de ação de graças pelo desmascaramento da conspiração — começou ele. — Eu mesmo resolvi erigir a Ceres um templo que seja digno dela. O outro foi destruído pelos malditos incendiários cristãos e não tenho tido tempo de planejar um novo, já que ando assoberbado com a reconstrução de Roma. Mas desde tempos imemoriais o centro do culto de Ceres tem sido no Aventino. Não pude encontrar lá um local bastante amplo, de modo que para restaurar nossa mútua confiança e selar nossa amizade, estou certo de que não te negarás a presentear tua casa e teu jardim, no Aventino, a Ceres. É o local melhor possível. Não te surpreendas se quando lá chegares os escravos já tiverem começado a derrubar a casa. O assunto é urgente e eu estava certo da tua aquiescência.

Assim Nero obrigou-me a dar-lhe a velha casa da família de Maniliano, sem a menor compensação. Não pude externar nenhuma alegria especial por essa mercê, já que sabia que ele tomaria a honra toda sobre si e nem sequer mencionaria meu nome, quando chegasse o instante de consagrar o templo. Amargurado, perguntei-lhe onde achava que eu ia colocar minha cama e o resto da minha mobília num momento em que havia escassez de moradias.

— Evidentemente — disse Nero — não tinha pensado nisso. Mas a casa de teu pai, ou melhor, de Túlia, ainda está vazia. Não pude vendê-la porque é mal-assombrada.

Respondi que não ia despender somas imensas numa casa mal-assombrada que não me agradava. Também expliquei que estava muito estragada e que, em primeiro lugar, fora mal planejada. Agora então, fechada durante tanto tempo, tinha um jardim silvestre, cuja manutenção sairia muito dispendiosa, em vista das novas taxas de água.

Nero escutou, deliciado com minha descrição:

— Como prova de minha amizade, eu tinha pensado em vender a casa a ti por um preço módico. Mas desagrada-me ver que insolente e indignamente começas a pechinchar, antes mesmo que eu te proponha um preço. Já não me arrependo de ter mandado que te submetesses à circuncisão. Para mostrar-te que Nero é Nero, eu, por estas palavras, te presenteio a casa de teu pai. Recuso rebaixar-me a regatear contigo.

É claro que agradeci a Nero de todo o coração, embora ele não me estivesse dando a casa por nada, mas em troca da minha no Aventino. Basta que eu tenha ganho na troca.

Pensei, satisfeito, que a casa de Túlia quase que valia a circuncisão, e este pensamento ainda foi um lenitivo para mim, quando fui para a cama, com febre.

Eu mesmo tinha feito o possível para impedir que a casa fosse vendida. Espalhara boatos a respeito de fantasmas e mandara dois escravos chocalhar as tampas das panelas e bater nos móveis, à noite, na casa abandonada. Nós, romanos, somos supersticiosos, quando se trata dos espectros e dos mortos.

Assim, posso agora, de consciência tranquila, contar-te a vitoriosa viagem de Nero pela Grécia, a morte lamentável de Cefas e Paulo e a minha participação no cerco de Jerusalém.

Nero

A supressão da conspirata de Pisão durou quase dois anos e estendeu-se aos ricaços das províncias e Estados aliados, que evidentemente tinham sabido do que estava acontecendo e nada tinham dito. Posto revelasse tolerância, ao substituir, sempre que possível, a pena capital pelo degredo, foi graças à conjuração que Nero conseguiu levar um pouco de ordem às finanças públicas, malgrado suas enormes despesas.

De fato, os preparativos da guerra contra a Pártia representaram a maior parcela da renda do Estado. Nero era bem moderado em seu estilo de vida, em comparação com alguns dos abastados e novos-ricos de Roma. Mercê da influência do falecido Petrônio, Nero procurou substituir a vulgaridade dos arrivistas de Roma pelo bom gosto, embora, como era natural, cometesse erros frequentes, agora que já não podia consultar Petrônio.

Diga-se em louvor de Nero que ele, por exemplo, não onerou o tesouro do Estado de mais do que os custos do transporte quando, no lugar das obras de arte que o incêndio havia destruído, colocou as novas estátuas e objetos artísticos. Enviou à Acaia e Ásia uma comissão encarregada de vasculhar todas as cidades de todos os tamanhos e mandar para o Palácio Dourado as melhores esculturas que encontrasse.

Isto gerou considerável descontentamento entre os gregos, e em Pérgamo houve mesmo uma insurreição armada. Mas a comissão cumpriu tão bem a sua incumbência que até mesmo em Atenas descobriu inestimáveis estátuas e quadros, que datavam da época em que a Grécia fora uma grande potência, apesar de Atenas ter sido, sem dúvida, totalmente saqueada, por ocasião da conquista romana.

Também em Corinto, cuja prosperidade era recente e onde possivelmente nem uma pedra fora deixada intacta, os homens da comissão encontraram tesouros, pois os ricos negociantes e armadores de navios haviam feito um bom trabalho formando suas coleções através dos anos. E nas ilhas, aonde até até então Roma não estendera as buscas de obras de arte, acharam se velhas estátuas merecedoras do lugar de honra que passaram a ocupar nos suntuosos salões e galerias do Palácio Dourado.

O palácio era tão imenso que continuou espaçoso mesmo com a comissão enviando um navio após outro carregado de objetos. As esculturas que julgava menos valiosas, Nero dava aos amigos, pois só o melhor da arte antiga conservava para si. Por esse meio adquiri minha Afrodite de mármore, que é obra de Fídias e cujas cores estão maravilhosamente conservadas. Ainda dou enorme valor a ela, apesar das tuas caretas. Tenta calcular uma vez o preço que ela alcançaria se eu tivesse de vendê-la num leilão público para custear a tua coudelaria.

Em virtude da aproximação da guerra com a Pártia e para apaziguar sua consciência, Nero revogou as reformas monetárias e mandou cunhar moedas de peso integral no templo de Juno Moneta enquanto o ouro e a prata afluíam para o tesouro do Estado.

As legiões que, em segredo, começavam a deslocar-se para o Oriente, a fim de reforçar as tropas de Córbulo, estavam descontentes com o soldo reduzido, e conquanto Nero pudesse ter elevado a paga dos soldados em um quinto, toda gente sabia que isso acarretaria gastos imensos.

Assim, tornava-se mais barato, ao fim de tudo, restaurar o valor do dinheiro.

Nero concedeu às legiões certas ajudas adicionais, como concedera anteriormente cereal gratuito aos Pretorianos.

Na realidade era uma questão de malabarismo, uma arte que muito homem prudente tentou em vão. Nada direi contra os libertos do tesouro do Estado, cuja tarefa é enfadonha e que conceberam o plano. Mas pessoalmente achei escandaloso que as moedas de prata de Nero, contendo cobre, tivessem de ser permutadas à razão de dez por oito, de modo que uma pessoa recebia apenas quatro moedas novas por cinco velhas.

Eu não tinha do que me queixar, mas entre os pobres este novo édito provocou tanta amargura como as reformas iniciais de Nero. Portanto, não lhe melhorou a popularidade, embora ele mesmo achasse que sim.

Nero nunca entendeu de questões monetárias, mas seguia simplesmente o alvitre de seus sagazes conselheiros. As legiões, porém, acalmaram-se quando o soldo voltou a ser-lhes pago em prata sólida.

Nero só sabia abanar a cabeça, com respeito à situação dos negócios no tesouro do Estado, se bem que julgasse que tinha feito tudo para melhorá-la, sacrificando o tempo que podia dedicar a seus interesses artísticos ao no exame das listas dos impostos provinciais e na seleção dos indivíduos abastados, cujos bens podiam ser confiscados em castigo de terem participado da conspirata de Pisão.

Em geral havia prova. Havia sempre alguma expressão imprópria de prazer, alguém que esquecera o aniversário de Nero, ou, o pior dos crimes, alguém que falara depreciativamente dos seus dotes de cantor. Nenhum rico tem a consciência totalmente limpa. Era até mesmo prudente manter-se acordado e reprimir os bocejos quando Nero representava no teatro. Ele não tolerava que ninguém saísse ruidosamente no meio de uma representação, mesmo que a pessoa estivesse doente.

Para financiar a guerra com a Pártia, Nero teve de elevar extraordinariamente os impostos sobre os artigos de luxo, e por consequência, esses artigos passaram a ser vendidos clandestinamente.

Assim, era necessário promover inspeções de surpresa nas lojas da cidade, e os comerciantes aborreciam-se com o confisco das mercadorias e as multas.

Flávio Sabino, meu ex-sogro, tinha vergonha dessas medidas, que ele como Prefeito da Cidade tinha de fazer cumprir, e receava perder completamente seu bom conceito. Às vezes mandava prevenir os comerciantes, pelo menos os mais ricos, antes que os inspetores os surpreendessem. Tenho certeza disso. E ele não tinha motivos para queixar-se de ser honesto, pois não tardou a melhorar sua situação financeira.

Nero foi auxiliado pela vaidade de Estatília Messalina. Ela acreditava que a cor violeta era a que melhor lhe assentava e nisto tinha razão. A fim de reter esta cor só para si e ninguém mais, fez com que Nero proibisse a venda de todos os corantes violetas.

Naturalmente, isto levou cada romana dotada de amor-próprio a vestir-se de violeta, ou pelo menos possuir alguma roupa dessa cor, embora, é claro, só no lar e na companhia de amigos de confiança.

Este comércio clandestino de violeta alcançou proporções inimagináveis e os negociantes lucravam tanto com ele, que não se incomodavam de ter suas mercadorias confiscadas de vez em quando, já que podiam pagar as multas.

Nero não tinha pessoalmente muito entusiasmo pela guerra com a Pártia, por mais necessária que parece-se ser para o futuro de Roma a abertura de rotas comerciais terrestres e diretas para o Oriente.

Pensando em ti, acabei por aprovar o plano, embora as guerras me repugnem.

Os libertos de meu pai em Antioquia ganharam muito dinheiro com fornecimentos feitos em épocas de guerra e convenceram-me a apoiar os projetos de beligerância em meus discursos na comissão encarregada dos assuntos orientais.

A supressão dos partos será necessária um dia, de qualquer modo, se se quiser preservar a segurança de Roma. Mas eu desejava somente que não ocorresse enquanto eu estivesse vivo, e realmente não ocorreu. O inevitável jazia ainda diante de nós.

Nero concordou quando lhe disseram que podia tranquilamente entregar a campanha a Córbulo, mas celebrar o triunfo na qualidade de comandante supremo. Creio, porém, que o seduzia mais a ideia de dar um concerto em Ecbátana — de modo que com sua esplêndida voz obtivesse a devoção de seus novos súditos após os sofrimentos da guerra — do que a ideia de um triunfo.

Nenhum de seus conselheiros julgou necessário dizer-lhe que os partos não têm especial apreço pela música nem consideram o canto como passatempo digno de um Imperador. Apreciam mais a equitação e a arte de manejar o arco, o que descobriu amargamente Crasso em sua época.

Para se ver livre dele, teu antepassado Júlio César enviou-o a combater os partos e os partos mataram-no despejando ouro derretido por sua garganta abaixo, para que ele por uma vez ao menos se contentasse. Talvez valha a pena recordares esta história, meu filho. Se é preciso que alguém vá à Pártia, não vás tu mesmo, mas manda outro.

Não pretendo enveredar pela história da Pártia e dos Arsácidas. É uma sucessão de fratricídios, golpes de Estado, esperteza oriental e, por via de regra, todas as espécies de coisas que nunca aconteceriam aqui em Roma. Nenhum Imperador romano jamais foi publicamente assassinado, salvo o teu antepassado Júlio César. E este foi responsável pela própria morte por não ter dado ouvidos aos bons conselhos, enquanto seus assassinos honestamente acreditavam que agiam para o bem da pátria. Caio Calígula foi um caso à parte. Também nunca se soube exatamente se Lívia envenenou Augusto ou se Calígula estrangulou Tibério. Até mesmo Agripina envenenou Cláudio sem provocar desnecessária publicidade. Qualquer que seja a nossa opinião acerca desses eventos, o fato é que foram conduzidos decorosamente, em família, por assim dizer.

401

Os Arsácidas, por outro lado, consideram-se os herdeiros legítimos do antigo reino persa e alardeiam os seus crimes, gabando-se da habilidade com que os cometeram, e sua dinastia governa há mais de trezentos anos. Não desejo arrolar suas complicadas intrigas territoriais. Sem dúvida têm bastante experiência. É suficiente mencionar que Vologeso logrou firmar seu poder e tornou-se um adversário politicamente astuto de Roma.

Para colocar seu irmão Tiridate numa situação embaraçosa, Vologeso deu-lhe o trono da Armênia, que durante as campanhas de Córbulo fora devastada três vezes e outras tantas reconquistada.

Foi naquela mesma guerra armênica que duas legiões sofreram uma derrota tão ignominiosa que, para manter a disciplina, Córbulo teve de executar depois, tirando a sorte, um homem em cada grupo de dez.

A restauração da disciplina e da vontade de combater nas débeis legiões sírias exigiu anos de trabalho, mas começava então a dar frutos.

Vologeso teve de tirar o maior proveito de uma trapalhada e reconhecer a Armênia como Estado aliado de Roma na esperança de manter seu irmão longe de Ecbátana. Na presença das legiões e da cavalaria, Tiridate pôs seu diadema aos pés de Nero. Com esta finalidade colocara-se uma estátua de Nero num tamborete de senador. Tiridate prometeu, por juramento, que viria pessoalmente a Roma, ratificar a aliança e receber o diadema de volta das mãos de Nero.

Mas nunca o vimos em Roma. Em resposta às perguntas, ele se valia de numerosas evasivas e, entre outras coisas, afirmava que, por motivos religiosos, não podia expor-se aos riscos de uma viagem marítima. Quando lhe pediram que viesse por terra, alegou pobreza. A reconstrução da Armênia estava, sem dúvida, consumindo-lhe todos os recursos.

Num gesto principesco, Nero prometeu custear a viagem por terra para ele e sua comitiva, em território romano. Assim, Tiridate não veio. Segundo fontes autorizadas, ele estava estabelecendo relações desnecessariamente íntimas com os restantes nobres armênios, depois que os romanos e os partos haviam executado aqueles que caíram em suas mãos.

Na comissão do Senado para questões orientais, considerávamos suspeitas as evasivas de Tiridate. Sabíamos perfeitamente que os agentes secretos da Pártia tinham feito o possível para propagar o descontentamento nos Estados orientais aliados a Roma e também nas províncias, visando pôr fim à guerra.

Mediante suborno, faziam com que as tribos germanas se deslocassem e assim impedissem os movimentos das legiões para o Oriente, e até na Bretanha procuravam' usar promessas generosas para arrastar à rebelião tribos hostis, de sorte que ainda tínhamos de conservar quatro legiões na Bretanha para manter a paz. Como emissários, Vologeso empregava mercadores judeus itinerantes, que conheciam muitas línguas e estavam habituados a se adaptar às novas circunstâncias.

Felizmente, recebi em boa hora a notícia dessas intrigas, enviada pelo velho Petro de Lugundanum. Eu me tinha convencido de que devia dar o nome de Lugunda a uma cidade, em virtude da minha herança.

402

A Cidade foi bem escolhida é ocupa uma posição-chave no território iceno, Petro vive lá e goza na velhice de uma pensão merecidamente ganha com sua lealdade.

Assim, eu podia conservar minhas boas relações com os druidas e manter-me a par do que se passava nas tribos. Por sorte, os druidas não deram apoio à rebelião porque certos presságios os tinham convencido de que a ocupação romana de sua ilha não duraria. Não sou supersticioso quando se trata de meu patrimônio. Portanto deixei que ele se fosse valorizando tranquilamente na Bretanha e continuei a fazer novos investimentos lá.

De qualquer modo, através de minhas ligações com os druidas ouvi falar das viagens suspeitas dos mercadores judeus na Bretanha.

Aconselhado por mim, o Procurador crucificou dois deles, e os próprios druidas imolaram dois outros, em cestas de vime, a seus deuses, porque os judeus, a despeito de sua missão secreta, pareciam demasiadamente presunçosos em questões de fé.

Tornou-se possível, então, transferir uma legião para o Oriente. Não encontrei motivo para deslocamentos mais amplos do que este.

Pouco a pouco, com muitas medidas de segurança, tinham-se reunido dez legiões no Oriente. Não vou enumerá-las, pois as tropas em marcha tiveram de trocar seus números e águias, para despistar os espiões partos. Apesar de tudo, estava desnecessariamente bem informado dos movimentos e posições de nossas tropas e estava até ao corrente da luta pelos pastios à margem do Eufrates, que havíamos pensado em apresentar ao Senado e ao povo de Roma, como razão formal para a guerra.

Numa sessão secreta da comissão tínhamos concedido a Córbulo, que retinha sua força física, a honra de atirar uma lança à outra banda do Eufrates, em território parto, como declaração de guerra. Córbulo afirmou, numa carta, que podia fazê-lo, e prometeu exercitar-se diariamente para que a lança não caísse na água mas alcançasse a pastagem disputada.

Do ponto de vista militar, a viagem de Nero à Grécia, planejada havia muito tempo, proporcionava excelente anteparo a nossos projetos. Nem mesmo os partos poderiam duvidar do genuíno desejo de Nero de conquistar coroas de flores apresentando-se como cantor nos antigos jogos gregos. Nessa expedição, ele tinha boas razões para levar como escolta uma das legiões pretorianas e deixar a outra guardando-lhe o trono.

Tigelino prometeu vigiar os inimigos de Nero na ausência deste, embora se queixassem amargamente de não ter a honra de acompanhar o Imperador. Naturalmente todos os que se julgavam importantes queriam ir com o Imperador para estarem presentes às suas vitórias nas competições e manterem-se ao alcance do seu olhar, mesmo aqueles que ainda não sabiam da aproximação da guerra e das possibilidades de distinção que ela oferecia. Se soubessem, talvez descobrissem alguma doença ou outro motivo verdadeiro para não irem.

Chegou a Roma a notícia das lutas entre os judeus em Jerusalém e na Galileia, naturalmente insuflados pela Pártia. Mas ninguém levou-as a sério. Sempre havia agitação naquela parte do mundo, quer o procurador fosse Félix ou Festo. Mas o Rei Herodes Agripa dava a impressão de estar gravemente preocupado.

Assim, na comissão para o Oriente deliberamos que se enviasse uma legião inteira à Síria para pôr termo a esses distúrbios. A legião adquirira pelo menos alguma experiência de campanha ainda que não muita glória, desde que os judeus, armados de varapaus e catapultas, não poderiam oferecer muita resistência a uma legião traquejada.

Afinal iniciamos a viagem com que Nero sonhara tanto tempo e que ia coroar sua carreira artística. Para alcançar seus objetivos, ele ordenara, com antecedência, que todas as competições gregas se realizassem uma depois da outra para que, logo que chegasse, pudesse participar dos jogos.

Que eu saiba, foi esta a única vez que os Jogos Olímpicos tiveram de ser antecipados. Todos compreenderão os transtornos que isto causou, até mesmo à cronologia grega. Orgulhosos de seu passado, os gregos ainda contam seus anos em olimpíadas, começando dos primeiros jogos efetuados em Olímpia, embora devessem contentar-se em contar a partir da fundação da cidade, à maneira romana. Então a cronologia seria padronizada. Mas os gregos querem sempre fazer as coisas de modo complicado.

No último instante, quando já ia partir, Nero negou-se a permitir que Estatília Messalina o acompanhasse. A razão era que ele talvez não pudesse garantir a segurança dela, caso rebentasse a guerra.

A verdadeira razão veio à luz durante a viagem. Nero encontrara, enfim, a pessoa que por tanto tempo procurara, uma pessoa que em todos os traços se assemelhava a Popeia. Chamava-se Esporo e infelizmente não era uma mulher, mas um rapaz indecentemente belo.

No entanto, dizia o jovem que, no íntimo, se sentia mais como uma mocinha do que como um rapaz. Assim, a seu pedido, Nero determinou que se efetuasse certa operação nele e lhe ministrassem o remédio que um médico alexandrino receitara para impedir o crescimento de pelo no queixo, avolumar os peitos e em geral desenvolver-lhe as características afrodisíacas.

Para que não tenha de voltar a falar desse assunto, que suscitou muita animosidade, direi apenas que, em Corinto, Nero casou-se com Esporo, com todas as cerimônias usuais e depois tratou-o como sua esposa legítima.

O próprio Nero dizia que o casamento, com o dote, os véus e o cortejo esponsalício, era uma formalidade que certos mistérios exigiam, mas que não era legitimamente obrigatória. Considerava-se bissexual, como são todos os deuses masculinos. Alexandre Magno firmou esse ponto de vista, quando foi aclamado deus no Egito. Assim, Nero considerava seus pendores como uma espécie de prova adicional de sua divindade.

Estava tão convencido de que tinha razão, que suportava as chacotas mais grosseiras acerca de Esporo. Certa vez perguntou, de brincadeira, a um senador que passava por estoico o que pensava desse casamento. O velho respondeu:

— Tudo estaria melhor no mundo se teu pai Domício tivesse tido uma semelhante esposa.

Nero não se enraiveceu, e riu bastante.

Muito já se falou das vitórias de Nero nas competições musicais gregas. Ele trouxe para casa mais de mil coroas de louros. Só nas corridas olímpicas as coisas não lhe saíram a contento. Num páreo de dez cavalos foi atirado fora do carro, numa curva, e mal teve tempo de cortar as rédeas que lhe tinham envolvido a cintura. Naturalmente, ficou bastante contundido, mas em recompensa à sua intrepidez, os juízes conferiram-lhe uma coroa. Nero declarou que não podia aceitar a coroa da vitória, uma vez que não terminara a corrida, e contentou-se com as grinaldas de oliveira, que conquistou cantando e lutando em Olímpia. Conto-te isto só para dar um exemplo da coragem física de Nero no perigo real e nos jogos violentos.

Nero fez o possível para revelar verdadeiro espírito esportivo grego e não insultou os rivais, nas competições de canto, tão inescrupulosamente como em Roma. Suas vitórias foram tanto mais merecidas quanto foi ele perseguido pela má sorte. Durante uma semana inteira sofreu os tormentos de uma dor de dente, até que por fim teve de se submeter a uma extração. O dente partiu-se, apesar da perícia do médico, e as raízes tiveram de ser desencavadas da maxila. Mas Nero suportou bravamente a dor,

Felizmente, pôde o médico mitigar um pouco a dor e Nero embriagou-se o mais possível antes da operação, como faria o mais corajoso dos homens antes de confiar-se ao dentista. Pessoas mais categorizadas do que eu poderão dizer quanto a dor de dente e a inchação afetaram a voz e o desempenho do Imperador.

Pareceu-me uma prova do espírito esportivo de Nero o ter ele, quando lhe ofereceram a oportunidade de iniciar-se nos mistérios de Elêusis; declinado humildemente da honra, em virtude da reputação de matricida. É claro que as más línguas divulgaram que ele temia o castigo dos deuses, caso participasse dos mais sagrados mistérios de todos os tempos.

Mas isto não tinha fundamento. Nero sabia que ele próprio era um deus, como o resto dos deuses do país, embora declinasse dessa honra pública, por modéstia. A grande maioria do Senado estava pronta a declará-lo deus em vida, no momento que ele assim o desejasse.

Depois de pensar bem no assunto, também julguei mais prudente não tomar parte nas Eleusínias. Expliquei, confidencialmente, aos sacerdotes, que me vira dolorosamente compelido a permitir a execução de meu filho, embora não o soubesse na ocasião, de forma que minha consciência não me deixava insultar os mistérios com minha presença. Assim evitei ofender o sacerdócio sagrado e pude dizer a Nero que por amizade a ele me abstivera dos mistérios. Desse modo reforçou-se ainda mais a confiança de Nero em mim e na minha amizade, e disso eu ia em breve precisar.

De fato, muito teria que explicar a Cláudia se me tivesse iniciado. Declinei a bem da paz, ainda que meu coração tenha sofrido depois, quando os outros senadores, muito tempo após a iniciação, se mostravam evidentemente felizes de terem partilhado dos divinos segredos, que ninguém jamais ousou revelar aos estranhos.

Foi, então, que chegou a notícia inacreditável e infame de que os judeus haviam dispersado e derrotado a legião síria, que fugira de Jerusalém. Como oferenda votiva, os judeus haviam posto a Águia legionária capturada em seu templo.

Não mencionarei o número nem a divisa da legião, pois ela foi riscada dos registros militares, e os Censores ainda não permitem que essa derrota figure nos

405

anais de Roma. Em geral os historiadores não gostam de se referir à rebelião dos judeus, embora Vespasiano e Tito não se envergonhassem da vitória que alcançaram e, na verdade, tenham celebrado um triunfo depois dela. O desbaratamento da legião foi em parte devido à economia, quando a guerra com os partos deu em nada.

Reconheço que precisei de todas as minhas energias para enfrentar o olhar de Nero, quando ele exigiu da comissão de assuntos orientais uma explicação do que tinha acontecido. Segundo ele, era incompreensível que não tivéssemos sabido que os judeus rebelados tinham reforçado as muralhas de Jerusalém, além de terem adquirido armas e preparado tropas em segredo. A derrota de uma legião inteira não podia ser explicada de nenhuma outra maneira.

Sendo o mais moço, tive de ser o primeiro a falar, como era de hábito nos conselhos de guerra. Presumivelmente, meus colegas depositaram confiança na minha amizade com Nero e não tinham a intenção de me prejudicar. E eu não tive dificuldade em dar o meu parecer.

Aludi à astúcia dos partos e às quantias colossais que Vologeso utilizara para minar o poderio militar de Roma, onde fosse possível. Era óbvio que ele podia ter vendido ou simplesmente presenteado armas aos judeus, e essas armas podiam ter sido transportadas para a Judeia, através do deserto, sem serem vistas por nossos destacamentos de fronteira. A fé dos judeus rebeldes em sua causa era tão notória, que o fato de que a rebelião tivesse ficado em segredo não surpreendia ninguém.

As infindáveis perturbações ocorridas enquanto Félix e Festo estiveram à frente do governo, em Cesareia, incutira até mesmo nas pessoas mais sensatas uma falsa impressão de segurança. Na Judeia, como alhures, pressupunha-se que a norma romana era dividir para reinar.

— O maior milagre — disse eu, para concluir — é que os setores violentamente desunidos entre os judeus tenham sido capazes de unir-se numa insurreição.

Também fiz cautelosa referência ao grande poder do deus de Israel, de que se encontram inúmeros exemplos decisivos nas escrituras sagradas dos judeus, se bem que ele não tenha estátua nem nome.

— Mas — disse eu — mesmo que boa parte dessa questão seja compreensível, é impossível entender como Córbulo, em cujas mãos estava a sorte da guerra, e a despeito de seu conceito militar e de suas vitórias na Armênia, pôde deixar que isto acontecesse. A ele, e não aos procônsules sírios, toca a responsabilidade de restaurar a paz na Judeia e na Galileia, para que essa área venha a ser um sustentáculo de campanhas ulteriores. É evidente que Córbulo dirigiu toda a sua atenção para o norte e preparou os hircânios para ali conterem, à beira do mar, os exércitos partos. Mas ao concentrar toda a sua atenção num pequeno pormenor do plano mais amplo, perdeu ele uma visão geral da situação, não soube avaliá-la corretamente e dessa forma demonstrou que não é bom estrategista.

Isto, no meu entender, era verdadeiro, e de resto nenhuma amizade me ligava a Córbulo, que eu nem mesmo conhecia. E afinal, põe-se a amizade de lado quando o Estado corre perigo. Esse princípio está impresso em cada senador, e naturalmente é preciso considerar também a própria pele. Não podíamos dar-nos o luxo de poupar Córbulo, por maiores que fossem as glórias por ele conquistadas para Roma.

406

Tive a ousadia de ponderar que, na minha opinião, a guerra com os partos devia ser adiada até que se suprimisse a rebelião de Jerusalém, pois isto reclamaria três legiões. Mas felizmente as legiões já estavam reunidas em suas áreas de desenvolvimento e havia suficientes máquinas de guerra para romper até mesmo as mais fortes muralhas. A rebelião judaica em Jerusalém podia ser abafada com bastante rapidez. Parecia-me muito mais perigosa a existência de colônias judaicas em quase todas as cidades do país, sem falar nos trinta mil judeus de Roma. Nero deixou que eu concluísse e pareceu mais calmo. Dei-me pressa em acrescentar que pelo menos os judeus da sinagoga de Júlio César não estavam envolvidos na insurreição. Isto eu podia garantir pessoalmente, ainda que as dádivas do seu templo tivessem sido indevidamente usadas para financiar a rebelião.

— Mas — rematei — Popeia, em sua ingenuidade, enviou donativos para o templo de Jerusalém.

Quando me calei, ninguém mais se atreveu a pedir a palavra. Nero refletiu no assunto longamente, franzindo a testa e dando puxões nos beiços, depois despediu-nos com um gesto de impaciência. Tinha outras coisas em que pensar, e nós precisávamos mesmo de uma pausa, para tratarmos de adivinhar qual seria a punição de nosso fracasso.

Na sua qualidade de Imperador, sua intenção era nomear um comandante capaz de tomar Jerusalém e fornecer-lhe as tropas de que necessitasse. Córbulo já fora chamado para prestar contas de seus atos e omissões. Adiar indefinidamente a campanha da Pártia era uma decisão de tal modo grave, que Nero teria primeiro de consultar os augúrios e fazer um sacrifício.

Saímos um pouco aliviados, e convidei meus colegas para uma boa refeição em meus alojamentos. No entanto, tivemos certa dificuldade em ingerir a comida, embora meus excelentes cozinheiros se tivessem esmerado. Falávamos todos ao mesmo tempo, num grande alvoroço, e bebíamos vinho sem mistura. Meus convidados externaram opiniões tão exacerbadas e eivadas de preconceitos sobre os judeus que me vi obrigado a defendê-los.

Os judeus tinham, sem dúvida, aspectos positivos e meritórios, e na verdade só estavam de fato defendendo a liberdade de seu próprio povo nesta rebelião. Além do mais, a Judeia era província do Imperador e não do Senado. O próprio Nero era responsável pela insurreição, por ter nomeado um patife cruel como Festo, para Procurador, depois de Félix.

Talvez eu tenha sido veemente demais na minha defesa, pois meus colegas começaram a relancear os olhos na minha direção, tomados de surpresa, enquanto o vinho lhes subia à cabeça.

— Bem que têm razão quando te chamam de bilola-roída — disse um deles, com desprezo.

Eu queria manter em segredo minha desagradável alcunha, mas graças a teu barbudo amigo Juvenal e seus versos, ela já é de domínio público. Não, não estou te culpando, meu filho, por teres intencionalmente deixado os versos da última vez que estiveste aqui, para agradar a teu pai. Devo realmente saber o que pensam de mim e o que tu pensas de teu pai. E hoje em dia os poetas usam palavras muito

407

piores no que escrevem para apoquentar os mais velhos. Pelo que me é dado compreender, pensam que estão defendendo a verdade e a naturalidade da expressão para contrabalançar a eloquência artificial que herdamos de Sêneca. Talvez tenham razão. Mas a barba herdaram de Tito, que trouxe a moda para Roma quando voltou de Jerusalém.

Evidentemente, ninguém podia salvar Córbulo. Nero não queria nem vê-lo mais. Logo que pôs os pés fora da belonave em Cencréia, Córbulo recebeu ordem para suicidar-se.

— Se tivesse tido a felicidade de viver na época de outros Imperadores — disse ele — eu teria conquistado o mundo inteiro para Roma.

E em seguida lançou-se sobre a ponta de sua própria espada no cais, depois de pedir que a quebrassem e atirassem os pedaços ao mar, para que ela não caísse em mãos indignas. Não obstante, não creio que fosse um bom chefe militar, conforme demonstrou. com seu julgamento errôneo, quando teve a seu alcance a maior oportunidade de sua carreira.

Nero tinha bastante juízo para resistir ao desejo de dar um concerto em Ecbátana. Ator de recursos como era, logrou tropeçar convincentemente quando fazia uma oferenda aos augúrios. Assim, vimos com nossos próprios olhos que os deuses imortais ainda não queriam a Pártia subjugada, e que seria mais prudente protelar a campanha contra os partos a fim de evitar infortúnios devastadores. Era impossível de qualquer modo, pois Vespasiano, desde que aparecera e cuidadosamente obtivera informações sobre os preparativos dos judeus para a guerra, exigia pelo menos quatro legiões para tomar Jerusalém.

Assim, foi Flávio Vespasiano que Nero caprichosamente pôs à testa do cerco de Jerusalém. Vespasiano protestou, explicando que estava saturado de guerra, conquistara honrarias suficientes na Bretanha e tinha a si mesmo na conta de velho. Contentava-se perfeitamente, disse ele, em ser membro de dois colégios de sacerdotes.

Mas, avelhantado e ainda menos musical do que eu, ele se pusera certa vez a cabecear quando Nero participava de uma competição de canto. Como castigo, Nero confiou-lhe a tarefa de suportar as provações de uma embaraçosa e humilhante campanha punitiva. Nero fraquejou no fim quando, deparando com as lágrimas de Vespasiano, consolou-o, dizendo que iria ter uma oportunidade sem igual na vida, a de enriquecer à custa dos judeus. Poderia então abandonar o comércio de mulas, que era indigno de um senador, e já não precisaria queixar-se de pobreza.

Todos achavam que a nomeação de Vespasiano era um sinal da loucura de Nero, uma vez que Vespasiano era a tal ponto menosprezado que até mesmo os escravos favoritos de Nero o ofendiam, sempre que ele aparecia no Palácio Dourado. Só era convidado uma vez por ano, no aniversário de Nero, e esse privilégio custava-lhe a oferta de mulas a Popeia e mais tarde a Estatília.

Vespasiano não estava de modo algum enfronhado nos assuntos orientais, e nunca teria ocorrido a ninguém indicá-lo para integrar qualquer comissão ou incumbi-lo de alguma tarefa confidencial no Senado.

Por outro lado, Ostório, que Cláudio por equívoco despachara para a Bretanha e que lá se saíra bem, teria alegremente conduzido as legiões para abafar a insurreição judaica, como tantas vezes se oferecia.

Em consequência disso, Nero passou a desconfiar, com certa razão, e mandou liquidá-lo. E a confiança de Nero em Vespasiano cresceu, com a oposição de Vespasiano a aceitar o encargo, vendo neste uma punição de sua sonolência, da qual não parava de maldizer.

O próprio Nero tinha tantas dúvidas e respeito de sua escolha, que exigiu que Vespasiano levasse consigo seu filho Tito. Tito também se distinguira na Bretanha e na juventude salvara a vida do pai. Nero esperava que o ardor juvenil de Tito estimulasse Vespasiano e o ajudasse a levar a cabo a incumbência de tomar Jerusalém num prazo razoável.

Não obstante, exortou Vespasiano a evitar perdas supérfluas, pois ouvira falar do reforço das muralhas de Jerusalém. Em virtude da posição estrategicamente vantajosa da cidade, até mesmo Pompeu tivera dificuldade em capturá-la.

Em Corinto, tive oportunidade de novamente entrar em contato com meu velho comandante e avivar nossa amizade proporcionando-lhe o uso gratuito, como meu convidado, da esplêndida casa nova de Hierex, Vespasiano mostrou-se muito grato a mim por isso. Em toda a comitiva eu era o único nobre que tratava com alguma consideração o guerreiro fatigado e despretensioso que era Vespasiano.

Não sou extraordinariamente parcial ou piegas no que se refere aos meus amigos, como a minha vida mostra muito bem.

Considerava minha feliz juventude sob seu comando na Bretanha como razão suficiente para pagar a sua rude cordialidade com uma hospitalidade que não me custava nada.

Devo também dizer que tinha feito tudo para poupar os Flávios durante a conspiração pisoniana, por mais difícil que isso tivesse sido em vista da trama assassina de Flávio Sevino. Felizmente ele pertencia ao pior ramo da família Flávia. Como eu o tinha denunciado, tinha algum direito de interceder pelos outros Flávios.

Vespasiano nunca esteve sob suspeita. Era tão pobre que mal podia manter-se no Senado. Eu transferira uma de minhas propriedades rurais para seu nome quando os Censores declararam que ele já não preenchia os requisitos de riqueza. De qualquer modo, todos sabiam que ele era um homem honesto, e nem o mais infame dos delatores julgava que valesse a pena incluir-lhe o nome numa lista.

Digo tudo isto para mostrar os laços antigos e duradouros que me uniam aos Flávios e quanto Vespasiano prezava a minha amizade, numa época em que um dos escravos de Nero podia cuspir-lhe aos pés sem ser punido, apesar de Vespasiano ocupar o posto de senador e cônsul. Não havia egoísmo ou interesse pessoal em minha amizade. Eu esquecera havia muito o sonho que tivera quando os druidas me puseram a dormir profundamente, embora, como é natural, ninguém acredite no que digo. Sou tido como um sujeito que sempre visa vantagens para si, como se pode ver também nos versos do teu amigo.

Na casa de Hierex, tive bom ensejo de reafirmar que "algumas pessoas, são como joias sem polimento, pelo fato de que podem ocultar brilhantes qualidades debaixo de um exterior tosco", como o teu barbudo e jovem amigo Décimo Juvenal escreveu há pouco, para lisonjear o Imperador Vespasiano.

Conheço muito bem essa espécie de indivíduos. Ele tem bons motivos para esforçar-se por obter as boas graças do Imperador, já que sua linguagem injustificada e seus versos insolentes causaram desagrado. Não a mim, pois ele é teu amigo. Como todos os jovens, tu admiras os indivíduos que têm o dom da língua pronta. Mas lembra-te de que és quatro anos mais moço do que esse biltre imundo. Se de alguma coisa tenho certeza, é de que os versos indecentes de Juvenal não sobreviverão. Já vi coruscar e apagar-se muita estrela mais brilhante. De mais a mais, sua imprudente beberronia, sua língua insolente, seu jeito de transformar a noite em dia e sua mania pelas modinhas egípcias acabarão por extinguir a última centelha de verdadeira poesia que talvez possua.

Não escrevo estas coisas porque me deixaste ver uns versos que um rapazinho impertinente dirigiu contra mim, mas porque não posso em sã consciência pensar em apoiar os seus esforços, publicando-os. Não sou tão simplório assim. Apenas estou seriamente preocupado contigo, meu filho.

Em Corinto conquistei de tal modo a amizade de Vespasiano que, antes de viajar para o Egito a fim de assumir o comando das duas legiões de lá naquela ocasião, ele me pediu que pusesse meu conhecimento das questões orientais e minhas relações com os judeus à sua disposição e o acompanhasse ao campo de batalha. Declinei polidamente, de vez que não se tratava realmente de uma guerra, mas de uma expedição punitiva contra súditos rebeldes.

Após a partida de Vespasiano, a fim de conservar em segredo seus objetivos, Nero determinou que as legiões pretorianas começassem a cavar o canal de Corinto. Esse empreendimento já fora encetado algum tempo antes por ordem sua, mas os maus presságios tinham-no compelido a mandar suspender o trabalho. Os buracos haviam-se enchido de sangue durante a noite e na treva soaram gritos terríveis, que penetraram na cidade e assustaram os coríntios. Esta é a verdade absoluta e não simples boato, pois eu a ouvi de fontes dignas de toda a confiança.

Hierex lograra adquirir cotas lucrativas nos carris, ao longo dos quais eram os navios arrastados por terra. Evidentemente, os proprietários desses carris, que tinham invertido vultosas somas nos robustos escravos indispensáveis, não viam o plano de abertura do canal com muita simpatia. Hierex tinha acesso a abundantes suprimentos de sangue fresco, porque em seus açougues refrigerados a água também vendia carne aos judeus, e assim tinha de sangrar os animais, ao modo judaico, antes de retalhar a carne.

Dispunha constantemente de barris de sangue. Em geral empregava-o para fazer panquecas de sangue, para os escravos de sua fundição de cobre. Mas aconselhado por seus colegas de negócios, empregou a renda de vários dias numa boa causa e mandou que levassem à noite todo o sangue e o derramassem nos buracos cavados para o canal. Seus amigos providenciaram os suspiros e gemidos; o que não foi difícil de conseguir, como certa vez te contei, quando tomei minhas medidas para que a casa de Túlia, após consideráveis embaraços, se tornasse minha propriedade legítima.

É claro que não falei a Nero do que tinha sabido na casa de Hierex, e além do mais eu não tinha motivos para favorecer a construção do canal. Como os

Pretorianos se negassem a executar o trabalho, por causa dos maus presságios e porque o esforço físico não lhes apetecia, Nero curvou-se cerimoniosamente e cavou o primeiro buraco com suas próprias mãos, sob as vistas dos Pretorianos e da população de Corinto.

Colocou o primeiro cesto de terra sobre seus ombros imperiais e transportou-o bravamente, para o ponto em que se localizaria depois a margem do canal. Não se encontrou sangue nesse buraco e os lamentos noturnos cessaram, de modo que os Pretorianos criaram coragem e passaram a cavar.

Os centuriões estimulavam-nos com chibatadas, e dessa maneira abstinham-se de pegar numa pá. Isso também teve como resultado infundir nos Pretorianos um surdo rancor contra Nero, mais do que contra Tigelino, que costumava puni-lo com os habituais exercícios de marcha. Preferiam gastar as energias na estrada do que com uma pá.

Depois. de matutar demoradamente no caso, encontrei razões válidas para dizer a Hierex que parasse de levar sangue às obras do canal. Não lhe dei meu verdadeiro motivo; limitei-me a dizer-lhe que, a bem de sua saúde, e devido a Nero, seria mais prudente que arcasse com o prejuízo como um homem. Hierex seguiu meu conselho não só porque este lhe pareceu sensato, mas também porque Nero começara a colocar guardas ali, à noite, para impedir as invasões da área do canal.

Hierex e suas ligações com os judeus de Corinto me foram imensamente úteis quando, logo depois da notícia da derrota da legião na Judeia, expedi avisos a todos os judeus cristãos para que se mantivessem arredios e de preferência se encondessem. Nero enviou ordens à Itália e a todas as províncias no sentido de que fossem presos e processados por traição todos os agitadores judeus ao menor sinal de perturbação da ordem.

Seria demasiado esperar que um funcionário romano soubesse distinguir entre reinos celestiais e terrenos, entre Cristos e outros Messias, quando se tratava de agitação. Para a mentalidade romana, as atividades dos judeus cristãos não passavam de agitação política sob o manto da religião.

A situação piorou muito após os julgamentos sumários dos cristãos que chamaram Nero de Anticristo, cuja aparição Jesus de Nazaré havia profetizado. Na verdade, Nero não se incomodou com este apelido, mas disse apenas que os cristãos obviamente o reputavam um deus igual a Cristo, já que o honravam com tão esplêndido nome.

Na realidade, a fraqueza dos cristãos reside exatamente no fato de desprezarem a política e absterem-se das atividades políticas, dirigindo todas as suas esperanças para um reino invisível, o qual, pelo que posso entender, não pode levar nenhum perigo ao Estado. Assim, quando lhes morrerem os chefes, não terão futuro algum neste mundo. Sua fé não tardará a desaparecer em virtude de suas disputas internas, nas quais cada qual imagina que suas crenças são as verdadeiras. Estou convencido disto, diga tua mãe o que disser. As mulheres não têm senso político.

De minha parte, muitas vezes fiquei rouco de falar pelos cristãos para demonstrar sua falta de significação política, sejam circuncisos ou não. Mas é impossível explicar isso a um romano que tenha formação e experiência jurídicas. Ele meneia

411

a cabeça e continua, apesar de tudo, a considerar os cristãos politicamente suspeitos.

Para minha tristeza, não consegui salvar Paulo, cujo temperamento inquieto o levava a viajar continuamente de um país para outro. A última notícia que eu tinha tido dele me fora enviada pelo meu comprador de azeite em Emporium, próspera cidade portuária que começa a assorear-se na costa setentrional da Ibéria. Fora expulso de lá pelos judeus ortodoxos da cidade, mas de acordo com meu informante, não sofrera danos graves.

Na Ibéria, como em outros lugares, ele tivera de contentar-se com pregar nas cidades litorâneas fundadas pelos gregos muito tempo antes e que ainda usavam o grego como língua principal, embora as leis e os regulamentos fossem naturalmente em latim e gravados em tabuinhas de cobre. Como são muitas e populosas as cidades da costa ibérica, ele tinha inúmeras oportunidades de viajar. Segundo o mercador de azeite, embarcara para Mainace ao sul, em demanda da Ibéria ocidental, pois a sua inquietação não diminuíra.

Assim, foi só por culpa dele mesmo que o meu aviso não o alcançou. Foi preso em Troia, na Bitínia Asiática, tão inesperadamente que seus documentos, livros e manto de viagem ficaram na hospedaria. Suponho que fora forçado a visitar a Ásia para encorajar seus conversos, os quais, na sua opinião, estavam sendo desencaminhados por pregadores ambulantes. Pelo menos a muitos deles chamou amargamente de profetas de mentira mesmo àqueles que como ele falavam em nome de Cristo — embora evidentemente não fossem tão bem versados quanto ele nos mistérios divinos.

Quando chegou a Roma a notícia de que Paulo fora localizado, imediatamente se tornou conhecido o esconderijo de Cefas. Os adeptos de Paulo acharam que tinham essa dívida com seu mestre. Cefas recebera minha advertência em tempo e saíra de Roma para Puteoli, mas voltara do quarto marco milionário da Via Ápia. Como razão para o regresso, disse que Jesus de Nazaré lhe aparecera em toda a sua glória, o que ele bem recordava e reconhecia.

— Para onde vais? — perguntara-lhe Jesus.

Cefas respondeu que fugira de Roma. Ao que, Jesus dissera:

— Então, eu mesmo devo ir a Roma, para ser crucificado pela segunda vez.

Cefas, envergonhado, voltou humildemente para Roma, se bem que feliz por ter mais uma vez visto o mestre. Em sua simplicidade, durante as viagens com Jesus de Nazaré, Cefas fora o primeiro de todos os discípulos a identificá-lo e reconhecê-lo como o Filho de Deus. Por isso, seu mestre ficara tão apegado a ele que lhe chamava seu principal discípulo, não precisamente por causa de sua grande força física e espiritual como muitos ainda acreditam.

Estou te contando o que ouvi dizer, mas há também outras versões. O essencial, porém, foi que Cefas tivera uma visão na Via Ápia e isto o induziu a uma reconciliação final com Paulo antes da morte de ambos. O próprio Paulo, naturalmente, nunca pusera os olhos em Jesus de Nazaré. Na realidade, espicaçado por um pouco de inveja, Cefas dissera certa vez, acerca da visão de Paulo, que ele não precisava inventar histórias, já que conhecera Jesus de Nazaré enquanto este vivera na terra. Mas estas palavras foram proferidas quando a disputa entre eles estava no auge. Mais tarde, depois de ter ele mesmo tido uma visão, Cefas teve vergonha da acusação que fizera ao outro e pediu a Paulo que lhe perdoasse.

Tive pena desse pescador humilde que depois de dez anos em Roma ainda não aprendera bastante latim ou grego que lhe permitisse dispensar um intérprete. Isto causou muito mal-entendido. Diz-se até que ele citava incorretamente, ou pelo menos negligentemente, as sagradas escrituras dos judeus, quando, com o auxílio delas, tentava provar que Jesus de Nazaré era o verdadeiro Messias ou Cristo, como se isso fosse importante para os que acreditavam que ele era.

Mas os judeus cristãos têm profundo desejo de mostrar sua erudição, discutindo sobre palavras e a significação delas e sempre referindo-se aos seus livros sagrados. Boa coisa seria traduzi-los pouco a pouco para o latim, a fim de que adquirissem então uma forma inquestionavelmente válida. Nossa língua se presta bem a tais coisas. Poria fim a todas essas insuportáveis discussões em torno do sentido correto de palavras que consigo só trazem dores de cabeça.

Devo voltar à minha história. Do círculo mais íntimo dos seguidores de Jesus de Nazaré, consegui salvar um certo Johannes, que fugira para Éfeso, a fim de escapar à perseguição dos judeus. Eu mesmo nunca o vi, mas dizem que é um homem moderado e amável que passa o tempo escrevendo suas memórias e pronunciando discursos de reconciliação para mitigar a desunião dos judeus. Meu pai gostava muito dele. Johannes foi denunciado durante esse período de traição e inveja, mas aconteceu que o Procônsul da Ásia era um amigo meu e contentou-se em degredá-lo temporariamente para uma ilha.

Surpreendi-me ao saber que, lá, ele redigira relatos de várias visões tempestuosas que tivera, muito embora conste ter sossegado depois que lhe permitiram regressar a Éfeso.

A punição imposta por Nero aos membros da comissão para assuntos orientais foi enviar-nos de volta a Roma, incumbindo-nos de tomar providências para que os judeus não deflagrassem um levante armado. Escarnecendo, disse que talvez o conseguíssemos, se bem que quanto ao mais fôssemos incapazes. Não podia demitir-nos da comissão, uma vez que isso era da alçada do Senado, mas, para lhe ser agradável, o Senado promoveu certas modificações, ainda que tenha sido difícil encontrar novos homens que estivessem dispostos a sacrificar seu tempo nesse trabalho ingrato.

Assim, eu já não fazia parte da comissão quando Nero proclamou a Acaia um reino livre e devolveu a independência à Grécia. Isto não alterou as circunstâncias políticas, como eu já aprendera na minha juventude quando tinha sido tribuno em Corinto. Por outro lado, os gregos teriam agora de escolher seu governador, custear as próprias campanhas e cavar seus canais. Apesar disso, a medida suscitou imensa alegria entre os imprevidentes gregos.

Reparei que Nero nem uma vez se referiu ao Senado Romano, mas deixou claro que Nero, e só Nero, fora capaz de levar a cabo tal declaração de independência. Ouvíramos nós mesmos, ao iniciar-se a abertura do canal coríntio, que Nero esperava que esse magnífico empreendimento trouxesse felicidade à

Acaia e ao povo romano, sem menção alguma ao Senado, embora isso seja sempre obrigatório, nos discursos oficiais. A expressão correta é "o Senado e o povo de Roma" e há de ser sempre, por mais que os tempos mudem.

Assim, não era surpreendente que começasse a sentir que o Orco me guiava os passos e Caronte soprava um bafo gelado em meu pescoço quando eu seguia os judeus até à sua morte. Muitos outros senadores previdentes sentiam a mesma coisa, embora nada dissessem, pois quem ainda confiava nos outros? Por segurança, um de nós sempre levava uma reserva de um milhão de sestércio em ouro numa carroça quando viajávamos para qualquer parte.

Nero não permitiu sequer que fôssemos a seu encontro, em Nápoles. Desejava começar ali sua marcha triunfal para Roma, visto que fora no teatro de Nápoles que se apresentara em público, pela primeira vez.

Em vez de um triunfo, no sentido usual, queria transformar seu retorno a Roma numa artística passeata de triunfo, para dar alegria e uns dias feriados ao povo.

Isso era politicamente acertado, pois as campanhas no Oriente tinham malogrado, mas não nos agradava termos de derrubar parte da muralha da cidade para seu cortejo. Nenhum vencedor jamais reclamara tal honra antes, nem mesmo o próprio Augusto em seus triunfos. Achamos que Nero começava a exibir alguns desagradáveis sinais de um autocrata oriental. Isso jamais convirá a Roma, por mais que um peralvilho impertinente escreva sobre a decadência dos nossos costumes.

Não somente nós, mas o povo também, e refiro-me naturalmente a todos os cidadãos equilibrados, abanou a cabeça ao ver Nero no sagrado carro triunfal de Augusto atravessar a fenda aberta na muralha e desfilar pela cidade, seguido por carroças apinhadas de coroas triunfais e, em lugar de soldados, uma guarda de honra composta de atores, músicos, cantores e dançarinos do mundo inteiro. Ao invés de batalhas, ele mandara pintar suntuosas telas e esculpir grupos de figuras que representavam suas vitórias em diversas competições de canto. Vestia um manto púrpura coberto de estrelas de ouro e trazia na cabeça uma dupla coroa olímpica de ramos de oliveira.

Diga-se também em honra de Nero que ele observou o velhíssimo costume de subir humildemente os íngremes degraus do Capitólio de joelhos para dedicar suas melhores coroas triunfais não só a Júpiter Custos, mas também aos outros deuses importantes de Roma, Juno e Vênus. Ainda assim, sobraram coroas em quantidade suficiente para cobrir todas as paredes dos salões de recepção e da sala circular de banquetes do Palácio Dourado.

O regresso de Nero, porém, não foi tão agradável como poderia ter julgado um estranho. Estatília Messalina era uma mulher amimalhada e fraca, mas uma mulher, apesar de tudo, e não iria tolerar que Nero conferisse a Esporo exatamente os mesmos direitos conjugais de que ela gozava, nem que mudasse de leito matrimonial, segundo seu capricho do momento.

Discutiram tão acaloradamente que o vozerio ressoou pelo Palácio mas, tendo ainda na memória o destino de Popeia, Nero não ousou dar um pontapé na esposa, e Estatília tirou disso o maior proveito. Depois de algum tempo, em sua fúria, Nero exigiu a retirada de suas coroas do templo de Juno e outras coisas que não podia fazer. Afinal desterrou Estatília para o Âncio, mas isso veio a ser vantajoso para ela.

Estatília Messalina recorda hoje aquele dia e pranteia Nero, lembrando-se de suas boas qualidades, como é próprio de uma viúva. Com frequência, ornamenta ostensivamente o modesto mausoléu dos Domícios, que do monte Píncio se avista facilmente perto do campo de Marte, nas cercanias dos jardins de Lúculo, onde em minha juventude vi florescer as cerejeiras, com Nero e Agripina.

Os ossos de Nero repousam no túmulo dos Domícios, dizem. Sua memória tem dado causa a muita agitação nas províncias orientais. O povo não acredita que Nero tenha morrido, mas imagina que ele voltará um dia, para lembrar-nos que seu governo foi um período de felicidade, em comparação com a cupidez do Estado nos dias atuais.

De quando em quando, um escravo fugido aparece no Oriente, proclamando-se Nero, e naturalmente os partos estão sempre dispostos a apoiar essas tentativas de rebelião. Crucificamos dois falsos Neros. Exigimos que provassem sua identidade cantando, mas nenhum se revelou um cantor da qualidade de Nero. Em todo caso, Estatília lembra-se dele com flores e ornamenta-lhe o túmulo, se é que é mesmo o túmulo de Nero.

Mais uma vez pus-me a falar de outra coisa e adiei o assunto que me parece árduo abordar. Graças ao triunfo de Nero e a seus deveres políticos, logrei protelar as execuções durante muito tempo. Enfim, veio o dia em que tivemos de apresentar a Nero as sentenças de morte desde muito proferidas. Se tivesse encontrado outro pretexto para procrastiná-las, eu me tornaria suspeito de pró-judaísmo, até mesmo aos olhos dos meus colegas.

Para preservarmos o nosso bom nome, nós, da comissão para assuntos orientais, havíamos realizado uma investigação minuciosa da verdadeira situação da colônia judaica de Roma e do perigo que representaria para a segurança do Estado após a insurreição dos judeus de Jerusalém.

Muitos de nós ficaram mais ricos, no curso dessas proveitosas atividades. Com a consciência limpa, pudemos apresentar um relatório tranquilizador, diante de Nero e do Senado.

Por escassa maioria, conseguimos convencer o Senado de que não deveria haver real perseguição contra os judeus, mas apenas a eliminação de elementos suspeitos e agitadores loquazes.

Nossa sugestão baseava-se em razões sólidas e foi aceita, apesar do ódio aos judeus que a rebelião de Jerusalém provocara.

Para falar a verdade, vali-me dos meus próprios recursos para instruir o processo, porque Cláudia tinha muitos amigos judeus cristãos. Por exemplo, Áquila, com seu nariz torto, e a valorosa Prisca seguramente teriam sido levados com o resto. Mas eu sou um sujeito empedernido, um avarento, um patife que sempre consegue safa-se das aperturas e para quem o teu melhor amigo Juvenal não tem uma palavra de simpatia.

Espero que os meus amigos lhe paguem bem pelos exemplares de seus poemas. Não há alegria entre os seres humanos que, se compare à alegria maldosa.

Rejubilemo-nos então, tu e eu, com a ideia de que o teu barbudo amigo pode afinal pagar as dívidas graças a mim, e sem que isto me custe um sestércio.

Se eu fosse tão sovina como ele apregoa, então naturalmente compraria a ele aqueles malditos versos e permitiria que meu próprio editor colhesse os lucros. Não sou como Vespasiano, que chegou até mesmo a tributar a água que a gente verte. Certa vez, como estivéssemos falando de funerais, ele nos perguntou quanto imaginávamos que seus funerais custariam ao erário. Calculamos que as cerimônias alcançariam pelo menos uns dez milhões de sestércios, estimativa que não era apenas uma lisonja, mas podia ser comprovada em algarismos.

Vespasiano soltou um suspiro fundo e disse:

— Dai-me cem mil agora e podereis lançar minhas cinzas ao Tibre.

Evidentemente tivemos de juntar cem mil sestércios, em seu antiquado chapéu de palha, de sorte que a refeição saiu cara e a comida não tinha nada de que uma pessoa se pudesse vangloriar. Vespasiano aprecia os hábitos simples e o vinho fresco de sua quinta. Devido à minha posição, muitas vezes tive de contribuir para a construção do seu anfiteatro. Será a maravilha do mundo, e comparado com ele o Palácio Dourado de Nero não será mais do que a baboseira alambicada de um menino mimado.

Por que continuo adiando a minha história? É como extrair um dente. Num abrir e fechar de olhos está tudo terminado, Minuto. E não tenho culpa. Fiz tudo quanto pude por eles. Ninguém pode fazer mais do que isso. Nenhum poder terreno poderia ter salvo a vida de Paulo e Cefas. Cefas voltou a Roma espontâneamente, ainda que pudesse perfeitamente ter-se escondido, na fase mais aguda.

Sei que hoje em dia todo mundo usa o nome latino de Cefas, Pedro, mas prefiro usar seu velho nome, que me é caro. Pedro é uma tradução de Cefas, que quer dizer rocha, nome este que lhe foi dado por Jesus de Nazaré. Não sei por quê. Cefas não era nenhuma rocha quanto ao espírito; na verdade, era um indivíduo rude e suscetível que em algumas ocasiões se comportava de maneira covarde. Chegou mesmo a negar naquela última noite que conhecia Jesus de Nazaré, e em Antioquia teve uma atitude que podia ser tudo menos corajosa diante do representante de Jacó, que considerava um crime contra as leis judaicas o fato de Cefas comer com os incircuncisos. Mas ainda assim, Cefas era um tipo inesquecível, ou talvez mesmo por isso. Como se pode saber.

Diz-se agora que Paulo adotara o nome de Sérgio Paulo porque Sérgio, que era governador de Chipre, foi o homem mais importante que ele converteu. Isso é totalmente infundado. Mudou o nome de Saulo para Paulo, muito antes de conhecer Sérgio, e só porque, em grego, Paulo quer dizer o insignificante, o indigno, como o meu próprio nome Minuto, em latim.

Quando me deu esse nome desprezível, meu pai não podia imaginar que estivesse fazendo de mim um xará de Paulo. Talvez tenha sido em parte meu nome que me compeliu a escrever estas memórias, para mostrar que não sou um sujeito tão insignificante como pareço.

A principal razão, porém, é que me acho aqui nesta estação de cura, tomando água mineral, os médicos acompanhando minha enfermidade gástrica, e a princípio não pude encontrar outro modo de sair da inatividade. Também pensei que talvez julgasses útil saber alguma coisa a respeito de teu pai quando um dia fores colocar as minhas cinzas no túmulo em Cere.

Durante o prolongado encarceramento de Cefas e Paulo, tomei providências para que fossem bem tratados e pudessem encontrar-se e conversar, ainda que vigiados. Como perigosos inimigos públicos, tiveram de ser recolhidos à prisão de Tullianum, longe da ira popular. Esse não é um local dos mais saudáveis muito embora Tullianum ostente gloriosas tradições de muitas centenas de anos de prestígio. Ali Jugurta foi estrangulado, ali também foi esmagada a cabeça de Vercingetorige, ali perderam a vida os amigos de Catilina e ali a filhinha de Sejano foi violada antes da execução, como determinam as leis, desde que os romanos nunca executam uma virgem.

Paulo parecia recear uma morte dolorosa, mas em casos tais Nero não era mesquinho, se bem que estivesse furioso com a rebelião judaica e considerasse todos os agitadores judeus responsáveis por ela. Paulo era cidadão romano e tinha legítimo direito a ser passado à espada, direito que os juízes não lhe contestaram em seu último julgamento. Cefas foi condenado à crucificação de acordo com a lei, embora eu não tivesse desejo de infligir tal morte a um ancião e amigo de meu pai.

Certifiquei-me de que podia acompanhá-los em sua última jornada naquela fresca manhã estival em que foram levados para o local da execução. Providenciei para que não se crucificassem outros judeus à mesma hora. Não faltavam ajuntamentos nos locais de execução por causa dos judeus, mas eu queria que Paulo e Cefas tivessem permissão de morrer a sós com dignidade.

No ponto em que o caminho se bifurca e começa a estrada que leva a Óstia, tive de escolher com quem devia continuar, pois fora assentado que Paulo seria conduzido para o mesmo portão em que meu pai e Túlia tinham sido executados.

Os juízes haviam estabelecido que fizessem Cefas desfilar pelo setor judaico da cidade, como advertência, e em seguida o crucificassem no local de execução dos escravos, perto do anfiteatro de Nero.

Paulo estava acompanhado de seu amigo, o médico Lucas, e eu sabia que Paulo não sofreria afrontas, pois era cidadão. Cefas precisava muito mais de minha proteção, e eu também temia por seus companheiros, Marco e Lino. Assim, escolhi Cefas.

Não precisei preocupar-me com manifestações da parte dos judeus. Afora uns torrões de barro, Cefas passou incólume.

Os judeus eram judeus de verdade, e apesar de seu ódio encarniçado, contentaram-se em contemplar, silenciosos, a passagem de um agitador judeu que ia ser crucificado por causa da insurreição de Jerusalém. Cefas levava em volta do pescoço a costumeira placa na qual se lia esta inscrição em grego e latim: Simão Pedro de Cafarnaum, Galileu, inimigo do povo e da humanidade.

Quando saímos da cidade e atingimos os jardins, o calor começava a ser opressivo. Vi bagas de suor descendo pela testa franzida de Cefas e ordenei que lhe tirassem a barra transversal da cruz e a entregassem para transportar a um judeu que se aproximava.

Os soldados tinham direito a fazer isso. Depois, disse a Cefas que partilhasse da minha cadeirinha, no último trecho do percurso, sem pensar no falatório a que isso daria margem posteriormente.

Mas Cefas não teria sido Cefas se não tivesse prontamente respondido que podia carregar a cruz, em seus largos ombros, até o fim, sem ajuda de ninguém. Não queria sentar-se a meu lado mas preferia, disse ele, sentir o pó da estrada, sob os pés, pela última vez, e o calor do sol na cabeça, da mesma forma que os sentira muito tempo antes quando percorrera com Jesus de Nazaré os caminhos da Galileia.

Não queria nem mesmo que lhe afrouxassem a corda pela qual ia sendo levado, mas disse que Jesus de Nazaré havia predito isto e não desejava comprometer a profecia. Não obstante, apoiava-se fatigado em seu gasto bordão de pastor.

Quando chegamos ao local de execução, que fedia no calor do sol, perguntei a Cefas se queria ser açoitado antes. Esta era uma medida misericordiosa para apressar a morte, embora muitos bárbaros a interpretassem mal.

Cefas respondeu que não seria necessário o açoite, pois tinha seus próprios planos, mas depois mudou de ideia e declarou humildemente que gostaria de passar até o fim por tudo quanto tinham passado numerosas testemunhas antes dele. Jesus de Nazaré também tinha sido açoitado.

Mas não estava com pressa. Notei um breve sorriso em seus olhos quando ele se voltou para seus companheiros, Marcos e Lino.

— Escutai-me, os dois — disse ele. — Escuta, Marcos, embora eu tenha dito a mesma coisa a ti muitas vezes antes. Escuta também, Minuto, se quiseres. Jesus disse: "O reino de Deus é assim como se um homem lançasse a semente à terra, depois dormisse e se levantasse, de noite e de dia, e a semente germinasse e crescesse, não sabendo ele como. A terra por si mesma frutifica, primeiro a erva, depois a espiga e, por fim, o grão cheio na espiga. E quando o fruto já está maduro, logo se lhe mete a foice, porque é chegada a ceifa".

Meneou a cabeça incrédulo, com lágrimas de alegria nos olhos, e riu venturoso.

— E eu, louca criatura que sou — exclamou — não entendi, embora repetisse constantemente as suas palavras. Agora entendo, afinal. O fruto está maduro e a foice está aqui.

Olhou-me de relance, abençoou Lino e entregou-lhe o bordão:

— Cuida do meu rebanho.

Era como se desejasse que eu visse isso e servisse de testemunha. Depois virou-se humildemente para os soldados, que o amarraram a um poste e puseram-se a vergastá-lo.

Apesar de sua força, não pôde deixar de gemer. Com as chicotadas e o som de sua voz, um dos judeus que tinham sido crucificados na véspera despertou das vascas de sua agonia, abriu os olhos febris, espantando as moscas, reconheceu Cefas e nem mesmo naquele instante pôde abster-se de zombar da afirmação de Jesus de Nazaré de que era o Cristo. Mas Cefas não estava com disposição para discutir.

Ao invés disso, pediu aos soldados, após a flagelação, que o crucificassem de cabeça para baixo. Não se julgava digno da honra de ser crucificado com a cabeça para o alto, como seu Senhor Jesus, o Filho de Deus, o fora. Tive de ocultar um sorriso.

Até o último minuto, Cefas continuava sendo o verdadeiro Cefas, cujo bom senso de pescador era necessário para fundar o reino. Compreendi por que Jesus de Nazaré o amara. Naquele momento, amei-o também. É incomparavelmente mais fácil para um ancião morrer, se é crucificado de pernas para o ar, de modo que o sangue corre para a cabeça e rebenta as veias. Uma misericordiosa inconsciência poupar-lhe-á então, muitas horas de sofrimento.

Os soldados desataram a rir e alegremente aquiesceram a essa solicitação, pois compreendiam que desse modo evitariam a obrigação de vigilância no calor. Quando pendia na cruz, Cefas abriu a boca e pareceu que tentava cantar não sei que toada, embora a meu ver não tivesse boas razões para isso.

Perguntei a Marcos o que era que Cefas estava procurando dizer. Marcos me respondeu que Cefas estava cantando um salmo, no qual Deus conduzia seus fiéis para verdes pradarias e fontes refrescantes.

Para minha alegria, Cefas não precisou esperar muito por suas verdes pradarias. Depois de ter perdido a consciência, aguardamos um pouco enquanto seu corpo se contorcia e se sacudia, e depois, impaciente com o mau cheiro e as moscas, mandei que o centurião fizesse o que devia fazer.

Ele mandou que um soldado quebrasse a tíbia de Cefas, com uma prancha de quina afiada, e em seguida enfiou a espada no pescoço de Cefas, enquanto dizia, de brincadeira, que essa era a maneira judaica de matar, em que o sangue deve escoar-se antes que a vida se extinga. Grande quantidade de sangue jorrou do ancião.

Marcos e Lino prometeram cuidar para que o cadáver fosse sepultado no que é atualmente um cemitério abandonado por trás do anfiteatro, não muito distante.

Lino chorou, mas Marcos já havia derramado suas lágrimas e era um homem equilibrado e digno de confiança. Mantinha-se tranquilo, mas seus olhos contemplavam outro mundo que eu não podia ver.

Deves estranhar por que resolvi acompanhar Cefas e não Paulo. Paulo era pelo menos um cidadão romano e Cefas não passava de um velho pescador judeu. Talvez meu procedimento demonstre que nem sempre ajo por egoísmo. Pessoalmente gostava mais de Cefas porque ele era um homem sincero e simples, e, de mais a mais, Cláudia nunca me teria permitido abandoná-lo em sua última viagem. E tudo faço pela paz doméstica,

Mais tarde alterquei com Lucas quando ele exigiu que lhe mostrasse a história aramaica que eu herdara de meu pai e que foi escrita por um funcionário aduaneiro. Não concordei. Lucas levara dois anos a conversar com testemunhas oculares enquanto Paulo estava na prisão de Cesareia na época do Procônsul Félix. Achei que não devia nada a ele.

Lucas também não era um bom médico, se bem que tivesse estudado em Alexandria. Nunca devia ter deixado que ele tratasse meu estômago. Desconfio que seguia Paulo com tanto fervor por causa das curas milagrosas de Paulo, quer para aprender esta arte, quer com humilde compreensão de suas limitações como médico. Mas sabia escrever, ainda que somente no dialeto do mercado, e não em grego culto.

Sempre gostei muito de Marcos, mas Lino, que é mais jovem, tornou-se ainda mais caro a mim com o correr dos anos. A despeito de tudo, tenho sido forçado a levar um pouco de ordem às questões internas dos cristãos, para o próprio bem deles e para evitar embaraços oficiais. Cefas introduzira outrora certas divisões de acordo com as tribos e tentara pacificar-lhes as dissensões internas, mas um homem ignorante como ele não pode possuir verdadeira habilidade política.

Custeei o aprendizado jurídico de Cleto, em memória de sua corajosa conduta no acampamento pretoriano. Talvez um dia ele consiga estabelecer ordem satisfatória entre os cristãos. Então poderás obter apoio político deles. Mas não tenho muitas esperanças disso. Eles são o que são.

Estou mais forte agora e os médicos estão confiantes. Breve voltarei para Roma e deixarei esta sulfurosa estância, da qual estou sinceramente enfarado.

É óbvio que acompanho de longe os meus negócios mais importantes, embora os médicos não saibam disso. Mas será maravilhoso provar novamente bons vinhos, e depois de todo este jejum e de toda a água que tenho bebido, apreciarei mais do que nunca as habilidades dos meus dois cozinheiros.

Quando ouvi falar das secretas aventuras de Júlio Vindex como propretor, interpretei os sinais dos tempos sem hesitar. Já compreendera muito antes que Pisão poderia ter alcançado êxito se a vaidade não o tivesse levado a desprezar o apoio das legiões. Depois da morte súbita de Córbulo e Ostório, os comandantes de legiões começaram afinal a despertar da sonolência e perceberam que nem as honras militares nem a lealdade incondicional salvariam alguém dos caprichos de Nero. Eu tinha visto isso quando saí de Corinto.

Apressei-me a vender minhas propriedades através dos meus banqueiros e libertos e a juntar dinheiro em moedas de ouro. Naturalmente essas transações, cujos motivos muitos homens sensatos ainda não tinham entendido, chamaram a atenção dos mais bem informados. Eu nada tinha contra isso, pois confiava inteiramente na ignorância de Nero em questões monetárias.

Meus atos causaram certa apreensão em Roma, pois os preços dos apartamentos e também das propriedades rurais caíram vertiginosamente. Vendi mais propriedades com grande açodamento, embora o dinheiro esteja seguro no solo e até mesmo dê lucros, contanto que o cultivo esteja nas mãos de libertos que mereçam confiança. Não me preocupei com a queda dos preços, mas continuei vendendo e juntando numerário. Sabia que um dia, se meu plano tivesse êxito, recuperaria tudo outra vez. A angústia causada por minhas atividades fez com que os financistas reexaminassem a situação política, e desse modo também concorri para uma coisa boa.

Enviei Cláudia contigo, para minha quinta perto de Cere, e fiz com que Cláudia me ouvisse e ficasse lá em segurança até que a mandasse buscar de volta. Como o teu terceiro aniversário se aproximava, tua mãe estava atarefadíssima. Não eras um bom menino, e para falar com franqueza eu estava farto das tuas correrias e traquinadas. Mal eu dava as costas, tu caías no tanque ou te cortavas. Assim, isso também queria dizer que me sentia feliz de iniciar minha viagem para garantir o teu futuro. Por causa de Cláudia, eu não podia modelar o teu caráter e tinha de confiar na herança que trazias no sangue. A verdadeira autodisciplina sempre vem de dentro e não pode ser incutida do exterior.

Não foi difícil obter permissão do Senado e de Nero, para deixar a cidade e ir juntar-me a Vespasiano, como seu conselheiro em assuntos judaicos. Pelo contrário, fui elogiado por demonstrar boa-vontade em fazer o que podia pelo Estado. O próprio Nero achava que uma pessoa de confiança devia estar de olho em Vespasiano e em ação, pois desconfiava que Vespasiano estivesse perdendo tempo desnecessariamente fora dos muros de Jerusalém.

Como eu era senador, tive um navio de guerra à minha disposição. Muitos colegas meus provavelmente indagaram por que um indivíduo comodista, como eu, se dispunha a dormir numa rede à noite, sem falar na alimentação péssima, na falta de espaço e nos eternos piolhos das embarcações.

Mas eu tinha minhas razões. Tão aliviado me senti depois de ter trazido para bordo minhas vinte pesadas arcas de ferro que dormi feito uma pedra na primeira noite, até que o ruído de pés descalços na coberta me despertou. Levava comigo três fiéis libertos, que se revezavam vigiando as minhas arcas, assim como a costumeira guarda militar.

Em Cere, armara também os meus escravos, confiando na lealdade deles. E não me enganei. Os soldados de Oto pilharam minha quinta e destruíram minha coleção de jarros gregos, cujo valor não compreendiam, mas não causaram dano a ti nem a Cláudia, e isso foi devido a meus escravos. Há ainda inúmeros túmulos fechados no solo. Portanto, é provável que eu possa substituir minha coleção de jarros.

Felizmente, contamos com tempo favorável, pois as tempestades de outono ainda não haviam começado. Apressei o mais possível a travessia, distribuindo rações extraordinárias de comida e vinho aos galés por minha conta, por mais absurdo que isso parecesse ao centurião naval, que confiava mais no açoite e sabia que podia facilmente substituir os escravos que viesse a perder na viagem pelos prisioneiros judeus. Eu tinha outras razões.

Creio que podemos conseguir que as pessoas façam o que nós queremos desde que usemos de bons modos. Mas sempre fui desnecessariamente compassivo, como foi meu pai. Lembra-te de que nunca te dei uma palmada, meu filho insubordinado. Como podia eu bater num futuro Imperador?

Para matar o tempo fiz muitas perguntas acerca da marinha durante a viagem. Entre outras coisas, vim a saber por que os marujos, a bordo e em terra, têm de andar descalços. O motivo eu não sabia, mas pensava na questão algumas vezes. Imaginava que isso tivesse algo que ver com a náutica.

Soube então que certa vez, no anfiteatro, o Imperador Cláudio se enfureceu quando alguns marujos procedentes de Óstia, estendendo um toldo acima das cadeiras dos espectadores no meio de um espetáculo, puseram-se a exigir indenização pelos sapatos de marcha que tinham gasto no trajeto. Então Cláudio proibiu o uso de sapatos em toda a frota e, desde então suas ordens vêm sendo fielmente cumpridas. Nós, romanos, respeitamos as nossas tradições.

Mais tarde toquei casualmente na questão a Vespasiano, mas ele acha melhor que os marujos continuem descalços, desde que estão habituados a isso. Até então a ausência dos sapatos não lhes causara mal algum.

— Por que criar mais despesas no já sobrecarregado orçamento naval?

Assim, os centuriões navais ainda consideram uma honra andar descalços em serviço, se bem que gostem de calçar macias botas de parada, durante as licenças, em terra.

Tirei uma grande preocupação da cabeça quando afinal coloquei minhas valiosas arcas sob a guarda de um renomado banqueiro de Cesareia, a salvo dos perigos do mar. Os banqueiros têm de confiar uns nos outros, ou então a atividade comercial não seria possível. Assim, confiei neste homem embora só o conhecesse através de correspondência. Mas seu pai fora banqueiro do meu em Alexandria ou pelo menos lhe vendera documentos de viagem. Assim, estávamos de certa maneira ligados pelos negócios.

Cesareia estava em paz, uma vez que os habitantes gregos tinham aproveitado a oportunidade para matar os judeus da cidade, inclusive as mulheres e crianças. Portanto, não se notavam vestígios da revolta, a não ser a azáfama no porto e as caravanas de muares que, escoltadas, transportavam equipamentos para as legiões que aguardavam do lado de fora de Jerusalém. Jope e Cesareia eram os dois principais portos com que contava Vespasiano.

A caminho do acampamento de Vespasiano, vi quão desesperadora era a situação para os civis judeus que ainda restavam. Os Samaritanos também se tinham associado e estavam prontos para entrar em ação. Os próprios legionários não distinguiam entre galileus, samaritanos e judeus em geral.

A fértil Galileia, com seu milhão de habitantes, estava devastada, com prejuízo duradouro para o reino romano.

É claro que oficialmente não era nossa, mas fora confiada ao governo de Herodes Agripa, em virtude de velhos laços de amizade.

Toquei nesse assunto logo que encontrei Vespasiano e Tito. Ambos me receberam cordialmente, pois estavam curiosos de saber o que se passava na Gália e em Roma.

Contou-me Vespasiano que os legionários estavam irritados com a violenta resistência dos judeus e que tinham sofrido baixas pesadas em consequência dos ataques às estradas, promovidos pelos fanáticos escondidos nas montanhas.

Fora ele obrigado a autorizar os comandantes dos legionários a estabelecerem a paz no campo, e uma expedição punitiva fora encarregada de destruir um dos baluartes judaicos, nas imediações do Mar Morto. Das torres tinham sido atiradas flechas, e, de acordo com fontes fidedignas, os fanáticos feridos ali se tinham refugiado.

Aproveitei o ensejo para fazer-lhes uma breve preleção sobre a fé e os costumes judaicos e explicar-lhes que se tratava evidentemente de uma das casas de retiro dos essênios, nas quais os partidários dessa seita se recolhiam, para exercícios religiosos, porque não. desejavam pagar impostos ao templo.

Os essênios procuravam resguardar-se do mundo e eram antes inimigos que amigos de Jerusalém. Não havia razão para persegui-los.

Contavam com o apoio de certas pessoas pacíficas do território, que não podiam nem queriam pertencer formalmente à seita, mas preferiam levar uma modesta vida familiar sem fazer mal a ninguém. Se uma dessas pessoas recebera em casa algum fanático ferido que procurava proteção e lhe dera alimento e água, assim agira por motivos religiosos e não porque apoiasse a sublevação. A julgar pelo que me tinham dito meus companheiros de viagem, essas pessoas também tinham abrigado e alimentado legionários romanos feridos, fazendo-lhes ainda os curativos. Assim, não deviam ser liquidadas sem motivo.

Vespasiano resmungou que na Bretanha eu não me distinguira pelos conhecimentos sobre operações militares, de sorte que preferira enviar-me em excursões de recreio pelo país e conferir-me o posto de tribuno quando meu pai se tornou senador, mais por motivos políticos do que por qualquer outra coisa. Todavia, logrei convencê-lo de que não valia a pena matar os camponeses judeus ou incendiar-lhes os lares humildes só porque haviam tratado dos feridos.

Tito concordou comigo. Enamorado da irmã de Herodes Agripa, Berenice, estava interessado nos judeus. Berenice vivia incestuosamente com o irmão, segundo o costume hereditário dos herodianos, mas Tito dizia que nesse caso precisava aprender a entender os hábitos dos judeus.

Parecia ter esperanças de que o grande amor de Berenice pelo irmão arrefecesse e ela passasse a visitá-lo em sua confortável barraca de campanha, pelo menos à noite quando ninguém poderia vê-lo. Esta era uma questão em que achei que não devia envolver-me.

Fiquei profundamente magoado com as palavras desdenhosas de Vespasiano, a respeito de minhas viagens pela Bretanha. Por isso declarei que, se ele não se opusesse, gostaria de empreender uma idêntica viagem de recreio a Jerusalém, a fim de ver com meus próprios olhos as defesas da cidade sitiada e descobrir as brechas que talvez existissem na fortaleza dos judeus.

Era importante saber quantos mercenários partos disfarçados lá se achavam dirigindo a obra de reforço das muralhas. Os partos tinham adquirido muita experiência de assédios e defesas na Armênia.

De qualquer maneira, havia arqueiros partos em Jerusalém, já que não era aconselhável perambular nas imediações das muralhas.

Eu não era ignorante das questões relacionadas com operações militares a ponto de acreditar que, de uma hora para outra, os inexperientes tivessem aprendido a manejar com assustadora perícia o arco e a flecha.

Minha sugestão impressionou Vespasiano. Ele me olhou com atenção, passou a mão pela boca e explicou, rindo, que não podia arcar com a responsabilidade de permitir que um senador romano se expusesse a tamanho perigo, se é que eu falava a sério. Se eu caísse prisioneiro, então os judeus exigiriam concessões da parte dele. Se perdesse minha vida ignominiosamente, isto acarretaria opróbrio para Roma e para ele também. Nero poderia meter na cabeça que ele, Vespasiano, procurara intencionalmente descaratar-se de um dos amigos pessoais do Imperador.

Encarou-me com um ar astuto, mas eu conhecia suas manhas portanto, respondi que, para o bem do Estado, põe-se de lado a amizade. Não tinha motivo para insultar-me, chamando-me amigo de Nero.

A esse respeito não precisávamos esconder nada um do outro. Roma e o futuro da pátria eram as luzes que nos guiavam no campo de batalha, onde os cadáveres fediam, os abutres empanturravam-se e os legionários pendiam, como sacos ressequidos pelo sol, nas muralhas de Jerusalém.

Alteei a voz retoricamente, como estava habituado a fazer no Senado. Vespasiano deu-me uma palmada amistosa nas costas, com sua mão larga de camponês, e afiançou-me que de modo nenhum duvidava dos meus motivos e confiava no meu patriotismo.

Naturalmente, nunca lhe passara pela cabeça que eu fosse introduzir-me furtivamente em Jerusalém para divulgar os seus segredos militares; só um louco faria uma coisa dessas. Mas sob tortura nem mesmo um homem forte conserva a boca fechada, e os judeus provaram que são hábeis interrogadores, quando se trata de obter informações. Julgava seu dever garantir minha vida e segurança, de vez que voluntariamente eu me colocara sob sua proteção.

Apresentou-me a seu conselheiro José, um chefe rebelde judeu que traíra os amigos, depois que todos decidiram suicidar-se, para não cair nas mãos dos romanos. José deixara morrer os amigos e depois se rendera, salvando a vida, ao profetizar que um dia Vespasiano seria Imperador.

Por pilhéria, Vespasiano mandara manietá-lo com algemas de ouro e prometera libertá-lo, se a se cumprisse. Mais tarde, ao ver-se livre, adotou insolentemente o nome de Flávio José.

Desde o primeiro instante, tomei-me de antipatia por esse vil traidor, e o renome literário que ele desde então adquiriu não alterou em nada a minha opinião; na verdade, reforçou-a. Em sua absurda e volumosa obra sobre a rebelião judaica, ele superestima, no meu entender, a importância de muitos acontecimentos, e é demasiado palavroso ao narrar pormenores.

Minha crítica não é de modo algum influenciada pelo fato de não ter ele encontrado motivos para citar meu nome em seu livro, muito embora a mim somente se deva a continuação do cerco, uma vez que eu mesmo vira a situação dentro dos muros.

Teria sido loucura de Vespasiano, em tal conjuntura política, empregar suas bem disciplinadas legiões em inúteis ataques contra as muralhas inacreditavelmente fortificadas, quando o cerco e a fome produziriam o mesmo efeito. Baixas supérfluas iriam impopularizá-lo perante os legionários, o que não se ajustaria aos meus desígnios.

Mas nunca aspirei ao reconhecimento da história, e assim o silêncio desse desprezível judeu com referência à minha contribuição não tem a menor importância. Não costumo guardar rancor contra gente inferior e normalmente não vingo afrontas, a menos que a isso seja tentado por uma oportunidade extremamente favorável. Sou apenas humano.

Por intermédio de um dos meus libertos, cheguei até mesmo a propor a publicação dos livros de Flávio José, não só *A Guerra dos Judeus*, mas também as narrativas da história e dos costumes judaicos, mas José declarou preferir um editor judeu, apesar das vantajosas condições por mim oferecidas.

Mais tarde mandei editar a versão resumida, desautorizada, de *A Guerra dos Judeus*, pois o livro parecia ter boa saída. Meu liberto tinha família e mãe velha para sustentar, de modo que não me opus à sua sugestão, pois outra pessoa teria feito a mesma coisa.

Realmente só menciono José porque ele concordou servilmente com Vespasiano e foi contrário a meus pontos de vista. Riu escara ninho e disse que era evidente que eu não sabia em que ninho de vespa estava querendo enfiar a cabeça.

424

Se acaso eu encontrasse um meio de passar para dentro dos muros de Jerusalém, não sairia vivo de lá. Depois de muitas objeções e subterfúgios, apresentou-me afinal um mapa da cidade. Tratei de decorá-lo, enquanto deixava crescer a barba.

Em si mesma uma barba não é disfarce seguro, pois os legionários tinham seguido o exemplo de seus ferozes adversários e deixado crescer a barba, sem por isso serem punidos por Vespasiano.

Este chegava mesmo a permitir que os legionários permutassem uma sova de vara por uma multa. Esta era uma das razões pelas quais ele era tão popular, mas também era difícil para ele manter os regulamentos militares romanos no centro de operações, uma vez que seu próprio filho Tito cultivava uma barba sedosa, para agradar à encantadora Berenice.

Dizendo que tinha de descobrir o local mais seguro para penetrar na cidade, iniciei uma longa excursão em derredor de Jerusalém e tive o cuidado de permanecer mais ou menos ao alcance dos arcos e máquinas de guerra do inimigo, se bem que naturalmente não arriscasse minha vida sem necessidade. Tinha meus motivos para isso, por tua causa. Assim, pus uma armadura forte e um elmo, embora esse equipamento me fizesse arquejar e suar em bicas. Durante aqueles dias perdi algumas libras de gordura, de modo que as correias logo deixaram de me apertar. Isso me fez bem.

Em minhas caminhadas, encontrei o local de execução dos judeus, onde Jesus de Nazaré fora crucificado. A minúscula colina tinha realmente a forma de uma caveira, como me tinham dito, e disso derivava a sua denominação. Procurei o túmulo de pedra do qual Jesus de Nazaré ressurgira dos mortos no terceiro dia, e não foi difícil localizar porque os sitiantes haviam limpado o terreno e arrancado todas as moitas para que os espiões não pudessem fugir sorrateiramente da cidade. Encontrei muitos túmulos de pedra mas não podia saber ao certo qual deles era o que eu procurava, pois quanto a esses pormenores as informações de meu pai eram imprecisas.

Enquanto me movia com lentidão, os pulmões arfando e a armadura chocalhando, os legionários mangavam de mim e garantiam-me que eu não encontraria um ponto vulnerável que me permitisse alcançar em segurança a muralha, porquanto os partos tinham ajudado os judeus a fortificar Jerusalém com indiscutível mestria.

Os legionários não estavam muito inclinados a me resguardar com um teto protetor, porque ordinariamente sobre essas tartarugas chovia chumbo derretido do alto da muralha.

Perguntavam zombeteiros por que eu não levava um penacho de crina no elmo ou a minha faixa de púrpura. Mas a minha loucura não ia até esse ponto, e desde que eu respeitava os arqueiros partos, deixava minhas botas vermelhas na barraca, para não fazer alarde de minha posição social.

Nunca esquecerei a visão do templo de Jerusalém que esplendia no pico de sua montanha, muito acima das muralhas, irrealmente azul na luz da manhã, rubro como sangue quando o sol já se tinha escondido no vale.

O templo de Herodes era, na verdade, uma das maravilhas do mundo. Ao cabo de anos e anos de trabalho, fora enfim concluído pouco antes de sua destruição.

425

Nenhum olho humano jamais o verá outra vez. Foi por culpa dos próprios judeus que ele desapareceu. Eu não quis tomar parte em sua destruição.

Certas especulações religiosas a que eu me vinha dedicando naquela época eram naturalmente resultantes do fato de que eu sabia que estava arriscando a vida pelo teu futuro, e assim me tornei sentimental de um modo incompatível com um homem da minha idade.

Ao pensar em Jesus de Nazaré e nos cristãos, resolvi que devia ajudá-los, no que me fosse possível, a se desvencilhar do peso morto dos judeus, que eles ainda, apesar de Paulo e Cefas, arrastam atrás de si como se fossem grilhões.

Não que eu realmente acreditasse que os cristãos tinham algum futuro político, mesmo sob o melhor Imperador possível, uma vez que eram excessivamente hostis e desunidos. Devido a meu pai, tenho certa fraqueza por Jesus de Nazaré e pelos seus ensinamentos. Quando minha inflamação do estômago se agravou, há coisa de um ano, estive mesmo disposto a reconhecer nele o Filho de Deus e o Salvador da humanidade, se tivesse piedade de mim.

Durante as noites bebia muitas vezes no velho e gasto cálice de minha mãe, porque sentia que precisava de toda boa sorte possível em minha arriscada aventura. Vespasiano ainda conservava o velho e amolgado copinho de prata de sua avó e lembrava-se do meu caneco de madeira, do tempo em que servimos juntos na Bretanha. Confessou que começara então a sentir certa afeição paternal por mim, porque eu respeitava a lembrança de minha mãe e não levara comigo baixelas de prata e copos de ouro, como faziam muitos jovens cavaleiros ricos quando se iniciavam na carreira das armas. Tal comportamento só faz tentar o inimigo e espicaçar os saqueadores. Em sinal de nossa duradoura amizade, revezamo-nos bebendo em nossos sagrados cálices de família, pois eu tinha boas razões para deixar que Vespasiano sorvesse o vinho do copo da Fortuna. Ele iria precisar de toda a sorte que pudesse encontrar.

Imaginei que talvez conviesse envergar um traje judaico para entrar na cidade, mas depois achei que isso seria um tanto exagerado, porquanto numerosos mercadores judeus tinham sido crucificados no acampamento, como advertência aos que desejassem aproximar-se dos muros, durante a noite, e dar informações sobre nossos planos e novas máquinas de guerra.

Pus elmo, couraça, armadura e grevas, no dia em que finalmente marchei para o ponto da muralha por mim escolhido. Pensei que esse equipamento me protegeria contra os primeiros golpes, se conseguisse entrar na cidade. Nossas sentinelas tinham ordem de disparar uma chuva de flechas no meu encalço e, fazendo grande alarido, atrair a atenção dos judeus para a minha tentativa.

Cumpriram tão bem as ordens recebidas, que me deram uma flechada no calcanhar, de modo que desde então passei a manquejar das duas pernas. Decidi que, se voltasse vivo, iria procurar saber quem fora esse arqueiro ultrazeloso e empenhar-me para que recebesse o mais duro castigo por ter infringido ordens precisas, que mandavam apontar para além de mim, se bem que o mais perto possível. Mas quando regressei, estava tão feliz que não me dei o trabalho de procurar o homem. Além disso, o ferimento concorreu para que os judeus acreditassem na minha história.

426

Após algumas descomposturas lançadas contra mim, os judeus atiraram pedras e flechas numa patrulha romana que me perseguia. Durante essa sortida, para minha imensa tristeza, dois honestos legionários foram mortos, e posteriormente assumi o compromisso de sustentar-lhes as famílias. Pertenciam à 15ª legião, que tinha vindo da Panônia, e nunca mais tornaram a ver as lamacentas ribanceiras do seu amado Danúbio, perecendo por minha causa na terra dos judeus.

Atendendo às minhas súplicas, os judeus afinal baixaram da muralha uma Cesta e içaram-me nela. Senti-me tão amedrontado, no interior da cesta balouçante, que consegui arrancar a flecha do calcanhar sem experimentar dor alguma. As farpas, porém, cravaram-se na ferida, que logo começou a supurar, e na minha volta ao acampamento tive de socorrer-me do cirurgião de campanha. Provavelmente é daí que vem a minha manqueira. Minha experiência anterior com cirurgiões de campo fora bastante desagradável e devia ter-me servido de advertência.

Mas o ferimento era minha única esperança. Depois de darem vazão à raiva que lhes causava a minha indumentária romana, deixaram-me, por fim, explicar que eu era circunciso e convertido ao judaísmo. Uma vez certificados disto, dispensaram-me um tratamento um pouco melhor. Mas não gosto de recordar o centurião parto, em traje judaico, e seu feroz interrogatório para determinar minha identidade e a veracidade da minha história, antes de achar que podia entregar-me aos autênticos judeus.

Direi apenas que as unhas dos polegares arrancadas nascem de novo com bastante rapidez. Sei disso por experiência própria. As unhas dos meus polegares, contudo, não foram tidas na conta de mérito militar. Em casos tais, os regulamentos militares são absurdos, pois as unhas dos meus polegares me trouxeram mais dissabores do que as minhas excursões em volta das muralhas ao alcance das catapultas. No entanto, essas coisas são tidas na conta de mérito militar.

Ao Conselho dos fanáticos pude exibir um atestado e uma autorização secreta da sinagoga de Júlio César para celebrar ajustes. Esses valiosos papéis eu os escondera em minhas roupas e naturalmente não os mostrara a Vespasiano, uma vez que os recebera em caráter confidencial. Os partos também não os podiam ler, pois estavam redigidos na língua sagrada dos judeus e selados com a Estrela de Davi.

O Conselho da sinagoga, que é ainda o mais influente em Roma, falou na carta do grande serviço que eu havia prestado aos judeus de Roma, durante a perseguição iniciada após a revolta de Jerusalém. Como um dos meus serviços, os conselheiros mencionaram a execução de Paulo e Cefas, porquanto sabiam que os judeus de Jerusalém, tanto quanto eles próprios, odiavam esses dois corruptores.

O Conselho dos hierosolimitas estava ávido de informações sobre o que acontecera em Roma, pois havia vários meses que não chegava nenhuma notícia precisa, a não ser um ou outro boato, recebido por intermédio de alguns pombos egípcios.

Tito procurara liquidá-los também, com gaviões amestrados, e o populacho faminto de Jerusalém torcera o pescoço dos restantes, antes que alcançassem o pombal do templo com suas mensagens.

Por segurança, não revelei que era senador romano e apresentei-me como um cavaleiro prestigioso, para não tentar demais os judeus. Evidentemente asseverei que, sendo um recém-convertido, o que podiam constatar pelas minhas cicatrizes, desejava fazer tudo quanto pudesse por Jerusalém e pelo Santo Templo. Assim, unira-me a Vespasiano e suas tropas, na qualidade de tribuno, e o induzira a crer que poderia vir colher informações para ele em Jerusalém. A flecha em meu calcanhar era pura má sorte, e a tentativa da patrulha de capturar-me era um ardiloso ataque simulado para enganar os judeus.

Minha franqueza impressionou-os de tal maneira que eles acreditaram em mim, tanto quanto é possível em condições de guerra. Deram-me permissão para andar livremente pela cidade, sob a proteção de barbudos guardas de olhos ardentes, dos quais, na verdade, eu tinha mais medo que dos habitantes esfaimados. Deixaram-me entrar no templo, também, já que eu era circunciso. Assim, sou uma das poucas pessoas que viram o interior do templo de Jerusalém em todo o seu inacreditável esplendor.

Com meus próprios olhos, pude certificar-me de que os candelabros de ouro com sete ramificações, os vasos de ouro e o pão da proposição, de ouro, continuavam em seus lugares. Somente eles valiam uma fortuna imensa, mas ninguém parecia pensar em surripiá-los. A tal ponto confiavam aqueles desvairados fanáticos na santidade do templo e em seu Deus Todo-Poderoso.

Todavia, por mais incrível que se afigure a uma pessoa sensata, eles não tinham ousado utilizar mais do que uma fração dos incomensuráveis tesouros do templo na compra de armas e fortificações.

Os judeus preferiam trabalhar até o último alento sem remuneração, a tocar nos tesouros do templo, ocultos no meio da montanha por trás das portas blindadas.

Toda a montanha do templo se assemelha a um escavado cortiço de abelhas com suas miríades de alojamentos para peregrinos e numerosas passagens subterrâneas. Mas ninguém esconde nada tão bem que não se possa descobrir, desde que mais de uma pessoa tome parte no ato de esconder e o esconderijo seja conhecido de muitos.

Convenci-me disso mais tarde, quando desentoquei os arquivos secretos de Tigelino. Pareceu-me importante que fossem destruídos, a bem do prestígio do Senado, de vez que neles os pontos de vista políticos e os hábitos pessoais de muitos membros de nossas mais antigas famílias apareciam sob uma luz estranha, homens insensatos que eram capazes de levar o povo a exigir que Tigelino fosse lançado às feras. Ele teria sido incomparavelmente mais perigoso morto do que vivo, caso seus arquivos caíssem nas mãos de um indivíduo sem escrúpulos. É claro que entreguei o tesouro de Tigelino a Vespasiano, conservando comigo apenas algumas lembranças, mas não disse nada acerca dos documentos secretos, nem Vespasiano perguntou por eles, pois é mais atilado e esperto do que seu rude exterior indica.

Devo confessar que fiz a entrega do tesouro com o coração oprimido, uma vez- que lá se achavam os dois milhões de sestércios em moedas de ouro de peso integral, que eu havia dado a Tigelino, antes de sair de Roma, já que ele era a única pessoa que podia duvidar de minhas boas intenções e impedir o meu embarque. Lembro-me bem de suas desconfiadas observações.

— Por que — perguntou — está me dando tão grande quantia não solicitada?
— Para fortalecer a nossa amizade — respondi com franqueza. — Mas também porque sei que você poderá usar esse dinheiro da maneira correta, se os tempos piorarem. Que os deuses de Roma nos resguardem de tais acontecimentos. O dinheiro ainda estava lá, porque Tigelino era um sujeito avarento. Mas ele soube como proceder quando chegou sua vez. Foi ele que fez com que os Pretorianos abandonassem Nero, quando se deu conta de que sua própria pele corria perigo. Por isso, a princípio ninguém lhe quis mal, e Galba lhe deu boa acolhida. Foi Oto que mandou assassiná-lo, ao sentir-se demasiado inseguro na maré da popularidade temporária. Lamentei sempre sua desnecessária morte, pois ele merecia uma velhice amena após sua conturbada mocidade. Nos últimos anos de Nero, viveu sob constante opressão, a ponto de não dormir e tornar-se ainda mais implacável do que antes.

Mas por que penso nele? Minha tarefa mais importante na sitiada Jerusalém, eu a cumpri quando descobri que o tesouro ainda estava lá e intacto. Mercê da perfeição do nosso cerco, eu sabia que nem mesmo um rato com uma moeda de ouro na boca poderia fugir de Jerusalém.

Deves compreender que, devido a ti e ao teu futuro, eu não podia oferecer a Vespasiano um empréstimo do conteúdo das minhas vinte arcas de ferro, que estavam em Cesareia, para ajudá-lo a subir ao trono imperial.

Eu confiava na honestidade dele, mas as finanças de Roma andam confusas e a guerra civil é iminente. Tinha de garantir minhas esperanças, que eram a única razão pela qual arrisquei minha vida e fui para Jerusalém.

Como era natural, também colhi informações sobre as defesas da cidade, as muralhas, catapultas, mantimentos e água, pois me convinha falar disso a Vespasiano. As cisternas subterrâneas tinham água mais do que suficiente para abastecer a cidade. Logo no princípio do cerco, Vespasiano cortara, confiando nos resultados que isso produziria, o aqueduto que o Procurador Pôncio Pilatos mandara construir quarenta anos antes, e a que os judeus se tinham oposto com todas as suas forças, porquanto não queriam depender de água vinda de fora. Isso também provava que a revolta vinha sendo preparada desde muito e que os judeus passaram muito tempo aguardando uma ocasião propícia.

A cidade não tinha reservas de víveres. Vi mulheres magras como sombras, com crianças ossudas nos braços, tentando em vão espremer uma última gota de leite dos seios. Tive pena dos velhos também, que não recebiam rações. Os fanáticos que portavam armas e fortificavam as muralhas precisavam de toda a comida.

No mercado de carne observei que um pombo e um rato eram tesouros que custavam seu peso em prata. Havia rebanhos inteiros de ovelhas no templo para os holocaustos diários ao sanguinário Jeová dos judeus, mas a multidão faminta nem sequer ousava tocá-las. Quase não precisavam ser vigiadas, pois eram animais sagrados. Os sacerdotes e membros do Conselho ainda estavam, naturalmente, bem alimentados.

Os padecimentos do povo judeu acabrunharam-me, pois na balança do deus inexplicável as lágrimas de um judeu presumivelmente pesam tanto quanto as de um romano, e as lágrimas das crianças mais do que as dos adultos, sem distinção de língua e cor da pele. Mas era necessário prolongar o cerco por motivos políticos, e os judeus deviam sua sorte à própria obstinação.

Todo judeu que se atrevesse a falar em capitulação ou entendimento com os romanos era imediatamente executado e acho que terminava no mercado de carne, se me permitem dar minha opinião pessoal José, no seu relato, e só para suscitar compaixão, se refere apenas a umas poucas mães que comeram os próprios filhos. Essas coisas eram tão comuns em Jerusalém que até mesmo ele foi obrigado a registrá-las, para garantir pelo menos algum viso de probidade quanto à exatidão histórica.

Posteriormente ofereci a José uma quantia razoável pela edição de *A Guerra dos Judeus* que a minha casa editora vendeu, se bem que tivéssemos o direito de publicar a obra.

José recusou o dinheiro e, como fazem todos os autores, apenas queixou-se dos cortes que eu fizera, com o fim de ampliar a venda do livro. Inutilmente procurei convencê-lo de que tais cortes lhe tornaram o livro bem menos enfadonho. Os escritores são sempre vaidosos.

Quando chegamos a um acordo sobre o tipo de informação enganosa, concernente às defesas da cidade, que eu devia dar a Vespasiano e os meios pelos quais a sinagoga de Júlio César em Roma podia apoiar secretamente a revolta judaica sem nenhum risco para seus membros, o Conselho Judeu deixou que eu saísse da cidade. De olhos vendados, fui levado por uma passagem subterrânea e jogado numa pedreira no meio de cadáveres putrefatos. Arranhei os joelhos e cotovelos engatinhando na pedreira, e não foi muito agradável tropeçar e enfiar a mão num cadáver intumescido, pois os judeus me tinham proibido tirar a venda dos olhos antes de decorrido certo tempo. Em caso de desobediência, mandariam transpassar-me o corpo com uma flecha, sem piedade.

Entrementes, ocultaram com tanta perfeição a abertura da passagem secreta que tivemos enorme dificuldade em achá-la de novo. Afinal foi encontrada, uma vez que eu tinha de tapar todos os buracos. A maneira como se deu a minha volta abriu-nos os olhos e ensinou-nos a procurar saídas da cidade nos lugares mais improváveis. Com promessas de recompensas, fiz com que os legionários cavassem o terreno. Apesar de tudo, num ano inteiro descobrimos apenas três. Mas, durante algum tempo depois do meu regresso de Jerusalém, receei que as garantias para o teu futuro estivessem diminuindo. Contudo, não precisava preocupar-me. O tesouro ainda estava lá quando Tito capturou a cidade, e Vespasiano pagou as dívidas.

Dessa forma passei um ano completo no Oriente, circulando desassossegado em volta de Vespasiano, à espera de que chegasse a hora.

Vespasiano

Aproveitei o período de espera para trabalhar pela minha causa junto a Vespasiano, valendo-me de meios indiretos, e ele percebeu a insinuação, mas era um homem precavido.

Nero morreu na primavera seguinte, isto é, se é que está morto mesmo. Em um ano Roma foi governada por três Imperadores: Galba, Oto e Vitélio. De certa maneira, por quatro, se contarmos o insolente golpe de Estado que Domiciano, então com dezoito anos, desfechou em Roma, por conta do pai. Mas esse logo se tornou desnecessário.

Achei divertido que Oto tenha sido Imperador, depois de Galba. Popeia teria sido a imperial consorte no fim de contas, ainda que não se divorciasse de Oto. Assim, a profecia estava duplamente confirmada. Não sou supersticioso, mas toda pessoa sensata deve, de vez em quando, atentar para os sinais e augúrios.

Vitélio tomou o poder, com o apoio das legiões germanas, assim que soube do assassínio de Galba. Creio que o motivo da queda súbita de Oto foi ter ele tido a ousadia de furtar a espada sagrada de teu avoengo, Júlio César, do templo de Marte, ato que nem a moral nem o direito o autorizava a praticar. Essa prerrogativa é tua, Júlio Antoniano Cláudio, uma vez que descendes diretamente das linhagens dos Júlios e Cláudios, como descendiam todos os Imperadores Julianos. Felizmente a espada foi devolvida e mais uma vez consagrada no templo de Marte.

Com a derrota das suas legiões em Bedríaco, Oto suicidou-se, já que não desejava prolongar a guerra civil, embora contasse com novas tropas. Sua última carta foi dirigida à viúva de Nero, Estatília Messalina, e nela Oto lamentava não ter podido cumprir a promessa de desposá-la. Seu corpo e seu testemunho, declarou nesta carta, que para um comandante e Imperador era sumamente e inadequadamente emocional, ele os deixava aos cuidados de Estatília. Desse modo, num brevíssimo espaço de tempo, Estatília recebeu o encargo de zelar por dois túmulos imperiais.

De Aulo Vitélio é suficiente dizer que passou seus verdes anos em Cápreas como companheiro do Imperador Tibério. Reconheço de bom grado os serviços de seu célebre pai ao Estado, mas Aulo era tão depravado que nem o próprio pai quis conferir-lhe a função de Procônsul. Logrou as benesses de três Imperadores mais com seus vícios do que com suas virtudes. Nero contava-o no número dos seus amigos, mas eu nunca tive maior aproximação com ele. Na verdade, evitava a sua companhia até onde era possível.

Sua única ação honrosa foi quando desafiou o Senado, atrevendo-se a celebrar um sacrifício a Nero, no campo de Marte, na presença de todos os colégios de sacerdotes, findo o qual, no banquete que ofereceu, pediu ao mais famoso citaredo de Roma que interpretasse exclusivamente as canções que Nero tinha escrito e composto, e em seguida aplaudiu-as entusiasticamente como fizera quando Nero era vivo. Desse modo contrabalançou a carta insultuosa que o Propretor Júlio Víndex escrevera a Nero e que se tornou a causa da guerra civil. Nessa carta Víndex chamou Nero de medíocre citarista, pois sabia que isto o ofenderia mais do que qualquer outra acusação.

No meu modo de ver, o grande erro político de Vitélio foi ter licenciado as coortes pretorianas e mandado executar cento e vinte homens, entre eles tribunos e centuriões, que foram responsáveis pelo assassínio de Galba. Desse ponto de vista, mereciam antes recompensa que castigo. Não admira que um tal capricho tenha levado os comandantes de legiões a duvidarem justificadamente de sua fidedignidade como Imperador.

Não quero falar mais do assassínio impiedoso de tantos nobres. Referirei apenas que ele nem sequer poupou certos banqueiros que lhe poderiam ter sido úteis, mas, esperando proveito fácil, mandou executá-los e confiscar-lhes os bens, sem se dar conta de que é mais prudente ordenhar uma vaca do que matá-la.

Quando o reinado de Vitélio atingiu o oitavo mês, recebi certas informações que me fizeram crer que era chegado o momento de persuadir Vespasiano. Prometi emprestar-lhe toda a minha fortuna, com parte do tesouro do templo de Jerusalém e outros despojos de guerra, como garantia, para financiar sua elevação ao trono. Aludi às minhas vinte arcas de ferro, cheias de ouro. Evidentemente, elas não continham toda a minha fortuna, mas eu queria que ele percebesse como eu confiava em suas probabilidades.

O cauteloso Vespasiano resistiu por tanto tempo que afinal Tito, aquiescendo a um alvitre meu, teve de forjar uma carta em que Galba indicava Vespasiano como herdeiro. Tito foi o mais hábil falsificador que jamais conheci e podia copiar fielmente qualquer caligrafia. O que isso prova acerca do seu caráter é melhor não dizer.

Se Vespasiano acreditou na autenticidade da carta de Galba, não sei. Ele conhece seu filho. De qualquer modo, lastimou-se a noite inteira, na tenda, até que não pude suportar mais e mandei distribuir alguns sestércios, por homem, entre os legionários, de modo que, ao alvorecer, o aclamassem Imperador.

Eles o fizeram de boa-vontade e provavelmente o fariam de graça, mas eu esperava ganhar tempo. Por sugestão minha, fizeram chegar ao conhecimento das outras legiões que comandante bom, compreensivo e talentoso era Vespasiano, do ponto de vista do soldado.

Depois de aclamado Imperador do lado de fora dos muros de Jerusalém, Vespasiano surpreendeu-se alguns dias depois ao receber uma mensagem das legiões da Mésia e Panônia que haviam jurado lealdade a ele sem o seu conhecimento. Apressou-se a enviar o soldo atrasado às legiões do Danúbio, como elas reclamavam na carta. Minhas arcas de dinheiro guardadas em Cesareia revelaram-se utilíssimas, muito embora a princípio Vespasiano resmungas que estava certo de que seu bom conceito lhe propiciaria crédito entre os ricos mercadores da Síria e do Egito. De início não partilhamos da mesma opinião acerca do que por justiça me caberia na divisão do tesouro do templo.

Lembrei-lhe que Júlio César conseguira contrair dívidas colossais firmado unicamente em seu nome e no que esperava do futuro, e que os credores se viram compelidos a apoiá-lo politicamente desde que, em última análise, foram necessários todos os despojos das ricas e férteis Gálias para pagar esses débitos.

Mas César era jovem então e, política e militarmente, se sobressaíra infinitamente mais do que Vespasiano, que além de estar envelhecendo era bem conhecido por sua simplicidade. Depois de muito regateio, porém, chegamos a um acordo razoável. Mas enquanto Nero vivesse, Vespasiano jamais trairia seu juramento militar ou a confiança de Nero. A lealdade é estimável, mas as circunstâncias políticas não tomam em consideração a honra de um homem quando se modificam.

Apesar disso, Vespasiano concordou em assumir o pesado encargo dos deveres imperiais, quando viu que os negócios do Estado andavam à matroca e que a guerra civil prosseguiria indefinidamente, caso ele não agisse. Interveio em consideração à gente simples do campo, que almejava somente paz, tranquilidade e uma vida familiar modesta e feliz. A maioria das pessoas é desse feitio e, por isso, não tem voz muito ativa na gestão dos negócios do mundo.

Sinto que devo contar-te tudo o que sei a respeito da morte de Nero, embora não a tenha presenciado. Como amigo de Nero, e movido pela humana curiosidade, julguei de meu dever investigar esse obscuro episódio tão cuidadosamente quanto possível.

Estatília Messalina acredita piamente que Nero morreu da maneira que se diz e que os historiadores confirmam. Mas Nero a tinha desterrado para o Âncio, e ela não foi uma testemunha ocular. Quanto a Acte, não estou certo, pois ela visita com tanta fidelidade o túmulo de Nero, que estou inclinado a crer que tinha algo a ocultar. Foi uma das poucas pessoas presentes quando Nero consumou seu hoje famoso suicídio.

Ao perceber que a revolta gaulesa chefiada por Víndex começava a tornar-se perigosa, Nero voltou de Nápoles para Roma. A princípio não levara a questão a sério, se bem que, como era de esperar, estivesse magoado com a despudorada carta de Víndex.

Em Roma, Nero convocou o Senado e os membros mais prestigiosos da Ordem dos Cavaleiros, para um conselho secreto, no Palácio Dourado, mas, sensível como era, logo notou a frieza e a má-vontade com que o tratavam.

Depois dessa reunião, ficou realmente assustado. Quando soube que Galba aderira aos rebeldes na Ibéria, desmaiou, pois compreendeu que seu enviado não chegara a tempo de dizer a Galba que, para o bem do Estado, se suicidasse.

Quando a notícia da traição de Galba se espalhou em Roma, houve uma onda de ódio insensato contra Nero, tal como nunca ocorrera desde o tempo de Otaviano Augusto e a queda de Marco Antônio.

Não desejo repetir tudo quanto se disse dele e as infâmias rabiscadas nas suas estátuas. A insolência atingiu o auge quando o Senado escondeu as chaves do Capitólio, depois que Nero pediu a ambas as Ordens que renovassem seus juramentos de lealdade e suas sagradas promessas.

As chaves logo foram encontradas, naturalmente, quando após uma longa espera e enfurecido, Nero ameaçou executar ali mesmo todos os principais senadores, sem se incomodar com a santidade do Capitólio. O desaparecimento das chaves foi interpretado pelos espectadores que ali aguardavam impacientes, como o pior presságio para Nero.

A Nero ainda restavam muitas possibilidades. Tigelino organizara uma longa lista, que mais tarde encontrei em seu esconderijo secreto, e que também continha o meu nome bem visível. Mas perdoei-lhe isso, de boa vontade em nome de nossa amizade. O que mais me surpreendeu foi a clarividência com que ele reconhecera a necessidade de passar à espada certos elementos-chaves da função pública, logo que a rebelião estourou na Gália e Ibéria.

Na lista figuravam ambos os Cônsules e tantos senadores, que me senti horrorizado ao lê-la. Aborrecia-me o ter de destruí-la por motivos políticos. Teria sido divertido ler algum tempo depois uns nomes que dela constavam para certos hóspedes que eu era forçado a convidar por força de minha posição, se bem que não tivesse particular apreço pela companhia deles.

Nero contentou-se com destituir os dois Cônsules e assumir ele próprio as funções, desde que sua sensibilidade e amor à humanidade o impediam de pôr em prática o rigoroso programa que poderia salvá-lo.

Ele ainda tinha o apoio dos Pretorianos, graças a Tigelino. Mas isso implicaria em desbastar a árvore até o último galho e ele achava que nem mesmo a mais forte das árvores resistiria a tal tratamento.

Depois do seu triunfo artístico na Grécia, Nero se tornara ainda mais enfarado dos deveres imperiais. Se o Senado merecesse mais confiança na época, creio que Nero teria transferido para ele grande parte dos seus poderes. Mas sabes da desunião existente no Senado, das suas malquerenças internas e intrigas constantes. Nem mesmo o governante mais esclarecido pode confiar totalmente no Senado, nem sequer Vespasiano. Espero que te lembres sempre disso, embora eu mesmo seja senador e faça o possível para defender suas tradições e autoridade.

Ainda assim, o Senado é um instrumento melhor de governo do país do que os indivíduos irresponsáveis. Para ser membro do Senado são necessários certos requisitos, ao passo que o povo segue irracionalmente o homem que promete azeite gratuito e arranja os melhores espetáculos teatrais e a maioria dos feriados sob o disfarce. O povo é um elemento perigoso e precário no desenvolvimento equilibrado do Estado e pode inutilizar os melhores cálculos. Portanto, é preciso mantê-lo em paz e satisfeito.

Nero não queria guerra, menos ainda a guerra civil, que para todos os julianos, com suas amargas reminiscências, é a pior coisa que pode acontecer a um Imperador.

Entretanto, nada fez para abafar a rebelião, pois desejava evitar desnecessário derramamento de sangue.

Respondia aos críticos dizendo ironicamente que talvez fosse melhor ir ele mesmo, sozinho, ao encontro das legiões que se aproximavam de Roma, em marcha triunfal e, cantando, trazê-las para o seu partido. Para mim, isso revelava que ele podia ter concebido planos inteiramente seus. Não era inutilmente que na juventude teria preferido estudar em Rodes a dedicar-se a política. Sempre suspirara pelo Oriente e nunca conseguira ir além da Acaia.

Os conhecimentos de Nero acerca da Pártia ultrapassavam as habituais informações militares concernentes a pastagens, estradas, mananciais, vaus, desfiladeiros e fortificações.

Também gostava de falar da civilização característica dos partos, se bem que nos ríssemos dele, uma vez que, para os romanos, os partos são e serão sempre bárbaros até o dia em que Roma os civilizar.

Depois da morte de Nero, achei que talvez sua ideia de dar um concerto em Ecbátana não fosse só uma pilhéria. Descobri que tocar cítara e cantar são agora o ponto alto da moda nos círculos aristocráticos da Pártia. Nesse caso, atrasados. Aqui em Roma, como péssima consequência da conquista de Jerusalém, temos um constante retinir e zangarrear de instrumentos musicais do Oriente. Sistros e pandeiros, ou que outro nome tenham.

A música desses jovens novidadeiros arrasa a saúde de um sujeito avelhantado como eu. Às vezes recordo a mania da cítara da época de Nero como uma desaparecida idade de ouro, embora eu não seja musical, como tu e tua mãe fazeis questão de me lembrar.

Não posso compreender como é que precisas ter, quando estudas, um escravo atrás de ti, vibrando um sistro ou batendo uma na outra duas tampas de caçarolas de cobre, enquanto um cantor rouquenho geme baladas egípcias. Eu enlouqueceria se tivesse de ouvir essas coisas continuamente. E, no entanto, dizes a sério que de outro modo não te podes concentrar nos estudos. Como sempre, tua mãe fica do teu lado e acha que não entendo de coisa alguma. Sem dúvida cultivarias uma barba também, se pudesses tê-la aos quinze anos.

Nero permaneceu inativo, magoado pelas calúnias e afrontas públicas que tivera de suportar. As tropas de Galba marchavam vitoriosas e, graças a Nero, não provadas na batalha, em direção a Roma.

Então, chegou a véspera do dia de Minerva. Tigelino, para salvar a pele, colocou os Pretorianos à disposição do Senado.

Em primeiro lugar, o Senado foi convocado em segredo para uma reunião ao amanhecer. Nem todos os senadores que estavam em Roma receberam a notificação, mas só os dignos de confiança, e, naturalmente, Nero foi excluído, muito embora tivesse direito a comparecer, uma vez que era um senador como os demais e de grau mais elevado que eles. Tigelino tomou providências para que os guardas pretorianos e os germanos da guarda pessoal do Imperador se retirassem do Palácio Dourado, na mudança da guarda, durante a noite.

Os Cônsules que Nero havia ilegalmente destituído assumiram a presidência e o Senado deliberou, por unanimidade, nomear Galba, um velho calvo e depravado que dispensava seus favores a amantes atléticos, para Imperador. Igualmente por unanimidade, o Senado declarou Nero inimigo do Estado e condenou-o, como tinham feito seus antepassados, a morrer açoitado. Quanto a isso, o Senado reconhecia que Nero era um senador com plenos direitos, pois um senador só pode ser julgado por seus pares. Todos tinham como certo que Nero se suicidaria para fugir a um castigo tão desumano. Tigelino, evidentemente, foi um dos votantes mais insofridos.

Nero acordou à meia-noite, no quarto de dormir do seu deserto Palácio Dourado, com sua fiel "esposa" Esporo na outra cama.

Restavam a seu serviço apenas alguns escravos e libertos, e embora tenha enviado mensagens aos seus amigos, nenhum lhe deu resposta e muito menos apoio.

Para experimentar totalmente a ingratidão do mundo, Nero saiu a pé pela cidade, com alguns fiéis serviçais, e debalde bateu à porta das casas que outrora presenteara generosamente a seus amigos. Mas as portas continuaram fechadas e do interior não veio uma palavra resposta. Por segurança, os moradores tinham até açaimado o focinho dos cachorros.

Quando voltou ao Palácio Dourado e entrou no quarto de dormir, viu Nero que já lhe tinham roubado as cobertas de seda e outros artigos valiosos. Montou a cavalo e partiu, descalço, encapuzada a cabeça e vestindo apenas uma túnica e um manto de escravo, para a quinta de um dos seus libertos, que, segundo conta este mesmo homem, fora oferecida a Nero como esconderijo. Essa vila está localizada à margem da Via Salária, ao lado da estrada que passa perto do quarto marco miliário. Deves estar lembrado de que Sêneca passou o último dia de vida em sua casa, nas proximidades do quarto marco miliário, e que Cefas voltou para Roma quando já havia alcançado o quarto marco miliário, na Via Ápia.

Nero estava acompanhado de quatro homens: Esporo, o liberto, surpreendentemente Epafródito e um indivíduo que, por ter-se mostrado tagarela no fórum, o Senado mandou eliminar. Acte já estava na vila, aguardando Nero. Achei que a cena fora cuidadosamente arranjada e foi muito bem representada. Nero foi um dos melhores atores de sua época e dava grande valor à encenação, de sorte que no teatro estava sempre fazendo observações sobre um pilar mal colocado ou a iluminação defeituosa, que fazia sobressair um personagem secundário, enquanto ele cantava.

Quando cavalgava, houve um tremor de terra e o raio caiu na estrada à sua frente. O cavalo espantou-se, ao sentir o cheiro de um cadáver, e ergueu-se nas patas traseiras. Nero trazia a cabeça coberta, mas quando o cavalo se empinou, o capuz escorregou e revelou-lhe o rosto. Por acaso, um velho Pretoriano reformado reconheceu-o e saudou-o como Imperador.

Isso aumentou a pressa de Nero, pois ele temia que seu plano fosse descoberto cedo demais. Isto é o que dizem os depoimentos do liberto e de Epafródito. Esporo sumiu posteriormente, sem deixar vestígio, e Oto nunca o encontrou, embora tivesse gostado imensamente de pôr à prova, na cama, os talentos da "esposa" de Nero. Oto também propôs casamento a Estatília, confiante no comprovado gosto de Nero nessas matérias.

Não desejo repetir tudo o que aqueles dois homens contaram a respeito da angústia mental de Nero, seu pavor e sofrimento; como Nero bebeu água de um charco, apanhando-a com as mãos em concha, e arrancou os espinhos de seu manto de escravo, depois de avançar de rastos por entre as moitas até à vila. Relataram tudo tintim por tintim, para o imenso gáudio do Senado e dos historiadores.

Nero planejara tudo tão cuidadosamente, de antemão, que chegou até a deixar o rascunho de um discurso em que pedia perdão para os crimes que cometera, por motivos políticos, e implorava ao Senado que lhe poupasse a vida e o nomeasse procurador, em alguma modesta província oriental, pois, no seu entender, prestara bons serviços ao Senado e ao povo de Roma.

Desse modo, Nero produziu a impressão de agir sob a ameaça de morte e estar sob o domínio do terror cego. Mas aquelas duas testemunhas não teriam

436

logrado convencer nenhum ouvinte lúcido. Os únicos a se deixarem convencer foram aqueles que tudo haviam feito para levar Nero ao suicídio e que, portanto, achavam que suas esperanças se tinham concretizado.

Nero lembrou-se de legar à posteridade, como suas últimas palavras, uma esplêndida réplica: "Que artista o mundo vai perder comigo!" Friso de boa-vontade essas palavras porque, pouco depois, compreendi que mestre da arte de viver e das artes, sim, que verdadeiro amigo da humanidade Roma perdeu com Nero, por mais espinhoso que fosse, às vezes, estar a seu lado, em consequência de sua extravagância e presunção. Mas ninguém deve ter ilimitados poderes nas mãos durante dezessete anos; lembra-te disto, meu filho, se alguma vez te impacientares com a lentidão de teu pai.

Quando acabaram de cavar o túmulo, empilhar à roda dele blocos de mármore, reunir bastante lenha e trazer água para derramar no mármore calcinado, chegou um mensageiro de Roma com uma carta para o liberto. Por ela, Nero soube que Galba fora proclamado Imperador, e que ele próprio devia ser açoitado até expirar. A representação tinha de continuar, para dar a Esporo a oportunidade de carpir-se como viúva, ao lado do cadáver, mas um acontecimento inesperado forçou os conspiradores a se apressarem.

O leal veterano que reconhecera Nero na estrada não correu a relatar a fuga do Imperador, como qualquer pessoa sensata teria feito, mas, ao invés disso, rumou com suas pernas trôpegas para o acampamento dos Pretorianos. Ali todos lhe conheciam as cicatrizes e o bom nome, e, como membro da confraria de Mitras, o velho gozava da confiança do centurião. O momento era o mais propício possível, com Tigelino ainda no Senado, onde indivíduos loquazes continuavam a expressar sua ira e seu zelo patriótico, agora que podiam por uma vez ao menos falar sem serem interrompidos.

O velho fez um discurso a seus camaradas, dizendo-lhes que se lembrassem de seu juramento militar e de sua dívida de gratidão a Nero, assim como dos vergões que a vara de Tigelino lhes deixara nas costas. Ambas as legiões pretorianas praticamente decidiram por unanimidade dar apoio a Nero. Estavam certos da generosidade dele, ao passo que Galba era conhecido pela sovinice.

Resolveram enfrentar a força com a força e não duvidavam do resultado da batalha, pois imaginavam que muitos legionários abandonariam Galba, se vissem as tropas de escol de Roma dispostas ao combate. Imediatamente mandaram um troço de cavalarianos, sob o comando de um centurião, procurar Nero e trazê-lo para a segurança do acampamento. Mas os soldados perderam muito tempo, procurando o esconderijo de Nero, pois de início não pensaram na distante vila do liberto.

Mas Nero já se fartara do poder. Assim que tomou conhecimento da missão dos cavalarianos, mandou dizer-lhes pelo liberto que fossem embora. Então Epafródito apunhalou-o na garganta, perito como era em certos jogos a que Nero costumava dedicar-se.

Nero evidentemente escolheu o suicídio mediante uma punha. lada na garganta, para mostrar ao Senado que sacrificava até mesmo suas cordas vocais, de modo que não surgissem dúvidas acerca de sua morte. Se mais tarde outro grande cantor fosse conquistar nomeada no Oriente, ninguém sequer pensaria em Nero pois todos saberiam que ele cortara a própria garganta.

Quando o sangue jorrou artisticamente da ferida, Nero, reunindo as últimas reservas de força, recebeu o centurião, numa voz entrecortada agradeceu-lhe a fidelidade, depois voltou os olhos para o alto e expirou com tão críveis estertores e convulsões, que o calejado guerreiro, de lágrimas nos olhos, cobriu-lhe o rosto, com seu manto escarlate de centurião, para que Nero morresse ao modo dos Imperadores, com o rosto velado.

Júlio César, também, cobriu a cabeça, para honrar os deuses, quando os punhais dos assassinos crivaram-lhe o corpo. O liberto de Nero e Epafródito disseram em seguida ao centurião que, para o bem dele mesmo e de todos os pretorianos leais, seria mais prudente voltar ao acampamento, levando a notícia da morte de Nero, para que ninguém cometesse alguma tolice. Depois, corresse ao Senado e dissesse que, na esperança de recompensa, seguira Nero, para capturá-lo vivo e entregá-lo aos senadores, mas que Nero se suicidara.

As manchas de sangue no manto que pusera em cima do corpo constituíam prova suficiente, mas sem dúvida podia também cortar a cabeça de Nero e levá-la consigo para o Senado, caso julgasse tal feito compatível com sua honra de soldado. Mesmo sem isso, podia estar certo de ser recompensado pela boa nova. Nero desejava que seu corpo fosse cremado discretamente e sem estar mutilado.

O Centurião deixou o manto para servir de prova, uma vez que o Senado enviaria imediatamente uma comissão à vila, para investigar as circunstâncias em que se dera a morte de Nero. Logo que ele e os cavalarianos foram embora, os fiéis conspiradores agiram com rapidez.

Era fácil achar um cadáver, do mesmo tamanho e compleição do de Nero, naqueles dias conturbados em que muitos jaziam nas valas, ao longo das estradas, após os motins que precederam à chegada de Galba.

Assim, sem perda de tempo, colocaram o corpo na pira, acenderam o fogo e despejaram azeite por cima. Onde, como e com que disfarce Nero prosseguiu em sua fuga, não sei dizer. Mas estou plenamente convencido de que foi levado para o Oriente, provavelmente em busca da proteção dos partos.

A corte dos Arsácidas guarda tantos segredos, há mais de trezentos anos, que suponho que nisto esse povo supera os romanos. Somos tagarelas até no Senado. Os partos conhecem a arte de ficar calado.

Reconheço que o inesperado incremento do gosto pela cítara na Pártia é a única prova concreta que posso apresentar em abono das minhas conclusões. Sei que Nero jamais voltará a procurar poder em Roma. Todos os que o tentam ou venham a tentar no futuro, mesmo que tragam cicatrizes na garganta, são falsos Neros e nós os crucificados sem hesitação.

Os companheiros de Nero já tinham ido tão longe na cremação que, quando chegaram, os investigadores os encontraram derramando água nos fumarentos blocos de mármore, que se desmanchavam feito cal e cobriam os restos do cadáver, formando uma concha que escondia todas as feições. Nero não tinha deformidades pelas quais se lhe pudesse identificar o corpo. O dente que extraíra na Grécia fora arrancado ao cadáver também, por segurança.

O que sobrara da pira fora embrulhado num manto branco bordado a ouro, que Nero usara naquele inverno na festa das Saturnálias. Com permissão de Galba,

438

duzentos mil sestércios foram empregados nas cerimônias fúnebres. Num sarcófago de pórfiro, no mausoléu dos Domicianos, jaz um cadáver semi-incinerado numa concha de cal. Qualquer pessoa pode ir lá para certificar-se de que Nero está realmente morto. Estatília e Acte nada têm contra as honras prestadas pelo povo à memória de Nero.

Eu te falei da morte de Nero para que estejas preparado, caso aconteça algo inesperado. Nero tinha apenas trinta e quatro anos quando escolheu, em lugar da guerra civil, fingir-se de morto para expiar seus crimes e começar vida nova. Onde, ninguém sabe. No momento em que escrevo, ele teria quase quarenta e três.

Minhas suspeitas nasceram quando reparei que tudo acontecera no dia do assassínio de Agripina e que Nero saiu da cidade a cavalo, com a cabeça coberta e de pés descalços, dedicado aos deuses. O misterioso desaparecimento de Esporo é, a meu ver, outra prova. Nero não podia viver sem ele, que era a imagem de Popeia, como já disse. Muitos senadores perspicazes têm a mesma opinião que eu tenho, acerca da morte de Nero, ainda que, como é natural, nós nunca a externemos em público.

Galba mostrou-se indulgente, no que respeita aos restos mortais de Nero, em atenção às pessoas que genuína e justificadamente prantearam a sua morte. Galba desejava convencer o mundo de que Nero tinha realmente morrido.

Assim, não fez caso do labéu de inimigo do Estado com que o brindou o Senado.

Desconfiando do Senado, Galba pensava em limitar a dois anos o período de exercício de um senador. Ideia absurda, desde que nosso cargo sempre foi vitalício, embora isso significasse que temos de tolerar entre nós alguns anciãos que, às vezes, desperdiçam tempo falando com enlevo da passada idade de ouro. É uma doença de que todos nós podemos padecer. Assim, respeitamos pacientemente a velhice e os longos serviços prestados, em contraste com os jovens, que não apreciam tais coisas, até o momento em que calçam as botas de senador.

Portanto, não causou surpresa que a cabeça de Galba fosse em breve carregada de um lado para outro, no fórum. Como a cabeça não tinha um só fio de cabelo, o soldado que a levava tinha de pegá-la pela boca. Depois de ter recebido a recompensa das mãos de Oto, o soldado deu a cabeça aos outros Pretorianos, que a conduziram em algazarra pelo acampamento,

À parte sua sovinice, pois ele nem mesmo lhes pagara uma razoável bonificação quando subiu ao trono, os Pretorianos se exacerbaram por ter ele, depois de apaixonar-se por um gigante germano da guarda imperial, passado a noite inteira com o homem, exaurindo-o de todas as maneiras, e de manhã não lhe ter dado sequer dois sestércios para um caneco de vinho, limitando-se a dizer que o homem devia mostrar-se grato por ter desfrutado da amizade de um velho tão fogoso. Esta foi uma das causas de sua ruína. Os Pretorianos já se tinham saturado de coisas desse tipo, durante a época de Tigelino.

Devo voltar a Vespasiano. Foi uma alegria ver como ele ficou surpreso quando os legionários o aclamaram Imperador, como protestou, esfregou as mãos e diversas vezes pulou do escudo em que o carregavam em volta das muralhas de Jerusalém. Como assento, um escudo é incômodo de qualquer modo, especialmente porque os soldados, no auge do entusiasmo, também sacudiam Vespasiano para o alto. Eles estavam assim bêbados por causa dos sestércios que eu distribuíra.

439

Claro que recebi de volta parte do meu dinheiro, graças a meu novo liberto sírio, uma vez que eu conseguira o monopólio da venda de vinho no acampamento. Ele também ganhou bom dinheiro concedendo licenças aos vendedores ambulantes judeus para que entrassem no acampamento.

Depois de enviar o soldo às legiões da Panônia e Mésia, juntamente com algumas leves censuras às coortes da Gália, por terem indisciplinadamente saqueado e ultrajado populações indefesas, Vespasiano viajou imediatamente para o Egito.

Não precisou destacar tropas comandadas por Tito para este fim, pois podia confiar na lealdade da guarnição egípcia. Tinha, porém, de tranquilizar-se pessoalmente acerca do Egito, não porque o Egito seja o celeiro de Roma, mas porque o Egito nos proporciona papel suficiente para a administração do mundo, sem falar da arrecadação de impostos.

Vespasiano levou a arte da tributação a um ponto anteriormente desconhecido, de sorte que às vezes nós, os ricos, nos sentimos como se estivéssemos vertendo sangue pelo nariz e pelos ouvidos, enquanto ele nos espreme, sem falar no reto, que é a causa de minha estada aqui neste sanatório. Tão impressionados ficaram os médicos com a minha situação e as hemorragias que me debilitavam que, em lugar de me darem remédios, aconselharam-me a fazer o testamento.

Quando os médicos me desenganaram, as dores no estômago fizeram com que eu me voltasse para Jesus de Nazaré. As pessoas depauperadas tornam-se humildes, no limiar da morte. Mas nada lhe prometi. Junto a meus crimes e minha dureza, minhas boas ações não valerão grande coisa, no dia em que ele apartar as ovelhas das cabras. Por isso achei desnecessário fazer qualquer promessa.

Meus médicos não acreditaram no que viram quando as hemorragias cessaram de chofre, espontaneamente. Concluíram, por fim, que minha vida não estivera em perigo, mas que a enfermidade resultara do meu ressentimento ante a recusa de Vespasiano a concordar com certas medidas técnicas de tributação que me capacitavam a manter meus rendimentos e meu patrimônio.

Devo reconhecer que ele não nos onera, visando algum proveito pessoal e, sim, o bem do Estado, mas há limite para tudo. Até o próprio Tito odeia os miúdos que a gente tem de pagar para usar as latrinas públicas, ainda que isso redunde em cestas cheias de moedas de cobre todos os dias.

Sei que há água corrente nas novas latrinas, assim como assentos de mármore e esculturas decorativas, mas nossa antiga liberdade de cidadãos desapareceu.

Por isso o povo mais pobre ainda se contenta em verter água ostensivamente nas paredes dos templos e nos portões das casas dos ricos.

Quando chegamos a Alexandria, Vespasiano resolveu não entrar no porto, porque todas as docas estavam cheias dos cadáveres de judeus e gregos. Quis dar aos habitantes da cidade tempo para pacificarem suas dissensões internas e se entrincheirarem em seus respectivos setores, pois não gostava de supérfluas efusões de sangue.

Alexandria é grande demais para que as rixas entre judeus e gregos se apaziguem tão facilmente como, por exemplo, em Cesareia.

Desembarcamos fora da cidade e, pela primeira vez em minha vida, pus os pés no solo sagrado do Egito, de modo que a lama esparrinhou e sujou minhas elegantes botas de senador.

Na manhã seguinte, recebemos a visita de uma delegação 'da cidade, em todo o seu esplendor egípcio, judeus e gregos em harmonia, todos desculpando-se com eloquência do tumulto provocado por arruaceiros insensatos e afiançando-nos que a polícia da cidade dominava a situação. Do grupo faziam parte filósofos, eruditos e o bibliotecário-mor e seus subordinados. Vespasiano, que não era nenhum erudito, dava grande valor a isso.

Quando soube que Apolônio de Tiana estava na cidade para estudar a sabedoria egípcia e ensinar aos egípcios a contemplação do umbigo, praticada pelos ginossofistas hindus, Vespasiano disse lamentar profundamente que o maior filósofo do mundo não julgasse compatível com sua dignidade vir com os outros dar as boas-vindas ao Imperador.

O comportamento de Apolônio era puro cálculo. Sabia-se que ele era presumido e tão orgulhoso de sua sabedoria, como da barba branca que, de tão longa, lhe tocava a cintura. Queria a todo custo obter as boas graças do Imperador, mas considerava mais prudente causar certa apreensão a Vespasiano, levando-o a imaginar de início que não aprovava o seu golpe de Estado.

Outrora, em Roma, Apolônio tudo fizera para conseguir a estima de Nero, mas Nero não o recebera, uma vez que preferia as artes à filosofia. Apolônio conseguira amedrontar Tigelino, com seus poderes sobrenaturais a fim de obter permissão para ficar em Roma, apesar de Nero ter banido da cidade todos os filósofos.

Pouco antes da aurora do outro dia, Apolônio de Tiana apareceu diante do palácio imperial de Alexandria e pediu para entrar. Os guardas impediram-no, explicando que Vespasiano acordara cedo para ditar cartas importantes.

— Esse homem será um governante — declarou Apolônio com ares de santarrão, esperando que a profecia chegasse aos ouvidos de Vespasiano, o que de fato aconteceu.

Mais tarde, tornou a aparecer no portão, contando ganhar de graça um bocado de comida e um caneco de vinho. Desta vez foi imediatamente conduzido à presença de Vespasiano, com todas as honras devidas ao maior erudito do mundo. Muita gente ainda vê em Apolônio um êmulo dos deuses.

Apolônio pareceu um tanto surpreso com o cinzento pão legionário e o vinho azedo que Vespasiano lhe ofereceu, pois se habituara a uma alimentação melhor e nunca condenara a arte de cozinhar, se bem que, de quando em quando, jejuasse para purificar o corpo. Mas perseverou no papel que escolhera e elogiou os hábitos simples de Vespasiano, dizendo que eram prova de que tudo era justo e benéfico ao Estado, na vitória de Vespasiano sobre Nero.

— Eu nunca me rebelaria contra o Imperador legal — replicou Vespasiano, lacônico.

Apolônio, que imaginara causar boa impressão gabando-se do papel que desempenhara na revolta gaulesa de Víndex, afundou num mutismo desconcertado e depois perguntou se podia convidar a entrar dois de seus célebres companheiros que ainda aguardavam lá fora.

441

A própria comitiva de Vespasiano partilhava de sua refeição. Vespasiano estava um pouco impaciente, pois passara acordado metade da noite, ditando suas ordens e mensagens mais urgentes. Mas controlou-se.

— Minhas portas estarão abertas aos sábios — disse ele — mas a ti, incomparável Apolônio, também o meu coração está aberto.

Na presença dos seus discípulos, Apolônio proferiu então uma convincente preleção sobre a democracia e a necessidade de restaurar o Estado democrático em lugar da autocracia que se revelara tão desastrosa. Fiquei preocupado, mas Vespasiano não tomou conhecimento das minhas cutucadas e piscadelas, e pacientemente escutou até o fim.

— Temo sinceramente — disse ele, então — que o poder despótico que o Senado tentou de todos os modos limitar, arruinou o povo de Roma. Portanto, é difícil executar presentemente o que sugeres. Em primeiro lugar, é preciso preparar o povo para aceitar a responsabilidade que a liberdade traz consigo. De outra maneira, as consequências serão desavenças intermináveis, motins e constante ameaça de guerra civil.

Apolônio respondeu com tanta presteza que não pude deixar de lhe admirar a flexibilidade.

— Que me importa a edificação do Estado? — disse ele. — Vivo unicamente para os deuses. Mas não gostaria que a maioria do gênero humano fosse humilhada por falta de um bom sábio pastor. Na realidade, quando medito nessas questões, concluo que um despotismo esclarecido, cuidadosamente vigiado por um Senado bem escolhido cujo objetivo mais alto é o bem comum, é a forma mais altamente desenvolvida de democracia.

Prosseguindo, entrou a explicar, com grande rodeio de palavras, que pretendia familiarizar-se com a antiga sabedoria do Egito, investigar as pirâmides e possivelmente beber da fonte do Nilo. Mas não estava em condições de alugar o barco e os remadores de que carecia, apesar de ser um ancião cujos pés estavam cansados de tantas viagens. Vespasiano aproveitou o ensejo para apontar-me com o dedo.

— Não tenho dinheiro — declarou — exceto para as necessidades mais prementes do Estado. Estou certo de que sabes disso, caro Apolônio. Mas meu amigo aqui, Minuto Maniliano, é na qualidade de senador, um amigo tão fervoroso da democracia como tu. E rico e provavelmente te dará um navio provido de remadores, se lhe pedires, assim como custeará a tua viagem às nascentes do Nilo. Nem precisas temer qualquer risco durante a viagem, pois uma expedição de cientistas está a caminho de lá atualmente, enviada por Nero há dois anos e protegida por Pretorianos. Junta-te a eles, se puderes.

Apolônio ficou encantado com essa promessa, que não custava a Vespasiano uma só moeda.

— Ó Júpiter Capitolino! — exclamou, em êxtase — saneador do caos do Estado, preserva este homem para ti mesmo. Teu templo, que mãos impiedosas estão agora destruindo à luz das labaredas, ele o reedificará.

Emudecemos todos ante o vaticínio e a visão de Apolônio. Para ser franco, achei que tudo não passava de cavilação. Só duas semanas depois ouvimos falar da deposição de Vitélio e de como Flávio Sabino e Domiciano tinham sido força-dos a se entricheirar no Capitólio.

Domiciano fugiu ao cerco feito um covarde, depois de raspar o cabelo e dis-farçar-se de sacerdote de Isis. Reuniu-se a um grupo de sacerdotes encarregados dos sacrifícios, quando os soldados de Vitélio, após atearem fogo ao templo e destruírem-lhe as paredes com suas máquinas, libertaram os sacerdotes presos antes da chacina final. Apesar de velho, meu ex-sogro Flávio Sabino morreu ali bravamente.

Domiciano escapou para a outra banda do Tibre e escondeu-se com a mãe judia de um de seus antigos colegas de escola. Todos os membros das famílias dos prínci-pes regentes judeus frequentavam a escola do Palatino. Um deles era filho do Rei de Cálcis, cujo destino arrastou meu filho Jucundo a aderir à conspiração juvenil para destruir Roma e transferir a capital para o Oriente. Refiro-me a isto também, muito embora tivesse pensado em não fazer qualquer alusão a esse respeito.

Tigelino embebedara o Príncipe de Cálcis e em seguida usara-o para satisfazer os seus desejos. Depois, na presença dos colegas, o rapaz suicidou-se, pois seus preconceitos religiosos vedavam-lhe ter relações sexuais com homens, e depois disto ele jamais poderia suceder a seu pai e tornar-se Rei de Cálcis. Foi por contra isso que o fogo voltou a alastrar-se em Roma, começando nos jardins de Tigelino, depois que o grande incêndio já estava quase extinto. Jucundo andou envolvido nisso e, portanto, não morreu como uma inocente vítima. Mas a velha Subura de-saparecera no incêndio e com ela uma nódoa vergonhosa de Roma.

Em sua covardia, Domiciano imaginou que ninguém iria procurá-lo no setor judaico da cidade, pois os judeus odiavam Vespasiano e toda a sua família, por causa do cerco de Jerusalém e das baixas que o seu movimento de pinças causara aos judeus, quando os rebeldes tentaram combater em aberto.

Ao ouvir falar das baixas, Apolônio de Tiana novamente procurou intervir, em favor dos gregos, na luta interna pelo poder, em Alexandria. Quando se despediu de Vespasiano antes de iniciar a excursão pelo Nilo, no barco que eu lhe tinha presenteado, ele disse:

— Fiquei atento quando soube que tinhas destruído trinta mil judeus numa batalha e cinquenta mil em outra. Então pensei: Quem é este homem? Ele podia fazer coisas melhores. Há muito os judeus vêm traindo não somente Roma como também a humanidade inteira. Um povo que procura isolar-se de todos os outros povos, que não come nem bebe na companhia dos outros e se nega até a fazer as costumeiras orações tradicionais e as oferendas de incenso aos deuses, tal povo está mais distante de nós do que Susa e Bactriana. Seria melhor que não sobrasse um só judeu no mundo.

O homem mais sábio do nosso tempo falou em termos tão intolerantes que me senti satisfeito de lhe financiar a viagem e desejei ardentemente que seu barco afundasse ou que os selvagens núbios o empalassem num espeto de assar carne. Evidentemente sua eterna conversa acerca de democracia me aborrecia deveras.

Vespasiano tendia demasiadamente para a meditação virtuosa e pensava mais no bem do povo do que na vantagem de ser Imperador.

Não há dúvida que Apolônio de Tiana possuía poderes sobrenaturais. Mais tarde chegamos à conclusão de que ele, de fato, vira com os olhos do espírito o in-

443

cêndio do Capitólio no momento em que estava realmente ocorrendo. Dias depois Domiciano saiu do porão da judia e insolentemente proclamou-se Imperador. É claro que o Senado é em parte responsável por isso, pois os senadores acreditavam que lhes seria mais proveitoso ter no trono um rapaz de dezoito anos em lugar de Vespasiano, que estava habituado a dar ordens quando as circunstâncias assim o exigiam.

Domiciano vingou o terror e a humilhação fazendo com que o povo pendurasse Vitélio pelos pés, num poste, em pleno fórum e depois o matasse lentamente a punhaladas. Em seguida, o corpo de Vitélio foi arrastado para o Tibre, num gancho de ferro. Por esse motivo, também, nunca confies no capricho do povo. Ama o povo tanto quanto quiseres, meu filho, mas disciplina o teu amor.

Ainda não sabíamos de todas essas coisas em Alexandria. Vespasiano ainda hesitava quanto à forma de governo, apesar de ter sido proclamado Imperador. O republicanismo lhe era caro. como a todos os senadores mais velhos. Debatemos essa questão muitas vezes e com prazer, mas não vás agir precipitadamente por causa disso. O arroubo de Apolônio não o convenceu, porque a lentidão do correio não lhe dava ocasião de investigar a veracidade da visão do filósofo. Depois, o sacerdócio de Alexandria confirmou a divindade dele, de modo que todas as profecias que, no decorrer de um século, tinham anunciado um Imperador saído do Oriente iam enfim concretizar-se.

Numa tórrida manhã, quando Vespasiano estava distribuindo justiça do lado de fora do templo de Serápide, onde mandara instalar a sua curul de juiz, em honra dos deuses do Egito, dois enfermos apresentaram-se diante dele e lhe pediram que os curasse. Um era cego e o outro coxo. Vespasiano não queria tentar, pois uma enorme multidão se comprimia defronte do templo, para ver o Imperador, e ele não desejava fazer papel ridículo diante do povo.

Mas invadiu-me a sensação de já ter passado por tudo isso antes: as colunas do templo, a curul magistrática, a multidão. Tive até mesmo a impressão de reconhecer os dois homens. Subitamente lembrei-me do sonho que tivera na terra dos brigantes. Avivei a memória de Vespasiano e instei com ele para que tratasse de fazer o que eu o vira fazer em sonho. Com relutância, Vespasiano ergueu-se e deu uma cusparada nos olhos do cego e em seguida um pontapé na perna do coxo. O cego recuperou a vista e o pé ressequido do coxo ficou bom com tanta rapidez, que mal podíamos crer no que os nossos olhos viam. Então Vespasiano afinal acreditou que nascera para ser Imperador, se bem que depois deste episódio não se tenha sentido mais santo nem mais divino do que antes, ou, se sentiu, não o revelou a ninguém.

Estou certo de que nunca mais tornou a pôr à prova os seus poderes por esse meio, se bem que eu lhe tenha pedido, certa vez, que pusesse sua divina mão em meu reto sangrento, quando ele veio visitar-me, em meu leito de moribundo. Vespasiano recusou explicando que sua estranha experiência em Alexandria o afetara a tal ponto que receou viesse a ficar louco.

— Roma já está farta de Imperadores dementes — disse ele.

Muita gente que só acredita no que vê, ouve e percebe pelo olfato, por mais enganosos que sejam os sentidos humanos, está propensa a descrer da minha história, pois é célebre a feitiçaria dos sacerdotes egípcios.

444

Mas posso testemunhar que os sacerdotes de Serápide examinam com todo o cuidado o paciente e verificam se está realmente enfermo, antes de praticarem nele a cura sobrenatural.

Do seu ponto de vista, a simulação e a cura de uma doença imaginária constituiriam um insulto aos deuses.

Sei que Paulo também era muito rigoroso quanto a permitir que alguém lhe usasse as roupas suadas para curar-se de uma doença grave. Expulsava inexoravelmente da comunidade cristã todos os que fingissem estar doentes.

A julgar por minha própria experiência, creio que Vespasiano efetivamente curou os dois enfermos, muito embora eu não deseje explicar como tais coisas são possíveis. Também reconheço que Vespasiano é prudente em não querer voltar a pôr à prova a sua habilidade. A perda de força sofrida nesse gênero de cura é, provavelmente, enorme.

Dizem que Jesus de Nazaré não podia suportar que ninguém tocasse às escondidas nem mesmo nas borlas do seu manto, pois sentia sua força se esvaindo. Curava os doentes e ressuscitava os mortos, mas somente a pedido ou por compaixão pelos parentes da vítima.

De modo geral, parece ter feito pouco caso dos seus milagres. Costumava criticar os que viam mas não acreditavam e louvava os bem-aventurados que acreditavam embora nunca tivessem visto. Ou assim me contaram. Não que a minha crença pese mais do que um grão de areia. Receio muitíssimo que isso não lhe pareça suficiente, mas tentarei pelo menos ser sincero com ele.

Por falar nos milagres egípcios, lembro-me de um grego de lá que empregara sua herança e o dote de sua mulher em invenções quiméricas. Esse louco insistiu tanto em ter uma audiência com Vespasiano que, afinal, tivemos de recebê-lo. Com os olhos brilhantes, ele nos falou de suas invenções e louvou especialmente o poder do vapor de água, que considera capaz de mover as mais pesadas pedras de moinho.

— Que faríamos dos escravos que vivem de fazer girar as mós? — perguntou Vespasiano. — Procura calcular quantos empregados o Estado teria então de sustentar.

O homem fez um cálculo rápido na cabeça e admitiu francamente que não tinha pensado no prejuízo que sua invenção poderia acarretar para a economia nacional. Esperançoso, passou a explicar que o vapor da água fervente podia ser utilizado para impelir remos, o que demonstraria, se tivesse bastante dinheiro para realizar certas experiências. Neste caso, as embarcações já não dependeriam dos ventos, como dependem os navios mercantes e os vasos de guerra.

Neste ponto, resolvi intervir para mostrar quão aterradoramente inflamáveis seriam os dispendiosos navios que transportam cereais, sem falar nos navios de passageiro, se fosse necessário manter o fogo ardendo constantemente, a bordo, para aquecer a água. A própria cozedura de alimentos a bordo já se revelava tão perigosa que, ao menor indício de tempestade, era preciso apagar o fogo imediatamente em sua cama de areia. Todos os marujos preferiam comida seca a ficarem expostos a incêncios no mar.

445

Vespasiano ponderou que a trirreme grega foi, é e será sempre a mais brilhante arma das batalhas navais, conquanto, por outro lado, admitiu ele, os navios mercantes cartagineses fossem os melhores do mundo e não houvesse razão para alterá-los.

O inventor pareceu descorçoado, mas Vespasiano mandou pagar-lhe uma soma elevada, contanto que o homem se abstivesse de novas invenções absurdas. Recomendou que, por segurança, se entregasse o dinheiro à mulher do inventor, para que o marido não o aplicasse em suas supérfluas invenções.

De minha parte, muitas vezes tenho olhado para as maravilhosas máquinas de guerra e pensando como seria fácil para um hábil mecânico construir máquinas para a agricultura, por exemplo, que poupariam aos escravos o trabalho pesado e muito suor.

Tais máquinas seriam extremamente úteis à arte de abrir fossos e drenar, que aprendemos dos etruscos. Podiam usar-se até mesmo canos de tijolos cozidos, em lugar de feixes de paus e pedras no fundo dos fossos de drenagem, exatamente como fazemos os nossos esgotos, embora sejam bem maiores. Mas vejo os efeitos tremendos que tais invenções teriam.

Onde conseguiriam então os escravos azeite e pão? O Estado tem enormes despesas com a distribuição de cereais gratuitos a seus cidadãos. É preciso dar trabalho aos escravos e, de preferência, trabalho pesado, pois, de outro modo, não tardariam a encher a cabeça de ideias absurdas. A amarga experiência de muitas gerações transmitiu-nos essa lição.

Os sacerdotes egípcios já fizeram todas as invenções de que necessitamos. Por exemplo, têm um borrifador automático que esguicha água benta em quem introduzir nele o tipo correto de moeda. A máquina chega até a separar as moedas de peso integral daquelas que foram limadas, por mais inacreditável que isso pareça. O costume abominável de tirar com a lima o pó das moedas de ouro e prata começou em Alexandria. Quando se faz isso com centenas e milhares de moedas, é altamente lucrativo. Não faço ideia de quem primeiro pensou nisso. Os gregos culpam os judeus e os judeus, os gregos.

Conto-te isto para convencer-te de que a cura miraculosa realizada por Vespasiano não foi prestidigitação. Por força de suas invenções técnicas, os sacerdotes egípcios são extremamente desconfiados.

Quando, após uma noite passada em claro, Vespasiano se persuadiu de que os deuses haviam realmente decretado que ele devia ser Imperador, soltei um suspiro de alívio.

Teria sido desastroso se, inflamado por já antiquadas ideias democráticas, tivesse começado a alterar a estrutura do Estado.

Quando tive certeza disso, atrevi-me afinal a contar-lhe meu segredo num momento de confidência.

Falei-lhe de Cláudia e de ti, como o último descendente masculino da linhagem juliana.

A partir daquele instante dei a ti o nome de Júlio, em meu coração, ainda que, oficialmente, tu o tenhas recebido pela primeira vez quando envergaste a toga viril e Vespasiano prendeu o broche augustano em teu ombro, com suas próprias mãos.

446

Vespasiano acreditou imediatamente e não se mostrou surpreso, como se poderia pensar. Conhecia tua mãe, desde o tempo em que o Imperador Calígula tratava-a de prima, para apoquentar seu tio Cláudio. Vespasiano pôs-se a contar nos dedos para elucidar o parentesco,

— Então teu filho — disse ele — é neto de Cláudio. Cláudio era também sobrinho de Tibério. E a mulher do irmão de Tibério era Antônia, a filha mais moça de Otávia, irmã do divino Augusto, gerada por Marco Antônio, Otávia e o divino Augusto eram filhos da sobrinha de Júlio César. Na verdade, o trono imperial transmitiu-se constantemente pela linha feminina. O pai de Nero era filho da filha mais velha de Marco Antônio. Seu direito hereditário era tão válido como o do próprio Cláudio, embora, por formalidade, Cláudio tenha adotado Nero quando casou com a sobrinha. Incontestavelmente o direito hereditário de teu filho é do ponto de vista legal tão respeitável quanto o desses outros. Que queres, então?

— Quero que meu filho se transforme no melhor e mais nobre Imperador que Roma já viu — disse eu. — Não duvido nem por um momento, Vespasiano, que tu, com a honestidade que te é peculiar, reconhecerás nele o herdeiro legítimo do trono imperial, quando chegar o momento.

Vespasiano pensou demoradamente, franzindo bastante a testa, com os olhos semicerrados.

— Qual é a idade do teu filho?

— Vai fazer cinco anos no outono vindouro.

— Nesse caso não há pressa. Esperemos que os deuses me concedam uns dez anos para carregar o fardo do governo e pôr um pouco de ordem nos negócios do Estado. Então o teu filho receberá a toga viril. Tito tem suas fraquezas e, em virtude de suas ligações com Berenice, estou preocupado mas em geral a responsabilidade chega com a idade. Dentro de dez anos Tito terá mais de quarenta e será um homem amadurecido A meu ver, tem ele todo o direito ao trono imperial, se não desposar Berenice. Isso seria calamitoso. Não poderíamos ter uma judia como imperial consorte, ainda que fosse da família de Herodes. Se Tito proceder de maneira sensata, presumivelmente permitirás que ele vá até ao fim do seu governo, para que, da mesma forma, teu filho tenha tempo de adquirir experiência na função pública. Meu outro filho Domiciano jamais serviria para Imperador e a simples ideia de que isso pode acontecer me apavora. Na verdade, sempre lamentei tê-lo gerado por equívoco, num momento de embriaguez, quando me achava em visita a Roma. Dez anos tinham transcorrido desde o nascimento de Tito e eu não imaginava que meu leito conjugal viesse a dar frutos outra vez. Sinto-me mal só de pensar em Domiciano. Não posso sequer imaginar-me celebrando um triunfo, pois seria forçado a levá-lo comigo.

— É óbvio que hás de celebrar um triunfo pela tomada de Jerusalém — disse eu, intranquilo. — Ofenderias cruelmente as legiões, se o não fizesses, e elas sofreram grandes baixas na guerra com os judeus.

Vespasiano suspirou fundo:

— Ainda não pensei nisso. Estou velho demais para subir de gatinhas os degraus do Capitólio. O reumatismo que contraí na Bretanha cada vez mais me entreva os joelhos.

447

— Mas eu poderia amparar-te de um lado e Tito do outro. Não é tão difícil como parece.

Vespasiano fitou-me e sorriu:

— Que pensaria disso o povo? Mas, por Hércules, melhor do que Domiciano, de um lado, aquele mentiroso imoral e perverso.

Ele disse isto, muito antes de sabermos qualquer coisa a respeito da vitória em Cremona, do cerco do Capitólio e do comportamento covarde de Domiciano.

Vespasiano teve de permitir que Domiciano cavalgasse atrás de Tito, no cortejo triunfal, em consideração à memória de sua avó, mas Domiciano foi obrigado a montar numa mula e o povo compreendeu o que isso significava.

Depois de termos examinado a sucessão do trono, sob todos os aspectos, como homens razoáveis que são amigos, concordei de bom grado com a sugestão de Vespasiano, no sentido de que Tito governasse depois dele e antes de ti, se bem que eu não tivesse Tito em tão alta conta, como o tinha seu pai. Sua habilidade para imitar qualquer talhe de letra levava-me a duvidar de suas qualidades morais. Mas os pais são cegos.

Uma vez ratificados em Roma os poderes de Vespasiano, Tito conquistou Jerusalém, por ordem dele. A destruição da cidade foi tão terrível como Flávio José descreve em sua obra. Os despojos vieram e não fui defraudado em minha garantia. Tito não pretendera destruir o templo. Isto mesmo jurara ele a Berenice, no leito. Durante o combate foi impossível impedir que o fogo se alastrasse. Os judeus famintos lutaram, de casa em casa, e de porão em porão, de modo que as legiões sofreram severas baixas.

Em breve, qualquer pessoa poderá ver meu retrato nos relevos do arco triunfal que resolvemos erigir no fórum. Mas, para ser franco, a princípio Vespasiano não concordou inteiramente que eu também merecia a insígnia de triunfo, pela qual eu pugnara, com tanto ardor, por tua causa. Tive de lembrar a ele, várias vezes, que por ocasião do cerco fora eu o personagem mais eminente sob o seu comando e que me expusera intrepidamente às flechas e pedras dos judeus, a ponto de ter sido ferido no pé, quando me precipitava para as muralhas.

Só depois que Tito intercedeu por mim, Vespasiano conferiu-me uma insígnia de triunfo. Ele nunca chegou a considerar-me um guerreiro, no verdadeiro sentido, de maneira a merecer tal honraria por minha participação no cerco e tomada de Jerusalém. Atualmente no Senado, os que temos insígnias de triunfo somos tão poucos que podemos ser contados nos dedos de uma só mão, e entre nós há alguns que receberam insígnias sem as merecerem, essa é que é a verdade.

Depois de subir os degraus do Capitólio, Vespasiano encheu um cesto com as pedras das ruínas do templo e transportou-o, nos ombros, para o vale que ia ser tapado, a fim de mostrar ao povo sua bondade, sua humildade e, acima de tudo, dar bom exemplo. Exprimiu o desejo de que todos partilhássemos das despesas de reconstrução do templo de Júpiter.

Vespasiano também reuniu cópias, vindas de todas as partes do mundo, de velhas leis e regulamentos, decretos e prerrogativas especiais que remontam à fundação da cidade. Até o presente juntou cerca de três mil dessas placas de bronze, que estão guardadas nos recém-construídos arquivos do Estado, no lugar daquelas que se derreteram durante o grande incêndio.

Que me conste, ele não ganhou nada com elas, embora tenha tido excelente oportunidade de reconstituir sua ascendência até Vulcano, se quisesse. Mas ainda se contenta com o velho e amolgado cálice de prata de sua avó.

No momento em que escrevo, completou dez anos de Imperador, e estamo-nos preparando para comemorar seu setuagésimo aniversário.

Eu mesmo completarei cinquenta, dentro de dois anos, e me sinto surpreendentemente jovem, graças aos remédios que venho tomando e a uma outra circunstância, razão pela qual não me dei pressa em sair daqui, mas prefiro ficar e escrever minhas memórias, como talvez tenhas notado.

Há um mês os médicos me deram permissão de voltar a Roma. Mas devo agradecer à Fortuna o ter-me concedido gozar esta primavera, o que não me parecera possível. Sinto-me tão remoçado, que ainda há pouco pedi que trouxessem meu cavalo favorito, para que voltasse a montar, embora durante muitos anos eu me tivesse contentado em puxar meu cavalo nos desfiles. Graças ao decreto de Cláudio, isto ainda é permitido, e nós, que já atingimos certa idade, precisamos desse benefício, à medida que nos tornamos mais pesados.

Por falar na Fortuna, tua mãe sempre teve estranho ciúme do cálice de madeira que herdei de minha mãe. Talvez ele a faça recordar que tens um quarto de sangue grego nas veias, embora felizmente ela não saiba como é humilde esse sangue.

Esse cálice da Fortuna, por causa de tua mãe, eu o enviei a Lino há vários anos, quando num momento de saciedade julguei que já alcançara mais do que suficiente êxito mundano.

Acho que os cristãos precisam de toda a boa sorte que puderem conseguir, e o próprio Jesus de Nazaré bebeu nesse cálice, após a sua ressurreição. Para que o cálice de madeira não se gastasse demais, mandei fazer um cálice de ouro e prata, habilmente trabalhado, para envolvê-lo. Num lado, ostenta um retrato em relevo de Cefas, e no outro, um de Paulo.

Foi facílimo executar esses dois retratos, pois o artesão que os fez viu muitas vezes os dois homens e também contou com auxílio dos desenhos de outras pessoas e de um mosaico. É verdade que ambos eram judeus e não toleravam imagens humanas, mas Paulo reverenciava as leis judaicas, sob muitos outros aspectos, de sorte que acho que ele não se oporá a que, com o auxílio de Lino, eu lhe preserve a fisionomia para a posteridade, mesmo que não haja futuro para a doutrina cristã, em comparação com outras religiões mais promissoras, dos ginossofistas à confraria de Mitras.

Ambos eram boas pessoas e agora, depois de mortos, eu os entendo melhor do que antes, como tantas vezes acontece, quando certas circunstâncias agravantes não mais impedem que a gente forme uma imagem nítida de um indivíduo, tal como ele realmente era.

Seja como for, os cristãos possuem um retrato de Jesus de Nazaré. Fixou-se num pedaço de pano quando ele caiu ao chão em Jerusalém, com a cruz às costas, e uma mulher entregou-lhe seu lenço de cabeça para que limpasse o sangue do rosto.

449

Esse retrato não se teria fixado no pano, se o próprio Jesus assim não desejasse. Portanto, pelo que posso entender, ele permitiu imagens humanas, ao contrário dos judeus ortodoxos.

O cálice de minha mãe é muito usado, mas tenho a impressão de que seu poder diminuiu em virtude do ouro e da prata que o envolvem. De qualquer maneira, as desavenças internas dos cristãos continuam com o mesmo ímpeto e intensidade de antes. Lino tem grande dificuldade em reconciliá-los para que não se entreguem à violência física em seus sagrados ágapes noturnos.

O que acontece nas ruas escuras, quando se abrem as portas e saem os participantes da ágape, não me darei o trabalho de contar-te. A mesma inveja intolerante que arruinou Paulo e Cefas ainda prepondera no meio deles. Por esse motivo, também, não têm futuro algum. Estou só esperando o momento em que um cristão mate outro, em nome de Cristo. O médico Lucas está tão envergonhado com tudo isso, que não pode concentrar-se na redação do terceiro livro para completar o trabalho que planejou, e parou de escrever.

Inutilmente muitos homens cultos vêm-se associando a eles e confessando-se adeptos de Cristo. Na realidade, parece que só faz agravar a situação. Quando, pouco antes de adoecer, convidei dois sofistas para uma refeição, esperando que a educação deles fosse de alguma valia para Lino, ambos iniciaram uma discussão tão violenta que quase me arrebentaram os valiosos vasos alexandrinos de vidro.

A razão da visita dos sofistas foi puramente prática. Pensei que homens cultos como eles entenderiam quão vantajoso seria, para os cristãos, se seus chefes começassem a usar uma espécie de insígnia de eminência, por exemplo um barrete do tipo usado pelos sacerdotes de Mitras, e acrescentassem uma espiral, como a dos adivinhos, a seu modesto cajado de pastor. Tais sinais exteriores, pensei, encorajariam os cidadãos comuns a se associarem aos cristãos.

Em lugar de um debate racional, os dois homens puseram-se a altercar.

— Creio num reino invisível — disse um — nos anjos e em que Cristo é o Filho de Deus, pois esta é a única explicação possível do sentido incompreensível e absurdo do mundo. Creio para que possa entender.

— Não vês, pobre coitado — disse o outro — que a razão humana nunca poderá entender a divindade de Cristo? Eu só acredito porque os ensinamentos a respeito dele são absurdos e insensatos. Portanto, creio porque é irracional.

Antes que se atracassem, intervim:

— Não sou um homem de muito saber, embora tenha lido os filósofos e numerosos poetas, e escrito um livro sobre a Bretanha, que ainda pode ser encontrado nas estantes das bibliotecas públicas. Não posso competir convosco, na arte da erudição e do debate. Não tenho muita fé e, em geral, não me valho de orações para pedir coisas de que um deus inexplicável tem perfeito conhecimento. Sem dúvida, ele proverá às minhas necessidades, se achar que tem motivos para isso. Estou farto das vossas prolixas orações. Se tivesse de rezar, gostaria de poder murmurar no momento da minha morte: Jesus Cristo, Filho de Deus, tende piedade de mim. Não creio que minhas maldades e crimes sejam mitigados a seus olhos por algumas boas ações. Um homem rico nunca está isento de culpa; as lágrimas dos seus escravos atestam-lhe os crimes. Mas não importa. Entendo as pessoas que dão seus bens aos pobres e seguem Cristo. Prefiro conservar o que possuo, para meu filho e o bem comum, pois de outro modo meu patrimônio poderia passar para as mãos de um indivíduo mais cruel do que eu, para desvantagem dos muitos que de mim recebem o pão. Portanto, poupai meus vasos de vidro nas vossas contendas, pois além de valiosos são caros a meu coração.

Eles se dominaram, em respeito à minha dignidade e posição social, mas é possível que se tenham engalfinhado, logo que deixaram a minha casa e o meu bom vinho. Mas não penses, Júlio, meu filho, que só porque te contei isto eu me tenha comprometido com o cristianismo. Conheço bastante Jesus de Nazaré e seu reino, para não ousar dar a mim mesmo o nome pretensioso de cristão. Assim, não pude resolver-me a receber o batismo dos cristãos, apesar da insistência de tua mãe.

Contento-me em continuar sendo o que sou, com minhas fraquezas e falhas humanas, e nem mesmo defendo minhas ações, o que podes ver nestas memórias, ou as razões que me levaram a fazer algumas coisas que mais tarde vim a deplorar. Mas essas também te serão úteis.

Sobre minhas deficiências morais desejo dizer que quase ninguém está isento de culpa, nem mesmo os santos homens que se consagram a Deus. Posso afiançar-te, apenas, que nunca utilizei intencionalmente outra pessoa simplesmente para meu próprio prazer. Sempre reconheci o valor humano de minha companheira de cama, quer fosse escrava ou mulher livre.

Contudo, acho que as maiores falhas morais não ocorrem no leito, como muita gente imagina; acho que a pior de todas é a dureza de coração. Tem cuidado para que não se te endureça o coração, meu filho, por mais alto que chegues e por maiores que sejam as dificuldades que tenhas de enfrentar na vida. Certa vaidade humana é talvez permissível, dentro de limites sensatos e moderados, contanto que não atribuas desmedido valor aos teus resultados eruditos e poéticos. Não penses que não sei que estás competindo com Juvenal, na arte de escrever versos.

Neste momento, sinto que amo o mundo inteiro por me permitir fruir outra primavera. Portanto, quando voltar a Roma, creio que pagarei as dívidas de teu amigo Juvenal, para que ele possa alegremente continuar a cultivar sua barba. Por que iria eu aborrecer-te e pôr uma distância entre nós, desprezando um amigo que te é caro, embora os motivos dessa amizade sejam para mim incompreensíveis?

Meu coração está cheio do desejo de contar-te coisas. Assim, vou falar-te da primavera que acabo de gozar, pois não tenho ninguém mais a quem dizer, e só lerás estas memórias depois da minha morte, quando talvez entenderás melhor teu velho pai. Como é muito mais fácil conhecer e entender uma criança desconhecida do que o próprio filho! Mas esta é, presumivelmente, a maldição de todo pai, agora e sempre, embora as nossas intenções sejam as melhores.

Não sei como comece. Mas sabes que nunca pretendi voltar à Bretanha, apesar dos interesses que tenho lá e do meu desejo de ver Lugundanum tornar-se uma verdadeira cidade. Receio que não mais veria a Bretanha como o país encantador que conheci na juventude, durante as minhas viagens com Lugunda. Talvez os druidas me tenham enfeitiçado naquela época, e é até mesmo possível que a Bretanha me parecesse bela desta vez, mas não quero anular esta lembrança,

451

retornando para lá com os sentidos embotados e embrutecidos de um homem de cinquenta anos, agora que já não creio na bondade dos seres humanos.

Nesta primavera pude viver como se ainda fosse moço. É claro que tudo não passou de um frágil sortilégio, do tipo que embacia a vista com risos e lágrimas num indivíduo como eu. É improvável que chegues a conhecê-la, meu filho, pois eu mesmo acho que é melhor não vê-la novamente depois disso, tanto para o bem dela como para o meu.

Ela é de ascendência relativamente humilde, mas os pais mantiveram tradições antigas e os costumes modestos do campo, em razão de sua pobreza. Chegou até a espantar-se, ao ver que a minha túnica é de seda. Tive prazer em falar a ela de episódios passados da minha vida, a começar pelos filhotes de leão, que minha mulher Sabina levava para nossa cama e me forçava a alimentar. Ela me ouviu com paciência e, ao mesmo tempo, pude observar as mudanças de expressão em seus olhos invulgares.

Também me foi necessário vasculhar a memória à noite, quando eu, em parte, escrevia e, em parte, ditava estas reminiscências, que espero te sejam úteis um dia, para que não dês excessivo crédito à bondade dos seres humanos e te decepciones. Nenhum governante pode confiar, de todo o coração, numa pessoa. É o fardo mais pesado do poder absoluto. Lembra-te também, meu filho, de que a dependência excessiva traz, em si, a própria desforra.

Eu te amo de todo o coração e tu és o único significado verdadeiro da minha vida, ainda que não te dês conta disso. É como se, encontrando nessa menina um amor tardio, demasiadamente maravilhoso e terno, eu tivesse aprendido a amar-te mais do que antes, e também a entender melhor tua mãe. Perdoo a Cláudia as palavras impensadas que me dirigia de vez em quando. Por outro lado, espero sinceramente que ela me perdoe o não ter podido ser diferente do que sou. Ninguém pode ensinar novas artimanhas a cachorro velho.

Nada de mal aconteceu entre nós, durante todo o tempo em que me encontro aqui neste sanatório, que se localiza nas proximidades da quinta de seus pais. Uma ou duas vezes eu a beijei e talvez tenha roçado a pele de seu braço, com meu punho forte.

Não aspirei a mais do que isso, porque não desejo causar-lhe dano, nem despertar-lhe, cedo demais, os sentidos para a desolação e os cálidos desperdícios das paixões humanas. Para mim é suficiente que minhas histórias levem o rubor a suas faces e o brilho a seus olhos.

Não quero dizer-te o nome dela. Não irás encontrá-lo em meu testamento, porque, por outros meios, tomei providências para que nada lhe falte e seu dote seja bastante grande, quando chegar o dia em que ela encontrar um jovem à altura. Talvez eu exagere a sua inteligência, só porque ela escuta, com paciência e boa-vontade, o que um velho tem para contar, mas creio que seu futuro marido há de achar úteis o entendimento e os poderes de compreensão que nela são inatos, caso pretenda fazer carreira no serviço do Estado.

Ela escolherá provavelmente um membro da Nobre Ordem dos Cavaleiros, já que gosta muito de cavalos. Por causa dela, mandei buscar minha égua favorita e voltei a montar. Creio que a simples presença e sensibilidade dessa menina concorreu para a melhora do meu estado de saúde, pois nossa amizade está isenta de qualquer vestígio de paixão absorvente.

Espero que tenhas ficado irritado e até mesmo com ódio de teu pai, por ter inesperadamente desaparecido do teu estábulo o garanhão branco da raça do Incitatus, do Imperador Caio.

Achei divertido fazer isto, para lembrar-me do que realmente significa ser um senador romano. Caio resolvera fazer de Incitatus, senador, razão pela qual foi tão cruelmente assassinado. Nisto o Senado se superestimou um pouco, de acordo com o meu conhecimento de muitos dos seus membros. Devia ter encontrado um motivo mais válido.

Ouvi dizer que, depois que recebeste a toga viril, montaste um garanhão branco, cor de neve, no cortejo festivo da Nobre Ordem dos Cavaleiros. Um rapaz da tua idade não deve fazer isso, Júlio, acredita no que te digo. Assim, achei que era melhor tirar o cavalo de ti. Prefiro dá-lo a uma rapariga ajuizada, de quinze anos, que vive na quietude do campo. No fim de contas, sou eu quem custeia o estábulo, embora digam que é teu.

Não posso sustar o diz-que-diz romano que me chega aos ouvidos, por diversos meios. Trata de entender-me quando leres isto. Não julguei necessário dar nenhuma explicação. Podes continuar a odiar-me por ter repentinamente desaparecido o teu belo cavalo. E talvez prefiras odiar-me, se não tiveres bastante intuição para compreender por que era necessário.

Estou pensando em dar esse cavalo a ela, como presente de despedida, pois ela acha que não poderá aceitar uma corrente de ouro como lembrança. Creio que poderá aceitar o cavalo. Seus pais terão algum rendimento, usando-o como reprodutor, e ao mesmo tempo os cavalos do município melhorarão. Não são grande coisa no momento. Até mesmo a minha velha égua mansa despertou inveja aqui.

Quando penso na minha vida, gosto de recordar uma parábola que ouvirás nas palestras de Lino sobre a vida de Jesus de Nazaré. Era um homem que confiara a seus servos várias libras de prata para que as administrassem enquanto estivesse ausente. Um servo enterrou a sua libra, ao passo que o outro multiplicou as suas. Ninguém poderá dizer que enterrei a minha libra. Acho que centupliquei a minha herança, embora corra o risco de parecer jactancioso. Verás no meu testamento. Não me refiro só às libras terrenas, mas também a outros valores. De qualquer modo, empreguei quase duas vezes, na redação das minhas memórias, a quantidade do melhor papel do Nilo que meu pai usou nas cartas dirigidas a Túlia. Tu as lerás também, no momento oportuno.

O homem disse a seus servos: "Servos bons e fiéis, entrai no gozo de vosso Senhor". Acho que estas são belas palavras, mesmo que não me caiba esperar tal coisa, uma vez que não fui bom nem fiel.

Jesus de Nazaré tem um modo esquisito de esmurrar-nos o ouvido, quando julgamos que sabemos alguma coisa. Mal se passara uma semana que eu me tinha vangloriado, diante dos meus dois belicosos convivas, de que nunca me valia da oração para pedir coisas, estava eu suplicando a ele que parasse minha hemorragia, antes que me esvaísse em sangue. Nem mesmo o melhor médico de Roma pôde dar jeito. Minha enfermidade curou-se sozinha.

Aqui neste sanatório, com suas águas minerais, sinto-me mais forte e feliz, do que nos últimos dez anos. Também estou insolitamente convencido de que ainda serei necessário a alguma finalidade, embora nada tenha prometido.

Dedicarei mais algumas palavras a essa menina de olhar radiante, que foi minha companheira e me proporcionou tal contentamento que, só de vê-la, me enterneço.

A princípio não atinei com a razão pela qual tinha a impressão de tê-la visto antes, pois tudo nela me parecia conhecido, até mesmo seus menores gestos. Ridiculamente dei-lhe um pedaço do sabão de Antônia e um frasco do perfume que Antônia usava. Pensei que, de modo um tanto vago, ela me lembrava Antônia, e imaginei que o aroma do sabão e do perfume tornasse essa semelhança ainda mais real.

Aconteceu o contrário. Reparei que esses odores irresistíveis não quadravam com seu jeitinho juvenil. Apenas me perturbavam. Mas quando a beijei e notei que seus olhos escureceram, vi o rosto de Antônia em seu rosto, e também o rosto de Lugunda, e, por mais estranho que pareça, o rosto de tua mãe, quando jovem.

Ao tomar nos braços, por um instante, seu corpinho infantil, sem nenhuma intenção má, reconheci nela todas as mulheres que mais amei na vida. Meu quinhão de amor foi mais do que suficiente. Um homem não deve exigir mais.

Quando acabei de escrever do meu próprio punho estas últimas linhas, o destino pôs um ponto final em minhas memórias. Um mensageiro, montado num cavalo suado, chegou com a notícia de que o Imperador de Roma, Vespasiano, morreu perto de Reate, a cidade natal de sua família. Vespasiano não logrou comemorar seu setuagésimo aniversário, mas conta-se que tentou erguer-se e morrer de pé, nos braços daqueles que o amparavam.

Sua morte será mantida em segredo durante dois dias, até que Tito tenha tempo de chegar a Reate. Nossa primeira tarefa, no Senado, será proclamar Vespasiano deus. Ele o mereceu, pois foi o mais benévolo, altruísta, diligente e probo de todos os Imperadores de Roma.

Não tinha culpa de ser de origem plebeia. Isso será compensado pela elevação à categoria de deus.

Como velho amigo, farei jus a integrar o seu colégio de sacerdotes, pois até aqui nunca desempenhei funções sacerdotais. Será um necessário acréscimo à minha lista de méritos, tendo em vista o futuro, filho querido. Apressadamente, do meu próprio punho, teu pai, MINUTO LAUSO MANILIANO.

Três meses depois, antes de finalmente guardar estes apontamentos: É como se a Fortuna começasse a evitar-me. A terrível erupção do vesúvio, nos últimos dias, arruinou minha nova mansão em Herculano, onde pretendia passar a velhice, num clima ameno e em boa companhia. A minha boa estrela perdurou até o ponto de me ter impedido de ir lá discutir as contas do construtor. Se tivesse ido, estaria soterrado no dilúvio de cinzas.

Receio que esse pavoroso presságio prenuncie dificuldades para Tito como governante, bom amigo meu, como é, e que só nos deseja os melhores êxitos, a ti e a mim. Felizmente é ainda bastante moço, é chamado de "o amor e a delícia do gênero humano". Por que, realmente não sei. Nero também foi assim chamado, na juventude.

Sem embargo, creio que Tito fará bom governo e viverá enquanto evitar as intrigas de Domiciano. No momento oportuno, confirmará que serás o seu sucessor no trono. Nunca confies em Domiciano. Que se pode esperar de um homem que passa o tempo empalando moscas vivas, com a pena, como um menino traquinas?

Epílogo

Minuto Lauso Maniliano, detentor de uma insígnia de triunfo e do posto de Cônsul, presidente do colégio de sacerdotes de Vespasiano e membro do Senado de Roma, sofreu durante o governo do Imperador Domiciano a morte dolorosa, mas admirável, de uma testemunha cristã, no anfiteatro dos Flávios, o qual, devido a suas colunas, é chamado o Coliseu.

Com ele, morreram sua esposa judia, Cláudia, seu filho, Clemente, e também o Cônsul Flávio Tito, primo de Domiciano, e filho do ex-Prefeito da Cidade de Roma. Em virtude de sua estirpe e alta posição social, foi-lhes conferida a honra de serem atirados aos leões.

O Senador Minuto Maniliano concordou em receber o batismo cristão, na última noite passada na cela da prisão, debaixo da arena do Coliseu, da parte de um escravo, que obtivera o dom da graça e que ia perecer no mesmo espetáculo. Fez algumas objeções e declarou que preferia morrer por motivos políticos do que pela transfiguração de Cristo.

No último instante, rebentou uma violenta disputa entre os cristãos, sobre a maneira de ministrar o batismo. Havia no meio deles alguns que achavam que o corpo todo devia ficar submerso e outros que pensavam que uma aspersão na cabeça seria suficiente.

O anfiteatro dos Flávios tem, como sabemos, excelentes canos de água, cujo uso é reservado principalmente para as feras e os gladiadores. Para os condenados, só há água para beber e, desta. vez, estava racionada pois os condenados eram muitos.

Maniliano pôs termo à altercação, dizendo que bastaria que o escravo lhe cuspisse na calva.

Esta blasfêmia fez com que todos se calassem, até que sua mulher Cláudia o convenceu de que ele, mais do que qualquer outro, precisaria da misericórdia de Cristo, quando fosse enfrentar os leões, em razão de sua vida dissoluta, de sua avareza e da dureza de seu coração.

Maniliano resmungou que, no decurso de sua vida, também praticara certo número de boas ações, mas ninguém que o conhecesse acreditaria nisso.

No momento em que entrou na arena, para enfrentar os leões, ocorreu um dos milagres de Deus. O mais velho dos leões escolheu-o para vítima, fosse por causa de sua corpulência, fosse por causa de seu alto cargo, embora Maniliano não estivesse usando mais o laticlavo e vestisse uma túnica simples como todos os outros presos.

Depois de farejá-lo, o leão pôs-se respeitosamente a lamber-lhe as mãos e os pés, e a defendê-lo da fúria dos outros leões, de modo que o povo ergueu-se nas arquibancadas e soltou gritos de espanto, passando a exigir que Maniliano fosse perdoado.

Na realidade, não usaram o nome Maniliano, mas uma alcunha que não pode ser aqui reproduzida, para não ferir o decoro,

Quando viu a mulher e o filho dilacerados pelos leões, sem que pudesse socorrê-los, o Senador Minuto Maniliano caminhou para o camarote do Imperador, seguido pelo velho leão, levantou a mão, para impor silêncio ao povo, e proferiu acusações tão terríveis ao Imperador Domiciano, que este determinou imediatamente que os arqueiros o matassem, bem como ao leão que não cumprira sua tarefa.

Entre outras coisas, sustentou o senador que Domiciano envenenara seu irmão Tito, e que o Imperador Vespasiano jamais teria permitido que Domiciano fosse Imperador de Roma.

O milagre que aconteceu a Maniliano concorreu para que os outros cristãos condenados morressem com bravura e, na morte louvassem a Deus, pois esse milagre era prova da graça inexplicável de Cristo.

Ninguém teria sequer imaginado que o Senador Maniliano tivesse sido, em vida, um homem de Deus; sua pia mulher menos ainda que qualquer outra pessoa. Mas sua memória está preservada na multidão de testemunhas cristãs.

O melhor amigo de seu filho, o poeta Décimo Júnio Juvenal, conseguiu fugir para a Bretanha, aconselhado por Maniliano, que lhe custeara o ingresso na nobre Ordem dos Cavaleiros e abrira-lhe o caminho para a função pública.

Juvenal ocupou o cargo de Censor, em sua cidade natal, durante algum tempo, pois Maniliano achava que um homem que é conhecido por seus hábitos licenciosos seria, por experiência própria, o melhor juiz dos vícios e fraquezas das outras pessoas. Maniliano também pagou a viagem de estudos de Juvenal ao Egito, na companhia de seu filho, embora ninguém compreendesse o motivo.

Este livro foi composto com a tipografia Times New Roman
e impresso pela Promove Gráficas e Editora.